U0688700

赵飞燕

第一部 三十六宫秋夜长

王凤翔 ／ 著

中国文史出版社
CHINA CULTURAL AND HISTORICAL PRESS

图书在版编目（CIP）数据

赵飞燕：三十六宫秋夜长. 第一部 / 王凤翔著. --

北京：中国文史出版社，2020.11

ISBN 978-7-5205-2541-1

Ⅰ.①赵… Ⅱ.①王… Ⅲ.①传记小说—中国—当代

Ⅳ.①I247.5

中国版本图书馆CIP数据核字（2020）第224962号

责任编辑：梁玉梅

出版发行：**中国文史出版社**

社　　址：北京市海淀区西八里庄路69号院　　邮编：100142

电　　话：010-81136606　81136602　81136603（发行部）

传　　真：010-81136655

印　　装：北京新华印刷有限公司

经　　销：全国新华书店

开　　本：16开

印　　张：24

字　　数：367千字

版　　次：2021年4月北京第1版

印　　次：2021年4月第1次印刷

定　　价：68.00元

文史版图书，版权所有，侵权必究。

文史版图书，印装错误可与发行部联系退换。

目录

第一章　骊山遇丽人

历史的画卷推展到阳朔三年，即公元前 22 年。

古都长安东北处百十余里，有一座山，因山形似骊马，呈纯青色而得名骊山。山上林石矗立，松柏苍劲，泉水潺潺流淌，百鸟翱翔欢唱。凡游客来玩，必心旷神怡。但是，偶然可听到狼嗥虎啸，不禁令人毛发竖立。抬头仰望，连绵起伏的山峦，筑有一个个烽火台，相传乃周幽王举烽火戏诸侯处。大山北麓还筑有秦始皇陵，无疑，这是令汉室历代君主不悦的前朝墓地。

旷野高山的空气是新鲜而甜蜜的。南麓，一条羊肠小路弯弯曲曲地伸向大山深处。霎时，只见尘土飞扬，碎石乱滚，峡谷里恰似云遮雾障。原来是两匹骏骑搏云击雾般地飞入山来。

身跨白鬃马的壮年男子，乃为汉成帝刘骜，年三十岁。当年，其父汉孝元帝刘奭，其母王妃一幸而有身，甘露三年秋季，生其于甲馆画堂，为世嫡皇孙，祖父汉宣帝刘询倍加疼爱，取名刘骜，字太孙，常随身边。元帝驾崩，已被立为太子的刘骜，由大司马大将军王凤辅佐登基继位，即汉孝成帝。从前成帝或往来市巷，或远游微行，甚至一出一人，都得受王凤管束，再加上王凤是其母王太后的亲眷，因而不便违背。此时，王凤刚刚离开人世，身旁的御史大夫王音但求无过，管什么天子近游都市，还是远历郊野，好似与他毫不相干。成帝由于长年身居朝宫理政，实感寂寞，便悄然外出，以解愁闷。这天，他身着轻衣小帽，背弓箭，跨骏马，诡称自己为富平侯家人，任何人也看不出他是天子。

身跨青鬃马的名叫张放，年仅二十七岁，是故富平侯张安世的玄孙，世袭侯爵，敬武公主之子，汉孝成帝的外甥，娶许后妹妹为妻，貌似佳丽，媚态动人。眼下，他在汉室做侍中，但不务正业，平素喜好玩游，常常鼓动成帝远游微行。瞬间，他们纵骑来至山顶，勒马停奔，翻身离鞍，分头将两匹马拴在相距不远的两棵松树上。

成帝体高胸阔，双臂修长，面容方正，浓眉大眼，确有古人尊奉的一副天子相。尽管在光华耀眼的金銮殿上有文武百官护驾，在富丽堂皇的宫中有数百名嫔妃陪伴，天下无人不晓，无人不敬，无人不羡，但他精神不佳，变得沉默，变得烦躁，动辄长吁短叹。他常常守在未央宫，独自徘徊。偶尔携许皇后到御花园观花赏景，将自己从理政的漫长岁月中解脱出来，在苦乐交融的汪洋里沉浮。他眷恋野蝶狂舞、野花芬芳、野草茸茸、野树丛生、野兽出没的骊山。幼年时，他就曾随祖父宣帝奔游骊山。

久违了，可爱的骊山！一股被压抑许久的活力在他周身激荡，奔腾不息。他站在高处，双手撑腰，鸟瞰群峰峻岳。天高气爽，万里无云，秋风在天地之间与阳光辉映，构出一幅壮美的骊山景致。人为的修饰和建造总是有限，大自然的存在和装点才是永恒。他伫立好久，凉凉的山风吹拂着他的面颊，渐消着他浑身的汗珠。南飞的雁阵，在长空"嘎啦嘎啦"地鸣叫，声音悠长而悲哀。他着实感到心在战栗，感到孤独凄楚，心头似乎涌起撕心裂肺般的痛苦，流下无声的泪。他固有的豪气与体魄，在这座安谧的大山上，似乎遭到无形的蔑视。霎时，他恢复了常态，定了定双眸，一看身旁的张放在默默望着自己，像是猜测他的心思。

"陛下，是不是在想许皇后、班婕妤呢？"张放撩起挑逗的媚眼，边说边递给他一块丝绸手帕。

"胡说！"成帝用手帕擦了擦脸上的汗水，一本正经地道，"老子曰：'去子之骄气与多欲，态色与淫志，是皆无益于子之身。'大丈夫贪妻恋子，不可大用，不仅害于身，而且害于国。"成帝说着，目光忧郁，眉峰锁起。

张放心里清楚，成帝哪里如此戒欲爱身，而是喜欢赏花醉酒，安享太平。还在他当太子的时候，元帝就为他选了大司马、车骑将军、平恩侯许嘉的女儿，配偶成婚。不久，生下一男。天公不作美，得病夭亡。待成帝即位，立许妃为皇后。许皇后容貌俏丽，十分聪慧，博通史事，善学书法，常宠于上，其余嫔妃很少能见到成帝，成帝唯同她在宫中取乐。廷臣们归咎许皇后，说她恃宠生妒，无逮下恩，其实是许皇后正处芳龄貌美，色艺俱佳，故独邀天子。如今，成帝即位十余载，许皇后年近三十，再也未能生下一男半女，花容月貌渐渐瘦损，云鬓乌发渐渐稀落。成帝素性贪色，见许后面目已非青春花红，自然生厌疏远，于是移情于其他嫔妃，格外宠爱那位班婕妤。班婕妤是越骑校尉班况的女儿，生得聪明伶俐，秀色可餐。今晨临来骊山，成帝欲与班婕妤同辇，婕妤推辞道："妾身观古时图画，贤圣之君皆有名臣在侧，从未听说有哪位名主携嫔妃同游，唯夏商周三代末主，方有嬖女相随。今陛下欲同妾共辇，岂不与三代末主相似？故妾身实不敢奉命。"班婕妤一席善语打消了成帝那颗恋情的心，更加尊爱这位班婕妤了。后来，王太后闻班婕妤之言，心中分外高兴，极口称赞道："识国体，顾大局，古有楚庄王夫人樊姬，今有班婕妤呀！"

"汪！汪！汪……"树林深处传来一阵狗吠声，一下子将成帝、张放的思绪拉回到山上。二人密切注视林子里的动静。

突然，一只棕褐色狐狸"噌噌噌"地穿出树林。

两匹马被惊吓得"咴儿、咴儿"地乱叫。

成帝赶忙从背上取下弯弓，正欲搭箭穿射，只听"嗖"的一声，飞来一尾雕翎箭，那只狐狸应声倒下。他和张放正在纳闷，只见一位猎人一手持钢叉，一手拿弓箭，肩背猎获的野兔和狍子，腰系一块豹子皮，威风凛凛地走出树林。跟在猎人身后的一只乌黑猎狗，伸舔着红布条般的舌头，"哈哧哈哧"地喘着粗气。那人直奔射死的狐狸而来。

"好箭法！"成帝赞叹道。

"这位猎户收获不小啊！"张放看后不觉有些眼馋。

"俺从小生长在山上，猎取这等兽物算不了什么。"猎人说着将弓箭套在肩后，猫腰拾起那只被射死的狐狸。

"猎户，捕获这么多野物做何等用场呢？"张放边说边走向猎人跟前。

猎人看了看张放，又看了看成帝，心里猜测对方像是侯门少爷，有心不答话，但转念一想，自己在阳阿公主家做猎手，万一他们同公主家有来往，岂不落个不是？于是回答道："不瞒二位壮士，我的妻子已二十二岁，结婚四年，至今未开怀，卖了猎取的这些野兔、狍子，为的是给她抓服汤药，治治这不孕之症，万一得个小后生哩！"

猎人说着又提了提手中的狐狸，继续补充道：

"弄下这张猞猁皮，好给阳阿公主制作条兽皮围脖儿。"

"敢问壮士，你怎么认识阳阿公主？"成帝急忙问道。

"岂止认识，我在阳阿公主家中当猎手。"

"噢，阳阿公主身体可好？"成帝一听这人在妹妹家中做猎手，便牵肠挂肚地盘问。

"她与人无争，与世无争，身体怎能不好！"

张放听这猎人讲话不够礼貌，脸上立即涌出怒意，欲向前严谴。成帝已看出张放的意图，马上挥手制止，心想猎人乃庶民，虽然说话耿直、倔强，但对他二人无甚大碍，反而对此人产生几分敬意，于是又细问道：

"请问猎户，尊姓大名？"

"小人不敢，姓贺名岩。"

成帝从未去过阳阿公主的行宫，只听妹妹说过，她的行宫设在骊山西北角，取名骊山行宫。今天本想同贺岩一块儿前往，但到骊山尚未尽兴，心内不忍离去，于是他叮嘱道："贺岩大兄，请你回宫后禀报你家公主，就说长安来了两位亲友，午后到宫中小憩！"

"小人照办。"贺岩说完话，带着猎狗，提着猎物，朝西北山麓走去。

"陛下，你我已解劳乏，何不抓紧射猎呢？"张放催促道。

"好，咱俩牵马足行，以防意外。"

于是，他二人分别解下缰绳，各牵快骑，徜徉在松柏与沙枣树混杂的林子里。忽然，一只山鸡飞来，张放搭弓追射，"嗖"的一声，箭离弦，刺禽身，那山鸡"扑棱棱"地堕入灌木丛里，不再动弹了。

张放只身跑过去欲拾那只死去的山鸡，只听传来"嗷嗷"的叫声，那叫声穿云裂石，地动山摇。成帝大声喊道："张放！快，快回来！"

张放显得异常害怕，连滚带爬地回到青鬃马前。他回头一看，哎呀，原来是一只黑熊，晃晃悠悠地朝他们走来。张放吓得目瞪口呆，魂飞魄散。

这时，成帝倚靠在白鬃马背上，抽出雕翎箭，弓满如圆月，"嗖"的一声射出，那只箭一下子穿进黑熊胸部，黑熊"嗷"的一声倒下了。张放又要动身，成帝当即制止："别动！"

可不是，那只黑熊又翻了翻身，用前掌支撑身体，艰难欲立，很显然还没咽最后一口气。成帝又一次搭箭穿射，那箭头恰巧射进黑熊头部，黑熊立刻倒下，再也起不来了。

张放松了口气，高兴地嚷道："我主万岁！洪福齐天！"

成帝和张放一起跑了过去，拾起山鸡，抬着黑熊，回到快骑前，遂将黑熊搭在青鬃马背上，二人骑马下山，奔向西北山麓。

山脚下，一马平川，一片绿色。远方，绿中一缕炊烟飘散入云，像温柔的梦。成帝一看，心中不时猜测，骊山行宫一定不远了，但脚踏三岔路口处，不知走哪条路才能直奔骊山行宫。又仔细一瞧，旁边一棵白杨树上拴着一匹枣红马，唯不见人影。他俩正犯狐疑，忽然听到"哈哈哈哈……"一阵开怀笑声，笑声过后，从马肚子下边钻出一个人来，定睛一看，原来是那位猎人。

"贺岩大兄！"成帝惊奇地喊道。

"公主唯恐二位走错路，派我来接你们。"贺岩说着，解开缰绳，翻身上马。

他们仨择中间一条小路，快马扬鞭，直奔前方。不多时，只见一片梧桐树林掩映着绿瓦围墙，红楼秀阁。贺岩挥鞭一指道：

"两位，那就是骊山行宫。"

瞬间，三匹快骑赶到宫门前。

成帝勒缰观看，只见妹妹阳阿公主粉面朱唇，柳眉杏眼，乌黑油亮的头发高高隆起，别着闪亮发光的金玉簪，两鬓秀发内的一双耳朵垂戴着红绿宝石的耳坠，身着红缎衣服，肩披棕色猞猁皮斗篷，虽然年已二十八岁，看上去仍不失少女风姿。她的两旁站着数十名卫士和宫女，其气势不亚于京城后宫的嫔妃。

"皇兄驾到，恕小妹未能远迎之罪！"阳阿公主伏地，行跪拜大礼。

众美人和卫士赶忙随公主跪尘埃，山呼万岁。

贺岩一看此情此景，不由得惊愕发呆，待成帝、张放下马时，方清醒过来，急忙翻身离鞍，甩掉缰绳，跪伏在地，愧疚地呼道：

"陛下！恕小人不识君王之罪！"

"御妹！快快请起。"成帝先是搀起阳阿公主，又转身对贺岩道，"贺岩！朕恕你无罪，谢你带路之功，免礼平身！"

"皇兄，母后身体可好？"阳阿公主问道。

"康泰健爽。分别数载，御妹身体可好？"

"多谢皇兄！小妹一向健康。"阳阿公主一听哥哥刘骜这般关心自己，激动得流下热泪。

"参见姨母！"张放跪倒地上，向阳阿公主施大拜礼。

"这位是……"阳阿公主问道。

"御妹，他是侍中张放，敬武公主之子。"成帝在一旁介绍道。

"喔唷，甥儿！快，快起来！"阳阿公主搀起张放，继而问道，"敬武姐姐可好？"

"多谢姨母惦挂，我母身体尚好。"张放起身答道。

"贺岩！你将陛下、侍中的马匹牵入厩棚。"阳阿公主命令道，"请皇兄、甥儿进宫内歇息吧！"

一条铺着青石板的人行道向宫内延伸。两旁设置的一个个木质高盆内，长着一棵棵齐人胸膛的石榴树。天虽过午，阳光洒下，仍照射得满院生辉，尤其映得那一个个火球般的石榴更加刺人眼目。穿过月亮门，是一条铺着青砖的人行道。两侧耳房前，摆着十余盆五颜六色的菊花，一阵阵芬芳馨香味儿扑人脸面。成帝边走边看，那种惦念妹妹的怅惘之情渐趋消散。

他们来到银玉堂。这里是阳阿公主接待贵宾的堂室。皇兄驾到，当然要被安置在银玉堂了。

正案前，成帝和阳阿公主并坐。张放坐在成帝一旁。

阳阿公主见到哥哥问这问那，问长问短，有说不完的话。她哪里知道，成帝他们已十分饥渴。张放实在忍熬不住了，便催促道：

"姨母，我们已大半天没能饮茶进餐，您是否……"

"噢！这可怪我了。来人！摆上清茶。"

"是！"两位侍女应声而去。

"赵临在哪里？快来！"阳阿公主大声呼唤道。

担任阳阿公主家令的赵临，听到喊声后，急急匆匆地走入银玉堂，屈身拱手道："公主！小人侍候。"

"赵临！你快告诉膳房，马上备好酒宴。"

"遵命！"赵临转身朝膳房走去。

少顷，两位侍女端上清茶。

阳阿公主歉疚地说道："皇兄、甥儿，多请谅解，快喝茶吧！"成帝、张放如禾苗干旱逢雨露，大口大口地喝下清茶。

这时，赵临和侍女们端上美酒佳肴，并分别给成帝、张放、阳阿公主斟上酒，而后站立一旁。

阳阿公主知道以往皇宫内的生活习俗，也知道哥哥的爱好，通常宴饮是离不开歌女的。于是，她又召集宫内的七八名歌女，临席侑酒，助兴欢娱。成帝、张放边饮酒边观舞，那胭脂芳香阵阵扑鼻而来，一个个歌女姿色艳丽，美如花玉，看后有说不尽的快活。

数名歌女舞罢，又只见四名歌女用一个蓝漆桐木圆盘抬着一个女子进入大厅。那女子身体飘飘，舞态轻盈，载歌载舞，歌声娇脆……

人间正道多沧桑，
秦皇汉武效禹汤；
一统天下民心顺，
太平盛世得安康。

…………

"跳得好！唱得也好！"成帝高声赞颂。

当那女子的舞姿缓慢下来后，成帝定睛细观，由衷地脱口赞道：

"哎呀！这哪是人间女子，分明是仙女飘入凡尘！"

但见这个女郎粉白透着艳红的面庞，宛如刚熟的苹果挂了一层淡淡的洁霜，两只大眼似微波秋水，不时地随着舞姿和手势转来转去，尤其她那腰身格外纤细，柔若无骨，绵绵软软，柔柔纤纤，远非一般美女可比拟，款步行走起来，如柳梢细枝，颤颤悠悠，忽而似蜻蜓点水，忽而如飞燕腾空。因而，人们送她绰号为"飞燕"。

飞燕哪里知道，由于她的姿色过美，妖冶绝伦，早已惹动成帝那颗贪情激荡的心，还有那双恋色如迷的眼睛，简直到了如痴如醉的地步，似乎与这位天子的身份不太吻合了。

歌罢舞毕，赵临、卫士、美人们随飞燕和一群歌女转身离去。

成帝早已按捺不住内心的求索之情，急切切地对阳阿公主道：

"这位歌姬叫什么名字？"

"姓赵，名宜主，人称飞燕。怎么，皇兄看上了？"阳阿公主已经看出了哥哥的心思。

"是啊！我想乞此歌姬，纳收入宫，不知御妹意下如何？"

"只要皇兄喜爱，小妹怎敢不应允？"

"哈哈哈哈！好一个聪明懂事的御妹，不愧是我汉室皇门女杰！"成帝站起身来，从腰间解下那龙凤璧锁，恳切地说，"御妹！我这里有一龙凤璧锁，请你交给飞燕。"

"好，请皇兄放心！"阳阿公主边说边接过龙凤璧锁，"明天一早，我派人将飞燕送入皇宫！"

"多谢御妹！"成帝转身对张放说道，"张放，天色不早了，你我得马上回宫！"

"就依陛下！"张放说完，快步走出银玉堂，朝着马厩走去。

成帝穿过院落，来到宫门外，他一回头，见阳阿公主领着一群美人、侍女跟了过来。

阳阿公主施礼道："皇兄一路平安！"

成帝、张放骑马离开骊山行宫，蹄飞尘扬，转过宫前山坳，插入一条乡间小路。一块块麦田已被秋风吹得淡黄，一垄垄高粱地已被秋阳照得艳红，庄稼长势旺盛，丰收在望。成帝心中暗喜，祝愿汉室江山永葆太平。

不一会儿，他俩临近骊河，激昂的秋水喧闹流淌，宽阔的水面被夕阳照射得闪着耀眼的粼光，河床里残留的荷叶，遮盖着嶙嶙瘦石。河水泛起层层浪圈，且流淌且回头，似有无限的眷恋。

成帝和张放跨下快骑缓慢下来，他们着实被骊河景色所吸引。然而，成帝却不由自主地回转身来，遥望远离的骊山行宫，尽管宫舍被丘陵树木所隐没，可成帝还在恋想骊山行宫内飞燕歌舞的动人情景，阳阿公主是否已将那龙凤璧锁赐给飞燕，飞燕是满心欢喜地接过龙凤璧锁还是怒容满面地拒绝了呢？辗转揣测，心内涌起一种难以排解的忧郁之感。

　　"陛下，你在想什么？"张放一边问一边将自己的青鬃马靠向成帝。他二人并辔驰行。

　　"没，没想什么。我无意看看。"成帝支支吾吾地回答。

　　"哈哈哈哈……好啊，但愿无意栽柳柳成荫！"

　　"张放，别胡闹了，你我快快赶路吧！"

　　他两沿河堤西下。不多时，只见炊烟缭绕，绿树掩映，原来是一个村落呈现在面前。路旁，设有一个大石碑，上面镌刻着三个醒目的大字："贺家村"。成帝似乎想到了什么，一种难以言喻的隐情随着他的心潮翻上滚下……

　　足下河岸，却是弯弯曲曲的长堤，呈暗灰色。年深岁久，河堤显得老迈，但风采尚在。砌堤的石块高低不平，石缝中滋长着野草苔藓，斑驳嫩绿，仍不失一片生机。

　　成帝将目光移向河心，只见一叶小舟划入荷叶内。舟上坐着两位妇人，年长的有五十岁上下，身着黑色粗布衣裙，头上罩着一块蓝绸方巾，脸上虽然红晕消失，但仍白皙光亮，额上、眼角的皱纹被日月的利刀刻得十分匀细，显得深沉而刚毅，她的面容比起她的实际年龄似乎还要年轻得多。成帝心想：此妇人好生面熟啊！再看那少妇，年龄只在二十二三岁，面容清秀，两只水灵灵的大眼睛像湖水般的透澈，双唇闭起的嘴角微带笑容，显得温静善良。她戴着银耳环，两手腕上套着一副玉镯，上身着粉红袄，下身穿翠绿裤，衣着讲究，首饰大方，水面漂浮的荷叶和粼粼波光，均给这位农家少妇的丽质又增加了几分风韵。

　　两位妇人无视岸上的成帝和张放，手不停闲地打点荷叶，一看便知她们是养藕为生。

　　成帝一看那老妇人，不禁喊了一声："贺夫人！"

　　那老妇人并没有理睬成帝，两只手仍在拨弄着荷叶。

张放在一旁劝阻道："陛下，你可不能认错人哪！"

"没错，是她，明明是她。"成帝相信自己的眼力，说着翻身下马，目不转睛地盯着舟上的老妇人。

张放也下了坐骑，朝舟上仔细看去，说道：

"嗯，是贺夫人，如今她可真成了贺章的遗孀了。"

原来贺章字仲卿，祖籍泰山郡钜平县，因其人好读书，有才学，敢进谏，被成帝祖父宣帝封为谏大夫。元帝初年，贺章迁官左曹中郎将，因诋斥中书令石显而被石显所陷害，竟被免官为庶民。成帝登基不久，忽然想起谏臣贺章，便下圣旨，召回贺章，调任司隶校尉。

一天，成帝上朝理政，大司马大将军、母舅王凤谏道："为笼络名臣良将，何不将司隶校尉贺章册为京兆尹？"成帝当即准奏。第二天，贺章接旨上殿受命后，知道王凤推荐自己，心中万分感谢。傍晚，贺章回到府中，见到贺夫人，讲述被荐之事，贺夫人也格外高兴，吩咐家令摆酒祝贺，勉励贺章道："仲卿切忌奢傲，仍需锐意进取。"贺章听了妻子一片衷言，不禁觉得脸上有些发烫，歉疚地说道："下官之所以有今日，多亏夫人当初的指教。"贺夫人知道丈夫所想，笑了笑说："你我乃结发夫妻，何必这般过谦？"

原来贺章少时家贫，游学长安，只有妻子相随，昼养藕，夜织棉，供贺章读书求官，全村人皆知贺章妻贤惠好强。一天，贺章偶然患病不起，头上发烧，嘴唇干裂，困卧牛衣中，自恐因病将死，与妻诀别，便抽抽搭搭哭起来了，眼中泪水流个不住。妻子不禁怒容满面，拍案吼道："仲卿，你太无志气了！疾病乃人生常事，为什么涕泣不休，作此鄙态哩？！"贺章被妻子一激，先是满面羞愧，后是精神陡振，他的疾病亦日趋痊愈。

翌年改元阳朔，定陶王刘康来到长安，入得朝中，见到成帝，以兄弟情分企图留朝供职。大司马、大将军王凤恐刘康参与政权，同成帝分庭抗礼，便援引战国时期诸王侯兄弟之间明争暗斗之例，劝说成帝不可无视那些悲剧，请遣送定陶王刘康返国回府。可是，成帝不听王凤的劝谏，惹得王凤非常气愤，拂袖离朝而去。

成帝心内偏有自己的主见，不仅不让刘康离朝，而且格外体贴关心，与其朝夕相伴。当然，成帝心中自有缘由，这是因为回顾先帝在世期间，曾欲立定陶王刘康为太子，事不果行，当时刘康却并不介意，居藩供职，现在许皇后皇子未生，他日兄终弟及，永无不可，因此将刘康留住朝中。过了两个多月，忽然天文骤变，遇到日食，朗朗乾坤一下子蒙上了阴影。王凤一看时机已到，趁势上书，谓日食由阴盛所致，定陶王刘康久留京师，有违正道，故遭天诫，宜亟令归国才是。成帝虽然不忍心趋之，但见王凤讲得头头是道，条条是理，不得不顺从母舅之意，于是痛心采纳王凤书谏，遣刘康东归。刘康感激成帝多日照应关怀之情，实难舍难分，双目滚下一颗颗晶莹的泪珠，涕泣而别。

王凤见刘康离朝，心中涌起快意，扬扬自得。满朝文武无人争辩，独有京兆尹贺章心内不服，揣着郁闷的心情下朝回府。贺章见到贺夫人，陈述朝中王凤诬陷定陶王的经过，准备第二天上书纠偏。

贺夫人听后觉得丈夫太冒险了，连忙劝阻道："王凤乃皇上母舅，当今王氏专权，非你一人所能左右。仲卿，切不可盲目胡行，你何必以卵击石？！"

贺章反驳妻子道："我身为京兆尹，应尽职权！逢人不说人间事，便是人间无事人。"

贺夫人苦苦哀求，再次劝阻："仲卿，你这样会惹下祸端的。人当知足！难道你忘了当初，独不念牛衣涕泣时吗？"

贺章已义愤填膺，竟摇首作答道："这非尔女子所能知晓，汝勿阻我！"说完奔向案几，伏案持笔疾书，直陈封事，将日食事归罪王凤。次日贺章便即呈奏。

成帝阅罢此奏折，颇为感动，心内暗暗赞叹贺章，不愧为汉室谏大夫，于是，复召贺章。贺章奉召入朝，侃侃直陈，大略是说：

　　臣闻天道聪明，佑善而灾恶，以瑞异为符效。今陛下以未有继嗣，引近定陶王，所以承宗庙，重社稷，上顺天心，下安百姓，此正议善事当有祯祥；而灾异迭见者，为大臣专政故也。今闻大将军凤，猥归日食之咎于定陶王刘康，遣令归国，欲使天子孤立于上，专擅朝事，以便其私，安得为忠臣？且王凤诬国不忠，非一事也。前丞相商守正不阿，为凤所害，身以忧死，众庶愍之；且闻凤有小妇弟张美人已尝适人，托以为宜子，纳之后宫，苟以私其妻弟，此乃皆大事，陛下所自见，足以知其余。凤不可令久典事，宜退使就第，选忠贤以代之，则干德当阳，休祥至而百福骈臻矣！

成帝见贺章说得有理，道："非京兆尹直言，朕尚未闻国家大计。现有何人忠贤，可为朕辅佐江山？你尽管荐来！"

贺章回答道："莫如琅琊太守冯野王。"成帝点头。

不料，这一席话竟被一个宦臣传到王凤耳中，王凤大怒道："贺章狗子，负义忘恩！待他入朝，老夫定跟他拼命！"

身旁，有一位双目失明的体己幕僚，名叫杜钦，马上劝止道："大将军息怒，此事要暂从忍耐，如依火气盲行，恐遭陛下不满！"

"依杜先生之意，如何行事？"王凤倾心问道。

杜钦足智多谋，稍思片刻，计上心来，胸有成竹地说道："大将军，附耳上来！"王凤走到杜钦跟前，微屈身子，听候杜钦主意。杜钦附耳说了数语，王凤开始消融怒气，点头称是，依照杜钦的安排做去。

后来，贺章入狱，被乱棍打得遍体鳞伤。妻子及儿子贺岩也被连坐下狱，与贺章隔舍而住。

数天后，十六岁的贺岩夜起恸哭道："母亲！晚间，狱吏检点囚人，我闻他历数至九，今夜只呼八人，定是我父性刚，先已去世了！"

章妻听贺岩一讲，吓得浑身战栗，踉踉跄跄地走至狱门，恸声疾呼："仲卿——仲卿——"

翌日，问明狱吏，贺章果然已死。

原来，王凤一面听从杜钦计策，上殿递书辞职，一面暗中却向王太后乞怜。太后终日流涕，不肯进食。成帝左右为难，只得诏慰王凤，令其复职亲事。可是，王太后未肯罢休，定欲加罪贺章。成帝万般无奈，乃使尚书出头，弹劾贺章并将贺章及全家人逮捕下狱。贺章知道已被王凤所陷，死罪不可避免，于是在狱中自尽。

……

成帝将缰绳交与张放，转身朝河内小舟又一次大声呼唤："贺夫人！"

舟上那位老妇人果真是贺夫人。她欠身抬头，落落大方地应了一声："正是老身。您是陛下喽？！"其实，她在听到成帝第一声呼唤时，双目余光早已窥视到对方，但见成帝坐在马上，并未下鞍，再加上往事涌上心头，故装作没听见。

此时，那位少妇起身，站立船头。

"贺夫人！"成帝说着走近岸堤，关切地问候道，"分别十载，你的身体如何？"

"托陛下洪福，苦命人焉能草草了结终生！"

"你怎么来到这里度生呢？"成帝问道。

"陛下，真是贵人多忘事。当年，我的丈夫被你们逼死后，你正要判罪置我们母子于死地时，多亏阳阿公主上殿保奏，才使我和岩儿大难不死。我本想回故里泰山郡钜平县，但阳阿公主再三挽留，才在牛仔村落脚谋生。那年干旱成灾，全村死亡数十人，我将自己多年的积蓄资助全村，救活了许多乡邻。从此，我投靠村子里的父老兄弟，重操旧业，养藕度残生，乡亲们为了感谢我们贺家，将这牛仔村改为贺家村！"

"惭愧！惭愧！"成帝有生以来，第一次当着庶民百姓的面责备自己。他又将目光抛向舟上的少妇……

贺夫人马上说道："儿媳，岸上的官家是当今陛下，你快快参拜！"

那位少妇跪拜于船板上，说道："民女向陛下叩头！"

"平身！"成帝说着又面向贺夫人，"她唤何名？"

"姓牛，名莲花。"

"你儿子现在哪里？"成帝又问道。

"骊山行宫。"

"哦！我知道了。"成帝马上想到骊山之行遇见的贺岩。

"陛下可曾看见贺岩？"

"朕和侍中张放去骊山射猎，碰见你的儿子。"

"为答谢阳阿公主救命之恩，我命岩儿到她的宫内当仆人，闲时登山射猎，给公主寻觅些野味。"

成帝见贺夫人虽女流之辈，但侠义豪爽，不禁心中生出几分敬慕之情，为赎往日过失，又关切地说道：

"贺夫人，你是否随朕一同回京，朕安排你的生活。"

"多谢陛下！几年来，阳阿公主多次催我和儿媳入骊山行宫，我全谢绝了。我从小善养荷藕，靠自己的双手换来衣食，活着有趣味。"贺夫人婉言谢绝。

成帝见贺夫人有一身丈夫气，不再勉强，回头对张放说：

"你将随身带来的散碎银两给我。"

张放从衣内取出一个红绸布包，递给成帝。

"贺夫人！请你收下这一百两银子。"成帝说着，将银两布包掷于船板上。

贺夫人一见银两，脸上立即掠过一片阴影。她从小不愿受人施舍，何况丈夫死于皇家，怎能收这种银钱呢！她拾起银两包儿，一边扔向岸堤，一边大声嚷道："我们贺家不缺皇家的钱！"

说完，她一挥手，让儿媳操起桨，划舟奔向河心。

成帝听了这句话，如同一阵皮鞭抽打在自己的心上。他看了看小舟，心中怅惘若失。他慢慢抬起脚步，两条腿如绑上沉重的沙袋，亦步亦趋地走向张放，伸手接过缰绳。

红日快要落山了。

远处，骊山肩头上好像镶着绚烂的橘红色花边儿。一朵朵玫瑰色的彩云飘游天际，沐浴在残阳余晖中的蓝田山、太华山仿佛涂上一片丹漆。但在咸阳塬上的秦宫废墟，只是朦朦胧胧，隐隐约约，偶尔升起一缕炊烟在晚风中摇曳，由北向南飞行的雁阵嘎嘎鸣叫，其情景显得那么凄凉！

成帝和张放扬鞭促骑，奔向长安……

第二章　飞燕离行宫

　　傍晚，一阵轻飘飘的秋风，从骊山主峰那边沙沙地吹过，微微地掀翻松柏树冠，满山满谷的鹅黄树叶和绿翠针叶发出一片轻荡荡的簌簌声。树上，伏巢的两只白鸽咯咯地低声叫着。忽然，一阵大风掠过，一只白鸽展翅离巢，向深灰色的苍穹飞去。巢内的另一只白鸽不停地摇动身躯，晃着头，朝着天空咯咯地急叫着……少顷，风止树静，万籁俱寂。

　　骊山行宫上空，一朵白云随着微风悠悠飘动。它像在俯瞰着人世间悲欢交加、苦乐相掺的一幕幕悲喜剧。

　　骊山行宫院内，三五成群的美人窃窃私语，议论着赵飞燕被当朝皇帝选拔入宫的事。

　　西厢房内，烛光通红，不时地响爆着烛花。红缎床上，坐着两位女郎，一位是赵飞燕，一位是赵合德，她俩本是孪生姊妹，都在阳阿公主家中学习歌舞。

　　飞燕、合德原姓冯，母系江都王孙女姑苏郡主，曾嫁中尉赵曼，暗地与舍人冯大力之子万余私通，则孪生二女。姑苏郡主分娩时不便留养，万般无奈，才将她俩弃诸郊外，三日不死，方始收归。

　　传说，此二女曾在旷野吸吮了母虎奶汁，所以才保存了幼小的生命！此时，飞燕含羞低首，忧心忡忡，一双白嫩纤细的玉手不时地摆弄那只光泽四放的龙凤璧锁。

　　合德焦虑地望着飞燕，不无挽留地劝阻道："姐姐，你真的愿意啦？"

飞燕摇了摇头，似有无限情思，无限惋叹，无限惆怅……

"姐姐，你可要想好了，皇家的宫门好进不好出啊！"

妹妹的提醒，使得飞燕默不作声，沉思静想。她似乎在登高遥望，只见红墙院内，宫女群聚，御林军森严，文弱女子得入宫闱，不用说越墙离宫比登天还难，就是随便传言交语也是绝不允许的。她似乎又听到宫墙外边合德的喊声："宜主姐姐——宜主姐姐——"想到这里，飞燕不禁觉得有些恐惧，睁大了双眼，"唰"的一声将龙凤璧锁扔在地下，两臂使劲地抱住合德：

"妹妹，我离不开你呀！"

顿时，合德感到一股暖流涌遍全身，一双手用力地抓住飞燕的臂膀，生怕外人抢走姐姐似的，两只眼睛不停地忽闪着，晶莹的泪珠夺眶而出，流到腮下。

飞燕瞪着双眸，没流眼泪。她深知此一去，很难见到妹妹的面了，为了不伤妹妹的心，强力控制感情的潮水，安慰合德道：

"妹妹，别难过，姐姐还会回来的。"

"回来？"合德摇了摇头，心里知道姐姐在违心地劝自己，但她又怕姐姐过分伤心，于是装成相信的样子，点了点头，"回来……姐姐会回来的！"

合德又流出一连串痛苦的泪水。

地下，一缕光亮映入飞燕的眼帘，她定眸一看：啊！龙凤璧锁。她那颗麻乱惶惑的心，又一次被抓紧了，刺痛了。

飞燕倏地松开双手，嗖的一下站起身，急火火地猫腰拾起龙凤璧锁，双手颤抖地捧着这件皇家祖传的奇珍异宝，心情万分沉重地道：

"妹妹，这若是被皇家人知道了，你我的性命恐怕难保！"

"姐姐，皇家人强迫我们，难道还不让我们说句话吗？"合德极其天真地说。

"你净说傻话，平民百姓在皇家人面前还有什么理可辩？俗话说，君命难违呀！"做姐姐的飞燕似乎比当妹妹的合德懂得的人世间道理多一些。

合德听飞燕这么一讲，端坐床上不动，凝神静思。她们从小失去父母，四处奔波，流浪长安街头，卖唱糊口度日，遭遇人们多少冷眼、白眼，特别是一些男人递来的戏谑的贼眼。现在，好歹有一个安身之处，稍稍得到平静。

如果姐姐奔入皇宫，那么还不如重回长安街头，独自卖唱为生。合德的心里疲惫极了，感觉自己像在波涛狂涌的茫茫海面上漂荡颠簸的孤零零的小舟，还不如即刻倾覆沉入海底，换得安然、泰然和超然。刹那间，她在沉默中形成了可怕而坚定的信念：取出砒霜，快活地吞下，永远永远地闭上眼睛……

合德欠身离床，走到自己的衣箱处，打开箱盖，从包裹内取出一个小小的红绸布包儿。飞燕立刻领悟到合德的心思，厉声问道：

"合德！你拿砒霜干什么？"

合德"哇"的一声哭起来了。

六年前的一天，飞燕和合德站在长安街头卖唱。忽然看到对面酒馆里蹿出一个富翁，年纪大约五十岁，身后还跟着四名家丁，这富翁一挥手：

"把两个女子给我带走！"

家丁们蜂拥而上，扭住她俩的胳膊，连拖带拉，穿过一条条街巷。

她俩哭号着："救命呀……救命啊……"

十字路口处，只听空中一声怒吼："站住！"一位身材高大的壮士由楼阁脊端跃下，轻轻落地。那富翁吓得浑身抖成一团，用手指着壮士说道：

"你，你要干什么？"

"把人放下！"壮士厉声道。

富翁故作镇静地说："这里没你的事！"只听"啪"的一声，壮士飞来一脚，将富翁踢倒在地。富翁叫苦不迭："哎哟……哎哟……"

家丁们放开飞燕和合德，呼啦一下跑到富翁跟前，搀着他的胳膊，一溜歪斜地朝前走去。富翁回过头来，嘴硬地说道："你，你等着！"

飞燕和合德跪在壮士面前，一边叩头一边道："多谢壮士救命之恩！"

"快快请起！"壮士说道。

飞燕、合德两张洋溢着少女晕色并挂着泪滴的脸庞，呈现出极度的感激之情。

壮士催促道："天色已晚，你们快回家吧！"说完，转身离去。

第二天一大早，她俩穿过长安街头，径直进入一家中药铺。飞燕用头一天卖唱挣来的钱，向老板买了一包砒霜。合德从衣兜内取出一块红绸布，精心地包好砒霜，又藏装在衣兜内。姐妹俩重返街头，继续卖唱。她们嗓音甜亮，身心清爽，似乎衣内的砒霜是防止遭人抢劫的"壮胆剂"。因为她们已经商量好，一旦再被歹徒抢走，就吞下砒霜，到另一个世界去寻找安然和幸福。

这时，一阵簪环佩饰的响声传来。人们回头观看，一队卫士、宫娥簇拥在玉辇后边，朝着围观卖唱的赵氏姐妹走来。人群立即散开。飞燕、合德惊恐万状，瑟瑟发抖，急忙倒退着脚步，躲到一个墙角处，两双大眼直瞪瞪地盯着玉辇上的女子。那女子身穿黄缎绣凤袍衣，衣边和袖口镶着闪闪发光的珠玉，一头乌发高高隆起，绾着花式发结，别着一支耀眼的坠穗银钗，两道弯眉匀而细，一双大眼亮而有神，姿色秀美，端庄大方。她嘴上不停地赞道：

"唱得好！唱得好！"

跟在玉辇一侧的壮士说道："两位姑娘，不要害怕！"

飞燕、合德仔细一看，说话人正是昨天碰见的壮士，心里那种惶惑、恐惧的麻乱情绪顿时消散了，马上向前走了几步，面对壮士屈身施礼道：

"参见壮士！"

"免礼！"壮士答道。

随即，飞燕、合德站起身。那壮士又说道："你二人快快参拜阳阿公主。"

她俩行跪拜大礼，道："公主万福！"

"平身！"阳阿公主说着走下玉辇。

离散的人群又重新围拢过来，猜测、怀疑、担忧、好奇等各种目光一齐射向阳阿公主和赵氏姐妹。

"二位小姐妹，不必紧张，可否给我们表演一番呢？"阳阿公主说得坦荡而真诚。

飞燕、合德两人对视传语，虽不恐惧，但仍担心，不知道阳阿公主的用意何在。

"二位姑娘，开始吧！"壮士挥手道。

飞燕、合德看了看阳阿公主，阳阿公主点头示意。姐妹俩又互相传递了一下眼神，自动拉开距离，边跳边唱，声脆悦耳，动人心弦：

> 一钩弯月浮云出，
>
> 残光缕缕照茅庐。
>
> 思念亡父与亡母，
>
> 抛下姊妹多孤独。
>
> 夜阑人静瓜舟渡，
>
> 山回岸转泪洗竹。
>
> 离水攀山堂门处，
>
> 几经徘徊欲脱俗。

阳阿公主见飞燕、合德以动听的歌声伴着优美的舞姿，陈述了自己的身世，如泣如诉，愁绪绵绵，不禁鼻孔一阵酸楚，眼眶湿润了，但她忍住了泪水，关切地问道："两位小姐妹，家中父母真的一瞑不视了？"

飞燕、合德同时点了点头。

阳阿公主又坦率地问道："你们愿意跟我走吗？"

飞燕、合德互相瞧瞧，默不作声。

"从今天起，你二人不必在街头卖唱了，随我入宫学习歌舞！"阳阿公主又转向壮士道，"燕赤凤，你回到宫中安排她俩的食宿。"

"遵命！"燕赤凤拱手答道。

飞燕、合德的嘴唇抖动着，浑身战栗了，落泪了，一时说不出话来，一半是被阳阿公主的体贴爱怜所感动，一半是对多年来漂泊无依的生活终有归宿所动心。她俩扪心自问：这是真的吗？皇宫的公主贵人能够体恤疼怜民间的穷苦女子吗？到了宫中还会有人欺侮吗？合德不由自主地摸着衣内小口袋的砒霜布包儿。

"两位姑娘，赶快上路吧！"燕赤凤提醒道。

"是！多谢燕壮士！"飞燕、合德如梦方醒，松了一口气。

她俩随燕赤凤走出人群，只见阳阿公主已经坐入玉辇朝前驶去。

人们的疑团早已解开，报以同情、羡慕的目光。

合德手握红绸布包儿，脸上布满泪滴。

飞燕将龙凤璧锁放在床头上，转身安慰道：

"合德妹妹，人间充满了失落和悲哀，但也充满了幸福，你我不求幸福，总要求得安逸吧？怎能刚遇到风暴就想毁掉自己呢？"

合德仰首看了看飞燕道："姐姐，我不是为自己，而是担心你呀！"

"嗯！我知道。"飞燕的心像针扎一样疼。

合德将藏有砒霜的红绸布包儿放回衣箱内，随即又取出一件闪着光泽的绿缎长裙，双手捧至飞燕面前："姐姐，我这里有一件衣裙，请你收下吧！"

"不不不。你就这么一件好点儿的衣裙，你留起来吧，留着将来随公主外出的时候穿用！"飞燕极力推辞。

"姐姐，你去的地方是皇宫，不比在这骊山行宫，穿戴不齐，将会遭人耻笑的。"

"我还有衣裙，怎好动用妹妹的？"

"姐姐……这是我的一点心意，难道你就不理解吗？"合德急得眼眶涌出泪水，将衣裙塞到飞燕的怀里。

窗外，传来三更钟鼓。子夜，蟋蟀鸣叫，秋风瑟瑟。窗棂子被冷风吹得噔噔作响，窗纱一起一伏，室内的花烛火苗不时地东倒西歪。

飞燕、合德打了个寒战。她俩解衣欲寝，熄灭烛光。整个寝室一片漆黑。

翌日，晨光微弱，东方刚刚吐现鱼肚白，大半个天空还是青黛色。

飞燕、合德一夜没合眼，还没等鸡叫三遍就起了床。姊妹俩点上蜡烛，梳洗打扮，换好服装。合德将龙凤璧锁套在飞燕的脖颈上。飞燕对照铜镜，左看看，右瞧瞧，胸前宝物闪烁着刺眼的光芒，那千般怨恨似乎被这光芒融化了，不禁甜甜一笑。合德看到飞燕的样子，心中好似得到无限的慰藉，半认真半玩笑地道："姐姐，别照了，待你当上皇后，再仔细打扮也不迟啊！"

飞燕的心有点慌乱了，离开铜镜，嗔怨地说：

"该死的！像你我这般穷苦人家出身的孩子，怎么能想一步登天的事？"

合德不敢再说下去，她知道，想的说的多了，得到的少了，反而会扫兴的。但她清楚地懂得，姐姐身上最值得炫耀的，恐怕是"飞燕"的美称了，这不仅是对姐姐舞姿的赞赏，而且是对姐姐体形美的赞誉。

晨曦映入，室内光明。飞燕熄灭烛灯，合德将飞燕的两个包裹放在床头上，而后，她们走出房门，沿着院心的青砖小路，拐入西侧的月亮门，进入演武厅院。这里，是阳阿公主宫内男仆的院落。飞燕、合德准备同他们辞行告别。

她俩没走几步，就听得"嘿！嘿！嘿！"的吼声由远而近，震耳欲聋，似晴天惊雷，似山崩地裂；接着又听得"唰！唰！唰！"像枝杈相交，树叶摔打、飘落的响声。她俩定睛细看，原来是燕赤凤又开双腿，站在榕树底下，左手撑扶腰间，右手挥舞军棍，飞上趋下，左右旋转，时而棍飞似流星，时而棍转如圆月，针插不进，水泼不入，令人眼花缭乱，棍棒不时地击中那棵古老的榕树枝杈。这棵榕树已有一百八十多年的历史了。据说，先王高祖遣使臣陆贾去招抚南越王赵佗，陆贾从南海返回的途中，由广东带给汉高祖刘邦这棵榕树苗，以表南越王赵佗归汉称臣的一片忠心。刘邦便派人将榕树苗栽种到骊山西北处。后来，阳阿公主为了不忘先王高祖，在修筑骊山行宫时，万分精心地把这棵榕树保存下来了。飞燕、合德除了被燕赤凤的武艺折服外，还被眼前的榕树吸引。只见十余棵高大的榕树，耸立在演武厅院内，形成一片遮天蔽日的浓荫，步入这树林，如同置身于一座绿色的宫殿，幽静清爽，心旷神怡。

"姐姐，在这片树林下习武，多舒服啊！"合德说着，用手指了指前方。

"哎，你以为这是一片树林吗？其实它们本是一棵树，一棵大榕树！"飞燕反驳道。

合德听飞燕这么一说，赶紧仔细地瞧了瞧，可不！位于中间的那棵古老的榕树，在空中的枝头上密密匝匝地又滋生出许多气根根须来，侧垂在地面上，不知何时，接近地面的根须又从泥土中生出新芽，长成新树，往复无穷，年深月久，终于长成这片绿色的榕树林。

"这就叫独木也成林哪！"飞燕莞尔一笑。

"这么说，姐姐一人入宫，倒不觉得孤独了！"合德趁机嘲讽道。

"瞧你说的！你我乃同胞姐妹，我走到天涯海角，忘了谁，也忘不了你呀！"飞燕着实有些生气。

"好啦好啦，说句玩笑话，你就当起真来了。"合德急忙和解。

燕赤凤看见了飞燕与合德。他停止手中兵器，关切地问道：

"飞燕姑娘，准备好了吗？"

"多谢燕壮士！"飞燕施礼道，"我走后，请燕壮士多多关照合德妹妹。"

"给燕壮士添累赘了！"合德谦敬地施了一礼。

"请二位姑娘尽管放心！"燕赤凤放下军棍，拱手说道。

"燕壮士，你看见义父了吗？"飞燕问道。

"他在箭亭前，同贺岩一起走马射箭呢！"

提起义父，还有一段令人难忘的往事。这位义父姓赵名临，除了给阳阿公主做家令外，还善骑射猎。年已四十五岁，但从未娶亲，多年来一直过着独身生活。阳阿公主念他忠心、殷勤，又孤独可怜，所以非常关照、信赖他。在这所宫院内，他可算年岁最大的一位了，人们惯称他赵令伯。飞燕、合德刚入宫时，姐妹俩不足十二岁。一天晚上，阳阿公主兴致勃勃，召集歌女、舞女们到银玉堂前欢跳歌唱，但唯独不见赵氏小姐妹。赵临被阳阿公主指派，到赵飞燕、赵合德寝室内寻视，结果发现姐妹两个双双患病卧床。他用手一拭她俩的前额，感到灼烫掌心，马上回身请来方士医治，还特意到膳房安排美食佳肴。打那以后，姐妹两个觉得赵临这位长者又和蔼又可亲，再加上都姓赵，姐妹俩便跪倒在赵临膝下，磕了三个头，拜认为干爹了。六年多来，赵临关心飞燕与合德，无微不至，经常在晚间给她俩送来好吃的。每逢佳节，他还花用自己的俸银，为姐妹俩买来贵重的首饰，视两个干女儿为掌上明珠。

有一年，飞燕突然得了一场重病，又呕吐，又腹泻。方士诊治，确定病情为伤寒症。赵临忙里忙外，送汤送药，终于使飞燕大病初愈。但是，飞燕的乌黑头发脱落了，说话声音嘶哑了。他非常担心，唯恐飞燕不能歌唱和跳舞，便四处访医求治，特意到长安请来一位高手。那方士告诉赵临："需重金购买或上山猎获一虎胎，放在三百年前的老瓦上，烙成黄片，研成粉末，再用陈酿三十年的白酒冲溶服用，方可治愈此病。"方士走后，赵临反复琢磨方士告知的药方和这笔重金的来源。自己在阳阿公主家当仆人，过着寄人篱下的生活，哪有那么多的钱财，一时间愁得他寝食不安。

冬夜，大雪纷飞。他走到飞燕、合德的寝室窗前，风声、雪涛声、飞燕痛心疾首的哭泣声，混杂在一起，撕人肺腑。

他走出宫院，朝东南骊山方向张望，脑海中不时地翻腾虎胎的影像。朔风卷射着雪花，像鞭子一样抽打在他的脸颊上，但他丝毫没有疼痛的感觉。忽然传来怪声，"嗷——嗷——嗷——"他屏住呼吸，心里马上明白了，这是猛虎吼声。虎啸群山动，狮吼震天响！虎啸声压住了林涛声；心中奔腾的焦急的潮水激励他上山擒虎。但他又想，只身孤胆，岂不陷入险境！便想到贺岩。贺岩擒虎捕熊已有多次，宫院上下无人不晓，对人愿舍一片心，遇险敢献一身胆。赵临返回演武厅院，进屋叫醒贺岩，将上山擒虎、获取虎胎、治疗飞燕疾病的事述说了一遍。贺岩二话没说，起身穿衣，背弓挎箭，手持钢叉，随赵临步入马厩，牵过坐骑。

他二人飞身上马，雪夜奔往骊山。

夜半三更，贺岩同赵临果然射死一只虎，可是他们走到死虎近前一看，却是一只公虎。

他二人气冲霄汉，志坚如磐石，立即点亮松树火把，跟踪公虎踏踩雪山的足迹，继续向前寻觅。寻觅中，发现公虎来自一个山坳处的石窟内。贺岩让赵临守住洞口，严阵以待，自己一手拿火把，一手持钢叉，蹑手蹑脚地逼近洞穴。突然，两道绿光闪烁，灼灼逼人。贺岩定睛一看，一只猛虎赫然出现在面前，两只大眼直瞪瞪地盯着他，他不由自主地嚷了一声："虎！"

赵临闻听喊声，也毫无惧色，擎火把，持弓箭，急步跟入洞内。

贺岩看得清清楚楚，那只猛虎卧入洞角的柴草堆中，正在吃一只黄羊，安详自得，岿然不动。他将火把交与赵临，从背后抽出一支羽毛箭，搭弓欲射。那只虎怒目圆睁，欠了欠身子，发出"嗷"的一声怒吼，惊人心胆。就在这一刹那，只听"嗖"的一下，箭离弦，入虎口。赵临高高举起火把，高兴地喊道："射中了！射中了！"

"嗷——"那只虎又吼了一声，晃了晃头，倒下了，殷红的血由虎口流出。

"快！快看看！"赵临焦急地喊着。

"慢！"声落又出，"噌"的一声，贺岩将那把钢叉准确无误地投掷于虎头的天灵盖上。钢叉在虎头上晃动着，虎躯翻动了一下，咽了最后一口气。

他二人飞步跑到死虎跟前，仔细查看：嗬！这是一只五色斑斓猛虎，虎头赛狮头，虎身胜牛身，体重足有五六百斤。贺岩伸手抓起死虎的后爪，仔细一瞧，嘿！这果真是一只母老虎，他兴奋地说道：

"赵令伯！这是一只母虎，肚子这么大，腹内一定有胎儿。"

"对！天无绝人之路，你我快快动手吧。"赵临说着将火把插入洞角上方的石缝中，伸手协助贺岩。

贺岩从靴子里抽出匕首，三下五除二，两手麻利地挑开了虎膛，由母虎小腹中顺利地取出胎儿，精心剥落，出乎意料，还是活脱脱的"双胞胎"。

赵临脱下衣衫，包好两个虎胎。

他俩一前一后，走出洞穴，翻身上马，飞下山去。

贺岩带着虎胎直奔贺家村。他找到妻子牛莲花，说明情况。夫妇俩急人所急，四处寻瓦觅酒，按照方士的嘱咐办了。

飞燕服下此贵重药物，疗效甚好。不足一月，她的乌黑秀发又萌生了。伤寒病也得以痊愈，力气既大，胆量又增。为此，飞燕不止一次地千恩万谢赵临与贺岩，还买了不少礼品和衣服，专程赴贺家村，答谢牛莲花。合德见姐姐得以新生，似乎变成另外一个人，便悄悄地偷服了飞燕服用剩下的虎胎药物，力量和胆量也均有所增。自此，她们姐妹怕热不怕寒，还破了戒，开始对肉食感兴趣，改变了十多年来不沾半点腥的习惯，第一次吃荤腥、吃肉食，就是吃的老虎肉。

飞燕、合德穿过绿葱葱的榕树林，绕过演武厅，走至后院的箭亭前。这儿，秀木枝叶斑驳，野草茸茸铺地，一方绿洲点缀楼台殿阁。奔马驰行的跑道两旁，松、柏挺拔，吊挂箭靶的一排白杨树，昂首于坡前。

"嘚嘚嘚！"一阵蹄声过后，两匹快骑由松柏林子穿出，奔跑在跑道上。贺岩座下一匹枣红马，跑在前边，赵临胯下一匹青紫色、白鼻梁的四岁小骒马，紧紧跟随在后。枣红马疾驰如飞。那青紫色小骒马温驯得有时像只绵羊，跑起来非常平稳，蹄声节奏鲜明。他俩不住地挥鞭，两匹快骑更加撒欢儿了。两匹马的脖子上流出了汗水，他俩的前额也沁出汗珠。只见贺岩从鞍鞯上摘下弓和雕翎箭，马儿兜了三圈，他射了三箭，箭箭射入靶心。而赵临策马兜了三圈，搭弓射出三箭，两箭射在靶子的右上角，只有一箭算是靠近了靶心。

飞燕、合德一下子猜出义父的心思，一定是因飞燕入皇宫而忧心忡忡，所以无心走马射箭。飞燕唯恐义父思绪不宁，失落于马下，她大声喊道：

"义父——贺兄——"

赵临、贺岩听到喊声，立即勒缰停奔，贺岩一面翻身下马，一面说：

"赵令伯！飞燕她来了，咱们回吧！"

"不！"赵临严峻地道，"再射几箭！"赵临双脚磕碰了一下马镫子，狠狠地挥了一鞭，青紫色小骒马扬蹄疾驰，兜了三圈，又射了三箭，三箭全飞了。他挥鞭策骑准备兜第四圈的时候，忽然又听到飞燕、合德的喊声；

"义父——义父——快回来——"

随着喊声，贺岩已跨上枣红马，追随过去。待枣红马靠近小骒马，贺岩伸手一把抓住小骒马的缰绳：

"赵令伯！早饭后飞燕就要离开这里，她们是前来辞行的。"

赵临停下坐骑，沉默不语。但他心里翻腾不止，几年来，他拿飞燕、合德当自己的亲生骨肉，没想到，还没等自己年近古稀，有所依靠，飞燕就要离开他了。俗话说，皇宫难进亦难出！今生再想见到飞燕一面，恐怕得到梦境里了。他心内感到无限惆怅和失落……

"义父！义父！"飞燕、合德跑至赵临马前。

赵临下马。贺岩从赵临手中牵过小骒马，直奔箭亭旁边的马厩。

"义父大人，请接受女儿临行前的大礼参拜！"飞燕伏地，施跪拜大礼。

"罢了，罢了，望飞燕孩儿多多珍重。"赵临从腰内取出一个小白布包儿，递向飞燕，"给！这是我多年来积攒的散碎银两，留给你进京城花用吧！"

"不！往后您上了年岁，生活、治病都离不开钱哪！"飞燕百般谢绝。

"拿着！我一个孤身老头子，留那么多钱也无用。"赵临将银两塞给飞燕。

飞燕双手捧着银两，嘴唇颤抖着，嗫嚅地说："义父……您对我……操尽了心……出尽了力……冒着生命危险，救了孩儿一条命。我今生今世，也报答不了您对我的大恩大德……"飞燕心肝如碎，潸然泪下。

"别这么说。我一辈子没啥可求的，只是盼望年老了，不受孤独之苦。"赵临默默地流下泪滴，眼睛看着远方，"你们都长大了，怎么能总守着我呢？我百年之后，你能够走出皇宫，到我的坟前……烧一把纸……我也就……心满意足了……"

"义父……"飞燕、合德再也抑制不住了，大声地哭泣着，跪倒在赵临膝下。

"孩子……"赵临仍在默默地淌泪。

贺岩大步流星地走过来，对赵临说道：

"赵令伯，你不必伤感，飞燕走后，还有合德，还有我贺岩呢。"

飞燕、合德听到贺岩的说话声，停止哭泣，欠身站起，面带泪痕，移步于贺岩跟前，微微倾身道："多谢贺兄往日救命之恩，请受小妹一拜！"

两人跪伏在地，叩头施礼。

"二位贤妹，往事不足挂齿，请快快起身。"贺岩双手搀扶起飞燕与合德，转身又对赵临道，"咱们赶快吃早饭吧，饭后及早送飞燕登程。"

他们四人离开演武厅院，朝膳房走去。

两天来，骊山行宫张灯结彩，整座宫院似乎都充满了欢乐，一扫往常冷落空寂的氛围。

寝室内，阳阿公主刚刚用罢早膳，宫女彩云进入禀报道：

"启禀阳阿公主，贺夫人到！"

"彩云，传我的话，有请贺夫人，二堂前叙话。"

"是！"彩云朝宫门走去。

阳阿公主步入二堂等候。

少顷，彩云提着一篮子鲜藕，领贺夫人进入。

阳阿公主同贺夫人彼此寒暄了一番后，二人落座。

"公主，这是贺夫人给您带来的鲜藕。"彩云将竹篮递向阳阿公主。

"这么远的路程，夫人费心了！"阳阿公主谦敬地道。

"公主，您对我们全家，对我的岩儿，恩德无量，呈这么点儿薄礼，我真过意不去。"贺夫人心内不安。

"好吧，我收下。彩云，将藕交与膳房，留着午餐时吃用。"

"请问公主，这宫院里里外外张灯结彩，办什么大喜事呀？"贺夫人好奇地问道。

"昨日，皇上前来骊山射猎，顺便到宫内来看我，无意选中舞女飞燕，准备今天送她去皇宫。"

"噢！这又是皇家的福气。"贺夫人先是嘲讽，后又皱了一下眉头，脸上呈现出鄙夷的神色，"哼！只要是皇上看中了，谁也别想逃脱。"

"贺夫人，你……"阳阿公主欲劝贺夫人。

"土地、山河、城城镇镇、村村落落，还有这美妙女郎，人间的一切都是属于皇帝的！"贺夫人打断阳阿公主的话。

"贺夫人，你的怨恨难道总也不能消除吗？"阳阿公主劝解道，"世上的喜、怒、哀、乐，功、过、是、非，不仅皇家有，而且民间也有，您不能只怪皇兄。"

"阳阿公主，你既然这么同情你们皇家，干吗非要离开京城，跑到这骊山建一行宫，置终身于旷野，逍遥度日呢？"贺夫人一字一句地问道。

"这……"阳阿公主无言以对。

"公主，请您发一下慈悲，将飞燕留下！"

"那怎么行呢？圣命难违呀！"

"飞燕同意了吗？"贺夫人继续问。

"昨天晚上，我已将皇兄赠赐的龙凤璧锁交给了她，她没有拒绝。"

"哦！"贺夫人思考着。

彩云快步返回，道："启禀公主，飞燕、合德等人已在银玉堂前等候！"

"好了，我马上就去。彩云，传我的口谕，命燕赤凤、贺岩速到银玉堂。"

"是！"彩云欲走。

"等等！"阳阿公主又吩咐道，"让赵临也来。"

"遵命！"彩云急匆匆离去。

"贺夫人，你我一同去银玉堂，给飞燕送行吧！"阳阿公主转向贺夫人。

"既然如此，我就不见她了。"贺夫人不卑不亢。

"顺便看看你的儿子。"

"岩儿又不去皇宫，什么时候想见就什么时候见！"贺夫人冷冷地回答。

"那好，请贺夫人到我的寝宫休息吧！我一会儿就回来。"阳阿公主站起身，态度亲切而温和。

"多谢公主！"贺夫人起身施礼，而后朝寝宫走去。

阳阿公主来到银玉堂。

"向公主请安！"飞燕、合德、赵临、燕赤凤、贺岩和众卫士、美人们一齐向阳阿公主施礼。

"平身！"阳阿公主挥了一下手臂，叮嘱道，"飞燕，今天你就要去皇宫了，到那儿以后，严守宫闱纪律，遵守汉室章程，万万不能惹是生非，到时候本宫去看你！"

"多谢公主，飞燕记下了。"飞燕施了一礼，又屈身跪伏地下，万分感慨道，"多年来，公主待我们姊妹恩重如山，我将永远铭记在心。"说着一连三叩首。

"免礼免礼，快快平身！"阳阿公主伸了一下手臂，道，"你尽管放心去皇宫，我会照应合德的。"

飞燕大礼拜毕，微点额首，庄重地站在一旁。

"燕赤凤！贺岩！"阳阿公主呼叫道。

"在！"燕、贺齐声应道。

"命你二人乘快骑，持兵刃，护送飞燕入京都，一路之上不得有半点差错。"阳阿公主命令道。

"遵命！请公主放心！"燕、贺躬身拱手道。

"赵临！"阳阿公主叫道。

"在！"赵临拱手应声回答。

"你将青紫色小骒马牵至宫门外，供飞燕骑用。"

飞燕向众姐妹施礼告别，离开银玉堂，飘身移步奔向宫门。

合德手持两个包裹，紧紧地跟在飞燕的身后。飞燕来到宫门外，回头看着合德。合德双手捧着包裹，眼眶内早已涌出泪水，难舍难分地说："姐姐，你要……多多保重……"

"放心吧，妹妹！"飞燕千叮咛万嘱咐，"我走后，你要多珍重。宫院里姐妹多，磕磕碰碰要忍耐。每天要早起早睡，不要私自出宫院，免得发生意外和危险。要听公主的话，要照顾好义父。"

"姐姐……我知道了……"合德依偎在飞燕的怀里，大颗大颗的泪珠滚落下来。

马蹄声传来。"妹妹，你回吧！"飞燕从合德手中接过两个包裹，回眸一看——

燕赤凤肩背军棍，手牵一匹乌色白鬃马，贺岩肩背弓箭，手拉一匹枣红马，赵临手拉青紫色白鼻梁小骒马，一同向宫门外走来。

　　"飞燕！把包裹拿过来。"赵临喊道。

　　飞燕快步走至小骒马前，将包裹递给赵临。

　　赵临用一条红绸布带将两个包裹拴在一起，往马鞍上一搭，稳稳当当，催促道："飞燕，上马吧！"

　　飞燕一手接过马鞭子，一手牵过缰绳，翻身一纵，坐上青紫色小骒马，恭敬地道："义父大人，请您保重！"

　　"飞燕，你放心地去吧！"赵临摆了摆手。

　　这时，贺岩、燕赤凤也都翻身上马，随飞燕坐骑向前奔去。

　　"姐姐——姐姐——"合德的喊声不断地传入飞燕的耳中。

　　三匹快骑如风驰电掣般地离开骊山行宫，一阵尘土飞扬，遮住刚刚升起的朝阳。他们绕过山坳，甩下一座座山丘，抛下一片片松林，扔下一块块田地。沿骊水西下，马蹄渐渐放慢。

　　飞燕注目观望，河岸两旁的松树、柏树，还有那一排排高大的白杨树像勇士一样巍然屹立。绿色长廊，爽人心房。在这极目望不到边的绿色中间，有深浅不均的黄，有闪烁发光的金，还有团团簇簇的红。残存于枝间或落于地上的红叶，色彩更加奇妙。秋风吹来，那些红叶如蝴蝶似的纷纷扬扬地飘落在她的身上，将飞燕点缀得像婚礼上的新娘。

　　不知什么时候，他们已经走过标有"贺家村"字迹的石碑。

　　"飞燕！飞燕！"一个女人的声音忽然传来。

　　飞燕、贺岩、燕赤凤勒缰一看，原来是上身裹着披风的牛莲花边喊叫，边跳下船，登上岸来。

　　"莲花嫂子！"飞燕惊奇地喊道。

　　"莲花！"贺岩激动不已。

　　"嫂夫人！"燕赤凤在马上拱手施礼，道，"向您请安！"

　　"燕贤弟，飞燕妹妹！"牛莲花微微屈身施了一礼。

　　"嫂夫人，您专程到骊河岸边等候贺兄的吧？"燕赤凤逗了一句。

　　"燕贤弟取笑了！"牛莲花面带羞涩。

"莲花嫂子你身体可好？"飞燕跳下马，关切地问候道。

"好，好，多谢飞燕妹妹！"牛莲花走近飞燕，问道，"飞燕，你们这是去哪儿？"

飞燕低首不语，窘迫万分。

"我和燕贤弟送飞燕去皇宫。"贺岩在马上爽快地告知妻子。

"哦，我明白了，是皇上去骊山行宫挑选的。"牛莲花回忆起成帝昨天晚上路经贺家村的情景，"祝贺你啦，飞燕妹妹！"

"算你猜对了。莲花，我们皇命在身，不能久留。"贺岩抖了抖缰绳，枣红马开始移动，"飞燕，快上马吧！"

"莲花嫂子，我会回来看你的。"飞燕欲上马。

"等等。"牛莲花解下身上的披风。看上去，这是一件暗褐色的水貂皮披风，密而柔软的细毛，闪烁着一缕缕光泽，其价值是非常昂贵的，"我没啥好衣裙，就把这件披风送给你吧！"

"这我可不能收。谁不知道，这是贺兄冒着九死一生的危险，上山猎取猛虎后，用虎皮跟一个商人交换得来的。"飞燕清楚这披风的来历，也知道贺岩对莲花的一片深情，所以她不肯收下。

"收下吧！我们赶快进京。"贺岩在一旁劝道。

"飞燕，你不必推辞了，贺岩他有擒获猛兽的本领，我想穿什么还不容易嘛！"牛莲花很诚恳，一面将披风围挂在飞燕的肩头，一面向贺岩嫣然一笑。

"这……多谢莲花嫂子了！"飞燕屈膝施了一礼，心中万分感激道，"你们夫妇待我胜过亲生兄姊，我终生难忘！"

"快上马吧，别误了时间。"牛莲花催促对方。

飞燕蹬上坐骑，随贺岩、燕赤凤的两匹快马朝前驰去。

他们绕过贺家村，登上骊河拱桥，横跨潺潺流淌的骊河。骊河南岸便是南山，南山顶峰建有一座隐士住所。他们抛开大道，沿南山北麓，择小路，进入一片无人问津的松柏树林。这儿，野草茂密，灌木丛生。只听到林中的鸟叫声、永不逝息的汩汩泉水声，和不远处传来的隐隐钟声。

突然，三匹马"咴儿咴儿"地乱叫，不住地转圈儿，说什么也不前进一步。咕咚！三个人相继摔下马来。原来是三匹快骑被绊马索绊倒。

"不许动！"一个男人的吼声在林中回荡。

喊声过后，一张巨网铺天盖地地撒下来，将他仨统统罩住。可惜呀，英雄无用武之地！贺岩这位传奇的猎手，两臂纵有超群的箭艺，就像那雄鹰被斩剁了双翅，说啥也飞不起来。燕赤凤，双脚虽有穿房越脊之功，两手又有驱星赶月的棍技，但还没来得及同对手进行一招一式的较量，就被敌人俘虏了。燕、贺心想，出了这么大的乱子，怎么向皇上、公主交代呢？赵飞燕这位皇家意中人，更没料到自己会遇到如此厄运！难道说今日真的是漏舟遇风浪、绵羊入虎口吗？但她似乎胸中有数，毫不畏惧。

"放开我！放开我！你们这些混蛋！"贺岩挣扎着身躯大声骂道。

"老子皇命在身，尔等胆敢残害我们，小心你们的脑袋！"燕赤凤怒吼道。唯有赵飞燕沉默无语。

"哈哈哈……"那男人手持短柄佩刀，走近他仨跟前，挖苦道，"好大的口气！再要胡说，我让你俩的脑袋搬家。"

"你若是不相信，可以跟我们去见皇上！"燕赤凤厉声厉色。

"少啰唆，来人！"那男人大声地命令道。

呼啦一下，从林中跑出一群持矛握刀的卫士。

"将他们仨捆绑起来！"

"是！"众卫士一窝蜂似的冲了过去，不一会儿，将这三个人一股脑地全部捆绑起来。而后，众卫士掀开这张巨网。

"快走！到南边儿的三姑堂！"

飞燕从容地转身回眸，只见这领头的男人身着朝服，头却围一块黄布方巾，两只鼠眼死死地盯着自己，就爽快地说道：

"将军，我们彼此并没有恩怨，你何必干这种冒险的事情呢！"

"实话告诉你吧，今天一大早，我和弟兄们就赶到这南山，主要是为了你这黄花女！"

"敢告诉我吗，你尊姓大名？"飞燕使了一个激将法。

"大丈夫坐不更名，行不改姓，我乃朝中卫尉、侍中，姓淳于名长。"

"淳于卫尉，你可不能后悔呀！"飞燕又扔过一句。

"你不要太自信了，到堂里你就知道了。"淳于长严峻而冷酷。

卫士们押着贺、燕、赵三人直奔三姑堂。

淳于长正欲随众人向南山顶峰走，忽然瞥见地下罗网内一道耀眼的光芒，猫腰拾起一看，啊！皇上的龙凤璧锁！这怎么会落到他们的手中呢？

淳于长将龙凤璧锁揣入腰间衣兜内，大步流星地跟在人群后边，朝三姑堂走去……

第三章　血染三姑堂

眼前，一条突凸大石叠落成的弯曲小路朝山上延伸，陡峭崎岖，异常惊险。

淳于长不时地大声吼叫："快走！快走！"卫士们督促燕赤凤、贺岩赶路，就像押解囚犯一样，推推搡搡，骂骂咧咧。但他们没人敢动赵飞燕，这可能是因为淳于长发现龙凤璧锁后对卫士们已进行嘱咐的缘故。

燕、贺、赵三人双臂受绑，行路更觉艰难。

赵飞燕一眼看到了熟悉的三姑堂。这是一座陈旧破败的建筑，堂里野草萋萋，十分荒凉。

他们来到堂门前。淳于长拳击堂门，大声喊道："开门！开门！开门！"

一位年轻女子急匆匆地打开堂门："壮士，你们这是……"

"闪开！"淳于长将女子拨拉到一边，指挥卫士们推搡着三人进入堂门，横冲直撞地闯入院心。他们脚踏一块块厚厚的碥卤，奔向正殿。

正殿里蛛网密布，阴森逼人。正殿一角，一个中年女子作隐士打扮，静坐于堂，双目微闭，嘴里念念有词。在她的对面，一群年轻女子跪在拜垫上，嘴里亦是念念有词。

吭当一声，正殿大门被踢开，淳于长撞了进来。年轻女子们吓得惊慌失措。那个中年女子微微张眼，倒还镇定："祸哉！祸哉！"

"少废话！你一定是这儿的管事了？"淳于长蛮横地问道。

"正是草民。"中年女子左手垂于胸前道，"静心寂守伴云霞，青山深处无人家。官家，这是小女子们的修身之处，闲杂人等还请出去！"

"哟嗬！这儿的规矩还不少啊！"淳于长翻着白眼，冷嘲热讽地说，"不知是哪朝哪代，给你们这些清贫女子找了这么个幽深静僻的地方，今天本官想给你们这儿再增添一个女子，不知你这位管事是否同意收留？"

"但不知官家送来何人？"

"你朝门口看看，就是那位。"

中年管事回眸细看："啊！赵飞燕！"她看到几个卫士簇拥着被捆绑的赵飞燕，感到十分惊讶。

这时，又有两名卫士将燕赤凤、贺岩绑在殿前一棵老槐树上。

"师父！"飞燕微微倾身道，"师父，身体可好？"

"受苦之人，身体焉能不好？"中年管事用袍袖擦了擦眼眶中的泪花。

淳于长走至赵飞燕面前，挖苦道："看来，你们是老相识了，这很好。把你留在这里，老师父会格外照应你的。"

"那是自然。不过，这件事不用你管。"赵飞燕不屑一顾。

"这位官家，八年前，她和妹妹曾披星戴月来到这南山，叩开堂门，泪流满面，再三央求我，到这里落脚，我婉言谢绝。今天，你为何这样对待姑娘呢？"中年管事向淳于长讲述往事。

"这就由不得你们来管。"淳于长扬扬自得。

猛然，他又想起了龙凤璧锁。

淳于长一时难以断定此宝为什么会落入飞燕手中，如果皇帝选妃子，怎么能选一个舞女呢？他觉得这东西就像怀中的刺猬，既不能要，又不能放，真有些扎手，让他进退两难。他来回踱步，反复揣测……

深夜，月光溶溶，银河如带。

淳于长身着耀眼的素袍、玉带，头戴武弁缨盔，足蹬朝靴，轻步进入侯府。一位名唤小翠的丫鬟手提一盏花烛灯笼，迈着轻盈的脚步迎了过来，屈身施礼道："参见淳于大人！"

"免！"淳于长挥了挥手。

淳于长在小翠的眼里并不是陌生人，而是常来侯府的一位花花公子。可能是因为人熟的缘故，小翠半开玩笑地说："哟！淳于大人，您这身打扮是不是去未央宫见皇上啦？"

"呵，是，是啊……"

"从我们侯府里回去也好向您的夫人交代呀！你说是不？"小翠努了努嘴。

"机灵鬼儿！"淳于长用手指了指对方，随小翠往府内前厅走来。

"淳于大人，您家夫人能让您来我们侯府过夜吗？"小翠甩了一句尖酸刻薄的话。

"胡说！"淳于长嘴上说着，手却伸进袍内的小口袋里，摸出一锭银子递向她，"小翠，给你。"

小翠连忙谢绝："不不不，这可不行，若是让我们夫人知道了，胆敢诈取淳于大人的银钱，我这条小命儿恐怕也就难保了。"

"没关系，我担保。"

"请淳于大人尽管放心，我这个无名小辈给你们担保！"小翠说的这话弦外有音，言毕继续给淳于长引路，仍然谢绝了淳于长的银两。

他俩步入前厅，这里烛光通明，华丽耀眼。只见桌案上竖有"龙雒思侯韩宝之灵位"，香炉内烟雾飞腾，给人一种肃穆、幽静、凄凉的感觉。龙雒思侯病故已有一个多月了，灵位尚未挪移。近日来，淳于长常来侯府，看望龙雒思侯夫人许嬺，但每次进府都必须经过前厅，因而也迫不得已地向韩宝之灵位躬身施礼，以示缅怀悼念。这夜，他仍不例外，用袍袖掸了掸全身，用手整了整盍冠，躬下身子，施礼悼念。小翠在一旁也只好陪着施礼。

许嬺是许皇后的大姐，眼下寡居侯府，无人敢趁夜色入府。唯有卫尉、侍中淳于长敢冒此风险。因为他是王太后姐姐的儿子，根深叶茂，贵倾公卿，何况成帝格外宠信他。就连许皇后也另眼高看他，派人馈赠他金钱和乘舆。

小翠将他引到许嬺的卧室门前，停住脚步，轻声说道："淳于大人，你自己敲门进去吧。"

淳于长贴耳于门扉，仔细听了听，室内没有什么声响，他用手轻轻叩了叩门。室内传出一个女人的声音："谁呀？"

"我，淳于长。"淳于长听到许嬺的问话，心内不觉产生一种说不出来的兴奋之情，那颗激荡而又多情的心差点儿蹦了出来。

吱扭一声，门开了。但不见人影。

淳于长回头看了看四周，并无任何人，他放心地进了屋，随手闩上门闩。

"淳于长，你怎么才来呀？"许嬿娇声嫩语，由屏风后边移步出来。

"许夫人！"淳于长一双贪婪的眼睛死死地看着许嬿，多情地说，"你受苦了。"

许嬿一听这话，不觉心内暖烘烘的，鼻孔却一阵酸楚，两颗晶莹的泪珠夺眶而下。

"许嬿，我不是来了嘛，怎么还难过呢？"淳于长抚摸着许嬿的肩头。许嬿虽然年过三十，但面色红润，双眸秀丽，鬓边插着一朵白惨惨的绢花，头顶上的高绾乌发系着一条雪白绸带，身穿一件素缟白色的孝裙，真乃风姿绰约，神态迷人。

淳于长摘下缨盔，脱下蟒袍，又拉住了她的手。

许嬿羞涩地侧过身躯，低下头，喃喃细语道："淳于长……我，我好似一瓣落花……芬香不浓……"

"不，不是这样。你是枯草逢春，生机又还……"淳于长猛然间，狠狠地抱住了许嬿。

"别，别这样……"许嬿虽然嘴上拒绝，但身体无力摆脱，心里一阵阵慌乱，她的眼睛忽然看见自己的白色裙衣，不由得心中一阵痉挛，双臂倏地一动，"我，我身上……还穿着孝服呢！"淳于长一听"孝服"二字，他的心亦好似被针刺了一下，慢慢地松开双臂。

许嬿低首又仔细看了看自己身上的孝服，想到丈夫尸骨未寒，自己心中不禁内疚。

淳于长再次打量眼前的这位女子，艳丽多娇，勾人心魄，越看越好看，越看越爱看。他实在忍不住了，几乎是乞求哀告："许夫人，你，你就疼疼我吧！"

"不。这样我们会落骂名的！"许嬿往后躲闪着，而淳于长一步步逼近。

许嬿目不正视对方，低头央求道："淳于大人，我求求你，你我都应该放尊重些！"

"许嬿！"淳于长面带愠怒，缓慢而切齿地说，"我万万没想到，你会如此对待我淳于长。"

许嬲听了淳于长这句话，似惊雷贯耳，她惊愕地睁大了眼睛，好大一会儿才说："淳于长！不……淳于大人！"说着双膝跪倒在地，眼含泪水，声音颤抖地，"是我不好，冒犯了大人，请您谅恕我吧！"

淳于长看到心爱之人跪倒在自己的膝下，心里觉得不是滋味，赶忙上前搀扶道："许嬲，你怎么能这样？我只不过说了句气话！"

许嬲站起身，走至桌案前，给淳于长搬来一把椅子，道："坐，坐吧。"

淳于长落座后，又拉住许嬲的手，一边抚摸着，一边取下她头上的白绸带。许嬲毫不反抗。她知道淳于长的地位、身份，更知道自己现在的处境以及日后的生活将是怎样的艰难。她，心灵深处的道德防线几乎崩溃了……

淳于长双手解开许嬲的孝裙，露出红色内衣，他刚要熄灭烛灯，只听门扉外边传来小翠的声音："夫人！夫人！"

"哎！"许嬲慌慌乱乱地穿好孝服。

淳于长手忙脚乱地穿上蟒袍，戴上武弁缨盔。

门外又传来小翠的呼叫声："夫人！夫人！"

"哎！知道了……"许嬲一面答应，一面抓紧帮助淳于长系好玉带。而后快步走至门前，打开门闩，一看是许皇后站在门外，窘迫万分：

"妹妹……啊……皇后……你，你怎么深夜来了？"

"我有急事。"许皇后目不斜视地随许嬲走进室内。

"参见皇后！"淳于长施跪拜大礼，不敢正视许皇后。

"平身！"许皇后已坐在桌案前，"淳于卫尉，我料你准在这儿。"

淳于长站起身，不好意思地说："皇后！您，您子夜亲赴侯府，一定有什么事吧？"

"今儿个整整一天，皇上携张放去骊山射猎，傍晚才回宫。披香博士淖方成告诉我，张放为了讨好皇上，从皇上身上索取了龙凤璧锁，交给了骊山行宫的舞女赵飞燕。据说，张放已同阳阿公主商量好，明天赵飞燕来皇宫。哼！一个舞女也想来这三宫六院卖弄风骚！"许皇后怒容满面，欠起玉体，瞅着窗外。

"皇后！您的意思……"淳于长心里猜测许皇后的主意。

"刚才刘辅大人找我，认为赵飞燕入宫，途经贺家村，那儿人多眼杂，很不安全，她一定绕道南山，避开村庄。"许皇后说到这儿停了下来，一双晶亮的眼珠左右旋转，似乎在捕捉赵飞燕的身影。而后，她突然转过身体，背靠窗口，面朝淳于长命令道："淳于卫尉！"

"末将在！"

"我命你带领五十名卫士，明天清晨，持兵刃，乘快骑，赶至南山，藏伏在密林处，拿获赵飞燕以及她的所有跟随！"

"皇后，拿获之后，对赵飞燕等人如何处置？"

许皇后思索片刻，道："将赵飞燕发配给那里的隐士修行，其他人全部处死，以免后患！"

"妹妹，你……"许嬿有些担心，唯恐将事闹大，引起麻烦。

"不用你管！"许皇后制止了许嬿。她继续嘱咐道："淳于卫尉，此事不得走漏半点风声，本宫的声誉全在你的手中。"

"请皇后放心，我淳于长愿为您肝脑涂地！"淳于长躬身握拳，以表忠心。

"好，一言为定！"许皇后从袍裙内取出短柄佩刀，递给对方。

"谢皇后！"淳于长接过佩刀，转身离开许嬿的寝室。

想到这里，淳于长不由得吸了口凉气，摸了摸腰间悬挂的那把短柄佩刀，似乎耳边不断地响起许皇后的声音："发配赵飞燕去修行！"但他又对龙凤璧锁生疑，唯恐将来落个凌轹君王之罪！于是，他语调突然缓和下来，对管事道："管事，你既然认识赵飞燕，就应该收留她才是。"

"你应该向我说明白，她究竟犯了什么法，你们这样委屈她？"中年管事质问道。

淳于长看了看赵飞燕，察觉到她的双臂仍被捆绑，似有歉疚地说：

"哎！怎么能这样对待赵飞燕呢？来人！"

一卫士携刀躬身道："在！"

"快快将赵飞燕松绑。"

"是！"那卫士走至赵飞燕背后，解绳松绑。

"姑娘，受惊了！"淳于长走到赵飞燕跟前，抖动了一下龙凤璧锁道，

"这个，还了你。"说完，将龙凤璧锁交还赵飞燕。

"多谢！"飞燕屈身施礼。

"赵飞燕，你本是阳阿公主的舞女，何必去皇宫受管束呢？依我良言相劝，你倒不如返回骊山行宫，一来与你的亲人团聚，二来也免得惹起更大的苦恼。"淳于长苦口婆心地劝慰。

"淳于卫尉，这非小女子擅自愿为，实乃圣命，我赵飞燕万万不敢违抗。"飞燕语气仍很坚定。

"何去何从，望姑娘三思。"淳于长虽然嘴巴上劝别人，但自己的心里却不知怎样才能放平，因为一方是许皇后，而另一方是皇上，如果站对了位置，迎来的将是锦绣前程，否则将坠入万丈渊壑。一时间，他踌躇不定。

"咚！咚！咚！"堂门外传来一阵急促的敲门声。

接着，又是一阵人喊马叫声："开门开门！快开门！"

淳于长不愧是将门之子，立即意识到这是不祥之兆，他沉着果断，迅速部署兵力，面对正殿里的卫士们，大声命令道："不许慌，马上分散隐蔽！"

卫士们呼啦一下，均已隐蔽到房门后面。

中年管事大惊失色，不知所措，又连连说道："祸哉！祸哉！"遂转身对赵飞燕善意地说："姑娘，快躲躲吧！"

赵飞燕看了看正殿外边，只见淳于长手持佩刀，走出正殿。她回身安慰道："师父，不要怕，他们肯定是冲我来的，有什么风险，由我一人承担，决不连累您。"

淳于长来到正殿门外，看了看三姑堂的东侧耳房，只见两扇门板虚掩着，一个黄铜大锁挂在门鼻上，但没上锁，他又看了看那棵古槐树，树干上捆绑着燕赤凤、贺岩，两个卫士手握短刀，押在他俩身后，等待淳于长的指令。

这时，堂门外的敲门声、咒骂声、嘈杂声不绝于耳。

淳于长不慌不忙地走到古槐树前，面对两个卫士命令道：

"你二人迅速将这两个贼寇关押在东耳房内！"

"是！"两个卫士分头解开燕、贺两人被拴在树上的绳子，但没有解开捆绑他们双臂的绳索，厉声道："快走！"

淳于长返回正殿，又看到赵飞燕和中年管事紧紧地站在一起。他脸上立即布满阴云："赵飞燕，你不要执迷不悟。"

淳于长早已按捺不住，但仍作最大的忍耐，转向中年管事："管事，赶快取发刀来！"

"给飞燕削发？"中年女子惊愕地问了一句。

"正是！"

沉默，反抗的沉默。

堂门外一阵击门声和叫骂声打破沉寂。

"老女人！你到底动不动手？"淳于长勃然大怒。

"从善如登，从恶如崩！"中年管事气愤难抑。

"溺小仁而养大仇。也罢！"淳于长心一横，吼道，"来人！"

只见两个卫士从后边蹿出来。

"把老女人、赵飞燕捆上！"淳于长已从刀鞘内抽出短刀。

"是！"两个卫士手拿绳索，快步走向中年管事、赵飞燕。

"住手！"经堂内回荡起一个男人的吼声。

淳于长回头一看，原来是侍中张放，手持一把镶金嵌宝的宝剑，额上汗珠滚滚，不必细问，张放是受皇上之命，赶来救赵飞燕的。他藐视地看了看张放，喝道："张放！你来干什么？"

"淳于长，你是明知故问。"

"张放，咱们井水不犯河水，最好不要在此大动干戈。"

"你如果惧怕皮肉吃苦、丧命断身，那么最好不要同皇上对抗。"

"张放，你不能仗主欺人过甚，满朝文武，何人不晓你张放，处处讨好皇上？"

"淳于长！"张放因对方讥讽自己，马上反驳道，"你有何脸面挖苦他人，满朝文武谁人不知你淳于长，上靠太后，下靠皇后，凌文欺武，蛮横朝野？！"

"好！"淳于长气得咬牙切齿，手指对方斥责道，"你胆敢如此中伤老子，可别怪我淳于长不客气，看刀！"急速迈出一个箭步，伸臂挥刀。

张放早有提防，顺手搭剑回刺。

淳于长一边劈刀进攻，一边向两个卫士使了个眼色。两个卫士心领神会，将赵飞燕、中年管事，押在后边的隐蔽处。

张放步步紧逼，手中的宝剑刺上划下，与淳于长的短刀相搏相击，发出铿锵的响声。二人打了数十回合，难决雌雄。

东耳房内，贺岩倒背被捆的双臂，从门缝窥视院内的动静。燕赤凤背靠一个焚香长方石板案几，不住地上下划蹭捆绑双臂的绳索，脸上沁出一颗颗豆大的汗珠。看守燕、贺的两个卫士各持兵刃，警惕地藏在东耳房北侧的独柳后边。

张放愈战愈勇，挥剑自如，击得淳于长节节败退，倒移着脚步，缩至院心。殊不知淳于长故意装作力不从心的招架之势，暗地里却在积蓄力量，等待反击时机。他大声吼道："弟兄们！快来！"

后宫卫士们急速地从经堂内跃出，手持兵刃，准备迎战。

"来人！"张放的喊声没落，就见隐伏在堂门内两厢的卫士们手持兵器，纷纷跃入院心。

藏在独柳后面的两名后宫卫士，不敢擅自离开岗位，万分警惕地守卫着东耳房。

张放仍然追刺淳于长。双方卫士们拼命厮杀。杀声、喊声、兵刃器械撞击声回荡在整个南山。

有的卫士身挂重彩，鲜血淋漓，但仍然奋战。有的卫士倒在血泊之中，顷刻毙命。伤的、残的、死的卫士们，已经分不出是哪一方的了。

淳于长已彻头彻尾地领教了张放的击剑招数，更为明显地察觉到张放的双臂力量已尽，他开始反击，挥刀如雨。张放退到古槐树旁，挥剑迎击。

淳于长忽然后闪一步，又迅速地扬刀向前，大有力劈华山之势。张放一看不好，一个箭步跳到古槐树后边。只听"咔嚓"一声，淳于长的那把短柄佩刀深深地切入古槐树主干上。他用力过猛，刀刃几乎全部没入树干内，连抽数次，均未抽出。

张放一看时机已到，立即从腰中取出捆身索，"唰啦啦"一声，抛向淳于长，一个玉带缠腰，就像一条长蛇在淳于长的腰中飞快地连绕了三圈，紧紧地扣住。淳于长大吃一惊，从未见过张放还有这般武器，一时不知如何应付。

张放立刻从槐树后边跳出来，右手持剑，左手握住捆身索的套柄，用力一拽，险些将淳于长拽倒。淳于长急得鼻梁上冒出汗珠，因为他的佩刀还未抽出，只好手松佩刀于树内，只身随捆身索跟跟跄跄地移步过来。张放力胆倍增，他左腿绷，右腿弓。以右脚尖为轴心，左手拉住捆身索，牵动淳于长飞快地绕了一个大圆圈。

淳于长脑子里不住地琢磨应付张放的办法。他有目的地随着捆身索再次回到古槐树下，两眼直盯卡在树干内的佩刀。他心一横，伸出右手，紧紧地抓住刀柄，狠狠地一抽，"唰"的一声，佩刀完好地离开树干。

"哎呀，不好！"张放用尽平生力气，挥动左臂，不断地拽拉捆身索，直拉得淳于长围绕着张放滑了一圈又一圈，弄得淳于长不得还手。

淳于长等待张放的臂力耗尽，捆身索终于松了下来，他手举佩刀，"咔嚓"一声，砍断索链。张放"咕咚"一声，险些磕碰到树上。但他动作敏捷，甩掉索柄，急速跃起，躲到槐树后面。

淳于长抖落腰中的残断索链，只见衣服已经破碎，腰间青一道紫一道，鲜血渗出。他又气又羞，两眼喷着怒火，面带杀机。心想：一日纵敌，数世之患。今天如果饶了你，明天我就可能做你的刀下之鬼。他手握佩刀，亦步亦趋地走向张放。

双方的卫士们早已停战，注视眼前的打斗场面，人人手里捏着一把汗，担心各自主子的安危。

沉默，整个南山都沉默下来了。

东耳房内，燕赤凤已经划开绑绳，放松了一下双臂，走到贺岩身后，很顺利地给他松了绑。

"怎么办？"贺岩小声问道。

燕赤凤并没有回答，而是走到门缝边，向外张望了一下，先是看到淳于长手持佩刀砍断捆身索，抖落腰中的残断索链，后又仔细察看房门，好一会儿工夫才看清这门外面用铁皮包着木质门扉，门鼻上扣锁着一把黄铜大锁。

燕赤凤站起身，两腿微屈，双目微闭，嘴唇紧紧闭拢，慢慢抬起右臂，吸气，运气，圆睁虎目，猛地朝门扇戳击，"哧啦"一声，内侧木板绽开一个圆孔，外侧铁皮现出一圈凹痕。他使的这招是神力金刚功。燕赤凤锐意在胸，再次运气，巧使金刚功，"嚓！嚓！嚓！"连戳三指，这中食两个手指头就像剑尖一样，刺向门扉，"嗵"的一声，一下子将门扉外边的铁皮穿透了。而后，他又朝门扉亮孔四周猛踢了三脚，"咣！咣！咣！"这扇门立即爆开一个圆洞。燕赤凤面对贺岩说道："快出去！"

贺岩飞身离屋。燕赤凤紧紧尾随，跃入院心。

那两个看守听到响声后，手持兵刃，快步跑到门前，厉声吼道："不许动！"

两位壮士岂能听这两个卫士的话，更没有把他们放在眼里。燕赤凤马上站到其中一个卫士面前，并向贺岩递了个眼色，贺岩已明白他的意图，立即跃步到另一个卫士身边。

燕赤凤手指两个卫士，厉声道："放下兵刃，给你们一条活路！"

"少啰唆，看刀！"一卫士手持短刀，砍向燕赤凤。燕赤凤迅速猫腰躲闪。

他们双双开战。只见燕赤凤飞起右腿，一脚将一卫士踢倒在地，他纵身扑上去，左手死死地握住卫士拿刀的右手腕，右手像老虎钳子一般掐住卫士的咽喉。只听那卫士"哎哟"一声，松开了短刀。燕赤凤双手提起卫士，急步走向东耳房门前，朝着爆开的门洞扔了进去。那卫士连挂带摔，疼得嗷嗷乱叫。

贺岩已收拾了另一卫士。他拾起兵刃，大声吼道：

"滚进东耳房，饶你一条狗命！"

卫士一看刀落敌手，再打斗的话，肯定要丧命的。他悄悄地走到东耳房门前，猫腰看了看：洞口太小，爆开的铁皮就像锯齿一样，不免有些胆怯。

贺岩一看卫士犹豫不前，随即踢了一脚，那卫士叫了一声："哎哟！我的妈呀！"疼痛声未止，人已被踢入屋内。

这时，燕赤凤将短刀挂在腰间，双手抱来一块二百多斤的大石头，堵住门扉洞口。

随后，燕赤凤拍了拍手上的土，抽出短刀，同贺岩奔向古槐树。

古槐树下，张放大汗淋漓，处在节节败退之际，只有招架之功，已无还手之力，他只好一边用剑迎击淳于长，一边围绕着古槐树躲闪。淳于长累得满头大汗，只是比张放的力量充实一些，一直处于主动地位。

"看刀！"燕赤凤厉声吼道。

"看刀！"贺岩亦大声喊道。

淳于长回头一看，是燕赤凤、贺岩冲了过来，他马上放弃张放，挥刀迎击燕、贺，心想，手下的两个看守真是废物！

燕、贺两人手握短刀，挥飞如雨，寒光逼人。

淳于长顿觉力不从心，心中暗暗赞佩眼前两位壮士。

张放一看助手已到，精神重振，挥剑如风，直逼淳于长。

淳于长边战边退，被燕、贺、张追逼到后院的一座七级宝塔前。

他们由塔前战到塔后。淳于长挥刀迎战，只见燕、贺砍杀，不知张放去向。

塔后有一个天然洞穴。淳于长欲钻洞内，只觉洞口处寒气逼人，两条腿冷飕飕的，不禁打了个寒战。他犹豫了一下，转身以刀迎击燕、贺。"吧叽"一声，淳于长往前一趴，来了个"狗啃泥"，佩刀甩得老远，两条小腿不知被什么绊了一下。原来是张放从洞内钻出，两手突然拉拽住淳于长的一双脚脖子。

张放刚刚举剑，只听燕赤凤大声喝道："住手！"

张放收回宝剑，燕赤凤走了过来。

张放从自己的腰中取出捆绳，麻利地捆绑了淳于长。

贺岩拾起那把短柄佩刀，交给了张放。张放心想：这就是物证，回朝向皇上奏明此事，看皇上如何发落，于是他把佩刀插入腰间束带内。

贺岩面对张、燕说道："张侍中、燕贤弟！你们押着淳于长先走，我去后面找飞燕。"

"快去快回，我们在山下等候！"燕赤凤嘱咐道。

张、燕押着淳于长走向堂门外。

未央宫的卫士押着后宫的卫士们尾随在后。

贺岩先到东耳房门前，搬开石头，露出门洞，高声叫道："滚出来！"

后宫的两个看守卫士狼狈不堪地钻出来，头也没回，径直奔向被押的同伙行列。

贺岩进入正殿大门，来到经堂内，只见香烟袅袅。原来是中年管事站在供台旁边，飞燕跪在拜垫上，两人垂头默默祈祷。贺岩恭敬地低首说道：

　　"师父！淳于长已被绑获，让飞燕赶紧去皇宫吧！"

　　中年管事睁眼看他，微微点头。

　　飞燕站起身来，眼含热泪，转向管事施礼道：

　　"师父！多蒙您的一片好心，飞燕来日报答！"

　　"飞燕！你们快赶路吧，祝你们一路平安！"

　　贺岩、飞燕告别了中年管事，快步追出堂门……

第四章　玉殿拜婕妤

　　一缕缕晨阳的光辉洒入未央宫华玉殿，殿里五彩斑斓。成帝在此日常起居和迎接贵宾。殿西侧是寝宫，内有小书屋、小膳房。东侧是大书屋，靠东墙摆了一溜书架，依北墙设有文玩古董壁橱，成帝喜欢史书、经论，经常在这里秉烛阅览。华玉殿正厅设有御座，御座后面是巨型屏风。两侧全是落地的明角窗，阳光均可透窗射入。

　　正厅前面的过厅可通向成帝日理朝政、接见重臣的承明殿。过厅也是妃子、宫娥、彩女演练歌舞的大厅。过厅东西两侧矗立着十对火红的文杏明柱。此时，高大的明柱被阳光照射后，显得庄重而威严。每根明柱底座前都设置一个大花盆，每对相应的明柱底座前摆着花卉，色彩艳丽，芳香扑鼻。尤为引人注目的是挂在第一对明柱上的两个鸟笼子，各关着一只护花鸟。

　　三年前，成帝携张放去江南游览，途经胜地九华山，看到山中有奇花竞放，并有护花鸟叫，游人欲折花时，那鸟则盘旋上空，鸣声云："莫损花，莫损花。"对此，成帝颇感兴趣，连声称赞，那山中护花老人便送给成帝两只护花鸟。如今，这两只鸟已经熟悉了宫廷生活，只要是熟人走过来，它就叽叽喳喳，唱个不停。

　　未央宫舍人吕延福进入华玉殿，来至鸟笼前，打开笼子下面的小方门，往一个开口圆瓶内添了点鸟食，这两只护花鸟高兴得叫了起来。吕延福心想，今天可能是大喜的日子，若不然护花鸟不会这么欢叫的。成帝清晨起来面带欢娱，起床、洗漱、早餐，比以往任何时候都利落。这也使他感到高兴。成帝刚用过早餐，就被长信宫少府唤走了，不知发生了什么事。成帝临走前，嘱咐他将华玉殿打扫干净，并让他在这里等候，不得远离。他带着大小宦官和宫女们照办了，清扫擦抹一新，等待成帝归来。吕延福关好鸟笼子，抬头一看，成帝面色严峻，大步走进华玉殿。

他迎上前去："陛下，发生什么事了？"

成帝摇了摇头，没有停步，也没有入座，而是拐入寝宫，躺靠在黄缎被子上面。

吕延福手捧一碗清茶，放在成帝的案几上，悄悄地退了出去。

成帝思绪烦乱，坐卧不宁。这几天接连发生不愉快的事情，许皇后见他不如往日那般如胶似漆，爱理不理的，老找话茬跟他耍气。刚才他被王太后唤到长信宫，还没向母后请安，就当头挨了一棒，说他整天射猎，不理朝政大事，老祖宗打下的江山不久就要断送在他的手中。他从长信宫回来，路上碰见张放，张放向他报告了一个意外的情况，可能是后宫有人传话，许皇后得知成帝他们从骊山行宫那里召舞女赵飞燕的消息，便派卫尉淳于长带领卫士们去劫持赵飞燕等人。为此，他当即指派张放携兵带刃，赶赴南山迎救赵飞燕。一片片阴云、一团团浓雾、一股股冷风向成帝袭卷而来。

就在这时，吕延福进入寝宫禀道：

"启禀陛下，成都侯王商、安阳侯王音有本求奏！"

成帝思索片刻，说道："承明殿等候。"又对吕延福挥手道："你在华玉殿等候，有情况及时报告朕。"

成帝对王商、王音的突然到来，不免有些怀疑，因为今天不是理朝政之日，尤其他俩是外戚，为了避嫌，一般情况不会来寝宫上奏折的，大有可能是密折。本应该将两位侯爷安排到华玉殿，可是这里布置清新，正在等待赵飞燕的到来，只好改定在承明殿。

成帝不敢怠慢外戚，这是由于他们全属于太后的家族。王凤、王崇俱为王太后的同母弟，王凤为大将军、阳平侯，王崇为安成侯。太后的几名庶弟，王谭、王商、王立、王根、王逢时、王音等人，皆赐爵关内侯，并加封王商为当朝丞相。成帝心里很清楚，众多舅公并无功勋，只是为了太后高兴，才都受到侯封，爵赏未免不公允，朝中众臣多有意见。

记得有一年夏天五月间，黄色雾气遮满天，行人咫尺不辨，成帝也觉得奇怪，便召集公卿大夫，各谈休咎，不准隐讳自己的见识，谏大夫杨兴、博士驷胜等呈上奏折，谈到从前高祖立约，非功臣不得封侯，而今太后诸弟无功封侯，为历朝外戚所没有，应该逐渐加以裁免，这样可能避免天气怪变。大将军王凤得见此奏后，当即上书去职。成帝哪里肯准，不但不免其职，而且优诏挽留。他知道，天文变化不一定是外戚所致，他更知道，天子应顶天立地，决策国事，不应该被外戚所左右。然而，外戚已成为一道无形的绳索，死死地拴住了成帝。特别是太后从中作梗，使得他欲用不能、欲罢不得。

成帝来至承明殿，看见王商、王音已站在御座前，他大步走向御座。

成帝刚刚落入御座，只见王商、王音立即伏地，行跪拜大礼并山呼万岁。

"二位舅公，快快请起！"

王商、王音站起身，二人满腹心事，面带忧虑。

"二位舅公亲自来朝，必有要事相奏吧？"

王音看了看王商，并没有开腔。王商假装没看见他，只管转身面向成帝："我等虽是陛下外戚，但对汉室忠心耿耿，不知陛下是否认可？"

"朕心中明白。不知舅公所指何事？"

"恕臣直言。"王商说话间又跪伏在地，王音也随跪于旁。王商接着奏道："臣闻，昨日陛下骊山之行，收了一位普通舞女，然而谏大夫刘辅得到此消息后，进而与皇后密谋，指派卫尉淳于长途中劫持，不谓凌君，何以论之？"

王音并未开口，他一贯谨慎从职，从不外露政见，今天赴朝是王商生拉硬拽才来的。

成帝即刻起身，离开御座，面对大红明柱，思绪起伏。

王商乃是宣帝母舅乐昌侯王武之子，王武病逝后袭爵为侯，居丧甚哀，自愿将财产推让给异母兄弟。廷臣因他孝义可风，文章举荐，得进任侍中中郎将。元帝时已迁官右将军，成帝复调任左将军，后又让其取代匡衡，拜为丞相。光禄大夫刘向见王氏权威太盛，便昼夜撰书，推演古今符瑞灾异，详细解剖史料，论述外戚的危害，书名为《洪范五行论》，待机呈入宫中，以进谏说服成帝。成帝亦知刘向撰写的这本书寓有深意。但王商虽为丞相，并非他一人所专权。何况王商勤勤恳恳，尽职尽责。王音虽然为侯，但还是小心尽责的，一般情况下寡言从事，不到考虑成熟的时候他是不进谏的。

成帝回头一看，王商、王音仍跪伏于地，知道两位侯爷的苦心所在，随即走至他俩面前，挽扶道："两位舅公请起，朕十分感谢你们的一片忠心！"

王商、王音起身后，告别了成帝，走出承明殿。

成帝开始考虑刘辅的动机和目的，这次明面上是劫持飞燕，暗地里是冲自己来的，今后需注意提防此人。

这时，吕延福急匆匆进入，禀道："陛下！张侍中他们回宫了。"

"什么，张放回来了？"成帝急忙问道。

"是的，张侍中回来了。"

"赵飞燕怎么样？"成帝十分担心地看着吕延福的脸色。

"赵飞燕平安无事。"吕延福已从张放嘴里知道三姑堂里发生的流血事件，但他唯恐引起成帝的大怒，尽量把大事化小。

"好，咱们去看看。"成帝转身欲走。

"中少府史旭刚才来过，请陛下去椒房殿，皇后在那儿等候您！"吕延福又说了一句。

"哼！她真会钻空子。"成帝走出承明殿，直奔华玉殿。

吕延福看出成帝讨厌许皇后的神色，不敢再说，一声不响地跟在成帝身后。

成帝、吕延福进入华玉殿。张放、赵飞燕、未央宫的卫士们一起跪下，殿内爆发出山呼万岁的喊声。

"陛下，愚臣遵旨去南山将赵飞燕营救出来。"张放仰面说道。

"侍中辛苦了，快快请起。"成帝说。

"谢陛下！"张放躬身抱拳道。

这时，赵飞燕再次向成帝行了三拜九叩大礼，按礼问候皇帝。成帝看到飞燕如此熟悉后宫大礼，心中暗暗高兴，和颜悦色地说："飞燕！你不辞劳苦来到皇宫，不但尊重朕，且忠实于汉室，朕甚为感激！"说着他伏身将飞燕挽扶起来。他见飞燕身着一件水貂皮披风，但一绺乌发散乱在胸前，遮掩着挂在项下的龙凤璧锁，身穿衣裙素淡，又有撕乱之处，不禁吃惊地问道："啊！难道淳于长他们真的难为你了？"

"没，没有。这，这是我在路上不留神，被树枝挂的。"飞燕搪塞回答。

"吕延福，你快把宫长唤来。"成帝说着又扫视了一下张放，只见他满脸汗渍，浑身沙土。他心中明白了，顿时拧起双眉，上牙齿咬着下嘴唇，不停地踱来踱去。

张放拱手躬身道："淳于长不顾陛下之命，带领后宫卫士将赵飞燕等人劫逼到三姑堂，企图威胁管事……"

"张侍中，我们既然安全回到皇宫，就不必追究淳于卫尉了。"飞燕急忙上前打断张放的话。

成帝挥手阻止飞燕，面对张放道："讲！"

"淳于长企图威胁管事取出剃发刀，将飞燕削发修行！"

"啪"的一声，成帝以右掌猛击龙案："后来如何？"

"正在这时，我带领弟兄们赶到，他们未能如愿。但淳于长不听劝告，率后宫的卫士们同我们厮杀，双方均有损伤，多亏了骊山行宫的燕赤凤、贺岩两位壮士，奋力助战，才将赵飞燕救出三姑堂。"

"为何不见燕赤凤、贺岩呢？"成帝缓和了语气。

"他俩将我们护送到京都附近，就返回骊山行宫了。"张放回答道。

"淳于长在何处？"成帝面容十分严峻。

"绑在殿外。"

这时，宫长樊嬺随吕延福进入华玉殿。樊嬺看到成帝面对殿窗，又气又躁，不敢多言，悄悄地跪在他的身后。

"陛下，樊嬺来了。"吕延福轻声附耳道。

成帝转身一看，樊嬺跪在地下，神情不由得平和下来。

"樊嬺给陛下叩头！"樊嬺施跪拜叩头大礼。

"平身！"成帝伸了一下手臂，"你快将飞燕带到后宫，给她洗漱更衣、按秩大妆！"

"是。"樊嬺一听是表妹飞燕来到皇宫，心里有说不出的高兴，赶忙起身，将目光抛向站在殿侧的飞燕，惊喜地叫了一声："飞燕！"

飞燕定睛看了看樊嬺，失声道："表姐！"说着跑到樊嬺身前，扑向她的怀里："表姐，你，你还好吧？"飞燕的眼眶湿润了，早已忘记自己身处华玉殿内。

"好，好。表妹，咱们走吧！"樊嬺抚摸着飞燕的肩膀。

飞燕的双眸不由自主地看了看成帝，倏的一下离开樊嬺的怀抱。她随樊嬺，迈着轻盈的脚步走出华玉殿。

成帝、张放看了她们多时，初次知道飞燕还有一个表姐在后宫。不难想象，日后樊嬺还是飞燕的一个帮手哩！

"陛下，你准备如何发落淳于长呢？"

成帝收起仅有的一丝快意，没有立即回答张放。他那颗心如火中烧，想起淳于长乃母后外甥，本来是较亲近的外戚，况且母后对其格外宠爱，为什么偏偏听信许皇后和刘辅的话呢？且这次是朕的主意，为的是汉室后继有人，否则皇嗣不立，江山难保。朕已近三十，至今没有太子，刘辅何尝不知！淳于长也是知晓的。朕素常待淳于长不薄，为什么这样对待朕呢？想到这里，他急转身道："张放！"

"在！"张放躬身应道。

"张放，你通知五官署的卫士，将淳于长押到华玉殿来！"

"是！"张放转身欲走，只见吕延福快步走入。

"启奏陛下，皇后来了。"吕延福轻声说道。

"嗯，知道了。"成帝已预料到许皇后一定会来的。

说话间，中少府史旭，宫女凌玉、凌洁、凌冰、凌霜和小宦官们簇拥着许皇后，步入华玉殿正厅。

这时，成帝已坐入御座上。许皇后及众人跪在地上，施叩头大礼。

"妾身给陛下请安！"许皇后仰面问候道。

"平身！"成帝转向吕延福，"给皇后备座。"

"是！"吕延福转身给许皇后搬来一把椅子。

许皇后起身落座，一眼看见张放。

张放立即跪伏在地："参见姐姐！"

"哼！"许皇后神色极度不满。

"微臣参见皇后！"张放急忙改口道。

"平身。"许皇后阴阳怪气地说，"张侍中，你能够忠诚于陛下，但愿你对我也不要心怀叵测。别忘了，我的亲妹妹已是你的正室夫人。"

"请皇后放心，臣牢记您的嘱托。"张放站起身，不愿正面看许皇后，稍稍停了一会儿，说，"臣有要事在身，告辞！"张放又施一礼，大步走出华玉殿。

成帝忍了又忍，没接他们的话茬，而是双目斜视许皇后，见她面色如粉，唇若抹朱，柳眉下一双有神的丹凤眼看着殿前的护花鸟笼子，眼角旁边已爬上鱼尾纹，椭圆脸蛋带着妒恨。她头上梳着"高鬟望仙髻"的发型，金簪凤头、凤身、凤尾镶嵌着闪闪发光的明珠和宝石，金簪玉穗垂于额前，凤钗步摇别于发顶，巍峨华丽、熠熠闪光。据说汉武帝时，瑶池王母来会，诸仙女之发髻皆异人间，高环巍峨，武帝便令宫妃仿效，传至下来，因此号为"高鬟望仙髻"。她职为皇后，身价自然是高贵的。端庄透着秀丽，文雅更觉风流，严肃显出骄横。她身穿交领宽身大袖的深衣，上缀锦鸡纹式，下着长裙，曳地三尺，肩披燕尾巾，腰系大带，挂结玉佩，足着高头云履。浑然若削的双肩，显示出当年的风韵。

成帝越看许皇后，越觉得她像一棵不结果的干粗叶阔的梧桐树。婚后十余年，至今太子未立，太后已批准并召采良家女充实后宫，然而她却极力阻挠他临幸后宫，干扰他与其他嫔妃接触。

许皇后心想，在刘骜被册立为太子的时候，身为大司马、车骑将军、平恩侯的父亲许嘉，就将自己许配给了他，结婚已有十二三载了，但刘骜从来没对自己真诚过，甚至嫌她不中用，没生下太子。但这是天意，根本不是作为皇后的过失，若不然，为什么生过一男一女都夭亡了呢？再说，自己入宫后，多亏父亲辅政八九年，保证了汉室江山免遭他人颠覆。难道许家对刘氏的忠诚和贡献不应该载入史册吗？刚才，听后宫宫吏淖方成说，淳于长被绑，而张放与选来的舞女赵飞燕平安回到皇宫，全盘计划已经败露。她只好硬着头皮来见成帝。她本想将成帝唤到椒房殿，但成帝没有给她这位妻子面子，来了个不理不睬。她只好亲临华玉殿。

沉默。他俩沉默了许久。

成帝终于先开了口："皇后，你不在椒房殿，前来华玉殿，不知为何？"

"陛下！您怎么这样问臣妾呢？"许皇后转过身体，面带不悦。

"数月来，陛下忙于政务，昨日又微行骊山，一路劳累，妾身惦挂在心，多日不见陛下，难道妾身主动看望您，还有什么不妥的地方吗？"

"哈哈哈哈……"成帝被许皇后的一席话说得大笑，"皇后多心了，朕不过问问而已。"

"陛下，妾如有不周之处，诚请陛下重罚。"许皇后旁敲侧击，转守为攻。

"皇后言重了。满朝廷臣、后宫嫔妃，何人不晓皇后严守宫闱章纪呢？"

"既然如此，臣妾有一句话，不知当问不当问？"

"皇后有话，尽管讲来，何必多虑！"

许皇后低垂双眸，思索片刻后继续问道：

"您是信任臣妾，还是信任其他廷臣？"

"皇后，朕不明白你这话。"成帝道。

"那好，恕臣妾直言之罪。请问陛下，您去骊山射猎，为何不同臣妾说一下？您下山途经骊山行宫，为何派张放选纳赵飞燕舞女？回宫之后您又为何不向臣妾讲明此事？不管怎么说，你我是结发夫妻，我伴随您十几载，难道我以一颗真诚的心，还换不来……您的……半颗心吗……"许皇后说着潸然泪下。

成帝仔细听了许皇后这番话，明白她一连串的问话，目的就一个：不愿或不准收纳赵飞燕入宫。同时，她也在为自己和淳于长开脱罪责，将选飞燕之过失归结于张放。于是他避开许皇后的话题："皇后，你不必伤感！有道是，亲不过父母，近不过夫妻。不管遇到什么危险，你我都会风雨同舟的。"

许皇后听了成帝这番所答非所问的话，苦、辣、酸、甜一齐涌入心窝，不是个滋味。

正当许皇后思索之际，吕延福走进华玉殿，面朝成帝拱手施礼道：

"启禀陛下，五官署的卫士已在宣天门外等候。"

"命他们押淳于长进殿！"成帝态度极其严峻。

"遵旨！"吕延福欲退出华玉殿。

"慢！"成帝摆了一下手，站起身来，离开御座，走到吕延福跟前，声音缓缓地说，"给淳于卫尉松绑！"

"是！"吕延福走出华玉殿。

成帝转身又入御座，审视许皇后的面色。

许皇后不由得打了个寒战。成帝的怒容她看在眼里，成帝的口谕虽然轻声轻语，但她听得清清楚楚。她本想到此顺便给淳于长讲个人情，可是一见成帝的神色，她胆怯了。她马上想到了王太后，干脆去长信宫，讲明事情缘由，或许能够救出淳于长。她站起身，面向成帝："陛下，臣妾该回去了。"

"皇后，你怎么能走呢？过一会儿，飞燕还要来华玉殿哩！"

"您处理完政务，臣妾再来。"

"皇后不必过谦，朕没有什么事情要瞒你。"成帝再次挽留许皇后，非要当面看看她对淳于长抱什么态度。当然也为了阻止她去长信宫找王太后讲情。

"那好，谢陛下赏脸。"许皇后的这句话，几乎是从牙缝里挤出来的，她准备见机行事，心里虽然不停地琢磨对策，但面上不露声色，又平静地坐了下来。

"来人！"成帝朝殿后呼叫了一声。"宣淳于长上殿！"成帝面对中常侍郑永，命令道。

"遵旨！"郑永应声后，走至殿门前，提着高亢而尖细的嗓音喊道：

"陛下有旨，宣淳于长上殿！"

已等候在宣天门前的淳于长，刚刚被吕延福松了绑绳，又听到宦官们的呼唤声，不由得一股凉气从头顶袭到脚跟。往常成帝宣他进殿，只派一个宦官告知一声就行了，或者他要求觐见成帝，直接来宣天门前让宦官通禀一下也就足够了。因为他和成帝是姨表兄弟，王太后又格外宠爱他。人常说，"是亲三分向，是火热过灰"。他见成帝从来没有丁点儿窘迫感。人不逢时，时过境迁。如今这一步棋走错了，退回来也挽救不了败局。

淳于长一看身边站着吕延福和四名持兵刃的卫士，一个个面带杀机，凶神一般，心里就更觉得阴凉了。他迈步走进宣天门，四名卫士、吕延福紧紧跟在身后。

当他踏上丹墀刚要进入华玉殿时，一双长矛、一对方戟"当啷"一声突然封住了大殿红门，把他挡在门外。他知道，华玉殿门前以往是不设卫士的，很显然这是为他设的。他见陛下还是第一次遇到这种场面。

一个卫士摘下他腰间悬挂的短柄佩刀，另一个卫士搜了他的全身。

这时，一双长矛、一对方戟朝上扬起，斜立交叉在殿门上边。淳于长猫着腰，低着头，从矛、戟下边钻入，跨过门槛，进入华玉殿正厅。他在入殿门仅几步远的地方跪下去，行三拜九叩大礼：

"愚臣见驾！祝愿陛下龙体康泰、万岁万岁万万岁！"

"哼！淳于长，你真不愧为我汉室的忠臣良将！"成帝嘲讽道。

一个卫士将佩刀递给中常侍郑永。郑永又将佩刀呈交给成帝。成帝看了看佩刀，没有吭声，但将目光抛向许皇后，暂时将佩刀放在龙案上。

许皇后端庄不动，假装没看见佩刀，但她的脸红一阵白一阵，不时地扫视跪在地上的淳于长，心中暗骂：废物！老娘的先发制人之计毁于你的手中。

淳于长看了看成帝，成帝已靠在御座上，微闭双目，他使劲攥着双拳，两个掌心已经沁出汗珠，极力地控制内心的恐慌。

沉默。紧张的沉默。整个大殿都是沉默的。

成帝猛然间睁开双目，声音颤抖着："拿酒来……"

场上的人们全愣住了。

吕延福几乎不敢相信自己的耳朵，好一会儿，如梦方醒，赶忙应道："是！"

跪在尘埃的淳于长，听到成帝"拿酒来"的微颤声音，联想到从前和成帝同桌共饮的情景，可谓饮酒助兴，无话不谈；而今在此与成帝御案前共饮，恐怕实属鸿门宴，别无其他了。他的心无比沉重，仿佛重重地压上了一块磐石。

许皇后也觉得奇怪，这恐怕是以酒压愤、愤更难消。

她先看了一眼淳于长，又面向成帝："陛下？"

成帝明白许皇后的心思，对淳于长说道："淳于卫尉，平身。"

"谢陛下！"淳于长拱手施礼后站起身来。

吕延福手捧酒盏回到华玉殿正厅，将酒放在御案上。

成帝亲手往三个酒杯中斟满酒，将其中两杯酒递给中常侍郑永：

"皇后、淳于卫尉用酒！"

郑永手托一个圆盘，将两杯酒放入盘内。先走至许皇后身前。许皇后接过酒盏，眼睛盯着成帝。吕延福又走向淳于长，淳于长双手捧过杯盏。

"请！"成帝举起酒杯。

"陛下请！"许皇后也举起酒杯。

"蒙陛下赏赐美酒！"淳于长望着成帝。

他们仨互相凝视后，一饮而尽。

"哈哈哈哈……"成帝忽然仰面大笑起来，可又突然止住笑声，只听"嗖"的一声，将酒杯掷于屏风后面。他似乎有些伤感地对淳于长说道："淳于长，朕经常思念往日你我开怀畅饮、高谈阔论国家大事的情景，感谢你对汉室社稷的忠诚与相辅啊！"

"陛下隆恩浩荡，四海皆知，倒是愚臣一时糊涂，办了错事，望陛下海涵！"淳于长说着，悄悄地察看成帝的脸色。

成帝右手指敲打着御案，左手指一次次地揪着眉宇，似乎决心难下。

许皇后一听淳于长说了一句反省自悔的话，狠狠地白了他一眼，心中又一次骂道：软骨头！

"你家中有何困难，尽管直言相告于朕。"成帝双手伏案，面色温和。

"家中无忧，多谢陛下！"淳于长更加预感到不祥的征兆。不知为什么，成帝愈是在这种情况下关怀他，他愈是感到潜伏着一种杀机。想到这里，他忧心如捣，不寒而栗。他注意察看成帝的面色和动作，只见成帝左手握住刀鞘，右手抽出那把短柄佩刀，仔细看了看刀刃，而后唰啦一声将佩刀插入刀鞘内。

许皇后已看出丈夫的动机，她欠身离座，走至御案前，恳切地劝道：

"陛下，您切不可忘记昔日您对淳于长的深厚情谊。"

成帝没有吭声。

"您更不要忘记，淳于长是母后的甥儿。"

成帝仍未作答。淳于长闭上双眼，坐以待毙。

许皇后再次恳求道："陛下，难道您的胸怀如此狭小吗？"

成帝沉默无语，只见他欠身站起，面向五官署的卫士们摆了摆手。

两名卫士冲向淳于长，将他架起。

"陛下——"许皇后大声吼道。

"且慢！"淳于长睁开双眼，摆脱了卫士，整理了一下衣冠，转身面向成帝，跪伏地下，"祝吾皇万岁万岁万万岁！万寿无疆！"当他抬起头来的时候，眼前是个空空的御座，成帝已经默默地走进寝宫。他又拱手施礼，而后站起，转身朝殿门外大步走去。

五官署的卫士们紧紧地跟在淳于长的身后。

沉寂。华玉殿大厅又陷于死一般的沉寂。

樊嫕带着大妆已毕的赵飞燕进入华玉殿。她俩已看见淳于长的背影，知道这里发生的事情。又一看，许皇后面容怅惘，神色不定。樊嫕面对飞燕道：

"赵宜主，参见皇后。"

"是！"

樊嫕、飞燕跪拜在许皇后脚下，施三拜三叩大礼。

"免！"许皇后的心情本来就不好，这一看见大妆俏丽的赵飞燕，心中燃烧起妒火。她快快不乐地回到座位上。

樊、赵礼毕欠身。樊嫕转身对吕延福道：

"吕舍人，请您告知陛下，就说赵宜主到了。"

"好。"吕延福进入寝宫。

众宦官、宫女一齐望向飞燕，心中暗暗称赞飞燕的身姿和丽容。

飞燕站立不安，窘迫万分。

瞬间，成帝大步进入殿厅，吕延福尾随于后。

"飞燕！"成帝难以控制自己的感情，脱口而出。

"参见陛下！"赵飞燕、樊嫕赶忙跪拜施礼。

"快快请起！"成帝一眼又看见那妒火燃胸的许皇后，唯恐有失大雅。他大大方方地步入御座，但是心情是非常兴奋的，似乎刚才发生的不愉快已被抛在了九霄云外。他举目看向站起身的飞燕，心中又是一阵慌乱。赵飞燕虽然旅途劳累，但经刚才的洗沐和大妆，似乎芙蓉露出水面，如仙子重返天堂。仔细观之，只见她眸子清澈晶亮，粉面白中透红，发髻高绾素雅，一对天蓝色玉石耳环坠于耳下，身穿绛纱结绫复裙，尤为引人注目的是那条薄纱帔带绕于腰臂之间，标志其在室，暂未出嫁。

赵飞燕的美貌艳姿早已勾去了成帝的魂魄，成帝的双目直瞪发呆，忘记了殿厅内还坐着义愤填膺的许皇后。

"陛下，您准备怎样欢迎赵宜主？"许皇后强压怒气，转向成帝。

成帝哪里听得见，只顾盯着飞燕，目不转睛。

"陛下，您准备怎样安排？"许皇后提高了嗓音。

赵飞燕已听出许皇后语气的不耐烦，她抬起头，看了看成帝，示意他许皇后在催促。

成帝没有明白飞燕的示意，相反认为飞燕在向他传送秋波，暗递温情，因此还是没有理睬许皇后。

飞燕再一次抬头看向成帝的时候，他那双恋色的目光使她耳红心颤。她羞羞怯怯地扬起一只袖口遮住自己的面颊。

樊嬺看了看许皇后，又看了看成帝，急得不知所措。

"陛下！"许皇后站起身，走至案前，大声喊道，"陛下，我们怎么办？"

"哦，哦……"成帝如梦方醒，赶忙应道，"皇后，你说什么？"

"陛下，咱不能这么干坐着，您准备怎样欢迎宜主呢？"许皇后复又回到座位上。

"吕延福，佳肴美酒侍候！"成帝命令道。

"是！"吕延福偕小宦官们进入寝宫内的小膳房。

"史旭！"许皇后招呼道。

"在！"中少府史旭躬身候命。

"命歌女、乐队入殿，为迎接宜主奏舞！"

"皇后贤德万古流芳，朕在此恭谢了！"成帝万万没有想到，许皇后竟会如此大度容人。他虽又低首看到御案上的佩刀，但那股怒火渐渐熄灭了。

飞燕听得真真切切，着实受宠若惊，急忙跪伏地上，恳求道：

"奴婢无功无德，怎敢劳驾皇后大礼相待？"

"陛下将你选入后宫，实为我皇宫内院增添光彩，理应大礼相待。"许皇后以巨大的忍耐，违心地说道。

"飞燕，不必过谦，这里有皇后同朕一起为你做主。"成帝由衷地回答道。

"陛下，您政务在身，本来就已劳神费心。"飞燕暗暗指淳于长之事，不忍心给成帝带来过多的精神负担。

"飞燕，陛下对政务大事，自然会妥善处理的，你我不必多虑。"

许皇后借飞燕的话，进而劝说成帝，旨在从轻处理淳于长。

"哈哈哈哈……多亏飞燕提醒。"成帝操起短柄佩刀，转向许皇后。

"皇后，朕将此物交还于你。"

"多谢陛下！"许皇后先是感到惊奇，后又面带愧色，赶忙离座，屈身跪谢。

中常侍郑永从成帝手中接过短柄佩刀，又转身交与许皇后的中少府史旭。

吕延福、小宦官们手端菜肴美酒，分别置于成帝、许皇后的案几前，并斟酒于杯中。

"笔墨伺候！"成帝面向郑永道。

"遵命。"郑永转身去寝宫内的小书屋。

许皇后一下子惊呆了。心想，陛下果真要加封飞燕，看来他要趁免责之机，封住我的口，压住我的心。

郑永端出文房四宝，置于御案上。

成帝当即挥毫而就，说道："赵宜主听封！"

"谢陛下！"飞燕急忙跪在地下。

成帝将纶旨交与郑永。

郑永手捧纶旨念道：

陛下谕旨：

宣赵宜主入宫，拜为宫院婕妤！钦此。

一听圣旨，急得许皇后直皱眉头。

"折煞奴婢了。"飞燕不敢相信自己的耳朵，万万没有想到成帝竟会如此看重自己。她激动不已地说，"皇恩浩荡，吾皇千秋万岁、万岁、万万岁！"她行了三拜九叩大礼。

她一边叩谢一边思索，昨日人下人，今日人上人，不管他人是嫉妒还是责恨，反正终身有了依托。她多么想把这个喜讯立即告诉妹妹和义父啊！她陶醉了，连陛下说的"婕妤平身"的话都没听见，还一直跪着不起，多亏樊嬺将她拉起。

这时，中常侍郑永按着婕妤这个嫔妃的官衔，给飞燕备好了座椅。

赵飞燕落落大方地将身入座。

不知什么时候，乐师、歌女已进入华玉殿的大厅。乐师们弹瑟击筑、吟箫吹笙；歌女们绾发高耸，腰束长带流苏曳地，长袖翩舞飘逸多姿。

那惊险娴熟、窈窕优美的舞姿，在赵飞燕心中是一条永不结冻的河流。赵飞燕的双眸闪动着热泪。那如波浪般起伏的柔曲，紧紧地系着成帝长长的眷恋。成帝的双目流盼着情思。那舞曲和歌声如震波一样，在许皇后的心弦上颤动。她无心观舞，更无心赏曲，随着演奏的舞曲，因忌妒和怨恨酿出的大颗大颗眼泪滚落腮下，滴在华玉殿正厅的地板上。

第五章　妒与尊之谜

西北方的地平线上，晚霞似火。

未央宫内，森严的宫墙，幽深的脊顶，乌亮的金砖，巨大的圆柱，在一片暮色中露出皇朝尊严的剪影。

一抹晚霞映入华玉殿寝宫，室内显得异常温馨舒适。临窗倚坐的成帝，两眼像着了魔似的盯着坐在檀木床上的赵飞燕，只见她的脸上已泛起红晕，被晚霞映照得更加红润生辉，那双又大又亮的眸子不时地忽闪着。成帝的心怦怦地跳着，他将目光移到窗外，心想：天黑得怎么这样慢哪！

不一会儿，樊嬷带着专司梳头的宫女薛静走了进来，她俩先向成帝请了安。而后，樊嬷给飞燕解下腰带上的佩饰，脱去绛纱结绫复裙，薛静双手敏捷地给飞燕摘去了首饰。她俩将衣裙、首饰放置在衣架、漆几上，轻手轻脚地退了出去。接着，吕延福走进寝宫："陛下，更衣吗？"

"我自己来，你给我预备洗沐。"成帝站起身。

夜幕垂落下来，室内朦朦胧胧。吕延福点燃了九只花烛，不声不响地走出寝宫。

烛光下，成帝再次看飞燕，只见她头顶上轻轻松松地绾着一个发髻，身上只穿了一件紫红色织锦长袍，身体的线条轮廓清晰入目。他情切切地招呼道："飞燕……"

"陛下……"飞燕含羞地欠身站起。

"飞燕，你给朕更衣吧。"

"哦，是，是。"飞燕抬头端详着成帝，只见成帝体魄高大，臂膀宽阔，一双浓眉护着一双睿智的大眼，高高的鼻梁象征着刚毅，两只耳朵大而有轮，三绺短须遮掩着嘴唇。可谓相貌非凡，不愧为汉朝的天子！此时，成帝的着装仍是白天在华玉殿正厅穿的那身帝冕服，头戴帝冠，冠上冕板巍峨，元表朱里，延板前后备有十二旒，每旒乃五彩玉珠，簪导朱缨，黄主纩充耳，延板中间垂有绥带，上穿锦绘六章，下穿裙绣六章，裙下有裥褶，素纱中单，红罗蔽膝，大带佩绥六彩，小带佩绥三色，朱袜赤舄，高底绚履。这种帝冕服是先王高祖八年所创制，汉朝历代皇帝一直沿用。

飞燕看罢，心中赞美不已，不由得产生一种爱慕之情，流露于眉宇之间。她款款碎步，移至成帝面前，屈身施礼，然后手脚麻利地给成帝摘下冕冠，脱下锦绘袍服，解下佩绥和绥带。摘脱合乎顺序，放置井井有条。连成帝都感到，飞燕这位嫔妃确实不凡。

吕延福复入寝宫，一看成帝仅穿一件贴身的白绸交领长衣，马上说道：

"请陛下洗沐。"

"好。"成帝转向飞燕，极为关切地说，"飞燕婕妤，你先躺下休息，待朕洗沐归来时，你我再谈。"

成帝随吕延福走出寝宫，拐入北侧的浴间。

"恭候陛下！"飞燕朝成帝的背影躬身施礼，而后解衣脱履，伏身上床，顺手从漆几上拿过一本书翻阅。

蜡烛在燃烧着，她的灵魂也开始燃烧。

在这繁花似锦、挥金如土的皇宫内院，她多么兴奋、欢愉、忘情啊！然而，她沉默下来，敲响了灵魂深处反省的钟声。华玉殿拜婕妤，既招来那么多倾慕的眼光，又引来那么多妒忌的眼神，还惹来许皇后不露声色的怒火。嫉妒、愤懑、怒火、仇恨，像一条条毒蛇，将要无情地折磨自己。

一种莫名的痉挛爬上赵飞燕的心头……

窗外的月亮，已跃上了华玉殿的脊顶。

月光溶溶，多情地洒向寝宫。夜风吹来，窗纱微微起伏，室内映出一明一暗的摆设。寝宫里流动着异香，流动着光影，流动着欢娱，流动着情思。

飞燕一夜没有合眼，除了同成帝谈古论今、说史吟诗外，就是独自回忆往事、展望将来。连同淳于长被捕入狱，她都认真思考，樊嬺和梳头宫女薛静在给她洗沐大妆的时候，反复强调了淳于长这个人物在皇宫中的地位。她想过，皇宫内院历来充满着女人与女人之间的明争暗斗，不管是谁，只要入宫，就得卷入这种争斗的旋涡。

她看了看躺在身边的成帝，他依然沉睡着，脸膛黝黑紫红，鼻翼翕动，还打着均匀的呼噜。她想，皇上能不能给她这位出身卑贱的人撑腰做主，要看她自己能否立于不败之地。

明月西斜，光渐暗弱。窗外的天色变得空蒙起来，东方的晨曦透过藕荷色的薄纱窗帘，映入室内，黑褐色的墙壁涂上了一层淡淡的白，她没有惊动他，而是悄悄地起床穿衣，步入洗漱间，洗脸、梳头，又穿过华玉殿正厅，进入东侧的大书屋。

大书屋在黎明前还是黑暗的。飞燕点燃了一支蜡烛，秉烛走到靠东墙的书架前，只见书架上摆着《尚书》《诗经》《礼记》《周礼》《仪礼》《论语》和《孟子》等书籍，她伸手抽了一本《孟子》，打开后仔细阅读。孟子引齐人言："虽有智慧，不如乘势。虽有镃基，不如待时。"飞燕细心品味和思索这段话的含义，一个人在政治上要想稳操胜券，不能满足于已有的智慧和既得的地位，必须学会因势利导，耐心胜过激烈，持久优于狂热，火威需借风势，瓜熟才能蒂落。飞燕合上书本，将书放至书架上。她这种看书学习的习惯，在骊山行宫就养成了。多年来的读书，使她深刻地领悟到：读书可以解决知识的贫乏，只有读书才能使自己舒畅地呼吸和吐纳，才能使自己的四肢筋脉有力地聚结和伸展。

这时，朝阳照射到大书屋，室内一片光明。她吹灭烛火，放下烛灯，转身走出大书屋，将门倒扣上了。

回到寝宫，进入小膳房，看见成帝已洗漱完毕，正在等候她哩。她和成帝互相谦让了一番，开始用膳。

吱扭一声，门开了，吕延福踏入。

"启奏陛下，王太后遣庭林表袁颖来华玉殿，候请赵婕妤去长信宫。"

"哦，怎么让袁颖来请飞燕呢？"成帝感到意外，因为袁颖在长信宫担任庭林表一职，主要协助太后料理后宫日常政务。母后下达通知，一般情况下是派长信宫少府来，而不会责成袁颖前来，于是转身向吕延福问道：

"延福，袁颖说什么了吗？"

"什么都没讲，只是说太后请赵婕好一人去长信宫。"吕延福答道。

"你请她进来。"

"是。"吕延福转身走出。袁颖随吕延福进入，袁颖屈身施礼道："长信宫庭林表袁颖参见陛下、赵婕好！"

"平身。"成帝和颜悦色道，"袁颖，不知何因太后宣召赵婕好？"

"臣详情不知，早饭后，太后仅通知我，让我来华玉殿请赵婕好赴长信宫书屋。"袁颖起身回道。

"书屋？"成帝越发感到奇怪了。

"对，王太后的书屋。"袁颖重复道。

提起长信宫书屋，成帝早有所闻，这是父王元帝生前所设。父王收纳正室夫人王氏及傅昭仪、冯婕好后，为评定她们三人的才识，便将她们一一唤至长信宫书屋，出题验考，不偏不倚，结果王氏的才学较傅昭仪、冯婕好更加渊博精深，故立王氏为皇后，封其父王禁为阳平侯。从此，长信宫书屋便成了皇宫内院的考场。

今天，太后让赵飞燕去那里，一定是面试无疑了。成帝只知道太后素常喜欢诗词、史书，要出题验考的话，不会超出这些内容。他转向飞燕叮嘱道："赵婕好，你回顾一下读过的诗词、史书，母后可能要试问你的。"

"谢陛下，请您放心吧！"飞燕坦荡自若，微微点首。

而后她转身面对袁颖："袁庭林表，咱们走吧。"

她俩离开华玉殿寝宫，穿过后宫水上长廊，向东走了一段青砖小路，踏进长信宫院内，直接来到长信宫东侧的书屋门前，只见门扉上边挂着一块巨幅绣金横匾，匾额书写着四个大字："汉宫书源"。

飞燕仰首看罢多时，被这金光闪闪的浑厚刚劲的大字吸引着，心想：古人常说的"钱能通神"，莫如改为"书能通神"。

"赵婕好，请进！"袁颖已站在门扉前。

"好，请您先行。"飞燕收回目光，随袁颖步入书屋。

飞燕进屋一瞧：嗬！好气魄。东、西两侧摆设着一排排高大的书架，上边放置着数不清的古今书籍，可谓书山籍海，靠北侧摆着一溜巨型屏风，屏风上方的墙壁上挂着一帧帧巨型条幅。屏风当中设有御座，上边坐着一位五十多岁的老妇人，不问便晓，这定是王太后了。御座左侧坐着许皇后，右侧坐着一位二十七八岁的嫔妃，不用介绍，便可猜定，那便是班婕好了。

"赵婕好，赶快参见王太后吧。"袁颖催促道。

赵飞燕走向御案前，双膝跪伏在青蒲上面，施叩头大礼："臣妾赵婕好拜见圣太后，祝愿太后千秋万岁、圣德万岁！"

"赵婕好平身！"王太后仔细端详飞燕，一看此女如仙子临落凡尘，亭亭玉立。

飞燕又转向许皇后、班婕好一一施礼，落落大方，礼仪娴熟。

站在御座两厢的大小宦官和众宫女都暗暗称赞赵婕好的相貌和礼仪。

许皇后微睁着凤眼，不冷不热道："赵婕好来到皇宫内院，给我们增了光，添了辉。"

"赵婕好。"班婕好离开座位，手拉赵飞燕坐在她的旁边。

"赵婕好，请你受我一拜！"说着，班婕好施礼。

飞燕慌忙又下跪。班婕好笑容可掬地搀扶起赵飞燕："快，快请起，以后我们姐妹相称，你怎么能这么多礼呀？这让我的心太不安了。"飞燕落座在班婕好身旁，她打量着这位嫔妃，班婕好面容秀丽，那双水灵灵的眼睛，使人感到机警、聪敏，两个眼角旁边已隐约布有匀细的皱纹。头梳高髻鬟发，只饰插一只银簪钗，身穿交领、宽身大袖的浅蓝色女袍，结一条大带，挂一块佩玉，下穿曳地的粉红色长裙，稍稍掩搭着高头云履，显得和善而文雅，朴素而大方。

"赵婕好，你来皇宫后，有何体味？"王太后观飞燕已多时，对其姿容和仪表较为满意，终于开了口。

"臣妾不才，陛下不嫌，承蒙君王册封，内心万分不安。臣妾感恩戴德，虽结草衔环，终生也难报答。"飞燕离座屈身，又禀道，"启奏圣太后，我离开骊山行宫时，阳阿公主让我转告她对您老人家的问候，并请您日后对我多加赐教。"

王太后听了这番话后，觉得飞燕在阳阿公主处确实学得不少君臣之礼，礼仪周到，说话严密，让人很难挑出破绽来。

许皇后沉默不语。她知道成帝已被赵飞燕彻头彻尾地征服了，又看到王太后的表情，似乎对她也非常满意。她从赵飞燕刚才这一番话中，感觉赵飞燕的心计是不小的，可以断定赵飞燕是哗众取宠，虚假对人。

班婕妤没再吭声。她对赵飞燕已有好感，但不愿意当着许皇后的面表白。而且，她心里为赵飞燕捏着一把汗哩。因为许皇后已同王太后商量好，对赵飞燕进行一次考试，如果应答不错，可以保持其婕妤的职衔，否则，准备奏明成帝，让他收回成命，免去飞燕已被册封的婕妤之名。

"赵婕妤，你过来。"王太后招呼赵飞燕，打破了书屋内的沉寂。

赵飞燕应声离座，移步御座前。只见王太后两只大眼炯炯有神，脸上已被时光这把利刃刻下道道深沟浅槽，但很丰满，气韵十足。头上绾着花白云髻，身上穿着黄缎绣龙饰凤的锦衣大袍，披着一件天鹅羽绒披风，可谓仪表蕴静，体态庄穆。

说话间，王太后离开御座，脚步沉稳，不失高贵与至尊。

她缓缓地转身仰首，面向屏风上侧：

"赵婕妤，你年纪轻，眼神好，看看挂着的这些条幅。"

"遵命！"飞燕稍向前移动，仰首投眸，看到书写的条幅有：汉高祖刘邦的诗词《大风歌》、汉武帝刘彻的诗词《秋风辞》、汉昭帝刘弗陵的诗词《黄鹄歌》、高祖唐山夫人的歌辞《安世房中歌》。她面对王太后脊背，屈身施礼：

"启圣太后，臣妾看过了，此乃先祖所作诗词，万古流芳！"

"你说说看，《安世房中歌》的内容。"王太后扬臂伸手指向左侧条幅。

"这是郊庙歌辞，高祖唐山夫人所作。凡乐，乐其所生，礼不忘本。高祖乐楚声，故房中乐楚声也，孝惠二年，使乐府令夏侯宽备其箫管，更名安世乐。唐山夫人所著《安世房中歌》，共有十七章……"

"好了，就说到这儿。"王太后打断飞燕的话，转过身来，面向班婕妤：

"班婕妤，你平素热爱词赋，又擅长创写，你同赵婕妤交谈一下。"

"遵旨。"班婕妤离开座位，也走至御案前，面对飞燕道：

"赵婕妤，您可能知道吧，楚霸王项羽处于被先祖高帝和韩信统率的汉军围困之际，四面楚歌，无路可逃。项王夜起，愁饮帐中。于是项王悲歌慷慨，美人虞姬诗和项王。您能说说虞姬同项王和诵的四句诗吗？"

"臣妹读诗学词有限，吟诵难免出现差错，诚望指教。"飞燕谦逊了一番，一字一句地背诵道，"汉兵已略地，四面楚歌声。大王意气尽，贱妾何聊生。"

班婕妤点头赞许，心中暗暗为赵婕妤有此才识高兴。

"好。美酒伺候！"王太后有些兴奋，面朝长信宫少府何弘命令道。

许皇后见赵婕妤才识不浅，心里更是忌恨，本来同王太后已经商量好，安排自己测试赵飞燕的书法，但这位太后突然命令宦官"美酒伺候"，这就意味着将要免去"书法"这个科目，岂不让这位新拜婕妤占了便宜、钻了空子？

她转身面向中少府史旭说道："文房四宝伺候！"

"是。"史旭随手从一旁的案几上取过文房四宝，送至御案上。

许皇后款步走向御案前，面向赵飞燕说道：

"赵婕妤涉猎群书，精通诗词，博览史册，实为女中英杰，非后宫诸夫人可以比拟，本宫也是望尘莫及呀！"

"岂敢！臣妹不才，诚望皇后多加教诲。"飞燕屈身施礼。

王太后看到许皇后吩咐中少府捧上文房四宝，心中着实不悦，脸上立即掠过一片阴影。

"启奏太后，赵婕妤才学匪浅，是否请她当场挥毫，书写诗词，请您定夺。"许皇后屈身请示。

"呵呵呵……"王太后舒心地笑了起来，"说得好，你同赵婕妤一起，为大家即席而书。"

"赵婕妤，我先献丑，写一上句，你再写下句。"许皇后从御案一角的笔筒内拿出一支七寸羊毫，中少府史旭帮她准备好笔砚和布帛。她挥毫而就，一气呵成，写了四个方方正正、浑厚刚劲的正楷大字。

站在许皇后旁边的王太后、赵飞燕、班婕妤赞叹不已。

许皇后将笔交给史旭，面向众人道：

"我写得不好，只是抛砖引玉，请圣太后、两位婕好妹妹评点指正。"

"赵婕好，看你的了。"王太后微笑着。

"我实在不敢，不过在圣太后、皇后、班婕好面前，即使书写不佳，也可听候你们的指教。"赵飞燕说着从袁颖手中接过羊毫大笔，朝铺就在御案上的白色布帛书写了下句，也是四个楷书大字，苍劲有力，跃然布帛。

王太后、班婕好颇为赏识赵飞燕的书法，连许皇后也不得不为之赞叹。

许皇后对赵飞燕既称颂又不服气，她似笑非笑地说：

"赵婕好，你将咱俩写的上、下句念给太后听一听。"

赵飞燕将两个条幅平行地放在御案上，随后连贯起来朗读：

"受命于天，既寿永昌。"

"赵婕好，你认为咱们俩写得对吗？"许皇后问道。

"依臣妹拙见，这并无差错，如果确有纰漏，那么就是臣妹没能写好下句的四个字。"

"赵婕好，我想请教一下，这'受命于天，既寿永昌'八个字出自何处呢？"许皇后进一步试问。

这时，小宦官端来美酒和杯盏。

王太后立刻吩咐道："大家入座，边用酒边交谈。"说着将身落入御座。

许皇后、班婕好、赵飞燕回到各自的座位上。

小宦官先给王太后斟了一樽酒，而后又分别许、班、赵斟满杯盏。

"刚才皇后提出的问题，我想在饮酒之前给予解答，不知当否？"飞燕面对王太后请示道。

"就依赵婕好。"王太后微点头。

"始皇帝嬴政有着黄地六彩带绶的传国玺，这传国玺乃是秦国的六玺之一，上边刻有八个大字，'受命于天，既寿永昌'。秦朝灭亡后，二世子婴投降，将传国玺和秦帝国的金、铜符节等都作为贡物献于高祖。"飞燕对答如流，准确无误。

"不错！"许皇后确实被赵飞燕的才学折服了，她心里服气，出了一个滑稽而可笑的考题，顺手操起那只七寸羊毫大笔，面对飞燕提问道：

"赵婕好，你再说一说，何人首制毛笔？"

王太后心想，许皇后对待赵飞燕太过分了，她怏怏不乐，手摸杯盏，低首不语。

班婕妤则认为，许皇后也太荒唐了，有哪个书法爱好者，包括书圣在内，手使毛笔写字，还去研究毛笔的发明者呢？这不是纯粹难为人吗？她着实有些不耐烦。

"秦朝将领蒙恬首制毛笔。"飞燕虽心中不快，但继续回答，"蒙恬实属将门之子，自祖父蒙骜起世代为秦重臣，他因家世得为秦将，破齐国，任内史。相传蒙恬在研究和创制毛笔的时候，以枯木为管，鹿毛为柱，羊毛为被。"

"妙！妙啊！"王太后、班婕妤异口同声地赞叹道。

许皇后如当头挨了一棒。她，哑然了。

"来，大家举杯。"王太后说着手持酒樽，"为祝贺飞燕拜为婕妤，且具有满腹经纶，干杯！"她率先喝下，非常痛快。

班、许、赵各揣心腹事，将樽中酒一饮而尽。

酒毕，王太后又说了一番鼓励的话，各自散去了。

赵飞燕刚踏上后宫水上长廊，就听见身后有一个女子在喊她："赵婕妤！赵婕妤！"飞燕回头一看，许皇后追了上来。

飞燕走下长廊："皇后，有事吗？"

"赵婕妤，请你到我的宫舍来一下。"许皇后的说话语气比在长信宫书屋时温和多了。

"等改日臣妹专程登门拜访，您看行吗？"飞燕想松弛一下，不想同许皇后处于紧张的气氛之中。

"唉！你还没来过我这长定宫嘛，一来看看宫院，二来聊聊家常，何妨？"许皇后的态度更加诚恳了。

"那好，臣妹就打扰了。"

飞燕同许皇后往西走去，途经御花园月亮门，进入长定宫。

飞燕穿行在宫院中径路的凉亭上，扫视了一下四周，只见东南角有一汪水，水面上荷花已谢，蝴蝶飞舞；湖面上架有一座八角飞檐亭榭；东北方是灵玉殿，正北方是椒房殿，西北角是越兰殿；东、西两侧是小耳房；西南角设置一个高达十余丈的秋千；中径路两旁栽满了奇花异草，但因天气渐凉，奇花已失去了芬芳，草坪也开始枯黄。

"赵婕妤，你快来，先到我的椒房殿吧。"许皇后说罢，已站在椒房殿门口。"好，这就来。"飞燕飘悠悠地移步到椒房殿门前。

许皇后拉起赵飞燕的手，步入殿房内，这使飞燕感到意外。

她俩绕过前厅画有一幅幅美人像的屏风，脚踩着一直延伸到御座前的毡罽，款步至大厅。

飞燕举目观看，正前方设置一个长方形御座，御座后面是一个巨型屏风，屏风上挂着一帧松鹤万年图，右侧是寝宫，左侧有两个拱形小门，门上边分别写着"餐间""浴间"字迹。飞燕尤为注意的是椒房殿的室内围墙，这是由于从前阳阿公主给她讲过，许皇后所居的椒房殿，以椒和泥涂壁，取其温馨芬芳，很显然，此墙壁不同于其他宫殿。据说前御史大夫杜延年之子杜钦，身为大将军武库令，忧恐皇上因奢侈豪华、贪图纸醉金迷的生活而无继嗣，约同光禄大夫谷永和刘向，一齐上书，要求减少外戚耗资，成帝采纳书谏，于是减省椒房殿、掖庭用度，以及服御和舆驾。否则，这椒房殿说不定会更加豪华。

许皇后还在拉着赵飞燕的手，一直走到御座前。

这里静得令人难以置信。没有宦官往来，没有宫女出入，没有美人唱歌。只见高大的石雕雄狮，默默地蹲在御座两侧；四只荷花灯笼，呆呆地悬在半空中。大厅的空气，几乎是死一般的凝固。

"怎么样，这里比得上骊山行宫吗？"许皇后的傲慢之声回荡在椒房殿大厅。

"各有千秋，无须评述。"飞燕坦荡地回答。

"不过，椒房殿再好，也比不上你同陛下居住的华玉殿哪！"

飞燕没作回答。

"洞房花烛之殿，你将会终生把它留在美好的回忆之中。"

飞燕仍没作答。

"赵婕妤，你坐吧。"许皇后已经松开飞燕的手。

飞燕一看身边是宽敞的御座，自己目前的身份和资历是达不到享受御座尊位的。她对许皇后道："名不正，言不顺，怎好接受皇后的一片好意！"

"哪有那么多规矩礼法！你我进宫虽有迟早之别，官职虽有低高之分，但我们已是姐妹，且又都是伴驾皇上，理应一律平等、亲如手足才是。"许皇后格外殷勤，"你先坐，我去给你端来陈酒，咱们边饮边谈。"她朝餐房走去。

飞燕不敢造次。她通过长信宫受试与长定宫受尊前后对比，看到许皇后对她是两种截然不同的态度，感到非常蹊跷。如果现在坐到御座上，许皇后一旦翻脸，诬陷她欺凌三宫六院之首怎么办？特别是半个时辰之前，许皇后对她还是那样的鄙视、忌恨、刁难呢，难道现在就烟消云散了吗？不可能，绝对不可能。她欲离开御座。

一会儿，许皇后端来一小坛陈酒和杯樽，放置在御案上，连忙劝留：

"别走别走，咱们姐妹就在御案上痛饮。"

飞燕便停留在御案前。

许皇后用手抠掉坛口处的封泥，而后掏出丝锦手帕，擦了擦手，又捧起酒坛，往两个杯樽斟满了酒。

"多谢皇后。"飞燕接过酒坛，放置御案一角。

"坐，坐呀！"许皇后继续催促道。

"不。请皇后坐吧，我就站在这儿。"

"让你坐，你就坐嘛！"许皇后使劲往下拽了一把赵飞燕。

赵飞燕一个趔趄，跌坐在御座上。忽然觉得有一件硬东西触痛了她，她倏的一下站起身，看了看御座上铺盖的锦缎褥垫，本来是既松软又光滑的，五彩缤纷，一尘不染，但为什么座垫底下放着一件扁扁长长、鼓鼓囊囊的东西呢？紧接着，"吐噜"一声，从天棚上垂落下来一顶紫地织金锦缎的幔帐，将整个大厅切割成一大一小两个厅室，她和许皇后处于幔帐以内的小厅室里。

飞燕哪里知道，由于她猛地立在脚踏上，震动了踏板下的机关，绳索自然松开，天棚上的绛紫色织金锦缎幔帐也就随之垂落下来了。

飞燕抬头一看许皇后，许皇后的目光正在窥探她呢。她稍加思索，决定当场弄清御座褥垫下的秘密，不能糊里糊涂地离开这里。

飞燕"唰"的一下掀开御座上的褥垫，露出一把没有刀鞘的短柄佩刀。

她一看，便认出这是淳于长去三姑堂使用过的那把短柄佩刀。她的心立即紧缩了一下，刚一伸手取刀，却又缩回手来。她似乎想到了什么……

"啧啧，你瞧我，记性不好，忘性倒不小，昨天皇上将这把佩刀还了我，我当时就将它放在御座上，忘了悬挂。"

许皇后马上松开她那张不自然的面孔，继续解释着："多亏是您哪，若是其他人，还会吓着哩。唉，赵婕妤，您看这把刀怎么样，这可是宝刀啊！"

飞燕板着面孔，目光平射，一言不发。

"先王宣帝格外器重我的祖父许延寿，拜封为乐成侯兼大司马、车骑将军，先王元帝即位时，又复封我的父亲许嘉为平思侯，不久也晋升为大司马、车骑将军。这样，父亲就将我许配了当今皇上，还在皇上当太子的时候，我就同他成婚。由于宣帝非常喜欢自己的孙子，就将这把短柄宝刀送给了我这位不成大器的孙媳妇。"许皇后感慨万千，思绪难平，眼眶湿润了，"唉！祖传珍宝，万古流芳，追思往事，物在人亡……"

飞燕听了许皇后这一番长谈，脑子里开始急剧地思索，对方是炫耀自家的身世，还是为了夸赞这把宝刀呢？

许皇后面目有些严肃："赵婕妤，你是不是从前见过这把宝刀？"

"见过。但不是从前，是前天在三姑堂见淳于长使过这把宝刀。"赵飞燕冷冷地回答。

"哦，那，那好，请您看看，是不是这把宝刀呢？"许皇后的语调又温和了。

飞燕看了看放置在御座上的短柄佩刀，又看了看许皇后，料许不怀好意，她一动未动，还是默默地站在脚踏上。

室内又是一片沉寂。

突然，幔帐一角抖动了一下，闪出一个宦官。

许皇后先是向那位宦官抛射出怨懑的眼光，后又介绍道：

"赵婕妤，这是我长定宫的少府，名叫史旭。"

"在华玉殿、长信宫就已见过了，史旭来得正好。"飞燕不屑一顾，道，"来，史旭，请你到御座前，将座垫上的这把宝刀呈递给皇后。"

史旭听后，有些惊讶，不知这里发生什么事，但不便细问，拱手作揖道：

"启皇后、赵婕妤，刚才华玉殿的郑永来过，转告皇上旨意，明天一早，约您二位伴驾，随皇上郊游骊山，微行射猎。"

"哦，好，我和皇后会去的。"飞燕稍加思索，又催逼道，"史旭，快来呈刀！"

"这……"史旭犹豫不定。

许皇后一看，只好勉强随声附和："史旭，赵婕妤说了话，你怎么不听啊？"

"是，是。"史旭朝御座走去。

赵飞燕双脚迅速离开脚踏，只听"呼呼啦啦"的声响，绛紫色锦缎幔帐自动席卷到天棚上。

整个大厅又是十分宽敞、明亮。史旭不知其中奥秘，只好听从差遣，他双手捧起短柄佩刀，呈递给许皇后。许皇后深感无趣，默默地接过短柄佩刀。

赵飞燕面向许皇后，愕然直语道："皇后，您欲设计陷害我，说我赵飞燕闯入长定宫椒房殿，抢持宝刀，行刺皇后。巧使奸计，嫁祸于人，可惜！皇后，我没有进你的圈套上你的当！"

"你，你……"许皇后见赵飞燕说破隐情，又气又羞，一气之下，她左手端起酒樽，一饮而尽，扔掉空樽，右手持短柄佩刀，离开御座，走至悬吊的烛灯下，手举佩刀，猛地砍去，只听"咔嚓"一声，一只荷花烛灯碎落于地上。

赵飞燕见此情景，不禁开怀大笑："哈哈哈哈……"

第六章　患难识真心

晚秋的天，又高又蓝，好似一个硕大的海洋。

蠕动着的两辆凤辇像露出水面的一片小岛，有意排斥着孤寂和凄凉；身跨一匹匹坐骑的宫女、宦官和宫院猎手们行走在凤辇前后，如同颗颗珍珠闪耀着五颜六色的光彩，使整个大地换上了绚丽的新装。

凤辇悠悠地走着，有节奏地发出"吱呀、吱呀"的响声，宛如大海漂起的一叶叶捕鱼扁舟，随风逐浪漂荡着。

弯弯的骊河水，迂回曲折，由东往西，缓缓地向着自己的归宿奔去。

这匹匹坐骑、辆辆凤辇却是逆沿骊河水流方向，一直往东驶去。

前面的凤辇是许皇后乘坐的双马辎车，车的顶棚和四周均有帷盖遮掩，前后帷盖各设有一个窗口，可以观看行人和景物。许皇后不时地朝辇舆的后窗口望去。后边单马辎车凤辇，车厢内坐着赵飞燕。

昨天深夜，许皇后去狱中探视淳于长，淳于长恨透了赵飞燕，他说此人将是后宫的一大祸害，如不及早斩草除根，皇后的宝座大有可能被她夺走。皇上贪色恋情，就像喝了迷魂汤一样，格外宠爱赵飞燕。如果现在去劝说成帝，不要因赵飞燕而对淳于长施法禁锢，成帝是绝对办不到的。她告诉淳于长，要记住赵飞燕欠下的这笔账。

"啪！"鞭声震耳，划破寂空。给许皇后掌舆马的太仆谷田，扬鞭催辇，许皇后的思绪被鞭声拉回，她收回视线，转身朝凤辇行进的方向看去，南山，古堂山，遥遥相望。

赵飞燕坐的单马轺车是简易轻便车，车厢四周没有帷盖遮挡，可随时随地观览风光。她为了一开始就给宫人们留下个好印象，今天一出发，便让两名宫女姜秋和姜霜也坐在辇上。姜秋入宫前在草原上放牧过马群，所以能够比较熟练地驾驭单马轺车。飞燕见前面的双马辎车飞快跑起来，便轻轻地拍了一下姜秋的后背。姜秋领会飞燕的用意，立即朝马背上挥了一鞭，迅速地追了上去。飞燕不愿意自己坐的单马轺车落在后面，因为成帝、张放还没有赶上来，稍不注意，许皇后就会多心的。

　　飞燕回头看了看跟随她的宦官，便催促道："王盛，快点！"

　　"是，来啦！"王盛催马加鞭，紧紧跟在轺车后边。

　　飞燕遵照后宫的规定，虽然不能给自己配备宦者令，但是可以选配一名亲随宦官。王盛就是她向皇上提名要来的。

　　王盛从小丧失父母，因家贫穷，无衣无食，被哥哥王安卖到皇宫，做了阉官。

　　一行车马，穿越古堂山，飞燕一下子想起被淳于长劫持绑架的情景，虽然身遭陷害，险些被强逼削发修行，但是她不怨恨他。真相已经大白，这一切都是许皇后导演的。她曾几度同皇上坐聊，察言观色，寻找机会为淳于长开脱罪责，但是摸不清成帝对待皇后的真正感情，因而不敢轻易开口。她必须谨慎从事，想办法争取淳于长，以巩固自己在皇宫中已得的地位和权力。

　　车马离开古堂山，跨过骊河拱桥，仍沿着骊河岸边的道路逆水流方向上行。飞燕将身转向车尾，望着远去的骊河水，她的思绪也被带向远方。

　　她决心向人生的厄运挑战。她要带着无名鼠辈的希望良种去向赫赫朝野的犁沟播种，让泪水和欢笑滋生出的果实证明卑贱人生活的价值。

　　当然，她深知这一切必须依靠自己，还必须紧紧地依靠成帝。只有皇权，在殿堂里才能闪闪发光！

　　她望着远离的京都，一缕缕扯不断的思绪涌上心头：皇上他们怎么还不来呀？

　　朝阳刚刚升起，京都长安街上的人流尚未汇成。

　　成帝与张放骑白鬃马和青鬃马，并辔驰行，离开皇宫。

他俩为了开开眼界、散散心情，改变了往日微行走小胡同的习惯，毅然选择了穿大街、过闹市的路线。遗憾的是，进城的人马寥寥无几，做买卖的商家店户才陆续打开门板，唯有几处卖小吃的铺子里稍显得红火热闹一些。

他们走至东大街上，忽然见到一处高楼殿阁，并有沣水穿入，帷船行驶。

成帝转向张放问道："张放，这是何人府邸？"

"成都侯王商府邸。"张放答道。

成帝心中不悦，默默无语。

他俩骑马继续朝前走着。只听到"嘚嘚，嘚嘚"的马蹄声有节奏地响着。

两匹坐骑走到东大街拐弯处，他俩又看见一个异样花园，园中堆有土石山，山上建一座高台亭阁，恰与未央宫中的白虎殿相似。成帝禁不住诧异起来："这是谁家花园？"

"曲阳侯王根。"张放回答道。

"太不像话了！"成帝愤然作色，义愤填膺。

成帝越看这花园越生气，抖动缰绳，掉转马头，面朝张放道："走，咱们回去！"

"陛下，您何必那么急呢？"张放翻身下马，手拽成帝坐骑的缰绳，"今天又不是上朝之日，再说，许皇后、赵婕好已经坐着凤辇出发多时，如果我们现在回宫，她们怎么办呢？"张放苦口婆心地谏劝成帝。

成帝紧锁双眉，沉思不语。他看了一眼站在马前的张放，领会了他这番话的良苦用心。他思索一下，说道："好吧，你也上马，咱们赶快出发！"

张放松开成帝手中的缰绳，转身跃上自己的坐骑。

成帝手拽缰绳，足磕金镫，又掉回马头，朝城外奔去。

两匹快骑像离弦的箭，射向去往骊山的旷野大道。

车马绕过村庄，越过刻有"贺家村"字迹的石碑，忽然停下来。许皇后、赵飞燕她们在等待成帝、张放。

飞燕迟迟不见成帝的踪影，心中不禁有些焦虑，途中会不会遇到意外情况呢？失落感、恐怖感一齐涌向她的心头。飞燕盼夫心切，打开随身携带的简易包裹，将成帝送给她的那块叠得四四方方的红色锦绒披巾高高举起，红色披巾随风飘荡起来。

许皇后也在朝来时的方向张望，发现赵飞燕扬臂举起红色披巾，她那无名大火顿时复燃起来，心中暗暗骂道：狐狸精！

成帝猛然发现远处一团火焰在燃烧，便催促张放道："张放，快，快加鞭！"

张放扬鞭策骑，随成帝向前方奔去。

赵飞燕突然看见白鬃马和青鬃马飞奔过来，她抑制不住激动的心情，高声喊道："陛下……陛下……"

许皇后已钻出帱盖，站在凤辇旁边，向飞来的两匹坐骑瞭望。

成帝听到了赵飞燕的呼唤声，又看见赵飞燕手擎红色锦绒披巾，许皇后站在凤辇旁边，不由得心田荡起爽悦的微波。他"啪"的一声又甩了一鞭，白鬃马载着他撒欢儿似的奔跑。

张放座下的青鬃马，紧紧尾随白鬃马，风一般地驰行。他们二人乘骑追至凤辇跟前，缓缓地停了下来。

"陛下，您怎么才来呀？"飞燕收起红色锦绒披巾，跳下凤辇，屈身施礼道，"臣妾等候多时，陛下一路辛苦！"

"陛下，"许皇后娇声嫩语，屈身拜礼，"您这么大半天才来，可把我惦记煞了。"

"多蒙皇后、婕妤的一片好心，是朕耽误了大家赶路。"成帝既感动又歉疚，"你们快上车辇吧，前面就是骊山了。"成帝在马上提醒道。

大家各自上马登车，继续朝前赶路。不一会儿，他们来到骊山脚下。

高山巍峨而有风骨，森林幽邃而有姿色。成帝虽然来过骊山，射猎过野物，但还没有完全认识它，所以，他这次郊游骊山射猎，除了携带许皇后、赵飞燕和宦官、宫女外，还特意带来几名猎手。成帝心想：别看我是天子，天子在天地面前，无疑也是个微小的颗粒。

在一个山坳处，两辆凤辇停了下来，太仆谷田留下看守。许皇后骑上史旭牵来的乌鬃马，赵飞燕跨上王盛备好的红鬃马，她俩跟随成帝、张放的两匹坐骑，沿一条较宽的山路朝山上跋涉。

人马迤逦前行，像一条彩色绸带顺着峡谷山腰绕来系去。

他们终于盘旋到骊山顶峰，在一片松柏树林旁边的平坦草地上停了下来。

宦官和猎手们将马匹一一拴在临近的几棵松树上，张放带领众猎手在通道口处布下一面巨大的拦截网，而后他们各持器械沿着通道钻入密林，投身到射猎的搏斗之中。

中常侍史旭和宦官王盛在远离密林通道的一块草滩之地围起大半个圆圈帐子，铺上七八块毡毯，供成帝、许皇后、赵婕妤等人边歇息边观赏射猎。

凌玉、凌洁、姜秋、姜霜端出酒肴，置于成帝、皇后、飞燕面前。

成帝还将宦官和宫女们招呼到帐子内。主仆露天坐在一起，仿佛一下子就抹掉了高低贵贱的界限。他们在山野之地亲切交谈、说笑，远远地摆脱了在皇宫内那种繁文缛节的拘束感。唯有许皇后与赵飞燕两人互不搭话。

天高云淡，山野苍苍，鹰雀飞旋，凉风袭人。众人感到有些寒冷，宫女们急忙打开包裹，分别给成帝、许皇后、赵飞燕穿上披风。

成帝见通道口上的拦截网内没有一点儿动静，心里有些着急，伸手拿起弓箭，欠身说道："皇后、婕妤，你们等着，我去打几只野物。"

"不行，陛下不能去。"飞燕拽住成帝手中的弓箭，劝阻道，"我小时候跟义父来过骊山，这里野兽很多。"

"陛下若去射猎，把我也带上，一旦遇到危险，咱们一块儿死。"许皇后撒娇地说。

成帝无奈，只好将弓箭交给飞燕，耐心坐等。

人们全神贯注地观察网内的动静。又过了一个时辰，只见由密林左侧蹿出两只棕褐色野兔，一下子跃入拦截网内。大家的精神为之一振。"嗖！嗖！"两支雕翎箭射来，射中两只野兔。帐子内立即传出大家的欢呼声。接着，张放和一名猎手各持弓箭走出密林，每人捡起一只受伤的野兔，扔出拦截网，而后又消失在密林之中。

忽然，山风摇动着树林，发出飒飒的声音。紧接着从密林中传出"嗷嗷"叫声，这是野兽的呼叫声，再仔细辨听，是狼在嚎叫。

帐子内，许皇后、宫女、宦官们有些紧张慌乱，连成帝都瞪大眼睛，密切注视前方。然而赵飞燕安然席坐，因为她以前在骊山时听惯了狼嚎虎啸的声音。

蓦地，一只黄色皮毛的野狼赫然出现了。

人们惊恐万状。许皇后紧紧地抓住成帝的手。她往日的威严消失得一干二净。人们清楚地看到，野狼正向拦截网逼来。大家屏住呼吸，不敢声张。

许皇后的手攥得更紧了，只攥得成帝的手有些麻木。

赵飞燕急中生智，就在狼和人们对峙的瞬间，她悄悄走出帐子，找来一根短树枝，又回到帐子里，取过盛酒壶的铜盘。

"锵锵……锵锵……"赵飞燕猛烈地敲击铜盘。荒凉的山野突然响起这种奇怪的声响，匹匹快马也"咴儿咴儿"地叫着，立刻汇成一股巨大的声浪震天动地地向野狼压去。狼一时摸不着头脑，悻悻地撤退了。

人们看到赵飞燕手持木棍敲击铜盘时，不禁觉得好笑，看到野狼撤退后，不由得佩服起这位婕妤。

狼终究是狼！它没走多远就停了下来，两道绿光直逼人们，不时地发出挑战性的嚎叫。

成帝以为这只狼是被张放他们围剿过来的，根本没有把它放在眼里。他转身劝慰许皇后道："皇后，别怕，抬头看看热闹！"

许皇后吓得浑身哆嗦，哪里还敢明目张胆地看热闹，心里嗔怨成帝太不理解人了。

成帝的话音刚落，那狼又嚎叫了一声。接着"嗖"的一声，越过拦截网，气势汹汹地逼向人群。人们骚动起来。宫女们吓得又哭又叫。许皇后吓得魂飞魄散，哭成了泪人。"陛下，快，快闪开！"赵飞燕跃到成帝身前，搭弓射箭，"噌"的一声，雕翎箭射中狼的前胸。

那狼疼得"嗷儿嗷儿"乱叫，但没伤命，转了一个圆圈儿，又向他们走来。成帝马上喊道："飞燕，给我弓箭！"

赵飞燕没有应声，但非常沉着，已把第二支雕翎箭搭在弓上，两臂用力，将弓拉成一个圆月，还没等松手放箭，前面的狼"嗷"的一声倒下了。她收起弓箭，抬头一看，有一支雕翎箭恰巧射中狼的头部，那狼当即毙命。这是何人所射呢？

张放、宫院的猎手们走出密林，出现在通道上。

成帝万般感谢赵飞燕，夸赞她聪明有胆，确确实实起了护驾的作用。赵飞燕则谦逊地摇了摇头，极其关怀地说："陛下，您受惊了！"

成帝紧紧握住飞燕的双手，眼眶里晃动着感激的泪珠。

"陛下，这不是我的功劳，应该把功劳记在张放和猎手们的身上。"

成帝明白飞燕的意思，他把她抱在怀里，亲切地说了一句：

"飞燕，朕终生感谢你！"

飞燕的脸羞得通红。

烈火炼真金，患难识知心。成帝考验了飞燕，飞燕赢得了成帝的信任。

"启奏陛下，臣等来迟一步，险些酿成大祸，望陛下恕罪！"张放率众猎手向成帝拱手躬身。

成帝松开飞燕，转身问道："张放，你们何人向恶狼射了箭？"

张放和猎手们摇了摇头，不解成帝其意。

这时，飞燕发现一位陌生猎人走出密林，绕过拦网，直接奔向倒毙的恶狼，猫腰拔起狼头上的雕翎箭。她看清了，原来是贺岩射的箭，她不由得大声喊道："贺岩兄——贺岩兄——"

可是贺岩并未回头，手拿弓箭和飞叉步入密林之中。

飞燕转身面向成帝："陛下，这第二箭是贺岩射的，应该答谢他的护驾之功。"

"就依婕妤，请你安排，代朕感谢贺岩。"

"遵旨。"飞燕应声后，命姜秋取出一百两纹银，而后她将银两交给王盛道："你骑马先行一步，将这银两送与贺家村贺岩家。"

"是！"王盛接过银两包裹，牵过红鬃马，飞身跨骑奔下山去。

许皇后羞惭惭地向成帝屈身施礼道："陛下，妾向您祝福！"

"哼！"成帝说着又转向众人，道："大家快收拾一下，准备下山吧！"

"等等。"许皇后急忙走上前，停步于成帝身旁，"真是百闻不如一见。赵婕妤不但是才女，还可称侠女。这次千钧一发之际，赵婕妤挺身而出，化险为夷。后宫里美人虽多，但没有一人能够抵得上赵婕妤。陛下，依妾之见，赵婕妤救主功高，应当给她加一个封号……"

没等许皇后往下说出什么封号，飞燕便伏在毡毹上，磕头施礼道：

"妾愿终生侍奉陛下、皇后，不想再有名号加身。今转危为安，绝不是我的功劳，而是托陛下的洪福。微行射猎受封，要引起朝中百官的议论。再说，真正使恶狼毙命的一箭，乃骊山行宫贺岩所射，请陛下明析高断。妾无功而受赏，万死也不敢领受！"

在场的人们，听了赵飞燕这一番动人心弦的话，无不为之所触动。

许皇后企图给赵飞燕一个蜜裹黄连果，万万没想到对方竟然婉言谢绝，她，无言以对。

成帝知道许皇后非常妒忌赵飞燕。但是许皇后谏封飞燕，似乎变得宽容而仁慈。等听了飞燕的一席话，他不禁又觉得飞燕聪颖。他看了一眼伏在地上的飞燕，沉思片刻后，说道："郊游外出，微行射猎，本来有些大臣就对朕不满，如果在山野之处加封赵婕妤，必然招惹闲话。对赵婕妤护主之功，朕铭记在心就是了。赵婕妤，起来吧，准备回宫！"

宫女们搀扶着成帝、许皇后、赵飞燕往山下走去。

那些红男绿女、骏骑凤辇驶出峡谷山坳，奔向返回京都的大道。

红鬃马载着王盛驰近贺家村村头。微风吹过，飘散着金秋粮果的清香味儿，蠕动着的一缕缕炊烟像一条条透明的白纱绸带，一群群滩羊撒蹄归来，极像蓝天飘浮的一朵朵白云。故乡之情，留在他的神驰心荡之中。

王盛奔向村北贺岩的住宅。他下马牵缰，环顾四周，同出出进进的乡亲们打着招呼。

贺家村，曾是人们血泪交融的苦海，也是人们起死回生的圣地。这，多亏了贺家母子，帮助全村战胜自然灾害，给了人们生息的机会。一幢幢平顶泥屋，一溜溜矮矮的土墙，一个个整洁的院落，都渗透着贺家的财资和心血。村北头那棵古老的榆树，就像一个百岁老人，记载了一切。

王盛将红鬃马拴在古老的榆树上，然后手提包裹走向贺家门口。

贺家的大门虚掩着，他轻轻叩了几下。院内传出一个老妇人的声音：

"谁呀？"

"我，王盛。"

"快，快进来。"

王盛推门进入。看见贺夫人蹲在院心的火灶旁边添柴火，灶上的药壶冒着团团蒸汽，拱手作揖道："晚辈向贺夫人请安！"

"哟！王盛回来了。"贺夫人站起身，用围裙擦了擦手，"来，快到屋里坐。"

"贺夫人，您在给谁熬药？"

"唉！你莲花嫂子。"贺夫人心情有些沉重。

"嫂夫人得病啦？"

"不是啥大病。"贺夫人不愿说下去，"王盛，来，到屋里坐吧。"

王盛随贺夫人踏进堂屋，堂屋内堆满了刚刚采撷来的鲜藕，他知道这是贺家拿手的治家之道。

王盛知道东间卧室是贺夫人所居，西间卧室是贺岩夫妇所住，他问道："贺岩兄回来了吗？"

"岩儿有五六天没回家了，今天准回来，给你莲花嫂子送草药。"

西间卧室传出机杼声。王盛朝屋内看了看，门扉开着，门帘子打着，长长的织布机旁，坐着面容清秀的牛莲花。她两手不停地来回扔着梭，梭中的经线与机上的纬线相互交织，一条条，一缕缕，像无尽的思绪，像诉不完的衷肠，由着她那双白嫩纤细的手自由娴熟地拨弄，织出一条长长的没有尽头的白色土布。

贺夫人一听王盛打探贺岩的消息，估计他可能找儿子有事，便把他领到莲花媳妇的住室。

牛莲花抬头一看，婆母携王盛走入室内，赶忙欠身离机："王盛贤弟回来了？"

"嫂夫人勤俭持家，令人可敬！"王盛拱手打趣道。

"借您的吉言，待我发家了请您做客。"牛莲花给王盛沏了一杯茶，恭敬地说，"您一定有事吧？皇宫里那么忙，还有空到我们茅屋草舍来。"

"贺夫人，嫂夫人，告诉你们一件事，今天皇上带着许皇后、赵婕好去骊山射猎，在围观猎物时，不料发现一只恶狼，跳出拦截网，逼向陛下，在这紧要关头，赵婕好射出一箭……"

"陛下脱险了吗？"贺夫人担心地打断王盛的话。

"没有。她这一箭射伤了恶狼，但没有彻底解除危险，在这生死攸关的紧急时刻，多亏贺岩兄射来一箭，恶狼当即毙命。"

贺夫人松了一口气，皱了皱眉头："作为一国之君，肩负着天下人的重托，理应减少微行，躬亲政务才是。"

"赵婕好见贺岩兄救主功高，派我给两位夫人送来一百两银子，诚请你们收下！"

王盛打开衣服包裹，取出银两，放在案几上。

"这倒不必。"贺夫人将银两塞入王盛的包裹内，婉言谢绝，"请你转告飞燕，救驾护主，理所应当。心意，收下；银钱，不能收。"

"是啊，贺岩知道了也不会答应的。只要大家平平安安的，比什么都好！"牛莲花也在婉言谢绝。

"王盛！"贺岩手提竹篮走进来。

"贺岩兄！"王盛站起身道，"你回来得正好，赵婕好派我来府上，答谢你救主之功，而她们婆媳再三谢绝，这事倒叫我难办了。"

"哈哈哈哈……有什么难办的，飞燕给的钱，你留着，打酒喝。"贺岩豪爽而奔放。说话间，他从竹篮里取出几包草药，放在案几上。

"哎哟，我都忘了问候嫂夫人患什么病，吃这么多的药？"

牛莲花羞红了脸，低下了头。

"唉！为了要个后生。"贺岩眉峰锁起，叹了一口气。

"哦！"王盛脑瓜转得很快，马上又要解包裹道，"买药得需要不少钱哪！"

"别费心了，我有钱。"贺岩一双大手捂着包裹。

王盛一看拗不过贺岩全家，只好作罢，他收拾起包裹，向贺家告别。

当王盛走出大门时，牛莲花说了一句："王盛贤弟，你回宫后，代我向飞燕问好！"

"行，我一定转告！"

"祝贺她当了婕好！"牛莲花补充道。

"有什么可祝贺的？"贺夫人立即阴下脸来。

"是，母亲，孩儿多嘴。"牛莲花歉疚地向婆母屈身一礼。

王盛看了看贺岩，贺岩沉思无语。他心想，这个老太太也够倔强的，真是不识时务啊！

王盛解缰上马，路过家门而未入。他扬鞭催骑，直奔京都长安。

夕阳斜下，晚霞映照，烧红了半边天。

华玉殿寝宫烛光明亮，温馨怡人。成帝和赵飞燕已吃罢晚餐，洗沐完毕。他俩躺在床上沉思。成帝思考当天早晨发生的事情，成都侯王商府邸过于豪华，曲阳侯王根花园超出规格，如不整治，岂不给其他廷臣留下话柄？难道说国舅就可以这么为所欲为吗？赵飞燕则担忧淳于长入狱之事，这件事如不及早解决，难免影响自己的声誉，确切地说，天长日久，可能积怨越来越多，直接动摇自己在皇宫内院的地位。但是，怎么才能够说服成帝呢？

窗外清风明月，万籁俱寂。成帝朝窗外看了看，感到十分静谧，他合上了眼睛……忽然耳边响起恶狼的号叫声，眼前扑来猖狂至极的恶狼。他"啊"了一声，脸上沁出一颗颗豆大汗珠。赵飞燕放下手中的书简，赶快抱住了成帝。

"陛下，陛下，陛下！"

他渐渐苏醒，双目直愣愣地瞪着，莫名地惶惑，他猛地抱住了赵飞燕：

"飞燕，朕终生不会忘记你的。"

"陛下，您不能这样说呀，臣妾只是一个普普通通的女子，对您没有啥帮助，倒给您添了不少负担。"

"不，你对朕不仅是帮助、抚慰、爱戴，而且义无反顾、舍生忘死，朕怎么会忘记你呢？朕离不开你呀！"成帝搂着飞燕，越看越爱看，越看心越醉，用嘴狠狠地含吮飞燕那白嫩的脖颈。

飞燕闭上了双眸，沉浸在欢娱的幸福之中。

她睁开双眸，目光正触到成帝那贪婪的眼光。她面红耳热，心头微颤。

她两手扶着成帝的双臂："陛下，臣妾有句话，不知当讲不当讲？"

"你我乃为夫妻，何必这般客气，有话尽管讲来。"

"您为了我，将淳于长绳之以法，逮捕入狱，我心内实为不安，但且不知……"

"这与你没关系，犯上作乱，不可饶恕！"成帝打断飞燕的话，语气仍很强硬。

"但这不知引起多少人的议论，议论最多的是我赵飞燕！如果不是我进皇宫，许皇后不会妒忌我，她也不会派淳于长去途中劫持。我进得皇宫，承蒙陛下宠爱，这本来就惹得满朝文武大臣的注目，也惹得后宫诸夫人的计较，可是，再将淳于长打入牢房，岂不更加剧了人们对我的积怨吗？况且淳于长是王太后姊之子，她老人家也劝说过您，您却置若罔闻。陛下，难道您就没想过这件事的后果吗？"

成帝默默地听着，思考着飞燕每句话的含意。

"古人说，'千人所指，无病自死'，'力田不如逢年，善仕不如遇合'。再说，您还想处理王商、王根之事，树敌过多，对皇家是极为不利的。此言是否，望您三思！"

飞燕说的这番话就像滚来的一个个浪潮，迅速化作无数细碎的浪花统统落进成帝的心田。

"陛下，您想过没有，只有您的安宁，才能给我带来安宁。"

像缕缕春风，像丝丝细雨，成帝筑起的唯君独尊的思想防线节节崩溃，飞燕的温柔之情，在成帝的心潮之中扩散开来。他突然作出决定：

"明天释放淳于长！"

"陛下！"飞燕两眼闪着泪花，一下子搂住成帝的脖子，"您真好……"

第七章　圣君惩二侯

旭日是红的，成帝的双眼也是红的。

他只身孤影来到巍峨的未央宫前殿。

未央宫位于京都西南隅，虎踞龙盘龙首山，可鸟瞰整个长安城，这是一个庞大的建筑群。其主体则是未央宫前殿，巍峨壮观，气势磅礴，显示了汉室刘家赫赫天下的威严，不过与秦皇的阿房宫比较起来，虽然也很雄伟壮丽，但是规模小多了，陈设也差多了。未央宫象征着中央集权的最高殿堂。成帝和父辈、祖辈一样，牢牢铭记这是先祖高帝刘邦戎马征战打来的江山。

楚汉战争持续了几年之后，霸王项羽败北，高祖刘邦在汜水之阳即皇帝位，逐渐建立起汉室天下。因多年战争，关中残破，便打算定鼎洛阳。高祖与群臣多次商议，一时难定。车夫娄敬听说此事后，便去洛阳求见高祖，直言献策道，秦地四周有关塞之固，可攻可守，东面有供运输人力和物力的黄河、渭水，如果猝然有变，百万之众立可备战参战。

但是，人们怀恋故土的情感往往超越其他任何情感。高祖的主要大臣来自山东，一致反对娄敬之论，主张将汉室京都定于洛阳。这时，多亏留侯张良挺身向刘邦进言，洛阳四周虽然也有山河之固，但地区狭小受限，土地贫瘠，一旦四面受敌，将无回天之力。而关中左有函谷、崤山；右有陇山、岷山；南有巴蜀之富，沃野千里；北有边塞草原畜牧之利。三面可凭险扼守，只需从东面黄、渭两河控制诸侯，天下固若金汤。

于是，刘邦采言纳谏，率军向西挺进入关，定长安为汉室都城。起初，刘邦因多年战争带来的贫困，没能大兴土木，而是住在残破的秦朝栎阳离宫。经过两个春秋，经济得以初步恢复后，高祖方在兴乐宫废墟上建起了由临华殿、宣德殿、长信殿、长秋殿、永宁殿、永寿殿、鸿台、钟室等十四座楼台殿阁组成的长乐宫。这与秦始皇的四百座宫观殿阁相比，甚至与原来的兴乐宫相比，长乐宫仍是逊色的，它远远不足以壮皇威。于是才又在长乐宫西侧一里外的地方，运土填塘，开挖新渠，栽花植树，终于建筑起一座气势宏伟、象征汉室、载入史册的未央宫。

未央宫，这个庞大的建筑群，如星罗棋布；群殿陪衬前殿，似众星拱月。成帝脚下的未央宫前殿，位于最南端，矗立于高台之上，供朝廷举行大典，会聚诸侯、公卿大臣使用。前有端门，后有内谒者署门，东面建有华玉殿、宣明殿、玉堂殿，西面筑有白虎殿、清凉殿、广明殿。其东有承明殿、金华殿、昭明殿。未央宫的北端是飞渠。飞渠东西建有长信、长定、增成、飞翔、明光、兰林、披香、凤凰、鸳鸯等九殿宫，统称后宫。

成帝一夜没合眼，想了许多许多。清晨起来，洗漱完毕，还未吃早餐，就派中常侍郑永将光禄大夫刘向、谏大夫、河间宗室刘辅，左将军辛庆忌，谏大夫翟方进等四位文武要臣，悄悄地召入华玉殿寝宫，密议关于成都侯、丞相王商，曲阳侯王根挥霍重金建筑府邸、花园的处置之事。几位大臣以国事为重，异口同声地说：严惩外戚，确保刘氏。

成帝朝着御座缓慢地移动着双腿，整个前殿大厅回响着脚步声。他越走近一步，心里就越添一份烦闷和忧愁。未央宫前殿，不仅是朝廷举行大典的地方，而且是历代天子继驾登基的地方。时至今日，我汉室建朝历经七主、近一百九十年，偏偏到我刘骜即位后，后宫诸嫔妃尚无一人生下皇嗣，自己年过三十，光阴似箭逼人。古人说，"三十不立子，四十不成家"。何况是帝王之家呢？前些日子，后宫召入飞燕，就是为了及早解决皇嗣问题。对此，许皇后的妒忌，淳于长的干预，其他人的议论，本来就已经够乱的了，但王商、王根之事，更是"乱上加乱"。

成帝面对御座三拜九叩，缅怀先祖，忽然一种落寞和惆怅升腾在他的心间，折磨着他的灵魂："先王——我刘骜愧对于祖先，失信于万民，无颜见公卿，不配登大宝！"

未央宫前殿大厅里，回荡着他那凝重、深沉、激昂的语调。

成帝站起身，仰面观看御座上方巨幅横匾上的四个大字："流芳千古"。他顿时觉得方寸的潮头开始奔涌，周身的热血火速流淌。

成帝一脚重一脚轻地倒退着全身，正欲转身踏出殿门时，迎面站着赵飞燕，她屈身一礼，关切地提醒道："陛下，您该上朝了。"

"哦，知道了。"成帝忽然想起翟方进部署上朝的事情。

他抬起头，看到飞燕异样的眼睛。

那是一双担心而平静的眼睛，散射着同情、坦然、坚定的眼睛。他来未央宫前殿的惆怅、烦闷、歉疚顷刻融于赵飞燕那双眼睛的光帘中了。它，是无声的慰告：放心吧，放开手脚去做天子应该做的事情吧！

成帝伸出双手，用力地握了握飞燕的双臂，而后踏出未央宫前殿，大步流星地急向宣明殿走去……

宣明门外，气氛异常。门上的、廊下的、庭院中的宦官、卫士们肃穆站立。群臣们都在候驾听诏。

这时，只见中常侍郑永宣读翟方进起拟的成帝宣召大臣名单：

"司吏校尉蜀郡何武、光禄大夫刘向、谏大夫河间宗室刘辅、左将军辛庆忌、右将军廉褒、后将军朱博、光禄勋琅琊师丹、太中大夫谷永、谏大夫翟方进、光禄大夫关内侯张禹，接旨上殿！"

刘向等十名大臣听到宣召后，立即脱履进殿。

站在宣明门最底下一个台阶上的王音，心中紧张，面带焦虑。他眼巴巴地看着十名重臣被召入殿，而自己被撤在殿外。朝中到底发生什么事情了？这若是往日，他不但是第一个被宣入朝，而且皇上上朝之前都要和他商量所议朝政大事。哦，他看了看四周，殿门外只剩下几名大臣了，唯不见成都侯、丞相王商和曲阳侯王根候召上朝。他明白了八九分，可能是关系到皇上两位外戚的问题，无疑也就牵连到自己头上，因为他同属外戚，自从接替王凤荐给他的大司马车骑将军职务后，他一直维护王氏的尊严和威信。有关王商、王根的问题，他从未向成帝反映过，更没有对其劝阻过。失职，将是为官者之大过！他的头嗡嗡作响，眼前一片漆黑，他，什么也听不清了，什么也看不见了。好大一会儿，他才听到郑永重复宣读被召名单：

"……大司马车骑将军王音、京兆尹王骏，接旨上殿……"

他的两条腿万般沉重，如同绑缚了两条沙袋，亦步亦趋地登上台阶，只见王骏跟随中常侍郑永飞步进入宣明门。

他进入宣明门，似乎感到旁边的宦官、卫士们都在窥视他。他的脸颊火辣辣的，他的心怦怦乱跳。

他脱履进殿，一眼看见成帝在中厅急促地踱来踱去，仿佛在决战前夕思索所要下达的准确命令。他的身后没有执羽扇的宫女，两旁也没有宦官。毡罽上跪着的一位位大臣面向御座，无人抬头。殿中的气氛更为紧张。史官记载，先王高帝刘邦就是在此殿查证已被关进监狱的相国萧何，众元老大臣也是在此殿知道留侯张良出走的消息。他不敢再想下去，而是默默地向成帝行拜大礼。他刚礼毕，正惊诧间，只见跪在身旁的老臣张禹抓住他的胳膊，焦急而低声地问道："丞相王商、曲阳侯王根出了什么事？"

王音不敢正视张禹那焦虑的目光，无法回答对方的话，低下头扭向一边。

张禹松开王音的胳膊，沮丧地望着他，大口大口地喘着粗气，可能是由于心情不佳，再加上跑的时间长了，年迈体弱，体力不支。

王音心想，张禹这位老臣虽然年过花甲，但是非常机敏，朝中政事大多都有所预料，并能随机应变、看风使舵。任凭其他廷臣看不起这位关内侯，可是成帝对其格外尊重。一个重要的原因，就是张禹曾在皇上当太子的时候，做过他的启蒙老师。他虽不像其他廷臣那样对待张禹，但心里也有几分厌恶。这时，王音忽然听到翟方进对陛下的说话声：

"陛下，按您的旨意，各位公卿大臣都到了。"

成帝还在踱步，似乎没有听到翟方进的声音。

翟方进手撑毡罽，站起身来，悄悄走至成帝身后："陛下，开始吧！"

成帝听到翟方进的第二次呼唤声，如梦方醒，回头一看，众大臣仍跪于毡罽上。成帝回到御座上，语气缓慢地说："众卿平身！"

众位卿臣再一次山呼万岁，而后欠身站起，位列两厢。

王音胆战心惊地站在张禹身后。

成帝面朝翟方进说道："翟爱卿，你宣布当朝有关重臣的严重过失。"

"是，陛下。"翟方进取出帛书念道，"成都侯、丞相王商，曲阳侯王根，乃国家之重臣，二人位居宰衡、侯爵，上辅圣君，中率百官，下安万民，行政天下，非同小可。百官无不恭服，万民无不敬仰。微臣日夕多受二位侯爷教诲，心内感恩不尽。然而，二位侯爷不顾国法，犯上违规，辜负了陛下对其辅佐之心的信任。"说到此处，翟方进竟然停顿下来。

静。整个宣明殿大厅死一般的寂静。

王音的周身已经颤抖了。

张禹的思绪随着翟方进的语调萦绕不止。

其他大臣的目光忽而射向大司马车骑将军王音，忽而移向司隶校尉蜀郡何武，似乎在捕捉二位侯爷所犯罪行的蛛丝马迹。

"微臣不敢以私废公，责成司隶校尉何武依法查询，上启奏陛下，下公告众卿，则可释疑。"翟方进接着说道，然后转向何武，"何大人，请您奏明办案实情！"

"微臣何武顿首启奏陛下：臣奉谏大夫三次严命，带人到成都侯、丞相王商府邸和曲阳侯王根的花园之中，循规照制，监察丈量，全部记录在案，务求陛下判处两位侯爷之罪！"何武语调激昂、态度坚定。说话间，他从袍袖内抽出一份记满了案情字迹的素帛，双手微微颤抖，几乎将素帛抖出了声。众人，除成帝外，都把目光投向了何武。

"成都侯、丞相王商固然体弱常病，但不应该以避暑养病为借口，从上借宿明光宫，然皇家为照顾外戚、重臣之利益，应允借之。王相爷本应感戴浩荡皇恩，以勤俭建家，但是，却开凿沟渠，穿长安城街，引沣河水，注入丞相府邸，以行船，立羽盖，张周帷，楫棹越歌……"

成帝瞥视着王音，心想：王氏外戚够豪华奢侈的了。

"……人工造河渠八里之遥，费民劳力四千八百八十个，耗资六十万钱。万民愤恨，怨声载道。奢侈逾制，不合臣礼。成都侯、丞相王商违陛下之重望、负万民之重托……"

成帝双眉锁起一个疙瘩，脸上已涌起怒色。

何武声音抑扬顿挫，字字句句如一棒棒重锤，敲打着王音的心房。

京兆尹王骏心里像揣着小兔子，忐忑不安，惶惶然。

"曲阳侯王根，府内建有一异样花园，园中堆有土山，山上筑有高台亭阁，竟规仿未央宫中的白虎殿。费民劳力三千五百六十个，耗资三十八万四千钱，并动用维修未央宫的大量琉璃瓦和数十根原木支柱，合资五万八千钱。王根违规越法，目无天子，凌辱皇家。"何武以清冷严肃的语调叙述完王根的罪过。

静。静到人们的呼吸声都能听得见。

公卿大臣们相互对视无语，急切地想听到成帝的旨意。

成帝开口说："众公卿，对二位侯爷如何处置，请直言。"

这时，刘辅抢上一步，拱手奏言："陛下，依微臣之见，依法纠过，耗资退回。"

紧接着，辛庆忌抢上一步，慷慨陈词："刘大人所言极是，二位侯爷知法犯法，必须纠其过，正其法，以儆众人。诚望陛下定夺。"

成帝点头称是。他用目光扫视了一下其他大臣，最后将目光落在京兆尹王骏身上。王骏感到成帝的目光如同利箭一样刺向自己，想到本身的职责，不由得低下了头。

光禄大夫、关内侯张禹暗想，陛下是笃定了主意，非要惩治王商、王根不可。谁不知二侯乃陛下外戚、王太后的庶弟呢？这若不谨慎处置，弄不好王太后翻了脸，陛下可就难以收场了。他整整衣冠，上前跪道：

"陛下，依老朽愚见，对成都侯、丞相王商，曲阳侯王根不可如此治罪，满朝公卿何人不晓，先王元帝驾崩归天后，二侯同安阳侯王音、红阳侯王立和大将军、阳平侯王凤等人合为五大侯，辅佐陛下登大宝、统天下，功勋卓著，陛下称赞。当年，单于来汉室谈判，王商丞相维护大汉尊严，立下汗马功劳；曲阳侯王根支持司农发展农田生产，也有较大贡献。臣以为，能否对二侯从轻发落，将功补过？请陛下三思！"

光禄大夫刘向待张禹的话音刚落，立即跨上一步，伏首跪曰："陛下，以先祖高帝统治天下之律条，有功则赏，功大则封；有过则惩，过大则治罪。功过焉能混淆？功罪岂能不分？若依张大人之见，功大可以不要王法，那么汉室天下如何得民心，如何得以昌盛？微臣诚请陛下慎思！"

成帝已离开御座，走到群臣面前，看了看大伙儿，而后又在中庭踱来踱去。他一时不知如何处置，停住脚步，面对众卿：

"众爱卿，朕首先感谢你们，你们关心汉室，与朕息息相通……"

公卿大臣们听到成帝这一番话后，先是感动得很，他们默默地用心去感觉、去触动、去迎接难以回避的阵痛。

"陛下——"人们循声望去，只见大司马、车骑将军王音跪伏于毡𮎯上，抬头仰望成帝。

成帝冷眼斜视，闭唇无语。

"陛下，容臣禀告……"王音欲陈述二侯违制逾规的原因。

成帝扬起手臂，打断了王音的谏言，面对何武道：

"司隶校尉何武，你代朕宣读惩处二侯的旨意！"

"遵旨。"何武又从袍袖内抽出一条素帛，而后抖开念道，"依照汉律，成都侯、丞相王商，自费劳力切断津水，填平八里沟渠，罚金三万钱，限十日内完成；曲阳侯王根，自费劳力拆除花园土石山上的规仿白虎殿亭阁，如数退还私挪维修未央宫的琉璃瓦和所有原木支柱，罚金五万钱，限七日内完成。二侯职衔应受何种贬处，待议。钦此。"

"陛下圣明！"群臣赞道。

"大司马车骑将军王音！"成帝呼叫道。

"微臣在。"王音不敢抬头。

"朕向你已讲过多次，外戚王氏诸舅既然已经受封为侯爵，就应该谨慎从职。可是，你身为列侯之首、群臣之头，却对本家侯爷纵容、包庇，你该当何罪？"成帝气得浑身颤抖，回到御座上。

"臣罪当诛。"王音一直不敢抬头。

"念！"成帝面朝何武督促道。

"依照汉律，大司马王音犯失职过，降薪三等，代理车骑将军！"何武手持素帛继续宣读。

"吾皇万岁万岁万万岁！"王音叩头于毡𮎯上。

"京兆尹王骏！"成帝的声调高亢激昂。

"微臣在。"王骏立即应声道。

"王骏，你身为京兆尹，担负治理京都之重任，视侵街而不见，听占巷而不闻，对二侯之过为何迟迟不报？"成帝质问道。

"陛下，微臣王骏曾两次去丞相府劝阻王相爷，三次去曲阳侯府劝阻王侯爷，然二侯居功恃戚，根本不予理睬，依然一意孤行。臣念二侯乃陛下外戚，不敢上殿面君实言，愿陛下加罪。"王骏说完，连连叩首。

"说得好。朕念你有一股秉公执法的勇气，赦你未报二侯过失之罪！"

"谢陛下！"王骏拱手叩头，又惊又喜，用手抹了抹头上的汗珠。

"大司马王音，朕限你三日内，拿出责处王商、王根的方案！"

"遵旨。"王音吓了一身冷汗，赶忙应道。

"散朝！"成帝的声音极其高昂。

王音又一次伏下头，死死地顶住毡罽，久久没能直起腰来。当他抬起头的时候，前面是个空空的御座，周围没有一个人影。王音拖着沉重的脚步，走出宣明殿。

他踉踉跄跄地迈出宣明门，走下一个个台阶。在甬道上，他碰见了王商和王根，颓丧而责怨地说："二位侯爷，你们办的好事啊！"

"大司马，出什么事了？"王商问道。

"这里不是讲话之地。"王音看了看四周，思考了一下，"走，到丞相府细谈吧！"

他们仨进入相府大院，轻划的桨声立即从人工掘凿的沣水渠湾里传来。王音抬头一看，五彩斑斓的锦缎帷船从对面的拱桥底下摇来，桥下湛蓝的河水向高墙底部的洞口延伸出去。他看得出神，但脸上笼罩的阴云一直没能消失。王商注意到王音的神情，心里不觉有些发毛，惊诧地问道：

"大司马，陛下是不是对这人工掘凿的沣水河……"

王音微点额首，但未搭腔。

王根也沉不住气了，担心地问道："难道陛下对我的花园也怪罪了？"

王音朝前走着，默不作声。心想，两位侯爷精明豁达，反应灵敏，干吗做这等蠢事呢？

王商将王音、王根带进书房。他命令仆人拉上锦帷窗帘，沏好茶水。而后仆人带上门离去。

王音敞开肺腑，怨懑含着同情、悲愤伴着嘤泣，向王商、王根诉说着宣明殿上发生的事情。当他向他俩谈到皇上限期三日，必须拿出给其职衔处分的方案时，他俩顿即吓得发怔。

忽然，王商狠了狠心，面对王根道：

"王侯爷，干脆咱俩自加酷刑，黥面劓鼻，至太后处谢罪！"

"哎呀，黥面劓鼻太疼痛了，实在难以耐熬。"王根胆怯地说。

"不成不成，不光是疼痛难熬，且是大失面子，将来你二位何以见人？！"王音劝阻道。

正在踌躇未定的时候，大司马王音府中的舍人叩门进厅，给王音送来一份成帝写给他的策书。王音展阅一遍，内有数语道："外家日强，宫廷日弱，不得不按律施行。将军可召集列侯，令待府舍！"王音阅后失色，详问舍人："朝使送策书时，可有其他嘱托？"

"朝使告知，陛下还准备下诏尚书，令查文帝诛将军薄昭之故事，对二位侯爷非严惩不可！"舍人说罢离厅而去。

王音听后瞠目结舌。王商与王根似感千雷轰顶，吓得浑身抖成一团。

王音思考着，王氏列侯怎样才能免遭不幸，绝处逢生？他脸上急得沁出汗珠。他忽然想起两条妙计，一条是他亲自去长信宫面见王太后，请她帮忙讲情和开脱罪责；一条是让王商、王根身负斧锁，面君谢罪。他当即同王商、王根秘议，二位侯爷一致赞同。

夜晚，如镰的弯月，时而没入云层，时而飘出黛空。秋末冬初的冷风飒飒作响，瑟瑟逼人。不一会儿，漫天雪花随风飘舞。

王商、王根均裸露着上体，各负一柄大斧，来到华玉殿门外。

提灯巡视的卫士们一看是两位侯爷，吓了一跳，这么冷的天气，二侯爷干吗裸着身子、背着大斧来华玉殿呢？经询问才知道，侯爷要去见陛下。卫士们不好再问，也不敢怠慢，赶紧通告吕延福。

吕延福跌跌撞撞地跑进华玉殿大厅，又拐入东侧书屋，只见成帝和飞燕正在秉烛读书，但是顾不了许多，如实禀报。

成帝听后暗想，王商、王根夜来华玉殿干什么？哦，不用问，他俩畏罪前来找我，是想保住他们的侯爵。哼！没那么容易。君无戏言，言出必行。今夜本想不见他们，但又一想，不管怎么说，他们是母后的庶弟，是朕的舅舅，法虽不允，理且尚通，还是请他们进殿吧。他对吕延福说道：

"延福，宣二位侯爷进殿。"

成帝刚刚合上书帛，中常侍郑永急步进入："启奏陛下，王太后到！"

"哦，母后怎么深夜来华玉殿呢？"成帝自言自语。他的脑子里立即闪现出往日母后钟爱诸舅的情景，今夜母后来殿，无疑是为了给王商、王根说情的。母后怎么知道这件事了呢？哦，这一定是大司马、代理车骑将军王音干的，他见我命他三日内拿出处置王商、王根的方案，可能感到为难，才到长信宫搬来老太后。

成帝对郑永道："快，快，快请母后来华玉殿正厅！"

他回头看了一眼赵飞燕："飞燕，你在此看书吧，朕去华玉殿正厅。"

"陛下，请您对侯爷的惩处要慎之又慎，要依律循法，不可暴怒理政。"飞燕再三嘱托。

"放心。"

"王太后深夜来殿，说明这其中大有文章，至少母后是不同意你的做法的。陛下，万事不可勉强，你要随机应变才是。"

"知道了。飞燕，朕提前走一步。"

"送陛下！"飞燕欠身施礼。

大厅内，烛光明亮，金碧辉煌。

成帝刚刚落入御座，只见王商、王根各赤背负斧进入华玉殿正厅，走到御座前，跪于毡罽上，三拜九叩首，山呼万岁，请求治罪，以死谢皇恩。成帝看得一清二楚，两位侯爷头上落了一层雪花，光着脊背，负着斧锧，冻得脊背通红，浑身打哆嗦，他心中着实不忍。正欲唤起两位侯爷时，忽然看见母后带着长信宫少府何弘和众宫女走进来，他急忙欠身离开御座，迎上前去，拱手施礼道："母后深夜来华玉殿，恕儿未曾远迎之罪！"

"罢了罢了。骜儿政务繁忙，怎能顾得上我这个老太婆！"王太后话中带刺，显然是对儿子不满。

成帝没再吭声。他和中常侍郑永一起将母后搀扶到御座上。

"祝愿圣太后万寿无疆！"王商、王根齐声颂道，双双叩拜。

"唉！你们这般模样，还讲究什么礼节！"王太后一看跪在毡罽上的王商、王根，凄楚万分，"都怪我……命……不好哇……"

"母后，您……"

"呜……呜……"王太后失声痛哭。

"母后，母后！"

"太后，太后！"宫女们急忙劝慰，有的给王太后擦拭眼泪，有的给王太后轻轻捶背。王太后哭得更伤心了。

少顷，王太后忽然止住哭声，怒火涌心头，大发雷霆道："我来问你，两位侯爷违了什么法？犯了什么罪？逼得他俩做如此之状？"

"母后息怒，千万不要为朝政之事气坏身子。"

"哼，说得好听！"王太后手指王商、王根，转向成帝嗔怨道，"你就忍心这样对待两位侯爷吗？"

"哦，骜儿正要给两位侯爷取暖，母后就来了，我没来得及……"成帝说着，命令道，"延福，你快去拿来三足铁炉，烧上木炭，给二位侯爷取暖。"

"就这样让他们取暖吗？"王太后责问道。

"哦，不不不。请两位侯爷平身！"

"多谢陛下！"王商、王根齐声说道。

"郑永，你快去给两位侯爷松开背上的斧锧。"成帝急忙命令道。

"遵旨。"郑永马上给王商、王根松开斧锧。

"郑永，你再到我的寝宫，给两位侯爷取两件长袍衣服来。"

"是。"郑永急步离去。

"骜儿，你还没回答我的话呢，两位侯爷到底犯了什么罪？"王太后企图给儿子施加压力。

"违规越制，犯上作乱。"成帝理直气壮地回答。

"违何规，越何制，才能称其为犯上作乱呢？"王太后故意装作不知。

"启禀母后，成都侯、丞相王商穿城引沣水，侵街又占巷，八里之遥，帷船行驶，京都民众无不怨责；曲阳侯王根在自家侯府花园，堆筑土山，建立亭阁，完全规仿未央宫白虎殿，凌辱皇家，不合章法。"

"你准备如何处置？"

"命丞相王商断水截流，填平沟渠，让出大街小巷；命侯爷王根拆除园中规仿白虎殿之亭阁，以免群臣和万民斥责。"

"骜儿，这还不够吗？你干吗非要给两位侯爷贬处呢？"王太后因性急，还是暴露了自己已经知情的事实。

成帝默不搭腔，心中暗恨王音。

这时，吕延福手捧燃烧着木炭的三足铁炉，走回殿内大厅，置于王商、王根面前。王商、王根已经冻得上牙磕打下牙，嘴唇发紫，面色发青，一看见吕延福端来炭炉，赶忙蹲下身子，挓挲着双手烤暖。他们早已忘掉了侯爵的尊严。

郑永手拿两件长袍疾步返回大厅，分别给王商、王根披于身上。

"你怎么不说话呀？"王太后面对儿子，进而逼问。成帝忍了又忍，本不想当着二位侯爷的面再谈下去，但在母后的再三逼问下，只好直言相告：

"维护汉律，惩前毖后！"

"骜儿，你要怎么办？"王太后冷冷地逼问道。

"已责成大司马、代理车骑将军王音，限他三日内拿出对其职衔的处分方案。"

"陛下，请高抬贵手，微臣终生愿效犬马之劳！"王商急向前，跪伏于毡阘上。

"陛下，请给微臣立功赎罪之机会。微臣死后愿变成犬马，到阴曹地府也要侍奉陛下。"王根战战兢兢地向成帝连磕头带作揖，大拜不止。

成帝的心，火烧火燎，一时难以平静下来，不知如何回答二位侯爷的话，在御案前面的过道上，急步踱来踱去。

"刘骜——不，万岁——"王太后声嘶力竭。她从一位宫女手中取过一个方方正正的黄缎布包，"咣"的一声摔在御案上，"这太后玉玺绶印交还于你，我告老隐退，明日还乡！"她说完，放声大哭。

"母后，母后！"成帝快步走向御座，挽扶母亲，不住声地劝慰，"母后，母后，你不能这样啊！"

"太后，太后，太后！"众人呼叫着。长信宫少府何弘和宫女们围在王太后身旁，一个个慌了神，不知如何劝慰才好。

"陛下——"一个女人的呼唤声传进殿内大厅。

人们被这喊声惊呆了。大家回头一看，但见赵飞燕跑入殿内。

王太后止住哭声，泪眼观望着飞燕。

成帝没想到，赵飞燕会在这个节骨眼儿上进入华玉殿正厅。

"陛下，容臣妾冒昧。"飞燕说着跪伏于毡𣔀上，真诚而恳切地说，"适才臣妾正在华玉殿书屋秉烛读书，惊闻圣太后哭声，如撕肺腑，故前来求见明君陛下，安慰圣太后，提出三条谏言，望圣君明析高断！"

众人的目光唰的一下，由飞燕身上移到成帝身上。

"飞燕婕妤，有谏言只管奏来，这第一条——"成帝问道。

"陛下，请您立即将玉玺绶印呈还于太后，当面谢罪。"飞燕口齿伶俐，直抒心意。

"朕马上采纳。这第二条？"

"尊重太后旨意，停止对二位侯爷的职衔处分！"

"第三条？"成帝的声音颤抖着。

"尊重王氏诸舅，信任列侯辅佐！圣君万岁万岁万万岁！"

王太后听罢，心中受到无限慰藉，如同一块石头落了地。

成帝听后走下御座，浑身颤抖，两眼发呆，忽然狂喊了一声：

"天哪！我刘骜该怎么办哪？！"

第八章　二宣赵合德

京都长安的春意淡淡地静悄悄地来临了。这天，成帝携飞燕走入御花园内。因为他俩在宫内再也坐不安稳了，被这温柔而又湿润的春意搅得神绪不宁，尤其他和她已有三年多的同枕共欢，她身上这座生命宫殿一直空荡荡的，皇嗣还是一个幻影，他们心情郁闷，精神不爽，非要到这人造明山秀湖间游览一场不可。他和她绕过假山，越过幽幽小径，攀过双曲拱桥，穿入雕龙刻凤的彩绘长廊，初春的园林美景虽然比起深宫大宅新鲜得多，但怎么也叫不醒他们内心的春意。成帝站在廊下，缄默无语，活像一尊石雕。

赵飞燕早已知道成帝内心的忧烦和苦闷，成帝年过三旬，无一后嗣就够苦痛的了，可是外戚王氏当权，太后经常干预朝政，使得他无所适从。她不愿意继续看着成帝那副痛苦的面容，随手拽了一下成帝的袍袖，将他拽到自己的身旁，两人双双坐在廊内的长凳上。

赵飞燕一看成帝闭目沉思，心里愈发觉得灰冷冷的。当她低下头时，一眼看见挂在颈下的龙凤璧锁，似乎即刻触到身上那根最敏感的神经，自己正处青春年华，怎么能因为暂时不孕而一筹莫展呢？她振作精神，娇声细语地说："你不愿看这春色园景，看看妾妃嘛。"

成帝看了看飞燕，只见她那双葡萄般的水灵灵的眸子流露着妩媚和多情，那张白里透红的鲜嫩嫩的脸颊荡漾着喜悦和春潮，他心中立刻燃烧起爱的火苗："飞燕，你真美呀！"

"不。"飞燕摇了摇头，羞惭惭地吟诵道，"桃红李白斗新春，娇娘岂敢妄自尊。"

"人间都夸桃李美，你比桃李美十分！"成帝亦脱口接诵道。

"哈哈哈哈……"他和她高兴地大笑起来。

成帝再一看飞燕，不觉注视到飞燕胸前那颗金灿灿的龙凤璧锁。此物，乃皇家祖传瑰宝，象征着永恒的爱，标志着帝王家的无比尊严，只映衬得飞燕宛如仙子，更加妩媚。他用手抚摸着龙凤璧锁，往日去骊山行宫初观飞燕载歌载舞的迷人情景，又一次在他的思念里滚动。他忽的一下，将飞燕紧紧地搂在怀里。

赵飞燕感到无限宽慰和温暖，刚才的那种郁闷、冷落之感已经荡然无存。

她喃喃细语道："陛下，妾妃我对不住你呀……"

"不，我们的太子会有的，将来一定会有的。"成帝说着松开双臂，兴致勃勃地说，"走，咱们去昭阳湖畔。"

他和她走下长廊，来到昭阳湖畔。湖上微风拂面，树上莺歌悦耳。突然，一阵春风吹过，一缕缕白色的絮状飘浮物随风荡漾，成帝伸手一抓，他兴奋地说："飞燕，你看，这是柳絮。"

"是的，是柳絮。"赵飞燕接过柳絮，不由得想起居住在骊山行宫的妹妹合德，三年多光景没有见面了，不禁鼻孔一阵酸楚，眼眶湿润了。

成帝看到赵飞燕有些伤感，疑惑不解地问道："飞燕，你怎么啦？"

"没，没什么。"飞燕急忙掩饰，转过身。

成帝不便细问，随即要求道："飞燕，你就针对柳絮，给朕赋一首诗吧。"

"遵旨。"赵飞燕应声后，伸出右臂，松开五指，吹散掌中的柳絮。那柳絮忽忽悠悠地升到空中，安安闲闲地四处飘绕，她激情满怀，脱口而吟："北国之春恋白玉，魔力漫天飞柳絮。千花万卉闹春雪，独自潇洒胜欢聚。"

"妙，妙啊！真乃诗情画意，字斟句酌。"成帝赞不绝口。

"陛下，妾妃所作诗句，不足挂齿，您过奖了。"

成帝伸手欲要抚摸飞燕那白嫩嫩的脸蛋，飞燕赶忙制止："别，别动，来人了。"

成帝转身一看，原来是宦官王盛来至御花园。

"启奏陛下，淳于长卫尉来华玉殿等候，求见赵婕妤。"王盛躬身施礼道。

"好长时间没见到他了，他来干什么？"飞燕问道。

"小人详情不知。"王盛回话道。

"飞燕，你和王盛回去看看，淳于长如有要事，再来禀报于我。"

"那好。王盛，咱们走吧！"飞燕向成帝施了一礼，随王盛离去。

成帝双目注视着飞燕修长的身姿，体态轻盈，袅袅婷婷，霎时，她和王盛的身影消失在假山背后。他心内叹道：多么好的一座生命宫殿哪，其内却是空空如也！

他迈动双腿，漫步湖畔，回味刚才飞燕咏叹柳絮的那首诗。他举目观景，的确，御花园的空间竟是属于柳絮的了。团团缕缕的絮朵儿，一会儿互相追逐嬉戏，一会儿按着风的韵律独自潇洒地起伏。一些絮朵儿被风吹散后，充斥在空中，好似一场阳光下的春雪。成帝打心底佩服飞燕的才思，触景生情，情真意切。

正当成帝神驰遐想的时候，后宫宫长樊嬺来到他身后。

她向他屈身一福，拜道："启奏陛下，奴婢樊嬺向您施礼。"

"哦，樊嬺来了，免礼！"成帝转身道，"不知你有何事前来找朕？"

樊嬺看了看四周，没发现任何人影，便启奏道："数日来，奴婢一直为陛下想着一桩心事，但不知该讲不该讲？"

"有话尽管讲来，朕不会怪罪你的。"

"陛下，满朝公卿、后宫诸妃，都为您没有皇嗣忧心忡忡，飞燕至今三载不孕，不知陛下可有其他打算？"

"唉！朕虽盼子心切，但事不遂人愿，也是无奈呀。"成帝叹了一口气，将目光抛在茫茫的湖面上，停了好大工夫，方说道，"朝中政事繁多，对此无暇顾及。"

"奴婢还有一个表妹，名唤赵合德，与赵飞燕同母所生，是她的同胞妹妹。此人长相非凡，万中挑一，也是一个才貌双全的绝世娇娃，如将其迎入宫内，可与其姐凑成两美，将来还愁没有太子吗？"

"说得是！说得是！"成帝听了樊嬺一番话，如干涸的河道注入一股清泉，生机再现，他焦急地问道，"赵合德这位女子现在何处？"

"骊山行宫。"

"哦，她也在阳阿公主处？"

"是啊，赵合德是一个歌女，嗓音甜亮，舞姿优美。人们别说看到她载歌载舞，就是见她一面也会倾倒三分的，男人为之心动，女人为之动心。爱慕也好，嫉妒也罢，都会惹得自己六神无主。"樊嬺见成帝听得如痴如醉，又夸赞了一大通。

"樊嬺，你快说，怎么办吧。"成帝盼赵合德心切，竟然抓住了樊嬺那双白嫩而又纤细的手。

"陛下……"樊嬺瞧了成帝一眼，难为情地低下了头。

"哦，哦……"成帝不好意思地缩回了双手，道，"你，你看怎么办吧？"

"马上派人去骊山行宫，向阳阿公主讲明此事。待阳阿公主答应后，定下迎接赵合德的日期，后宫这边由我安排。"

"好，你去通知吕延福，转达朕意，命他今日就去骊山行宫。"

"行！但陛下事先不能告诉许皇后，更不能告诉赵飞燕，以免途中有变。生米做成熟饭后，她们也就无奈了。"

"就依樊嬺，你快去吧。"

"遵旨。"樊嬺向成帝屈身一礼，辞别而去。

成帝看了看清澈碧透的昭阳湖水，一条条长梭般的鲤鱼向他遨游过来，他顺手捡起一个石子朝鱼群抛去，鱼群散开了，急忙向四处奔游逃生，湖面上漾起了一圈圈水纹，由小变大，由近及远，逐渐扩散开去，直至纹圈消失。他由昭阳湖南岸，往回走到东岸，看见花匠们正在浇灌百十余盆花卉，这是他们从花房里刚刚搬出来的。牡丹、芍药绽开花蕾；月季的种类繁多，红、黄、白、蓝、紫，鲜艳夺目；迎春昂首开着报春花；唯见夹竹桃、扶桑开得火热。此时此刻，成帝愈发觉得御花园的春景迷人、恋人了。

当两名花匠向他问候春安时，他高兴极了，伸手从佩带上解下两块佩玉，一一分赠给他俩。他俩伏地叩头，山呼万岁，千恩万谢！

成帝忽然想起命吕延福去骊山行宫之事，感觉实在不能在园内逗留了，拔起双腿，朝御花园大门走去……

一匹棕色快骑载着吕延福，奔驰在由长安去往骊山行宫的大道上……

大道两旁，茸茸嫩草，绿如绸带，一直沿着骊河铺向骊山。

在茫茫的原野上，这条骊河细得就像一条白色丝带，带着树脂和野花的芬芳，从骊山深处流出，延伸到天际。河床内的溪水，窈然深碧，仿佛将大地和高山的颜色都融收到自己的身上。刹那间，吕延福乘马来至骊山行宫门前。他翻身离鞍，将马拴在门前的梧桐树下。

他走上前去，叩开宫门。门内闪出两个卫士，一看他的服饰打扮，立即猜出是皇宫内的来人，热情地将他让进宫门。同时，其中一个卫士快步跑向耳房，请来舍人赵临。

吕延福按照樊嬺的嘱托，说有事求见阳阿公主。

赵临怎好再问，遵照礼节，带吕延福一起步入宫院。

他们来到接客厅门前。吕延福暂停候在门外，赵临先进入宫内，禀告阳阿公主。少顷，赵临返回，请吕延福一人觐见阳阿公主。

吕延福进入接客厅一看，这里的设施既美观又大方，地上的铺陈同皇宫内一样，也是厚厚的带有图案的毡屦，屋顶悬挂着四盏荷花烛灯，过道两旁摆着各类盛开的春季花卉，左、右墙壁上挂着一幅幅古代美女图，如虞姬、西施、郑旦……正面放置粉红色锦缎屏风，屏风前摆着一张汉时盛行的矮脚长方形桌案，案前端坐着秀美的阳阿公主，身后站着两名宫女和一名亲随宦官。他向前跨进一步，伏地叩首道："微臣吕延福拜见公主！"

"延福平身！"阳阿公主挥手道。

"谢公主！"吕延福说着站起身。

"你一路风尘仆仆，快坐下吧。"

这时，宫女端上香茶，置于吕延福面前。

"启禀公主，微臣奉陛下口谕，前来求见公主。"吕延福拱手作揖道。

"噢，不知皇兄有何要事？"

"后宫宫长樊嬺向陛下推荐，骊山行宫还有一位绝代女子，名唤赵合德，乃飞燕婕妤的同胞妹妹，为了汉室江山大业，将来给刘氏添嗣立子，故派小臣求见公主商议此事。"

"喔唷，飞燕不是已被皇兄选入皇宫了吗？"阳阿公主不解其故。

"公主，实言相告于您，飞燕婕妤至今不孕，皇上终日忧烦，焦躁不安，故再选其妹合德入宫，此乃关系重大，请公主大力相助才是！"

阳阿公主沉思了一下，想到哥哥身为一国之君，如果长年不能册立自己的亲生太子，势必影响汉室社稷，这是一件非同小可的事情。自己虽然厌恶宫廷生活，但对自家的大事不能麻木不仁，她回头对身旁的宦官说道：

"任青，你去宣赵合德速来见我。"

"遵命。"任青急步离去。

"延福，皇兄召合德入宫，其姊飞燕知道吗？"阳阿公主不放心地问道。

"微臣不知。"

"樊嬺是怎样向你转达皇兄之口谕的？"

"只告诉微臣，不准向其他人走漏风声。"

"哦。"阳阿公主微微点头，仍在思索。

不一会儿，赵合德随任青步入接客厅内。

她屈身一礼，盈盈下拜道："公主在上，奴婢合德向您施礼啦！"

"免礼。"阳阿公主用手指着吕延福，向她介绍道，"合德，这位是未央宫舍人吕延福。"

"哦，奴婢赵合德参见吕大人！"赵合德向吕延福屈身施礼。

"岂敢，岂敢！合德免礼！"吕延福一着急，却站起身来了。因为他一生从没遇见他人，尤其还是陛下选中的女子向他施礼参拜，怎能心安理得地接受这种礼仪呢？

"吕大人，恕奴婢冒犯多言，请问，飞燕姐姐身体可好？"赵合德思念姐姐心切，爽直而真诚地问道。

"好，好，飞燕婕妤玉体一直康健。"吕延福急忙回答。

"赵合德！"阳阿公主直呼其名道。

"奴婢在。"赵合德低首应道。

"自你姐姐赵飞燕走后，你在本宫严守宫纪，唯命是从，给他人做下示范，希望你日后仍需谨慎发扬才是。"

"是。奴婢若有不周之处，还望公主宽恕！"赵合德再次屈身一福。

"赵合德！也是你的洪福所致，今天，皇上又派钦差吕延福，前来召你进皇宫！"

赵合德听了阳阿公主这突如其来的一番话后，不由自主地"啊"了一声。她先是一惊，又是一喜，后是一忧。她的面部表情急剧变化着。惊的是，她不敢相信自己会如此吉星高照，也不敢相信阳阿公主所说的话是真的，做梦也不敢盼望当今皇上会选中自己入宫成妃呀！喜的是，她和姐姐几年来虽然相距咫尺，但是如隔万重山，现在姐妹终于要重逢了。忧的是，姐妹固然情同手足，不愿离分，但是双双入宫，同嫁一夫，且又是当今天子，姐姐会怎么想呢？她的心潮逐渐趋向平稳，似乎虔诚地答道：

"公主，您待我们姊妹恩重如山，终生难以报答，姐姐既然已经入得皇宫，我怎能舍弃骊山行宫、离开公主呢？公主，我是实在不愿离开您！"

阳阿公主笑了笑，说道："唉，这原本是天大的喜事，皇上既然有口谕，你就该去呀！"

"启禀公主，这样不妥。"赵合德的双眸转了一转，接着说道，"您想，我从小跟随姐姐到处流浪，相依为命，是姐姐将我拉扯大的，必须奉有姐姐之命，我方敢入宫哩！"

阳阿公主心内暗暗称赞赵合德，通情达理，晓于人事，她转身对吕延福说道："延福，我看合德讲得有些道理，你暂回宫，禀知万岁，言明合德之意，待日后定夺！"

"好，就依公主！"吕延福欠身离座，躬身施礼，"告辞！"

"送客！"阳阿公主站起身。

吕延福解缰上马，返回京都。他将棕色快骑拴入未央宫厩内，而后去后宫找到樊嬺，回禀骊山行宫之行的情况。樊嬺听了吕延福的回话，心中暗喜，觉得二表妹合德很是聪颖，颇有心计，这若是被皇上宣召入宫，封得官位，一定能够辅佐其姊料理宫中之事。这事宜早不宜迟。她对吕延福说道：

"延福，咱们赶快去见皇上，商量一下办法。"

"樊嬺，这件事全靠你了，你可要动动脑筋，若真是让合德顺利进宫，皇上不会亏待你的。"

"我可不是为了这个。"说着，樊嬺走出后宫，吕延福跟在她的身后。

"那你哪儿来的这个想法？"

"我是为了给皇上再寻一知音，好给刘家生个太子。"

"等把皇上这件喜事办完，你也得考虑考虑咱俩的事儿啊！"吕延福突然冒出这么一句。

"去你的，想得倒美！"樊嫕头也不回，碎步向前飘去。

吕延福同樊嫕要好相爱已有十年了。听她这么一说，一下子怔住了，好大一会儿，他才反应过来，疾步追了上去："樊嫕，樊嫕，你听我说嘛！"

"我不听！"樊嫕继续朝前走着。

"你真不听？"

"不听！"樊嫕已经走至去往华玉殿的甬道上。

"樊嫕——"吕延福厉声吼道，气愤难抑，"没想到你这么没良心！"

"延福！你……"樊嫕停住脚步，转过身来。

二人对视，默然无语。

樊嫕呆呆地瞪着双眸。她怎能忘记：十年前，身为洛阳太守的父亲樊魁，因黄河泛滥成灾，失职遭贬。万般无奈，带着她和母亲回到故里汉中。不久，父母相继病逝。那时，她才十六岁，孤身单影，跪伏在荒坟前，思念父母，悲怆欲绝。往汉中送信的吕延福，途经坟旁，见她凄惨，问明缘由，他回宫后，便向王太后诉说了她的悲苦身世，没过几天，他就将她接进了后宫。王太后见她为人热诚，办事谨慎，提拔为后宫宫长。吕延福深深地爱着她，她生活里也已闯入了吕延福。然而，天公不作美！朝中规定：未央宫、后宫的侍人、宫吏之间不准相互婚配。想到要遵守汉律、严循王法，但腹内衷情难以倾吐，她心中是多么委屈呀！她再也抑制不住了，两眼扑簌簌地滚下泪珠：

"你，你怎能……这样说我……"

委婉而真诚的声音使石头为之动容！

吕延福的眼眶潮湿了。他后悔刚才说的话，心内愧疚万分，若不是在甬道上，而在荒郊野外，他真想跪下来，向她认错。然而，他还是鼓足勇气，走上前去："樊嫕，请原谅我！"

樊嫕只顾嘤泣，没有理睬他。

他掏出手帕，给樊嫕拭泪。樊嫕停止哭泣，默默地奔向华玉殿。

他随她步入大殿正厅，一缕箫音由华玉殿书屋传出，曲调悠扬，生动悦耳。他为了促使她的情绪稳定下来，搭讪道："樊嫕，你听，这箫音多美呀！"

樊嬺微微点头。

"这是皇上自己编的曲子，取名为《高山松涛》。他高兴的时候，就吹这支曲子。"

"哦。"樊嬺应了一声。

他俩悄悄地踏入书屋，站在成帝背后。待成帝箫曲终止，他俩双双跪伏于毡氍上，参拜道："微臣参见陛下！"

"啊！"成帝回头一看是樊嬺、吕延福，精神为之一振，"你二人快快平身。"

"谢陛下！"樊嬺、吕延福施礼后，站在一旁。

"怎么样？延福！"成帝那种兴奋的心情难以抑制，右手握着紫箫，不停地敲打着左手掌心。

"微臣到骊山行宫后，先向阳阿公主转达了陛下口谕，她当即应允，并马上召见赵合德……"

"她同意进皇宫吗？"成帝心情迫切，打断了吕延福的话。

"赵合德一听陛下要召她入皇宫，当时心情很紧张，憋了好大一会儿没有开口……"

"怎么，她对朕之心情不理解吗？"

"不！她主要考虑自己从小跟随飞燕姐姐长大，此次入宫应该有姐姐同意，否则，她是不敢入宫的。"

"哦，是这样。"成帝将紫箫扔在案几上，站起身，踱步思索着。

"陛下，此事不必忧烦。"樊嬺奏道，"依小人看来，合德之聪敏不亚于其姊飞燕婕妤，她对陛下之召一定万分感激，之所以不敢唐突进宫，心内必有隐情，估计只是恐遭姐姐嫉妒。"

"噢。"成帝停住脚步，催促道，"你快拿个主意！"

"这倒不难，只要使飞燕婕妤欢心，合德即可入宫。"

"讲！"

"先送她珍奇瑰宝，后给她腾出一所别宫，我再托称皇嗣未生为由，从中规劝，飞燕婕妤会通情达理的。"

"此计甚好，樊嬺、延福，你二人快去办理吧！"

月落日出，三天过去了。

这天，春光明媚，风和日丽。

樊嬺伴随赵飞燕，朝着新近腾出的远条宫走去。

后边跟着宫女姜秋和姜霜，她俩手中都提着包裹。王盛走在最后，他双手捧着一架古琴，小心翼翼，不敢快步，生怕弄坏似的。这是前几天淳于长送给赵飞燕的，以感谢她的搭救出狱之恩。据淳于长说，这架古琴乃春秋末年楚国著名琴师俞伯牙之遗物，后来，落在秦朝始皇之手，秦灭亡后，二世将其作为贡礼献给高祖，高祖又转交给长乐宫秘密珍藏，一直传续到王太后手中。十八年前，王太后将这架古琴交给了非常疼爱的甥儿淳于长。飞燕因善歌爱舞，自己早在骊山行宫时就学会了弹奏古琴，所以格外喜爱这无价之宝。当王盛捧起这架古琴时，飞燕千叮咛万嘱咐，务必小心从事。故他万分珍惜，像爱护自己的眼睛一样爱护这架古琴。

他们进入远条宫，立即有一种耳目一新、神清气爽的感觉。这里铺设得华丽耀眼，象牙凤凰床、锦缎罗帷帐、矮脚方桌几、柔软毡氍毯、明亮落地窗、花烛子母灯、珍奇古玩器、麒麟送子图等，无奇不有，新颖别致。飞燕绕宫一周，左看右瞧，上观下览，两眼喜不胜收。她想，从今天起，我就是这所房子的主人了，心中不由得升起一阵喜悦。

王盛将古琴轻轻地放在矮脚长方桌几上，从衣内取出一块长条红绸布，细心地遮盖在古琴上。他又将姜秋、姜霜手中的包裹一一放置在高高的壁橱中。而后，他们仨走出远条宫，又去华玉殿寝宫搬取衣物。

这时，吕延福手提一个红缎布包儿，踏入远条宫，笑容满面：

"启禀赵婕妤，小人奉皇上之命，给您送点儿馈赠。"

"哦，什么馈赠？"赵飞燕不解地问。

"您看。"吕延福打开红缎包儿。顿时，金灿灿的光亮，映照得四壁生辉，刺得人双眸难睁，眼花缭乱。

"哎呀，金马驹！人世间再也没有比这金子更加闪光的了！"赵飞燕一下子陶醉在珍奇瑰宝的奇美之中。当她抬起头来的时候，吕延福已经离去，只见樊嬺手拿掸子轻轻拂拭橱架上的古玩珍奇。

她兴奋难抑："表姐，你快来看哪！"

“啊！”樊嫕放下掸子，快步移来，故作惊奇，“哟嗬！这么大的金马驹呀！多么亮啊！”

“表姐，人活着应该像金子，让自己的光辉普照世间，但不应该为了金子，唯利是图。”飞燕讲得十分真切。

“是啊，大表妹来皇宫后，上上下下都称赞您，为人慈善，忠厚仁义，屈己待人，胸怀宽广，真有吞山容海之气量！”

“表姐，你过奖了。你来皇宫多年，诸事比我办得周到，还应该多指点我才是！”赵飞燕打心底感谢樊嫕，说话的语气十分诚恳。

“大表妹，我这些日子心里总在翻上倒下，不知道想得对不对？”

“说说看。”赵飞燕将樊嫕拉坐在象牙床上。

“你身为万岁爷的皇妃婕妤，至今已三年多了，皇嗣未育，一旦将来许皇后生下嗣子，你，你可要后悔呀！”樊嫕一语说破。

“是啊！”飞燕心中像针扎了一样疼，“我何尝不想啊，后宫诸嫔妃都为皇嗣呕心沥血，因为这关系到自己的命运。”

“大表妹，我倒有个主意。”

“哦，那好，你快说呀！”赵飞燕焦急地催促对方。

“依我看哪，将你的妹妹赵合德接进宫来！”

“啊！”赵飞燕瞪大双眸，猛地站起身。三年多光景，还一直没有见过妹妹的面，梦萦魂绕，朝思暮盼，可乍一听让妹妹也进宫，心里不是滋味。

“倘若她能给万岁生下一儿，那便是皇嗣太子，刘氏江山终归有了托靠。”

“嗯！”飞燕仔细听着。

“妹妹生下太子，获得权势地位，姐姐同样可以分享。”樊嫕察言观色，见飞燕有所触动，继续劝说道，“再说，这后宫诸妃，特别是许皇后，根深叶茂，现在你孤身一人，怎么能对付得了她们呢？”

“是啊！宫廷从未平静过。”

“如果让合德进得后宫，你们姊妹俩拧成一股绳，还愁在这三宫六院无立足之地吗？”

“对，对！表姐，你这个主意，我答应了。”飞燕拉住樊嫕的手，兴奋之中又产生了疑虑，于是问道，“那万岁能同意吗？”

"这个你不必担心，由我去说，但你得给合德写封亲笔信，万岁才知道你是真诚的，吕延福也好拿此信，去骊山行宫下聘诏啊！"

"好，就依表姐。"飞燕说完，立即伏案疾书。

樊嬺从飞燕手中接过书信，迈着轻盈盈的脚步，走出远条宫。

翌日，苍穹如黛，细雨绵绵。

早饭后，赵飞燕站在远条宫门内，紧锁着眉宇，向院心张望。晶莹的雨帘由空中垂直落下来，化作细细的凝重的水线，缓缓地流泻在院内的青砖小路上。不知何故，这时节的雨，下得滞闷，整个后宫笼罩在一片烟雾里。

天刚亮，成帝就命吕延福奔往骊山行宫去了。

她和成帝在远条宫刚刚吃过早餐，长信宫少府何弘就来报丧：太皇太后王氏得病告崩，王太后约皇上去长信宫，计议丧事，安排葬礼。成帝听何弘这么一说，急匆匆地走出远条宫。

成帝去长信宫已有多时，但仍未回转，可能是被雨水截住了。

妹妹也够不顺利的。皇上宣她入宫，偏偏选了个雨天。

她回到室内，坐在案几前，顺手掀开红绸布，弹奏起古琴，琴音如山中泉水，潺潺悦耳。

绵雨终于过去，太阳像憋了许久，忽地发出灼亮的光芒。

成帝气冲冲地踏进远条宫。他一言不发，闷坐在凤凰象牙床上。

飞燕见成帝归来，马上停止弹琴，迅速凑过来，亲热地问道：

"陛下，太皇太后的葬礼定下来了吗？"

成帝默然未答。

"陛下，您是不是挨了母后训教？"

成帝摇了摇头，长叹一口气。

"您倒是说话呀！"

"真乃欺人过甚！"紧接着"啪"的一声，成帝手拍案几，霍地站起，高声说道，"太皇太后崩逝，本应八乘凤舆送墓，而成都侯、丞相王商执意不肯，非要减少四乘凤舆，我和母后劝他多时，他却以减少耗资为借口，说什么也不答应。"

"哦，陛下，我看王商讲得有些道理，这太皇太后的丧事从简，是一件关系到朝中其他廷臣如何效仿的大事。"

"什么效仿不效仿？你可知，我的祖母太皇太后出自侯爷门第，她的先祖在先帝高祖时因有功被赐爵关内侯，自沛徙长陵，延续传爵至其父奉光，封为邛成侯。这历代侯门之女，乃父王之生母、祖父之皇后，岂容简仪略葬？母后对此十分恼火，临来前告诉我，将王商的丞相之职免掉，坐罪为庶民。"

"陛下，恕妾妃直言，这样做不太适宜。"飞燕说着屈身一礼，"况王商于数年前，也曾因追求豪华，开凿沟渠，穿城引水，注入丞相府邸，犯下奢侈逾制之过，险遭惩处。今日您对他之谏言给以判罪，这不犯有同等过失吗？"

"这，这……"成帝窘口难言，但心内不服，"难道我身为一国之君，还决定不了一位相臣的任免吗？"

"决非此意。"飞燕摇了摇头，"我是说，不能过于宠举外戚，况且您对此不是也很憎恶吗？"

成帝哑然了。他默默地望着门外。

中常侍郑永疾步跨入远条宫，气喘吁吁地禀道：

"启奏陛下，赵合德已等候在华玉殿大厅。"

"啊！赵合德来了。"成帝转怒为喜，高兴万分。

"郑永，妹妹的身体可好？"赵飞燕又喜又盼，又妒又怜，一缕缕复杂的思绪涌上心头。

"回赵婕好，赵合德身体康泰无恙。"郑永躬身施礼道。

"飞燕，我们走吧。"成帝转向赵飞燕急催道。

飞燕、郑永随成帝身后，步出宫门。

他们走了一段路，飞燕忽然止住脚步："陛下，我不能去。"

"何以如此？"成帝不解飞燕心意。

"妹妹进宫，姐姐迎接，这会闹得满城风雨的。"

"也好。"成帝思索了一下，"晚上，你再去华玉殿寝宫看她。"

飞燕微点额首，目送成帝、郑永离去。

雨后的华玉殿如洗一新。成帝、郑永踏入华玉殿大门后，一下子闻到胭脂香味儿，众歌女、美人位列两厢，宫女和宦官们站在御案两侧，手持羽扇和团扇的宫女们紧紧围着御座靠在巨型屏风前边。樊嬺和后宫的几位女官簇拥在一位服饰艳丽、云发飘逸的漂亮女子身后。不问便知，那女子一定是赵合德了。

这时，第一对明柱上的两个鸟笼子传出护花鸟的欢叫声，大有报喜之气氛。护花鸟叫声终止，大厅一片静谧。

成帝顺着通道，大步直奔御座。

他忽然感到身后传来一阵佩饰的响动，紧接着便是一片山呼万岁声。这声音顿时在大厅内回荡起来。

成帝回转身躯，落入御座，举目观看，众人均已跪伏礼拜。

他挥了一下手臂道："平身！"

"谢陛下！"接着又是一阵佩饰声，众美人和赵合德站起身来。

吕延福走出人群，向前跨了一步，躬身一礼道："启奏陛下，奉君旨意，现将赵合德宣召入宫！"

"哦，延福一路辛苦！"成帝异常兴奋。

"微臣理应付劳，怎敢劳陛下金口赐言！"吕延福说完站在一旁。

樊嬺向吕延福投去赞慰和爱慕的一瞥。

赵合德看了看樊嬺，樊嬺点头示意。赵合德飘出人群，满面羞涩，款步至御案前，向陛下行施三拜九叩大礼，按礼如仪地祝贺陛下万寿无疆！

成帝一看赵合德，不禁心头一阵颤热，被其花容月貌、姿身倩影惊呆了。

这又是一块美玉，晶莹剔透，丽质绚烂，似乎不必经过妙手精雕细琢，就已光彩夺目、映照天上人间了。她身穿交领、宽衫大袖的粉红色锦缎长袍，下穿曳地三尺的翠绿色丝绸长裙，足着绛紫色锦绒高头云履，肩披杏黄色燕尾巾，腰系大红佩带，只是因未受册封而缺少佩绶；头梳高髻，饰以簪钗和步摇，但在高髻后面垂下一绺发梢，以标志未婚少女；浑然若削的双肩，白嫩纤细的双手，修长柔柔的身条，婀娜飘逸的体态，处处渗透着女性的温柔之美。成帝目不转睛，龙神贯注，唯见她面饰晓霞妆。先王文帝时的宫人薛静误触七尺水晶屏风，伤处如晓霞将散，妩媚至极，从而宫人俱用红脂效仿，画成晓霞妆。他心内暗暗称赞薛静的妙手绝技。

赵合德眉宇中间长有一颗美人痣，据两位相面先生观相，其说不一，一说是福痣，将来可能要做大贵人；一说是祸痣，将来可能要杀人不眨眼。但她性情无羁，从不将此放在心里。她早已意识到成帝在偷看她，两只眼睛亦不住地左右转动，放射着狡黠的目光。可是成帝此时却见她眉若远山，眸若深潭，脸若朝霞，肌若晚雪，神魂如同被摄引了去，多时不知回话，赵合德拜毕仍跪在毡罽上，不敢起身。

中常侍郑永走向成帝，伏身贴耳道："陛下！"

成帝听而未闻，双目仍然直呆呆地望着伏在毡罽上的赵合德。

"陛下——"郑永唯恐众人耻笑，大声喊道。

"喔唷！"成帝的神思被喊声拉回，不由自主地应了一声。

"陛下，您该册封合德姑娘了。"

"对！对！"成帝振作了一下精神，命道，"赵合德！朕封你为后宫婕好，居住西宫昭阳舍。"

"谢陛下深恩厚德！万岁万岁万万岁！"赵合德再次行三拜九叩大礼。

"合德婕好平身！"成帝说道。

还没等赵合德说完"谢万岁"，只听一个女人大声阻止道："且慢！"

众人循声望去，原来是年近花甲的后宫宫吏披香博士淖方成，她边说边走到赵合德身旁，先是轻轻跺地，接着凄然说道：

"陛下，这是祸水，汉室江山将来怕是要灭亡了！"

"啊！"成帝惊住了。

赵合德听罢此言，如雷贯耳，头内嗡嗡作响，两眼闪着金星，只觉得浑身像一摊泥似的，一直跪伏在毡罽上，再也抬不起头来。

"淖方成……你，你，你……你怎么如此讲话？"成帝气呼呼的，但一想她是祖父宣帝时册封的后宫女职，三朝元老，无可奈何。他忍了又忍，不住地摇头，又勉强问道："淖方成！你本是后宫元老宫吏，一般情况下从不离宫，今日何以至此？"

"启奏陛下，此乃许皇后告知，老朽前来观相。"淖方成颤颤地屈身一礼，和盘托出。

"啊?！又是她！"成帝霍地站起来，离开御座，在毡罽上踱着步，他的脚步是轻的，然而却令人感到是极其沉重的，仿佛是一个出海打鱼多日归来的人，步向海滩，艰难地行走着。

　　他看了看赵合德的青丝云鬓、纤柔脊背，不觉心里一阵凄楚，转向樊嫕，慢慢地说道："樊嫕！请将合德婕妤暂时领入华玉殿寝宫！"

　　"遵旨！"樊嫕走向赵合德，屈身施了一礼道，"赵婕妤，请随我入宫吧！"说完，搀扶起赵合德，走出华玉殿大厅。

　　成帝又回到御座前，颓然地坐下，向众人缓缓地挥了挥手臂。

　　众人默默地朝殿门外走去。

　　这时成帝突然厉声喊道："宣许皇后——"

第九章　巫蛊出祸害

初夏的夜晚，宫院内的梧桐树、松柏树被这淡灰夜色勾画得轮廓模糊不清。提着昭明镜的姜秋和捧着梳妆匣的姜霜，跟在赵飞燕的后边，走在去往西宫即昭阳舍宫的石板路上。

静谧的夜，往往容易使人陷入沉思。一种依稀的姐妹恋情，如同肉眼看不见的梦境，悄悄映现在赵飞燕的脑际……思念、惊喜、迷怅、忌恨，酸甜苦辣的滋味，一齐袭来，冲刷掉她脑海中的一切念想。皇上见我几载无子、皇嗣难立，将合德召入他的身旁，今后恐怕要长时间里朝夕相处，那么皇上将会怎样对待自己呢？再加上皇上以好色著世，一见合德的娇姿和媚态，他怎能克制得了？再要呼唤起原来皇上对待自己的那种爱，绝非是一件容易办得到的事情。想到此处，她心里酸楚楚的，不禁觉得一股冷气由脊背处凉到脚后跟，浑身打了一个寒战。

她们走了好长时间，才来到昭阳舍宫门前，这是由于飞燕居住的远条宫离此太远的缘故。忽然间，只见许皇后、班婕妤慌慌张张地走出宫门。飞燕莫名其妙地问道："许皇后、班婕妤，你们来昭阳舍宫了？"

"啊！赵婕妤……晚安！"许皇后吃了一惊，不知如何回答是好。僵持了许久，她才反应过来，将手中卷着的布帛举到飞燕面前，故装坦然自若："喏！我们俩是来请皇上审视一下我写的这张书法的，可是一看陛下同合德婕妤快安歇了，就没进入寝宫。"

"是啊，我还写了一首诗词，想让皇上给评点评点。"班婕妤说着也举起手中的布帛。但是她的神色并不紧张，只是说话声音不像往常那般自然。

"哦！请皇后、婕妤留神，小心路上的坡坡坎坎。"飞燕屈身一礼。

"多谢赵婕妤！"班婕妤屈身还礼。

"奴婢向皇后、班婕妤问候晚安！"姜秋、姜霜屈身施礼道。

"罢了罢了，有道是家无常礼，往后不要那么多的规矩礼法。"班婕妤婉言谢绝两位宫女。

"告辞！"许皇后高傲而自负。

"不送！"飞燕以同样的口吻回答对方。

许皇后、班婕妤各自揣着内心的复杂情绪，朝来的方向走去。

赵飞燕示意姜秋、姜霜先入宫院内，自己藏在宫门前的大红明柱后面，只听班婕妤在埋怨许皇后："皇后，这就是您的不是了，你先说带我去昭阳舍找万岁，请他评点诗词和书法，怎么站在窗前不进屋呢？你看，不迟不早偏偏走到宫门外碰见赵飞燕，这若是引起她的怀疑，我们岂不是没事找事吗？"班婕妤低低的话语透露着内心的不满。

"那也无妨，我刚才不是向赵飞燕讲了吗，因为考虑到万岁就寝，故没进入寝宫。"许皇后说到这儿，停住脚步，回头看了看，见没有动静，继续说道，"你发现没有？昭阳舍宫是先祖赐给后宫的一所漂亮寝宫，本来昭阳舍寝宫的名称就很好，可皇上硬是改名为'温柔乡'，这就不难看出皇上对赵合德的心是多么重了。"

"是啊，当时我也感到奇怪，怎么'昭阳舍宫'的匾额突然不见了，竟然换成'温柔乡'匾额，从字迹上看，是皇上亲自书写的。"班婕妤说着压低了声音，"皇后，您听说过吗？当年，先祖武帝因格外宠爱钩弋夫人，在钩弋宫的月洞门侧石壁上，用镆铘剑勒刻出'尧母门'三个大字，给后宫造成多大的混乱哪！"

赵飞燕听到这儿，心头不由得一颤，不由自主地吸了一口凉气。她下意识地回头看了看宫门匾额——"昭阳舍宫"，涂金字迹，依然犹在。显然，皇上所更名书写的"温柔乡"，并不在宫门处，而是在寝宫的横匾上。这，恐怕是皇上为了避嫌所致。

接着，赵飞燕又听见许皇后细微的声音：

"班婕妤，你我已经看得清清楚楚，自从赵宜主进得宫来，皇上很少到我这长定宫，就连你那增成舍也难以临幸。如今，赵合德刚刚入宫，皇上就赐予她这'温柔乡'，当即册封为婕妤。她们姊妹俩贵倾后宫，一旦有人生下皇嗣，你我在后宫可就站不住脚了。"

"皇后，对此我实无兴趣。"班婕妤内心有些不耐烦。但她尽量避免同皇后发生冲突，为了继续平安地生存，不再吐露真情。

"古人说，百无一用是书生。这话一点儿也不假。班婕妤呀班婕妤，你可真是个书呆子！"许皇后显然是动怒了，忽然提高了声调，"你这种人，怎么还混进皇宫来了呢？难道你不知道，自古以来宫廷无不连着政室？你我如若等闲视之，用不多久，咱俩就得被万岁贬为庶人。"

"依您之见呢？"班婕妤妥协道。

"附耳过来。"

……

赵飞燕将头探出明柱，仔细窃听，但什么也听不见了。接着，听到的只是许皇后、班婕妤远去的脚步声。

她转身进入昭阳舍宫院内，后边跟随着姜秋和姜霜。

她放慢了脚步，思索着刚才许皇后、班婕妤之间的一番对话。她们究竟想干什么呢？她认真地思考着，比较着，回味着，设想着……是啊，我赵飞燕从一个普通歌女，一跃成为皇宫内的婕妤，这本来就已经够惹人忌恨的了，而自己的妹妹合德又忽然来至皇宫，形成两美俱佳，色倾后宫，人们表面上倾慕赵氏姊妹，但内心里是难以服气的。将来大有可能卷入宫廷斗争的旋涡。如果满足于眼下的地位，那么后宫诸妃对我赵飞燕是绝不会听之任之、心悦诚服的。特别是许皇后，从我进宫之后，从没有甘心过，从没有停止过对我的冷落、侮辱、咒骂，甚至陷害。许皇后曾经利用淳于长被皇上逮捕入狱，不择手段地嫁祸于我；也曾经利用诸妃互相切磋诗文，而故意挑拨我与班婕妤的矛盾；还曾经趁我入椒房殿拜访探望之机，妄图让我呈献宝刀，而加我以行刺皇后的罪名；更有甚者，连日来请巫婆进入后宫，以法咒驱妖的名义，多次咒骂于我、坑害于我。我全都忍耐过去了。但是不知何日终了？今夜，许皇后和班婕妤又私入昭阳舍，观察妹妹的行踪，而后她俩又鬼鬼祟祟、密谋毒计，真乃欺人过甚！我得赶紧告知妹妹，密守宫闱礼仪，提高警惕，严防受害。

她来到寝宫门前，抬头看见成帝给妹妹书写的横匾"温柔乡"，进一步印证了许皇后讲的一番言语。她转身看姜秋、姜霜，两人正在聚精会神地注视寝宫的窗景。窗影幢幢，烛光映出皇上和妹妹合德两个面对面的亲昵身影。

她思绪纷繁，心潮起伏，不想再看下去，于是拽了一下姜秋和姜霜，低声说道："你二人快快通报，就说我来了，求见陛下和婕好。"

"奴婢遵命。"姜秋和姜霜应声施礼，奔向昭阳舍侍女房。

不一会儿，姜秋和姜霜随同两位宫女走了过来。只见两位宫女屈身一拜道："奴婢冷艳、冷花向赵婕好请安！"

"免礼，你二人平身！"

"陛下有旨，请赵婕好入宫。"冷艳回话道。

"合德婕好一听您大驾光临，万分喜悦，她命奴婢请您快快进宫。"冷花补充了一句，热情而欣喜。

"哦，你二人前面带路！"赵飞燕挥了一下手。

"是！"冷艳、冷花说着，转身步向寝宫宫门。

赵飞燕、姜秋、姜霜跟随在她俩身后，步入"温柔乡"。

飞燕一眼看见站在毡罽上的妹妹合德，身着乳黄色睡衣，头上的发髻虽然摘去首饰，但如黑色的瀑布垂落于肩后，显得洒脱而妩媚。这种卸过妆饰的自然美，胜似芙蓉出水，确实迷人。很显然，妹妹出落得更加漂亮、更加大方了。这是离别三年之久的、时刻使她魂牵梦萦的妹妹呀！她无论如何也无法抑制感情的潮水，热泪一下子涌了出来，失声喊道："合德！"

"姐姐！"合德兴奋得像有一团火在她心里燃烧，离别而又重逢的悲喜交加之情随着她的心潮翻上卷下。

两人紧紧地拥抱着，眼里都流着幸福的热泪。

成帝在一旁看得真真切切，他的眼眶也潮湿了。

飞燕与合德两人松开臂膀，而后姊妹俩朝着成帝，双双跪在毡罽上，施三拜九叩大礼。成帝自然非常兴奋，将她俩拉坐在自己的身旁，述说不尽恩恩爱爱，畅谈不尽欢欢乐乐。

飞燕忽然想起带来的礼物，对姜秋、姜霜说道："姜秋、姜霜，你二人将昭明镜、梳妆匣献给合德婕好。"

"姐姐，您何必如此费心！"合德推谢道。

"你我乃一母所生，为何这般过谦呢？"飞燕说着，向姜秋、姜霜打了个呈献礼品的手势。

"如此说来，小妹多谢姐姐的一片厚意。"合德转向她的两位侍女说道，"冷艳、冷花！"

"奴婢在。"冷艳、冷花屈身听命。

"你二人代我收下赵婕好送来的珍贵礼物。"合德说完又站起身来，面向姐姐飞燕，微笑着点了点头。

飞燕又仔细地看了看这"温柔乡"的设施：中庭纯用朱色涂抹，殿上遍施髹漆彩饰，黄金为槛，白玉为阶，壁间横木嵌入蓝田山的璧玉、明珠、翠羽。此外一切构造，无不玲珑巧妙，光怪陆离。所陈几案帷幔等类都是世间罕有的珍奇，也是后宫未曾有的宝物，最奢丽的是百宝床、九龙帐、象牙簟、绿熊席，熏染异香，沾身不散。这里的一陈一设，并不亚于远条宫，而是有着许多超越之处。想到这里，她不觉心内既暗暗替妹妹高兴，又暗暗忌炉。

成帝趁她们姊妹欣慰高兴之余，吩咐两位侍女道："冷艳、冷花，你二人取些美酒、菜肴，为两位婕好姊妹团聚助兴！"

"遵命。"冷艳、冷花说罢欲奔御膳房，只听赵飞燕劝阻道："陛下，夜已更深，不必费心了。只要让我们姊妹在宫里安然生存，也就足矣。"

"飞燕婕好，此话因何而来？"成帝不解其意地问道。

"那好，恕妾妃直言。"飞燕说着站起身来，激动不已，"皇后一直忌恨于我，陛下不是不知道。可是合德妹妹刚刚进得宫来，她们也不放过。"

"哦，你是说淖方成恶语伤人之事吧？对此，我已经训教许皇后了。"

"不，我是说今天夜间。"

"哦，怎么回事？"成帝急切地问道。

"我刚来到昭阳舍宫门外，就碰见许皇后、班婕好走出昭阳舍院落……"飞燕接着讲了遇见许皇后的事，这是她三年多来第一次向皇上控诉皇后的不轨行为。

"她们简直是胡闹！"成帝顿即愠怒。

"陛下，许皇后她们如此对待我们姊妹，臣妾，臣妾可真有些后怕呀！"合德故装胆怯地说。

"陛下，是妾妃不好，惹您生气了。"飞燕歉疚地屈身一礼。

成帝看着窗外，凝思无语。

"陛下，天色不早，我该回去了。"飞燕说着走出寝宫，后边跟着姜秋和姜霜。

合德迈步随后，将飞燕她们送至昭阳舍宫院门外："姐姐慢走！"

"好。合德，我问你，我来之前，陛下和你说些什么？"

"没说什么呀……"合德追思刚才同成帝的谈话，忽然想起来，"呵，陛下只是问我年方几何，我如实相告，还说了我的生辰年月和以前的经历，这，这也有碍吗？"

飞燕思索着，停了好大一会儿，才转过身来，面对合德说道："嗯，对你和陛下倒无所谓，可对她们来说，大有可能要做文章。据说，许皇后请来的那个巫婆，不仅会以法术骗人，而且武功超群，一般人难以招架。"

"啊？"合德心里有些紧张。

"合德，你不必过于担忧。不过，这几天你要格外小心。"

"嗯，请姐姐放心，我记下了。"合德微点额首，目送她们。

合德送走飞燕她们，转身进院。院里一片漆黑，伸手不见五指。想到姐姐刚才讲到的会武的巫婆，不免心内产生几分惧怕，她下意识地看了看卫士们居住的耳房。

她迈步越过门槛，进入前厅，看见成帝正站在厅前等候。

她马上扑了过去，妩媚而多情地说："陛下……"

"合德……"成帝一把抱住了合德，他再也忍耐不住对合德的爱怜，一下子将合德抱进了寝宫，放在了百宝床上，伸手欲解合德身上的乳黄色睡衣。

合德躺下身子，羞得满脸通红。她难为情地挣脱开成帝，双手撑着锦缎褥单，坐起身来："陛下，您先别这样，咱俩说会儿话吧。"

"好，我依着你，但说话的时间不能过长。"

成帝的话音刚落,就听窗子微微一响,遂见一道寒光透窗而过,直奔合德后心而来。成帝不由得一声惊呼:"合德——"

还没等成帝上前救护,早见一个人像离弦的箭似的穿出屏风,伏身探臂,将袭来的闪光暗器接到手中。

合德先是吓得"哎呀"了一声,她平心定睛,仔细观察,一看是骊山行宫的卫士头领燕赤凤,激动地喊道:"燕壮士!"

"合德婕妤,请您和陛下多多保重。"肩后插着军棍的燕赤凤躬身施礼道,接着,"当"的一声,将手中抢接过的暗器毒镖甩在窗框上,飞也似的越窗跳入院内。

院内,一位蒙面女人正在拉开架势,准备迎击燕赤凤。

合德看后,用手指着窗外说道:

"陛下,这个女人,就是宜主姐姐说的那个巫婆!"

"啊!许皇后太不像话了!"成帝气得浑身颤抖。

这时,从耳房内蹿出四个手持兵刃的卫士,一下子将那个蒙面女人围在当中。没想到,四对一也难以取胜。双方战了大约三十个回合,就见两个卫士手中的兵刃被那个蒙面女人夺去。四个卫士节节败退,只有招架之功,没有还手之力。

"闪开!"燕赤凤大声喊道。

四个卫士一听这喊声,立即跳出圈外。

那个蒙面女人毫不示弱,马上与燕赤凤动起手来。二人身形加快,分不清谁是男谁是女,只听到双方"嘿!嘿"的喊声,转眼赤手空拳搏斗五十个回合。忽然,那个女人跳出圈外,伸手从腰间取出一把短柄佩刀,燕赤凤当仁不让,挥臂从肩后抽出那根军棍。二人重新开战,燕赤凤手舞军棍,棍飞如闪电,那女人手挥短刀,刀飞似暴雨。刀棍相击,发出铿铿锵锵的响声。燕赤凤一看,这个女人不光是拳术超群,而且兵刃使用得也很纯熟,远非平凡女流之辈。他奋力回击,寸步不让。

力不能胜,需智取。燕赤凤一见对方刀劈顶梁,并不慌忙,而是虚晃一棍,以棍尖儿搏击。对方气上心头,连砍数刀,刀刀不离头顶。燕赤凤猛收军棍,身形唰地向下一伏,一个就地十八滚,便向房顶翻去。

那女人挥刀砍了一个空，正在寻觅他的踪影时，忽然听到"嘿"的一声，燕赤凤去而复转，来一个"猴子倒栽桩"，猛挥军棍，痛击在她的右手腕上。只听那女人一声惨叫，"当啷啷"，短刀落地。

燕赤凤不忍再下手，正在犹豫之际，那女人用尽平生力气，平地拔起，越过院墙，直奔宫外逃走了。

燕赤凤收起军棍，拾起短刀，回到寝宫内。

合德赶忙倒了一杯香茶，送至燕赤凤面前："燕壮士，请您先吃杯茶。"

"多谢婕好。"燕赤凤接过茶杯，一饮而尽。而后他跪伏于毡毹上，低首握拳施礼道，"启奏陛下、婕好，小人现已将女巫击伤赶走，望你们恕我惊驾之罪。"

"哎，燕壮士，岂能这样说！快快请起。"成帝不无感激地说。

燕赤凤站起身后，从腰间抽出那把短柄佩刀，双手呈上：

"陛下，这是女巫的短柄佩刀。"

成帝接过刀，仔细看了看，不觉心头一震：

"哼！这是长定宫许皇后的那把短柄佩刀。"

"啊！看来这个女巫一定是许皇后请来的。"合德双目注视短刀说。

"许皇后啊许皇后……你一而再，再而三，这你就不能怪朕了！"成帝看着窗外，两眼喷着怒火。

合德哪里知道，三年前飞燕被召入皇宫时，许皇后便曾将这把短柄佩刀交给淳于长，途中行凶劫持。

成帝将刀放在案几上，转身对燕赤凤说道：

"燕壮士，多谢你赤胆护驾，明晨朕将赏赐你重金！"

"陛下，这万使不得，小人是奉阳阿公主之命前来护驾，岂能冒领赏金！"燕赤凤真诚而坦率地拒绝道。

"哎，有朕为你做主。"

"皇恩浩荡，永生难忘，但赏金小人是绝不会收的。"

"朕要为你晋封官爵。"

"陛下，我乃汉室一庶民，已受阳阿公主之洪恩，焉能为官图爵！"燕赤凤百般辞谢。

"燕壮士，适才我听合德婕妤讲了你的为人，真乃名不虚传，可谓侠义之士。"成帝由衷地称赞道。

"多谢陛下，小人受宠不安。"燕赤凤抱拳谢道。

"燕壮士，你若同意，可留在昭阳舍做事。"成帝不无挽留地说。

"君命难违，小人愿从。"燕赤凤急忙跪伏于地，连施三拜九叩大礼。

成帝见燕赤凤欣然同意留下，心中非常高兴，伸出双臂示意道：

"燕壮士，快快平身，快快平身！"

合德更是愿意留下燕赤凤，因为有燕赤凤在身边，可增加许多安全感，她高兴地说道："燕壮士，今后仍靠你多多费心，如果你有什么事需要我办的，尽管直言相告。"

"多蒙婕妤关照，小人愿献一片忠心。"燕赤凤又施一礼，欠身站起。

这时，未央宫舍人吕延福带领四名卫士入宫交差听命。

成帝转身面对吕延福说道："延福，明天你去骊山行宫，告知阳阿公主，就说朕将燕赤凤留在未央宫了。"

"遵旨。"吕延福躬身作揖道。

"还有，你要安排好燕壮士的食宿，抽暇教导卫士们习武。"

燕赤凤、四名卫士向成帝、合德婕妤施礼告别，而后跨出寝宫。

清晨，早餐过后，赵合德步出寝宫，来到院心。

绚丽灿烂的阳光，刺人眼目。她眨了眨双眸，用衣袖遮住阳光，仔细观察院内的一切。

女人的心是细腻的，特别是赵合德，天生聪明。突然，她发现窗前那棵桂树底下布上了一层新土，顿时生了疑心。她疾步走到树下，朝房内喊了一句："冷艳、冷花，快来！"

"哎！来啦。"冷艳、冷花听到赵合德的呼唤声后，快步跑了出来。

"你俩快看看，这是不是掩埋的新土？"

冷艳、冷花猫腰观察，不由得好奇，伸手扒起新土来，扒了有一尺深的浮土，冷花忽然觉得凉飕飕的，抽出双手一看，"啊"！手心内攥住一条弯弯曲曲的长蛇，冷花惊叫一声，松开了长蛇，吓得脸色苍白，晕了过去。冷艳也吓得浑身颤抖，停止了扒土，赶忙抱起冷花，急切地呼唤道："冷花，冷花，快醒醒啊！"

赵合德一直盯着冷艳、冷花，开始对她俩比较满意，后来一见冷花这么惧怕蛇虫，不觉心内产生几分厌意，狠狠地白了冷花一眼，心中暗暗骂道："废物！"

冷花苏醒过来，看了看冷艳，又看了看不动声色的赵合德，当她看见那条长蛇爬到赵合德脚尖前面时，不禁又紧张起来。

赵合德从容不迫，伏下身子，伸手一下子抓住长蛇的七寸，竟然表现出一种异乎寻常的冷静、沉着，随即锁起双眉，咬紧牙关，挥臂将长蛇狠狠地摔在桂树干上。

树干上，沾染了一层鲜红的血迹。

长蛇满身挂彩，蜷缩了几下后，一动不动地趴在地上，当即死亡。

赵合德慢条斯理地说道：

"冷艳、冷花，如果你们害怕的话，那么就去取把铁锹来！"

"不不不，我们不怕。"冷艳急忙谢绝，而后放开冷花，继续大把大把地往外扒着浮土。

冷花也不敢怠慢，跟着冷艳继续扒土。

少顷，冷艳抓出两个六寸多长的木偶，每个木偶的脖颈上还拴着一条白色布帛，上面写着字迹。冷艳将两个木偶呈给赵合德道："婕好，请您过目。"

赵合德赶忙接过木偶，仔细辨认着两条白色布帛上的字迹：

> 永光三年初春，三月初八子时，生于姑苏城中尉赵曼府中。
> 永光三年初春，三月初八丑时，生于姑苏城中尉赵曼府中。

赵合德不由得心头一阵紧缩：啊！这两条布帛上的字迹，分明记载了我和宜主同胞姊妹的生辰年月，以木偶作巫蛊诅咒，妄图加害于我们赵氏姊妹，这肯定是许皇后干的！

赵合德马上想到，成帝已去长信宫找王太后，告发许皇后指使巫婆害人之事，现在又有巫蛊做证，应该立即找到皇上，申冤喊屈。但她又一想，这事非同小可，得告诉宜主姐姐，商量个稳妥主意，再办不迟。于是，她从怀中掏出一块红布，把两个木偶包起来，装入怀中。而后，她对两个宫女说道："冷艳、冷花！"

"奴婢在！"冷艳、冷花应声道。

"你二人快快洗手，而后随我去远条宫！"

赵合德迈着轻盈的脚步，走出温柔乡，停在昭阳舍宫门前，等候冷艳和冷花。

初来乍到皇宫内院的淑女，看到的一切都是新鲜的。但是，她已经在阳阿公主的骊山行宫里做了多年的歌女，所见的世面是不同于一般女子的。因而，她无心赏花观景，也不愿看殿观阁，脑子里只是考虑着进入皇宫后所看到的怪异现象。唉！权势之争，乃是历来皇室的家常便饭。怪不得阳阿公主及早离开京都而去郊外建一所宫院哩！她想着想着，不禁心内黯然凄楚，将来的日月，风波要不断席卷平静，痛苦要远远超过欢娱。但不知姐姐这几年锻炼得如何？

当她抬起头来的时候，冷艳、冷花已走在她的前面。

她们默默地朝前走着。她想了许多许多，我们赵氏姊妹出身微贱，许皇后乃出身于侯爵门第，多年主掌三宫六院，要想将其彻底推倒，谈何容易！

她们来到远条宫门前，姜秋、姜霜带她们进入宫院。这里，幽深、宁静、美观、舒适。她对姐姐的宫院不觉产生钦羡之意。

合德她们正在观览之际，姜秋提醒道：

"合德婕妤，飞燕婕妤正在前厅，她让您独自一人入内。"

"好咧！"合德点了点头，转身面对冷艳、冷花说道，"你们俩在外等候，不得远离。"

合德步入前厅，见飞燕正伏案观察两个拴有白色长条布帛的木偶，轻步至前，悄声细语道："姐姐，早安！"

"哦，合德来了。"飞燕抬起头，谦让道，"快，快请坐。"

合德坐在案前，双目盯着案几上两个也有六寸长的木偶，看了一遍两条布帛上的字迹，抬头问道："姐姐，这是从哪儿发现的？"

"远条宫院内。"

"这布帛上的字迹，跟我在昭阳舍发现的一模一样。"

"哦，拿来我看。"飞燕急切地催促道。

合德立即从腰间取出一个红布包儿，放在案几上，又迅速解开，露出两个木偶，将写有字迹的布帛条儿平展开来，置于飞燕面前："姐姐，您看！"

飞燕将四张长条布帛平行地放在一起，仔细辨认着，比较着，思考着……两对六寸木偶，两双长条布帛，大小一样，字迹一致，所诅咒的对象都是她们姊妹俩。她念了一遍布帛上的字迹，霍地站起身，来回踱步。

这时，宦官王盛急匆匆地走进来："启禀二位婕妤，奴才刚刚去过长定宫。"

"噢，王盛，情况如何？"飞燕问道。

"情况确实不出所料。"王盛喘着粗气叙述道。他举目扫视了室内四周，又看了看宫门、窗户，便向飞燕、合德压低声音说道，"小人进入长定宫后，先找到我的表妹凌玉，她是许皇后的贴身宫女，对许皇后的一切行动了如指掌，早就对其骄横霸道不满，听我讲明来意后，悄悄地带我到密室窗前，她帮我监视外面，我从窗缝处偷看密室里边的动静。只见室内设置香案，许皇后问道，仙姑可曾将木偶埋在了远条宫和昭阳舍？那个端着受伤右臂腕的女巫回答道，请皇后放心，我已将一切安置就绪，拴在神偶上的布帛记有仇人的生辰年月，埋在地下，不得取出，早晚两次派人用脚踩踏，日满九九八十一天，仇人即可七窍流血，呜呼哀哉……"

"许皇后也太残忍了！"飞燕忍无可忍，打断了王盛的话，她气得站起身来，"我们赵氏姊妹，一没坑你，二没害你，你为何用巫蛊加害于我们？"

"这还不算，许皇后又要求女巫立即符咒破妖。"王盛继续回禀道，"那女巫点了点头，随手烧符驱妖，作法念咒，说什么神符咒，勾销冤孽债；说什么未央宫，紫气自东来……"王盛说完后躬身听命。

赵合德听罢王盛一番话，心内格外后怕，一时间没了主意，抬头看了看赵飞燕，担忧地问道："姐姐，您看，该怎么办呢？"

赵飞燕并没有理睬妹妹，而是问道：

"王盛，你离开长定宫时，有人发现吗？"

"我走到宫门时，碰见许皇后之姊许谒。"王盛回答后，目不转睛地盯着赵飞燕。

"哦……"赵飞燕的双眸飞快地转动着，显然，她是在飞快地思考。稳定了一下情绪后，接着说："王盛，你暂回房歇息去吧！"

"谢婕好！"王盛伏身施礼，转身走出前厅。

"姐姐，咱们去禀告皇上吧！"合德有些沉不住气了，焦急而慌乱地督促道。

"皇上……"飞燕一听，一双目光顿时亮了起来，胸有成竹，"对，就这么办！"

"姐姐，您想出什么高见来了？"

"合德，你看。"飞燕说着，双手提起两对木偶，木偶下的布帛条儿随之垂落下来，接着说道，"这布帛上的字迹，乃许皇后所书，我准备模仿她的笔迹，来一个移花接木！"

"哦，我明白了，姐姐，你就动手吧！"合德高兴地期待着。

赵飞燕找出一把剪刀和一块白色布帛，比着木偶上的白色布帛裁剪了两条，长宽一致。而后，她手持羊毫毛笔，模拟许皇后的笔迹，在其中一条空白布帛上写道：

甘露三年秋季，八月十五日戊辰，生于京都太子宫内甲观画堂。

接着，她又在另一条空白布帛上书写了同样字迹的字。书写完毕，她端详了一下，便抬起头说道：

"合德，你将昭阳舍发现的木偶，其中写有我的生辰年月的布帛，解下来后，换上我写的这条布帛。"

"姐姐，我懂了。"合德说罢，按照飞燕的吩咐做了。

赵飞燕遂将远条宫发现的木偶，其中记有合德生辰年月的布帛条儿也解了下来，换上自己书写的那条布帛，对合德说道：

"合德，你我装上各自的木偶，去长信宫找皇上！"

"是，姐姐先行。"赵合德包好木偶，装入袍内，谦恭地说道。

"好，妹妹随我来。"赵飞燕动作敏捷，将木偶包好装入袍内后，轻盈地飘出远条宫。

赵氏姊妹带着她们的贴身宫女快步直奔长信宫。

一路之上，众人默默无语。

进入长信宫院内，长信宫少府何弘迎了过来，打躬施礼道：

"奴才向二位婕妤请安！"

"免礼。"赵飞燕看了看四周，继续说道，"何弘，我们有要事求见太后和陛下。"

"他们在汉宫书源，待我通禀，请稍候。"何弘说罢，转身快步离去。

飞燕紧锁眉宇，若有所思。

合德不由自主地望了望长信宫院落，只见径路一条又一条，宫舍一座又一座，使人感到肃然、幽深、古朴，好不威严壮观！

忽然，赵飞燕似乎想到了什么，对四位宫女说道：

"今日我和合德婕妤面君奏谏，一旦不能返回宫院，你们无论如何要去趟骊山行宫，告知阳阿公主和义父赵临。"

"奴婢记下了。望二位婕妤保重！"姜秋、姜霜、冷艳、冷花屈身施拜。

何弘转来说道："陛下有旨，请飞燕婕妤、合德婕妤入见。"

"谢陛下。"飞燕、合德说罢，向四位侍女递了个眼神，以示等候，而后她俩随何弘奔向汉宫书源。

她俩步入书屋后，见成帝和王太后都坐在御座上，中常侍郑永站在一旁，那把短柄佩刀放置在御案上，看他和母亲的神态像是刚刚争论了一番，似乎还没有平静下来。她俩撩起衣裙，跪伏于地：

"在下赵宜主、赵合德，祝愿圣太后、陛下千秋万岁、万岁、万万岁！"

"你二人快快平身。"王太后说道。

赵合德欲起身，赵飞燕拽了一下她的衣裙，她只好又跪伏于地。

"飞燕、合德，你二人为何不平身？"成帝不解其故。

"陛下不接奏章，妾妃岂敢起身！"飞燕说着，从身上取出一份早已备好的布帛奏折，双手举到头顶上。

"好，好，好，朕接本就是了。"成帝转向中常侍郑永说道，"郑永，拿来我看。"

"遵命。"郑永应声后从飞燕手中取过奏帛，呈与成帝。

成帝边看边读：

启奏陛下：许皇后身为三宫六院之首，但是不安于职守，常常诅咒后宫，扰乱宫闱，詈及主上，心怀叵测，妄图夺取皇权，实为宫内大逆。若不及早根除和废弃，将来汉室社稷势必毁于此人之手。

婕妤宜主启奏

王太后听罢儿子宣读，不由得心内一颤，感到后宫发生这等怪事，实在令人气愤，但觉得许皇后身为侯门之女，与皇家结亲数年，不会办这种蠢事。她半信半疑，担心地质问道：

“飞燕婕妤，此奏章是否真情实语？”

“回禀圣太后，此乃皇宫政务大事，我本陛下册封婕妤，岂敢戏言？！”赵飞燕说道。

“可有证据？”成帝又问道。

“物证在此。”赵飞燕说着，用手拽了一下合德的衣袖。而后她俩各自举起一个红布包。

“拿来我看。”

郑永疾步向前，从飞燕、合德手中取过两个红布包，双手呈与成帝。

成帝急速解开一个布包，露出两个六寸长的木偶，他拿起来一看，上边拴着白色长条布帛，布帛上写有清晰字迹，随后边看边念道：

永光三年初春，三月初八丑时，生于姑苏城中尉赵曼府中。

甘露三年秋季，八月十五日戊辰，生于京都太子宫内甲观画堂。

“启奏陛下，这是妾妃从昭阳舍宫院内挖出来的。”赵合德接着说道。

“这，这，这……这后一木偶上拴有布帛的记载，分明指的是朕的生辰！”成帝的面目立即涌起愠怒。

这时，赵合德朝外拜跪，非常虔诚：“皇天福佑，飞灾横祸，统统应在合德一人身上！”

成帝又打开另一红包，露出两个木偶和记有字迹的两份长条布帛，遂又念了一遍，除三月初八"子时"二字异于上述外，其余字样一律相同。

"此乃妾妃在远条宫院内发现的。"飞燕的两只眸子看着成帝，只见成帝怒容满面，双眉锁起，她心内反而平静了许多。

成帝气得浑身发抖，手中的长条布帛抖出了声响：

"许皇后她，她，她也太，太狠毒了！"

"皇儿，我来看。"王太后从成帝手中接过两对木偶，仔细观看布帛字迹。

飞燕也朝外拜跪，非常忠诚："皇天福佑，飞灾横祸，统统应在飞燕一人身上。"

王太后看后愠怒于色，厉声说道：

"这字迹是许皇后所书无疑，一定严办，绝不轻饶！"

"郑永，通知掖庭狱，封锁长定宫，缉拿许皇后！"成帝怒声怒色地命道。

"遵旨！"郑永施礼欲走，又听见成帝喊了一句：

"回来，通知谏大夫翟方进，将此案查清，立即向我回奏！"

"遵旨！"郑永转身走出汉宫书源，疾步离开长信宫。

第十章　废后起廷争

　　正值酷暑，骄阳似火。天上没有一片云，更没有一丝风。整个长安城就像在火炉中熏烤一样，城墙是热的，房屋是热的，路面是热的，路旁行道上的白杨树叶也全都蔫巴了。

　　空气仿佛是凝固的，行人呼吸都感到非常困难。

　　宣明殿前，那棵粗壮的梧桐树失去了往常挺拔隽秀的神姿，硕大的树冠被酷日暴晒得低下了头。

　　殿门大开。门前、廊下侍立的宦官个个默默无声；庭院中的侍立卫士个个手持长矛、方戟，肃然相观。

　　谏大夫翟方进迈着沉重的步履，跨出大殿门槛，去迎候众公卿、嫔妃，特别是一向高贵至尊而转眼将一落千丈的许皇后。刚才成帝命他通知文武百官、后宫诸妃统统上朝，经他再三苦谏，才改拟为朝中重臣和有关嫔妃。现在，最关紧要的是，朝中重臣有人敢于挺身而出，直言上谏，保住皇后的性命，也就足矣。他已经料到，今天的宣明殿又得变成一个阎罗殿。

　　他抬头看见谏大夫、河间宗室刘辅，光禄大夫刘向，左将军辛庆忌，右将军廉褒，光禄勋琅琊师丹，太中大夫谷永已经进了大门，便疾步向前迎了上去，打躬施礼道："翟方进在此向列位大人施礼！"

　　"我等向翟大人请安！"众臣躬身抱拳施礼。

　　"多谢列位大人。"翟方进又施一礼。

　　"请问翟大人，今非上朝之日，陛下因何临时动议？"刘辅上前问道。

"望刘大人谅恕，下官在此不便多言。"翟方进说着躬下身子。

刘辅和其他几位大臣听翟方进这么一说，不便再问，他们面面相觑，个个脸上浮起疑云。

翟方进并不是想对上朝的几位重臣保密，皇上废后之谕很快就要公布于朝廷，他在没有接到皇上谕旨之前，是不得以一个谏大夫的名义随意在殿下传达的。再说，一旦在此泄露，倘若有大臣大闹宫殿，出个乱子，自己可是担当不起的。他再三思考，暂不透露。于是把重臣们都请进了大门两侧的朝房。

当他从朝房转身出来时，又看见丞相王商、曲阳侯王根，安阳侯、代理大司马、车骑将军王音和三朝元老、关内侯张禹步入大门，蹒跚而至。他赶忙向前，施礼迎接。不等对方开口，就将他们让进朝房。因为他知道这几位王氏外戚重臣在朝中举足轻重，非同他臣，且一贯仗势霸朝，凌驾于人，专横跋扈，不可一世，特别是元老张禹权欲熏心，私心更重，无人见其不生厌。所以，他不想和他们多搭言。

身着大妆的赵飞燕、赵合德，迈动轻盈的碎步，步入大门内。

翟方进一见这两位皇上的宠妃，然而又是许皇后制造巫蛊案件的揭发人，欣然进殿，他赶忙向前，伏身跪拜道："微臣翟方进参见二位婕好！"

"翟大人平身！"飞燕、合德说道。

"多谢二位婕好！"翟方进又施一拜，而后起身。

"翟大人，请您为我们赵氏姊妹做主啊！"飞燕恳求道。

"只要翟大人敢于主持公道，此案就可以得到圆满解决。我和姐姐将终生不会忘记您的。"合德将了他一军。

"请二位婕好放心，微臣办案，是从来不怕丢掉官的，我一定循法依律，弄清原委，力排万难，伸张正义！"翟方进表现出一种超脱世俗的胆量，但又真诚、坚定。

"多谢翟大人！"飞燕、合德齐声说道。

"微臣不敢。请二位先到朝房等候！"

飞燕、合德两人也进入朝房，候旨听宣去了。

突然，殿前、廊下、丹墀上传出了宦官们呼唤群臣上殿的口号声。

接着，又传出了宣赵宜主婕妤、赵合德婕妤上殿的呼喊声。

群臣按照官职大小，依次上殿。飞燕、合德尾随在后。

紧接着，传出了命掖庭狱丞籍武、许皇后上殿的喊声……

过了好大工夫，殿前毫无动静。

翟方进左等右等，不见许皇后的踪影，急得来回踱步，满脸沁出汗珠。上殿误时，是要被判杀头之罪的呀！难道说许皇后抗旨不服、拒绝上殿？难道说许皇后安排后事、误了时间？难道说许皇后过于自尊、寻了短见？还是籍武办事鲁莽、出了差错？一时间，他心如乱麻，理不出个头绪。

丹墀上再次传出命掖庭狱丞籍武、许皇后上殿的呼喊声。

忽然，头上披散着青丝、身上穿着素服的许皇后踏入大门，并且她已失去了自由，双手捧奉戴械，颈上按狱三匝。她的身后，跟着凌玉、凌洁、凌冰、凌霜。籍武带领四个卫士押解在后。许皇后两眼呆直，好像什么都没有察觉。

翟方进在相距许皇后十多步远的地方就跪了下来。他全然已知，皇后之名声、赫赫的尊称和至高无上的尊严，时至今日终止。自己向皇后参拜，也是最后一次了。他向她施三拜九叩大礼，两眼湿润，声音凄楚：

"许皇后功高如山，微臣翟方进，祝皇后千岁、万寿无疆！"

她们来到他身旁的时候，他仰面观看，只见许皇后的脸色苍白，毫无表情，双唇紧闭，默然无语。随身的四位宫女，除凌玉外，其余三位哭成了泪人。这时，凌玉附耳告诉许皇后，翟方进大人在向她拜谒施礼，她才回过头来，睁大了眼睛，微动了一下下巴，示意他平身。但是许皇后什么也没说。翟方进又施一拜，而后站起身。

籍武和四位卫士走过来的时候，籍武拱手作揖道：

"翟大人，请您谅恕，因许皇后安排后事，故上殿来迟一步。"

"既然如此，您随许皇后赶快上殿吧！"翟方进督促道。

许皇后和籍武疾步越过殿门槛，穿过殿中甬道，径直上殿了。

翟方进紧紧跟在他俩的身后，踏上殿来。

他看见许皇后跪在殿角处，籍武跪在她的旁边，四位宫女和四名卫士也跪伏于她的两旁。许皇后既不抬头也不旁视，丝毫看不出乞求和哀怜，只不过后宫之首的神态已经荡然无存。俗语说，凤凰落架不如鸡！他越看心里越不是滋味。

他又朝前看了看赵飞燕、赵合德和大臣们，大家都跪伏于地，谁也不看谁，谁也不理谁，只是不时地抬头看看前面的御座。

哦，御座仍是空空的！

御座上不见成帝。御座后面没有执羽扇和团扇的宫女和宦官，只有中常侍郑永站在旁边。估计皇上还在后殿寝间歇息哩。他松了一口气，尽管籍武、许皇后没能及时听诏上殿，但是陛下毕竟也没能按时上朝。

翟方进朝御座前边走着，准备找一个空位置跪下来。此时，他似乎感到众人的眼睛都在窥探着自己。近几年来皇上一直器重他，他这位谏大夫履行着监察大权，其他大臣对他更加恭敬。打上次协助皇上处置王氏诸舅逾制违章、奢侈豪华之事以来，皇上更是信任他。今天皇上又命他处置许皇后，这简直是太难太危险了。况且，他这个谏大夫的官位远远不及王氏诸侯爷。谁不知道担负代理大司马、车骑将军的王音和宰相之职的王商乃居众臣之首呢？翟方进心想，反正皇上信任自己，自己只有硬着头皮干下去了。

他还没等跪下来，就见成帝从过厅里气势汹汹地走了出来。大臣、嫔妃、卫士、宫女们立即行大礼："参见吾皇陛下，万岁万岁万万岁！"

"什么万岁？五十岁我也活不了！"成帝怒吼着，将目光抛射到许皇后的脊背上，一股无名怒火涌上心头，"有人根本不愿意我活着，我还不到四十岁，就想咒我死去！这，这也太狠毒了！"

大臣们感到震惊，一时摸不着头脑，互相对视，默然无言。

许皇后听了成帝一番怒声怒语，脸颊顿时煞白，涌起惊恐、忧虑、奇怪的神色。当然，她已经知道巫蛊赵飞燕与赵合德的秘事全部暴露，但是诅咒丈夫的恶劣手段又是何人干的呢？一时间，她如堕入五里雾中。

赵飞燕、赵合德悠然自得。

翟方进本想跪下来与大家一块儿向成帝施礼跪拜，但一听成帝大发雷霆，反而不知所措。他再一看皇上，皇上侧身坐在御座上，右臂肘依托在御案上，右手撑扶着前额，却一言不发了。

静。令人害怕的静。

他仔细听了听，听到的只是人们急促而胆怯的呼吸声。

局面僵持，何时终了？这台戏得要唱下去。翟方进心想，既然陛下已经将主持今天的朝务大事交给自己，自己就得敢于出头露面、舍身献胆了。他直起了身子，迈开虎步奔向御座前，打躬作揖，伏身道：

"陛下，众公卿和诸夫人还在跪伏于尘。"

成帝抬起头，看了看大家，仍没作声，但挥动了一下右臂，以示平身。

翟方进转向众人，宣布道："陛下恩典，诸位平身！"

"谢陛下！"众人施礼山呼，站起身来。

翟方进正欲再请示成帝宣布今日的朝务大事时，只见成帝面对中常侍郑永道："郑永，念！"

"遵旨。"郑永躬身应道，而后从衣袖内抽出布帛谕旨，随即展开念道，"陛下第一道谕旨，谏大夫翟方进听封！"

翟方进听后不由得一愣，他根本没有料到，陛下在这么大的气头上，还要册封自己。他赶忙跪伏于地上，低下头，双手紧握象牙笏板，再三辞谢道：

"陛下！这这这，可使不得。微臣无才无识，心内愧疚万分，陛下不怪罪微臣，微臣已感恩戴德，微臣无功受封，万死也不敢领受！"

翟方进说着又连连叩了三个头，盼望皇上收回第一道谕旨。

他没有想到，成帝根本不理睬他，而是再次命令郑永道："念！"

郑永继续宣布道：

陛下谕旨：

谏大夫翟方进忠心耿耿于汉室，赤胆奉献于炎刘，权势不畏，孺弱不欺，刚直不弯，良心不昧，为开拓大汉帝国呕心沥血，故晋封为御史大夫。

钦此！

"谢陛下泰山之恩，吾皇万寿无疆！"翟方进说罢施大礼，万般无奈接受了册封。

谁能料到，翟方进获此官位，一下子与大司马、丞相并列为"三公"呢?

翟方进随即想到，今天让他惩治许皇后，案情复杂，关系重大，皇上之所以晋封他为御史大夫，给他连升三级，就是为了让他能够驾驭此案。

众臣虽然羡慕翟方进，但是知道此举非同小可，都悄悄地替他捏了一把汗。唯有王氏诸舅和张禹对此耿耿于怀，愤愤不平。然而赵飞燕与赵合德却万般赞同成帝的谕旨。

成帝又一次面向中常侍郑永，严峻而冷酷地命令道:"念!"

郑永卷起第一道谕旨后，又从袍袖内抽出一份布帛谕旨，双手展开，严肃地宣布道:

陛下谕旨:

鉴于后宫连日来发生巫蛊事件，惹得宫廷内外人心浮动，互为戒备。此案复杂，涉及人员较多，后宫许皇后乃是此案主犯，故命御史大夫翟方进亲自率查此案。

钦此!

"陛下信任微臣，微臣必鼎力查办此案。陛下万岁万岁万万岁!"翟方进说罢叩拜欠身，走到郑永面前，双手接过两道谕旨。

这时，十余双目光唰的一下抛射到许皇后身上。人们窃窃私语，无限惋惜。翟方进不知怎样开口才好，皇上的观点已经明朗化了，但是大臣们对此案的看法又是如何呢?大臣们对许皇后与赵氏姊妹将持何种态度呢?他看了看大臣们，大臣们先是瞅了瞅许皇后，后又将目光聚射到他的脸上。他马上感到，这目光灼烫逼人。突然，他的眼睛亮了，原来是他发现了站在许皇后身旁的籍武。对!籍武不仅是皇上的信使，而且是自己的代言人，身为掖庭狱丞，肩负着宫廷监狱长的要职，这才是自己唯一可借用的力量。他立即以御史大夫的身份，命令道:"掖庭狱丞籍武!"

"末将在!"籍武握拳躬身道。

"请你将许皇后的刑具取下!"

"遵命!"籍武领命后，跨步走向许皇后，指使卫士们给其打开刑锁，取下刑具。

众人长嘘了一口气，觉得翟方进想得周到，通情达理。

"籍武，请你将调查巫蛊一案之详情，公布于朝廷。"翟方进再次命令道。

"遵命！"籍武说着迈步走向御案前。他那有节奏的足音，如同一棒棒重槌敲击着人们的心房。

籍武向陛下躬身一拜，转身面朝大臣们说道："末将籍武奉陛下重托、受翟大人之严命，率人调查后宫巫蛊一案，先后侦查远条宫、昭阳舍两宫院，确实发现院落之内具有新掘浮土，以埋木偶，诅咒赵氏姊妹和陛下……"

殿内大哗。

"当我们来到长定宫时，发现宫内设一密室，备有香炉，炉内香烟缭绕，咒声不绝于耳。室内果真有许皇后，陪伴女巫诅咒不停，并有其姊、平安侯夫人许谒，设坛祈祷。不料，女巫闻声逃走，不得缉捕归案。现有女巫使用长定宫的短柄宝刀、两对木偶及其载有字迹的布帛符条为证。"

籍武说完后，从腰间抽出那把短柄佩刀，双手将其横举到人们面前。

刀光烁烁，刺人眼目。

许皇后的那颗心，犹如被那寒光闪烁的宝刀刺割了一下，痛煞难熬。

籍武将佩刀放置在御案上，又从衣内取出一个红缎布包，抖落出两对木偶及其拴着的长条布帛，向众人晃了晃后，也放置在御案上，道：

"在昭阳舍宫院内，发现的一对木偶上拴着的布帛条书写道：甘露三年秋季，八月十五戊辰，生于京都太子宫内甲观画堂；永光三年初春，三月初八丑时，生于姑苏城中尉赵曼府中。在远条宫院内发现的另一对木偶上拴着的布帛条书写道：甘露三年秋季，八月十五戊辰，生于京都太子宫内甲观画堂；永光三年初春，三月初八子时，生于姑苏城中尉赵曼府中……"

翟方进插话道："列位大人有所不知，两对木偶上的布帛，前边记载的全是陛下的生辰年月，后边记载的一是赵合德婕妤的生辰年月，一是赵宜主婕妤的生辰年月。"

"经仔细辨认，布帛上的字，皆属许皇后亲笔所书。"籍武继续补充道。

许皇后听到这里，气得两眼闪着金星，头嗡的一声，险些晕倒，多亏凌玉、凌洁、凌冰、凌霜将她搀扶住。她万万没有料到，案情会是如此荒谬，对手竟然采取如此恶劣之手段：偷梁换柱，移花接木。她感到非常委屈，天哪！这不是莫须有的罪名吗？这不是置我于死地吗？这不是让我身败名裂、遗臭万年吗？这不是天大的冤案吗？我是想巫蛊诅咒赵氏姊妹，为了及早消除后宫的隐患，以保汉室刘氏江山，可是，我怎么能够巫蛊坑害自己的丈夫——当朝天子呢？事已如此，纵然我浑身是口、满腹是理，再也说不清了。

"许皇后，你对此案情可有辩解？"翟方进问道。

许皇后出于自尊，闭口不答。

"许皇后，您有何申诉的，只管讲来。"翟方进再次问道。

许皇后听到翟方进一次次和蔼的问话，似乎感受到一丝慰藉，本想鼓足勇气辨明是非，但又一看皇上刘骜仍然侧身坐在御座上，怒气未散，心想，即使申辩也是枉然了。她微扬额首，闭起双唇，仍不作答，慢慢地合上杏眸，簌簌地流下了苍凉的泪珠。

大臣们议论纷纷，一时间平静不下来。

关内侯张禹面向王音、王商、王根，悄声说道：

"许皇后怎么干起这种勾当来了？"

王商摇了摇头，半信半疑。他这种狡黠、诡诈的神情，赵飞燕看得一清二楚，心想：你这个滑头，也真够没良心的，你有多少次险些被贬，贬为庶民，都是老娘挺身保护了你。哼！你等着瞧吧！

王根已深感左右为难，叹息了一声。

王音早就考虑到自己因对成帝不忠不义、庇护后宫外戚，才落得个代理大司马、车骑将军的下场，所以再也不敢站在成帝的对立面上了，于是旗帜鲜明地站在成帝、赵飞燕、赵合德一边，不无所指地道：

"当朝天子，乃万民之首，天下父母也！岂容如此加害！"

张禹老谋深算，狡猾多诈，善于辨别政治方向，惯于官场仕途斗争。近几年来，他看到了后宫的权势在急剧地发生着变化，长定宫许皇后的权势在不断消减，而远条宫赵飞燕的权势在迅即扩大，其根本缘故，是由于皇上一嫌一爱、一疏一宠。这些日子，自己年迈多病，赵飞燕经常派人送些人参、灵芝等贵重药物，并亲自到侯府看望，还带着奇珍异宝。趁此机会，我得排斥许皇后，暗暗保护赵飞燕。干脆来个"墙倒众人推，捧胜不捧败"。遂阴阳怪气地说道:"唉!古人说,知人知面不知心,画龙画虎难画骨。"

许皇后想起自己往日居后宫万人之首,王音、张禹之流,皆在膝下祝福逢迎,如今却这等可恶,气得肺炸肝疼,但又无法发作,两只杏眸喷着怒火,狠狠地瞪了王音、张禹一眼。

赵飞燕、赵合德两人心中都有一把尺子,在悄悄地度量着每个人与她们之间的距离。凡是向她们靠拢的人,都是可利用对象。她俩悄悄地向王音、张禹送去了感激的一瞥。

谏大夫、河间宗室刘辅听到籍武公布调查巫蛊案情后,心里感到蹊跷、不解。许皇后忌恨赵飞燕、赵合德姊妹大有可能,因为皇上长年被赵氏姐妹迷住,很少临幸长定宫。但是她干吗非要诅咒皇上呢?她从没有篡权夺位的欲望,更没有合适的人选对皇上取而代之。无缘无故,妻害丈夫,情理不合,道义不符。想到此处,他撩袍跪伏于地,施礼叩拜曰:

"陛下,恕微臣刘辅冒罪直言。"

"刘爱卿,有话尽管说来。"成帝素知刘辅刚直不阿,誉满全朝,此时格外想听刘辅对巫蛊一案的看法。

"陛下,据微臣日常所闻,许皇后一直爱慕陛下,但陛下有一新,舍一旧,得一欢,生一厌,长年不临长定宫,致使许皇后心内万般苦恼,朝思暮盼于陛下,思往日恩爱,盼复好重合,她怎能下得去毒手,诅咒坑害陛下呢?"

许皇后听到刘辅这么一段肺腑衷肠的言语,感情的大潮再也控制不住了,"哇"的一声哭起来了……

这哭声,道出冤屈!

这哭声,撕肝裂胆!

这哭声,震颤着整个宣明殿!

众人被许皇后的哭号声惊呆了。

成帝也被许皇后的哭喊声搅得心内不宁,但他一看赵飞燕、赵合德,两人正怒视许皇后,不由得心头一震,说什么也不能被这个狠心的婆娘所左右。他稳定了一下情绪,将头扭向刘辅,着实不满地说:

"刘爱卿!人证、物证均在大殿之内,难道你对巫蛊一案生疑不成?"

"仅布帛字迹,不足以证明许皇后之罪。"刘辅辩解道。

"难道你认为是朕强加于她的罪？"成帝面带愠怒，质问道。

"请问陛下，有何人见到许皇后亲自书写木偶布帛？"刘辅忘记了触犯君颜之罪，却反问皇上道。

"刘辅！"成帝厉声吼道，倏地站起，"你胆敢如此蔑视汉律王法！"

"微臣不敢。"刘辅又向前跪了一步，将头紧紧地挨在地上。

光禄大夫刘向、左将军辛庆忌、右将军廉褒、光禄勋琅琊师丹、太中大夫谷永一齐躬身施礼，恳求道："陛下，请您息怒！"

"陛下，刘大人所言，乃出于对汉室社稷的忠诚。"太中大夫谷永奏谏道。

成帝缄言无语。

"陛下，群臣敢于议案参政，实乃可敬可嘉。"御史大夫翟方进从中劝解。

成帝挥了挥手，示意刘辅平身。

刘辅的前额仍触在地上，根本没有看见成帝的手势。站在他身边的辛庆忌，用手拽了拽他的袍服，他才意识到皇上允许他平身。他随即起身，又施一拜："谢陛下！"

成帝再次转向中常侍郑永，严肃而凄凉地道："念——"

郑永掏出布帛谕旨，声音极其低沉地念道：

陛下谕旨：

　　承天应运，皇帝诏曰：椒房失体，巫蛊罪大，妄图诅君，违律逾法，追夺册封，白绫赐死。顺从天意，望诏谢恩！

　　钦此！

"陛下！"御史大夫翟方进听完谕旨后，立即跪伏于尘，央求道，"皇后乃后宫之主，虽有过失，但岂能动摇国本而采用极刑？"

"恳请陛下开恩！"刘辅、刘向跪伏于尘。

"恳请陛下开恩！"辛庆忌、廉褒、师丹、谷永随跪于尘。

"恳请陛下开恩！"王音、王根、张禹也撩袍跪地。

"陛下，翟大人所言极是，望您大施隆恩，宽恕皇后。"辛庆忌苦奏苦谏。

赵飞燕、赵合德早就跪伏于毡氍上了。

"陛下！"成都侯、丞相王商呼道。他一听中常侍郑永念了第三道谕旨，心头一震：怎么能因为布帛字迹就草草定案、判处许皇后极刑呢？本想第一个挺身而出，谏阻皇上，但怕皇上记恨往日之过，所以犹豫不决，未敢上前。一看翟方进、刘辅等人一齐跪求，便也随之伏尘，启禀成帝："陛下，许皇后乃当朝皇后，普天下无人不晓，满朝野无人不尊，如果只因巫蛊一事，而赐白绫命她一死，岂不寒了群臣与万民之心？何况布帛手书尚未查清，怎能速速了结此案呢？望陛下三思，容谅皇后！"

成帝仍坐在御座上，不动声色，缄默无言，似乎没有听到人们的谏阻。其实他心里已在琢磨，巫蛊自先祖高帝建立汉室以来是臣民最忌讳的东西，在皇宫里发生这类事情，是绝不能容忍的。何况随随便便地收回谕旨，将其赦免，那怎么行呢？他的决心已定……

郑永早已取出白绫，欲向前递于许皇后，但一听群臣谏奏，面带迟疑，成帝见他不动，猛一挥手，道："送！"

郑永手持白绫，奔向许皇后。

"陛下……"赵飞燕"扑通"一下，双臂扑伏在毡上，号啕哭泣，"陛下，这都是……妾妃的不……不好啊……"她哭着、喊着，跪着的双膝不断地向前移动。

"陛下，呜，呜，呜呜……"赵合德也随姐姐向前跪爬着，拼命地哭叫着。

赵飞燕停下双膝，但继续哭诉道：

"如若不是……我们赵氏姊妹被召入宫，也不会发生今日的事情，苍天有眼，巫蛊诅咒罪落于我一人身上，我赵宜主愿替吾皇陛下死于九泉之下，以求保住我汉室江山，保住我汉宫许皇后之玉体！陛下，德隆望尊，胸怀似海，万万不可赐白绫于皇后啊！"

"算啦，娼妇！"许皇后狠狠地瞪了赵飞燕一眼，"嗖"的一下，从郑永手中拽过白绫，猛然朝御座前走来，凌玉等四位宫女跟在她的身后。

掖庭狱丞籍武敏锐地察觉许皇后的神态有些异样，紧紧随后警视。

许皇后走到离御座七八步远的地方，停了下来，冷冷地盯着成帝。成帝出于一国之君的尊位，神容岂能示弱？双目射出的凶光直逼对方。

突然，许皇后将揉成一团的白绫"啪"的一声摔在御案上。

成帝被这白绫声响吓了一跳，触怒龙颜，猛地站起身，大发雷霆道：

"许皇后，你，你胆敢蔑视圣君！"

"哈哈哈哈……"许皇后狂笑起来，手指成帝怒斥道，"谁是你的皇后？好一个圣君！你昏庸无道，是非不分，偏听偏信，加罪于我。你对得起天，对得起地，对得起先祖吗？"

成帝被许皇后逼问得面红耳赤，无言以对，只好转向翟方进怒斥道：

"翟大人！你为何容忍她在此中伤于朕？"

"陛下，微臣罪应受诛！"翟方进伏身施拜，恳求启奏，"陛下，请您息怒，保重龙体。微臣一孔之见，仅供陛下三思，然许皇后已被陛下处以极刑，陛下胸装天下，主宰社稷，应容许皇后将话说完。"

"刘骜，你身为一国之君，竟然如此欺天霸世，不怕落一个暴君的罪名吗？"许皇后反唇相讥。

"皇后，请您直陈事理，抒发胸臆，万万不可再触怒君颜！"翟方进善意地提醒道。

"来人，将许皇后推出宣明门外！"成帝怒不可遏，厉声喊道。

卫士们欲上前，只见许皇后怒目而视，尖声吼道：

"滚开！我看你们哪个胆敢靠近我？"

卫士们惊呆了！

"凌玉！"许皇后强压怒火，忍受委屈，理智地说，"将我的玉绶大印归还皇家。"

"奴婢遵命！"凌玉取出皇后玉绶大印，双手托起，行至御案前，屈身一礼，将其交付中常侍郑永。

"苍天哪，可叹我许氏四代祖先，为汉室社稷南征北战，东挡西杀，功勋卓著，得封侯爵，才有我今天的尊位；可叹我当年年幼无知，听了父侯的话，从了姑妈的命；被送进皇宫，才有我今天的厄运；可叹我，十八年来，陪伴君王朝朝相处，夕夕相随，到头来，我招来了多少恨？引来了多少骂？谁人知晓？何人同情？"许皇后说到此处，又气，又恨，又羞，又恼，又悔，又怜，犹如砸碎了五味瓶，心中难以辨别滋味，两行委屈的泪珠"唰"的一下滚落颊腮。

众公卿被许皇后如泣如诉的言语触动了。

成帝的那颗心，也被许皇后的真情实感打动了。他，低下了头……

许皇后说完后，右手颤抖着伸到左袖子里，摸出了一个光滑精致的小陶瓶，左手抠开塞子。她刚把小瓶举到紫青的唇边，只听"啪"的一声，一只男人的大手打来，将小陶瓶打出了老远。她一看，这是一直跟在自己身后的掖庭狱丞籍武。她又一转身，忽然看到死神向自己招手，她神志恍惚，极不情愿地从御案上抓起白绫，回转身体，迈动双足，亦步亦趋地朝殿门走去……

籍武注视着瓶中流出来的红色液体，不一会儿，那濡湿的毡氍上熔烧出一个小长条坑儿。他惊讶地叫道："啊，鸩酒！"

成帝一听，也倒吸一口冷气。

翟方进惊呆了！

大臣们伏地呼道："陛下，请开隆恩！"

"陛下，微臣翟方进冒死愿诛，奏请陛下，多念妻情，改变谕旨，赦免许皇后极刑为盼！"翟方进跪伏于毡氍上奏道。

"皇后！"成帝喊了一声。

刚刚走到殿门处的许皇后，闻声止住步履，但没有回头。

"翟方进，宣朕之口谕，将皇后押在宫内监狱，听候发落。"成帝终于改变了谕旨。

"遵旨！"翟方进谢过成帝，转向籍武宣布道，"陛下有旨，籍武听命，将许皇后押在宫内监狱，听候发落！"

"遵旨！"籍武拜别成帝后，带领卫士、宫女们，押解许皇后走出了宣明殿大门。

跪伏于尘的大臣们山呼万岁、拜谢皇恩。

"众卿平身！"

大臣们施拜站起。但是马上考虑到，三宫六院空缺嫔妃之首，怎么行呢？看吧，皇后的人选，十有八九是赵飞燕了。大家等待着皇上的谕旨。

成帝伏案疾书，霎时写罢谕旨，交于中常侍郑永道："郑永，向众卿宣读。"

"遵旨。"郑永接过谕旨，转向众人宣道：

陛下诏曰：

　　鉴于三宫六院之首空缺，特命才女赵宜主为皇后，主掌后宫政务，率导诸位夫人；特将合德婕妤，晋升册封为昭仪。

　　望诏谢恩！

　　钦此！

　　郑永宣罢谕旨，赵飞燕、赵合德刚要撩裙跪拜、接旨谢恩时，只听刘辅高声喊道："且慢！"

　　人们的目光一下子集中到刘辅身上。

　　刘辅急忙跪伏于地上，伸手从袍内抽出一份不知什么时候写好的布帛谏书。看来，他对今天宣明殿发生的重大事情早有预料。他打开布帛奏章，直言念诵道：

启奏陛下：

　　臣闻天之所兴，必先赐以符瑞，天之所违，必先降以灾变。今乃触情纵欲，倾于卑贱之女，欲以母天下，惑莫大焉！俚语曰：腐木不可以为柱，人婢不可以为主。宜主出身微贱，乃长安街头卖唱之女，后为骊山行宫歌舞之奴婢，岂能因其娇艳而册封为皇后？天下人之所不平，必有祸而无福，市途皆共知之，朝廷乃莫敢一言。臣卿伤心！故微臣刘辅不敢不冒死上奏！

　　　　　　　　　　　　　　　　　　　　　　　　　刘辅

　　成帝一听这篇奏折，觉得这是大忤上意，抗君逆旨，顿即发火道："谏大夫刘辅！"

　　"微臣在。"

　　"你胆敢诬蔑朕触情纵欲，诽谤宜主婕妤为奴婢之女，用心何在？"

　　刘辅沉默不语。

　　"先生道播天下，德布九州，满朝上下无不敬仰，而为什么一见朕册封皇后，就大造天下人之所不平的舆论呢？"成帝继续质问道。

刘辅仍默不答言。

他的沉默使成帝觉得不堪忍受，气得忽的一下站起来，走出御座，来回踱步，浑身颤抖着，声嘶力竭："刘辅！你……"

"陛下——"翟方进跪膝行至成帝面前，叩头道，"陛下，陛下息怒，且保龙体康健，乃天下臣民之洪福！"他转回身体，面对刘辅说道："刘大人！你就回答一句话，请陛下息怒吧。"

刘辅跪听待诏，等宣死罪。心想，再向陛下说什么也是没有用的，所以仿佛没听见翟方进的话，他一动不动，一声不吭。

成帝被刘辅这种沉默的无言激怒了，鼻翼忽起忽落，先是"哼哼"了一声，接着冷静下来，停了好大一会儿，才又严肃而冷酷地呼道：

"御史大夫翟方进！"

"微臣在。"

"收捕刘辅，入掖庭狱，朝夕听诏待死。"

"陛下，这万万使不得！刘辅乃我朝著名谏臣，对汉室忠心耿耿，怎能因一时一事谏阻而判其死罪呢？望陛下深思熟虑再判不迟！"翟方进跪伏于尘，苦苦谏求。

"陛下，翟大人言之有理，您万万不可将刘大人判成死罪，君王胸怀大度，盛山容海，怎能因臣一时谏奏失口而动大怒呢？望陛下海涵恕罪！"光禄大夫刘向跪伏恳求道。

"陛下！"辛庆忌、廉褒、师丹、谷永一起撩袍跪谏。谷永将在殿上起草好的奏折高举头顶，启奏道："陛下，我等联名保救谏大夫刘辅。"

成帝被刘辅所拟奏章气得七窍生烟，惩治刘辅的决心已定，他人劝阻也是没有用的。可是，成帝低头一看，联名保救刘辅的几位卿臣：左将军辛庆忌、右将军廉褒、光禄勋琅琊师丹、太中大夫谷永，全是汉室朝中要臣，举足轻重，不可忽视。于是，成帝命令道："将奏折呈上！"

中常侍郑永上前从谷永手中取过奏折。

"谢陛下！"辛庆忌、廉褒、师丹、谷永齐声说道。

成帝面向郑永催促道："念！"

郑永展折宣读道：

启奏陛下：

　　刘辅前以县令求见，擢为谏大夫。臣等愚以为辅幸得托公族之亲，在谏臣之列，新从下土来，未知朝廷礼，独触忌讳，不足深过。小罪宜隐忍而已，如有大恶，宜暴治理官，与众共之。见陛下对辅，极而折伤之暴，臣有惧心，焉能辅佐汉室炎刘？诚望陛下海涵准折，免除刘辅死刑。

辛庆忌

廉　褒

师　丹

谷　永

　　成帝听罢，心中不忍，重新改口谕道："朕念众卿保救之诚意，刘辅初犯谏言违上之过失，特减死罪一等，沦为鬼薪。"

　　"臣万谢陛下泰山之恩，臣永记陛下长江之情，祝吾皇陛下万岁万岁万万岁！"刘辅知道自己下一步的处境，死罪虽免，活罪难逃，陛下将要把自己送到边塞做苦工，但是终究保全了一条性命，他深感万幸，向成帝施大礼。

　　"多谢陛下！"翟方进、刘向叩头施拜，站起身来。

　　"吾皇陛下万寿无疆！万寿无疆！"辛庆忌、廉褒、师丹、谷永再次叩头施礼。

　　这时，长信宫少府何弘手持布帛谕旨，踏入宣明殿来，行至御案前，向成帝跪拜道："启奏陛下，太后命奴才何弘送来谕旨。"

　　"哦，郑永，接旨宣读。"成帝说罢，心里不断琢磨，母后又要干预什么呢？

　　"遵命！"郑永应声后，从何弘手中接过谕旨，转向众人呼道：

　　"赵宜主、赵合德听诏！"

　　"妾妃在！"赵飞燕、赵合德撩裙拽带，跪伏于毡氍上，怀着无限喜悦的心情，等候和盼望着王太后晋升她们的谕旨命诏。

　　郑永展折念道：

宜主、合德：

　　二位婕妤，虽是丽人，又有才识，可谓庸中佼佼，但因出身微贱，仅中尉之家，岂能将宜主册封为皇后，享后宫之主尊位？古人曰：腐木不可以为柱，人婢不可以为主。二位姊妹，自尊为盼，切不可高攀违天！并望鹜儿深思，不可操之过急，待日后再议！

太后王政君示诏

"啊？母后！"成帝感到万般惊讶，一种难以名状的失落感涌上心头。他，龙目圆瞪，呆呆地望着宣明殿内的大红明柱。

赵飞燕、赵合德听后，心情万般沉重，她俩慢慢伏下身去，以额触地，失望而凄然地道："陛下……"

第十一章　飞燕夺尊位

黄昏，落日烧云，云接日驾。

御花园内，琴声缭绕，时而令人凄楚，时而令人忧烦，时而令人哀怨。

昭阳湖畔，垂柳衔水。

坐在垂柳下的赵飞燕，那白嫩纤细的手指，忽而腾上，忽而落下，弹奏着那架古琴。

站在一旁的姜秋和姜霜，听得琴音，也料知主子的心思。飞燕婕好从朝中归来，闷闷不乐，一定是为皇上诏命赐死皇后而未能如愿才伤感的。但是，她俩知道赵飞燕的脾气，越是在自己的愿望没能实现的情况下，越是讨厌别人盘问自己。因而，她俩尽量回避，装作什么也不知道，找些高兴的话茬，引逗赵飞燕高兴。

姜秋趁赵飞燕停止弹奏的空，插话道："赵婕好，您弹得真动人！"

"赵婕好，我都听迷了，真听不够！"姜霜随声附和道。

飞燕知道，她俩是在说恭维话。本来是一首忧怨的曲子，怎么能动人呢？她极力克制自己，听罢赞语，继续抚琴。忽而，琴音似涓涓泉水，潺潺悦耳，忽而，琴音如高山瀑布，动人心魄。

一曲终了。姜秋、姜霜手舞足蹈，赞不绝口。飞燕仍沉醉于欢快而奔放的音乐意境之中。

"赵婕好，刚才这首曲子，更加激动人心了。"姜秋扬眉振奋。

"弹得好！弹得好！敢问婕好，适才所弹是什么曲子？"姜霜赞叹后，好奇地问道。

赵飞燕双手松动琴弦，说道："《凤来朝》。"

"噢，《凤来朝》？"姜霜不解地问道。

"此乃春秋战国时代，楚国琴师俞伯牙所弹正雅之乐曲。凤乃高雅贤正鸟。凤高飞云天，以展其宏志，非青竹之果不食，非圣洁之泉不饮，非高直之梧桐不栖！"

姜秋大喜道："赵婕妤，当今皇上坐江山，执朝政，建社稷，您就是飞进朝廷的一只凤凰啊！"

"婕妤，我看皇上迟早会拜您为皇后，以正国风，率领后宫……"姜霜由于兴奋，忘记了赵飞燕所忌讳的那块心病，一下子说漏了。

"胡说！这是无稽之谈！"赵飞燕大发脾气，打断了两位宫女的谈话。

"奴婢罪该万死，望婕妤恕罪！"姜秋、姜霜说着，赶忙跪伏于地下。

赵飞燕想了想，觉得两个宫女本来是好意，但年少无知，信口开河，自己为啥怒声怒色呢？她缓和了一下口气，说道："这类话，再不许讲了。"

"奴婢记下了。"

"好吧，你俩快起来。"

"多谢婕妤恩典！"姜秋、姜霜说着伏身一拜，站了起来。

"收起古琴，准备回宫。"赵飞燕说着站起身。

"是！"姜秋、姜霜应声后，一人捧起古琴，一人拿起赵飞燕身后的坐垫。

这时，宦官王盛急匆匆地走过来，面对赵飞燕躬身施礼道：

"启赵婕妤，李平美人求见。"

"哦，李平求见？"赵飞燕暗暗地思忖。她知道李平是后宫一位受皇上宠爱的嫔妃，长相虽不娇艳，但也很动人，尤其是年处芳龄，一十八岁。因而皇上总是悄悄地背着自己，去李平的寝宫，共度欢娱的夜晚。这个年轻女子，当初是丞相王商所荐，与相府关系密切，往来频繁。奇怪的是，很少听到王太后提及李平，有时王太后来了兴致，邀集各位嫔妃赴宴饮酒，吟诗唱歌，也不派人通知李平。今晚，李平突然来找我，是与相府有关，还是与后宫有关？她想了想，心里有了周密的准备，于是抬头面对姜秋、姜霜说道：

"姜秋、姜霜，你们俩先回宫。"

"遵命。"姜秋、姜霜应声后，转身朝御花园月亮门走去。

"王盛，你宣李平到这里来。"

"遵命。"王盛说着转身朝岸东边那棵槐树底下喊了一句，"李美人，赵婕好有请！"

"哎，来啦！"李平答应后，由槐树底下走了出来，轻步移向赵飞燕，跪伏于地，叩头施礼，"李平参拜赵婕好！"

"罢了罢了，快快平身。"赵飞燕虽然从心里讨厌李平，但是表面上热情而平和，上前搀扶道，"李美人，天色将晚，你到园中寻找我，不知为了何事？"

"启婕好，臣妹有一事相求，不知该讲不该讲？"

"有话尽管讲来，何必这般过谦！"

"臣妹受人重托，前来麻烦您。"李平仍然谦逊地说。

"哦，说说看。"

"刚才，丞相王商派内侍到后宫找我，他有一妻妹，才貌超群，想托我荐其入宫，再给皇上添一新欢，以表对皇家的忠诚。我再三思考，赵婕好在后宫德高望重，才思超人。这个忙您一定会帮的，您在后宫、在朝中，都能够说得上话。皇上、太后也一定会给您这个面子。您看，如行的话，是否向皇上、太后讲讲这件事情？"李平说着又跪伏于尘，伏首施拜道，"赵婕好，臣妹所言如有不妥之处，请您恕罪！"

赵飞燕一听，果真与王商有关。王商在宣明殿上，极力反对皇上废黜许皇后，如果要帮王商的忙，将其妻妹荐入后宫，岂不是助纣为虐吗？如果当面谢绝，李平会马上去相府告诉王商，自己得谨言慎行。她笑容可掬地说：

"李美人，你这是成人之美，关心皇上，怎么能说'恕罪'之类的话呢？快，快平身！"

"多谢婕好！"李平磕了一个头，欠身站起。

"眼下，后宫诸嫔妃还没有一个人生下皇嗣，万岁很着急，太后也很焦虑，我为这事儿食不下，寝不安，盼望给万岁找一个合适的女子，及早生下皇嗣，以解我后顾之忧。在这关键时刻，你前来巧搭鹊桥，穿针引线，对万岁来说这可是天大的喜事啊！"赵飞燕说着这番话，内心却不是滋味。

"婕妤折煞臣妹了！"李平屈身施拜。她听了赵飞燕的一番言语，觉得此事大有希望，心中暗暗做好盘算。她又施一拜，道："望赵婕妤保重，臣妹向您告辞！"李平说完后，转身飘出月亮门。

赵飞燕一看李平来去匆忙，心内对李平倒有几分揣度，觉得她虽是后宫的一位普通妃子，官册仅是美人，但是举止不凡，谈吐不俗，其容貌虽非绝色，但亦是凡中不俗了。赵飞燕思罢叹息了一声，难怪皇上悄临李平的寝宫哩！

须臾，黑色的夜幕垂落下来，天空繁星点点，钩月高悬。

湖面上，掠过一阵晚风。

晚风掀起赵飞燕的衣裙，她不禁打了一个寒战。

"婕妤，咱们该回宫了。"王盛说道。

"王盛，你先走，我在这湖岸上坐一会儿。"赵飞燕说着又坐在原来抚琴的长凳上，凝视着茫茫的湖水。

王盛朝她躬身一礼，默默地离去。

一阵夜风袭来，湖面上骤起一股股波痕，犹如狸猫背上被鞭子抽打后竖起的一道道鞭痕。夜风过后，湖面上又恢复了宁静。

赵飞燕固然精明，但现在的形势使她处于一个非常不利的地位。成帝当着满朝文武大臣的面，发出了命诏自己为皇后的谕旨，可是遭到一些重臣的反对，使自己陷入难堪境地。万万没有料到，王太后又派长信宫少府何弘送来一份谕旨，责令陛下收回谕旨，使得自己几年来的心血付诸东流。皇上太窝囊了，怎么连选拔正室夫人——皇后，都得要经过他人决定呢？王太后太霸道了，不仅统领三宫六院诸嫔妃，而且经常参与朝政，左右皇上。我不能坐以待毙、任人宰割，一定寻找出突破口，既有策略又凶猛地展开进攻。她想着想着，忽然想到卫尉淳于长……对，就请淳于长当说客，去长信宫说服王太后。王太后一直非常宠爱这个外甥，或许能够准其奏。待册后大事完毕，再说李平荐聘王商之妻妹的事情。

赵飞燕正欲欠身站起，倏地发现湖中闪出一盏烛灯的倒影，觉得有人走入园内，心想，可能是姜秋、姜霜来了。她转过玉体，只见一人无声地跪伏在地，躬身向她礼拜。

她诧异地问道："你是何人？"

"末将淳于长，有要事前来禀告赵婕妤！"

"噢！淳于卫尉，请平身！"

"谢婕妤！"淳于长又施一拜，站起身来。

"淳于卫尉，你进入园内，可曾有人发现？"

"没有。"淳于长下意识地向四周看了看。

赵飞燕一看园内无动静，急切地问道："淳于卫尉，不知有何要事？你快快说来。"

"启婕妤，末将听人说，丞相王商派内侍找后宫李平，欲将其妻妹充实后宫，这件事不知您是否知晓？"

"是有此事，李美人刚才找过我，想托我从中向太后、陛下推荐王商妻妹。"赵飞燕当即承认此事，但是没有表明态度。

"赵婕妤，这件事万万成全不得。"

"却是为何？"赵飞燕急于了解详情。

"王商有一近臣，太中大夫张匡，本是末将的好友。张匡对我说，王商与妻妹长年淫乱，整个相府议论纷纷，满城风雨。如果将王商的妻妹荐聘入后宫，岂不是害了皇上？再说这名声也不好听啊！"

赵飞燕仔细听着淳于长的告发，心想，这情况太重要了。但是，消息可靠吗？她担心地问道："淳于卫尉，这传闻准确吗？"

"请婕妤放心，末将敢以项上人头担保。"淳于长说着指了指自己的头。

"张匡其人如何？"赵飞燕又追问了一句。

"太中大夫张匡与末将乃是同窗学友，相交多年，感情至深，无话不谈，此人一贯重义气、讲友情，敢于主持公道，扶正祛邪，他的话绝不会是无中生有。婕妤，您就尽管放心吧！如果此事出了差错，我淳于长情愿受诛！"淳于长说罢，双膝跪伏于地。

"好！淳于卫尉，有你这样的赤胆男儿，我赵飞燕一百个放心。快，快快请起！"赵飞燕伸出双手，搀扶起淳于长。

"赵婕妤，依末将看来，您不必向皇上、太后推荐王商之妻妹，不知您意下如何？"淳于长再次劝道。

"不。"赵飞燕斩钉截铁地说。她改变了原来的主意，胸有成竹地说："我要做个红娘，明天一早，就去后宫说媒！"

"赵婕妤，末将实在不解。"

"引蛇出洞，方能除害！"赵飞燕拾起一个石子，抛入幽深灰暗的湖水中，发出"咕咚"的响声，湖面上泛起了一圈儿一圈儿的涟漪。瞬间，湖中的那盏烛灯倒影，变成了支离破碎的散乱红光。

"赵婕妤，我明白了。您不愧为女中豪杰！"淳于长猜透了对方的心思，由衷地称赞道。

"淳于卫尉，您过誉了。"赵飞燕唯恐淳于长多心多虑，若有所指地大发感慨，"唉！说心里话，我赵宜主不愿意深究此事，更不愿意搬弄是非，但是人家硬逼着你去做，你若婉言谢绝，人家就要说你妒忌，到头来落个上怨下恨，咱们何必呢？干脆来个顺水推舟，不管是成功，还是失败，反正咱们尽到心了。"

"赵婕妤所言极是，您想得远，看得也远，就按您说的办吧！"淳于长说到这里，想告辞离去。

赵飞燕想到心腹之事，如果委托他，他一定会全力以赴，尽心完成，便信赖地说："淳于卫尉，眼下我有一件至关重要的大事，需要你苦心代劳。"

"哦？婕妤，请您吩咐！"

赵飞燕看了看四周，语调低得只能让他听得见："淳于卫尉，我实言相告，今日在朝中，长信宫少府何弘送去王太后的亲笔谕旨，以我出身微贱为由，阻挠皇上谕旨，致使我未能晋封皇后。你是王太后的亲外甥，王太后视你为掌上明珠，再加上你有一张利口，正好充当此任，说服太后。"

"婕妤高抬末将，末将实感不安。"淳于长躬身抱拳道。

"淳于卫尉，此事拜托你，不知你是否愿往？"

"赵婕妤，这是从何说起呢？请您放心，末将受命就是了。"淳于长一直想讨好赵飞燕，可总也捞不到机会，现在时机到了，决不能错过。他当即答应下来。

"如此说来，淳于卫尉甘愿为我讲情，请您受赵宜主一拜！"赵飞燕说着，欲跪伏于地。

"哎呀呀！这可使不得，末将岂能接受婕好大礼参拜？快快请起。"淳于长受宠若惊，急忙抢上一步，心内十分愧疚地说，"婕好待我恩重如山，救命之恩尚未报答，我淳于长理应为婕好效犬马之劳！"

"那好，如此我就不恭了。"

这时，姜秋、姜霜各自手提一盏烛灯，走了过来。

"婕好，末将告辞！"淳于长提着灯笼向园门走去。

赵飞燕看着淳于长远去的背影，心中着实受到莫大的慰藉。然后，她随姜秋、姜霜轻步移向园门。

翌日，空中的太阳火爆火爆的。长信宫大厅内，酷热难熬，空气凝滞。

御案前，坐着成帝和王太后。母子俩的面部表情各异，像是争论了一番后，刚刚停了下来。

"好吧，母后既然不同意将赵飞燕册封为皇后，那就请母后给儿遴选吧！"成帝说着靠在龙椅背上，额上沁出了汗珠。

"皇儿不必着急，为娘自有办法。"王太后丝毫没有让步，仍然坚持己见。

成帝思绪翻腾，因为巫蛊一案还没有全部处理完，他的心难以平静下来。刚才，他已派中常侍郑永去请侍御史雷鸣，去了多时，不见回还。他的心情有些烦躁，猛地站起，离开御座，踱来踱去。

王太后看了看儿子，又是心疼，又是怨懑，长长地嘘了一口气，打了个唉声。

不一会儿，郑永和雷鸣两人进入大厅。

郑永走至成帝身旁，轻声轻语地禀道："陛下，侍御史雷鸣到了。"

成帝停住脚步，转过身子。

"微臣雷鸣，祝愿陛下、太后万寿无疆！"雷鸣跪伏于毡屭上。

"雷大人平身！"成帝挥手道。

"多谢陛下！"雷鸣又施一拜，站起身来。

"母后，雷大人已到，请您下谕旨吧！"

"皇儿，这是你的职权。"王太后很明确地告诉儿子，尽管大胆地处理巫蛊一案。

成帝快步走向御案前，从案上取过布帛谕旨，交于郑永道："郑永，念！"

"遵命。"郑永双手展开布帛谕旨，说道："侍御史雷鸣听诏！"

"微臣在！"雷鸣应声跪伏于毡罽上。

郑永继而高声念道："陛下谕旨命诏：鉴于后宫巫蛊一案，虽已全部查清，但与此案有关人员尚未一一处置，必须彻底查处，以维护汉室之国法。其中，平安侯王章妻室许谒，为替其妹许皇后解忧，暗中代延巫祝，设坛祈祷，搬弄是非，诅咒天子，违犯律条，故命侍御史雷鸣率五官署的卫士，将许谒缉拿归案，问成死罪，即日加诛，钦此！"

"微臣遵旨。"侍御史雷鸣又拜了三拜，站起身来，从郑永手中接过谕旨，辞别成帝、王太后，转身走出长信宫。

"郑永！"成帝呼道。

"奴才在。"

"你马上去增成舍，传朕的口谕，命班婕妤来长信宫见我！"

"遵旨！"郑永领受成帝的口谕，转身走出长信宫大厅。

"母后，班婕妤同许皇后夜入昭阳舍，窗前偷听，行为不轨，只是掖庭狱丞籍武在查封许皇后密室时没有发现班婕妤，难以给她定下巫蛊的罪名，咱们怎样处置她呢？"成帝有些犯难，只好向母亲请教。

"可以将班婕妤列入怀疑对象，察言观色，看其反应，再作结论。"

"好，就依母后。"成帝说完后，又坐在御座上。

王太后顺手从案几上取过一本《论语》，翻阅着。

成帝对着大厅门口，等待班婕妤的到来。忽然一阵凉风吹入，他顿觉爽身怡心。随之，回忆的浪潮卷入脑海，往事历历在目……

成帝刚刚登基不久，将班氏女选入后宫，开始封其为少使，后拜为婕妤，赐居增成舍，为后宫八区之第三。成帝从小喜欢史书、诗词，偏偏巧遇班婕妤这个擅长诗赋的才女，两人经常谈史到深夜，对诗忘餐眠，两人恩恩爱爱，情深似海。

在那欢乐的日子里，班婕妤给他生了一子。他俩亲子如明珠，可惜的是，好景不长，生下仅几个月的男孩儿，突然患病夭亡。近几年来，由于赵飞燕进宫，他似乎将班婕妤淡忘了，不仅很少去长定宫许皇后处，而且也很少去增成舍班婕妤那里。他反复琢磨，即使接触少，也不应该产生怨恨，以巫蛊陷害于朕！何况朕没有什么地方对不起你，更没有加害过你，你怎么对朕这般无情呢？

想到此处，成帝的胸膛顿即燃烧起怒火，刚才的那种爽身怡心之感似乎全然殆尽。

这时，中常侍郑永进入大厅。他走近成帝，躬身施礼道：

"启奏陛下，班婕妤在宫外等候！"

"好！郑永，宣班婕妤进宫！"成帝命令道。

班婕妤听旨后，迈动双足，轻盈入厅。她看见大厅两侧站满了卫士，人人手持兵刃，个个面带怒色。这是长信宫从未有过的。看来，这是皇上给她专门摆列的欢迎仪式，这到底因为什么呢？

她朝前走着，脑子里不停地思考着、猜测着……这巫蛊一案，难道有人栽陷到我的头上？举目观看，王太后坐在御座右侧，手拿一本帛书，似看非看，洋洋不睬。皇上坐在御座左侧，满脸怒气。

班婕妤心里虽然七上八下，辗转不宁，但面色平和，毫无紧张、恐惧。她行至御案前，撩起衣裙，双膝跪伏在毡罽上，山呼道：

"圣君、圣太后万寿无疆！"

"班婕妤，你可知罪？"成帝质问道。

"妾妃终日厮守增成舍，看书学词，作诗绘画，深居简出，不知所犯何罪？"

"班婕妤，你先不要否定过失，最好仔细想想，到底有没有犯国法、违宫纪之事？"王太后用启发的口吻说道。

沉默。一种难堪而又窒息的沉默。

"班婕妤，凡事需诚实，近日你与何人往来？如实相告朕！"成帝忍耐不住地问道。

"哦，陛下，您是说我同许皇后的往来关系？那好，我说！"班婕妤立刻明白了陛下的心思。

"班婕妤，讲！"成帝催逼道。

"圣君、圣太后，恕妾妃直言之罪！"班婕妤说着又施一拜，继而陈述道，"那是几天前的一个夜晚，我写了一首诗，想请陛下给评点指教一下，恰巧许皇后找我，她书写了一份书法，也想请陛下审视指正，就这样，我俩带着各自的作品去昭阳舍找陛下。到窗前一看，陛下与合德婕妤正准备安歇，结果我和许皇后未入寝宫，当即返回了自己的宫院。万万没有料到，许皇后会亲手策划巫蛊一案。上述情况，如有半点谎言虚情，妾妃情愿受诛，以谢皇恩！"

"班婕妤，难道你确实没想残害于朕？"成帝使了个攻心术，再探对方是否心怀叵测。

"妾妃闻《论语》子夏答司马牛之言：'死生有命，富贵在天。'修正尚未得福，为邪还有何望？若使鬼神有知，岂肯听信谗说？妾妃决不做此等事。"班婕妤从容不迫，据理辩解。

"讲得好！讲得好！"成帝听后颇为感动，连连称赞班婕妤。

"班婕妤所言，通达事理！"王太后闻言亦深受感动，当即解除怀疑。

成帝一听母亲也很赞同班婕妤，当下挥笔书写一份布帛谕旨，转交给郑永道："赏！赏黄金千两。"

"是"。郑永接过谕旨，向班婕妤念道：

陛下示诏：
　　班婕妤忠诚汉室，安守本分，特赐黄金千两。接旨领赏！
　　钦此！

"妾妃无功受赏，心内万分不安。"班婕妤伏首拒赏。

"班婕妤，此乃陛下隆恩，焉能拒纳？"郑永从中劝解道。

"皇恩浩荡，终生难忘。吾皇万岁万岁万万岁！"班婕妤伏地叩了三个头，站起身来，双手捧过谕旨，立在一旁。

"班婕妤，回宫去吧！"成帝说道。

班婕妤只是点了点头，但是仍然站在那里不动。

"班婕妤，快回宫吧！"成帝再次催促道。

班婕妤心想，虽得免罪，但余悸尚存，自从赵氏姊妹入宫以来，后宫上下未得安宁，她们一贯从中谗诉，挑拨是非，将来难免还要被诬，不如想个自全方法，还可明哲保身。她又跪伏于地，从衣袖内取出一份早已写好的布帛奏章，双手捧上："陛下，妾妃这里有一份奏章，请您定夺。"

"郑永，念！"成帝命令道。

郑永接过布帛奏章，念道：

启奏陛下：

　　汉室社稷之振兴，炎刘天下之相传，必须后继有人，早立皇嗣，然妾妃多年未生皇子，心内万分不安。为陛下早立嗣子，情愿让出增成舍，选其美人居用。况妾妃酷爱吟诗作赋，不想参与后宫政务，又因太后年事已高，妾请移居长信宫，终生侍奉太后！

班恬拜上

成帝听了奏章，顿感吃惊，一时间无言以对。停了片刻，转向王太后问道："母后，意下如何？"

"就依班婕妤，我收下了。"王太后欣然同意。

"谢太后，请受班婕妤一拜。"班婕妤立即伏身拜谢。

"罢了罢了，今天晚上，你就派人将衣物搬过来，住在北院寝宫内。"王太后吩咐道。

"班婕妤，难道你……"成帝双目流露出怀恋的神情。

"多蒙陛下一片爱怜情意，妾妃永生难忘。如今，妾妃虽离开陛下，但心亦相随。我只求陛下，念你我多年夫妻之情，不要听信谗言。"班婕妤说罢，潸然泪下。

成帝听后，微闭双眸，内心不觉一阵阵凄楚、悲凉，当他睁开眼睛的时候，班婕妤已退出了大厅，赵飞燕却飘然进入厅门。长信宫少府何弘也跟了进来。

成帝一见赵飞燕，心中疑惑不解。刚才与母后再三苦谏，欲册其为皇后，可母后硬是不准，在这个节骨眼儿上，你到长信宫做什么来了？

"妾妃赵宜主大礼参拜陛下、圣太后！"赵飞燕伏地施三拜九叩礼仪。

"赵婕妤平身！"王太后挥手道。

"谢圣太后恩典！"赵飞燕双手一拜，站起身来。

"赵飞燕，你不在远条宫，到长信宫做什么来了？"成帝看见赵飞燕，由衷地高兴，不由得问了一句。

"启奏陛下，我有要事奏请太后。"赵飞燕说着，从衣袖内取出一份布帛奏章，双手捧至额前。

王太后转向长信宫少府何弘说道："何弘，念给我听。"

"遵命。"何弘应声后，取过赵飞燕手中的布帛奏章，平静地念道：

启太后陛下：

　　吾受后宫美人李平之重托，欲推荐丞相王商之妻妹，充实后宫，为将来生下太子，继统天下。

赵宜主谨呈叩首

王太后听罢赵飞燕的亲笔奏章，心内非常高兴。她万万没有料到，赵飞燕会有如此胸怀，这是她主掌后宫以来，很少遇见的。她心中替赵飞燕暗暗惋惜：出身微贱，毁了前程。

成帝听了自然高兴。他没言声，但两眼一直深情地望着赵飞燕。近些年来，他一直忧虑皇嗣，可后宫诸嫔妃，尚无一人生下皇子，所以急需选些美人，再加上他正值壮年，极度贪色，姣娘美妾，多多益善，增一女，多一欢。他十分感谢赵飞燕。可是，又不能表现得过于兴奋，否则又要引起母亲的责怪：君王贪色，江山难掌。如果不是母亲在场，他一定会将赵飞燕抱在怀里。此时，他为赵飞燕未能被册封为皇后心中更加愤愤不平了。

"赵婕妤，快快平身。"王太后笑容满面地说，"你胸怀大度，顾全大局，勇于直言上书，哀家在此代骜儿向你致谢了！"

"分内之事，理应操办，岂敢烦请太后过奖！"赵飞燕欠身说道。

"骜儿，你看，你对王商之妻妹，是否同意纳入后宫？"王太后转身朝成帝问道。

"母亲只要愿意，皇儿焉有不同意之理？"

"那好，赵婕妤，转告李平，让她立即给相府回话，应允王商之妻妹入宫，待选择良辰吉日，迎入宫内。"王太后很爽快地答应了。

"谢太后！"赵飞燕屈身一福。

"好啦，我有些疲劳，回寝宫歇息去了。"王太后说罢站起身来，长信宫少府何弘上前搀扶。

成帝、飞燕目送王太后走出大厅。

王太后、何弘来至寝宫门前，就听到室内有说话声。她进屋一看，原来是外甥淳于长正在指挥宫廷的画师褚泽往墙壁上悬挂美人图，待挂完第四幅画图时，王太后欢声笑语，连连称赞道："画得好！画得好！"

"太后，请您指教。"画工褚泽躬身施礼。

"不错！不错！看了这几张美人图，真提神哪！"王太后仰首观图，顿觉浑身的疲劳之感全然解除。

"只要太后看了高兴，我们就没白忙活。"淳于长走上前，亲热地将王太后搀扶到象牙床上，"姨母，您快请坐！"

"哎，儿啊，你怎么想起办这件事来了？"王太后非常亲昵地看着淳于长。

"姨母上了年岁，为了给您这寝宫添光增辉，给您的精神带来愉快，我就找到宫院的画师褚泽，给您描绘了这四张美人图，我还亲笔书写了诗词。"淳于长显得格外殷勤。

"哈哈哈哈……好一张巧嘴儿！"王太后用手指戳了一下淳于长的前额。

淳于长转身一看，画师褚泽、长信宫少府何弘已走出寝宫，室内只剩下他和王太后了，便开始把话引入正题："姨母，我说错了话，您生气吗？"

"儿啊，你说什么，姨母也不会生气的。"王太后望着淳于长，眼睛里含着笑。

"那好，太后陛下，我向您请教一件事，赵飞燕婕妤为什么不能当皇后呢？"

"呵，你打听这件事啊？我先问问你，史书上记载这么两句话：腐木不可以为柱，人婢不可以为主。你说说，这是什么意思？"

"姨母，依我之见，这两句话并不是千古不变的信条。历史上的许多名人，出身并不高贵，照样完成惊天动地的事业。"

"儿啊，前人的经验之谈，后人不得不照办。这不是姨妈看不上赵飞燕，实在让我作难哪！"王太后听了淳于长的一番话，虽然没有生气，但是也没有应允他。

"姨母，您看看这画图上的仕女，哪个是出身侯门呢？"淳于长指着美女图反问道。

王太后将目光落在《姜后》仕女图上——

"姜后乃周宣王之皇后，出身农家之女，协助丈夫任用贤臣方叔、召虎、尹吉甫、申伯、仲山甫等，复修文、武、成、康之政，周室赫然中兴，自此挽救了夷王、厉王留下来的危机，从而周历八百载。"淳于长指着画图陈述道。

王太后仔细看着《姜后》仕女图上书写的四句诗：

夷厉相仍政不纲，

任贤图治赖宣王。

共和若无姜后助，

周历安能八百长！

她内心暗暗称道：淳于长甥儿才华果然不凡！

淳于长又指着第二幅画图《西施》叙述道："西施乃苎萝山下西村浣纱女，亡国之君越王勾践将此女献于吴王夫差，致使越国重振复兴。"

王太后倾听淳于长的讲解，感到津津有味，同时还注意到画面上的诗句：

家国兴亡自有时，

时人何苦咎西施！

西施若解亡吴国，

越国亡来又是谁？

她心想，这小子引用西施说服我，但又怕我对西施有看法，故意引申越国灭亡的原因，不能全部怪罪西施。她不无爱抚地责怨道：“鬼道道，花招数！”

“王昭君系南郡秭归人，乃农家之女，先祖元帝将其许配给呼韩邪单于，昭君出塞，献身异国，促使汉室与匈奴两国和好。”淳于长又移步于第三幅仕女图《昭君》下面，给王太后叙述道。

王太后对昭君出塞的故事了如指掌，也知道昭君是个普通女子，画面上诗句为：

> 宫闱独守度时光，
> 国难当头露红妆。
> 背井离乡出边塞，
> 含泪求国世无双。

她心里琢磨，嗯，诗句虽不美，含义且深邃。

淳于长走至最后一幅《王娡、王姝》的仕女图下面，谦逊地说道：

“姨母，您对先祖的历史一定比我知道得多，这幅画上的人物仍是先祖时代的。王娡、王姝乃是槐里平民之亲生姊妹，其父王仲、其母臧儿靠耕织谋生。恰巧朝廷选取良家女子纳入后宫，姊妹俩遂配先祖景帝成婚。不久，王娡生下一子彻，彻成为后来赫赫朝野的孝汉武帝，致使国富民强，疆土广阔。王娡当然是名副其实的王皇后了。”

王太后仔细听着，感到淳于长将炎刘先祖的历史传说讲得生动而准确，她看完了王娡、王姝两位仕女图后，继续审视画一侧的诗句：

> 勿言平民命不强，
> 槐里娡妹入椒房。
> 王娡有缘终成后，
> 生子刘彻作君王。

她心里已明白，淳于长费尽心机，以先祖武帝的两位夫人王娡、王姝，隐喻现今的宜主、合德，用心何其良苦！

"姨母，上述这么多庶民之女不是也都成了永垂青史的贤女吗？赵飞燕婕妤有才有貌，且又是中尉之女儿，将她晋升为皇后，有何不可呢？"淳于长说得恳切而真诚。

"难得我儿一片苦心，又有一张利嘴！古人说，马好生在腿上，人好生在嘴上。好，我今儿看在长儿的面上，将赵飞燕册封为皇后。"王太后说罢，挥毫书写谕旨。

王太后写完，将谕旨交于淳于长："你去找骜儿，传达我的谕旨。"

"遵命。甥儿立即去华玉殿，禀报陛下。"淳于长手捧着谕旨，告别王太后，走出长信宫。

淳于长喜出望外，兴高采烈，大步流星地奔向华玉殿。

他很快进入华玉殿走廊，一眼看见挂在第一对明杏圆柱上的两个鸟笼子。霎时，两只护花鸟争先恐后地对唱起来："勿折花！勿折花！"他听后，觉得非常有意思。淳于长又低下头观看，五对明杏圆柱底座前各放置一盆花卉，花容耀眼，芬芳扑鼻。

淳于长见到如常地给它们添食加水的舍人吕延福，立即打听成帝现在何处，吕延福告诉他：陛下正在午睡。

淳于长从袍袖内取出王太后的亲笔谕旨，呈交给吕延福：

"延福，请你速传于陛下。"

"是，我马上就去，请淳于卫尉稍候。"吕延福说罢持旨进入寝宫，悄声悄语地叫醒了成帝，递过手中的布帛谕旨。

成帝打开一看，是母后的亲笔谕旨，他立即阅览，顿时精神大振。马上命中常侍郑永通知御史大夫翟方进，起拟宣召上殿的几位亲近重臣。然后，又命吕延福告知赵飞燕、赵合德、李平，速来华玉殿大厅。

成帝下诏完毕，走出寝宫，步入大厅。

站在厅门前的淳于长抢上前去，跪伏于尘，参拜皇上。

成帝看见淳于长，急忙用手挽扶道："淳于卫尉，快快请起！"

"多谢陛下恩典！"淳于长拜了又拜，站起身来。

"淳于卫尉，你苦口婆心上书太后，朕十分感激！"

"陛下，淳于长实在不敢当。陛下不计前怨，赵婕妤胸怀大度，臣淳于长没齿难忘，理应效劳！"淳于长抱拳恭谢道。

成帝快步走向御案前，落入御座，伸手取出几条布帛，而后操起七寸羊毫，龙飞凤舞地写了一份份谕旨。

执羽扇、执团扇的宦官和宫女们纷纷走上来。

中常侍郑永汗流浃背地走进大厅，躬身施礼道：

"启奏陛下！诸重臣、诸夫人已在廊下听宣。"

"传朕之口谕，请诸公卿、诸夫人上殿！"成帝命令道。

"遵旨。"中常侍郑永应声后，转身朝殿门口喊道，"陛下有旨，诸公卿、诸夫人接旨上殿！"

站在殿门口、廊下的御史大夫翟方进，光禄大夫刘向，左将军辛庆忌，右将军廉褒，光禄勋琅琊师丹，太中大夫谷永，关内侯、光禄大夫张禹等大臣，闻听宦官的宣召声后，默默而迅速地步入华玉殿大厅。

赵飞燕婕妤、赵合德婕妤、后宫美人李平已按秩大妆，急切切地候在廊下。当中常侍郑永的宣召声刚一落下，她们便喜气洋洋移步上殿，几乎同大臣们平行进入大殿。

众公卿、诸夫人一齐跪伏于毡罽上，山呼万岁。

站在御案前的淳于长，也悄悄地同大家一块儿跪伏于尘，大礼参拜成帝。

成帝请大家平身，然后高兴地告诉大家：

"朕今日拟选后宫嫔妃之首，特意宣召诸位公卿、夫人一同庆祝。"

成帝的话音刚停，舍人吕延福马上命令两厢乐队鼓乐齐奏，命令殿外卫士爆竹共鸣。霎时，华玉殿笼罩在一片欢腾的节日气氛之中。

赵飞燕敏锐地意识到这是关系到自己的仕途大事：前番册封遭到反对，今日晋升全然无阻。她现在如同得中的考生，万分激动。

诸公卿大臣将目光洒在赵飞燕、赵合德、李平身上，已经看到这些仕女将要享受册封的喜不胜喜的面容。

唯御史大夫翟方进在琢磨：今日陛下册封皇后，为什么王氏诸舅无一人临朝呢？这同往日的皇上主持朝务、群卿议论政务全然不同，岂不是一反常态？看吧，这其中定有奥妙，说不定又是不祥之兆。

乐曲声似江水激起的波涛，深深地激荡着人们的心。琴瑟伴着紫箫，篪管和着笙竽，楚筑配着编钟，秦筝随着悬磬，忽而如巍巍高山发出的回响，忽而似山中泉水发出的潺音。

此时，人们似乎忘记了一切。

当乐曲声变得低矮而幽深的时候，成帝命中常侍郑永宣读谕旨。不知是为了不中断众人的欢乐情绪，还是为了节省时间，郑永一口气宣读了皇上书写四份谕旨：

陛下诏曰：
　　骊山行宫舍人赵临，乃宜主婕妤、合德婕妤之义父，朕念其抚养二位义女有功，封其为成阳侯。
　　钦此！

翟方进、辛庆忌等大臣闻听此册封谕旨，深感不平，赵临无功受封，实乃怪事一桩。

陛下谕旨：
　　因三宫六院无主，朕念宜主才识超群，故册封其皇后，统领后宫诸夫人，办理后宫诸政务，解决后宫诸纠纷。
　　钦命！

陛下谕旨：
　　后宫夫人官位空缺，故将婕妤赵合德晋升为昭仪，将美人李平晋升为婕妤，并赐姓为卫。
　　钦示！

陛下恩旨：
　　卫尉淳于长忠于汉室，功勋卓著，特晋封其为定陵侯。
　　钦谕！

赵飞燕、赵合德、李平、淳于长等四人心中大悦,激动不已。他们口称万岁,一遍又一遍地祝成帝万寿无疆!

诸公卿大臣一个个呆若木鸡,面若冰霜。

突然,乐曲戛然而止,众人正在惊愕于音乐节奏的突变时,只见一位小宦官领进太中大夫张匡。

张匡额上滚下一颗颗汗珠,急匆匆地赶至华玉殿,他撩袍跪伏于尘:

"启奏陛下,微臣太中大夫张匡叩禀陛下!"

"张匡,你有何急事,唐突冒进华玉殿?"成帝不悦地问道。

"陛下,张匡前来面君,主要揭发成都侯、丞相王商,行为不轨,品德不端,曾多次与其妻妹淫乱,竟托后宫美人李平请荐于后宫,意图纳女,谋植内援,居心实不可问。臣恐黄歇、吕不韦故事复见今日,故请万岁明察秋毫,再作高断!"

"张匡,此言当真?"成帝追问道。

"微臣若有半点谎言,甘愿受诛!"张匡说毕将头触地。

"嗯!大胆赵宜主、李平!"成帝怒斥道。

"妾妃罪该万死!"赵飞燕、李平急忙跪伏于地,将头也触于毡毹上,李平吓得浑身颤抖,不知所措。但赵飞燕心中有数。她将张匡秘密召入远条宫,查明详情,安排妥当。然后让张匡突至华玉殿。所以,赵飞燕故作惊吓之态,然心中坦然,若无其事。

"尔等竟敢将此女荐入后宫,该当何罪?"成帝怒气冲冲地质问道。

"妾妃之罪,该千刀万剐!"赵飞燕、李平连连伏首叩拜。

"御史大夫翟方进!"成帝呼道。

"微臣在。"翟方进跪伏于尘。

成帝扬起手臂,声音颤抖:"封锁相府,追查王商——"

第十二章　择相贬外戚

骊山脚下。

御史大夫翟方进、光禄勋师丹各牵着一匹坐骑，站在一棵遮天蔽日的松树底下，不时朝着通向山里的崎岖小路张望。只见三三两两持叉背弓的猎人，提着沉重的猎物，相拥而下。

他俩的脸上都沁出了汗珠，翟方进正值中年，精神焕发，师丹已是年过五旬的老臣，大口大口地喘着粗气。他们在等候微行射猎的成帝。看得出，翟、师二臣的面容挂着等候的焦躁和旅途的劳顿。

不一会儿，走来一位挑着酒坛的长者，准备登山售卖。翟方进将缰绳交给师丹，走向卖酒的长者，好说歹说，才买了一碗酒。因为将酒担到山顶上，能够卖出高价钱。翟方进端着这碗酒，走到师丹面前，恭敬而真诚地说：

"师大人，一路劳乏，请先用了这碗酒，以解疲顿。"

"不，翟大人，你先饮，一会儿见了皇上，你还得详述王商之案情呢！"师丹推辞道。

"哎，我正当年，您老人家年事已高，身体要紧，还是您先饮下这碗酒！"

"唉！翟大人，我确实老了，心有余而力不足啊，谢谢你的一番美意！"师丹说罢，接过酒碗，一饮而尽。

翟方进看到师丹饮酒的香甜劲儿，心里有说不出的高兴，似乎受到莫大的宽慰。

师丹一碗凉酒下肚，顿觉腹中一股股热浪排上涌下，脑子里晕晕乎乎的，两眼闪着金星，脚下踉踉跄跄，身子左歪右晃。

翟方进一看师丹欲倒，赶忙上前喊道："师大人！你……"

翟方进的话音还未落，只听"啪"的一声，酒碗碎在脚下的山石上。紧接着，师丹倾倒于地，脸色苍白。

"师大人，师大人！"翟方进跑了过去，抱起师丹，焦急地喊叫着，"师大人，师大人！"

师丹双眸紧闭，嘴唇抖动，但说不出话来。翟方进有些慌乱，担心师丹发生意外。这若是有个三长两短，怎么向师丹家眷交代呀？怎么向满朝文武大臣交代呀？怎么回禀当朝皇上呢？他开始怀疑起酒中有毒，对卖酒的长者喊道："酒家！酒家！请你快快过来！"

卖酒的长者听见喊声后，立即走来："大人，您唤我吗？"

"酒家，我来问你，你这酒中……"

"哦，大人，你怀疑我的酒……"

"酒家你看，师大人刚刚饮了你这碗酒，就昏倒在地，不知是何原因？"翟方进抱着师丹，不住地盘问。

"大人，请您尽管放心！我这是地地道道的陈酿老酒，专门送给上山射猎的骊山行宫的猎手们，决不可能有什么毒物。如若不信，我试饮一碗，请您看。"说罢，他回到酒坛前，舀了一碗酒，"咕嘟、咕嘟"地饮了个精光，然后又稳健地走到翟方进跟前。

"请大人不必多疑。这位大人上了年岁，可能是因为空腹饮酒，加之饥渴过度，一下子饮了这么一大碗酒，难免吃醉昏倒哩！"卖酒长者从容不迫地解释道。

翟方进微微点头，但心内十分焦急。

少顷，师丹长嘘了一口气，"哇"的一声，将酒吐了出来，发出长长的呻吟声。

翟方进又轻声地呼道："师大人，师大人！"

"嗯……"师丹答应着。

翟方进一看师丹脱离了危险，才松了一口气。但这么长时间地抱着也不是个法子，得给这位老臣找个舒适的地方，好好休息一下，才能尽快恢复体力呀！他左顾右盼，忽然看到一行人走下山来。

原来是骊山行宫的贺岩，带领众猎手由骊山深处打猎归来。翟方进走上前，讲明情况，托付贺岩。贺岩一下子辨认出翟方进和师丹，非常高兴地答应下来，将弓箭、钢叉交给其他猎手，痛快地背起师丹，赶回骊山行宫，去请宫院的御医给予治疗。

翟方进独自一人，牵着两匹快骑，看着远去的贺岩、师丹和猎手的背影，心内追悔莫及。

成帝命翟方进追查丞相王商与其妻妹淫乱之事。这本来没有师丹的责任，是翟方进考虑到此案非同小可，王商不仅官高位显，而且又是成帝的外戚，毫无疑问，这类案子是很难查清的，闹不好自己会落个身败名裂。所以，他再三请求成帝，找一可靠助手即师丹老臣，协助办案。他俩经过三天三夜的调查、了解、核实，终于弄清了这桩案子的始末原委。

今天一大早，他和师丹就到昭阳舍寝宫——温柔乡处，去面见成帝。可是，扑了个空。赵合德告诉他俩：天刚蒙蒙亮，陛下就同侍中张放去骊山微行射猎了。

他们离开温柔乡后，走至长信宫门前，碰见丞相王商的夫人携儿带女，不用细问，便可猜到，她们是去找王太后给王商讲情的。说不定，这个案子又得麻烦。

正在忧虑烦恼之际，成帝、张放各牵着快骑，背着弓箭，提着猎获的野兔、山鸡走下山来。翟方进躬身施礼道：

"启奏陛下，微臣翟方进已候驾多时！"

"呵，翟爱卿。"

"末将张放参见翟大人！"张放躬身抱拳道。

"免礼。张侍中护驾劳苦！"翟方进抱拳还礼。他心里讨厌张放，不务正业，整日整日地打猎游玩，而且还经常拉着皇上郊游微行，严重地影响日常朝务。

"张侍中，"成帝转身说道，"你先走，在前边等我。"

"是，陛下。"张放应声后，翻身上马，挥鞭策骑而去。

"陛下，臣和师大人已全部查清丞相王商与其妻妹淫乱之事。"翟方进一看路旁无人，便开始回禀。

"好，翟大人介绍详情。"

"经过三天三夜的调查，后宫的宫长樊嫚、相府的仆人和丫鬟，还有王丞相的近臣太中大夫张匡，均已供出他的淫乱隐事。前些日子，王太后欲选纳此女充备后宫，但王丞相托词该女暂患痼疾，不便允诺。后来他与此女长期交欢，致使其怀孕，一怕败露引起天下人笑谈，二怕失去时机，不能纳入皇宫。他旨在作为内援，待来日妻妹生下一子，效仿吕不韦之举，以夺取大汉之江山。"翟方进说着，从衣袖内取出一份布帛奏章，继续说道，"陛下，上述办案详情，全部记录在此，请陛下过目审定！"

"大胆王商，岂有此理！"成帝勃然大怒，接过奏章，阅览一遍，而后命令道，"翟大人，你回宫后，同师大人一起到华玉殿，再作定夺！"

"回禀陛下，刚才师大人也在此候君，臣看他饥渴难熬，就给他买了一碗酒，不料凉酒下肚，醉昏在地。"

"啊，师大人现在何处？"成帝惊奇地问道。

"臣托贺岩将师大人送往骊山行宫了，请那儿的御医给诊治一下。"

"咱们先回宫吧，待他苏醒后再说。"成帝说着走向坐骑。

"请陛下先行，臣去骊山行宫看看师大人。"

"那好，请代我问候师大人。"成帝说完跃上坐骑，扬鞭催马飞去。

"遵命！"翟方进左手牵着两匹坐骑，右手向成帝的背影打着告别的手势。待成帝的人马消失在烟尘之中，他便沿着另一条大道，直奔骊山行宫。

翟方进哪曾料到，阴险狡猾的相府舍人呼拴已在岩石缝后悄无声息地隐藏多时，偷听了谈话。此时，呼拴钻出石缝，狡黠地看了看四周，然后走到一棵柏树下，解下自己的马匹，翻鞍坠镫，策马扬鞭，选择一条行人极少的小路，赶回相府去了。

成帝、张放回到京都，将快骑拴在西司马里的未央厩后，大步流星地返回华玉殿。

他俩刚一进入寝宫，就看见王太后气势汹汹地坐在御椅上，劈头盖脸地辱骂起来，说成帝置朝政于不顾，整日随张放厮混，一国之君，只顾微行，射猎游玩，成何体统！并连骂张放，对皇上不起半点好作用，愧对侯门列祖列宗。张放吓得浑身抖成一团，连连施礼赔情，磕头如捣蒜，然后急忙告辞而去。成帝费了好一番口舌，才将太后的火爆情绪安抚下来。他没顾得上洗漱，亲自给太后斟了一杯香茶，殷勤而又歉意地说道：

"母后，儿有千般错，您也得看在母子的情分上，给以谅恕才是。来，母后，请用茶吧！"

王太后没吭声，也没接茶杯，而是转过脸去，默默地瞅着窗外。

一位宫女双手端着一铜盆温水，悄悄地放置在一个方凳上，又取过一块擦脸的方绸布巾，放在盆沿上，悄然离去。

室内陷入一片沉寂。

成帝一看太后不作声，便洗了洗脸，一边擦拭，一边琢磨如何安抚母后。他快步端来棋盘、棋子，再次殷勤地道："母后，请您消消气儿，咱俩下盘棋吧！"

"哼！亏你想得出，大热天，谁和你消磨时光？"王太后终于开了腔。

成帝感到母后消融了愤怒，心里踏实多了。于是，他开始向母后谈论起来："母后，儿有一事向您请教。"

"讲！"

"成都侯、丞相王商与其妻妹淫乱之事，儿已派御史大夫翟方进、光禄勋师丹，广泛了解，全部查清，事实确凿。"成帝说着，从衣袖内取出那份布帛奏章，递给王太后，"母后，现有两位大人的奏章在此，请您审视！"

"啊？"王太后吃惊地接过奏章，当即阅览了一遍。她将奏章放在案几上，思索良久。

"母后，您看？"

"王商的夫人到长信宫看望我，还专门向我推荐她的妹妹，请纳后宫，看来，她们和王商心怀叵测。"王太后愤然站起，果断说道，"儿啊，事不宜迟，速召重臣计议，罢相黜侯，选拔良臣！"

"遵命！儿即刻办理。"成帝自登基以来，第一次感受到在处理朝政上，母亲与自己同步合拍。

母子俩经过反复商议，终于拟出三名重臣为丞相人选：第一名是翟方进，第二名是师丹，第三名是张禹。成帝倾向于张禹，但不敢当面违抗母意。然而母后在对待这类重大的事情上，比儿子想得更周到些，更严密些，让他召集一些重臣，广泛纳谏，再作商议。然后，王太后起身走了。

　　成帝刚刚送走太后，赵飞燕疾步走入寝宫。成帝见赵飞燕面带焦忧，心事重重，不解地问道："飞燕，发生什么事情了？"

　　"陛下！"赵飞燕被晋封为皇后，身价自然高昂起来，心中有说不出的高兴。她屈身一拜，万分焦急地说："陛下，十万火急！"

　　"到底发生什么事情了？"成帝紧紧地抓住她的双臂，"你快说！"

　　"刚才太中大夫张匡来到远条宫，说丞相王商派出舍人呼拴，去骊山监视御史大夫翟方进、光禄勋师丹。呼拴回到相府后，将翟大人向陛下说的话，一五一十地和盘托出。王商又命呼拴带领相府的卫士返回骊山，到途中劫持翟大人去了。陛下，请您快拿主意吧！"

　　"啊？王商竟敢如此藐视皇家、残害朝廷重臣！"成帝又惊又气，瞪大双眸，霍地站起，大声喊道，"郑永！"

　　一位宫女听到成帝的呼唤声后，进入寝宫，屈身一福道："陛下！"

　　"快去招呼郑永，速来寝宫见我。"

　　"遵命。"那位宫女悄然而去。

　　"陛下，翟大人、师大人乃朝廷重臣，如果遭到残害，势必引起朝中大乱，天下不安。陛下，对王商再也不能放纵了！"赵飞燕欲趁此机会除掉丞相王商。

　　成帝没再作声，而是伏在案几上，一连写了两份谕旨。

　　郑永进入寝宫，躬身施礼道："陛下，请您吩咐！"

　　"郑永，现有朕写的两份密旨，你要尽快送出：一份送给左将军辛庆忌，一份送给右将军廉褒！"成帝说罢，将两份布帛谕旨一一交于郑永，再三叮嘱道，"此事关系重大，万万不可泄露！"

　　"遵命。请陛下放心！"郑永将两份谕旨揣入怀中，转身走出寝宫。

　　下午，太阳隐没在一片乌云中，整个宣明殿显得黯然无光。

　　大殿里空荡荡的。成帝站在过厅的中心，只有光禄大夫刘向陪站在一旁。

这是刘向给成帝出的主意：在过厅处置丞相王商，暴露面不大。

中常侍郑永由殿门走了进来："启奏陛下，左将军辛庆忌带领五官署的卫士，押丞相王商已进入宣明门！"

"宣辛庆忌、王商上殿！"成帝命令道。

"遵旨！"郑永应声后，朝殿门口喊道，"陛下有旨，宣辛庆忌、王商上殿！"

辛庆忌听宣后，撩袍上殿，跨过门槛。

而后，只听"当啷"一声，两支长戟斜着交叉在殿门上。

听到宣召声的丞相王商，脱下葛布单鞋，脚上只穿一双布袜子，走到殿门前吓了一跳，下意识地倒退了半步，镇静了一下情绪，而后低头钻入戟下，跨过门槛。

跟在王商身后的八名五官署卫士，手持兵刃，自动停候在殿门外边。

辛庆忌跪在成帝面前，交旨回命道：

"启奏陛下，末将辛庆忌按旨将丞相王商带到！"

成帝看了看辛庆忌，没急于答话，一摆手，命辛庆忌站起身来。

王商没有像往常那样走到辛庆忌的右上手，而是在其后侧几步远的地方慢慢地跪了下去，施三拜九叩大礼道：

"老臣王商见驾，祝吾皇陛下千秋万岁，万寿无疆！"

沉默。压抑的沉默。沉默压得人们难以呼吸，好似整个大殿没有一丝可供呼吸的空气。

成帝想得很多。王商也属外戚，辅佐自己理纲执政，也曾颇有建树。一件难忘的往事，至今还在他的脑海中萦绕。

那年秋天，阴雨持续了四十余日，尚未放晴。京都长安的男男女女、老老少少，忽然疯传大水将至，纷纷奔跑逃避，老幼妇女争先恐后，自相蹂躏，伤亡多人。这消息传入宫中，成帝慌忙升殿，召入公卿众臣，商议避水方法。

当时，已被晋封为大司马大将军、阳平侯的王凤说道："如果水势泛滥，陛下可携两宫太后，乘船暂避，所有宫中后妃，随驾舟行，当可无忧，至于都中吏民，登城避水便了。"

语尚未毕，官至左将军的王商接着道："古时国家无道，水尚不犯城郭，今政治和平，不闻兵革，上下相安，大水为何暴至？这必是民间讹言，断不可信。若再令百姓登城，岂不是更滋扰乱么！"

他确信王商的主见，从而未动船舶，任其自然发展。王商派吏卒巡视城中，令民不得妄动。过了五六天，也没见大水到来，才知全城惊动，实为讹言所误。民情渐渐稳定。从此，他格外器重王商，并屡言王商有见识。眼下，一个原来忠实于自己的大臣，并且在仕途上颇有作为的人，为什么会走向反面呢？唉！江水难量，人心难测！

王商悔恨交加，心乱如麻。为了前程，自己费尽千辛万苦，为了仕途，自己不怕狂风恶浪。熬了多少脑汁、心血，读了多少史书、诗赋，受了多少侮辱、中伤，舍了多少钱财、私欲，去追求名位和官爵。父亲王武乃是宣帝刘询之舅，受封为乐侯，威名天下。父亲病逝后，全家族居丧甚哀，自己自愿推财相让，分给兄弟，朝中廷臣们称赞自己孝义可风，纷纷交章荐举，自己不仅袭爵为侯，而且得进任侍中中郎将。元帝时已迁官至右将军，刘骜即位后复调任左将军，可谓敬礼有加。有幸，巧逢前丞相匡衡因封邑逾界，被贬为庶人，得代衡职，拜为丞相。三朝元老，赫赫朝野。如今，万没料到，自己与妻妹私通之事竟会被近臣张匡揭发。锦绣前程，如同长江之水付诸东流。悔、恨、痛、羞，似一把把钢刀，刺破他的那颗即将衰老的心。

正值成帝与王商僵持之际，一位小宦官从殿门外进入，疾步至成帝面前：

"启奏陛下，右将军廉褒、御史大夫翟方进从骊山行宫回朝，现殿外廊下候旨听召。"

"郑永，宣廉褒、翟方进上殿！"成帝命令道。

廉褒、翟方进迈步进殿，向成帝施过君臣大礼。他俩的双眸余光已经看见跪在尘上的丞相王商，心中立即燃烧起怨恨的怒火。

王商一眼瞥见御史大夫翟方进，不由得吸了一口冷气，心想：坏了，呼拴行刺翟方进肯定未遂，光禄勋师丹老儿大概还在骊山行宫。这一下子，我的罪过更大了。他将头使劲儿往下低了低，差点儿额触毡罽。

"廉大人，请讲！"成帝看了看王商，说道。

"启奏陛下！"右将军廉褒回奏道，"微臣奉旨率众卫士去骊山行宫，迎接翟、师二位大人，但师大人刚刚苏醒，尚在宫内休息。翟大人单身独马行至古堂山下，正碰见相府舍人呼拴指挥相府卫士，持凶器劫逼翟大人，我等及时赶到，给予解救，并将相府行凶人员一概擒获。呼拴等辈已被押至殿外，请陛下发落！"

"啊！"成帝又惊又气，又恨又恼，转向王商，挖苦道，"王老丞相，你竟与妻妹私通，以致妻妹怀孕，妄想学吕不韦之举，以王氏后代篡夺刘氏江山；事情败露，又欲杀人灭口，你，你真乃是我大汉的'栋梁之臣'哪……"

王商听罢成帝讽刺之言，脑子嗡嗡作响。

"来人哪，将呼拴押上殿来！"成帝又一次命令道。

司隶校尉何武率四名卫士，押呼拴走进大殿，一齐跪在地下。

何武向成帝施礼，进而禀道："启奏陛下，末将司隶校尉何武，奉右将军廉褒之严命，将相府舍人呼拴捉拿归案，望陛下示诏！"

"大胆呼拴！竟敢谋杀朝廷重臣，该当何罪？"成帝怒斥道。

"小人知罪，理应受诛，但小人在相府当舍人，受命于王相爷，不敢不为。望陛下饶命才是！"呼拴说着，一连磕了三个头。

"司隶校尉何武！"成帝呼道。

"末将在。"

"将呼拴拉下去，黥面劓鼻，贬为庶民！"

"遵旨。"何武抱拳欠身，向卫士们打了个手势，"带走！"

"陛下！我不去呀，我不去呀……"呼拴哭叫着。

卫士们上前架起呼拴，朝殿门拖去。

"王相爷，王相爷，你怎么不说句话呀……"呼拴拼命地号叫着，"王相爷，这可都是你让我干的呀！"

王商低着头，听得一清二楚，心里暗暗骂道：没用的东西！

号叫声很快消失在殿门外。

王商万分羞愧，如同斗败的公鸡，再也抬不起头来，他将头死死地触到毡罽上，听任成帝宰割。

"哼……"成帝气愤难抑，但忍了又忍，挖苦道，"爱卿誉满天下，道播九州，士民众庶无不敬仰，但不知何以至此？"

王商抬起头来，用眼角瞥了瞥翟方进、辛庆忌、廉褒，然后又微闭双眸，慢悠悠地对成帝说道："老臣无颜，只求赐死，以谢君恩。"

"不准！"成帝回答。

王商心里清楚，皇上是不会让他死去的，旨在逼他自动辞职，因为这是皇上蓄谋已久的。他万般无奈，双手颤抖地从腰间解下丞相绶印，捧至头顶，声音凄楚："陛下……"

成帝向左将军辛庆忌递了个眼色。辛庆忌走至王商面前，取过丞相绶印。

成帝面无表情道："辛大人，将丞相绶印送往后殿！"

"遵旨。"辛庆忌躬身领命。

"王商，你可知罪？"成帝追问道。

王商无言以对。

"王商，罪应当诛，但朕念你三朝元老、侯门重卿，对汉室曾立下卓著功勋，现赦你一死，贬职为庶民！"

"王商谢陛下不斩之恩，吾皇陛下千秋万岁、万万岁！"王商含羞忍辱，施三拜九叩大礼。

"列位公卿，下殿去吧！"成帝下达散朝的旨意。

翟方进、廉褒、何武拜别皇上，走出大殿。

王商落魄失魂，无精打采，迈着蹒跚的步履，走下殿去。众卫士押随在王商身后。

成帝和光禄大夫刘向、中常侍郑永等人走向后殿。

成帝坐于御座上，用眼一扫，看见大司马车骑将军、安阳侯王音，光禄勋、曲阳侯王根，左将军辛庆忌，太中大夫谷永，光禄大夫刘向五位朝中重臣，均在等待自己。他命郑永等宦官回避，后又取出一份份关于丞相人选的布帛折章，首开金口道："朝中不可一日无相，望众卿奏荐。"

群臣之首，莫过丞相。大家心中不住地揣摩，你看看他，他看看你，好长时间无人吭声。

"怎么，我朝无人可鼎担相位吗？"成帝将了众臣一军。

众人憋不住了。王音、王根首荐光禄勋师丹；接着，辛、谷、刘推荐御史大夫翟方进。大家议论纷纷，相持不下。

成帝心内暗想：为何无一人提出恩师张禹呢？师丹固然也是三朝元老，年少治《诗经》，父王元帝末期为博士，后来一度免官，自己即位改年号建始中，实行州举茂才，复补其为博士，出任东平王太仆官位，但此人思想固执，常因一些小事与其他廷臣争论不休。翟方进虽然从博士受《春秋》之熏陶，经学明习，大有长进，数年来，迁官朔方太守，居爵不随意对民众苛税，享有一定的威名，但性情迟钝，办事效率不高，并常常由于左顾右盼，追求不偏不倚，而影响是非曲直之辨别。唯恩师张禹，不仅资历长，阅历广，拜过诸吏，任过光禄大夫等职，而更重要的是，自己当太子时，他曾做过太傅，辅导过"四书""五经"，为辅佐自己登基做出重要的贡献。张禹，方是最合适的丞相人选。

成帝主意已定，便将师、翟、张三位重臣的长处和才华说了一遍，接着又讲了他们各自的不足，不过，在"不足"上讲得既有分寸，又有区别。几位重臣听了之后，已看出陛下对张禹任相的莫大倾向性，也就不再争执了。

成帝刚刚写罢任命张禹为相的谕旨，舍人吕延福匆匆进入后殿，焦急地禀道："陛下，关内侯张禹突然患病，请求陛下过侯府看望！"

"啊，何以得此消息？"成帝正在为册封张禹丞相之事绞尽脑汁，费尽口舌，不愿意听到张禹患病的消息，所以很不满意地追问道。

"陛下，请看，这是张大人派舍人夏森送来的书信。"吕延福急忙递过一份书谏。

成帝打开书谏，看了一遍，眉峰蹙起，向众臣说道：

"张爱卿突然患病，朕去看一下，列位大人如无异议，可自便回府了。"

"谢陛下！"王音、王根、辛庆忌、刘向、谷永齐声说道，施礼拜别。他们心想：张禹这个老头儿，常年患病，怎么说是突然患病呢？看吧，这位病丞相，私欲极大，从不满足，让皇上难堪的事还在后头呢！他们闷闷地退出大殿。

成帝带中常侍郑永来到张禹府邸。

他步入室内，一看张禹果真抱病在床，伏身问候道："张爱卿，病体如何？"

"哎呀呀，陛下亲临府宅，问候老臣病情，实感不安，请受老朽一拜！"

张禹受宠若惊，强打精神，欠身在床上不住地叩谢。接着，他又令夫人、少子张庸进谒成帝，拜叩大谢。

成帝温言慰问，无微不至。

张禹歔欷而又乞求地道："圣恩浩荡，德布九州，天下臣民，无不敬仰。而老臣衰朽无用，死不足惜，膝下四男一女，三子俱蒙皇恩得官，一女远嫁张掖太守萧咸，老臣平日爱女，比诸男为甚。只因女儿女婿身处边疆，离京都几千里之遥，臣虽想女儿也是枉然。唯恐老臣年迈多病，临死也不得一见女儿之面，所以我未免怀思呢！"

成帝一看张禹边说边淌泪，那颗同情之心使他早已忘记朝中规定，全然被私人感情所代替，马上应允道："这有何难！我当调回萧咸，就近为官便了。"

张禹确实病重，不能再起身了，喘着粗气对少子说道：

"张庸……快……快……快代我拜谢……陛下……"

张庸立即跪伏于尘，磕头叩谢。

张禹那双带有褶皱的眼睑，不住地上下忽闪着，看得出还有心事尚未一下子倾吐完。唯见他两眼注视少子张庸，做沉吟之状。原来张庸年已三旬，不刻苦读书，整日游手好闲，趁皇上来家中，他欲替少子求官，可是碍难出口。

成帝已经窥透张禹心思，遂叫道："张庸！"

"小人在！"张庸应道。

"朕封你黄门郎给事中！"

"这……这……这能行吗？"张庸听到皇上封他官位，而他又不知怎样为官，真是不知如何是好。

"快，快跪下，蠢材……"张禹心中焦急，对少子张庸喝道。

"陛下！"张庸急忙撩袍跪地。

"快谢皇恩哪！"张禹夫人也催促少子道。

"多谢陛下，恩高如山，小子张庸没齿难忘！"张庸说着施大礼。

"张庸，不必多礼，快快请起！"成帝挥了挥手道。

张庸欠身站起，满脸红涨，心中万分激动。

成帝还在思考如何安排张禹的女婿萧咸之事，忽然想到一个合适的职务，面对张禹道："张爱卿，朕回宫后，立即责成御史大夫翟方进，调萧咸为弘农太守。张爱卿，您意下如何？"

"老朽感恩不尽，焉有不同意之理！"张禹赶忙答话，但是他因体弱多病，抬不起头来，躺在枕头上，不住地摆动双手。

成帝打心底知道张禹的身体多病，况又年迈，但一直觉得张禹忠诚可靠，所以他力排群臣异谏，将丞相之职给了这位老臣。现在，他决定在此公布谕旨，或许能够给予张禹精神上的安慰。他转身对中常侍说道：

"郑永，将任相谕旨公布于张爱卿。"

"遵命。"郑永从衣袖内掏出布帛谕旨，双手展开念道：

陛下谕诏：

关内侯、光禄大夫张禹才华超众，德贯九州，特命为当朝丞相，以率群卿，料理朝政，并赐封为安昌侯。

钦此！

郑永念完谕旨，又从腰中取出丞相绶印，放在案几上。

"陛下，陛下，陛下，吾皇……"张禹听罢命相谕旨，又看了看那黄绸系包的大印，心内思潮翻滚，周身热血沸腾，四肢难以控制，因过分兴奋和激动，不慎一下子骨碌下床，"咣当"一声，摔了个结结实实。他的少子张庸和中常侍郑永赶忙上前搀扶。他的夫人惊叫道："老爷！老爷！"

张庸不住地喊叫："爹爹！爹爹！"

"快，快将张爱卿搀到床上！"成帝也担心张禹摔坏身子，对众人说道，"看看可曾摔坏身体？"

"没，没关系……不，不用担心我……"张禹用手推开夫人，双眸闪亮着，似乎看到丞相的宝座就在寝室内，血管内流淌着名望，流淌着金银，流淌着希冀，流淌着力量，早已忘记臂肘和屁股摔伤的疼痛。他趴伏在地上，扬起两只胳膊，向成帝叩头拜谢道，"吾皇陛下，万岁万岁万万岁！吾皇陛下，恩重如山，情深似海，微臣张禹，世世代代，铭记皇恩，祝吾皇陛下……万寿无疆！万寿无疆！万寿……无疆……"

"张爱卿何以至此？赶快平身！"成帝急忙上前搀扶张禹。

夫人、张庸、郑永也赶忙上前搀扶，大家将张禹抱至床上。张禹虽然上气不接下气，但是两眼闪动着喜不胜喜的光芒，脸庞没有丝毫倦意。

这时，张禹府中的舍人夏森带着未央宫的舍人吕延福，急匆匆地进入室内。

吕延福向成帝躬身一礼道："启奏陛下，王相府，不，不不不，王商府邸，命人来华玉殿禀告，王商回府后，突然口吐鲜血，暴病而亡！"

"哼！罪该万死，死有余辜！"成帝心内滚着怒潮，两眼喷着怒火，直射窗外……

第十三章　龙舟掌上舞

盛夏的骄阳照耀在太液湖上，水面粼粼，波光闪烁。

太液湖北湾，停泊着一艘硕大无朋的龙舟。

这艘龙舟，乃是汉成帝刘骜特命丞相张禹，指派造船工在三个月内夜以继日地赶造出来的，以便成帝同赵飞燕登舟赏光、吟诗歌舞之用。龙舟翘首企足，气势磅礴，它的造型十分灵巧。龙舟流溢着柔和的颜色和曲线，龙首恰似楼台殿阁，可谓名副其实的水上宫殿！

湖水风光美得让人如痴如醉。一阵融融的热风掠过硕大的湖面，直接扑向岸边；一池浓绿的湖水推出一片雪白的浪花，映照整个蓝天；一行轻柔的垂柳飘动一排整齐的枝条，恰似翩翩起舞。

垂柳树下，身着轻纱的赵飞燕和身穿郊游服装的汉成帝刘骜，正在伏首仔细观看这艘龙舟。成帝感慨万分地赞道：

"多有气派呀！驾舟游览水上风光才别有情趣呢！"

"是啊，这艘龙舟标志着皇家的昌盛，象征着人间的吉祥！"赵飞燕万分激动，随声赞美道。

"陛下、皇后德隆贯九州，盛誉满天下，为了汉室的繁荣昌盛，为了普天下人民的安乐幸福，日理万机，呕心沥血，理应乘坐这样的龙舟，游览一下水上风光。"站在一旁的丞相张禹，阿谀逢迎地说道。

"唉，建设汉室之社稷，保卫汉室之江山，岂能只靠朕费心操劳！这要靠文武百官、人民大众，尽心竭力，团结一致！"成帝听得出张禹在吹捧自己，当即婉言制止。

赵飞燕发觉张禹有些窘迫，便解围道："难得张老丞相一片忠心！这么大年纪，除了用心协助陛下执理朝政外，还念念不忘组织造船工匠，给陛下造出了一艘举世非凡的龙舟，岂不也是忠君爱民、不惜呕心沥血嘛！"

"岂敢！岂敢！"张禹说着，双手撩袍跪伏于湖岸边，作揖叩拜道，"老朽在下，多谢陛下、皇后的赐教与恩典！"

"老爱卿，快快平身！"成帝说道。

"你本是我朝老臣，何必如此过谦呢？"赵飞燕劝说道。

张禹缓缓地抬起头，先是看了看赵飞燕，后又看了看成帝，那双贪婪的眼睛，恰似无神却有神，他非但没有站起身，反而故意低下头，双手拄地，将前额缓缓地触到手背上，一句话也不说了。

成帝对他幼年时期的这位导师，了解得一清二楚，暗想：张禹一定是因指挥造船有功，想索取报酬。于是看着张禹的脊背说道：

"张老爱卿，朕念你指挥造船尽心竭力，劳苦功高，特赐你五百两白银。"

张禹的头左右摇晃不止。

成帝与赵飞燕看到张禹的后脑勺不住地摇动，一时摸不着头脑。成帝不解地问道："张老爱卿，你到底有何心腹之事，难以启齿呢？"

赵飞燕早就观察到，张禹是个贪心不足的老儿，对待皇上从来都是待价而沽的，这次又要抓住制造龙舟的机会，前来讨价还价，干脆先将他一军，看他搭言不搭言。

赵飞燕微笑道："张老丞相，听人说，你购置了不少田园，前厅舆马，后庭丝竹，不亚于皇家的各位王爷。"

张禹一听赵皇后这么一说，如同针刺脊背，不由得浑身哆嗦了一下，立即抬起头来，像一个偷了别人东西的老头儿，磕磕巴巴说道：

"皇后，您，您可不能轻信他人的讹传，微臣家中……只，只有四百余顷耕田，相府院内，所占城，城池面积无几，前厅根，根本不能跑马，后庭也，也不能……养植竹林……"

"哈哈哈哈……"赵飞燕见张禹有些张皇失措，禁不住大笑起来，然后缓和道，"张老丞相，我只不过是说了一句笑谈，您何必当真呢？"

"张老爱卿，不知您眼下有何等为难之事，需要朕帮助解决呢？"成帝再次催问道。

"陛下，我，我……"张禹欲言又止，摇了摇头，面带愁容，"唉，不谈也罢！"

成帝一看张禹的举止言行，不免想到他被封相国之前的情景，为了调回女婿萧咸、册封少子张庸，也是这样假装推诿，半推半就，真是一个通晓人情世故的老臣。但又一想，张禹是自己的近臣恩师，还是应该给以关照的，于是爱抚地说道："张老爱卿，你只管讲来！"

"老丞相，您就讲吧，万岁会给你做主的。"赵飞燕打了个圆场说。

"陛下、皇后，说来不怕见笑。"张禹着实羞愧难言，面朝茫茫湖水说道，"老朽眼看就到古稀之年，一不追名，二不逐利，只是想寻块葬地，作为身后之计。"

"哦，不知老爱卿欲想何处？"成帝问道。

赵飞燕虽然没搭腔，但是心里暗暗猜道：张禹老儿肯定要给陛下出难题。

张禹回头看看四周，放心地继续奏道：

"适有平陵旁肥牛亭地，最为合宜。"

"什么，平陵旁肥牛亭地？"成帝惊讶地问道，不情愿地说，"此地在先王昭帝陵附近，作为大臣墓地，恐怕不太适宜吧？"

张禹低头不语，暗自思忖，万万没有想到皇上会不同意，这下可就难办了。

赵飞燕听到张禹欲要索取平陵旁肥牛亭地作为他百年之后的安葬墓地，不由得怒气填胸，但是她忍了下去，毫不在意地说道：

"没关系，只要是不占先王坟墓之内的地方就行。"

成帝看了一眼赵飞燕，赵飞燕假装若无其事，继续说道：

"张老丞相，你对陛下一贯效忠，你又是陛下的恩师，陛下对你的感情胜过他人。对你的话，对你刚才提出的这个小小的请求，陛下会考虑的！"

成帝本想制止赵飞燕说下去，但听赵飞燕这么一说，觉得句句在理，说在了他的心坎上，况且有"考虑"二字，丝毫没有强加之意，更觉得她说起话来滴水不漏。

张禹听赵飞燕这么一讲，如堕云里雾里。乍一听，赵飞燕似乎通情达理，尊重他这位花甲之年的老臣，但是他深知赵飞燕善于心计，凡事不锋芒毕露，若不然她怎么能由一个普通舞女登上皇后的宝座呢？想到这里，他不禁对赵飞燕的一番言语产生怀疑。于是他以带有挽回的语气，重新奏请道：

"陛下、皇后，愚臣考虑不周，此事作罢！"

"老丞相，此言差矣，你既然有此心愿，何以收回呢？"赵飞燕似乎同情张禹。

"老爱卿！"成帝终于开了口，因为他不忍心拒绝张禹的申请，"你暂且回府，将申请葬地之事修书一封，待明日上朝时，朕帮你解决就是了。"

张禹听成帝这么一讲，心中激动不已，那双混浊的老眼蓄满混浊的热泪，心想，任凭你赵飞燕巧使机关，也顶不上陛下一句金口玉言。他又向前跪了一步，一连叩了三个响头：

"多谢陛下关怀，愚臣百年之后，也要为陛下效犬马之劳！"

张禹叩拜成帝、赵飞燕之后，起身回相府，修写奏书去了。

这时，一位小宦官走了过来，躬身一礼道：

"一切准备就绪，请陛下、皇后登舟一游！"

成帝请赵飞燕先行，赵飞燕哪里肯依，她深知宫中礼仪，马上上前搀扶皇上，一齐登上龙舟。

小宦官见成帝、赵飞燕均已坐好，立即通知舵手，开船启航。

龙舟缓缓地游动，像一片彩色的枫叶漂浮在水面上。

随着龙舟击水的哗啦哗啦声响，早已上船的男女乐手们开始活跃起来。先是箫管鸣音，接着便是捧笙吹竽发出悠扬动听的乐曲声，后又是钟鼓齐敲，动人心魄。这乐鼓声音，柔中有刚，刚中缠绵，使得成帝精神格外爽悦，使得赵飞燕心情激荡如水，往日那般贪歌恋舞的欢娱涌上心头。成帝不由得想起几年前去骊山行宫观看赵飞燕载歌载舞的动人情景，双目深情地看着赵飞燕，高兴地劝说道："飞燕，你已荣升为皇后，今日你我又首乘龙舟，观览湖景，你何不为朕唱上一曲、跳上一舞呢！"

"既然陛下下旨，臣妾焉有不从之理！"赵飞燕说罢站起身来，走至龙舟的甲板处。

乐师们已停下手中的乐器，等待赵皇后的旨意。

"诸位准备，齐奏《朝天子》。"赵飞燕扫视了一下男女乐师，命令道，"开始！"

乐手们集中精力，吹奏起手中的乐器。曲声悠扬，抒情动人。赵飞燕随着婉转悦耳的乐曲，摆动衣裙，翩翩起舞。那优美的舞姿，如嫦娥奔月，似仙女临凡，惹动成帝，心旷神怡，往日那般钟情于赵飞燕的心绪再次蔓延开来。于是，他亲执文犀簪轻击玉杯，是为节奏，为飞燕歌舞助兴提神。

天将过午，太液湖上掠过一阵疾风，岸上树木发出哗哗响声。

凉亭旁边，生长的几丛粗壮的罗汉竹，竹叶相击，发出窸窸窣窣的喧响。

飞燕舞步未停，手臂未止，只是停止了歌唱，那轻纱衣裙紧紧裹住她那柔软的身姿，显露出清晰而又优美的女性线条。她，虽然已近而立之年，看上去仍不失少女之风韵。成帝看着飞燕，简直入了迷。

舟至湖心，荡击中流。

忽然狂风降至，湖面掀起巨浪，龙舟竟然随波澜左右摇晃起来。赵飞燕身子一倾，险些落入水中。成帝一看此景，吓得魂飞魄散，甩掉手中的文犀簪，失声惊叫起来："飞燕，飞燕，你要小心，快快抓住船身！"

"圣上，不要担心，我不会掉进湖里的！"赵飞燕毫无惧色，嘴上嚷着，两腿照常飞快地旋转，两手不停地挥舞又宽又长的衣袖，看上去好似彩色的花束在随风疾转。

尽管赵飞燕面临狂风毫不在乎，但是成帝吓得那颗心早已提到喉咙眼儿，他朝乐队那位吹笙的侍郎冯无方急令道：

"冯无方，冯无方，快，快去救护飞燕皇后！"

"遵旨！"冯无方应声后，将笙放下，急忙奔跑过去，两手紧紧地握住赵飞燕的双脚。

赵飞燕自从成帝分外爱慕妹妹合德后，心中很是悲凉，况且多年的意中人燕赤凤也被妹妹合德关在昭阳宫院，恰巧因为自己酷爱歌舞，结识了宫廷侍郎冯无方，此人年轻貌美，潇洒大方，但一直没机会交谈。现在，皇上命冯无方救护自己，真乃天赐机缘，索性任他紧紧地攥握，以结心底爱慕之情。他，时握时松，认真护卫，随着舞姿，移动身躯。她，凌风狂舞，掌上旋转，且舞且歌，裙带飘扬。人在风中舞蹈，更有飘逸之感。成帝和各个乐师看得目瞪口呆，都顾不上吹奏自己手中的乐器。

少顷，风势稍缓，舞亦渐停。

成帝松了一口气，高兴笑道：

"哈哈哈哈……不错，飞燕皇后之舞果真称得上'掌上舞'。"

"陛下，您过奖了。"赵飞燕谦逊地屈身一拜。

冯无方站起身来，走至成帝面前，躬身施了一礼，以谢陛下信赖之意。

"冯无方！"成帝呼道。

"小臣在。"冯无方跪伏于甲板上，候旨听诏。

"朕念你救护皇后有功，赏你白银二百两、锦帛三百尺。"

"小臣伴随陛下、皇后乘舟同游，护主平安乃是天职，岂敢冒功领赏呢？"冯无方不敢领受皇恩，忠诚地推卸道。

"你呀，真是个呆子，陛下赐你财物，还不快快谢恩！"赵飞燕爱怜地提醒冯无方道。

"多谢陛下！万岁，万岁，万万岁！"冯无方朝着成帝施了三拜九叩大礼。

夕阳如血，染红了整个太液湖面。成帝命小宦官，指令舵手回棹拢岸。然后，大家跳下龙舟，回宫去了。

成帝与赵飞燕携手进入远条宫。后边，紧紧跟着冯无方。因为皇上正妻的称呼既有皇后，又有中宫、椒房等，所以当时人们习惯地称赵飞燕皇后及其住宫为中宫。他们来到前厅时，成帝转身对冯无方说道：

"冯无方，朕批准你日后出入中宫，侍候飞燕皇后！"

"多谢陛下恩宠，小臣没齿难忘！"冯无方跪伏于青蒲上，一连叩了三个头，而后悄然离去。

赵飞燕心中自然高兴，觉得成帝很是通情达理，虽然有很长时间没能临幸中宫，但那种怨懑情绪很快也就消散了。她伸出多情的手，将成帝拽到寝室，娇媚而温柔地说："陛下，你随臣妾到寝宫内饮上几杯！"

"好好好，就依你。"

姜秋端着香茶步入寝宫，敏捷地给成帝、赵飞燕倒上茶，屈身一福道：

"请陛下、皇后吃茶！"

成帝、赵飞燕微点额首。

"姜秋，将我亲手养的那只甲鱼送到御膳房，烹好后端来，给陛下做下酒菜。"赵飞燕吩咐道。

　　"是，奴婢马上就去。"姜秋屈身一拜，飘然而去。

　　"赵飞燕，你怎么养起甲鱼来了？"成帝不解地问道。

　　"陛下，实言相告，臣妾非但不会养甲鱼，就是一般的鱼也是不会养的，确确实实没有这个爱好，更谈不上兴致。养鱼，这是我进宫后养成的一种习惯。"赵飞燕说到这里，长叹了一口气。

　　"哦，飞燕你有什么心思不成？"

　　"唉，不谈也罢！"

　　"飞燕，你告诉朕，到底为什么？"

　　"好，我说。"赵飞燕说着欠起玉体，眼睛瞧着被夜风掀动的窗纱，若有所思地说，"我自从进得宫来，每逢遇到许皇后，总要招来满肚子的气，后来多亏陛下、太后的英明决断，罢免了许皇后，我的生活才稍稍得以平静。不知为什么，我的心一直放不下来，盼望多和陛下说说心里话，可陛下您又无暇顾及于我……"赵飞燕说到这儿停顿下来，两只眼眶涌出了泪珠。

　　成帝知道赵飞燕伤感的原因，主要是嫌他经常去昭阳舍宫赵合德那里，很少来中宫，于是歉疚地说道："是朕不好，我这不是来中宫了吗？"

　　"不，陛下，我不是指这个。"赵飞燕矢口否认，接着解释道，"我是说，您整日整夜地不得休闲，忙于朝政，忧国忧民，顾不上同臣妾好好聊上一聊。因此，臣妾心中着实苦痛，常去郊外太液湖上钓鱼，以解愁烦。我钓养的鱼可多了，除了最贵重的甲鱼外，还有鲤鱼、鳝鱼、鲫鱼、小金鱼等。"

　　"飞燕，朕难为你了。"

　　"陛下，刚才臣妾命姜秋去御膳房烹调的那只大甲鱼，就是臣妾亲手从太液湖里钓来的。"

　　"哦！"

　　不大工夫，姜秋端来一只又大又肥、又黑又亮、热气腾腾的大甲鱼，姜霜捧着盛有陈酒的绛紫色瓷壶，喜气洋洋地进入寝宫。她俩一看陛下今晚要在中宫过夜，自然有说不出的高兴，将甲鱼和陈酒摆置在矮脚案几上。姜霜掩饰不住内心的喜悦，欢快地给成帝、赵飞燕斟上酒，脱口而出道："陛下，这酒是皇后给您准备的陈酿老酒，储存三年多了，您要多饮几杯！"

"好好好，我一定多饮几杯。"

"陛下，今天夜晚您就……"

"陛下，您看！"姜秋故意打断姜霜的话，以防说走了嘴，给主子惹气添乱，于是围绕高兴的话题说，"这只大甲鱼可珍贵了，补养大着哩，皇后为您养了整整三年，您可要多吃啊！"

"陛下，今晚您就尽管多饮多吃，住在中宫吧！"姜霜还是心直口快地讲了出来。

"多嘴！"赵飞燕狠狠地白了姜霜一眼。

"看你！"姜秋嗔怨地说了姜霜一句，而后拽着她的衣裙，倒退着离开寝宫。

成帝主动靠近赵飞燕，拉着她的手说道：

"飞燕，你对朕一片痴心，朕对不住你呀！"

"陛下，您怎么对臣妾讲这样的客套话？"赵飞燕说着，将身子依偎在成帝怀里，"陛下，您知道臣妾多么惦念你呀！"

"朕也是同样惦念你呀！"成帝说着，用手抚摸赵飞燕的青丝。

赵飞燕此时感到由衷的幸福，似乎久别重逢一般，心里有好多话要说，但又说不出来。她伸手递给成帝一杯酒，自己也端起酒盏，说道：

"陛下，来，你我夫妻一同干杯！"

"好，一同干杯！"

成帝和赵飞燕一饮而尽。

赵飞燕又递给成帝一双筷子，接着，她用筷子掀开甲鱼的背甲，朝着甲壳内的四周撕了又撕，扯了又扯，而后夹了一块软边嫩肉，递到成帝唇边：

"陛下，您尝尝鲜，这叫鳖边，味道可美啦！"

"好！"成帝刚要张口吃下这块肉质又软又鲜的鳖边，就见门帘子一动，昭阳舍的宫女冷艳闪了进来。冷艳轻轻一拜道："给陛下、皇后请安！"

"哦，冷艳深夜来到中宫，不知为了何事？"赵飞燕一边问话一边将夹得的那块鳖肉放回盘内。

"奴婢受赵合德昭仪之命，前来请陛下回温柔乡。"

"怎么，陛下就不能在中宫住宿了吗？"赵飞燕心中不满，反问道。

"这……"冷艳窘口难言。

成帝有心留在中宫，但怕惹了合德昭仪，又有心回到昭阳舍，去温柔乡和赵合德欢娱，但又怕冷了飞燕皇后那颗热情而又留恋的心，一时感到左右为难。

无人时，成帝也悄悄比较过赵飞燕和赵合德。两人是双胞胎姊妹，姿色相当，差别在于身材和气韵。

飞燕以善跳掌中舞而闻名，因而刻意保持纤秀之体，这样一来，舞看着倒是愉悦人心，可一旦肌肤相亲，时不时就有种磕着碰着的不适感。合德则不一样了，她体态稍丰，肌肤光滑细腻，那双小手握在手里，柔弱无骨，那个娇躯拥在怀里，销魂荡魄，真是让成帝深陷其中，欲罢不能。再则，飞燕心思细腻，狡诈多变，协助处理政事自然是好的，但是成帝跟她在一起，心中老有提防，怎么也轻松不起来。作为一国之君，成天处理政事就够累了，成帝可不想回到后宫还得多留几个心眼儿。合德则不一样了，她娇憨霸道，直来直去，处起来轻松愉悦。成帝给她的宫室——昭阳舍宫题名为温柔乡，也便是取了这两层意思：所谓温柔，一是指合德之肌体，二是指合德之媚态。

然而，以掌中舞为骄傲的赵飞燕，又如何能从帝王宫闱之趣这个角度，来审视自己所谓的骄傲底下，暗暗隐藏的危机呢？

冷艳灵机一动，再次启奏道："奴婢禀告陛下、皇后，因赵昭仪身体欠佳，精神不爽，特命奴婢请陛下回昭阳舍看望。"

成帝听罢冷艳回话，心想这倒是回昭阳舍的理由，巴不得去找姿色秀丽的赵合德哩。他站起身道："飞燕，朕告辞了！"

"哼！"赵飞燕妒火升起，气得两眼冒着金星。她的心乱极了，恨、怨、悔、气一齐涌入脑际。当她抬头观看的时候，成帝已经跟随冷艳走出了寝宫。她哐当一声，关上了宫门，心里酸楚楚的，眼眶内滚下了两颗大大的泪珠。

吱扭一声，宫门开了，闪进一个人影。

赵飞燕睁开泪眼一看，原来是侍郎冯无方走入寝宫。

冯无方躬身一礼道："皇后，天不早了，您该安歇了。"

"是啊，是该安歇了！"赵飞燕的双眸虽饱含着泪水，但怒火欲喷，一字一顿、无比痛恨地说。

"无方告退！"冯无方转身欲走，只听赵飞燕严厉喝声道："站住！"

冯无方吃了一惊，急忙跪伏于青蒲上，连连叩头，声音颤抖："皇后，小人冯无方，本想安慰您及早歇息，可，可忘了夜入寝宫，真乃罪该万死，望，望您胸装天下，饶，饶恕小人之罪才是！"

"哈哈哈哈……"赵飞燕狂笑起来，再次喝令道，"起来！胆小鬼！"

冯无方战战兢兢地欠身而立。

赵飞燕走到寝宫门前，"吮当"一声，将门关死，又走到一脚独立、嘴叼烛盘的青铜仙鹤落地灯前，忽的一下，吹灭了烛灯。

"皇后，您……"

"休得多言！傻瓜……"

第二天清晨，长乐宫的晨钟嗡嗡响过之后，赵飞燕独自一人手持双剑，来到未央宫的西司马里练武场上。这里，一溜平川，十分开阔，四周长有竹林和挺拔的白杨树，主要供跑马射箭练武之用。不过，赵飞燕可不是前来练武的。她的心绪杂乱如麻，苦痛无处倾诉，天还没亮就起床了，简单地梳洗一下，身穿紧衣束裤，便手持双剑来到练武场。

赵飞燕想起往日在骊山行宫，向义父赵临、恩兄燕赤凤学武的场面，受贺岩、莲花夫妇无限关怀的情景，对比眼下身处皇宫的情境，深感惆怅。她，靠自己的姿色，被召入皇宫；靠自己的才识，赢得了众臣和群妃的信任；靠自己的手段，战胜了侯门出身的、不可一世的许皇后；靠自己的妩媚，赢得皇上的娇宠；又靠自己的大度，能够对淳于长宽怀，继而得到淳于长的鼎力相助，使她登上皇后的宝座。每当想起这些，她顿觉在自己平静的心湖中漾起一层层亢奋的涟漪。但是，她对皇上无限宠爱妹妹赵合德，心内着实愤懑，难以忍熬。难道说自己的才识远远不如妹妹？难道说自己的姿色已退？不，不会的。赵飞燕自认为优势尚存，引力还在，只是未能捕捉到皇上宠疏的原因罢了。

不知什么时候，西司马里的练武场上空笼罩了一层淡雾。

赵飞燕被这湿漉漉的雾气裹挟着，一下子分不清东西南北，甚至连练武场四周的参天大树和雕龙玉柱也难以辨清。她将白光光的双剑插入剑鞘，迈起轻盈的步子，欲回远条宫。少顷，东方闪出一片淡白。透过雾气，看到一轮旭日滚出城郭。缕缕微弱的阳光斜斜地从玉柱间隙伸进来，爬到方方正正的石板路面上。场上静极了。隐隐约约地，后宫的红男绿女脚步声从远处传来，呱嗒呱嗒地在宫院的石板路上响过。远了又近，近了又远。她松了一口气，手提双剑，步下一级级台阶，拐向通往后宫的幽静小路。

　　路上，迎面走来姜秋和姜霜。她俩是皇上送给赵飞燕的贴身宫女，从赵飞燕被选入皇宫拜为婕妤那天起，就一直不离左右。赵飞燕有幸晋为皇后，她俩便水涨船高，身价也就随之高贵起来了。不用说，周围的宫女丫鬟不得不刮目相看，就是宫院的嫔妃姬妾也不敢小视怠慢。有一次，她俩为了寻找皇后，贸然闯入华玉殿寝宫，遭到那儿的宫女们阻拦，她俩非但不主动认错，反而同对方争吵起来。未央宫舍人吕延福出来相劝，她俩以为背后有赵飞燕撑腰，"主大奴身高"，竟不把皇上的心腹放在眼里，强词夺理，蛮横无理。多亏后宫宫长樊嫕赶到，从中调解，耐心说服，方给这两位宫女扫除横祸。否则，吕延福一旦将此事告诉成帝，她俩轻则被开除出皇宫，重则被判极刑。这件事终于被赵飞燕知道了，她俩还盼望主子能给奴才做主，没想到却挨来一顿毒打。赵飞燕深知：不能因小失大。

　　今天一大早，姜秋和姜霜知道赵飞燕由于心情不爽而去西司马里练武场，可是即将吃早餐，仍不见赵飞燕回转，只好越规超制，前来迎接赵飞燕。

　　赵飞燕一看姜秋和姜霜来寻自己，便厉声喝问：

　　"谁让你们来的？西司马里练武场也是你们来的地方吗？"

　　"奴婢知罪，望皇后宽恕！"姜秋说着便手拉姜霜，双双屈膝跪在石板路上。

　　"启禀皇后，奴婢今早一出宫，看见皇上和张侍中，带着赵昭仪，骑马出城射猎去了！"姜霜将自己看到的情况和盘托出。

　　赵飞燕听了，一股怒火燃烧起来，气冲头顶，险些晕倒。她赶忙手挂双剑，支撑在石板路基上，稳住了身体。昨天晚上，冷艳诉说合德身体不佳，请皇上赶回昭阳舍，怎么今天一大早合德就能拖着带病的身子，陪皇上去郊游射猎呢？这，显然是谎话，她根本就没有病。赵飞燕定了定神，长叹一声：

"唉！起来吧，以后不要当着我的面说这些话。"

"是，奴婢记下了。"姜霜回话后，同姜秋施一拜礼，欠身站起。

赵飞燕没有再看她俩，心事重重地朝前走着。皇上没黑没白地同赵合德厮混，魂不守舍，到何时才能终了？再者，赵合德只顾自己寻欢，独霸皇上，根本没有把我这个做姐姐的放在眼里。当初，我赵宜主如果不答应樊嫕的穿针引线，只要回答两个字——"不行"，赵合德就得永远被关在宫外，一辈子做舞女，一辈子当使唤丫头。可是，成全别人，毁了自己，如今的赵合德做得太过分了。皇上除了迷恋酒色之外，还整日整日地离朝外出微行射猎，赵合德不但不相劝，而且故意献媚夺宠，惹得朝中文武大臣议论不止。

赵飞燕长吁短叹，姐妹本是患难同生，相依为命，好不容易盼来荣华富贵，居于众人之上，必须将姊妹俩的命运紧紧地联结在一起，不能让他人钻空子、抓把柄，应保持冷静的头脑，继续铲除前进路上的荆棘。

主仆三人走至离御花园门口不远的地方，只见一男一女散步离园。赵飞燕一看，原来是卫尉淳于长与许孊。这是一对特殊人物，否则他俩没资格逛御花园的。几年的宫内生活，让赵飞燕晓知各种传闻，他们之间的桃色新闻，在她刚进入皇宫不久就已听说。

许孊是许皇后的姐姐，不幸的是，她的丈夫龙雒思侯韩宝因病过早地离开人世。一波未平，又起一波。许皇后的另一位姐姐，侯爵许谒，因巫蛊案件亦被处斩。姊妹三人，一人被贬，一人被杀，一人寡居。许孊无依无靠，她感到孤单、凄凉、愁怨。就在这个时候，淳于长出人意料地闯入了她的生活，出现在她的生命里。两人往来频繁，于伦理道德而不念，于众目睽睽而不顾。淳于长官居卫尉，担任宫廷警备首领的要职，又是皇太后王政君姐姐的儿子，姨妈主掌后宫并兼理朝政，皇上刘骜跟他是表兄弟，因此他为所欲为。赵飞燕之所以登上皇后的宝座，都是靠他一张利嘴、一条巧舌，向那位身居皇太后之位的姨妈王政君疏通，才得以成功，为此，淳于长被皇上晋封为定陵侯。赵飞燕感念他，皇上敬重他，嫔妃们惧怕他。这样，使得淳于长不可一世，权震公卿，威慑众妃。他根本不顾对朝中宫内的影响，索性把她娶过来了，一个侯爵把另一个侯爵的正室收作姬妾，这无疑是一桩骇人视听的丑闻。

赵飞燕对于淳、许之间的丑闻，视而不见，听而不究。她有这样一个信条：凡是对自己的生活有过大的帮助的人，可以用金钱报答；凡是对自己的政治有过大的辅佐的人，可以用权力报答。因此，朝中卿臣几次谏奏成帝，撤销淳于长的卫尉职衔，她都千方百计地加以阻拦和保护，使其避免摘掉官帽。眼前的淳于长仍是一个用得着的人，尚有许多要事需要同他商量。许嬷也是个有用之人，皇宫内外都知道她是许皇后的姐姐，许皇后虽然被贬为民，但仍健在，囚禁在昭台宫内，要想给许皇后增加苦痛，许嬷是最合适的人选。所以，对这两个人，必须紧紧地抓住。

　　淳于长和许嬷走出御花园门口，欲往东行，没有发现背后的赵飞燕等人。赵飞燕抢先几步，朝着两人的背影喊了一句："淳于卫尉！"

　　淳于长、许嬷听见喊声，停住脚步，转身回头一看，哦，赵皇后由西往东走来，她今晨没有穿戴凤冠霞帔，而是紧衣束身，肩披那件暗褐色的水貂皮披风，闪烁着一缕缕光泽，手持双剑，一副舞剑练武的打扮，那纤弱的身姿出现了明显的线条，隆隆的乳房、细细的柳腰、轻盈的步履，好似小鸟依人，惹人喜爱。难怪人们称她"赵飞燕"哩！赵飞燕面容粉丽，唇若抹朱，黛眉如画，双眸似水，当年入宫时的丽人秀色一点也没有减退。淳于长来不及多思，同许嬷急忙跪在尘埃，行大礼道："末将参拜皇后！"

　　"许嬷向皇后叩头！"

　　"淳于卫尉、夫人快快请起。"赵飞燕回话道。

　　"多谢皇后！"淳于长、许嬷打躬施拜，欠身站起。

　　"姜秋、姜霜，你二人先行一步。"赵飞燕回头道。

　　"是，奴婢告退。"姜秋、姜霜向赵飞燕施一拜礼，转身朝远条宫走去。

　　许嬷见状，心想皇后一定有重要事情同丈夫商量，便知趣地屈身施拜欲退道："启皇后，许嬷亦告退！"

　　"哎，今天本宫有点小事，需要当着你们夫妇的面，一块儿谈谈。"

　　"多谢皇后赏脸，许嬷听皇后面谕。"许嬷大有受宠若惊之感，急忙又施一拜，然后恭敬地站在一旁。

　　"请皇后赐教，末将听命！"淳于长立即振作精神，如上朝入宫一般，听候主子的吩咐。

"淳于卫尉，夫人，你们同许皇后还有往来吗？"赵飞燕问了这句话，好似捡了一颗大石子，猛地砸向平静的湖心，激得淳、许心潮即刻泛起一圈圈波澜。

"回禀皇后，我们深得皇恩，焉能做出那等对不起皇家的事情！"淳于长生怕赵飞燕怪罪，不无表白地说。

"请皇后相信，我们早已同她断绝往来，任何关系都不存在了。"许嬺一听赵飞燕复又提起被赶下政治舞台的妹妹，吓得浑身颤抖，嘴唇哆嗦，马上矢口否认，唯恐这位皇后不相信自己的言辞，赶忙屈膝跪地，补充了一句，"许嬺可以向……向天发誓：如与许皇后往来，保持点滴关系，奴愿遭巨雷轰顶，烈电劈身！"

"哈哈哈哈……许夫人，你何必这样呢？"赵飞燕上前搀起许嬺，心中涌起紊乱而又复杂的情绪，长叹了一声，"唉！人生一世，真是不易呀！"

"皇后，您这是……"许嬺摸不着头脑，一时不知如何搭腔。

赵飞燕似乎胸怀大度地说："许皇后见多识广，聪颖多才，从当太子妃到当皇后，多年来为后宫诸妃尽心操劳，为我们这些后来人树立了光辉典范。谁也没有料到，许皇后会因一时糊涂，犯了弥天大罪。可是本宫一直在思念她，在疼怜她。我们后宫的这些女人不能互相鄙视，不能互相中伤，不能对人落井下石，尤其那些得到过许皇后恩惠的人，更不能恩将仇报。许夫人，你说对吗？你们可是同胞姐妹呀！"

"对，对，对！"许嬺随声附和道。尽管她知道赵飞燕说的是一通假话，但是不敢明辩。尤其听到"同胞姐妹"四个字，她的心像被针刺了一下，痛极了。但是她心里清楚，赵飞燕、赵合德双双受宠，贵倾后宫，谁也不敢惹，特别是赵飞燕，一句话可以让你上天堂，一句话也可以叫你入地狱，对于她的话必须言听计从。许嬺的双眸紧紧地盯住赵飞燕，恭维而温顺地说："赵皇后，请您多多赐教。"

赵飞燕秀眸一瞥，话哽喉咙，又一次轻叹，继而说道：

"许皇后之罪责，对你来说，毫无关系，不必多虑。过去的就让它过去吧，不值得一提了，也不值得一思了。眼下你唯一的主要问题，该是如何处理你们姊妹之间的关系，再求得陛下和太后的信任。"

“谢皇后指教！您尽管放心，我许嫞一定牢记您的嘱托，忠心赤胆，大义灭亲！”许嫞感触极深地说。

“不，不，不，许夫人你领会错了。”赵飞燕说完后，停顿下来，脸色阴沉沉的，丝毫没有反应了。

淳于长默默地听着，默默地想着。许嫞如堕五里雾中。

赵飞燕想起皇上、赵合德、张放一大早去骊山射猎游玩，产生了一份深重的惆怅，于是旁敲侧击道：“淳于卫尉，本宫得回去了，今天皇上去微行射猎，不会上朝理政，你和夫人该忙什么就忙什么去吧！”

赵飞燕的话声惊醒了茫然悠思中的淳于长，话中有话，弦外有音，他顿即意识到赵飞燕的歹意。他向许嫞使了个眼色，许嫞已心领神会，朝丈夫点了点头。

这时，赵飞燕飘然离去。

淳于长、许嫞赶忙向前跨了一步，朝着赵飞燕的背影，深深一躬：

“送皇后！”

第十四章　昭台盼复出

阴云裹着红日悄然落到地平线以下，西方天边那片猩红色的晚霞已消退成浅灰色的暮霭，天空先是收起浅蓝，后又变为模模糊糊的淡淡青绿，接着，一道黑褐色夜幕铺天盖地地垂落下来。

长安城被混混沌沌的夜色笼罩起来了。那些绿瓦红墙和宫楼殿阁，那些玉柱石狮和暮鼓晨钟，以及宫院内那一条条铺设砖石的幽径小路，仿佛都被涂上了黑黝黝的颜色。

在这半阴半晴的夏夜里，长安郊区上林苑中的昭台宫，被浓密的柳林掩盖着，已经变得黑沉沉的，与暗淡的苍穹夜色两相衬托，好像一群身着黑色戎装的未央宫卫士看守在那里。曾显赫一时、威震朝野的许皇后就住在这里。

一钩弯月悬在西南天空，光线微弱，惨淡而清冷。天上的繁星时而被游动的浮云掩没起来，时而不愿安居现状，争先恐后地挤出云缝，眨着睡眼，蒙蒙眬眬地看着大地，看着人间，看着长安城，看着昭台宫。

乍一听"昭台宫"三个字，似乎这里是皇家宽绰漂亮的住宅，实际上这里是囚禁后妃的场所。

昭台宫有一个小小的院落，院内造有七八间简易平房，房门低矮，窗户窄小，宫门前设有一个看护室。不论是白天，还是黑夜，均有未央宫五官署的卫士们轮流值班，警守监护，严格控制许皇后的一出一进。在她的住室里，东西两个墙角摆着两张单人木床，靠近南侧的窗户下边，放置一张矮脚案几。墙皮大块大块地脱落下来，地板坑坑洼洼，房顶上布满了蜘蛛网。她的饮食固然有人管理，但已不是从前的宫女端茶，也不是从前的宦官送饭，而是监膳按时定量送饭，她吃的高粱米饭、小麦渣粥几乎是陈储腐物，谈不上五谷之香了，她再也喝不到燕窝粥和人参汤了。不难想象，许皇后的心境是何等的不好，情绪是何等的怅然。

此时，昭台宫的囚室内灯光微弱，寂静无声。唯见许皇后右手抓毛笔，在布帛上画着画。因为她当过皇后，才得到这种特殊待遇，使她有幸捡起原来书写字画的爱好。站在她一旁的，仍是她的那位宫女凌玉。凌洁、凌冰、凌霜三位贴身宫女早已被赶出长定宫，但她们仨却因祸得福，从而恢复了终生的自由。凌玉很是羡慕那三位妹妹，再也不用跟着主子参与尔虞我诈的政治斗争了。凌玉心中苦涩。她悔恨极了，悔恨自己天生是奴才的命，不应该坑害主子，不应该看风使舵，不应该向表兄吕延福举报许皇后巫蛊的秘密，万万没料到，她这位有功女奴继续陪伴许皇后。

凌玉先是瞧了瞧案头堆满的各种各样的书画。许皇后画的《凤凰迎春》，凤凰翱翔腾飞，羽拍祥云；她画的《柏树之魂》，柏树虬枝曲劲，傲雪苍然，画面充分体现了阳刚之美。透过书画，足以见到许皇后雄心未退，不甘沉沦。凌玉没有机会挥书绘画，但是对许皇后的画也能鉴赏一二、评价优劣了，这可能是多年来侍奉许皇后，得以熏陶的结果。看着书画，她感慨万分。凌玉打心底羡慕许皇后的才华，称赞许皇后的刚毅，佩服许皇后的进取。

凌玉抬头又仔细观看许皇后，只见许皇后面容憔悴，额头上皱纹半深半浅，两颊的红润消失了，一双眸子少了许多光泽，两道眉梢布上了淡紫色，曾是普天下敬仰的丽人，如今已是被风侵霜袭的一朵衰败菊花。许皇后的头上梳着庶民之女的绾环秀发，虽然青丝透亮，但再也看不到"高鬟望仙髻"的皇后发型了，那些金簪凤头、金簪玉穗、凤钗步摇早已放置在梳妆匣内，根本没有心思别于发顶了。她身穿宽衣大袖的民女素服，下着白色衣裙，曳地三尺，足着高头云履，腰系紫绸大带，但没有挂结玉佩，肩上也不再披燕尾巾了。那种端庄透着秀丽、文雅更觉风流、严肃显出骄横的气势业已荡然无存。不知怎的，凌玉愈看许皇后，心里愈发酸楚。

然而，许皇后并没有因为她的政治失利而沉沦。

许皇后在被选为太子妃时就非常刻苦，习书练画，可谓枕戈待旦，闻鸡起舞。后来，她被晋封为皇后，书画之专长也未抛弃。

许皇后手握毛笔，往布帛上画这幅《皇后恐怖图》足有七天七夜了。她因身陷囚室，四顾茫茫，凭着她青少年时期博通史事，脑海里尚存着夏、商、周、春秋战国和秦、汉时期的一些王后、皇后的遭遇，所以才能够追逐着回忆的潮汛画此作品。

许皇后额头上浸出一颗颗汗珠，滴滴答答地落在案几上。

"皇后，您先歇会儿，我给您擦擦脸。"凌玉说着拿起一块丝绸手帕。

许皇后放下毛笔，端详着即将完工的《皇后恐怖图》。

凌玉走到许皇后面前，用手帕给她擦拭脸颊上的汗珠，关切地说道：

"皇后，您要保重身体，不能这么没黑没白地干。"

"唉，这算不了什么！"许皇后下意识地回答了一句，两眼仍在盯着这幅图，似乎在查找不足之处。

凌玉仔细看了看这幅墨迹未干的《皇后恐怖图》，脱口称赞道：

"皇后，您画的这幅帛画，不亚于皇宫画师们画的壁画！"

"哎，不行不行，我这是雕虫小技，只是从中得到乐趣、得到慰藉而已，怎么能同人家相比呢！"许皇后谦逊地回答后，思索片刻，继而说道，"壁画的历史源远流长，始皇元年骞霄国献刻玉善画工名裔之事，不可尽信，但集各国艺术之大成的阿房宫，必有壁画，似无可疑的。令人惋惜的是，项羽将阿房宫全部烧毁。及至我们汉代，绘画艺术发展得更为迅速了，宫廷的黄门令官署有众多画工，我的公爹元帝刘奭在世时，就出现了许多画家。如杜陵毛延寿善画人物，新丰刘白、龚宽，安陵陈敞善画牛马飞鸟，下杜阳望、樊育亦善布色。建筑上的装饰性壁画更为流行。宫廷、邸舍、神庙处处都有壁画。文帝时，未央宫承明殿壁画，画了屈轶草、进善旌、诽谤木、敢谏鼓之类。武帝时，甘泉宫台室四壁画天、地、太一的神仙群像。这些壁画都表现得十分逼真而自然。比起这些专业画师来，我的技艺只不过是抒发一下感情罢了。"

凌玉听了许皇后对壁画艺术的一番陈述，心中更加仰慕这位被废的皇后了。心里琢磨来琢磨去，暗暗为许皇后惋惜。

"凌玉，你来看！"许皇后指着自己所画的帛画作品说，"这些皇后的下场说明了什么呢？"

凌玉闻声将双眸又落在许皇后画的《皇后恐怖图》上：戚姬唱捣米歌后成"人彘"；卫子夫温柔敦厚悬梁自尽；许平君母死产房沉冤难伸。凌玉越看心里越怕，于是反问一句：

"皇后，您干吗画这类帛画呢？"

许皇后知道凌玉不敢正面回答，尽管自己被皇家贬为庶民，终究以主子的身份和皇后的身价显赫后宫多年，而凌玉却一直是自己的奴才，所以只有担心地提出疑问了。许皇后不想兜圈子，直言不讳地说：

"我已悟出这么一条道理：多么好的女人，只要进入皇宫，有幸当了皇后，那她就甭想活着出去。这，这就是……伴君如伴虎……"

凌玉不愿再同许皇后谈论这个问题，一则怕许皇后伤心，二则怕被男看守听见，招来横祸，于是故意说：

"许皇后，这帛画的起源历史有多久啦？"

"帛画开始于春秋，我汉室颇为流行。武帝曾令画工画《周公辅成王会诸侯图》赐给霍光。"

"霍光？"凌玉顿觉这个名字耳熟，但不知是哪朝哪代哪位知名人物，随即她问了一声。

"是啊，姓霍名光，是我们汉室的一位大将军，受武帝刘彻托孤重用，被封为大司马大将军。武帝驾崩后，辅佐年甫八龄的太子弗陵即昭帝即位。第二年，霍光又被封为博陵侯。不幸昭帝早崩。又立昌邑王刘贺为太子，仅一月光景，遭众臣反对，霍光只好将刘贺废除。他出于公心，将武帝的曾孙刘询立为太子，也就是后来的汉宣帝。霍光是名副其实的三朝元老，算得上贤臣良将了。"许皇后说到这里，突然锁起眉峰，一股怒火在她的双眸中燃烧起来，她心内无比沉痛地说，"万万没有想到，霍光的妻子霍显，竟然害死了我的姑妈许平君！"

"许平君……她是干什么的？"

"宣帝的结发妻室，身为皇后。"

"啊……"凌玉听后感到蹊跷，但不便再问。

"唉！"许皇后深深地叹了一口气，随即和衣倒在床上，回忆父辈讲过的往事……

许平君同丈夫刘询是一对患难夫妻。因为刘询是有史以来唯一坐过牢的皇帝。

武帝刘彻同他的皇后卫子夫生下太子刘据，刘据得子刘进，刘进得子刘询。征和二年（前91年），卫子夫、刘据、刘进祖孙三代因巫蛊先后毙命，形成人间最可怕的惨剧。当时，刘询才生下来三个月，但仍被逮捕。长安所属的牢狱，被巫蛊案的倒霉囚犯挤得满坑满谷，再也挤不进去了。若干囚犯遂不得不被送到郡县所属的地方牢狱寄押。

三个月大的刘询，不能单独坐牢，他只有被扔到地下，啼哭待死。幸而遇到一位好心肠的廷尉监，名叫丙吉，他看到无辜孩子，于心不忍，就让女囚赵征卿、胡组轮番哺乳。

后元二年（前87年），刘彻听了一位望气者的话，连夜下令，凡是关在郡县所属牢狱里的囚犯，不论是什么罪，也不论是大罪小罪，一律斩首。宫廷卫士郭穰星夜抵达丙吉主管的牢狱。丙吉大为震惊，他大声疾呼："人命关天，小民尚且不能无辜而死，何况皇曾孙在内呢！"他正直不阿，拒绝开门，如此僵持到天亮。郭穰气得鼻孔喷火，愤而离去。

刘彻听了郭穰的回禀后，却被丙吉的言行所触动。

刘彻想了又想，感慨万分地说："杀的也够多啦，不杀也罢！"

丙吉以个人的勇气，不仅救了刘询，也救了郡县牢狱里本要断送残生的千万囚犯。

刘询五岁时出狱，但仍是一个不懂事的幼童。茫茫人海，何处投奔？丙吉只好将他送到其祖母史良娣的娘家。不久，因刘询总算是具有皇家血统，他的生活和教育都由宫廷负责，并且把他的名字正式列入皇族名册，转眼间他年近十六岁。

正在宫廷特别监狱担任啬夫的许广汉，有一个独生女儿叫许平君，刚近十四岁芳龄。她本来是许配给后宫侍卫长、内谒者令欧阳的儿子，就在结婚前夕，欧阳的儿子病故。这时，被任命为皇宫掖庭令的张贺，正负责刘询的教育和生活。于是张贺代刘询找到许广汉求婚。张贺除了强调刘询是一个有为的青年外，还说："无论如何，刘询是跟当今皇帝最近的亲属，即便他不成才，至少也有封为侯爵的可能。"许广汉心想，以一个卑微的"暴室啬夫"，能高攀上一个未来的侯爵，当然喜出望外。许广汉一口应允。

元凤六年（前75年），刘询和许平君结婚。不久，刘询带着妻子，到岳父许广汉家中居住。

正值昭帝刘弗陵逝世、刚坐金銮殿仅仅二十七天的刘贺被罢黜之际，官至光禄大夫的丙吉，曾是刘询的救命恩人，向大将军霍光提交一封书信，推荐刘询入殿登大宝。

霍光采纳了丙吉的建议。

平地一声雷。刘询，这位在情势上看起来永远不能出头的落魄王孙，又是狱吏的女婿，竟然被前呼后拥地坐上龙墩，成为西汉王朝的第十任皇帝。

多亏刘询采取迂回战略，下达"寻故剑"诏书，满朝文武一看皇上有着强烈的怀旧之情，不敢再坚持排斥许平君，马上见风转舵，联合奏请立许平君为皇后。

夫贵妻荣。十八岁的刘询当了皇帝，十六岁的许平君当了皇后。

许平君虽然当了皇后，却种下自己大祸临头的种子。

刘询登基不久，按照朝中的惯例，要封岳父许广汉侯爵，霍光首先反对，认为许广汉曾经受过腐刑，不能有此尊荣，不能拥有封邑。过了数月，霍光才同意刘询封许广汉"昌成君"。此封号位次子侯爵，而且没有封邑，只拿皇家的薪俸。

然而，最为愤怒的却是霍光的妻子霍显。她一听说许平君以一个狱吏之女当上皇后，而她的女儿霍成君，作为托孤大臣兼大将军之尊的女儿，却落了空，简直气得天灵盖都要开花，咬牙切齿地骂道：

"那个贱货，怎么夺我女儿的位置，我要她瞧瞧老娘的手段！"

其实，霍显的出身也高不到哪里去。如果说许平君是狱吏的女儿，身世卑贱的话，那么霍显比狱吏女儿还不如，因为狱吏的女儿起码还是一个自由人，而霍显在少女时期，却是霍光前妻东闾夫人的贴身丫头，实属奴仆，谈不上什么自由人。东闾夫人只生了一个女儿，嫁给上官安，跟上官安生了一个女儿，后来嫁给刘弗陵，即是上官皇后。霍显既漂亮，又聪明，而且鬼主意、馊点子层出不穷，把霍光说得心服口服。以霍光的位尊而多金，恐怕是想娶什么样的妻子，不论是高贵出身，还是如花似玉，都能如愿。可是，霍光却把霍显擢升为正妻。可见，霍显这个女人非同寻常，她自有她的一套，才使霍光这位大将军对她又敬又爱，言听计从。

霍显决心为她的女儿霍成君夺取皇后宝座，似饿狼一般，目不转睛地注视皇宫，寻找机会，待机行事。

本始二年（前72年），许平君第二次怀孕，身体感到有点不舒服，刘询召请御医诊治，再召请一些有医学常识的妇女之辈，进宫特别护理。

这时，皇宫掖庭护卫淳于赏的妻子淳于衍接到命令，进宫侍奉许平君。淳于衍临行前，丈夫淳于赏便托付说：

"你这次进宫，说不定两三个月，甚至更久，一时半会儿不能出来，是不是可以先到霍府，借口向霍夫人辞行，一则展示你的能力，一则看眼色行事，求她给我调一个好一点的差事，听说安池监出缺，如果霍夫人肯拜托霍光大将军，给我说上一句话，那可比我现在当一个苦兮兮的护卫强得多！"

淳于衍觉得丈夫的要求值得考虑。安池，是一个庞大的盐池；安池监，是一个肥差，不仅官升七八级，银子也升七八级哩！她想，拜见霍夫人的确是一个可行的门路。

于是，淳于衍赶到霍府，拜见霍显，说明来意。

霍显一听，喜上心头，乐上眉梢。这可是天赐良机，此时不下毒手，更待何时？她立刻把淳于衍领到密室，做生死之交状，搂着肩膀，亲密地称淳于衍的表字说："少夫呀，好妹子，你托我代谋的那个差事，都包在我的身上，可是我也有一件小事麻烦你。少夫呀，你可得答应我！"

淳于衍对这突如其来的宠爱有加，感到受宠若惊，她诚惶诚恐地说：

"夫人呀，你有何命令，只管吩咐，小人岂敢不听你的话？"

"大将军最爱他的小女儿霍成君啦，想使她大富大贵，有劳少夫成全。"霍显笑着，笑里藏着狡黠和诡诈。

天哪，大将军的女儿已经够大富大贵啦，还要啥更大富大贵呀？淳于衍心里想着，没有急于问话，一时堕入到五里雾中。

霍显更加柔情蜜意，顺手把淳于衍拉到面前，咬耳朵说："女人生产，跟死亡只一步之隔。现在皇后许平君怀孕而又有病，正是下手的好机会，使她看起来像自然死亡一样。她死了之后，皇帝一定再娶皇后，小女儿就十拿九稳了。"

"这……"淳于衍听到霍显如此命令，惊得说不出话来。

霍显一看淳于衍的惊吓面容，便又亲昵地称对方的表字："少夫呀，你如果肯为我们霍家出力，将来咱们共享荣华，你千万不能推辞。"

淳于衍万万没有想到自己无意中闯进秘密的血腥阴谋，更没有料到将来肯定要遭受最大的不幸。她已无法摆脱——凡是可怕的阴谋，一旦图穷匕见，便成定局。她只好答应下来，顺水推舟地说：

"好吧，请夫人放心，我认真考虑考虑。"

淳于衍回到家中，没有告诉丈夫。她想，谋杀大事，知道的人越少越好。她秘密地找到一种毒药"附子"，捣成粉末，缝在衣袋里。

本始三年（前71年）正月，许平君皇后分娩，生了一个女儿，病虽痊愈，但身体还虚弱，仍需要继续服药调养。御医们共同为许平君配制丸药。这时，担负特别护理的淳于衍乘人不备，神不知鬼不觉地把附子粉末偷偷地掺入药丸里。

许平君岂能料到贴身服侍的淳于衍竟是杀手！她吃了药丸之后，药性发作，感到气喘，因而问淳于衍道：

"我，我，我觉得头部沉重，是不是药丸里有什么东西？"

"药丸里能有啥？皇后，你可千万别多心呀！"淳于衍急忙解释道。

善良而纯洁的许平君皇后，等到御医赶到，脉已散乱，冷汗淋漓，刹那间，一命归天。

许平君于元平元年十六岁时当皇后，只当了三年，于本始三年被毒死，年仅十九岁。后人有诗叹曰——

> 赢得三年国母尊，
> 伤心被毒埋冤魂。
> 杜南若有遗灵在，
> 好看仇家灭满门。

许平君既死，霍显的阻碍终于消除。她靠着丈夫霍光，把十六岁的小女儿霍成君送进皇宫，嫁给了二十一岁的刘询。等到第二年，霍成君果真被正式封为皇后。

窗影移动，月光迷蒙。靠近窗前的案几和地板，好像撒上了一层薄薄的银粉，泛出缕缕柔柔的白光。夜静更深，空空荡荡。

"许皇后，你姑妈许平君被霍显害死后，难道就没人给她昭雪吗？"凌玉走至许皇后床前询问道。

"任何见不得人的阴谋总是要暴露的。霍氏家族叱咤风云四十年之久。但是，霍光去世没过两年，坟墓上的青草可能还没有长满，宣帝终于将此案调查清楚，除了霍成君之外，连同霍显、淳于衍在内的全族几百口人都死于未央宫刑队的刀口之下。"仰卧床上的许皇后，两眼盯住房顶，感慨万分，长嘘了一口气。

"这真是善有善报，恶有恶报。"凌玉愤愤地说。

"凌玉，你知道我住的这所牢房的来历吗？"许皇后一骨碌从床上爬起来。

凌玉摇了摇头。

"霍氏家族被处斩后，只当了五年皇后的霍成君，便被押送到这上林苑昭台宫。"

"哦！"凌玉点了点头。

"从此，一朵正在盛开的美丽花朵，被活活地与世隔绝。霍成君被关在这里整整十二年，刘询忽然想起了她，又把她转送到云村馆小屋中，虽加强禁锢，但仍不能消除心头之恨，于是下达谕旨，叫她自杀了。"

"人的地位越显赫尊贵，其结局也越难测呀！"凌玉看了看许皇后，又想了想霍成君，尽管两位皇后坐牢的性质不同，但都是同一归宿。她心内怅惘而凄楚。

许皇后的面部毫无表情，叙述完毕，她陷入了痛苦的回忆中。她忽而想到身居长定宫椒房殿的幸福情景，忽而想到成帝刘骜和自己耳鬓厮磨的恩爱生活，忽而想到自己主掌三宫六院的威严情势，忽而想到赵宜主、赵合德合伙栽赃陷害自己的卑劣行径，忽而想到成帝刘骜龙颜大怒贬斥自己的惊心场面，忽而想到全家被驱赶出长安回到山阳故乡的凄惨景况。身处囚室，难见天日；今非昔比，那悲凉的心情真是难以名状！

想到自己的身世，绝非像赵宜主、赵合德那样的出身于普通人家，她是一位侯爵将军、豪门贵府的千金女，父亲许嘉乃是大司马车骑将军、平恩侯，她从小受过严格的家庭教育。并且，自己当年被公爹汉元帝刘奭器重，特别派遣中常侍和最亲近的黄门，护送她到太子宫。在那里，皇家又派专门的女御师教她学习礼仪，读史绘画。自己漂亮非凡，见多识广，读了不少史书，绘过许多画。她聪明绝顶，受到后宫诸妃和文武百官的称赞。

她成为太子妃的第二年，生下一个男孩，这本来为她登上皇后宝座奠定了一块坚实的基石，可惜孩子早夭。不管怎么样，总算苍天有眼。竟宁元年（前33年），公爹刘奭突然驾崩，丈夫刘骜继位当了西汉王朝第十二任皇帝，她便水涨船高，终于成为皇后。不久，她又生了一个女儿，但又早夭。往后的日月，她再也没有生龙产凤。"母以子为贵"成了高不可攀的梦想。她多么盼望自己能够为汉室刘家再生下龙子、立下皇嗣呀！

许皇后若有所思地站在案几前，尽量克制悲观和失望的情绪。她不由自主地看着那幅《皇后恐怖图》，看着看着，她猛地拿起这幅帛画，想要揉搓毁掉。突然，"咣！咣！咣！"传来急促的敲门声。她停了下来，随后将帛画又铺展到案几上，对凌玉说道："快，快去问问，是谁深更半夜地敲门？"

凌玉急忙走至门前，询问了一下，才知道是定陵侯、卫尉淳于长。凌玉转身告诉许皇后："皇后，门外来了淳于卫尉，怎么办？"

许皇后一听，感到奇怪，自从自己被关进昭台宫以来，将近三年光景，淳于长从来没有到牢房看过她，现在，淳于长突然出现，他是干什么来了呢？他是受谁的委托呢？是皇上派他来的，还是赵宜主指使他前来的？她一时揣摩不定，干脆请淳于长进来，问个究竟，便对凌玉说道："请他进来。"

"是。"凌玉应声后，转身至门前，伸手打开门闩说，"淳于卫尉，许皇后请您进来。"

"好，多谢凌玉姑娘！"淳于长说着向身后的许嬷、丫鬟小翠挥了挥手，"走，咱们一块儿进去。"

许皇后一看，这位堂堂的侯爷淳于长，带着一个妖艳的女人，竟然是自己的同胞大姐，心里苦辣酸甜，脑中思绪翻腾。淳于长是王太后的外甥，是成帝刘骜的表弟，王太后和皇上刘骜同其关系非常密切，自己对他也格外信任，若不然，怎么会派他去三姑堂阻截赵宜主呢！出人意料，淳于长反戈一击，卖主求荣，竟和盘托出自己派他劫持赵宜主的谋划言行。尤其令人气愤的是，淳于长趁赵宜主、赵合德栽赃巫蛊、陷害自己之际，悄悄赶到长信宫，游说王太后，推荐赵宜主当皇后。大姐许嬿更令人痛恨，其夫龙雒思侯韩宝不幸因病去世，尸骨未寒，就接受了淳于长的示好，名声本来就够不好的了，可是她撕破了脸皮，不顾后宫内外的谴责，恬不知耻地嫁给了这位声名狼藉的定陵侯。

许皇后本想将这对狗男女驱逐门外，但反复想了想，一来自己的处境很不好，要活着出去，免不了需要借助淳于长的力量；二来自己因巫蛊赵氏姊妹，已牵连得二姐即安平侯夫人许谒送了命，怎么还能惹大姐许嬿呢？俗话说，忍一步海阔天空，让三分云淡风轻。她忍了又忍，勉强面带笑容地说：

"二位，天黑夜深，有劳你们来探望。"

"不敢不敢，末将淳于长拜见皇后！"淳于长屈身打了一躬，但未下跪施礼。不言自明，许皇后已是被贬的凡尘庶民，再也用不着繁文缛节了。

"小妹，许嬿向您请安！"许嬿主动施拜。她心里早已琢磨过，妹妹遭贬，多年身处冷宫，无人过问冷暖，特别是她作为一奶同胞的大姐，一直没来看望妹妹，无疑已铸成失礼大错，哪里还有半点儿人情味呢？这位身价一落千丈的皇后妹妹，肯定对她恨之入骨。所以，她施礼下拜后，赶紧凑到许皇后身前，伸出双手欲搀扶许皇后。

"大姐，您怎么能这样？"许皇后倒退了一步，同许嬿拉开间隔，屈体施拜，"夫人，我向您请安！"

"不不不，小妹，您可不能这样称呼我。"许嬿听到妹妹叫她"夫人"，心里翻上翻下，不是滋味，是叫她龙雒侯夫人，还是叫她定陵侯夫人？她那颗心顿时痉挛，似乎被狠狠地抽了一鞭子，抽得她疼痛难忍。

"好啦好啦，你们二位还是以姐妹相称吧！"淳于长不无调解地说。

许皇后心想，再说一些冠冕堂皇的话，也没什么用处了，她挥了一下手说："您二位请坐，我这里椅子少，就坐在床上吧！"

凌玉拿起一把笤帚，扫了扫自己的木板床，恭敬地说："夫人，请坐。"

许嬷走过去，坐在床边上。

凌玉伸手搬起室内仅有的那把旧木椅，准备给淳于长坐用，小翠赶忙迎了过去，接过木椅，放到淳于长身边，说道："侯爷，请您落座。"

"不忙，我先看看。"淳于长打了个手势，移步至案前，两眼仔细端详案几上的布帛画幅，看了好大一会儿工夫，又将目光抛在落款处，画幅名称清晰显见："皇后恐怖图"。他摇了摇头，似有惋惜的口吻："唉，这幅画足以见出许皇后的作画功底，厚积而坚实，但是选材也未免太悲观了。"

许皇后听了淳于长的评语，什么也没说。

"小妹，你干吗这样伤感呢？"不知什么时候，许嬷离开床位，悄无声息地凑到淳于长身旁，一双秀眸也在盯着这幅画图。

"许皇后，您是一位刚强的女性，也是一位才华横溢的皇后，以画抒情可以理解，但为什么不能以画抒意呢？"淳于长赞扬声中夹杂着慨叹，好像在深入浅出地开导许皇后。

许皇后知道淳于长这个人，既善言辞，又懂书画。三年前，他命令宫廷画工褚泽，画了姜后、西施、王昭君、王姑和王姝四幅美女图，并作诗配画，以此向王太后说明平凡女子照样可以晋封为皇后，从而用一条巧舌，说服了王太后，批准和册封歌女赵宜主为皇后。如今，淳于长又在玩弄书画，卖弄自己的才识，但绝不会像尊崇赵宜主那样对待自己这个无辜女人了。

许皇后仍然没有答言。

许嬷双眸看着许皇后，想起赵飞燕的话："再求得皇家的信任，才是第一要务。"但是她不忍心同胞姊妹的生活处境落差悬殊，一个在天堂，一个在地狱，说啥也要帮助小妹逃出苦海。她不顾许皇后的反感，抱着真诚而关怀的态度说："小妹，你不能这么死心眼儿，人的生命属于自己的，仅有一次，你为啥不向皇上提出奏请出狱呢？"

许皇后沉默无言。

"小妹，难道你真没想过这件事？"许嬷的态度，显然违背了赵飞燕的嘱咐。但她此时竟然被姊妹之情感化了。

许皇后何曾不想呢！只是找不到恰当的理由罢了。

淳于长心想，许嬷的痴心妄想不仅是一厢情愿，而且是徒劳无益的，到头来许皇后只能是被折磨、被捉弄、被欺骗。

"小妹，你还年轻，姿色未衰，这就是条件，就是重见阳光的条件。"许嬺继续启发道。

是啊，漂亮的女人光彩夺目。许皇后一听大姐讲到"姿色"，似乎火石相击，撞出火花，心底顿时微亮。对呀，我还没有成为黄脸婆，仍有角逐的力量。她仔细听着。

"小妹，何不让淳于长给你通融通融，争取回到皇上的身边，以解百般愁，以消千般怨？"许嬺的目光由许皇后身上移到淳于长身上。

许皇后那颗冰冷的心，好像又被温暖起来。她看了一眼淳于长，等待这位红得发紫的侍中作出明确的表态。

淳于长在倾听许嬺讲话的同时，注意观察许皇后的神态。心想，尊贵的地位一旦失去，多么显赫的人物，也会觉得无着无落。眼前的许皇后，不正是这样一个失去光泽的人物吗？她那昔日的尊位，被赵飞燕夺走，不能不感到寂寥，不能不企盼东山再起。淳于长一看，讲话的时机已到，于是摆出一副救世主的尊容，好似举起钓鱼竿，将诱饵伸向许皇后："许皇后，末将贸然请问，您是不是还想回到后宫？"

许皇后一听这话，她那绷紧了的心弦，好像被重锤狠狠地敲击了一下，受到极大的触动。她刚要答话，但看到室内站着小翠和凌玉，又把话咽了回去。

淳于长明白许皇后的心思，随即命令小翠、凌玉暂且回避。

折断了的树干是难以扶起来的。淳于长对许皇后的崛起本来没有抱多大希望，可是出于赵飞燕的"旨意"，不得已而为之，再者说，自己虽然以侯爵的身份得到皇家的薪俸，但是自己手头入不敷出，总是拮据，那么只好将脑筋动到许皇后的头上，因为让她老家山阳的亲友拿出一些财物，算不了什么，只要有足够的钱物，就能给她帮这个忙，即使她不能进后宫，也许还有其他复出的可能性。涉及具体的封号，不便出自自己这位侯爷之口，何况此事的难度确实很大，于是他向许嬺递了个眼色。

许嬺看到丈夫的眼色，心领神会，便走近许皇后，拉着她的手，悄声细语地说："小妹，你要听大姐的，先给老家山阳捎个信，让家里人多送些金银，交给淳于长去周旋，争取当个'左皇后'。"

"大姐，这事皇上知道吗？"许皇后显然动了心。

"净说傻话，这事怎么能先告诉皇上呢？"许嬺好像已经胸有成竹，怕妹妹不解，进一步解释道，"你怎么糊涂了，皇上不是得听王太后的吗？王太后不是又听淳于长的吗？"

"许皇后，末将本事不大，但我可以去游说王太后。"淳于长表态。

对呀，淳于长同王太后的密切关系，满朝尽知，后宫皆晓。如果淳于长肯尽力，办理此事如汤沃雪，那简直是极容易的。聪颖而敏捷的许皇后，当然知道淳于长在王太后心目中的位置。她深信他有这种力量，但是她也有自知之明，恢复皇后的地位恐怕不可能，不能奢望太高。于是她敞开心扉说道：

"淳于卫尉，我无辜身遭囚禁，乃赵宜主、赵合德所害，如今大势已去，只盼早日复出，不求再主掌三宫六院，但请您在王太后面前，多美语佳言，只要将我保释出狱，能够当一个婕妤也就是了。"

"许皇后，请您放心，此事包在我身上。"淳于长大包大揽地说。

"难得你们夫妇一片好心，我就拜托了。"许皇后忍辱含羞，屈弯玉体，向淳于长施礼作拜。

"不不不，这怎么行呢？末将向皇后还礼。"淳于长有生以来第一次得到皇后的主动施礼，尽管这位皇后已经被赶下政治舞台，但他还是很不习惯，赶忙躬身施礼。

许皇后大喜过望，起身走至窗前，遥望远方的山东，兴奋地说：

"今夜我就给故乡山阳写信，明天托人送走，让家里人尽快将钱财捎来，及早交于你们。"

"您破费了，末将实感不安，怎奈末将手头紧张，若不然，末将会替您垫上的。"淳于长假惺惺地说。

许皇后似乎敞开胸襟，敞开硕大的胸襟；呼唤心灵，呼唤自己梦幻般的心灵。她要舍出一箱箱重金，夺回一顶顶桂冠，带着她生命盛夏时期的耀眼光芒和无穷魅力，企图闪烁在戚族的后宫史册上。她要跟命运搏斗，力求成为命运的主人。

吱扭一声，门扉打开了，凌玉、小翠从外边走进来，她俩身后还跟着未央宫舍人吕延福。

"吕延福！"许皇后惊奇地呼道。

"小臣吕延福参见许皇后！"吕延福急忙打躬作揖。

"吕延福，你怎么来到此地？"淳于长问道。

"参见侯爷！"吕延福边施礼边说，"我奉御史大夫翟方进之命，前来通知您明日上朝议政。"

"哦。"淳于长思考着，一时猜不准所议政务内容。他不便问吕延福，但对吕延福深夜来昭台宫感到奇怪，随即问道，"吕延福，你怎么知道我在这里？"

"刚才赵皇后告诉我，说您和许夫人一起来到昭台宫。"吕延福如实回禀。

淳于长着实尴尬，担心许皇后对他和许嬺生疑。

许皇后一听吕延福的回话，不由得吸了一口凉气，断定赵宜主晓知淳于、许之举。她那颗滚烫而膨胀的心，似乎被一瓢凉水浇透，顿即冰冷、紧缩……

第十五章　欲权知轻重

刚刚下了一早上的暴雨，把混混沌沌的长安城浇洗得一片清新。

嗡嗡的晨钟声由长乐宫刚刚传来，大街小巷尚不见行人，御史大夫翟方进就匆匆穿过了未央宫的东司马门。他进入麒麟殿一看，案几上仍堆着一大摞文帛，这本来是丞相张禹应该处理的政务，可是这位安昌侯依仗皇上的支持，整天昏昏庸庸，倚老卖老，少则几日不办朝务，多则半月在府静养，致使各郡县的上奏文帛积压如山。翟方进昨日奉成帝命，欲在今天上午处理张禹申请冢茔之事，所以他摸黑起早，草草洗漱，没顾得上吃早膳，就赶到麒麟殿来了。他抬头看了看左右，只见小宦官由里屋走来，忙向他施礼。他问道："管理文帛的值班掾属呢？"

"今天是马司直。"小宦官可能是因为宫中有派，廷中有党，斗争不停，一见朝中大臣，不免心中有些害怕，说起话来声调有些颤抖。

"快去把他找来。"翟方进心内有些焦急，因为他要在今日主持朝务，急于找到丞相张禹申请冢茔的奏书。

不一会儿，马司直随小宦官走来了。

"翟大人早安！"马司直落落大方，躬身施礼。

"免礼。"翟方进热情地打了个手势。

马司直知道翟方进的来意，主动上前道："翟大人，您是来查看文帛的吧？"

"是啊，麻烦你给我找一找，张丞相申请冢茔的奏书。"翟方进和蔼地说。

"刚才薛大人来过，已将这份奏书取走了。"马司直从衣袖内取出一份长条布帛，递给翟方进说，"喏，您看，这是薛大人的取文签字。"

翟方进举目一看，"薛宣"两个大字赫然于帛上，他着实惊讶！薛宣怎么突然来到麒麟殿呢？他虽然于近日由御史中丞晋升为御史大夫，官职与我并列，这是因为丞相张禹年老多病，不能理政，皇上看我身单力薄，政务繁忙，故提拔他以助我一臂之力，但是皇上有口谕，让我仍掌管朝中文书档案记录等事。翟方进心想，皇上昨天的命诏是让我今早提取张禹的申请冢茔文帛，今天能够突然改变命诏吗？翟方进难以确定，看着马司直手中的布帛犹豫了。

"翟大人，实言相告，若不是薛大人要得急切，发了一通脾气，我是不会让他把文帛拿走的。"马司直如实地讲。

翟方进微点额首，琢磨着薛宣的动机。

马司直收起了布帛，忧虑而怨叹地说："唉！皇上整日郊游，顾不上管理政务，置奏书积压于不顾，遇谏臣忠言于不纳，这到何时才能终了？"

翟方进非常理解马司直的一番忠言，他素知马司直人品端正，为人爽直，朝廷内外无不赞扬。他勉励道：

"我汉室卿臣若都像你这样忧国忧民，不愁百业不兴！"

马司直谦逊地摇了摇头。他蹲下身子，挑选着比较重要的文帛奏书。

翟方进打心底佩服马司直，别看官职不高，比起薛宣那样的所谓大人物要强得多。马司直从不阿谀奉承，更不看风使舵。

马司直曾是成帝择用的第一任丞相匡衡、第二任丞相王商的丞相司直。马司直对这两位相爷的私欲过大而遭贬曾颇为痛心。他先后对匡衡、王商进行耐心的劝阻。建始二年（前31年）冬末，成帝刘骜即位的第二年，发生天异现象，忽然日食如钩，夜间又发生地震。成帝深感彷徨，翌日下诏，令举直言敢谏之士，问及时政阙失。马司直赶忙去请示丞相匡衡，上书成帝，不可日夜沉醉于酒色之中。匡衡果真上书规讽成帝，可是成帝不听，照常到椒房殿长定宫许皇后处，朝朝厮磨，夜夜承欢。不久，身为越骑校尉的匡衡子昌，酒醉杀人，坐罪下狱。越骑官属，与子昌弟密谋，拟劫子昌出狱，不幸密谋泄露。成帝下诏，从严查办。因越骑校尉乃匡衡所辖，所以马司直直言规劝，必须即见皇上谢罪。匡衡听后，大吃一惊，脱履入朝，免冠谢罪。成帝谕令照常冠履。匡衡因此对马司直非常感激。可是，匡衡因贪欲过重，封邑逾界，擅盗田地，最后被罢官定罪，免为庶人。此后，左将军王商取代匡衡之职，王商居功恃戚，贸然开凿沟渠，穿长安城街，引沣河水，注入丞相府邸，以行船游玩。对此，马司直曾三次挺身劝止，但是王商拒绝良言，照常施工，所以受到惩罚。

马司直将拣出的一摞急需处理的奏帛，推向翟方进道：

"翟大人，这些奏书再也不能拖等了，请您过目。"

翟方进蹲下身子，一个奏帛一个奏帛地草览，无心细看，琢磨今天上朝后将要发生的事情。他将草览的一摞奏帛放回原处说：

"你先别急，暂且把这批奏书保存好，待今天的朝务办理就绪后，我马上提醒皇上，三天后争取解决。"

"好。"马司直看出翟方进心中有事，焦虑不宁，便安慰道，"翟大人，您稍等一会儿，薛大人很快就会送回张丞相的奏书。"

翟方进心内焦躁，但只好默然等待。

小宦官看到翟大人同马司直谈得极为私密，不便打扰，便给翟方进斟了一碗茶，放在几上。翟方进主动询问小宦官的生活和家境，显得十分平和。小宦官一看这位御史大夫对政务事必躬亲，尽职尽责，对下等人也能够平易相待，和蔼可亲，他喜不自胜，竟主动说出薛宣一大早从昭阳舍出来，直奔麒麟殿来，硬逼着马司直要走了文帛，然后急匆匆地去往远条宫了。

翟方进断定：薛宣从昭阳舍出来，肯定是去参见皇上，投其所好，以表忠心；去远条宫，是劝说赵飞燕皇后助一臂之力，进而成全张禹。薛宣主动讨好张禹，是为其升官发财铺平道路。翟方进心内愤愤不平，张禹为个人后事奏请皇家平陵旁肥牛亭地，本来就不符合国法，但是投其所好的薛宣却为他奔走，使本来可以明确处理的事情变得复杂化。他眉头紧蹙，深感此事棘手。

少顷，薛宣手持文帛返回麒麟殿。

翟方进起身恭迎，寒暄一番。

薛宣面现尴尬。他清楚地知道，自己这个御史大夫刚刚晋升不久，官位排在翟方进之后，不打招呼提前取走张禹的奏帛是不妥的。但他想过，皇上格外宠信张禹，对张禹申请平陵旁肥牛亭地作为冢茔之事，虽不情愿，但也未否认。可是此事朝中卿臣必有争议，因为此地位于弗陵先帝陵墓附近。为了迎合皇上的心思，取得皇上的信任，坚持皇上的意志，为了笼络赵飞燕皇后作为自己将来的后盾，天刚拂晓他就急忙奔走。虽然赵飞燕态度暧昧，但也达到了追随皇后的目的。他深知，要想在官场上顺利升迁，必须选准时机，看准风头，抓准事件，找准靠山。为此，也就顾不得许多了，管你翟方进高兴不高兴呢！他应酬之后，马上递过张禹的奏帛，一本正经地说：

"翟大人，下官有些失礼，望您谅恕！"

"岂敢！薛大人关心朝政，有何不可？"翟方进讥讽地说。

薛宣心中有鬼，当然听得出翟方进在讽刺他。于是他反唇相讥道：

"翟大人，我怎么关心朝政也不能代主操劳，而您在朝中不是经常主持重大朝务吗？"

翟方进哑然了。薛宣的言语比往日强硬得多，若是在前些日子，薛宣是绝对不敢说出这番话的。看来是来者不善、善者不来呀！他心内有些惝惶、忧虑和矛盾。

小宦官看到翟、薛二位大人的僵局，不免有些担心，吓得躲到阁廊去了。

马司直看到薛宣无礼，早就憋不住了，欲向前辩解，翟方进向他递了个制止的眼色，他只好暂压怒火，坐在一旁。

过了一会儿，翟方进转守为攻：

"薛大人一贯关心国家社稷，体贴朝中重臣，这是我汉室文武百卿人人皆晓的。如今张老丞相为冢茔之事已呈上了奏书，我翟某虽受君命主持朝务，但力不从心，难以胜任，望薛大人协助皇上，调理阴阳，得百官载道，受万民称誉，大人如肯帮忙，一定会妙手回春！"

薛宣知道翟方进在给他戴高帽子，心中十分愤恨。皇上明明让翟方进主持今天的朝务，根本没有改变御诏的动向，这不是让他难堪吗？可是翟方进的话，句句礼贤下士，挑不出任何毛病，实在无法驳斥。他只好收敛起那股傲气，搭讪说道："翟大人何必过谦呢？您既然已受皇上重托，那么就该恪尽职守，将今天的朝务料理妥当。下官无别的想法。"

翟方进听得出薛宣说话的用意，两人同是御史大夫，这本来是皇上考虑丞相张禹长年患病、理政困难，才如此任命的，干吗自称"下官"呢？无非是对皇上给其排列的名次不服，旨在嘲讽而已。他不想再饶舌了，单刀直入地说："您就不必自谦了，干脆，今天的朝务由你我二人同时主持。"

"不不不。那怎么行呢！一来皇上有谕诏，二来两卿主持朝务也不方便，这是万万使不得的。"薛宣预料到今天的朝政复杂，谁主持谁就被挤在夹缝中，因此他不想出这个风头。

话到峰尖，翟方进不想再激怒对方了，随手拿起张禹的奏帛，起身欲上朝："好吧，我先行一步，殿上见。"

"请！"薛宣心不情愿地挥了一下手。

小宦官快步进入："翟大人，远条宫的中少府王盛求见。"

"快让他进来。"翟方进急于上朝，有些不耐烦，但实在不敢惹王盛，毕竟王盛的主子是皇后。

小宦官朝门外喊了一声。王盛跨入殿门，躬身一礼道：

"奴才王盛奉皇后之命，请翟大人立即去远条宫。"

"好，马上就去。"翟方进说着，同王盛走出麒麟殿。

薛宣顿感压抑，有苦难言。自己刚从远条宫回来，皇后怎么又突然宣召翟方进呢？皇后对张禹之事的态度半明半暗，当着自己的面儿没有吐露真言，是不是已拿定主意，要向翟方进表明态度呢？薛宣心里想着，默默步出麒麟殿，朝承明殿走去。

雾散云淡，气爽怡人。一缕缕朝霞像一条条粉红色的绸缎被微风吹出东方的地平线，远条宫被涂抹了一层躁动的玫瑰色。白玉石阶、碧玉石墙、朱漆宫门、翡翠嵌窗、曲径画廊、亭轩楼阁，均被朝霞染成各种各样的图画，耀人眼目，令人心旷神怡。

赵飞燕洗漱完毕，经梳头宫女薛静的一番打扮和化妆，其天生乌黑油亮的秀发，梳理成双鬟高髻，髻前插着一支金凤，凤头、凤身、翅膀和凤尾镶嵌着翡翠、玛瑙、宝石和明珠，簪钗别于髻顶，步摇垂于额前，一双深邃有神的秀眸流露出睿智，眼角处的鱼尾纹虽然若隐若现，但不失青春风韵，一副光滑细腻的芳容，仍粉中透红，两只耳垂上戴着淡紫色宝石耳坠，给她那尊贵的气质装点了无可比拟的豪华。她衣着更加讲究，上身穿绣嵌凤鸟的艳红袍衣，下身着曳地三尺的绿色长裙，腰束黄色大带，挂佩乳白玉绶，一双玉足着高头云履，就连那锦缎燕尾长巾也披在肩后。颀长的袍裙丝毫也遮掩不了她那修长而苗条的胴体。她虽然年仅二十八岁，但自掌持后宫后，运筹帷幄，处事显得异常老练和成熟。

赵飞燕走出远条宫寝室，走向凉亭的高台，伫立等候翟方进的到来。

她回顾入宫以来十年的生活，充满了艰辛和斗争，自己靠姿色、耍手段，抓住时机，善于斗争，才能登上皇后的宝座。然而随着时光的流逝，成帝却疏远远条宫，频临昭阳舍。很显然，这是赵合德这个贱货靠着柔情媚骨才惹动龙心，使皇上将我抛在一边。我要发动攻势，争取把皇上对我的信任夺回来，把皇上给予我的参政权力夺回来，把皇上对我的宠爱夺回来，把失去的一切都重新夺回来。

翟方进紧随王盛，快步赶到远条宫。他一看皇后站在凉亭高台上，便匆匆来到跟前，施三拜九叩大礼。

赵飞燕没有急于打听翟方进对张禹之事的态度，而是先垂询黄河泛滥、溃决河南郡县的情况，询问如何派人塞河筑堤，后又催问经济状况，怎样发展生产，继而叮嘱对西域政局不可忽视，给予促进大昆弥与小昆弥彼此相安的西域都护以汉室最高使节奖励。翟方进听罢皇后的口谕，感到惊讶，作为后宫之主能够像天子一样注重社稷，像贤臣一样关心百姓，实在令人赞誉，他对皇后的敬慕之感油然而生。他除了西域问题能够按照朝中决定作出解答外，其余问题，皆准备奏明皇上议决。

"翟大人，你是权力中枢，望鼎力协助皇上处理政务，百姓必载道称誉，本宫必终生铭记！"赵飞燕的话语真诚而动心。

"岂敢，岂敢，上有丞相辅佐政权，下有大司马、大将军掌管军权，愚臣虽身为御史大夫，焉能得以主持中枢？"翟方进说得谦和而诚实，缓缓地低下头说，"请皇后放心，愚臣一定牢记皇恩，誓死报效国家！"

话题转到了成帝的身体，赵飞燕的一双眸子涌出了泪珠。她对赵合德笼络皇上的愤恨悄悄地藏在心底，尽量控制自己的情绪。她用手帕拭了拭双眼，说："本宫身单力薄，才华疏浅，实感对不住皇上。"

"皇后贵倾后宫，才艺超人，何必如此过谦！"

"本宫惦挂汉室社稷，食不愿咽，茶不愿饮，明明知道无济于事，但亦肯尽微薄之力。"赵飞燕之谈吐，大有忧国忧民之感慨，她从另一只袍袖内抽出一卷布帛奏书，递向翟方进道，"这是我的一点心意，烦翟大人赴朝后转呈皇上，或许能够为皇上分担些忧愁。"

翟方进接过奏帛，放入袍袖内。他随即跪伏于亭台上，向皇后告辞。

赵飞燕没再挽留，目送翟方进的背影。

朝鼓阵阵，响彻庭院。

文臣武将疾步拥向承明殿。翟方进走在众人前面，头上沁出一滴滴汗珠。

各位卿臣刚刚走到端门前，太祝令丞的掾属梁峰站在门旁，高声喊着："圣驾到！"位于第一层平台上的朝殿乐队马上击鼓奏乐。卿臣们闪向两边，目送陛下先行入殿。《永至》乐声庄重而激昂，成帝刘骜闻声精神大振，走到门前停住脚步，双手举向头部，整理了一下竹皮冠。跟在身后的中常侍郑永立即上前，给成帝掸了掸龙袍。两个小宦官赶忙搀扶他登上端门的台阶。早已等候在殿门里的郎中令邱峦首先向成帝礼拜，位列两厢的卫士们持刀扶戟以示敬礼。随后，大臣们鱼贯而入承明殿大厅。

成帝被宦官们扶着踏过一级级铺着绣花地毯的御阶，登上了君临天下的宝座。这时，《登歌》乐声方止。

两边的卿臣们一齐下跪礼拜，山呼万岁。

成帝双目环顾，心中感到格外宽慰，随即喊了声："众卿平身！"

翟方进先是手捧官员花名册，代行圣诏点名呼叫，而后回禀道：

"启奏陛下，遵圣诏御命，众卿皆已赴朝入殿，唯张丞相未到。"

成帝没有吭声，举目扫视站在殿前的大臣们，左侧是御史大夫翟方进、薛宣，左将军辛庆忌，右将军廉褒，光禄勋师丹，光禄大夫刘向，太中大夫谷永；右侧是享封列侯的诸舅：平阿侯王谭、红阳侯王立、曲阳侯王根、高平侯王逢时和年轻有为的表弟新都侯王莽等，站在最后面的是定陵侯淳于长。文袍武甲，着装整齐。他心中非常高兴。昔日的成都侯王商，与四位王氏叔伯舅公同时受封，世人因此号为五侯，如今因犯吕不韦之举而被免除侯爵、丞相之职，气病离开人世。现在，外戚王氏诸舅的权势仍然不小。待他又环视左侧官员，确实不见丞相张禹。心想，今天君臣上朝议政主要为张禹奏请冢茔之事，为什么不当面讲清理由而擅自回避呢？

他开口问道："张丞相因何没有来朝？"

"微臣不知。"翟方进如实回禀。

成帝刚要发怒，但一思索觉得不妥，这岂不伤了张禹的面子吗？况且，张禹长年患病，身体不佳。他忍了又忍，欲言又止。

薛宣早已看出成帝的不满，赶紧上前打破僵局，撩袍跪于毡罽上：

"启奏陛下，张丞相年老有病，不能遵旨上朝，已托微臣向陛下请假，微臣没能及时转告，望君恕罪！"

成帝听了薛宣的回禀，立刻消除了气恼。心里不住地琢磨，还是薛宣顾全大局，给张禹解了围，若不然，张禹违旨不上殿，是要受到惩处的。他点了一下头，示意允诺薛宣启奏。

薛宣心中暗喜。他在为张禹担忧，双手已攥出汗水，没想到几句奏言终于将皇上蒙混过去，因为张禹虽然有病，但是并没有委托他向皇上请假。

官员们窃窃私语，对张禹无视朝规表示不满。

翟方进走至御案前，悄声向成帝请示道："陛下，开始吗？"

"按章程议政。"成帝叮嘱道。

翟方进说了声"微臣谨记"后，转身从袍袖内取出第一份布帛谕旨，宣读成帝晋封一批郡县太守、县令的任职书，其中以"内举不避亲"的名义，提拔了几位重臣的亲友，为的是安抚今日临朝重臣的情绪；接着取出第二份布帛谕旨，宣布在潼关当太守的翟方和，调到远方张掖就任太守，以补张禹的女婿萧咸离任赴京之空缺。这是为了缓和群臣对皇上宠信张禹的不满情绪，翟方进主动请示皇上，将自己的同胞兄弟翟方和调到远方的。当他取出第三份布帛奏书的时候，殿前大臣们又一阵窃窃私语，有的说薛宣的儿子薛惠没有资格继续留任彭城县令，有的说翟方进不愧为当朝御史大夫，远亲人，近他人，风尚可颂。

站在御案前面的薛宣，听了这些话感到非常刺耳，那张黝黑面孔一下子憋得紫红紫红的，随即喊了声："翟大人！我有要事启奏万岁。"翟方进一看薛宣高喊，便中断了宣读，回首看了看成帝，成帝点头以示准奏，于是他对薛宣说道："薛大人，陛下准奏。"

薛宣用手整理了一下衣冠，跪伏于毡罽上，郑重而忠诚地说：

"启奏陛下，微臣蠢子薛惠为彭城县令，多蒙皇恩浩荡，但是微臣去过彭城县，发现薛惠才华疏浅，确实不闲以吏事，难以胜任父母官，请陛下收回御诏，免去其县令之职，此乃微臣一片忠言！"

"薛爱卿，汝子薛惠既以吏职，若有不才之处，何不以教诫？"成帝信任薛宣，循循善导。

"多谢陛下谅恕，微臣受宠若惊！"薛宣叩头施礼，继而陈述道，"依微臣之见，吏道以法令为师，可问而知；及能与不能，自有资材。望陛下以顾国家，以爱人民，免子之职，另选贤吏，赴彭城县就任，也是对微臣和蠢子的极大爱护，请陛下明察！"

成帝听罢薛宣启奏，觉得很有道理，为社稷能申明国家之大义、为人民能抛弃个人之小利而喜悦，认定像薛宣这样的御史大夫将来必能重用。他爽快地应道："薛爱卿，朕采纳你的意见，将汝之子薛惠调出彭城县，待机另行安排！"

"多谢陛下，万岁万岁万万岁！"薛宣再次叩头。他站起身来，松了一口气，心中暗想：政治仕途上，此一时之得，彼一时之失；此一时之失，彼一时之得。

殿前的大臣们看到薛宣自谦之中藏着狡黠，知趣之中含有远见，认为这个人也够油滑的，如果有此高风，何不在上朝之前找陛下言退呢？

翟方进心里说："薛宣这个人能知退却和舍弃，算得上高手啊！"

殿前静了下来。

翟方进又从袍袖内取出一份布帛奏书，面向众臣说道："列位大人，这里有张丞相一份请奏，方进现奉陛下之命，特此宣读，以供审议。"说完后，他抖开奏帛念道——

启奏吾皇陛下：

老臣和全族蒙受浩荡皇恩，今生难以报答。然虑老朽体弱病衰，盼乞平陵旁肥牛亭之处，为吾冢茔，以身后事，待老朽死于九泉之下，不离皇家左右，再效犬马之劳！

望万岁恩准。

愚臣张禹

翟方进的话音刚落，殿内大哗。

"列位大人请安静！列位大人请安静！"翟方进极力维持秩序。

"有本只管启奏，不准大声喧哗！"成帝面有愠色地说。

殿内立刻趋于平静。

薛宣知道成帝内心所想，但是成帝迫于公卿重臣的压力，不好拍案允诺张禹的奏请，巴不得有人站出来替张禹说话。心想：说话的时机又到了。于是他向前跨了一步，跪伏于毡罽上奏道："启奏陛下，依微臣狭见，张禹乃我朝元老，所欲肥牛亭之地虽离皇家平陵墓较近，但为使君臣关系更加密切，万岁若肯赐他，岂不是天降甘露？望陛下恩准。"

"好，好，薛大人说得好！"成帝高兴地说。

"陛下——"辛庆忌、廉褒、师丹、刘向、谷永等一个个将臣面带忧虑跪在毡罽上，谏止张禹，劝说皇上。

成帝闭口不言，举目怒视。左侧的大臣们几乎全跪下了，劝阻声此起彼浮，再三央求君臣不能合葬一处。唯右侧的诸位侯爵低头仁立不语，他们当中多数人乃王氏外戚，再也不愿触怒这位君王。成帝急切地盼望着，希望能有一位侯爵走出来向前启奏，结束眼前的僵持局面。怎么，这些侯爵大将军竟然如此呆头呆脑、麻木不仁吗？就在这时，只见队尾有一个人跨出朝列，由大殿中间向御案前走来。哦，原来是侍中、定陵侯淳于长。成帝那颗悬吊的心"扑通"一下落了下来。

"启奏陛下，末将淳于长有本要奏。"淳于长撩袍端带，跪伏于毡罽上。

"讲，快快讲来。"成帝催促道。

"张禹身为安昌侯，又被晋封为当朝丞相，主掌权柄，操劳国事，官高位显，威震天下，可谓一人之下，万人之上，生为国家鞠躬尽瘁，死为人民安得其所，欲求平陵旁肥牛亭地，作为冢茔，以身归宿。陛下应该恩准，以示对老臣之关怀，群卿亦应该允奏，以示对同僚之同情。奏言妥否，望陛下思之！"

淳于长的一条巧舌，引起了大殿内的窃窃私语。

成帝听了淳于长的启奏，心中当然高兴，还没等肯定奏言，又见一位侯爵走出朝列，定睛一看，是曲阳侯、大司马骠骑将军王根，心想：难道王根还要对张禹渴中加盐吗？

这时，只听那身材不高的红阳侯王立"哼"了一声，其眼神，表明他不屑一顾。

殿上卿臣都知道，王根与张禹素不相容，也知道王立与王根久有矛盾，但人们同情王根。这是因为张禹贪婪无厌，王立自私有余。在大司马卫将军、丞相王商气病交加而死之际，依次挨补，成帝应该命王立继任，可是王立在南郡垦田数百顷卖与县令，取值至一万万钱以上，为丞相司直孙宝所揭发，成帝乃舍立不用，超迁王根为大司马骠骑将军。这样，也就种下了王立对王根的不满。对此，成帝并没有记在心上。

王根对自己几年前在府邸叠山筑台，规仿白虎殿而受成帝惩处之事，早已吸取教训，注意谨慎从职，所以他对张禹奏请肥牛亭地做冢茔一事敢于上谏驳斥，谓肥牛亭与平陵毗连，乃是寝庙衣冠，出入要道，理难拨给，另赐别地，亦能解决张禹之后事。

同意与反对的两种对立意见，一时不好统一。成帝感到烦恼和棘手，难以下定决心。

翟方进一看殿前僵局无力收拾，便想岔开话题，于是从袍袖内取出赵飞燕的奏帛，走到御案前请示道："陛下，微臣身带皇后之亲笔奏书……"

成帝哪里还有心思处理其他政务，他一听翟方进又冒出一个新的议题，烦上加烦，马上挥手制止，气恼而又懊丧地喊道："散朝！"

承明殿上因张禹奏请冢茔而争执的消息，很快传扬开去。得知此消息最早的是张禹本人。原来，薛宣散朝回来后，第一个跑到张相府通报。张禹本来年事已高，身体又不佳，突然听到这么一个不好的消息，心中当然感到懊丧，四肢顿觉软弱无力。

一天上午，张禹没有洗漱，也没有吃早饭，疲癃无力地和衣卧在床上。张禹夫人、女儿和已调回长安任弘农太守的女婿萧咸，都围坐在他的床前，你一言我一语地不住地安慰。张禹那双混浊而又充血的眼睛，含着似乎委屈的泪水，他不住地摇晃那长满白发的头颅。

相府舍人夏森快步走入张禹卧室，气喘吁吁地告诉张禹，皇上和皇后来了，御辇和凤辇离相府大门已经不远。张禹听后，一股热血涌遍全身，一骨碌爬起来："快，快去，你们快去接驾！"

张禹夫人、女儿、女婿跟随夏森，疾步跨出室门，一溜儿小跑到相府门外迎驾。

不一会儿，成帝和赵飞燕被迎入张禹卧室。

张禹一见成帝和皇后前来探望，激动得浑身颤抖，不顾成帝的劝阻，哆里哆嗦地施三拜九叩大礼。

成帝命中常侍郑永向前搀扶张禹。张禹的女儿、女婿急忙给成帝和皇后搬来两把栗色太师椅。成帝怀着满腹心事亲自驾临相府。因为承明殿上议政，许多卿臣谏阻张禹申请肥牛亭地做冢茔，特别是外戚王根，极力毁谤，说禹短处，托辞另赐别地可做冢茔。他本想直言告慰，但一看张禹抱病在床，不便开口，唯至床前问候病情。张禹已知详情，怎奈心事隐瞒不住，遂主动说出王根同自己过意不去，深感疑惑不解。无奈，成帝只好慰藉恩师，暂且忍耐，待下次上朝时，争取解决此事。

赵飞燕随声附和，也在一旁安慰张禹。

张禹听后十分感动，对成帝的恩宠早已晓于心底，而对赵飞燕的劝慰确实受宠若惊。因为他虽然年逾花甲，饱经世事，但一直揣摩不透赵飞燕的心思。

赵飞燕随皇伴驾，亲临相府，完全是出于政治目的。她已经从翟方进口中得知承明殿议政的情况，尤其令她吃惊的是，她亲笔书写的奏帛被皇上严厉拒绝。当然，她深思熟虑过，按照常理，皇后要对皇帝讲话，用不着奏书传递，在共枕同欢的时候就可以说得淋漓酣畅，可见，她和他目前的关系已到达何等疏远的地步。这次她陪他到相府探望张禹，他没有提及奏帛之事，她就更不能问了。为了确保地位的稳固，紧握三宫六院之权柄，必须善于抓住一切有利时机。这就是说，成帝喜欢什么，就得想办法给他什么，成帝厌恶什么，就得跟着他反对什么，成帝看不清什么，就得靠政治敏感性帮助他洞察时局，拿出政见。

临来相府之前，她在远条宫听了翟方进的汇报，不动声色，暗自沉思，叮嘱他下次上朝时，再将这份奏书呈献于成帝，公布于殿上。刚刚打发走翟方进，就见中少府王盛进来，告知她皇上欲去相府的消息。她马上动身，先赶到昭阳舍，含羞忍辱，面见成帝和赵合德，而后随驾来相府。果不出所料，成帝格外高兴，再三称赞她这位皇后关心重臣、体贴自己。她更加确信无疑："权，然后知轻重；度，然后知长短。物皆然，心为甚。"

成帝见赵飞燕同他一拍即合，关心老臣，心中非常痛快。他哪里知道，这是赵飞燕的心计，赵飞燕打心底讨厌张禹，明知禹意不合国法，君意不合臣情，但只是为了取得成帝的好感和信任，不得已而为之。这时成帝屏去左右，从袖中取出一份份奏帛，交给张禹察看。

张禹接过奏帛，逐条览视，统统是劾奏王氏专权，尤其是对曲阳侯、大司马骠骑将军王根舆论更甚，不由得满腹踌躇。他沉思不语，想到自己年老子弱，何苦与王氏结怨，且前日为了葬地一事，虽与王根有嫌，但因自己要求过高，难免引起他人忌恨，不如替他回护，以德报怨，使他知感为是。张禹想到这里，便向皇上、皇后回话道：

"启奏陛下、皇后，老朽对此奏折有些愚见，不知当讲否？"

"张爱卿，学生前来相府，除向您问候病情外，主要是承教尊师。"成帝打心底愿意倾听张禹的政见。

"依老朽愚见，大将军王根被人弹劾之事，须慎重对待，因现在风歪气斜，妄言惑人，愿陛下切勿轻信！"张禹说罢，即将奏帛呈还成帝。

成帝听了张禹的一席话，愈发感到恩师大度容人、高风亮节，说了一番勉励言语后，便同赵飞燕一起告别张禹。

成帝和赵飞燕转身走出相府，宦官和宫女们急忙跟了上来，搀扶他俩，登上御辇和凤辇，悠悠离去。

两辆辇车进入东司马里大门，没有拐向后宫，而是直接奔向未央宫华玉殿。中常侍郑永提前赶回华玉殿，率领小宦官、侍女们已将华玉殿打扫得干干净净。他俩刚一进殿，就看到正厅前面的过厅面貌一新，十对火红的文杏明柱矗立在过厅东西两侧，每根明柱底座前摆着一盆花卉，鲜艳夺目，特别是悬挂在第一对明柱上的两只护花鸟，"啾啾啾"地唱个不停。过厅可通向成帝日理朝政、接见重臣的承明殿，过厅也是宫中歌女演出歌舞的场所。他俩穿入过厅，进入大厅，又相互携手迈入西侧的寝宫。啊，这是多么熟悉的华玉殿哪！旧地重游，触景生情。赵飞燕刚刚入宫的第一天，洗沐大妆后，就是在华玉殿大厅内被成帝晋封为婕妤的啊！

宦官、宫女们都已经离去了。

成帝拉着赵飞燕坐在龙凤床上。他仔细端详着她的模样，清秀丽质，端庄文静，尤其被投射进来的阳光映照后，其面容更是胜过出水芙蓉。成帝的两眼死死地盯住赵飞燕；他贪婪的目光使得她耳热心跳。突然，他猛的一下把她紧紧地搂在怀里。她，已经三年多光景没有被他爱过，更没有和他同枕共欢过。她合上双眸，心里怦怦地跳着，任他随意抚摸着。成帝怦然心动，欲解赵飞燕的衣裙。赵飞燕的神经像被针刺了一下，她猛睁双眼，哀求道："陛下，别，别这样，大白天会来人的。"

成帝松开双手，有些不好意思："飞燕，我，我，我实在是……"

"陛下，今晚臣妾在远条宫等您。"

"好，朕一定去。"

寝宫的门开了，果然有人进来。原来是中少府王盛进入禀道：

"启禀皇后，曲阳侯王根已到远条宫请诏！"

"你先行一步，本宫随后就到！"赵飞燕回答道。

第十六章　槛折旌直臣

长安街巷，人来人往，熙熙攘攘，车马喧阗。

曲阳侯、大司马骠骑将军王根带着他的舍人朴巨龙，告别赵飞燕，离开远条宫。他俩各乘一匹快骑，挥鞭踏出东司马里的大门，穿行在奔往司马将军府邸的街道上。

由于大街人多，他俩放松了缰绳，缓步驰行。王根持鞭横于鞍前，举目环顾。大道两旁生长着松柏，也生长着绿莹莹的白杨、垂柳、梧桐。大街呈现绿色，小巷挤着绿色，长安城几乎全被绿色镶嵌着，人们沉醉在迷人的绿色之中。

几年前，王根奢侈逾制，在府邸花园内叠山筑台，移栽松柏，规仿皇家白虎殿，险些被成帝严惩。当他身负斧锧雪夜赶到华玉殿大厅、面君俯伏请罪的时候，多亏赵飞燕，协助王太后，向皇上直言面谏，苦口讲情，才使他免遭一场灾难。

反省可以令人心明眼亮。他不住地思索这个道理。前天，在承明殿上，群卿聚议，商量张禹奏请冢茔之事，他直言反对，惹得成帝很不高兴。多亏张禹患病未能上朝，否则这位老相国是要被弄得无地自容的，愤恨更不必说了。回到司马将军府，他刚向家里人说完殿上情况，夫人和孩子们就异口同声地责怨他。对此，他尚有疑惑，故亲往远条宫，找飞燕皇后请教。

朝中卿臣对时局不满，纷纷劾奏王氏专政，特别是对王根的舆论和指责更为强烈。成帝大驾光临相府，探望仰卧病榻的张老丞相，将这些奏书交其览视，承请赐教。"张老丞相对你极力保护，并说此乃妄言惑人，劝说皇上切勿轻信。王将军，对比你在承明殿上谏阻张老丞相之慷慨陈词，有何感想呢？"

王根乘骑回味着皇后这番话，悔恨不已。他无心赏览街景，仿佛置身于无人境地。心想，恶言不出于口，邪行不及于己，则可明哲保身也！

两匹快骑将至司马将军府大门前，王根、朴巨龙勒缰停奔，翻身下马，他俩把缰绳交于早已等候在门前的马夫。

王根抬头一看，那熟悉的巍峨府门楼阁屹立在眼前，飞脊刺天，造型别致，琉璃瓦闪烁着迷人的光芒，两扇镶嵌螺钉的红漆大门更为壮观，一边一个硕大的青铜门环挂坠在门铍上。尤其引人瞩目的是称为看守大门的"司阁"，此乃两头大理石神狮被雕刻成飞展双翅的模样，昂扬威猛，置于府门两旁，每个石狮头部刻有十三个鬈毛疙瘩，谓之"十三太保"，更加显示出府邸的极尊地位。谁都知道，只有一品官位、侯爵大卿的府邸门前才能摆有这样的显贵设置。

王根正欲登上台阶、步入府门时，忽然听到一阵嘚嘚的马蹄声，扭头一看，将军府一队射猎人马回来了。他和朴巨龙转身下了台阶，伫立迎候。

这支射猎队伍，由一名伍伯和四名骑士组成。今天一大早，他们奉王根指示，持剑戟、携弓弩，骑马去郊外猎场射猎。王根、朴巨龙一见他们马背上驮有獐子、狍子、野兔和山鸡等许多猎物，尤为显眼的是伍伯骑的白龙马背上驮着一只斑斓猛虎，顿时高兴得不得了。

王根快步走了过去，笑着说道："各位辛苦！"

"王大人辛苦！"众人翻身下马，异口同声地说。

"战果辉煌！"王根抚摸着这只死老虎。

"伍伯！"朴巨龙走了过来，叮嘱道，"您将这只斑斓虎交与膳房，让他们倒出虎血，剔出虎骨和内脏，然后请方士配成珍贵药物，以供王大人和夫人补用！"

"请朴大人放心，我马上照办。"伍伯应道。

"哎，不行不行。"王根摇了摇头，忽然想到张禹，这位相国既然以德报怨，自己就应该易仇为亲，联为至好，于是决定将猎取的这只斑斓虎转送给张禹。他向伍伯吩咐道："伍伯，你立即去往相府，由朴大人陪同，代我把这只猎虎奉送给张禹老丞相，告诉他，除了虎身可酿制贵重药物外，毛皮尚可作斑斓褥垫。"

"遵命！"伍伯打躬告辞，翻身跨上白龙骑，载驮着猎虎，挥鞭而去。

王根望着离去的射猎人马，心中大感安慰，转身登上台阶，跨进大门，进入府邸。

王根回到书房，反复思索自己已年过半百，应该"知天命"了，但为什么还做傻事呢？俗话说，交一友，通一条路；惹一人，树一堵墙。张禹同自己均是朝中一品官爵，理应谦让，不可争斗。多亏皇后、皇上及时指点，险些造成麻烦，落个"二虎相斗，两败俱伤"的下场。心中暗暗赞叹：赵飞燕，你不愧是我汉室的后宫之主啊！

他走到书架前，抽出一部孔子的帛书《论语》，坐在案几前翻看，只见一行大字映入眼帘："君子成人之美，不成人之恶。"他咀嚼着这句话的含义，进一步思考着如何消除张禹对他的不满。哦，明天又是上朝议政之日，皇上肯定还要卿臣研究张禹奏请冢茔之事，干脆，我再重修一份奏帛，呈与皇上。他放下《论语》，铺好布帛，挥毫疾书。

他刚刚写完奏书，只见舍人朴巨龙面带怒色，疾步跨入书房。

"巨龙，发生什么事了？"王根放下七寸羊毫，询问对方。

"王大人，我和伍伯遵照您的吩咐，将猎虎载送相府，刚到相府门前，就碰见了前槐里令朱云。"朴巨龙气呼呼地说。

"怎么，朱云回来啦？"王根惊异地问了一声。他知道，槐里令朱云，乃陈咸党羽，被罚到边陲服役。如今朱云是不是役满还乡、得以释放了呢？

"反正朱云没有穿县令袍服，而是着戎装。"朴巨龙感情冲动，十分气恼，"他认识我，也知道我在司马将军府给王大人当舍人。他阴阳怪气，冷嘲热讽，说什么你们王将军竟然也学会了官官相贿！但不应该将这只猎虎送给佞臣张禹，难道不怕被外人发现而耻笑吗？"

"巨龙，你怎么说的？"

"我当场反驳，人与人之间往来，何须他人干涉！"

"好，这话说得好。"

"可是朱云却这么回答我：君子交往须择善，切忌庸俗与兽伍。说完后，他便扬长而去。"

"看来朱云还是老脾气，刚直有余，豁达不足。"王根嘴上责怨朱云，但心里却很佩服这位被罢免的县令。

"王大人，朱云可能住在驿馆里，今晚我是否再找他一趟，跟他评理算账？"朴巨龙怒气未消，实感窝囊。

"哎，大可不必嘛。"王根因为总结了同张禹之间发生摩擦的教训，不想再与他人树敌，何况朱云是人人皆知的狂直谏臣，在皇上面前都敢直言上书，哪里还能惧怕一位大臣呢？于是劝阻道，"巨龙，这件事就暂且压下吧。性急惹祸端，慎言减烦恼！"

朴巨龙打了个唉声，心里觉得不平。

"你们见到张丞相了吗？"王根把话题拉了回来，问道。

"见到了。我们把猎虎献上后，丞相很高兴，再三感谢，叮嘱我们转告王大人，请他到府上做客。"朴巨龙回禀道。

"此事办得很好。你去陪同伍伯等人到膳房饮酒！"

"是！"朴巨龙拱手施礼，转身离去。

在向往的仕途上，王根的心扉又一次舒展开来。

红日早已偏西。

远条宫南殿的平台融于火红的颜色之中。夕阳，透过落地竹帘洒向绣着车马云游图案的地毯，五彩缤纷，斑斑驳驳。朱漆明柱被映射得油光锃亮，刺人眼目。黄色竹椅、栗色案几也仿佛被涂了一层橘红。然而，这里却散发着火辣辣的热气。

赵飞燕与朱云对坐几前，已谈话多时，可是并不觉得口干舌燥，宫中侍女给他俩斟好的茶水没顾得上喝一口，就连姜秋和姜霜给他俩切好的一瓣瓣西瓜也没顾得上吃一口。

朱云之所以受到皇后给予的这种特殊待遇，是因为他以元帝刘奭在位时受器重的县令之名找到淳于长，淳于长又知道他并非好惹，方领他来到远条宫。待他向皇后施过大礼、彼此寒暄后，淳于长主动离去。

被罢官的槐里令朱云，前去会晤赵飞燕，绝不是出于闲情逸致，更不是想攀龙附凤找个靠山，而是怀着忧国忧民之情，抱着振兴汉室之志，前来指责皇上昏庸无道，控诉佞臣败国之罪，就连对赵氏姊妹扰乱宫闱也给予谴责，尤其是对赵飞燕欲权专宠的野心予以无情揭露。他在皇后面前，毫无矜持之态，而是落落大方，理直气壮，把自己的观点和看法全部倒出。

赵飞燕的脸上已沁出一颗颗汗珠，她不时用丝绸手帕擦拭。这不仅是由于天热，还由于朱云直言谴责皇宫政室糜烂不堪，心中不免受到刺激。她一看，朱云一个劲儿地批评成帝贪恋合德之美色、携同张放郊游射猎，脸上亦觉无光，心中不禁酸楚楚的。好歹成帝没有在场，否则必定处以凌迟之刑。这若是在众人面前，她也要将他斥退的。可是，她对这位年近五十岁的前槐里令之性格和为人早有耳闻：刚正不阿，豪气冲天。她想，欲成天下事，在理不在威。一旦以权威压制对方，对方势必反对。所以她忍了又忍，让了又让。既然朝中有了令人愤恨之事，宫内有了令人作呕之举，那么就应该允许别人指责，以便认真改正，不能闻过则怒，更不能施展淫威。况且，为了在皇宫里站稳脚跟，赢得众人的拥护，就应该委曲求全，洞察时局，取我之利，弃我之弊。她心内虽不平，举止却大度容人道：

"朱大人不愧为我汉室之杰出谏臣。"

"岂敢。"朱云尚摸不透赵飞燕的心思，只是出于对国家的一片忠心，毫无顾忌，侃侃而谈，"皇后，我乃区区下野县令，深知在人间的地位。但小臣明白，卑贱贫穷，非士之耻，不诱于誉，不恐于诽。所言皇上之过错，确实为了振兴大汉帝业，绝不是为了个人恩怨。君子之过也，如日月之食焉；过也，人皆见之；更也，人皆仰之。皇上能否思过改过，就全靠皇后良言规劝了。"

"难得朱大人一片忠言，本宫一定劝君采纳。"赵飞燕明明知道刘骜刚愎自用，从不愿接受别人的意见，但为了皇家德隆尊望，她还是违心地答应朱云。

"皇后，刚才小臣向您所提出的欲权专宠之行径，不知您有何感想？"

"忠言逆耳，自当节制。"赵飞燕最讨厌朱云提出的欲权专宠这条意见，但是为了顾全大局，息事宁人，还是强装笑颜，似真纳谏。她想，朱云这种怪人，万万不可招惹，一旦违背他的意愿，他可以随时随地给你滥加散布，弄不好到朝廷上给你大肆张扬，其影响就更大了。

朱云一看赵飞燕胸怀大度肯闻过，身尊好德不图荣，进而倾心谈吐：

"皇后，我到边陲从役当兵，结识了一位隐士，他对我谆谆教导，一个人无欲则能修身。临分手时，他还送给我一本书。"

"哦，这位隐士送给你一本什么书？"

"《修身法》。"朱云说着从袖内抽出一卷帛书。

"但不知此书是何人所著？"

"庄平君。"朱云将书呈向赵飞燕，继续说道，"他是一位老翁，曾和这个隐士住在同一间房里，两人意愿一致，禀性相投。过了大约一年时间，一天晚上，庄平君才把这部书送给这个隐士，天亮后，庄平君悄然离去。隐士打开书一看，都是修身修道的理论。"

"后来呢？"

"隐士再也没有见到这位老翁。"

"看来这部书来之不易，的确珍贵。"赵飞燕高兴地接过《修身法》。

"这部书对于您来说，可能用途不大，但可以对照其训诫，领会其含义，或多或少可以受些教益的。"朱云抱着极大希望，豪爽之中夹着中肯。

赵飞燕打开帛书一看，一行大字清晰可见：

功与名，不值一杯水。

第二天上午，在未央宫承明殿的大厅里，御史大夫翟方进虽然打心眼里反对张禹的做法，但迫于成帝的压力，只好违心重新宣读了张禹申请冢茔的奏书。顿时，满朝公卿又爆发出一场激烈争论。

"启奏陛下，微臣尚有奏折。"光禄大夫刘向撩袍跪于毡罽上，双手将奏帛托于头顶。

"启奏陛下，末将亦有奏折。"曲阳侯、大司马骠骑将军王根疾步向前，跪在刘向身旁，双手也将奏帛举向头顶。

站立两旁的公卿大臣，一下子将目光集中在刘、王的头顶上。在上次议政时，这两位公卿都是反对张禹的，对其申请平陵旁肥牛亭之地，给予严肃的批评。今天，肯定又是重申观点，遏制张禹。这一文一武乃是朝中重臣，看皇上怎么办吧?

　　成帝一看刘向、王根接连跪在殿前,料定又是阻止张禹之申请。心中郁闷,快快不乐。心想,今天恩师张禹带病上朝,一旦众人坚决反对这位老相国呈递的奏帛,他的老脸可往哪儿搁呢? 本想命令御史大夫翟方进当众宣读已经拟好的谕旨,但考虑不妥,唯恐伤了臣心。他忍着怒气,低首不语。

　　大厅一片寂静。

　　垂手站在御案前面的安昌侯、丞相张禹,大汗淋漓,气喘吁吁,白色胡须抖动着,连连用手帕擦拭面颊。他是拖着病体上朝的。这若是在相府的话,早就躺在床上休息了。无奈,今天为了个人后事,只好坚持忍耐,豁出老命、舍出老脸也是值得的。当看到刘、王二位公卿跪谏时,他那颗心就止不住地往下沉,那张脸顿即火辣辣的,真不知往哪里藏呀! 他早就预料到,帮他说好话的人太少了。

　　诸卿的一双双眼睛不断地瞥向张禹,看到这位老相国颤颤巍巍的病态,为追逐私欲而不惜一切,都忍俊不禁。

　　一直倾向于为张禹说好话的薛宣、淳于长,本想跪谏奏迎成帝,讨好张禹,但一看到才望超人、能善言辞的刘向和恃戚倚功、手握兵权的王根,感到不好对付,不想自找无趣,所以他俩站在那里暂且观望,待机行事。

　　主持朝务的御史大夫翟方进,没有顾得上观察殿内各位公卿,而是把注意力全部集中在成帝那里,如果成帝不开金口,那么朝中的任何大事小情也无人敢下结论。他已看到成帝怒恼的神情,感觉三两句话是难以排解的。眼下,朝中卿臣没人替他说话。有的人还幸灾乐祸,巴不得让他进退维谷,他从升任御史大夫以来,类似这样的场面经历过多次,凭着丰富的处理经验,都能够顺利绕过暗礁,闯过险滩。现在,他袖中已经藏有皇上的谕旨和皇后的奏帛,但仔细一想,还不到宣读的时候。因为大多数大臣对张禹怨恨强烈,必须允许他们把心中愤恨发泄出来,待他们气消恨散之后,方能宣布皇上的笔谕。他对刘向说道:"刘大人,请你宣读奏书。"

　　刘向放下双臂,双手展开帛书念道:

启奏陛下：

　　微臣对丞相张禹奏请葬地有不同愚见。《春秋》记载：天子坟高三仞，树以松；诸侯半之，树以柏；大夫八尺，树以药草；士四尺，树以槐；庶民无坟，树以杨柳。然孔子葬母于鲁邑，坟仅四尺。张禹乃公卿，欲申请肥牛亭地为冢茔，与先王陵寝相邻并列，违规逾制，实为不妥。君臣葬为一处，岂不贻人口实，引起纷乱？望陛下三思，切忌切忌。

微臣刘向

刘向读完了奏谏，施叩拜大礼，欠身站起。

"哼！"成帝听罢刘向奏书，气得龙颜紫红。

王根的两只胳膊累得直打战，手中的帛书已抖出了声响，一双眼睛不住地瞥向翟方进，示意允许他启奏。

翟方进早已领会王根的意思，但他假装没看见，从心底讨厌这位大将军的为人。他已听到王根给张禹奉送猎虎的消息，推断王根将要出尔反尔，所以故意拖延时间，冷落王根。他慢悠悠地举目环视大厅卿臣的表情，以给众人听到刘向谏阻后一个思考的机会，并且也给成帝留个缓和情绪的机会。

王根累得实在举不住了，只好放下双臂，一手拿着奏帛，一手掏手帕擦汗，心里埋怨翟方进不怀好意。

最难以忍熬的是张禹。他的病情不好，心情更不好，听了刘向的谏阻奏书后，心焦如焚，气哽喉咙，一下子旧病复发了。咣当一声，头触毡氍，全身扑倒在地上。

"快，快，快搀扶张大人！"翟方进命令大小宦官。

站在成帝旁边的两个小宦官急忙走下御台，将张禹搀扶起来。

中常侍郑永绕至御座屏风后边，取过一个松软而光滑的锦缎坐垫放在张禹身旁，协同小宦官们扶他坐稳。

"翟大人，快请御医给张老爱卿诊治！"成帝一见张禹发病摔倒，急得马上站起，命令道。

"是。"翟方进应声后，朝殿外喊道，"哪位御医在，立即进殿！"

站在端门外等待的相府医生宁怡和舍人夏森，闻讯后跑步进入承明殿大厅。他两一看张禹面容苍白，双目紧闭，大口大口地喘着粗气，不免有些担忧。宁怡摸着张禹的脉搏，只觉得病情严重，不宜再留殿上议政。随即，宁怡跪伏于御案前："启奏陛下，张大人突然病笃，应立即回相府医治，万万不可耽搁。"

张禹似乎听到宁怡的启奏，心里惦记自己的后事，可陛下还没有恩准，所以不愿离殿，强打精神，慢慢地睁开那双老眼，抬起右手，战战兢兢地摆了几下。

成帝明白张禹的心思，但怕殿上发生事故，于是向翟方进摆手示意，赶紧将张禹抬出殿外，回府治疗。

翟方进马上照办。殿内的卫士和小宦官们抬起张禹，走出承明殿。夏森、宁怡向陛下施跪拜礼后，转身快步走出殿去。

这会儿轮到王根启奏了。翟方进待成帝坐在御座上，不得不允许王根上书。王根手展帛书念道：

启奏陛下：

安昌侯、承相张禹乃我汉室老臣，德高布九州，威望满天下，所请平陵旁肥牛亭地作冢茔，顺应君意，合乎民情，诚望陛下施泰山之恩，赐长江之情，给予恩准。在此，愚卿收回上次奏言，并望陛下海涵恕罪。

王根拜上

王根念罢奏折，向成帝施叩礼，而后站起身来，只觉得双膝疼痛，两腿麻木。

殿内大哗。

卿臣们感到非常奇怪，上次赴朝议政时，王根极力反对张禹之奏书，今日他却一反常态，真是令人费解。

成帝听了王根的奏书，自然心受宽慰。他不想再听逆耳之言了，朝着翟方进打了个手势，命令道："念！"

翟方进点首从命，从袍袖中抽出皇上的谕旨，向众卿臣念道：

御诏：

朕念安昌侯、丞相张禹，鞠躬尽瘁于汉室，赤胆忠心于炎刘，德高望众，誉满神州，特赐肥牛亭地为冢茔，皇恩浩如海，臣民固江山，贤者有其安，生者敬其贤。望张禹受旨谢恩。

钦此！

大厅趋于平静。

持不同政见的卿臣们不再谏争了。天子的言语高于一切，谁还能以卵击石呢？

翟方进看到皇上的情绪平静下来，大臣们也不再吭声了，心想：这可是宣读皇后政事奏谏的好机会。但他又一想，皇上同皇后乃夫妻关系，皇后要向皇上讲什么话还不随便吗？干吗使用奏书的方法呢？一旦传念奏书，岂不让满朝文武官员更加议论皇上与皇后之间的关系？朝中大卿应该对君王负责，他将左手伸进右手袍袖内，摸了摸皇后的亲笔奏帛，犹豫了。

这时，一位小宦官急忙入殿，向成帝禀告皇后临朝候旨。翟方进觉得这下可好了，皇后的奏书不必宣念，皇后既然上朝，那么她想说什么就可以说什么了。

成帝一听皇后临朝，考虑必有要事请奏，因这几天观察皇后的举止，大有好感，于是非常痛快地答应皇后进殿。

赵飞燕款款细步，飘然入殿。她身后跟着贴身宫女姜秋、姜霜。引人赞叹的是，她虽然当了皇后，侍从、宫女人数并没有增加，仍然是从前当婕妤、昭仪时的配备。公卿大臣们知道赵宜主入宫十年来，谨慎从事，工于心计，不露声色，大度包容，外人很难抓到把柄。她撩裙伏于毡罽上，行跪拜大礼，山呼万岁，而后谦恭地说："臣妾在殿外恭候多时，不敢入内，唯恐打扰陛下、公卿议政，但因怀揣国事，心内不安，故冒昧闯入大殿，望陛下恕罪！"

"皇后，何以这般过谦，快快请起。"成帝上前扶起赵飞燕，转身朝郑永说，"给皇后赐座。"

郑永迅速搬来一把座椅。

"谢陛下！"赵飞燕屈身一礼，将身落座。这时，她发现翟方进递来的眼神和手势，已清楚地知道她草拟的那份奏折尚未宣读，心中暗暗高兴：口谕比笔谕更为妥当，这样可防止皇上多心，也可杜绝卿臣舆论，更能夺得满朝誉望。

"皇后进殿，不知有何急事？"成帝回到御座上问道。

"刚才家乡江都外祖母派人来长安，言说黄河泛滥，溃决于堤，所有清河郡属灵县鸣犊口，变作一片汪洋，开封、洛阳一带落难吏民达十万余人。十万火急！特奏请陛下，如何派人塞河筑堤，以防水灾漫延，并请陛下亟遣大司农，调拨钱谷，救济灾民。"

赵飞燕态度中肯，眼含泪水，跪伏于毡屬上，大有忧国忧民之感。

"翟大人，你通知如下卿臣做好准备，明日赴河南救灾。"成帝听罢赵飞燕的启奏，深感事关重大，必须立即办理，遂站起身，手扶御案道。

"微臣谨记。"翟方进躬身听命。

"都水长丞张渺，负责带领治水人员，速往黄河决堤地段，抓紧组织当地民工，尽快修筑河道堤防工程。"

"是，马上通知。"

"弘农太守萧咸，准备钱财，调拨粮谷，赈济灾民，不得有误。"

"是，立即督办。"

"屯骑校尉宫浩，率未央宫五百骑士，随朕赴河南救灾护驾。"

"是，微臣马上传旨。"翟方进一一受命，屈身打躬。

"启奏陛下，为照顾圣上龙体，为赈济受灾百姓，臣妾愿随君前往。"赵飞燕撩裙跪于尘上。

"哎，这怎么行呢？黄河洪水泛滥，所冲之处，不仅行动艰难，而且食宿不便，况又十分危险，不行不行，皇后裙钗岂能随行？"成帝再三止行。

"多谢陛下洪恩！然灾民有男有女，有老有少，他们都能忍熬，臣妾为何就不能呢？望陛下恩准！"赵飞燕说着叩拜求允。

成帝沉思片刻，点了点头说："好吧，明日清晨动身。"

翟方进点头赞叹，不但感念成帝以社稷为重，而且佩服赵飞燕抓住了治国时机，利国利民利己。

位列两厢的公卿大臣们，愈发感到赵飞燕关心政事，辅佐陛下，不由自主地向她投去赞佩的一瞥。

成帝心中思虑黄河灾害，已无心再议其他政事，举目扫视位列大厅的众臣，看得出大家无本可奏，回头瞅了一下翟方进，准备令其宣布散朝。忽然，只见一位小宦官急匆匆入殿，便问道："有何要事，快说！"

"启奏陛下，故槐里令朱云求见。"小宦官伏身跪于毡毹上。

"议政已毕，不准进殿，告诉他改日再来。"成帝拒绝道。

"陛下，奴才已劝止朱云，事先没有报告陛下，突然进殿奏本，实为不宜。然而朱云回答，因被处罚边塞服役，如今役满还乡，途经京城，渴盼急于面君口奏要事，关系到汉室社稷，涉及炎刘江山，切切不能耽搁，诚望陛下恩准入奏。"小宦官替朱云再次请求成帝。

"陛下，朱云虽然是被贬县令，但他乃是先帝器重的老臣。依微臣愚见，应该允许他进殿参奏，亦可体现对先帝的尊崇。"翟方进建议成帝允其入殿。

"启奏陛下，谏臣愈多，社稷愈振兴，况朱云已是先帝时期的著名谏臣，既然他主动临朝，就应该恩准召见，以不负贤臣一片忠心。"左将军辛庆忌伏尘启奏。

"陛下，你已经决定视察河南灾情，恐三五日不能还朝，依臣妾之见，还是应该见一下朱云，以防误了要事。"赵飞燕欠身离座，屈膝施拜道。

成帝"哼"了一声，答应道："好吧，宣朱云上殿。"

"遵旨。"小宦官站起身来，屈体一躬，转身离去。

时近中午，阳光灼热。整个承明殿大厅被熏烤得滚烫滚烫，那一根根文杏明柱璀璨刺眼，放射着火一样的光芒。

大臣们的面颊红亮亮的，淌下了一串串的汗珠。

姜秋和姜霜各拿出一把漂亮的孔雀羽毛扇，欲给皇后扇风驱暑，只见赵飞燕摆手谢绝，她自己却从袖中抽出一条锦缎手帕，擦拭前额汗珠。

中常侍郑永和一位小宦官各执一把羽扇，不住地给成帝扇风取凉。

成帝坐等朱云进殿。

朱云曾任槐里县令，因乃陈咸党羽，而受牵连，被免职从役。

官至御史中丞的陈咸，为前御史大夫陈万年之子。陈万年好结交权贵，陈咸与其父不同，十八岁入补郎官，便是耿直敢言，没多久其父病死，陈咸刚直如前，先帝却重他才能，提拔重用至御史中丞。萧望之门生朱云，与陈咸气相投，结为好友，两人有次晤谈，斥责中书令石显专权误国。当时，石显的同党五鹿充宗集会讲经，依权仗势，无人敢抗，独朱云摄衣趋入，与充宗互相辩论，驳得充宗垂头丧气，怅然退去。京都人士有歌谣云："五鹿岳岳，朱云折其角。"朱云大名遂盛，连汉元帝也有所闻，特别召见，拜为博士，旋出任杜陵令，辗转调充槐里令。

后来，朱云又上疏弹劾丞相韦玄成怯懦无能，依阿取容，不胜相位。区区县令，怎能扳得倒当朝宰相？丞相韦玄成找到朱云一个小小差错，告知御史中丞陈咸认真查办。陈咸因是朱云的好友，不忍心这么干，于是通告朱云，朱云马上逃入都门，与陈咸商议救急的政策。韦玄成差人探听消息，终于得知朱云在陈咸家中秘谈，当下弹劾陈咸泄露禁中言语，并且隐匿罪人。于是，陈咸与朱云被一并捕治，下狱论罪。多亏陈咸的好友京兆府督邮朱博，趁韦玄成患病之际，建议放宽陈咸、朱云一案，这样，咸、云二人才得免死，被罚到边陲从役。如今他俩役满还乡，依旧是患难之交。

朱云奉成帝口谕入殿，向成帝、皇后行过拜跪礼。而后，他起身站立，环顾厅内群臣，朗声说道："满朝公卿，济济盈廷，上不能匡主，下无以益民，皆尸位素餐，无所用心，而白拿皇家俸薪，有何等用场？"

各位公卿大臣听了朱云的讥讽，心中实感不快。尤其是平阿侯王谭、红阳侯王立、曲阳侯王根、高平侯王逢时、定陵侯淳于长、御史大夫薛宣等人，顿即愠怒，拂袖侧目。唯新都侯王莽，同那几位王氏外戚侯爵的态度不同，而是泰然自若，毫不在意。至于左将军辛庆忌、右将军廉褒、光禄勋师丹、光禄大夫刘向、太中大夫谷永等人，似乎没受什么触动，反倒愿意听朱云的谏言，一双双期待的眼神饱含着赞同和理解。翟方进竟然点头以示支持。

王根实在忍受不住了，大声斥道："朱云，你诬蔑朝廷公卿，胆大妄为！"他一见朱云上殿，怒气就涌了上来，不仅因为朱云恶语讽刺而生气，更令他气恼的是，舍人朴巨龙由相府归来转告，朱云肆无忌惮地侮辱他和张禹官官相贿，不知羞耻。

"王根，你不必嚣张！"朱云用手指着王根，批评道，"你身为大司马骠骑将军，依权仗势，恃戚骄横，朝中凡公道卿臣，无不愤慨，无不怒骂，你有何容颜指责他人?！"

"朱云，你……"王根欲上前撕扯朱云。

"王大人!"翟方进打了个制止的手势，劝解道，"王大人，请您暂且息怒，平心静气，听朱县令把话讲完。"

赵飞燕向翟方进递了个赞同的眼神。

成帝置身御座，默不吭声，右臂肘倚着御案，右手掌托着前额，双目微闭，思考着王根的为人。

"启奏陛下，草民还有要事请奏。"朱云面向陛下打躬作揖。

成帝没有理睬朱云，但他闭目细听奏言。

翟方进代君应允道："朱县令，请你直言谏奏。"

"谢翟大人!"朱云转向翟方进施一礼，继而平身奏道，"启陛下，草民虽不才，但曾出任杜陵、槐里两地之县令，亦懂得圣人教诲。孔子所谓鄙夫不可舆事君，患得患失，无所不至。臣愿乞赐尚方斩马剑，断佞臣一人头，儆戒群臣!"

成帝听朱云语言莽撞，心中早已不悦，他放下手臂，抬头送目，当即喝声问道："佞臣为谁?"

"安昌侯、丞相张禹!"朱云直言答道。

"朱云!"成帝大怒道，"小吏居下讪上，廷辱重臣，诽谤帝师，岂有此理!来人哪!"

未央宫卫士们手持剑、戟，匆匆走入。

成帝站起，手扶御案，复顾左右道："此人罪死不赦，立即拿下!"

卫士们手握兵刃，跨步至朱云前。

"陛下!"

"陛下!！"

"陛下!！！"

辛庆忌、廉褒、师丹、刘向、谷永和王莽等公卿跪伏于毡罽上，连声谏保朱云。

"朕之决心已下，你们还愣着干什么?"成帝怒视卫士们喝道。

"陛下！"赵飞燕欠身离座，跪于毡氍上。

"陛下！"翟方进几乎是和赵飞燕同时跪于尘埃。

"君无戏言，言出必行，朕已下达口谕，任何人不得保奏。拉下去！"成帝再一次命令未央宫卫士们。

几个卫士已将朱云双臂扭于背上，但一双双眼睛盯着御史大夫翟方进。

翟方进万般无奈，向卫士们挥了挥手，以示令其遵旨。

卫士们挥舞着兵刃，厉声吼道："走！"他们欲挟朱云出殿。

朱云死死攀抱住殿前的槛栏，不肯离去，大声喊道：

"陛下，陛下，草民还有话禀奏……"

"拉下去！"成帝厉声怒吼。

卫士们架起朱云，使劲往外拖。而朱云硬是不撒手，攀拽得槛栏有些弯曲，发出嘎吱嘎吱的响声。

忽然，"咔嚓"一声巨响，槛栏折断了。

满朝卿臣惊愕了。

成帝、皇后也被这槛折的巨响惊呆了。

朱云大声疾呼："臣得从桀臣龙逄、纣臣比干，同游地下，也是甘心！但不知圣朝成为何朝？"

"拉下去！"成帝的脸色气得苍白，大吼一声后，转过身体，面朝屏风。

卫士们再次架起朱云，走出大殿。

朱云眼看就要被死神招走，一些正直的卿臣急得不知所措。

这时，只见左将军辛庆忌尚带一身侠气，急忙摘下魁冠，解下印绶，朝成帝的后背叩头启奏："末将再次启奏吾皇陛下，小臣朱云，素来狂直，著名当世，其言合理，原不可诛；就其言非，也乞陛下大度包容，末将敢以拼死力争，保奏朱云！"

沉默。大殿内死一般的沉默。

辛庆忌一看成帝仍没有回头搭腔，便双手扶地，双膝跪走，只听"嗵！嗵！嗵！"的头触毡氍声，一连叩了十七八个头，一直跪叩到御案前，继而大声喊叫："圣皇陛下——"

这凄厉的吼声在大厅内回荡。

成帝转身回头一看，啊！辛大人额头上流下殷红的鲜血，一滴一滴地滴落在御案前的毡氍上。如此忠义之士，天下难寻也！他深受触动，心觉不安，于是回心转意，重降谕旨道："传朕口谕，赦免朱云！"

"谢陛下！万岁万岁万万岁！"辛庆忌心情激动，一连叩了三个头。

翟方进点头欠身，面朝殿门口喊道："陛下有旨，赦免朱云！"

"谢陛下！祝吾皇陛下万寿无疆！"大臣们向成帝施三拜九叩大礼。

"郑永！"翟方进命令未央宫中常侍道。

"在。"郑永躬身听命。

"立即通知有司，明日派人修复殿槛！"

"是！"

"慢！"成帝打了个制止手势，和缓地说，"殿槛之折有其因，何必重修再易新。留得断槛后人议，以旌忠良直谏臣！"

"圣皇英明！"公卿大臣们异口同声。

第十七章　误诏除张渖

这是一个凄风苦雨的黄昏。

清河郡属灵县大地笼罩在一片水天相连的世界里。灵县县城已被泛滥的黄河洪水吞噬。县城老少妇幼已经迁逃出走，居民伤亡不计其数。田野里的青翠庄稼没入混浊的水中，掩映村落的杨柳树东倒西歪，树杈上的巢穴七零八落，一只只飞鸟已经争先恐后地离去，水中的无数只青蛙发出凄厉的叫声。

灵县西部的丘陵地带，一股股乳白色炊烟袅袅升起，与潮湿的雾气合二为一。这是部分受灾的老少妇孺，架起了铜釜铁鼎烧水煮饭。他们从心里感谢皇上，从京都长安带来了赈济粮食。然而大部分灾民则携儿带女，背井离乡逃生去了。

泪水注入洪水，洪水汇成汪洋。

人们露天栖身，忍熬艰辛，暂度灾荒。

赵飞燕携姜秋、姜霜来到丘陵高地。她虽然跟随成帝、大臣们经过二十余天的长途行程和垂询灾情，身体有些疲劳，但是精神振作，只是稍稍消瘦了些。眼下，她从灵县督办抗洪资材回来，没有进入帐篷休息，便又来视察灾民。她身着青色祎衣，腰束朱色大带，挂着一对玉佩，头梳高髻发型，两鬓掩耳，但未饰簪钗、步摇，只插了十二朵淡紫小花，足着高头蓝色云履。上衣短而窄，下裙上瘦下宽，更为贴身，衬出其婀娜体形。她身上未披燕尾长巾，而是肩披入宫之前牛莲花送给她的那件暗褐色的水貂皮披风。无疑，这不仅是为了御寒防风、同灾民打成一片，也是为了怀旧恩情、不忘穷苦姊妹之意。她没有暴露皇后身份，人们也看不出她是皇后，但能猜测她是一位贵夫人。

她和姜秋、姜霜看望了灾民之后，便向众人告辞，朝一棵大槐树走来。

槐树底下，躺着一具三十余岁的女尸。两个衣衫褴褛的小女孩，像被寒风吹得瑟瑟发抖的两棵弱草，她俩跪在一旁，哭得死去活来。"娘……娘……"这哭声在凄凉的晚风中震颤着。

赵飞燕和姜秋、姜霜悄悄地站在两个小女孩的背后，没有惊动她俩，好让孩子们发泄心中的悲痛。不问自明，孩子的母亲是被洪水呛淹而死。

赵飞燕从头上摘下三朵淡紫小花，走向那具女尸，蹲下，将其中一朵戴在死者湿漉漉的头发上。这时，两个小女孩透过泪眼，看到一位衣着华丽的女人在给母亲插戴绢花，顿即停止了哭声。赵飞燕站起身，走了过来，又将手中的两朵淡紫小花分别戴在两个小女孩的头上。姊妹俩感受到一种温暖，不知怎么回话才好，也不敢抬头正眼观看，赶忙站起身来，大眼睛忽闪忽闪地眨巴着，嘴角嗫嚅着。

赵飞燕仔细看了看两个不足十岁的女孩，满脸泪痕，满身泥土，但眉眼清秀，五官端正。姐儿俩面容相似，穿着一致，上身穿蓝底白花粗布衣，下身穿浅灰色粗布裤，裸着小腿，光着脚丫，两双黑亮的眼睛充满悲痛、凄楚、惶恐。她不由得想起自己和妹妹合德的童年，父母双亡，无依无靠，流落到长安大街上，乞讨度日，卖唱求生。回忆起往日的悲凉景况，至今不寒而栗。面对两个孤苦可怜的女孩，她的鼻孔不禁酸楚楚的，一双眸子涌出了泪珠，怜悯之情油然而生。她转过身体，让姜秋把一百两银子交给两个小女孩。姜秋解开包裹，拿出白花花的银子，递向两个小女孩。

"不不不，俺们不要。"两个小女孩往后躲闪着。

"快拿着，你俩不要害怕。"姜秋说着，将银子又递过去。

"不，俺不能要，俺娘活着的时候说过，不要别人赏给的东西，更不能要别人给的钱。"那个稍大些的女孩推辞道。

"这钱不是给你们乱花的，是为了安葬你们母亲的。"赵飞燕走到两个女孩近前，进一步说道，"好孩子，快拿着，没有钱怎么安葬你娘呢？"

"这……"两个女孩犹豫了。

"拿着吧，这是我对你娘的一点心意。"赵飞燕再一次劝道。

两个女孩"哇"的一声哭了，接着便双双跪在沙滩上，向赵飞燕一连磕了三个头。她俩一边哭着，一边向赵飞燕叙述了事情缘由：母亲如何为了保护大黄牛而被洪水淹死，爹如何去修堤挡坝而无暇顾及。

赵飞燕安慰两个小女孩，并询问了她们的姓名和年龄，姐姐叫何柳，妹妹叫何槐，年龄都是九岁，是孪生姊妹。她们生长在黄河岸边的何家村，爹和娘为了让一双女儿能够健康地生活下去，鉴于柳树和槐树即使在河里生、河里长，也不会被河水吞没，所以按照姓何与河的谐音，才取名何柳、何槐这样的名字。

何柳、何槐见赵飞燕这般体贴入微，但不知她是皇后，便伸出两双小手从姜秋那里接过银两，又一次向赵飞燕叩头，连声致谢道：

"贵奶奶，多谢了，多谢了，多谢了！"

傍晚，苍凉的天空没有一颗星星，流淌着一块块暗褐色浮云，土坡、丘陵、枯树开始模糊起来。从荒原上吹来了一阵阵潮湿料峭的风，直吹得土丘下池塘里的芦苇发出窸窸窣窣的响声，几只栖息在苇丛内的水鸟受惊飞起，掺和着泥沼的土腥味和杂草味，迎面扑来，让人感到凄凉、惶恐。

赵飞燕离开了何柳、何槐，朝东方的皇家帐篷走去。

这里本来没有路，全是旷野土坡和沙丘。她们踏着湿润的沙土，深一脚浅一脚地走着。寂静的黑夜，没有什么动静，只是听到脚下咯吱咯吱的摩擦沙土的声响。眼前望出去，茫茫一片漆黑。

忽然，黑夜中升起了千万束火苗，映入了万里苍穹，染红了乌云，照亮了幽深而悲凄的黄河岸滩。那耀眼的火光，灿烂，夺目，嗬！万头攒动，人流滚滚。分不清是男是女，是老是少，只见大多数人手中拿着铁锹，肩上背着柳条筐，举着火把，踩着荒漠，沿着黄河岸边，向皇家帐篷南的沙滩道涌来。

赵飞燕犹豫了一会儿，便招呼姜秋、姜霜绕过人群，加快脚步，直奔皇家帐篷。

到了皇家帐篷前边，已是祭祀和下诏的场景：几十名手持火把和兵刃的未央宫卫士站立两厢，他们当中摆着一张矮脚长方案几，上面设置九香炉碗，每个香炉碗中插着三炷燃香，那二十七炷香火被晚风吹拂得忽忽闪闪地发亮，只映得人们脸庞通红通红的。案几一角还放着一坛酒、一摞儿蓝花白底的大瓷碗。案几前边两侧站立着御史大夫翟方进、弘农太守萧咸、都水长丞张渺等人。案几正前方是临时通道。通道乃是一片松软的广漠，直达黄河岸边。通道两旁站立着手持兵刃的五百骑士。

赵飞燕看到成帝挺身站立在案几后边，面目严肃，直视前方。他身后没有往常那些执羽扇的宫女，只是簇拥着几个小宦官。此时，中少府王盛尚未到场，他一定是在帐篷内等候，这是她事先安排的。

成帝虽然一连劳顿多日，但是精神很好，那高大挺拔的身躯，宽阔明亮的脸庞，炯炯四射的目光，仍不失在未央宫主持朝政之神态。他不顾旅途艰辛，带领御史大夫翟方进，先是聆听清河郡太守汇报三十六个县的受灾实情，责令这里的一百多名大小官员一律赶赴黄河岸边，指挥筑堤，排涝救灾。后又集中一天时间专门了解灾情最重的灵县情况，严密安排官吏抗洪，妥善安置百姓。同时，成帝派遣弘农太守萧咸，沿黄河两岸施放赈济粮食；命令都水长丞张渺，协助灵县组织筑堤排洪施工。今晚，成帝在灵县鸣犊口决堤地段的上游安全区域，聚集人马车辆，举行祭祀黄河和下诏治水仪式。大多数百姓已经手持火把和铁锹来到这里了，唯独不见灵县县令率众前来。

成帝将一切准备就绪，沉着等候时辰。只见他头顶冕冠，身穿冕服。冕冠冠板前后垂吊着白玉制成的十二旒，两根黄色缨丝绳将冠圈系在下巴颏下；冕服上衣黑缎，六绘章纹，下裙黄纱，六绣章纹，其红日、圆月、星辰、大山、蛟龙、华虫、宗彝、草藻、明火、粉米、斧黼、亚黻等十二幅章纹，清晰易辨，耀人眼目，裙下另有裥褶，素纱中单，红罗蔽膝，腰间的革带挂着玉佩，身上的大带配有佩绶，两足着高底云履。从头到脚，各类图画章纹将成帝的这身玄衣纁裳点缀得愈加庄重威严。

无疑，皇帝只有在最隆重的场合，才能穿戴这身十二章纹的冕服。赵飞燕看过，成帝在纪念先祖刘邦建立汉朝王室之日、晋封大司马、丞相和御史大夫"三公"之时、选召自己和妹妹合德入宫并册封之际，才穿戴这类冕冠冕服。现在，成帝着装如此隆重讲究，完全是为了祭祀天地、驱退洪水，以赐给黄河两岸百姓之安详和福音。

成帝的目光一直聚射前方，审视着威严而矫健的未央宫五百骑士，注视着手持火把的千万名灾民，等待着灵县县令闫风景的到来。

弘农太守萧咸感觉天气寒冷，周身不住地打着寒战。他已将赈济灾民的粮食发放完毕，对于今晚参加成帝的祭祀活动毫无兴趣。他自从依靠岳父张禹将全家由西北边陲调到都城长安后，从未去过乡下，更没有来过一贫如洗的河南一带，感到这次随君救灾得不偿失，一没有弄到钱，二没有得到物，每到一地施放钱物和粮谷，都有御史大夫翟方进跟随监督，搞得十分疲劳。他神情沮丧，无心观赏黄河岸滩上的人流和火把。

都水长丞张渺，出身于巫蛊世家，先祖因在汉武帝刘彻登基执政时期习搞巫蛊而遭贬，后在汉宣帝刘询即位掌握朝政之时，全家人几乎全部遭涂炭，多亏了当时担任都水长的舅舅将自己保释出狱，还教授自己学习治水知识，恰值都水长丞出缺，由舅舅生前好友、光禄勋师丹推荐，才混得个出人头地。遗憾的是，他从小就喜神敬鬼。他妻子姚银风也不务正业，因给许皇后做女巫，巫蛊赵氏姊妹飞燕与合德，险些被燕赤凤刀劈毙命，幸亏武功在身，尽管右臂受伤，还是得以逃生。此次他随成帝赴河南抗洪救灾，赵飞燕皇后虽然同他督促灵县县令闫风景赶制皮筏子，筹备草袋子，发动万民筑堤挡洪，但是他背着皇上、皇后，悄悄安排大型祭祀黄河活动，妄图通过此举驱退洪泛，再次博得皇家的重用。他把这一切暗暗托付给闫风景呈办，盼望顺事佳音奇迹般地突然降临河南大地。他的目光焦躁不安，透过火把人流，寻觅着灵县县令闫风景的身影。

尽职尽责的御史大夫翟方进，深得成帝器重。多年来，他在未央宫、承明殿一直帮助成帝主持朝务，处理军政大事，解决了许多非常棘手的问题。这次成帝南巡救灾，本来没有命他随驾，可他主动提出伴皇救灾。成帝深感这位卿臣忠于汉室，便答应他一同前往，并令其兼任临时都水使者。几天来，他随成帝巡视了河南黄河段，应急处理了一件件有关河道洪泛之政务大事，指示当地管理河务的官员采取防洪排涝的紧急措施，针对受灾轻重的郡县下达赈济指标。成帝对他十分满意。他谨从职守，洞察一切。翟方进早已瞥见站在通道外边的赵飞燕，便向赵飞燕打了个请进的手势。赵飞燕心领神会，点首致意。

因地处荒漠河岸，赵飞燕不想惊动臣民，所以她没有令宦官们通禀成帝，而是悄然携姜秋、姜霜从通道一旁进入，款款碎步直奔御案前。她屈身下拜施礼，低声细语道："启奏陛下，臣妾来迟，望陛下宽谅恕罪！"

正在沉思的成帝，一见赵飞燕视察灾民回来，心里非常高兴。他知道皇后随驾的甘苦，满面欢喜地安慰道："免礼免礼！多日来，皇后为朕辛劳，为民送暖，已很劳顿，朕岂能治罪于你！快，快来入座，小憩节劳！"

"岂敢陛下挂念臣妾，多谢陛下关怀之情！"赵飞燕又施一拜礼，起身移步至御座。

赵飞燕刚刚转身入座，只见御史大夫翟方进、弘农太守萧咸、都水长丞张渺等卿臣由通道中央走来，撩袍跪于铺在沙滩上的毡㡩上，向赵飞燕施礼。赵飞燕挥了挥手，以示群臣免礼。翟方进、萧咸、张渺等人欠身打躬施礼谢过赵飞燕后，又回到各自站立的位置上，注视着南侧沙滩通道涌来的人流。

赵飞燕仔细察看了一下位列两厢的卿臣，不见屯骑校尉宫浩。哦，对，宫浩奉皇上之命到灵县向闫风景下达谕旨去了。心想这位未央宫校尉是皇上非常信得过的武将，也是皇上唯一的安全保障。此时，宫浩和闫风景一定正在归途中。

酉时已过，戌时即到。原定祭祀和下诏的时辰已过，看来灵县县令闫风景已经误诏违命。这种违君抗命的行动，成帝是绝不会容许的。成帝双眉锁起，霍地站了起来，在毡上来回踱着步。他的脚步虽然是轻的，但是叫人感到是非常焦急而沉重的。

翟方进眼观六路，耳听八方。他已经瞧见皇上的焦躁不安，知道闫县令误时误诏的后果不堪设想。他三步并作两步冲到中常侍郑永身旁，悄悄地命令道："郑永，快，快，快去看看！"

"是，我马上去！"郑永应声后，疾步离去。

赵飞燕心里亦很焦急。她同都水长丞张渺乘船去灵县垂询灾情时，看到城池淹没在一片汪洋中，闫风景正站在水中指挥灾民赶排洪水。后来一看她们赶到，不仅积极汇报情况，而且还非常坚定地表示尽快筹备排洪资材。皇上确定今晚下诏治水，作为一县县令的闫风景已经接到谕旨，他怎么胆敢误时弃诏呢？

黄河岸边的夜风冷飕飕的，人们不禁打着寒战。唯有都水长丞张渺的头上沁出一颗颗汗珠，他皱紧双眉，满面焦虑，时而朝着通道尽头翘首企首，时而看看面带怒色的皇上。

不一会儿，中常侍郑永由通道南端跑步进入，翟方进快步迎了过去。

"启禀翟大人……我已找到……闫县令……"郑永气喘吁吁地回报。

"闫县令在什么地方？"翟方进催问道，"快说！"

"离此地不远，东南方向的一个高地上。"

"他怎么迟迟不到？"翟方进又催问道。

"他被一群难民撕打着，根本没法脱身。"郑永用衣袖擦了擦额头的汗珠，继而说道，"正处危急时刻，屯骑校尉宫浩带着骑士们赶到，才将闫县令救出人群。"

"郑永，你知道肇事的原因吗？"翟方进用缓和的口气问了一句。

"回翟大人的话，小人不知。"

"好！你站在一旁歇息吧！"

瞬间，一阵由远及近的马蹄声传来，只见头戴兜鍪、身穿铁裲裆的宫浩跨骑一匹雄骏的匈奴铁青马，携带十多名骑士，来到通道南端。他翻鞍离镫，将缰绳交给身旁的一位骑士，转身疾步踏向御案前。

位列两厢的数以百计的骑士们，手中擎起的一束束火把，照耀得通道一片光明，映射得漆黑的夜空变成一道长虹。宫浩挺胸阔步，左手扶着腰中佩剑，右手挥动着，他的肩膀和胸膛特别宽厚，那双大眼闪射出一道犀利的光芒，他的前额高而宽，鼻梁挺且直，他那下巴颏方方正正的，显示出无比的刚毅和坚强。只见他身上的铁裲裆散发着一团团热气，头盔下的汗水簌簌地流入脖颈，脖领已被浸湿。

"启禀陛下，末将奉旨，已将闫县令催来！"宫浩屈身跪于毡氍上，边施礼边回禀道。

"大胆宫浩！朕命你向闫风景传达谕旨，申时末酉时初必须赶到现场，以听候朕下诏治水，现在酉时已过，戌时进半，大多数百姓已经按时赶来，而你们为何姗姗来迟？难道你们不怕杀头？"

"末将知罪，罪该当诛。只是闫县令寻找牛群，引起灾民极大愤慨，百姓纷纷抗议，我等被灾民围困，不得脱身，故而来迟。"宫浩说罢，将头颅紧紧地触在毡罽上。

"什么什么？寻找牛群？简直是无稽之谈！"成帝气得来回踱步，听了宫浩一番回话，觉得闫风景的所作所为实在让人费解。停了一会儿，先是命宫浩平身，后又疾声令道："宣闫风景觐见！"

"圣上谕旨，宣闫风景觐见！"御史大夫翟方进向通道两旁的宦官们说道。

忽然，由黄河沿岸传来了人们山呼海啸般的呐喊声。这声音，划破了寂静的夜空，震颤着黄河岸边的土坡丘陵。随着喊声，只见一股强大的人流就像那溃决大堤的黄河水涌向通道南端的岸滩上。

从人群中挤出三人。为首的身穿县令官服，约有四十岁，身材中等，略微有些发胖，面色白中透红，两道眉毛平平的，两只眼睛虽然又大又有光泽，但是透露着焦虑和恐惧。另外两人着装相同，全是县衙内统一的兵士服装，不问自明，这两个人是当差的。两个官差将县令护送到通道中央，县令向他俩叮嘱了一番话，挥了挥手，躬身脱下布履，转身撩袍提履，拼命地朝御案前跑去。这条临时通道全是松软光滑的沙滩，再加上他两只脚已经脱掉了葛布单鞋，只穿着一双白色长筒布袜，所以跑起来踉踉跄跄，非常吃力，一脚一个沙窝，一脚一次打滑，场地两旁的未央宫卫士们看后不禁失声大笑。他根本顾不得有失体统，只有按照当今天子规定的面君礼仪行事，保全性命就足矣。

"启禀陛下、皇后，微臣乃河南灵县县令闫风景，奉旨赶到。陛下、皇后在上，微臣闫风景在下，祝愿陛下、皇后千秋万岁万岁万万岁！"闫风景大约跑了一里多的沙滩通道，没敢跑至毡罽上，而是在离御案老远的地方就停了下来，双膝跪伏于沙滩，上气不接下气，一边祝福陛下、皇后，一边施三拜九叩大礼。

"大胆闫风景！小小县令，竟敢无视国法，目无君王，误时违诏，耽搁抗洪，你可知罪？"成帝掌击御案，戟指怒目道。

"死罪！"闫风景泰然答道。

"拉下去！"成帝给了屯骑校尉宫浩一个眼神，侧过身体。

"陛下，这……"宫浩犹豫不前，觉得陛下的决定着实唐突。

"陛下！恕臣妾多言之罪。"赵飞燕欠身离开御座，屈身下拜施礼。

成帝没有理睬。

"刚才宫浩回禀，闫县令之所以没有按时赴诏，是因为他四处寻找牛群，引起灾民极大愤慨，百姓纷纷抗议，乃至被灾民围困，不得脱身。陛下，既然如此，何不给闫县令一个机会，让他阐明事情的原委本末呢？"赵飞燕不顾龙颜震怒，直抒胸臆，冒险请谏。

"陛下，皇后请谏有理，请陛下三思！"御史大夫翟方进打躬施礼，劝谏成帝。

"闫风景，讲！"成帝令其谏奏。

"多谢陛下！"闫风景又向前跪了一步。

"陛下、皇后不怕艰险，亲临我灵县洪水冲淹重灾之地，赈济百姓，泽及万众，不仅是我县之安，而且是举国之喜。陛下、皇后隆恩浩荡，如泰山之父恩，似长江之母情，我灵县百姓将永世相传。"闫风景心内无比激动，直抒胸中感慨，"七天前，皇后竟乘舟涉水到我县部署抗洪救灾事宜，微臣闫风景遵皇后之口谕，督促工匠日夜赶制牛皮筏子三百多艘，现已全部运到鸣犊口附近，正待命下水塞河筑堤。皇后之英明决策，强有力地带动了全县百姓抗洪……"

成帝和赵飞燕万没想到这位小小县令竟会如此说话，两人会心地点了点头。

"六天前，小臣闫风景又遵都水长丞张大人之命令，拢聚九九八十一头黄牛，以备宰割祭祀，驱退洪水。全县牛群因水大灾重，无草无料，有的被活活饿死，有的被洪水淹死，直到今晚戌时初，才勉强凑够牛群数量。不料惹得全县民众极度不满，将吾围困纠责不休，迟迟不得脱身。所以才误时误诏。吾之罪过无法宽赦，微臣宁愿一死，以报陛下、皇后之洪恩。"

好一个闫县令！明明对张渺的做法很是不满，却如此含屈吞冤，唯命是从，君君、臣臣、父父、子子，谁上谁下、谁尊谁卑，分得清清楚楚啊！翟方进心里说。

"闫风景，朕来问你，拢聚九九八十一头黄牛，确实是都水长丞张渺授意于你吗？"成帝追问不舍。

"小人句句实言，岂敢犯欺君之罪！"

"闫风景，你身为一县父母官，竟敢不顾百姓疾苦，强行拢聚八十一头耕牛祭祀，这是哪朝的国法规定？"成帝继续追问道。

"启奏陛下，微臣蒙君恩被，册封为灵县县令，对汉刘之国法晓知一二，诚然亦知陛下从未下达过如此祭祀谕诏，但闻知张渤大人身负都水长丞重任，况又是我汉室炎刘之钦差，微臣岂敢抗命违令？如若治罪，诚望陛下治微臣一人身上。"闫风景言罢，又一连叩了三个头。

成帝停止了问话，默默无语。

整个现场陷入星空般的沉寂。

夜风掀动着汹涌的云海，偶尔从云缝中露出的几颗星斗绝望地闪射着痛苦的光芒，插在通道两旁沙丘上的一面面镶着白绸牙边的长三角形红色战旗呼呼啦啦地飘响着。

忽然，只见几十只火把从通道南端人群中闪出，形成一条火龙，向御案前蠕动而来。领头的是一位四十多岁的中年汉子，他身着短裤，赤背裸腿，四方脸，络腮胡，大眼睛，浓眉毛，厚嘴唇，宽鼻翼，走起路来又快又稳，一看便知他是在黄河岸滩艰苦跋涉过的人。

一位小宦官急匆匆地跑来，朝着御史大夫翟方进躬身一礼道：

"启禀翟大人，一群难民急切要求面见陛下！"

翟方进早已发现这条火龙涌来，断定这股人流必有要事请奏皇上。他本想立即允诺，但一看皇上仍侧身思索，好像没有发现什么动静。而赵皇后先是望了望手持火把听宣待诏的人流，后又向他打了个允其觐见的手势。他马上明白了，转身对这位小宦官说道："允其觐见陛下，切切不可吵闹！"

"谢翟大人！"小宦官又施一礼，转身离去。

人们的目光射向这股觐见成帝的人流。

人群听了小宦官的回话后，立刻涌向御案。他们在领头中年汉子的带动下，纷纷跪在沙滩上，向成帝山呼万岁，行三拜九叩大礼。接着，那个中年汉子陈述道："启奏陛下，小民姓何，家住黄河岸边何家村，祖祖辈辈遭黄河水害，父亲盼望我这一代将黄河治好，把洪泛杜绝，故给我取名治河……"

何治河说到这里，抬头一看，成帝正转身静听，不免心里有些紧张，但还是鼓起勇气，继续说下去："可是天公不作美，越穷越受灾。万万没有想到，今年的黄河洪水竟然像野兽一样，将我们的村庄统统吞噬，大部分人畜被洪水卷走，仅有少数人保住了耕牛和性命。人们一听万岁爷长途跋涉，前来赈济，活下来的灾民喜不胜喜，奔走相告。可是，正当我们高兴得流下热泪的时候，却又灾上加灾，火上浇油，我们，我们八十一名灾民……"

灾民们一听何治河痛苦地说不下去了，都感到一阵心酸，呜呜地哭起来了："陛下，我们……再也活不下去了，陛下……"

几十名男人哭喊成了泪人。那哭声惊天动地，震颤着黄河两岸。

"各位父老，你们有何冤屈，直接上报于朕！"成帝心受触动，允其奏。

这时，传来两名小女孩尖厉的哭喊声。她们拼命地跑来，几个兵士急忙上前阻拦。

"翟大人！让两个女子觐见。"成帝胸阔如海，很是体恤灾民子女。

"遵旨。"翟方进转身朝着小宦官说道，"陛下口谕，宣召两个女子觐见！"

"陛下口谕，宣召两个女子觐见！"小宦官提高了嗓门宣呼道。

几个兵士立即闪向一旁，两个小女孩如离弦的箭，朝御案前奔来。她俩一下子扑跪在何治河膝前，凄厉地哭泣着：

"爹爹，爹爹，你快带俺们回去吧！咱们别告状了……"

跪在沙滩上的何治河是一个刚强汉子。他看见一双女儿跑来，心里非常难过，但一听女儿们是来劝阻他告状的，无名大火冲上头顶，"啪！啪！"两声，狠狠地打了两个女儿一人一个耳光。

"何治河！"赵飞燕厉声喝止。

何治河愣住了。停了好大一会儿，他一看两个女儿被打倒在地，便赶忙跪爬着，把两个女儿扶起来。父女三人拥抱在一起，痛哭不止。

"爹爹，你带俺们一块儿回去，只要你回去，你打死俺们，俺们也不恨你，俺们不能没有爹，俺娘为了大黄牛，她，她，她已经被官家推入水里，活活地淹死了。俺们再也看不见俺娘啦！你，你，你可不能惹官家！爹爹，你为了俺们姊妹俩也要忍下去。爹爹，你快带俺们回家吧……"

两个小女孩的哭声撕肝裂胆。在场的君臣和赵飞燕被孩子们的哭声搅得坐立不安，无不酸楚楚的。

赵飞燕已经辨认出两个小女孩，便大声呼道："何柳，何槐！"

"啊！您是京都长安来的贵奶奶！"何柳、何槐惊喜地喊道。她俩说着跑了过去，跪在毡罽上，向赵飞燕一连叩了三个头。

"快，快起来！"赵飞燕离开御座，上前搀扶何柳与何槐。

"多谢贵奶奶！"何柳、何槐欠身又施一拜。

"何柳，何槐，你们怎么认识她呢？"成帝手指赵飞燕，奇怪地询问两个小女孩。

"哦，你问这个呀，俺们当然认识啦，贵奶奶是大好人，是俺们的大贵人！"何柳天真地回答道，"贵奶奶心疼俺们，给俺们那么多银子，让俺们安葬俺娘……呜呜……"何柳说到伤心处，同妹妹何槐又难过地哭起来了。

"何柳，何槐，快跪下，那是万岁爷！"何治河朝着女儿们喊道。

何柳、何槐一听父亲的喊声，惊愕了，好大工夫才想明白，她俩马上跪在毡罽上，不住地向成帝叩头。

"免礼免礼，快快起来！"成帝说着向郑永打了个手势，郑永急忙向前搀扶何柳、何槐。

何柳、何槐爬起身来，刚一转身便发现了都水长丞张渺，顿时两双眸子闪射出愤怒的光芒，随之怒声说道：

"就是他，就是他！是他让人抢俺家大黄牛的，是他害死俺娘的！"

"张渺！"成帝厉声喝道。

张渺早已吓得面色苍白，瘫跪在毡罽上，额头上滚下一颗颗豆粒般的汗珠。

"陛下！"

"张渺，你胆大妄为，目无我汉室国法，破坏我炎刘声誉，竟敢擅自篡改祭祀项目，肆意残害灾区无辜良民，罪应受鼎镬煮沸之惩！"成帝严厉斥责道。

"陛下，皇后，请你们高抬贵手，饶奴才一条小命！"张渺苦苦哀求，将头触地。

众人将目光一齐射向张渺。张渺腹背如受芒刺，从头到脚感到火辣辣的疼。

御史大夫翟方进用鄙夷的目光扫了一下张渺。他对张渺其人早有耳闻，张渺出身于巫蛊世家，喜欢敬神敬鬼。多年来，张渺没有向皇上提供过一份像样的治水排涝方案，而是处心积虑，到处钻营，为了个人升官晋职不择手段。今晚，张渺自酿苦酒，可恨，可气，可卑，可叹！

赵飞燕的嘴角露出一丝不易察觉的嘲笑，像在鄙视张渺的胆怯、龌龊和浅薄。当年张渺曾支持妻子给许皇后拍马帮忙，巫蛊赵飞燕、赵合德。许皇后的罪恶行径败露后，赵飞燕对他没有深究，而是从长计议，忍下怒恨。现在，到了铲除祸害的时候了。她又将目光移向成帝。此刻，她将自己的丈夫奉若神明。入宫几年来，她亲眼见到丈夫惩治成都侯、丞相王商，曲阳侯、大司马王根，废黜许皇后；她还目击谏大夫、河间宗室刘辅被丈夫贬为庶民的情景。惩佞臣、罚邪恶、废贪官、除异己，乃是丈夫一贯的治理朝政手段。她，已经作出判断：张渺绝对逃脱不掉皇上对他的惩处。

成帝下了狠心，决定除掉张渺。因为张渺之举大大破坏了皇家在灾民心中的威望和信誉。如若姑息迁就，置灾民痛苦于不顾，那么大有可能刺伤灾民的心。他的双目顿即闪射出杀气，伸出右臂，向屯骑校尉宫浩打了个将张渺拉下去处斩的手势。

张渺的头颅死死地触顶在毡罽上，忽然，他只觉得一只强有力的大手伸向脖颈，紧紧抓住脖领，将他猛地提了起来。他全然明白了，拼命挣扎道：

"陛下，皇后，陛下，皇后……"

宫浩一手摸着腰间佩剑，一手提着张渺，快步离开御案，走出通道。

场上陷入一片沉寂。

凉风从头顶掠过，雷电在天边轰鸣。

"翟大人！在这抗洪紧急关头，都水长丞空缺，何人出任为宜？"成帝试探这位临时都水使者。

"陛下法天弘道，英明圣德，还是陛下任贤为好。"御史大夫翟方进打心底感谢皇上，委婉地推辞道。

成帝一听翟方进的推辞恭维之言，心里说，为官越大越谨慎，理政越繁越心细。但是他仍要听听这位御史大夫的意见，诚恳地说道：

"爱卿，有道是，为王拒谏而大事废，为君纳谏而百业兴，朕还是要听听爱卿的高见！"

"陛下，功高如天，德布九州，爱将惜卿，从善如流，微臣翟方进谨从君命，如若推荐不当，诚望陛下纠偏！"翟方进一看无法推辞，只好答应从命，"依微臣愚见，灵县县令闫风景可肩负都水长丞重任！"

成帝一听，真乃不谋而合也。他心中非常高兴，转身又问了赵飞燕一句："皇后，你以为如何？"

赵飞燕心内揣摩来揣摩去，也早就找准了定盘星。她微笑答道：

"贤臣遇明主，明君爱贤卿。陛下从谏如流，招贤纳士，乃神州皆知。况翟大人勤于政务，关心律令，亦不忘忧国忧民。只要你们君臣决议下来，臣妾当然放心，绝无异议！"

"翟大人，传朕口谕：命河南灵县县令闫风景代理都水长丞，担负起黄河两岸抗洪抢险重任，并令其即速将收拢的八十一头耕牛归还给灾民失主！"成帝转向翟方进命令道。

"遵旨！"翟方进朝坐在御座上的成帝打躬施礼，回过身来，将成帝口谕宣呼一遍。

"陛下隆恩浩荡，多谢陛下！万岁万岁万万岁！"闫风景谢主隆恩，并携何治河等八十一户灾民跪于沙滩上。

"皇后，准备祭祀！"成帝面向赵飞燕说道。

"是，臣妾马上安排！"赵飞燕应声后，转身面向中常侍郑永道，"郑永，传陛下口谕，命王盛立即准备祭祀！"

"遵命！"郑永应罢，朝皇家帐篷大声呼道，"王盛听宣，陛下、皇后有旨，立即筹备祭祀！"

"微臣接旨，立即照办！"早已等候在帐篷门口的王盛，朝御案前走来。

第十八章　三牲祭神灵

黑夜露出了锃锃发亮的星斗，乌云乘着狂风渐渐飘去。

赵飞燕离开御座，走至案几前，亲手揭开红色丝绸盖帘，露出金光闪闪的祭案。

这时，万里苍穹，繁星竞出，闪闪发光，一钩弯月，悬挂天边。翟方进走上前，躬身施拜，请示道："陛下，现在开始祭祀吧！"

"好，就依翟爱卿，开始祭祀！"

翟方进先命令郑永和王盛迅速点燃了三九二十七炷香火，分别插在即将熄灭的九个香炉中，每个香炉中平均三炷燃香，并把那坛白酒倒在一个个蓝花白底大瓷碗中。然后看了一眼闫风景，随即命令道："闫大人！"

"微臣在！"刚刚被皇上册封为代理都水长丞的闫风景，听到位于朝中三公之一的御史大夫翟方进这样称呼自己，怎能不受宠若惊呢！因为半个时辰前，他还是灵县的一个小小县令，他急忙伏身跪于毡罽上，声音洪亮道，"闫风景听命，请翟大人吩咐！"

"闫大人，你可知汉室祭祀之规？"翟方进试探对方道。

"微臣虽晓知一二，但不敢妄言。"

"请讲！"

"吾汉室沿袭周礼，以牛、羊、豕为三牲，祭祀或享宴时三牲齐备是最隆重的礼，称太牢，如先帝高祖过鲁，以太牢祭孔。一般的礼只宰用牛、羊，则为少牢，非祭祀无酒肉，平常除祭礼以外，亦不食肉，特别是居丧期间，更不能食酒肉。昌邑王刘贺在昭帝居丧期间不素食，故成为霍光废君的理由之一。吾汉室之所以久盛不衰，就是因为明君代代袭传，理政有方，法度从严，礼仪为上。微臣上述汉室祭祀仪规，不知确否？愿听翟大人赐教！"闫风景对答如流，躬身施拜。

翟方进点头赞许，道："闫大人确有真才实学！"

"翟大人过誉，微臣不敢当！"闫风景又施一拜。

成帝和赵飞燕心内暗喜：闫风景知书达礼，博才通史；翟方进慧眼识才，荐贤举能。汉刘大业兴旺需要这样的人才啊。

站在案几前的弘农太守萧咸、屯骑校尉宫浩听罢闫风景的一番话，也为之惊叹。

"闫大人听命！"翟方进随即命令道，"以三牲祭神灵，为驱洪表虔诚！"

"遵命！微臣马上派人抬过三牲，以备君臣祭祀！"闫风景受命后，转身疾步至通道中端，朝着等候在通道入口处的差人们猛挥右臂，大声疾呼道，"快，快来！用三牲祭神灵！"

但见灵县的二十多名差人，分别抬着宰杀不久的三牲，即白头黄尾褐躯的大公牛，角尖向后、毛呈灰色的公山羊，四肢棕黑、耳尾白的大公猪；又抬来三面大鼓，人们手拿铜钹，气宇轩昂，精神抖擞，直奔通道中端而来。

一切准备妥当，翟方进高声喊道："祭祀开始！"

郑永、王盛分别给成帝、赵飞燕递过酒碗。小宦官们还给翟方进、萧咸、宫浩、闫风景等公卿端来酒碗。

君臣们将白酒洒向空中。

众人面向黄河。成帝、赵飞燕仰天俯水，一躬三拜；翟方进走出毡阃，步向沙滩，萧咸、宫浩、闫风景随后紧跟，他们统统双膝跪地，一连叩了三个头，然后施一拜而欠身。

继而，灵县差人们拿起鼓槌，敲响三面巨鼓，手击铙钹，伴鼓随音。

那鼓声阵阵，惊人肝胆，撕破寂静的夜幕；那钹声激越，动人心魄，震荡滚滚的黄河。巨鼓声与铙钹音融合在一起，时而高昂，时而平缓。那苍茫的世界合着鼓钹的节拍几乎摇晃起来，人们似乎在苍穹中向黑暗作最后的告别！

虔诚的祭祀，是否感染着水神、河神、龙神，是否打开求生的大门？

人们心中暗暗祈祷着。

鼓钹声停止，场上恢复一片沉寂。

祭祀归祭祀，治水归治水。成帝心里明明白白：祭为虔诚，治为根本，只祭不治，洪泛难除。从大禹治水，到秦汉驱洪，大约经历两千年历史，无不以治为本，无不以治见效，如果只求神灵，洪兽死神是绝不会自动告退的。他从袍袖内抽出事先拟好的一卷布帛谕旨，递向临时都水使者、御史大夫翟方进，道："翟大人，代朕宣诏！"

"遵旨！"翟方进躬身一拜，双手接过谕旨，然后他面朝闫风景说道："代理都水长丞兼河南灵县县令闫风景听诏！"

"微臣闫风景恭候谕诏！"早已回到御案前的闫风景，急忙跪于毡毹上。

翟方进打开布帛，宣读谕旨：

圣诏：

　　此番巡视中原黄河泛区，观沿河两岸受灾严重，尤以清河郡属灵县鸣犊口决堤为甚，故命灵县县令闫风景率本县士卒与百姓，速塞洪筑堤，排除洪泛，并抓紧民复旧居，恢复生产。堤岸告成，即报朝廷。

　　钦此！

"谢陛下！微臣闫风景愿肝脑涂地，完成重任！"闫风景说罢施三拜九叩大礼，欠身伸出双手接过布帛谕旨，又小心翼翼地将谕旨卷成个筒状，塞在袍袖内。然后他转身奔向通道中端，在离三牲不远的地方停了下来。他望着通道南端手持火把的几千名难民，听着咆哮如兽的滚滚黄河水，心潮澎湃，思绪难抑。

俗话说，救灾如救火，水火不留情。记得建昭四年夏末秋初之时，黄河复决馆陶及东郡金堤，湮没四郡几十个县，田间水深三丈，冲毁房屋四万余所。各郡守飞书上报，当时成帝心焦如焚，但御史大夫尹忠却说受灾有限，无甚大碍。成帝非常生气，当即下诏切责，斥咎尹忠不知忧民，将加严谴。尹忠素来心胸狭窄，见了这道严诏，惶急自尽。如今，成帝除掉了张涉，却给了自己一个代理都水长丞的头衔，必须按诏办事，否则，后果不堪设想。他准备做好工前动员和周密安排……

弘农太守萧咸、屯骑校尉宫浩两人不时向翟方进示意，暗示其该鸣金收兵了。翟方进清楚，这种严肃而隆重的场所，虽然不同于未央宫殿堂，但议政理政的性质是相同的，公卿大臣是无权决定聚散的。

翟方进看到闫风景停住脚步后，便走到成帝、赵飞燕近前，悄悄请示成帝，是否可以宣布"下诏结束"，成帝同赵飞燕商量了一下，决定听完闫风景向万民动员治水后，再回帐篷休息。

少顷，传来代理都水长丞兼灵县县令闫风景又高又尖的动员宣讲声——

乡亲父老们：

　　下官闫风景谨记，滔滔黄河危害，非自汉始，有史以来常忧溃决，至先帝高祖安邦定国后，就溃决十多次。文帝时河决酸枣，东溃金堤；武帝时河徙顿丘，先决濮阳，后决馆陶；代代明君均发卒数万人，塞河筑堤。此次黄河泛滥，当今陛下携带皇后和朝中重臣，由京都长安赶来，并亲临黄河灾区，调查灾情，赈济万民，下诏治水，修堤挡坝，此乃我汉室万民之洪福！我灵县全体官民，须万众一心，完成鸣犊口固水工程，以谢陛下皇后，以保全县父老妇孺之安！

　　明晨卯时，全县官兵百姓需带锹镐、箩筐、沙袋和皮筏子，及时赶到决堤现场，投入治水修堤工程！

　　此令！

继而，通道南端的岸滩上传来难民们的一片呼喊声："陛下、皇后千秋，苍天保佑，治水成功……"

成帝、赵飞燕听后感到莫大慰藉：一是为能够晋升闫风景这样干练而又有魄力的县令而感到欣慰。二是为能够获得黄河泛区既肯承受苦难又肯挺拔自力的灾民们而感到骄傲。滴水汇成汪洋，树木可成森林。百姓的威力是万万不可忽视的。成帝暗想：君王的决心一旦变为决策，即可成为百姓巨大的行动；而百姓巨大的行动，必将给汉室带来巩固和加强。

随即，成帝命御史大夫翟方进宣布祭祀仪式完毕，大家各自回帐休息。翟方进遵旨从命，宣布了皇上的口谕。

众人纷纷离去。

帐篷内，案几上的四根蜡烛和眠床的四根蜡烛燃烧着，发出火红的光芒，不时发出噼里啪啦的响声，一股股烛泪由烛芯处滚流下来。

小宦官们已经回各自的帐篷睡觉去了，只有郑永和王盛陪着成帝和赵飞燕。

成帝和赵飞燕洗沐完毕，身着睡衣，对坐案几前。

成帝看到案几上面摆着米酒和菜肴，心中一震。心想：先祖景帝中元三年时，国家遇到旱涝大灾，为节约粮食，赈救灾荒，曾下令禁止酤酒。我今来黄河岸边救灾济民，怎能破坏汉规律制呢？他马上命中常侍郑永将米酒撤下。赵飞燕随即叮嘱郑永一番，通知京都随驾官兵，效仿陛下美德，一律不准饮酒。郑永躬身受命，走出帐篷。

成帝又一看，托盘内放着几块蒸饼，热气腾腾，香气扑鼻，脸上露出如饥似渴的神色。因为他饿得早已坚持不住啦。这也难怪，成帝此次赴河南巡视灾情，给随驾伴君之卿臣士卒规定了就餐制度：同当地百姓一样，每人每日两餐，第一顿饭"朝食"，要在将近午时开饭，第二顿饭"铺食"，要在申时开饭，并且他带头执行。这是往日从未经受过的节食煎熬。在京都长安，不用说皇上、皇后，就是那些公卿大臣、后宫宫人，也全是一日三餐。可今天由于祭祀和下诏延时过多，赵飞燕特意为成帝安排了第三顿饭。成帝满脸笑容，看了看飞燕，飞燕手举托盘，将蒸饼递到成帝眼前，道：

"陛下，请您趁热先吃一块，千万不能饿坏龙体，空腹怎么行呢？"

"好，好，朕这就吃！"成帝应声拿出一块蒸饼，狼吞虎咽，几口便吃掉了。他歉意地说道，"哎哟，你看，朕只顾自己吃了，飞燕你也吃一块吧，肯定也饿了！"

"不，臣妾不饿！"赵飞燕违心地说。

成帝哪里知道，赵飞燕是为了让成帝不仅看出她的贤惠和善良，而且看出她效仿先祖的虔诚，故而忍饥受饿，热情侍奉他。她手操小刀，从盘内拿起一块肉，放置在盾上，切割成块状，随后用刀尖扎起一块，递给成帝，笑容可掬地说："圣上，三牲已祭神灵，我们暂不食用，但这是臣妾特意为您准备的狗肉！"

"哦，狗肉！"成帝说着哈哈笑了起来，但没马上吃。他听祖父宣帝刘询说过，大将军樊哙闯进鸿门宴时，霸王项羽赐给樊哙猪肉，樊哙便将猪肉置于盾上，拔剑切而食之。所以他笑着说道，"飞燕，如今条件寒苦，虽不像樊哙保卫先祖高帝那样冒险吃肉，但吃法可是无不相同哩！"成帝说着，将刀尖上的狗肉块儿放入嘴内。

赵飞燕看到成帝吃的香甜劲儿，内心深处不由得淌起蜜汁般的甘甜。

顷刻间，成帝用餐完毕。

赵飞燕先是递过一块手帕，后又端过一碗温水，成帝擦罢手，漱完口，高兴地说："多谢皇后！"

"哎！陛下，您这样讲话，臣妾可不安哪！只有圣上吃好，龙体康泰，方能日理万机，一统天下大事，这也是臣妾的福分哩！"赵飞燕说着朝王盛递了个眼色，令其将几上的食物和碗筷收拾下去。

王盛麻利地捡起刀筷盘碗，端起剩余饭菜，转身朝帐篷门外走去。

帐篷内只剩下成帝和飞燕了。

成帝看了看飞燕，只见她那双秀眸透露出感激和爱恋之情。

赵飞燕不好意思地低下了头。

成帝的目光落在临时睡床上，端详来端详去，端详了好大工夫，觉得这张床格外新奇，从来没见过，同前几天的那张木板床相比，不仅构造新颖，而且质量很好。于是他转向赵飞燕问道："飞燕，这是什么床啊？"

"眠床，浙江舟山产的眠床！"赵飞燕一听成帝问床，以为他想上床睡觉，尤其是看到他今夜的情绪非常饱满，看到他一双眼睛充满爱慕之情，高兴极了。这是离京都长安数天之后头一次看到的。她倏地欠起玉体，疾行至床前，拉开被子，摆上双人藤枕，继续说道，"这种床，睡上去可舒服啦，不亚于宫内的象牙床。圣上，您看，床有红漆描金，床沿四周描花嵌骨，雕龙刻凤，十分精致，床前设踏脚板，一头是高架踏床橱，这四根红烛放置上边，恰好照遍全床，橱内存放着圣上的冕冠冕服和咱们俩的零星衣物，另一头是虎子（马桶）箱，可搁放虎子。床中间是火炬，天凉气寒时，还可以在床柜内生火取暖。"赵飞燕一口气向成帝说了眠床的结构和优点。

成帝听了非常兴奋。他不知什么时候就站在赵飞燕身后，边听边用手抚摸眠床，继续问道："飞燕，你是啥时候准备来的？"

"不瞒圣上说，我们从长安一出发，臣妾就做好了眠床的准备，这是因为三年前洛阳的舅表兄给我写信时，就介绍这里盛行眠床，臣妾马上派人捎信，让他特意到浙江舟山订购来的。这次君臣途经洛阳时，臣妾命王盛到我的老家去找舅表兄，直到今天下午，王盛和舅表兄才把床送来！"

"哈哈哈哈……飞燕，朕的好飞燕哪！"成帝笑罢一下子把赵飞燕抱至眠床上，赵飞燕顿即感到一股男人特有的味道扑入鼻孔，她那颗滚烫的心怦怦地跳动着。

三年多来，赵飞燕同成帝的往来中断。赵飞燕心内万般苦涩，成帝对自己的爱流如同一条遇到大旱的小溪，全然干涸。自己经常对照昭明镜，面容仍似花蕊，姿色亦未减退，而成帝却将爱宠移向昭阳舍宫合德妹妹那里，还将寝宫赐名为"温柔乡"。开始时，成帝还有所顾忌，只是悄悄临幸昭阳舍宫，后来，许皇后因巫蛊遭祸而被成帝废黜，并被囚禁在昭台宫，自己得以晋封当了皇后，妹妹合德得幸被成帝册封为昭仪，连班婕妤都主动提出，离开增成舍，身居后宫，终生侍奉王太后。可是，成帝居然长期临幸合德，昼夜合欢，将她这位闻名九州的赵飞燕、倾倒天下的皇后抛在九霄云外了。赵飞燕心里不是滋味，想来想去，感到万般委屈，不禁鼻孔一酸，眼泪扑簌簌地滚落下来。

正处于高兴之中的成帝，突然发现赵飞燕伤心地哭起来，他心内马上意识到她的苦衷。的的确确，他将君王的一片爱心全部交给了合德昭仪，而将飞燕搁置远条宫长期不理，这怎么不令飞燕万分伤心呢？想来想去，一股怜悯之情涌上心头，他一边擦拭她两腮的泪痕，一边将她抱起来，两人并坐在床沿上，安慰道："飞燕，朕委屈你了，朕对不起你！"

赵飞燕一听皇上道出了心里话，这还是第一次听到皇上道歉的话，酸痛、苦闷、孤独、怅惘等复杂思绪交织在一起，她愈加感到伤心了，猛地将皇上搂在怀里，大声地哭泣道：

"圣上，呜呜呜，你知道吗？臣妾心里有多苦哇！"

"飞燕！我知道，我知道你心里的苦衷。飞燕，你就原谅朕吧！"成帝那颗刚毅的心被赵飞燕的哭声震撼着，一种忏悔之意涌入脑际，于是他用手抚摸赵飞燕的满头乌发，安慰夹杂着激励，道，"飞燕，你哭吧，你大声哭吧，你哭出来心里就痛快了，你哭出来朕心里也痛快！"

正在痛哭流涕的赵飞燕，一听成帝说这话，反而立即停止了哭声，委婉而谦恭地道：

"不！臣妾不能再哭了，更不能用哭声责怨圣上，圣上乃一国之君，身受祖宗建设汉室之重托，肩负万民思安图强之重任，朝务缠身，日理万机，焉能与臣妾朝夕相伴，耳鬓厮磨？刚才，臣妾讲话不妥，还望圣上谅恕哩！"

成帝听了赵飞燕的一番话，觉得这不是她的肺腑之言，赞誉之中包着诡秘，诚恳中藏着虚假，谦和中含着违心，大度中遮着精明，他心中着实不悦，便欠起龙体，离开赵飞燕，走至几前，端起茶杯，喝了一口茶。

赵飞燕一看成帝的举止和面色，立刻意识到成帝有些疑虑和多心，自知失言，弄巧成拙。她也走了过去，从几上拿过茶壶，给成帝斟了斟水，但什么也没说。

成帝又一想，赵飞燕的一席话终归是好意，况且她此次伴君救灾，不单有长途跋涉之劳，还有冒洪水席卷之风险，更有遭人嫉妒之嫌，实为女中英豪，并非后宫诸夫人所可比拟，只是她机敏过人，好耍手腕，惹人生厌罢了，但是不应该让她难堪。于是，放下茶杯，转向赵飞燕，和蔼地劝慰道：

"飞燕，你我夫妻十载有余，你对朕恩深意长，且又有身挡野狼救驾护君之壮举，朕一直刻骨铭心，怎能因你吐露心底苦衷而怪罪呢？"

"圣上，是臣妾多心了，但那是臣妾的心底之言，你，你要多担待呀！"赵飞燕感到成帝对自己的态度趋向缓和，便想，应该以诚相待，以情动心，俗话说，"精诚所至，金石为开"，她主动把皇上拉坐在眠床上，情深意切地说，"圣上，您对臣妾救驾之举还是念念不忘，那已是往日的区区小事，岂敢劳烦圣上金口赞誉呢！臣妾乃卑贱出身，不敢奢望，多亏圣上微行到骊山行宫阳阿公主处，将臣妾选召入宫。托圣上洪福，将臣妾由人下人变为人上人，只是臣妾未能为圣上分劳分忧，深负圣上知遇之恩，使臣妾五内交愧呀！"

成帝那颗敏感的心被飞燕的一番话所打动，他喜上眉梢，高兴地说：

"飞燕，你来宫中虽然不久，但是你晓知天下大事，关心国家兴衰，已是为朕分劳分忧，朕打心底感激你。"

"蒙君厚爱，是臣妾的福分！朝夕伴君，耳濡目染，即使臣妾有点进步，亦是圣上的耐心教诲哩！"赵飞燕说着欠起玉体，走至高架踏床橱前，打开橱门，躬身取出一件披风，这件披风是用锦缎做的里子，以淡黄色的猞猁皮为表，皮毛厚实，松软而又闪闪发光。这件披风，是她派王盛多次去贺家村找牛莲花催要，牛莲花才说服了丈夫贺岩给成帝特意制作。很显然，牛莲花给成帝的这件猞猁皮披风，要比给她的那件水貂皮披风昂贵得多，漂亮得多。她双手提着披风敞领，披搭在成帝的肩背上，体贴地说："夜深了，披上它，挡挡寒！"

"哦，好。"成帝一看，身上的披风在烛光的映照下光彩熠熠，闪烁耀眼，惊奇地问道，"飞燕，这披风的皮毛这么好，是用什么皮子做的？"

"猞猁皮。"赵飞燕说着又将披风舒展了一下，的确质佳而又漂亮。

"你这是啥时候做的？"成帝又问了一句。

"三年前，臣妾为圣上准备的。"赵飞燕只回答成帝提问的时间，但没有透露向何人索取，更没透露索取的艰难情况。她伸手将披风敞领上的丝绒带系在成帝的颈项前。

"好！好！飞燕，你为朕驱寒送暖，关心备至，朕心内感激不尽！"

赵飞燕摇了摇头。

成帝又一次紧紧地拥抱住飞燕，仔细端详着飞燕：犹如清丽的芙蓉花般的面颊，散发着胭脂馨香；一双秀眸又大又水灵，好像两潭池水，含着动人的深情；镶嵌在眸子上边的两道弯眉，好似薄雾笼罩的两座远山；眼角两旁虽然爬上匀细的皱纹，但是仍然充满青春女性的风韵；那挺拔的白亮鼻梁，闪着光泽，透着锐气；点点朱唇微闭着，显现出沉静和刚毅；嘴角两旁的酒窝儿，仍不减少女之容颜。成帝越看心里越是躁动，他那伟岸的身躯，宽厚的胸膛，粗壮的胳膊，将她整个儿包裹着。不知什么时候，成帝情不自禁地把她搂得更紧了，一阵狂热的吻，将她憋得喘不过气来，涨得面庞红通通的。她忍耐着，坚持着，觉得皇上多年来第一次这样爱抚自己，机会太少了，太难得了，说什么也要让皇上爱个够。最后，她实在承受不了，好不容易把成帝推开："圣上，你，你把我憋死了！"

"唉，谁让朕这么喜欢你呢！"

"你咋这么傻！"赵飞燕用食指轻轻地戳了一下成帝的前额。

"哦，哦！好，好！"成帝立刻领会飞燕的心意，马上站起身，先是解开自己身上的披风，又脱去自己身上的睡衣，随手胡乱扔在一旁，后又脱去飞燕身上的睡衣，把她抱放在眠床上。

"圣上，你真的这样喜欢臣妾？"赵飞燕娇声嫩语地问道。

"真的，完全是真的！"

"臣妾，臣妾有啥好喜欢的？"

"赵飞燕，你不仅容貌非凡，而且才气超人！"成帝说这话绝非夸张。他知道，赵飞燕之才华超众，已是满朝卿臣、后宫诸妃尽人皆知的了。她曾举报巫蛊，有勇有谋地协助自己罢黜许皇后之职；又曾大度容人，宽谅淳于长，使其能够在王太后处美言荐举，由普通舞女一跃荣升为皇后；也曾因势利导，巧妙而果断地协助自己削弱王氏外戚之权势，撤销成都侯、丞相王商之职；还曾鼎力相助、微藏微露地支持自己将恩师张禹提拔为相国之职……这些政务大事本非一个女人所为，但赵飞燕却能巧动心机、迂回周旋，使自己取得一个又一个胜利。

"圣上，你真好！"赵飞燕一下子搂住成帝的脖颈。

成帝仔细观瞧，这时，赵飞燕那洁白如玉的皮肤，那白皙圆润的胳膊，那丰满勾魂的乳峰，还有那起舞旋转而创建"飞燕"尊称的瘦长腿，一览无余地展现在自己面前。他，欲火强烈地燃烧着。

赵飞燕已感觉成帝的情爱如烈火干柴，她慢慢松开双手，躺在藤枕上，微闭双眸，静静地等待着。

成帝看到赵飞燕兴奋的激情已难以抑制，她那娇羞的脸蛋儿，像晴空万里的一片红霞。成帝转身——吹灭蜡烛，急急忙忙上了眠床……

大约辰时过半，日出三竿。早已洗漱完毕、着装齐备的成帝和赵飞燕，由郑永、王盛等大小宦官伴随，屯骑校尉宫浩护卫，来到鸣犊口处。

临时都水使者、御史大夫翟方进，弘农太守萧咸，已先行一步来到施工现场。他俩赶忙向前，朝成帝、赵飞燕施拜请安。

成帝和赵飞燕被翟方进引到鸣犊口岸边的一块高地上停了下来。

鸣犊口，汪洋一片，巨浪翻滚。一轮红日透过余雾、水汽，向河内洒下璀璨的光芒，混浊的洪水浪峰扬起斑斑驳驳的光柱，而黄河远方刮来又潮又湿的凉风，席卷的浪涛啮咬着刚刚筑起的大坝堤岸。

只见岸上肩挑沙袋的人流络绎不绝，运载石土的车辆往来如梭；水上，并列成两条纵队的几百只皮筏子，满载着中贮小石、大石的数以千计的竹篾筐，穿河拦腰而下，掷入河底为障，堤岸渐渐向河床内部延伸。漂卧在大河中心的一条皮筏子，是一艘指挥船，上边站着代理都水长丞兼灵县县令闫风景，他手拿一支长竹竿，朝着船队不时地喊叫，不时地下达命令。

忽然，一阵狂风掠过，黄河浊浪腾空，乌黑游云四起，将天上的红日遮挡得严严实实。两列皮筏子纵队被风袭击得断裂成好几截，十多只皮筏子被打着旋涡的波峰拖得老远老远，一直未能归队。载着闫风景的那艘皮筏子亦失去控制，幸亏他的舵手是灵县的一位老水手，不足半个时辰，闫风景所乘的皮筏子又回到原来的指挥位置上。闫风景大声疾呼：

"赶快靠岸！"

风声、涛声、呐喊声、哭叫声凄厉地交织在一起。

成帝和赵飞燕万分焦急，踱步张望。

翟方进步下高地，找到一个避风点，大声喊道：

"朝这里靠岸！这里没风浪！"

"诸位注意，不要慌乱！赶快靠岸，朝避风处靠岸！"闫风景手举竹竿，指向翟方进所站的位置，大声呼叫。

几百只皮筏子向避风岸边靠拢。

可是，又有十多只皮筏子被急流卷向河床中心。

岸上，几百双亲人的眼睛瞧着水面。人们渴盼、焦虑，恨不得飞入水中，营救亲人。

水上，几百只皮筏子上的舵手们，浑身上下被洪水湿透，摇动双桨的双臂早已累得麻木难支，但他们仍在奋争，拼命向岸边驶来。

几百只皮筏子靠岸后，舵手们将各自的皮筏子拴挂在岸滩的木桩上。

闫风景尚未登岸。他指挥这些安全归来的舵手上岸后，又命令自己的老水手驶入河中心，去营救被巨峰卷走的二十多只皮筏子上的舵手们。

岸上的施工人员和老少妇孺哭叫着、奔跑着，寻觅着闯险归来的亲人。绝大多数亲人团聚了。三三两两的亲人们分别依偎在一块儿，他们叙说着安全回归的欣喜之情，讲述着战胜风浪的惊险之状。

成帝率领赵飞燕、翟方进、萧咸、宫浩等人，来到百姓中间，勉励各位壮士，安慰老少妇孺。

可是，却有二十多名妇女、儿童朝着奔流不息的鸣犊口号啕大哭。唯见两个小女孩边哭边跑向刚刚筑起的大堤边沿，拼命地哭叫："爹爹，爹爹……"

"王盛，快，快把两个孩子拽回来，那里危险！"赵飞燕厉声命令道。

"是！"王盛应答后，飞一般地跑了过去，他一手拉一个，将两个女孩拉到赵飞燕跟前。

"啊，何柳、何槐！"赵飞燕一看，是她非常熟悉的两个女孩，高兴地叫道。

何柳、何槐还是将头扭向大河深处，凄厉地哭喊道："爹爹，爹爹……"

赵飞燕伸手拉住何柳、何槐，将头转向河中。

千百双眼睛注视着河中。

闫风景伫立在老水手驾驶的皮筏子上边，他俩很快驶入漂泊不定的二十多只皮筏子中间。闫风景定睛一看，只有五只皮筏子被五条硬汉子驾乘着，其余的皮筏子空空荡荡，没有一个人影，他那颗父母官之心略噔一沉：天哪！水手们被洪水吞掉了！他指挥老水手，驶入旋涡危险区。

"闫大人，闫大人！"坐在皮筏子上的何治河边用力划桨，边大声呼喊。

"闫大人，闫大人……"其余四只皮筏子上的壮汉亦发现闫风景，随之大声呼叫。

"何治河，你们不要慌，我来救你们！"闫风景喊着，将一条绳索扔向何治河的皮筏子。

何治河一手紧紧抓住绳索，一手用力划桨，跟着闫风景的皮筏子划出旋涡，进入安全地域。

闫风景和老水手再次冲向旋涡区，他俩一一救出其余四只皮筏子上的壮汉。

闫风景命令何治河等五位壮汉急速驾舟靠岸。他站在老水手划乘的皮筏子上端，转身呆呆地望着旋涡危险区内二十来只空荡清冷的皮筏子。壮士已去，空舟犹在，两行泪水划过了他的脸颊。

闫风景还没来得及擦干两腮上的泪珠，只听得风声大作，涛声骤起。他透过泪眼一看，啊！一股擎天水柱将何治河与他所乘的皮筏子托举得老高老高，继而，擎天水柱跌落，就像一堵黑色高墙骤然崩毁，何治河被湍急的流水甩入旋涡危险区。闫风景再次命令他的老水手，急速驾舟划向旋涡危险区。

站在皮筏子上的闫风景，一手提着绳索，一手举着竹竿，四处观看，仔细寻觅，一座波峰连着一座波峰，一个旋涡连着一个旋涡，阴冷幽深，危险逼人，除了眼前漂浮着一只空荡荡的皮筏子外，连一个人影也没有，他大惊失色。啊！何治河哪里去了？！他放开喉咙，朝着乌黑阴森的浪峰呼喊着：

"何——治——河——"

这凄厉的吼声在湍急而又幽深的水面上回荡着……

闫风景同老水手怀着茫然和悲痛的心绪，驾驶着皮筏子依依不舍地离开旋涡危险区。

等候多时的成帝、赵飞燕等人，对水上发生的一切看得一清二楚。

何柳、何槐姊妹俩，一看闫风景登上岸来，飞一般地跑了过去，她俩一人抱着闫风景一条腿，拼命地哭叫道："闫老爷，我要俺爹，我要俺爹……"

孩子们的哭声撕人肝胆，催人泪下。

闫风景的周身已经被洪水飞溅得湿漉漉的，衣裤紧紧地裹住他的身躯，风吹水浸，冻得他透心凉。他看见两个女孩抽泣的样子，心如针扎般地疼，伸出两只颤抖的手，抚摸着两个女孩的头，不住地安慰道：

"何柳，何槐，别哭了，全是老爷无能……"

"呜，呜……闫老爷，俺们没有爹了，也没有娘了，再也没有爹和娘了，俺们怎么活呀！呜……"何柳、何槐哭得死去活来。

"好孩子，别哭啦，我闫风景养活你们！"

"闫老爷……"何柳、何槐一边哭着一边向闫风景叩头。

另外，还有丧失亲人的二三十名妇女、儿童，趴跪在堤坝上，朝着阴森恐怖的鸣犊口，号啕大哭。

闫风景痛心疾首，安慰了何柳、何槐之后，转身来到成帝、赵飞燕面前，向皇上、皇后汇报了水上作业的艰险情况和二十六名水手遇难丧生经过。成帝紧锁双眉，闭口未语。翟方进的目光由皇上移向皇后，但也没有回话。萧咸、宫浩默默无声。赵飞燕向前移动数步，秀眸望向茫茫鸣犊口，沉重地说道："闫大人，你要同翟大人一起，慰问死者亲属，安排好后事！"

"遵旨！"闫风景、翟方进躬身施拜。

"闫大人！"赵飞燕的目光仍然射向水面。

"微臣在！"闫风景答道。

"治水牺牲在所难免，贪生怕死者严惩不贷！"赵飞燕态度严厉，坚定地下达命令，"塞河筑堤不准停止，疾风过后马上开工，发给每人一条系腰皮带，以拴在皮筏子上，前进则赏，后退则诛，限你十日内竣工。十天后，我同陛下前来视察垂询！"

"谢皇后赐教！"闫风景跪拜于沙滩上，领旨受命。

"闫大人！"赵飞燕再次呼叫这位代理都水长丞兼灵县县令。

"微臣在！"

"本宫念你治水任务繁重，故减轻你一点负担。"赵飞燕说着转向王盛，命令道，"王盛！你将何柳、何槐代我收下！"

"遵旨！"王盛应声后，走向何柳、何槐。

"皇后……"闫风景百思不得其解。

第十九章　荣归沛公祠

十天过去了。

清河郡属灵县鸣犊口趋于一片平静。

这天上午，太阳好不容易出来了，挣扎着从一层层一缕缕乌云缝里钻出来了。它高高地跳过一个个山顶，越过一座座山峰，那么圆，那么大，那么红，就像刚刚喷薄而出的一样。

成帝和赵飞燕结束了在河南黄河洪泛区二十余天的视察，同乘一辆四马牵引辒车御辇，率领御史大夫翟方进、屯骑校尉宫浩等卿臣、卫士们，离开河南大地。

细心的赵飞燕先是安排郑永、王盛装运皇上和自己的衣物并眠床，后又安排姜秋、姜霜照顾何柳、何槐，分头乘骑随辇同行。

七天前，成帝已派朝使给丞相张禹送去两封信，通知朝中启程和归都的日期。可是，这里的朝使刚一出发，京都王太后派来的朝使便风风火火地赶来了，焦急万分地呈给成帝一封信。成帝赶忙拆阅，见太后在信中提道：一是安昌侯、丞相张禹病重，望令其门婿弘农太守萧咸立即回京；二是朝中政务繁多，又无相理纲操政，望抓紧处理水灾，赶快回都。所以，成帝已同意萧咸带领五十名卫士，提前回京都了。

黄河洪泛平息后，成帝本应速回长安，但他素有微行游玩的习惯，便想到黄山转转。多亏赵飞燕苦心劝阻，以太后旨意和社稷大业说服成帝暂不去黄山。赵飞燕体谅成帝的心情，于是便建议成帝，干脆回故乡沛县，顺便祭奠一下先祖高帝刘邦。成帝欣然同意了。

当车辇驶向平坦大道的时候，赵飞燕将在灾区写的一首诗，递给成帝道："陛下，请您批点，这是臣妾写的一首诗。"

"好，我看看。"成帝从赵飞燕手中接过一条写着字迹的白色布帛，随着微微颤动的车辇，举目细看：

> 水天一色处，
>
> 民君千滴泪。
>
> 禹魂今犹在，
>
> 令世人膜拜。
>
> 燕子随君飞，
>
> 治黄情更贵。
>
> 谁说掌上舞，
>
> 只能在宫内？！

成帝阅罢，哈哈大笑道："飞燕，此诗乃颂君赞后，自我标榜啊！"

赵飞燕被成帝笑得一时摸不着头脑，不知道这首诗写得合适不合适，便怯怯地回道："飞燕才华疏浅，下笔荒唐，圣上，如觉得诗意不当，干脆臣妾把它销毁了吧！"

"哎，朕绝非此意。飞燕，写得不错嘛，诗风淡雅，诗情浓郁，诗思与柔情，如野火燃烧，不仅燃烧着你我的心灵，也将燃烧着后人的心灵！"

"臣妾无才，圣上过誉了！"赵飞燕那颗悬着的心终于放了下来。

"回到京城后，朕将你的诗作交给太史令，命他记入史册，流芳百世，永垂青史！"

"圣上，您是一位好伯乐，更是臣妾的好夫君！"赵飞燕不顾车辇的颠簸，一下子扑倒在成帝的怀里。

此刻，赵飞燕的心仍是那样的舒熨、那样的欢娱、那样的甜蜜。成帝那宽伟的身躯，就像一张结实的大床，任凭赵飞燕依偎着，而赵飞燕那柔瘦的身体也任凭成帝抚摸着。这封闭的车辇，使得成帝、赵飞燕的情感交流十分舒畅，娇羞的赵飞燕更是心旌摇荡。车辇发出"咯吱，咯吱"的转动声，向前移动着。辇外的那方天空静静的、蓝蓝的，那条大路长长的、弯弯的。赵飞燕倾心伏卧，专注于情境，喃喃细语道：

"圣上，在您面前，臣妾的心是拆不散的家，臣妾的心是开不败的花，臣妾的心永远不会走！"

"飞燕，我的好飞燕，朕知道你的心！"

突然，辇外传来一群儿童的戏耍声。

成帝同赵飞燕两人的谈话中止了。

霎时，成帝那双强有力的手，如同痉挛一般，一下子推开赵飞燕。

赵飞燕愣住了。她一看成帝，龙颜十分冷峻，她一时未悟。继而又传来儿童们的嬉闹声，成帝的双眉仍然紧锁着。她才明白了，成帝每当碰见儿童，总要忧心忡忡，一筹莫展。年近四旬的一国之君，皇嗣尚无，怎么能无动于衷呢？这也难怪，自己和妹妹合德进宫数载，与皇上同枕共欢多年，但一直未孕，姐妹俩两座生命宫殿仍是空空荡荡的。不能产子的玉体，犹如不能长出绿色生命的千年荒漠一样，是难以留住人心的。她何尝不愿意及早为皇家生下一龙子呢？不知道是时机未到，还是命里注定，她曾不顾一切地夺回皇上对自己的爱，创造同皇上欢娱的机会；企盼苍天有眼，给予怀子的机遇。然而，情似风掠过，子仍无影无踪。尽管如此，她绝不死心。

这时，赵飞燕沉着、冷静，极力分散成帝的注意力，她伸手撩开辇帘，一双秀眸闪过戏耍的儿童，偏偏盯住嘈杂的人群，故意惊讶地搭讪道：

"嚯！怪不得人声鼎沸，原来是一个城镇哪！"

成帝心里清楚，飞燕皇后是个机灵鬼，知道他的心思。他听赵飞燕讲了这一句无关的话后，只是点了点头，并没有搭腔。

赵飞燕慢慢地放下辇帘，目光又转向成帝，似带劝解地说："圣上，您是回乡祭祖来的，千万要心静神悟啊，不可分神，更不可多虑啊！"

"嗯，这倒要谢谢你的提醒！"成帝开了腔，觉得赵飞燕刚才这句话似乎在理。

不一会儿，车辇驶过沛县县城，突然停了下来。

"启奏陛下、皇后，沛丰邑中阳里到啦！"翟方进奔下马，对御辇双手打躬道。

赵飞燕赶忙打开辇帘，让成帝先下辇，而后随行。

成帝首次回到故里。位于沛县丰邑内的中阳里，是一个不大的村庄，仅有几十户人家。人们居住的房屋也很简陋，茅草房顶，泥土围墙，穿戴的衣巾更是破烂不堪，大都是农家手工纺织的粗布，看不到任何色彩花样。但他们一听皇帝到啦，老少妇孺都走出家门，跪等在沛公祠门前两侧。百姓心里明白，当今皇帝的先祖刘邦出生在沛丰邑中阳里，给这个村子带来了永远的辉煌。他们祖祖辈辈炫耀着，世世代代传颂着，不论是大人，还是稍稍懂事的孩子，都热情地讲述着村中的光荣历史。

如今，当朝天子果真回乡祭祖来了，这是本土的荣耀和自豪。他们一见成帝和皇后步入村街，就一遍一遍地高呼："陛下万岁万万岁！皇后千秋万岁！"成帝看到家乡父老都在跪拜山呼万岁，思绪万千，心潮难抑，想到刘氏江山是祖宗当年给挣来的，想到自己的今天和一切也是祖宗给予的，顿觉周身的热血滚动流淌。他面对这块闪光的土地和这些叩拜的乡亲，腹内心绪无法吐诉，两手不停地挥动，以示诚谢。赵飞燕的心态犹如蓝天下无风的海面，颤悠悠地跳动着，似乎从来没有这样鲜亮过、舒展过、静谧过，既体味着伴随君王，同享皇家无比尊荣的自豪，又感受到皇家故里细腻朴素的温情。她迈动玉足，急忙伏身搀扶两旁跪拜的老翁和老媪。

"吱扭"一声，只见沛公祠两扇带铜环的大门被一位白发长者拉开了。这位长者走出大门，步下台阶，恭恭敬敬地站在成帝的面前，而后庄重地向成帝施三拜九叩大礼，并山呼万岁，欢迎天子光临故里。成帝躬身将他搀起。

成帝一看这位长者，鹤发童颜，步履坚实，谈吐爽直，声如洪钟，相貌不凡。一盘问，他也姓刘，但不是先祖的家族。成帝已是炎刘第十二代皇帝了，时至今朝，刘邦之故乡中阳里再也没有家族的后裔了。

"陛下，这位刘长者便是看守沛公祠的祠长。"站在成帝身后的御史大夫翟方进禀道。

成帝听后，点了点头。

"陛下、皇后，请进沛公祠吧！"刘长者恭敬道。

"翟大人，请乡亲们回宅歇息吧！"成帝督促道。

"遵旨！"翟方进应声后，向百姓挥手道，"乡亲们，请回吧！"

中阳里的父老乡亲喊了一声"谢陛下"后，纷纷离去。

屯骑校尉宫浩率领卫士们警卫着中阳里四周。

成帝携赵飞燕、翟方进，跟随刘长者，登上台阶，越过门槛，步入沛公祠。

这是一个宽敞而又幽静的院落。院正中，是一座盖有飞脊造型、叠砌琉璃瓦的青色大门，青石板铺成的甬路直通后面的小门，平时大都走这个小门。今天青色大门敞开着。院内四周绿柳掩映，筑有亭榭、石溪、池塘、雕栏、竹廊。蓝天白云、绿色树木倒映在清澈的池塘里，给这座院落平添了许多美感。

幽雅而宁静的环境，不仅给成帝带来了肃穆之感，而且给他带来了爽心之悦。成帝向身后的赵飞燕挥了挥手，赵飞燕轻移身姿，很快跟了上来。两人并行步入青色大门，翟方进和刘长者穿过旁边的小门。

他们来到后院。沛公祠堂设在这里。

祠堂正面，立着先祖刘邦一尊塑像，头戴冕冠，身着冕袍，相貌堂堂，下巴挂美髯，同京都长安未央宫的刘邦画像基本相同。塑像前面的案几上摆着三个香炉，炉内香火焚烧，香烟缭绕。几角处放置一坛酒和几个酒樽。

刘长者从祠堂左侧取过两个膝垫，分别放置在几案前的地板上。

赵飞燕认真端详刘邦的塑像后，不由得想起三年前谏大夫刘向曾经向她讲过的故事：传说先祖高帝刘邦并非凡人。当年，其母年岁很大，曾歇息在大泽陂，梦中与龙神相会，不久其母有娠怀孕，生下高帝刘邦。刘邦生就一副龙颜，宽仁爱人，胸襟开拓，左股长有七十二颗黑痣，虽不愿同家人生产作业，但到青年时代考官时，考取了泗水亭长。后来只身到咸阳服役，纵观秦皇，决心创建一番宏功伟业。于是开始了为炎刘大创基业的生涯。

赵飞燕想到此处，绝非只是赞佩先祖刘邦之功勋，更是暗暗钦佩刘邦之母福分超天，竟然得与龙神相会。难道苍天无眼，故意给自己定下终生无子的命运吗？她着实悲凉、凄楚。她想得出了神，当刘长者递给她酒樽的时候，她根本没有发现。翟方进连喊了几声"皇后"，她这才如梦初醒，意识到自己的失态，连忙回答："哦，好，好，多谢刘老伯！"说罢，伸手接过酒樽。

成帝因在御辇内受到赵飞燕一番安慰，考虑到回乡祭祖仍是此次南行的一件大事，理应抚今追昔，虔诚膜拜。继皇业，承大统，坐龙基，掌江山，此乃祖宗遗训和厚望。作为刘氏后裔的第十二代君王，只能加强政务，稳固基业，万万不可荒废朝务，否则愧对列祖列宗！他虽然发现赵飞燕神色凝滞，但心里并不过分怪罪。只见他高高举起酒樽，忽然想到先祖刘邦称帝后数年，路过沛县，召集家乡父老子弟饮酒时，唱的《大风歌》。于是，他向赵飞燕问道："飞燕，你能否吟诵当年先祖高帝唱过的《大风歌》？"

"陛下，待臣妾吟诵。"赵飞燕高高举起酒樽，庄重地朗诵道，"大风起兮云飞扬，威加海内兮归故乡，安得猛士兮守四方！"

成帝听后，觉得赵飞燕才力过人，心情十分愉悦，《大风歌》激发了他的情怀，让他周身的血液滚烫奔涌。他将樽中酒泼在几前，双膝跪于垫上，面朝刘邦塑像，一连叩了三个头。

赵飞燕也将樽中酒洒在几前，与成帝平行跪于垫上，面向先祖高帝塑像，微倾玉体，施了三大拜礼。

翟方进站在成帝、赵飞燕身后，亦泼酒施拜。

成帝站起身，又面向刘邦塑像施拜并端详，似乎赵飞燕吟诵的诗句仍然回响在耳旁，并变成刘邦洪亮却又凄然的低唱，他好像看到北方边陲崇山峻岭中的长城，仿佛看到正在与楚军大战的汉军骑兵伟阵，仿佛看到先祖刘邦骑着奋蹄嘶鸣的战马，正率万千猛士，一往无前……

"陛下！"赵飞燕看到成帝在出神，在一旁说道，"继承先祖大业，使汉室江山永固，是当今圣上之要务啊。"

"对，对！"成帝连连点头，然后转身对翟方进道，"翟大人，回京后，立即给沛丰邑中阳里的乡亲百姓白银五百两，以解穷困之苦，以报养育之恩！"

"微臣谨记。"翟方进双手打躬听命。

成帝祭罢先祖，心中感到无限欣慰。他和赵飞燕、翟方进告别了刘长者，离开了中阳里，乘坐辒辌驶出沛丰邑。屯骑校尉宫浩乘骑紧跟，率领卫士们，护卫着成帝、皇后。彩旗纷飞，随风飘荡，鞍辔作响，尘土飞扬，一大队人马迤逦前进，浩浩荡荡地奔往长安。

斗转星移，数天过去。这天黄昏，成帝由宫浩指挥五百骁骑卫士保驾，威风凛凛地逼近长安。

成帝叫赵飞燕打开辇帘，举目朝前观望。

沉重的暮色已经四合。混沌的天空与黑色的大地融为一体，好似渐渐变成深褐色的广阔海洋。眼前骑士们手擎的数十面镶着白色牙边的三角形彩色战旗仍然清晰可辨，随着晚风飘扬，哗哗作响。九峻山、嵯峨山，犹如高高耸立的两座黑色高塔，而终南山、骊山、蓝田山则好像从黑色海面上凸起的几座珊瑚岛。

车辇驶过终南山，长安城像一个淡红色的巨型火球，光灿灿的，暖融融的，一点一点地朝人们眼前滚动。

成帝遥望长安，心潮激荡，脱口吟出一句诗：

"心悬黄河万里外，思系长安一城中！"

"君王怀天创伟业，臣妾克己守才名！"坐在成帝身旁的赵飞燕，一直瞭望夜幕下的长安城，她听完成帝口吟诗句后，亦吟诵一句诗。

"好，好，你真是才气过人！"成帝赞扬了赵飞燕后，随即命掌舆马的太仆停下辎辇，跳了下来，又令宫浩牵过他从前乘骑的白鬃马，而后翻身跨鞍，精神抖擞，气势威武，继续朝前奔去。

御史大夫翟方进一看成帝下辇乘骑，便扬起马鞭，朝着座下的马臀猛抽几下，快骑立即向前蹿去，同皇上并辔驰行。

宫浩赶忙跑到自己的坐骑前，翻鞍跨镫，挥鞭策马，追赶到成帝坐骑的后边。

掌舆马的太仆一看皇上快马加鞭，也立即举起长鞭，"叭！叭！叭！"清脆的鞭声划破寂静的夜空，驾驭着四马辎辇，载着赵飞燕，飞快地追了上去。

乘骑前行的成帝，被一片黑压压的东西遮住视线，火球般的长安城不见了，继而传来一阵阵窸窸窣窣的竹叶喧响声，原来是队伍临近响竹林了。这片响竹林是汉武帝刘彻派园艺师们栽植的，用以掩映靠近城郭的珝瑝亭。而珝瑝亭是朝中后宫嫔妃举行接驾仪式的地点。

当年，南越王赵佗和高祖刘邦关系密切。武帝保持同南越王后裔的友好往来，但不久南越王的丞相吕嘉公开叛乱，杀掉南越王和王太后。于是，武帝在元鼎六年派遣了十万军队，分三路进攻南越，很快平息了吕嘉谋反。当攻下番禺时，武帝正在黄河东视察，他听到此消息，十分高兴，立刻把该地改名"闻喜"，后来走到河南修武，又听到吕嘉被俘获的消息，便把当地叫作"获嘉"。从此，闻喜县和获嘉县的名称流传至今。回到京城，他路过城南的地段，朝中重臣和后宫嫔妃前来接驾。为了纪念他派兵征服南越和视察黄河而归，武帝命令园艺师们在此栽种了响竹林，并修建了翔瑝亭。

成帝和翟方进被这片响竹林吸引着。竹林郁郁葱葱，品种颇多，有楠竹、斑竹、慈竹、水竹、罗汉竹等数十种，特别是生长在丘陵顶上的箐竹，挺拔隽秀，节长叶肥，不失南方生长之伟态。竹林内，有的竹竿粗而壮，有的竹竿细而直，枝繁叶茂，密密麻麻，相连成片，覆盖丘野，绵延不断。因竹林硕大一片，每逢仲春，所产鲜笋如潮。园艺师们采摘竹笋后，便奉送宫中，以增加皇帝、皇后和其他嫔妃的供餐花样。成帝曾多次吃过响竹林的鲜笋，但今晚还是首次亲眼见到响竹林。

成帝想到前方不远的地方便是翔瑝亭，大臣、后妃们一定等候在那里，准备为他举行隆重的接驾仪式。合德昭仪也一定会来。他，陶醉了！

骑队刚刚踏入竹林内的通道，只听"扑棱棱"一阵响声，只见一群鸦雀、鹃鸟从竹林内惊飞而起，由南朝北飞去。

不一会儿，成帝穿过响竹林，忽然传来钟鼓鸣、箫管乐、觱篥声。不用问，这是接驾的乐队望见惊飞的竹林鸟群后，判断圣驾即到便开始演奏了。接着，成帝挥鞭疾驰，只见前边灯火辉煌、彩旗飘扬，大路两旁排列着迎接圣驾的仪仗队，明盔亮甲，矛戟闪光。

翔瑝亭到了。

"嗒嗒嗒……"几十匹马的蹄声响过通道。屯骑校尉宫浩率领众骑士，从成帝和翟方进骏骑旁边擦肩而过。

宫浩抢先跳下马背，拖着长音疾声吼道："陛下、皇后驾到——"

负责指挥乐队的承明殿内史迎面跑了过来，大声喝止乐队的演奏。

成帝在中常侍郑永的搀扶下翻鞍离镫，朝接驾队伍走来。

赵飞燕早已步下辎辇，在中少府王盛，贴身宫女姜秋、姜霜，何柳、何槐的簇拥下，跟随在成帝的身后。

翟方进亦随即下鞍，跟在赵飞燕后边。

这时大道两侧的文武大臣纷纷跪下，同时传来簪环佩饰的响声，一些嫔妃也都跪于尘上。"陛下万岁万万岁！"翙瑝亭前的广场发出山呼海啸般的喊声。

昭仪赵合德按秩大妆，香粉扑鼻，正跪于第一列第一位置上。她身后跪着装束淡雅、举止文静的班婕妤。当成帝、赵飞燕走过来时，赵合德、班婕妤再次施跪拜大礼，山呼万岁，问候陛下、皇后一路辛苦。成帝、赵飞燕赶忙搀扶起她俩。成帝离开合德已经二十多天了，他心里格外思念，但因人多，不敢造次，只是说道："二位夫人快快请起！"因班婕妤惧怕政治角逐、生就贤淑有才，甘愿身居长信宫，去侍奉王太后，于是他向班婕妤问候太后身体可好。班婕妤急忙答道："请陛下放心，王太后体健安康，精神亦爽！"

第二列跪伏着光禄勋、曲阳侯王根，大司马车骑将军王音，红阳侯王立、平阿侯王谭、高平侯王逢时、新都侯王莽等外戚侯爵。成帝、赵飞燕等他们再次山呼万岁后，便说道："诸位大人平身！"新都侯王莽规规矩矩地悄然跪在诸位侯爷身后，又一次给成帝、皇后留下深刻的印象。当成帝、赵飞燕扶他站起的时候，他谦恭知礼，嘘寒问暖。

王莽年轻有为，善于仕途，他的父亲王曼，是王太后王政君的弟弟。最初，王太后兄弟八人，唯独弟弟王曼早年丧命，没有得到封侯。王太后怜惜王莽的母亲王渠，让她住在东宫生活，寡居的王渠只是在宫中默默侍候太子。而王莽从小成了孤儿，未得荣宠，跟随叔父们生活。在权势显赫的王氏大家族中，他根本没有享得父辈们的那种殊荣。成人后，他严于律己，恭谨待人，勤学苦修，学识渊博，穿着像儒生，守在家中侍奉回家的母亲和早寡的嫂嫂，精心培育亡兄抛下的孩子。他广交英才俊士，对执掌朝廷重权的叔伯诸侯更是小心翼翼，委屈迁就，恭敬备至。成帝阳朔三年时，大司马大将军王凤得了重病，王莽一刻不离地伺候在病榻旁边，并亲尝汤药，以保安全，一连几个月，昼夜不解衣带，直弄得自己蓬头垢面，竭尽了孝心，深得王凤的好感。王凤临终前，特意将王莽托付给王太后和成帝。成帝先是让他给自己传达诏命，做了黄门郎官，不久又晋升为射声校尉。他的叔父平阿侯王谭、已故的成都侯王商也经常在王太后面前称赞王莽的德才。永始三年，王太后让成帝追封王曼为新都侯，而由王莽袭爵为新都侯，并任光禄勋。这次黄河发生特大水灾，成帝和赵飞燕临出发前，就听说王莽宣布改吃素食，这在朝中引起强烈反响，文武卿臣无不赞颂。

见到王莽，成帝特意问候王莽母亲的身体，并叮嘱他要改善饮食，一切为了炎刘社稷。王莽再三感谢成帝，一遍又一遍地说："谢陛下！谢皇后！"

成帝、赵飞燕走至第三列，看到跪在第一个位置上的是光禄勋师丹。按官职大小，跪在这里的应该是御史大夫薛宣。成帝举目一看，灯笼照耀下，薛宣既没有居首位，也没有仅次于老臣师丹，而是跪在左将军辛庆忌、右将军廉褒、太中大夫谷永的后边，他身后只跪着一个人，便是卫尉、定陵侯淳于长。当年，曾担任光禄大夫的谷永向成帝推荐薛宣，称之经术文雅，能断国事，达于从政，可留神考察后再决定任用与否。成帝采纳了谷永的奏书荐言，随即将薛宣召为少府，担任御史大夫。后来，薛宣曾一度顾盼自得，唯我独尊，引起朝中卿臣的嫉言。今晚薛宣这一举止，一反往常，成帝大感诧异。成帝暗暗称赞薛宣的大度，一改从前抢风头、争荣誉之恶习。成帝哪里知道，薛宣如此谦恭，乃太中大夫谷永点拨所致。赵飞燕对朝廷礼仪极为通晓，对每一位卿臣、嫔妃的列位顺序已是非常熟悉，尤其是对薛宣这样举足轻重的人物，更是注意观察。她心内暗想：好一个薛宣，真鬼呀！

"师大人请起！"成帝上前搀扶起跪在首位的元老重臣师丹，猛然间想起师丹同张渺先祖之间的密切关系。特别是这位老臣推荐张渺担任都水长丞之职，满朝文武皆知，但万万没有想到，张渺在治理黄河洪害之际，违犯汉朝国法而被身首异处。想到这里，不禁心内有些不安，歉意地说道："师大人，朕实在无奈，方将张渺……"

"陛下英明，决断无误！微臣已经知道了。"师丹急忙打断成帝的话。

成帝向跪在第三列的各位大臣打了个"请起"的手势。大臣们又一次施叩大礼，山呼万岁。

"陛下，弘农太守萧咸可没有来呀！"御史大夫翟方进抢先一步，走至成帝身旁，悄声低语地提醒道。

"哦……"成帝扫视一下跪伏的各位卿臣，唯独不见萧咸。成帝携赵飞燕移步向前，向薛宣问道，"薛大人，萧咸已在十多天前赶回京城，探望他岳父张老丞相，今晚他因何不来接驾？"

"启奏陛下、皇后，萧咸已被司隶校尉何武抓获，其详细案情，待陛下回宫休息后再禀告！"薛宣双手打躬道。

"啊？"成帝、赵飞燕、翟方进听后不禁吃了一惊。

"请陛下放心，此案已全部查清。"薛宣看到成帝惊讶之状，随即补充一句。

"今晚戌时朕在宣明殿等你，准时前来详奏！"成帝心内焦急，向薛宣命令道。

"微臣遵旨！"薛宣双手打躬道。

"薛大人，张老丞相病体是否痊愈？"成帝惦念恩师，担忧地问道。

"陛下不必多忧，张丞相虽然不能上朝理政，但是身体已无大碍。"薛宣回禀道。

"启奏陛下、皇后，自张禹丞相病发后，朝中政务多亏御史大夫薛宣料理。可谓肆应之才，善于应对。"太中大夫谷永再次躬身施拜，继而奏道，"薛大人虚怀若谷，爱憎分明，虽对萧咸之过不留情面，但对其岳父张丞相丹心赤忱，倍加关照，请来御医给予治疗，方使张丞相病体化险为夷！"

成帝听了谷永的奏言，心中很高兴，为朝中有薛宣这样的卿臣而感欣慰，点首赞许。

"祝福陛下万寿无疆！祝福皇后千秋万岁！"跪在最后一列的长信宫少府何弘、庭林表袁颖、后宫宫长樊嫕和未央宫舍人吕延福及后宫诸夫人、宦官、宫女们，再施叩拜大礼，山呼万岁。

成帝、赵飞燕命令各位平身。

赵飞燕走至樊嫕面前，微微倾身一拜曰："表姐，近来可好？"

"岂敢岂敢！皇后，您身居三宫六院之首，享有九州殊荣，吾乃奴婢下人之身，仅此草芥露珠之命，怎能接受您的恩赐礼仪？！皇后，请您接受奴婢的大礼参拜！"樊嫕说着，伏地施三拜九叩大礼。

"哎，这怎么行呢！你我乃姐妹相称，不要讲那么多繁文缛节，快，快快请起！"赵飞燕急忙向前，伸出双手搀扶起樊嫕，"表姐，您身为后宫宫长，公务缠身，朝夕繁忙，急众姐妹之所急，想众姐妹之所想，给我帮了大忙，替我分了重担，飞燕一直感谢您！"

"皇后，您过奖了！此乃奴婢应尽义务。"

"还有，妹妹合德之所以有今日，全凭表姐处心积虑之当初。"赵飞燕说到这里，一双秀眸瞥向成帝，"陛下，樊嬺宫长对我汉室的贡献，不低于朝中有功之将、有劳之卿，依我之见，应当给我表姐晋封一个官号。"

没等赵飞燕往下说，樊嬺急忙撩裙跪在地上，伏首说道："奴婢只要在后宫生活一天，就要为陛下、皇后尽忠一天，陛下、皇后不怪罪奴婢，奴婢已心满意足、感恩戴德了。奴婢无功受赏，万死也不敢领受。"

樊嬺说罢，又连连叩了三个头。她仿佛先吃了一颗甜枣，后又吃了一颗苦果，还没等品够甜的滋味，就尝尽难以忍受的苦味儿。飞燕皇后明明在恨她、怨她，恨她向皇上推荐合德，怨她给皇上添一新宠，可是竟然违心地礼贤下士，故意吹捧，究竟是为什么呢？

成帝默然视之。他知道飞燕皇后非常妒忌合德昭仪，当然也就非常怨恨樊嬺了。因为召合德入宫，全是樊嬺举荐并一手操办的。

成帝思索了一下，微笑道："朕视察灾情刚刚回京，朝中有许多要事待办，飞燕皇后提出加封樊嬺宫长的建议，暂且不宜采纳。"

"谢陛下！"樊嬺急忙从赵飞燕那里挣脱出手臂，朝成帝屈身下拜。

"好，好，陛下远见！"赵飞燕当然不愿意加封樊嬺了。这是她为了装装样子，让众人看的。赵飞燕又搀起樊嬺说，"表姐，我知道您一不图名二不图利，不过我心里有些不忍。好啦，我还得拜托您一件事情呢！"

"皇后，请吩咐！"樊嬺又一屈身。

赵飞燕转身朝姜秋、姜霜说道：

"姜秋、姜霜，你们领何柳、何槐过来，让她俩见见樊嬺宫长！"

"是！"姜秋、姜霜应声后，各自手领何柳、何槐走了过来。

"来，何柳、何槐，我向你们两介绍一下！"赵飞燕说着手指樊嬺说道，"这是后宫樊宫长！"

何柳、何槐双双跪地，叩头屈拜。

"快，快，快起来。"樊嬺伸出双臂，急忙搀起何柳、何槐。

"樊宫长，这是我和陛下在黄河沿岸收下的一对孤儿，她俩是同胞姊妹，请您暂且待我照看，一切按后宫规章要求，严格管理，让她们学习文化，通达礼仪，不得放松！"赵飞燕向樊嬺委托道。

"请皇后放心，我一定尽全力照看何柳、何槐！"樊嬺又施一拜，把何柳、何槐拉到自己身边。

"陛下，您一路劳顿，龙体疲乏，请赶快上御辇，随臣妾回昭阳舍休息吧！"不知什么时候，赵合德已经悄悄地走到成帝身后，她再次伏身下拜，娇声嫩语地说。

"哦，好，好，朕即刻乘辇回宫！"成帝回头一看，见合德来催他，心中实感快活，几乎忘掉眼前的一切。

"陛下，您刚才不是说今晚戌时在宣明殿等薛大人议政吗？"赵飞燕反应机敏，立刻提醒皇上。

"对，对对对，此事已定，不再更改。"成帝又转身对赵合德说，"合德昭仪，朕改日再去昭阳舍！"

"就依陛下旨意，臣妾暂且回宫。但请陛下注意龙体，及早安歇才是！"赵合德屈身施拜后，又转向赵飞燕，不无讽刺地道，"皇后伴君劳苦，不仅对陛下起居饮食关心备至，而且对陛下议政决策参谋献计，真不愧为我汉室的后宫之主啊！"

"合德！"赵飞燕厉声叫道，一双秀眸狠狠地瞪着对方，停了好大工夫才继续说道，"为什么要这样？别人说我什么，都在情理之中。但你我乃同胞姊妹，你为什么要这样？"

"请皇后姐姐息怒，小妹罪该万死。"赵合德一看赵飞燕大动肝火，立即认错，屈身施拜。

"好啦好啦，你们俩怎么能这样！一个是皇后，一个是昭仪，后宫诸位夫人都看着你们哪！"樊嬺急忙上前，笑容满面地调解道。

成帝默然静思。他没有注意到赵皇后同赵昭仪的争执，而是猜测薛宣所举报的关于萧咸的重大案情。

御史大夫翟方进无心观看赵飞燕与赵合德的纠纷，因为他一向清楚，后宫诸妃之间的矛盾是永远解决不完的，何况又是皇后与昭仪、姐姐与妹妹之间的矛盾呢！但他注意观察成帝的面部表情，皇上此时忧虑而做沉思状，绝非因为家事。他迈步向前，走至成帝身旁，低声说道："陛下，天色不早啦！"

"哦！"成帝的思绪被翟方进的催促声拉了回来，转身朝中常侍郑永说了声，"回华玉殿！"

"遵旨！"郑永一手提着灯笼，一手搀扶成帝，奔向未央宫舍人吕延福早已备好的御辇前。

赵飞燕、赵合德一看，陛下乘辇先回自己的寝宫，便各自招呼随身宫女，分头行动，乘辇进城，饮恨不快地入宫去了。

屯骑校尉宫浩骑马先行，率未央宫前卫队的骑士们，为成帝、皇后、昭仪的车驾鸣金开道，而他指挥的后卫队骑士们，尾随朝中卿臣、后宫夫人们，浩浩荡荡地开进长安城。

成帝回华玉殿洗漱、就餐后，中常侍郑永帮他换上了敞领大袖宽衫的便服，下身仍为长裙，围扎蔽膝，腰束锦带，足着重台履，头戴黄色缁撮，将其浓密的黑发束约于内。因为这是夜间理政，皇上身着便服是允许的。如果是白天上殿，人们容易将皇上误认为大臣呢！

成帝换完服装，一看时辰将近酉时末，便立即奔往宣明殿。郑永手提灯笼，给成帝照着甬道。宣明殿门外、丹墀上悬挂着一盏盏大红灯笼，站立着一排排持戟握矛的卫士。几个小宦官立于门首。

中常侍郑永搀扶成帝步入宣明殿，直奔御座，而后他悄悄回避，退出大殿。成帝没有急于入座，而是扫视先祖建立的大殿。这里，一缕缕烛光闪烁，如同一簇簇盛开的芙蓉花。整个殿宇似白昼一般。一根根巨型圆柱不知涂过多少次红漆了，仍然是凝重簇新，刺人眼目。周围墙壁已粉刷一新，丝毫看不出剥落的痕迹。他迈动双足，站在脚踏板上，伸手摸了摸御座上的紫红色锦缎褥垫，松软而光滑。他仰望天棚，只见垂落下来的紫地织金镶银锦缎的幔帐，犹如彩霞降下，五彩缤纷。他想起先祖高帝刘邦曾在此处理过朝中要事，特别是审理过那些违规逾制的卿臣，以示英明和无私。几年前，他在这里曾以先祖的胆识，惩处过成都侯丞相王商、曲阳侯大司马王根，尽管经王太后、赵飞燕说情，二位侯爷得以宽恕，但基本上达到了惩前毖后的目的。延袭先祖，宣明殿已成为他处理要案的场所。

戌时到，御史大夫薛宣进入宣明殿。他见成帝已坐在御座上，便疾步向前，跪在地上，向成帝施大礼。成帝举目观看，只见薛宣头戴幅巾，身穿交领右衽的深衣，袍宽袖大，上衣下裳相连，腰束大带，佩玉坠于带下，足着高履，双手抱拳礼拜，面目清秀，神色坦然，于是令其免礼，并赐座于他。

成帝急切地问道："薛爱卿，速将萧咸所犯律条之罪过奏明！"

"遵旨。"薛宣应声后，随手从袍袖内抽出一条写着字迹的白色布帛。

原来，弘农太守萧咸此番随成帝赴黄河洪泛灾区，施放赈济粮谷，本应遵纪守规，但在返回长安途中，行至洛阳龙门山北部，恰遇来自山阳许皇后母亲的车乘，他目无国法，指使卫士持兵器拦劫，将老夫人准备送给女儿许皇后的钱物抢掠一空。回京都后，多亏一卫士举报揭发，经廷尉审核查证，的确属实，从而追回赃款赃物，如数退归许老夫人，并令司隶校尉何武将萧咸抓获入监，听候成帝回京发落。

成帝听后，早已气得离开御座，在毡氍上踱来踱去。萧咸贪得无厌，置国法而不顾，胆敢抢劫自己前岳母钱财。当初，悔不该派萧咸赴黄河灾区，而应该派大司农随驾前往。萧咸哪萧咸，朕顾不得许多了，你虽然是丞相张禹的门婿，但是不该抢掠许老夫人的钱物，难道你以为许氏垮台了，她的母亲就得受你欺负吗？朕将你由大西北张掖调回，到中原弘农任太守，不知感恩戴德，反而以怨报德，真乃混账透顶，岂有此理！

他猛一挥臂，厉声说道："传朕之口谕，明日宣廷尉，立即判萧咸以极刑！"

"遵旨！"薛宣撩袍跪地，屈身抱拳。

第二十章　事死如事生

大雪飘进未央宫宏大的院落里。楼台殿阁、苍松翠柏、大小庭院、幽径曲路等，都披上了薄纱般的银装。袅袅的篆烟融于淡淡的晨雾之中。皇家宫苑显得格外冷清和沉静。忽然，长乐钟声响起，划破寂静的长安城上空。

由西司马里延伸出两行骏骑足迹，一直到御花园门前。原来是成帝刘骜和侍中张放，各自骑着白鬃马与青鬃马，身背弓弩，手持钢叉，正在等候赵合德，准备出城微行射猎。他俩向四周看了看，又互相看了看，谁也没作声。

"咯吱吱……咯吱吱……"一阵车辇压雪的声响传来。

成帝、张放回首一看，一辆双马辎车由西司马里驶来，原来是曾给许皇后掌舆马的谷田持鞭驾车。车篷内，坐着赵合德。

"张放，快迎过去，你同赵昭仪先走，从后宫西侧甬道出宫！"成帝扬起手中的马鞭，朝西指点道。

"是！"张放应声道。

"张放，如果碰见熟人，你就说陪赵昭仪到渭水河畔观赏雪景，千万不能说去微行射猎！"成帝再三叮嘱道。

"微臣谨记！"张放说罢，双足踏镫，扬鞭乘骑朝车辇奔去。

成帝又在默等赵飞燕皇后。

昨天夜里，他仍然是在昭阳舍宫"温柔乡"赵合德处度过的。此处，已是他连续三个多月来的长期临幸之地。白天，他有时上朝议政，有时郊游微行，夜晚，他就来到赵合德身旁，几乎每晚共欢到子夜人静之时。想到赵飞燕，成帝不由得想起刚刚视察黄河灾情回来的那个夜晚。当他听完薛宣汇报萧咸案情走出宣明殿后，赵飞燕正站在宣明殿门外，披着满天星光，受着夜风侵袭，耐心等候。他以为发生了什么事情，便焦急地问道："飞燕，有事吗？"

"没有，什么事也没有。"赵飞燕摇了摇头。

"哦……"成帝不解其意，他仔细观察赵飞燕，只见她那双眸子透露出企盼、留恋的神情。心想，她一定是来接我到远条宫过夜的，于是又问道，"那……你来干什么？"

"陛下，臣妾有句话，不知当问不当问？"

"有什么当问不当问的，问吧！"

"陛下，今晚你准备……"

"怎么样？难道你要干预朕吗？"成帝那张龙颜立即沉了下来，因为赵飞燕触动了他那根最敏感的神经。心想：你越是这样心胸狭窄，我越是要去昭阳舍宫。

"不不不，陛下你理解错了！"赵飞燕急得一双秀眸涌出了泪珠，马上单刀直入地回话，"陛下，臣妾已经派王盛去昭阳舍，通知合德昭仪，做好准备，陛下欲临温柔乡！"

"飞燕……你……"成帝感到出乎意料，疑惑不解。

"臣妾深知陛下的心情，也深知陛下的苦衷，你离京城二十多天了，你思念合德妹妹，合德妹妹也思念你。我，我怎么能……怎么能那样不近人情！"赵飞燕说到这里停了下来，她转过身体，昂首面向西南，仰望夜幕苍穹下高高矗立的未央宫大殿，无限慨叹地说，"先祖打下了社稷，给宇宙增添了光辉，给神州降下了吉祥，给百姓建立了功德。祖宗之基业，子孙应承继。可是……岁月流逝，年复一年，陛下至今尚无皇嗣，飞燕我，我心肝欲碎呀……"

成帝默默地听着。一见赵飞燕说着说着痛哭不止，他心里亦顿觉难受，鼻孔一阵酸楚。

"陛下！"赵飞燕猛一回头，真诚地说，"为了妹妹，也是为了我，为了炎刘社稷，为了及早立下皇嗣，您，您，您要多去昭阳舍宫啊……"赵飞燕说到此处，抽泣得更厉害了。

"飞燕，我的好皇后！"成帝一下子紧紧地拥抱住赵飞燕。

成帝正在沉思之际，猛一抬头，发现赵飞燕由远条宫徒步走来。他有些奇怪，她因何不乘御辇呢？难道她有事在身，不能离宫微行吗？他一时猜测不定。

赵飞燕迈动轻盈的脚步，来至成帝马前。她一手拿着那件带有灰褐斑点的淡黄色猞猁皮披风，一手撩起蔽膝掩履的曳地藕荷色长裙，跪在雪地上，屈身叩拜曰："启禀陛下，臣妾实在不敢伴君微行射猎，望谅过恕罪！"

"啊，为什么？"坐在马上的成帝问道。

"陛下有所不知，昨天夜晚，薛丞相派他的夫人前来远条宫，一再叮嘱我谏阻陛下微行，以防群臣非议。故而，臣妾为了陛下声誉，为了炎刘社稷，虽不愿扫陛下的兴致，但不得不向陛下请求，我觉得不去伴驾，更为适宜。望陛下深思！"赵飞燕唯恐成帝恼怒，冒了很大的风险，说了这番谏言。她不曾忘记，谏大夫刘辅就是因上书谏阻皇上微行，而落了个入狱、贬为庶民的下场。

成帝听了赵飞燕的一番陈述，心中暗恨薛宣：你太没有良心了，朕待你不薄啊。因安昌侯、老丞相张禹年老病重，尽管是朕的恩师，朕又一向崇敬，但为了社稷大业，也是为了你薛宣的前程，朕才下了一道谕旨，免去张禹丞相之职，擢升你为丞相，并册封为高阳侯。皇恩浩荡，你不以为然，反而盯住朕的微行喜好，到处宣扬，竟然派你的夫人到远条宫游说，这岂不是小题大做吗？他思索了一下说：

"好吧，飞燕快快请起，朕允许你留在宫中，不去随朕微行！"

"多谢陛下恩准！"赵飞燕又施拜，欠起玉体，双手托起披风道，"陛下，天气渐寒，又逢雪天，请您将这件猞猁皮披风披在身上，以挡风寒！"

"飞燕，朕谢谢你的关怀之情！"成帝伸手接过披风。

"陛下……"

"飞燕，你……"

"陛下……"赵飞燕一看成帝面色蜡黄，双目无神，颧骨突出，十分消瘦，意识到是他长期沉湎于酒色所致，尽管妒恨他与妹妹合德日久共欢，但还是非常惦记他的身体，她不由得鼻孔阵阵发酸，眼眶涌满泪珠，扑簌簌滚落两腮，不无劝慰地说，"陛下，您是一国之君，卿臣仰望您，百姓仰望您，臣妾仰望您，您，您，一定保重龙体呀……"

"飞燕，朕记下了，你快回宫吧！"成帝理解赵飞燕的心意，但他无法克制同合德一起享乐，更不忍放弃微行射猎，他双足猛磕双镫，白马立即腾蹄，载着他朝后宫西侧的甬道奔去。

"陛下，早去早回！"赵飞燕望着成帝的背影高喊着。

她待成帝乘骑离宫后，信步进入花园石门，徜徉在垂柳行间的石板路上。银白色的树挂，银白色的亭榭，银白色的拱桥，银白色的湖岸，这个晶莹剔透的银白色世界，一股脑儿映入她的眼帘。不知为什么，冬天的御花园本来也有一番别致的风景，但是无论如何也激发不了她的情趣。当她来到湖岸的时候，看到冬月的湖面上一溜平川的薄冰。她想着想着，想到成帝的龙体衰弱，神色黯然，那颗心亦觉冰冷寒凉。

在静谧的湖畔，只听到"啪嗒，啪嗒"清脆的桨声从旷寒的昭阳湖湾里传来。赵飞燕抬头一看，一只黄色篷船从对面的拱桥底下摇来，船头缓缓刺入冰面，轻轻漂荡，晶亮的冰片"咔啦咔啦"地飞向船身两旁，继而溅起了一串串白色的浪花。原来是园艺师老张头摇桨划船而至，他那花白胡须挂着一丝丝冰霜，鼻孔、口腔喷吐着一团团白色雾气；船上还坐着矮个儿园艺师老沈头，两手在不停地整理渔网，船板上几条鲜鲤鱼活蹦乱跳，摇头摆尾。赵飞燕向前走了几步，举足登上湖畔的长条石凳，一双眸子紧紧盯着黄色篷船，在这么严寒的天气，两个老头竟然能够划船破冰打鱼，果然有点真本领。她看得出了神，虽然迎着湖心处刮来刺骨凉风，但是忘记了寒冷。

"恭请赵皇后圣安！"老张头停下双桨，两手打躬施礼。老沈头扔下渔网，赶忙站起来，双手抱拳，屈身施礼，亦问候道，"皇后安康！"

"免礼！二位长者因何在清晨破冰捕鱼？"赵飞燕好奇地问道。

"这个……"老张头一下子被问住了，不敢实言相告。

"皇后，我俩是奉命驾船前来捕鱼的！"老沈头是个爽快的人，但也不敢说实话。

"啊，谁让你们来的？"赵飞燕一看他俩说话吞吞吐吐，意识到其中有鬼，便继续追问道，"说！不要怕，到底是谁？"

"这……"老张头、老沈头一看皇后较起真来，确实有些后怕。他俩知道宫廷定下的规矩：御花园湖里的鱼，只供皇上、皇后和太后食用。负责掌管皇帝衣食住行的少府经常来御花园检查，再三强调说："任何人不准随便下湖捕鱼，其他卿臣和嫔妃也不准到这里索讨鱼吃。如若违反规定，严加惩处！"想到这里，他俩吓得一时不知所措。

"怎么，你们俩捕鱼，是不是要贿赂人？"赵飞燕当然知道宫廷的规定，一看张、沈面色不对，心中更加生疑，非要问个水落石出不可。

"不，不，不不不，我们只不过是个看园子的，没有什么福分奢求，根本没有贿赂谁，只是小人出身卑贱，不敢不服从薛丞相的指令……"老沈头万般无奈，只好实言禀告，"只此一次，下次不敢！"

"望皇后恕罪！小人甘愿受罚！"老张头说着拽了一下老沈头，两人扑通一下跪在船板上，不住地磕头施拜。

赵飞燕一听，不禁心头一震，大胆薛宣，太不像话了，刚刚提拔为丞相，竟然做了许多违规逆章之事。皇上微行射猎固然不妥，但你为何派夫人到太后处谏奏，岂不是有点儿僭越了吗？你从御史中丞提拔为御史大夫之际，既然发现儿子薛惠就任彭城县令不称职，给予撤免，那么为何在升任丞相之后，又将其官复原位呢？御花园昭阳湖里的鱼，本来宫廷有规定，卿臣们不允许食用，而你为何私下指令、偷偷窃取呢？她略一沉吟，态度和缓地说："二位长者，快快请起，本宫不怪罪！"

"感谢皇后大度，小人没齿难忘！"老张头和老沈头又一连叩了三个头，施拜起身。

"好啦，你们回去吧，把捕捞的鱼交给薛丞相。要记住，什么也不要讲。"

"是，奴才记下了！"老张头说罢操起双桨，驾起小舟，朝着东岸驶去。

赵飞燕跳下石凳，欲奔向长廊游玩，忽听身后有人呼唤——

"皇后，皇后！"

赵飞燕停下脚步，定睛一看，只见中少府王盛一溜儿小跑，径直奔来。

"皇后，刚才长信宫少府何弘来找您！"王盛喘着粗气，焦急地禀述。

"什么事？"

"他说王太后有事。"

"走，快走！"赵飞燕说着迈步疾行。

"皇后，您还没吃早饭呢！"王盛紧紧跟在她身后，提醒道。

赵飞燕没有回答，而是撩裙疾步往前走。她绕过花坛，穿过垂柳行间的石板路，越过一座小桥，抄近路走向御花园大门。

"赵皇后，何弘还说，他先到华玉殿去请皇上，可皇上……"王盛说到这儿，却没有往下说。

"哦……"赵飞燕心想，这下子可糟啦，太后如果知道皇上又去微行，那么必将大发脾气。她停下双足，回头对王盛说，"你先回远条宫吧！我去看看！"

"是！"王盛应声道。

赵飞燕走出御花园，快步直奔长信宫。

她走进长信宫庭院，落下的积雪已被卫士们打扫得干干净净。当她进入寝宫的时候，只见王太后坐在御座上，脸色凝重，沉默不语。旁边站立着班婕妤、何弘、袁颖和一些小宦官、宫女。她急忙撩裙跪于青蒲上，向太后行大礼、请早安。

王太后见赵飞燕进入大厅，面部肌肉动了动，只是打了个"平身"的手势，但是没有吭声。

赵飞燕起身后，班婕妤等人向她跪拜施礼，她俯身将她们一一搀起，也没有吭声。她从太后的脸色分析出，宫里肯定发生了什么事情。

王太后离开御座，走下踏板，迈入青蒲，踱来踱去。那冷峻的面孔，深深的褶皱，似乎藏有许多不快之事；那微颤的双腿，蹒跚的步履，似带有千斤载重之力。众人看着这位掌有后宫实权的皇太后的一举一动。

大厅内陷入一片沉寂。

"赵皇后，皇上微行不止，何时得了？"王太后停下沉重的脚步，终于开口问话，但身体并没有转向赵飞燕。

"臣妾也曾劝阻过陛下。"赵飞燕朝着王太后的后背屈身说道。

"赵飞燕，你知道吗？后宫邛成太后今晨崩逝啦！"王太后这时才将身体转向赵飞燕。

"啊！儿臣不知。"赵飞燕听后不禁吃了一惊。

"可是皇上偏偏在这个节骨眼儿上微行射猎去了。"王太后的脸色又阴沉下来。

"儿臣亦有罪过！"赵飞燕屈身低首道。她心内暗暗思忖，多亏没同皇上一道微行，若不然也要受到王太后一顿斥责。

不知为啥，王太后没有当着她的面谴责赵合德，而是继续问道：

"飞燕，此时皇上不在，而你是三宫六院之首，你看，邛成太后的葬礼应该由谁去主办啊？"

"儿臣不敢。今有太后在上，一切应该听太后安排！"赵飞燕深知邛成太后生前的身份和地位。邛成太后，乃成帝的祖父刘询孝宣帝皇后，她的父亲奉光，曾被册封邛成侯。先祖帝王的遗孀，并享有太后职衔，定夺这类大人物的丧事，万万不可马虎粗心。所以，她一推再推。

王太后早已知晓赵飞燕的精明，多一事不如少一事，但还是问她道：

"飞燕，你说说看，确定邛成太后的丧事，是派薛丞相还是派翟大人？"

"多谢太后抬举，儿臣说错了请指正！"赵飞燕说着朝前一拜，一看实在推托不了，心里不住地盘算着，薛宣自从当上丞相后，对己宽，对人严，实在令人愤慨，但说什么也不能通过自己的口去损人，而应该让他人去做，于是说道，"邛成太后乃我朝后宫之元尊，崩逝大事，理应料妥，故需高官显卿敲定，薛丞相较为适宜，请太后赐教！"

"好，就依飞燕之见。"王太后说着停顿片刻，略一思忖，转身向何弘道，"你立即传我的口谕，请薛丞相为主，翟大人为从，速速安排邛成太后的丧事！"

"是，遵旨！"何弘向王太后施一拜礼，转身走出大厅。

"飞燕皇后，通知后宫所有嫔妃，准备参加邛成太后的葬礼！"王太后向赵飞燕下达了口谕。

"遵旨！"赵飞燕屈身深深一拜。

"好啦，各位请回吧！"王太后欠身离座，走下踏板，宫女们急忙上前搀扶。

薄雪停飞，浮云渐散，然而凉风仍然袭卷后宫。赵飞燕受命王太后的旨意，不敢怠慢，急匆匆地走出长信宫，直接回到远条宫。

她刚刚来到前厅，便向迎面走来的姜秋吩咐道：

“姜秋，快，快去找来樊宫长，让她带来后宫诸妃花名册！”

“是，奴婢马上去！”姜秋应声后，快步走出远条宫。

赵飞燕入座后，反复思考王太后的谕旨，命丞相薛宣拟定邛成太后的葬礼仪式并主办其丧事，而令处事稳妥、为人豁达的御史大夫翟方进作为协从。此令正中下怀，天公作美！薛宣被册封丞相以前谦恭谨慎，尊重他人，之后居高临下，刚愎自用，朝中卿臣不入其眼，就连被称为“三公”的大司马、御史大夫也敢谴责一二。其他卿臣凡是被皇上晋升后，几乎都悄悄进入远条宫拜谢。唯独薛宣恃尊不见，他根本没有把我这个皇后放在眼里，大庭广众之下的那些宫廷常礼，只是逢场作戏而已。职升德降，得志猖狂！今天，本宫借此机会，要看看你薛宣到底有多大本领，给你一条既平坦又惊险的道路，看你怎么走。

不一会儿，后宫宫长樊嬷来了。

赵飞燕将王太后的口谕向樊嬷述说了一遍，樊嬷双手呈上厚厚的一叠后宫诸妃花名册。

嫔妃之多，令人吃惊。赵飞燕翻开花名册，仔细审看，看了好大工夫，只看得眼花缭乱，头脑发涨。记录在册的嫔妃竟然达到两万余人，每人每年的耗资得要多少万斤白银哪！她心里不禁恼恨皇家，如此奢靡生活，岂不撼动社稷！她顾不上考虑这些，而是注意花名册前边册封进入等级的人员，即除了位比皇上、爵比皇上的皇后赵飞燕外，尚有昭仪、婕妤、娙娥、容华、充依、美人、良人、八子、七子、长使、少使、五官、顺常、舞涓、上家人子等十五个级别的嫔妃姓名，而在最末两级之内，再分为若干等，其女子姓名一百八十余个。赵飞燕唯恐人多混乱，择定前十三个等级的嫔妃姓名，准备参加邛成太后的葬礼。她把这些人重新撰写了一份名单，交于樊嬷，逐人通知。

樊嬷告别赵飞燕，转身离去。

赵飞燕审看嫔妃花名册实在太累了，便欠身离开御座，走出前厅，回到寝宫，躺在象牙床上，微闭双眸，稍作休息。她虽然疲劳，但心事重重，没有入睡。她盼望皇上、合德快点儿回宫，以便及早将王太后的口谕转告他俩。

天将午时，赵飞燕吃罢饭，又回到寝宫，躺在她的象牙床上，准备睡一觉，彻底解解疲乏。她似睡非睡，中少府王盛轻手轻脚地走了进来，告诉她，皇上、昭仪已经回来了。她一骨碌爬起身子问道："他俩回哪儿啦？"

"华玉殿！"

"走，王盛，跟我去华玉殿！"赵飞燕蹭了蹭玉体，两条腿耷拉到床沿下，王盛猫腰拾起那双绣花高头云履，刚一上前，停了下来，他想，给皇后穿鞋本来是姜秋、姜霜的活儿，我这个宦官干这种活儿合适吗？她俩又不在呀！干脆，我干！奴才给主子尽孝还有啥说的。他把两只鞋，一一给赵飞燕穿就。赵飞燕心安理得，非常欣慰。

两人走出远条宫，奔往华玉殿。

宫廷的中午，寂静而凝滞，天空几乎吸去了所有的声音。后宫诸妃、宫女们都去休息了。太阳钻出云层，洒下万道光芒，照耀得皑皑白雪熠熠生辉。当阳光扑向华玉殿大厅的时候，那一根根硕大而粗壮的火红明柱却闪烁出迷乱的光影。

此时，华玉殿热闹非凡，打破了午时的宁静。

赵飞燕、王盛在中常侍郑永的带领下，步入华玉殿大厅。赵飞燕一看，成帝、合德、张放等人正围坐在大厅一角的长方矮脚案几前开怀畅饮，侃侃而谈。她撩裙跪地，向成帝施礼祝福。合德、张放急忙欠身向她施拜。

"飞燕皇后，你来得正好，来来来，你陪朕饮一杯！"成帝说着给赵飞燕斟了一杯酒，"给，这是酎酒，是皇宫里最高级的米酒，味道醇美，提神助兴！"

"谢陛下赏脸，恕臣妾冒犯不恭！"赵飞燕疾步向前，双手接过酒樽，一饮而尽。她又向前跨了几步，亦亲自拿起银口黄耳的酒壶，往成帝的玉石酒杯斟满了酒，双手举樽道，"陛下，这是臣妾的一点心意，请笑纳！"

成帝接酒饮罢，哈哈大笑，喝得兴致勃勃。

赵合德见姐姐来华玉殿，开始有些不好意思，后来一看姐姐同成帝互斟互饮，气氛顿时缓和，急忙给姐姐斟了一樽酒，双手捧樽道：

"皇后姐姐，小妹敬您一杯！"

赵飞燕摆了摆手，没有接这樽酒。她早就忌恨妹妹了，心里暗暗骂道：该死的丫头，你就逞能吧，看你把皇上害的，都成啥样子了，将来你非坏了大事不可！但她强装笑颜，解释道："合德，我不能再喝了，我这里还有事呢！"

"哦，姐姐你咋不早说呢？"赵合德放下酒樽。

"陛下，邛成太后崩逝了！"

"啊！"成帝吃了一惊，放下酒樽。

"太后谕旨，命丞相薛宣拟出葬礼方案，御史大夫翟方进协助研究。厚礼大葬，以敬先皇。满朝卿臣，后宫诸妃，都要参加葬礼！"赵飞燕向成帝传达了王太后的安排。她又叮嘱了一句，"请陛下少饮几樽，爱惜龙体，以参加邛成太后的葬礼。"

"嗯，朕已晓知。"成帝点了点头。

众人中止饮酒，舍人吕延福匆匆进入，直奔御座。他从袖筒内抽出一条白色布帛奏书，递给成帝道："陛下，这是太中大夫谷永写来的一份奏书。"

"呵，他为啥不亲自呈递？"成帝接过奏书问道。

"小人不知。刚才在华玉殿门外，薛丞相府内的舍人薛贾转交给我的。"吕延福躬身回禀道。

成帝将布帛奏书展开，放在案几上，认真审读——

启奏陛下：

　　臣闻王天下，有国家者，患在陛下有危亡之事，而危亡之言不得陛下所闻。夏、商、周三代末主所以殒社稷，皆由妇人与群恶沉湎于酒；并因生活奢靡与无所进取。陈述以上两条恶习，当今陛下兼而有之。况又同张放好微行，疏行事，懈怠朝纲，且又违道纵欲，轻身妄行，当盛壮之隆，无继嗣之福，大有危亡之忧。近年来，星陨如雨，复遭日食，黄河泛滥，民恨臣怨。臣请陛下三思终行，新开生路。上述之言，王根、王立等各位侯爷命我具疏切谏，力求除旧更新，振兴社稷。唯陛下留神反复思索之，熟省臣言！

微臣谷永敬上

成帝读罢谷永撰写的谏言奏书，倏地站起身，气得龙颜青一阵白一阵，额上一条条蚯蚓般的青筋猛烈地跳动着，绘有十二章的御服随着难以压抑的满腔怒愤忽高忽低地抖颤着，他将布帛奏书揉成一团，狠狠地砸在地上，骂道："混账！"

"太没王法了！"赵合德听完谷永的奏书，气得火冒三丈，早已憋不住了，这不仅是对皇上不恭不敬，也是对自己的斥责。

赵飞燕狠狠地白了妹妹一眼，责怪她不该火上浇油，但心里对谷永也是不满，白帛黑字，句句尖刻，不但对皇上加以贬斥，而且对她们姊妹大加奚落，很显然，谷永把"无继嗣之福"的祸根栽植在她们姊妹身上，用心狠毒。赵飞燕将恨吞在心里，欠身离座，屈膝下拜，和蔼劝解道：

"陛下，主掌乾坤，政事繁重，承继先祖之托，肩负万民之望，遇此区区小事，万万不可气坏龙体！"

"陛下，应当机立断，除掉谷永！"张放更加痛恨谷永，因为谷永在其奏书上指名点姓地批评他这位皇上的嫡亲侍中。他要借此机会，向皇上谗言谷永，拔掉这个眼中钉："此人万万留不得，后患无穷啊！"

"来人！"成帝呼叫道。

中常侍郑永急忙走进华玉殿。

"郑永，你快去通知侍御史，立即缉拿谷永！"成帝绝不允许卿臣忤逆犯上，将一国之君的高贵头颅降低半分，于是立即下达圣旨，捕拿太中大夫谷永。

"遵旨！"郑永躬身受命。

"陛下……"赵飞燕唯恐事情闹大，急忙撩裙跪于尘上，恳切地劝止道，"陛下，谷永之事，可否延缓一段时间，再作处理……"

郑永一看赵飞燕谏阻圣谕，似乎有些犹豫。

"快去！"成帝朝中常侍郑永疾声吼道。

"是！"郑永又一打躬，转身疾步走出华玉殿大厅。

瞬间，大厅内喧闹的酒席宴会一下子变得像夜晚古刹般的沉寂。

诸人一看成帝怒发冲冠，气恨难平，不敢再吭声了。而成帝踱来踱去的脚步声，如重锤般地敲击着厅内诸人的心房。

郑永返回华玉殿大厅，躬身复命道：

"启禀陛下，侍御史孙越已领旨缉拿谷永！"

成帝停下脚步，听罢郑永的回话，好像受了很大震动。

他的血液激烈地奔涌着，他的大脑激烈地思考着：谷永身为太中大夫，乃掌议、撰谏书之官，朕若对其无情鞭挞，乱加处罚，岂不寒了天下志士之心？小罪宜隐忍不发，大罪则严加惩处。想到这里，他的怒气渐渐消散，他的情绪渐渐平缓，心里着实有些懊悔。

赵飞燕皇后、赵合德昭仪主动上前将成帝搀扶到御座上，她俩用手帕给成帝擦拭脸上、脖颈上的汗珠。郑永走到御座旁边，用双手轻轻地按摩陛下的脊背。张放赶忙提起锡壶给成帝倒了一杯茶。

成帝端起瓷杯，深深地喝了一口热茶。

少顷，一位小宦官带领侍御史孙越快步进入大厅。孙越撩袍跪地，口呼万岁！成帝放下茶杯，急切地问道："孙越，情况怎么样？"

"启奏陛下，微臣领旨后，立刻率骑士缉拿谷永，不料谷永闻讯乘骑逃离府邸，奔往凉州方向，我等追至交道厩，离长安六十里处，但不见踪影，故先回禀陛下，请陛下定夺！"孙越述罢，低首听命。

"停止追捕，赦其谏罪！"成帝亦解恨怒，不复穷究，仁慈地说，"任他逃去，留其生路！"

"微臣遵旨！"孙越施拜叩头，欠身离去。

成帝松了一口气，回首看了看赵飞燕、赵合德，心内宽慰了许多，双目不由得盯在酒樽上。张放马上凑了过去，拿起酒壶先给成帝往酒樽内斟满酒，而后又给赵飞燕、赵合德斟酒。成帝酒兴又起，端樽倡道：

"来，各位陪朕再饮一樽！"

大家举樽正欲同成帝共饮时，吕延福引后宫庭林表袁颖走了进来。袁颖撩裙跪于毡罽上，向成帝、飞燕皇后、合德昭仪施拜叩头。成帝放下酒樽，让她平身落座。袁颖禀明成帝，奉王太后旨意前来请皇上去长信宫，有要事相议。成帝正值酒兴，不肯立即离去，遂邀袁庭林表同饮几樽。

袁颖一看皇上这般诚意，感到实在无法推却，只好和众人同饮一樽，然后欲告辞先行。

这时，另一位小宦官又领侍中、光禄大夫班伯入华玉殿觐见成帝。成帝一见班伯来临，心内大喜。班伯乃班婕妤胞弟，因病请假，假满病愈，就来拜谒成帝，是一个重法度、讲规矩、懂礼仪的卿臣。成帝非常喜欢班伯，他素常不轻易入宫，也不来求办任何私事，每逢交谈都很受益。成帝挥手赐座，并热情地谦让道：

"来来来，班爱卿，你来得正巧，大家欢聚一堂，你也来饮一杯！"

班伯拜谒已毕，也不落座，也不多言，而移步向前，唯注视御座右侧屏风，目不转瞬。成帝再次呼令共饮，班伯口中虽然不住地应声遵命，两眼仍不离开屏风上的画图。

成帝以为屏风上有什么怪现象，亦仔细观瞧，但见屏风上并无他物，只有一幅古迹绘画，仍是商纣与妲己夜饮图，当下猜透班伯意图，故意问道：

"此图示为商纣无道，历朝君王应以警诫，但不知此图还有何诫？"

班伯一看，奏谏机会已到，躬身抱拳道：

"陛下，微臣所言若有不当，诚请恕罪谅过！"

"班爱卿，请你直言！"

"纣之不善，皆因听妲己之言；沉湎于酒，殷纣错乱天命，于是纣王卿士微子立刻告箕子、比干而去。诗书所言淫乱原因，无非因酒惹祸！"

成帝听罢班伯谏言，觉得班伯果然是掌论议之官，遂叹息道：

"朕久不见班伯，今日复得闻直言了！"

庭林表袁颖心里赞佩班伯，为成帝拥有这么好的谏臣而高兴。她没当面称赞，只是叮嘱陛下赶快去长信宫，随后屈拜告辞，飘然离去。

张放心里却怨恨班伯多嘴，一番酒兴又被班伯打断，不料成帝不但没有生气，反而叹为直言，只好托词更换衣服，快快不快地离开华玉殿大厅。

赵合德觉得同皇上微行、饮酒是一番舒心的娱乐，没想到接二连三地受到干扰，心里不是滋味，脸上挂出不快。赵飞燕非常佩服班伯的才识，知书达理，借画进谏，不愧为班婕好的胞弟！她见此情景，欠身离座，朝成帝施拜道："陛下，时间不早了，您该去长信宫面见太后啦！"

"好，各位请回，朕有要事去办！"成帝就令撤席，携中常侍郑永走出华玉殿。

众人随后纷纷离开。

成帝、郑永急匆匆地来到长信宫。长信宫少府何弘迎面走来，接驾道："陛下，太后请您到寝宫叙话。"

"平身，何弘前面带路！"成帝挥手道。

成帝进入寝宫，瞧见太后正坐在案几前等候，他撩袍跪于青蒲上，施拜叩头道："皇儿叩拜母后，万福金安，万岁万万岁！"

"骜儿快快请起！"王太后欠身离座，上前搀起刘骜，仔细打量，一见儿子面容憔悴，两眼失神，不禁心内如刀扎般疼痛，鼻孔一阵酸楚，老泪纵横，涕流唇边，那双枯瘦的老手颤抖地抚摸儿子的脸颊，哽哽咽咽地说，"骜儿，你近日颜色瘦黑，无精打采。你，你，你应该自知保养，不宜……沉湎酒色……"

"皇儿谨记，请母后不必担心！"成帝将太后搀扶到御座上。

在场的班婕妤、袁颖、何弘和郑永亦感酸痛，有些人流下了眼泪。

何弘给成帝搬来一张座椅。成帝扶案坐下，确实感到疲乏无力，头上沁出微细的汗珠。

王太后向袁颖递了个眼色，袁颖将一条布帛奏书呈与成帝。成帝展开一看，乃是丞相薛宣、御史大夫翟方进、曲阳侯王根、安阳侯王音、红阳侯王立、平阿侯王谭、高平侯王逢时等人联名弹劾张放，混天捱日，游手好闲，干扰帝业，应即革职。成帝阅罢，吸了口凉气，觉得此事不好办了。

"骜儿，各位卿臣、侯爷都是为了你好，为了汉刘社稷鼎盛不衰！"王太后待刘骜看罢奏书，提醒道，"刚才，袁庭林表由华玉殿回来把所见所闻告诉我了，侍中班伯秉性忠直，关心朝政，况又是大将军王凤所举荐，望我儿从优待遇，使其辅佐帝之德业！"王太后说到这儿，停顿下来，成帝不住地点头赞同，接着她提高嗓音道，"对富平侯、侍中张放，应立即贬职！"

"啊，母后！"成帝吃惊地站起身来。

"并遣令张放还乡就国，慎勿再留京都长安！"王太后倏地欠身离座，大声说道。

"母后，这，这，这种处罚是不是太重了？"成帝对王太后的决定一时接受不了。

"决定无误，焉能修改！"王太后毫不退步，拒理坚持。

"好，好，皇儿遵旨！"成帝无奈，只好答应。王太后又看了一眼袁颖，袁颖即解其意，马上递过御笔、台砚和布帛。成帝操毫撰写，将张放由侍中贬为北地都尉，并驱逐出长安。随之，他把布帛谕旨交于郑永道："立即转交御史大夫翟方进，请他处理！"郑永应声接旨。

当天晚上，华玉殿大厅烛光通明，辉煌耀眼。成帝没去昭阳舍宫临幸赵合德，也没去远条宫去找赵飞燕，而是独自一人伏案审批奏书。看来，侍中班伯借画进谏、太后授意贬遣张放，多多少少还是生效哩！

大约亥时，夜深人静。长信宫少府何弘和一群小宦官、宫女提灯照路，袁颖在左，班婕妤在右，两人搀扶王太后，前呼后拥地进入华玉殿大厅。成帝放下批奏，欠身离开御座，急忙向前迎接王太后。只见太后气喘吁吁，面色青一阵、白一阵，不知发生了何种意外情况。王太后落座大骂道：

"薛宣是狗养的，翟方进也不是好东西！"

"啊，发生什么事情啦？"成帝十分惊讶，安慰劝解道，"母后，您不必太生气，慢慢说，到底是谁惹了您？"

"骜儿，他们也太欺负皇家啦！"王太后说着，悲愤涌上心头，泪珠滚落下来，"他们拿咱们……不当人看，竟然把邛成太后的丧事……办得如此草率，将来我若是死了，他们就得将我……白布裹尸、黄土掩体呀……"

"他俩拟定的葬礼方案呢？"成帝问道。

"在这儿，请陛下过目！"袁颖说着从衣袖内抽出一条写满字迹的白色布帛，递于成帝。

成帝接过薛宣草拟的葬礼方案，仔细审阅全文，越看越气，越想越恨，遂问道："主张薄葬，蔑视皇家，但不知是否令其重新修订？"

"启禀陛下，我奉太后旨意，先后三次将邛成太后之葬礼方案退还薛丞相，令其改薄葬为厚葬，但薛丞相一字未动，原封退回。"庭林表袁颖如实回奏。

"啪"的一声，成帝霍地掌击案几道，"明日上殿，严肃朝纲！"

第二天，灿亮的晨阳如碧血，凛冽的寒风似刀割。文卿武将接到上朝议政的诏令后，纷纷涌向未央宫前殿。两位仆人搀扶着身体患病的老将军辛庆忌，也向未央宫前殿走来。百姓自动闪向大路两旁，不敢声张，窃窃私语，猜测朝中可能发生了大事。

成帝同赵飞燕并行，迈着矫健而敏捷的步履，穿过端门，拾级而上。两旁持戟握矛的未央宫卫士们目送主子登殿；廊下的宦官们一声迭一声地高喊道："陛下圣驾到——皇后到——"跟在成帝、赵飞燕身后的合德昭仪和嫔妃们，双手撩裙，款款速行。代表王太后上殿的庭林表袁颖、班婕妤亦并行随后。

威严的未央宫前殿激起成帝若干遐想，它是汉王朝历代天子继登龙位的殿堂，又是朝廷举办大典祭祀的地方，每逢君臣到此聚议，势必给人一种庄严肃穆的感觉。当他抬头仰望御座的时候，一下子看见正面悬挂的巨幅横匾：流芳千古。他感到祖宗的遗训如千钧重，开创的江山永世长青，维护祖宗的尊严乃当朝皇帝的神圣职责！他心潮澎湃，热血奔涌。

位列大殿两厢的文臣武官，目送仪态威严的皇上、皇后一并登上御座。众人感到气氛不对头，从皇上到皇后、嫔妃，从大臣到宦官、卫士，一个个铁青的脸颊，紧锁的眉宇，冰冷的眸子，紧闭的双唇，紧张而严肃，冰凉而冷酷，整个大殿仿佛是无边无际的风浪层叠的蓝色海洋、深不可测的万丈深渊。

成帝、赵飞燕拾级登上踏板，转过身来时，群臣众妃皆已跪在毡氍上，大殿内立即爆发出山呼万岁的喊声，成帝将手一挥道："诸位平身！"

"谢陛下，谢皇后！"众人叩罢欠身站起。

成帝、赵飞燕相互谦让，落入御座。执羽扇、团扇的宫女们一齐拥向他们身后，手持拂尘的郑永、王盛分别站在成帝、皇后一旁。

殿内顿时陷入星空般的沉寂。

人们清楚地知道，凡是到未央宫前殿议政，绝非是区区琐事，不是大典，就是祭祀。昨天后宫传出邛成太后得病告崩的消息，大有可能为着此事，皇上才召集百官诸妃上朝的。

高阳侯、丞相薛宣低首垂臂，伫立不动。他心里明白：主张从简邛成太后丧事，本是关系到改革朝政的一项大事，但是业已触犯当今皇家尊严，其后果是不堪设想的，轻则贬职，重则受刑。任期几个月来，自己本想大干一番事业，辅君为民。难道今天皇上召集群臣，就是为这件事？

御史大夫翟方进眯缝着眼睛，睥睨着薛宣，一旁站立，心事重重，心里说：薛丞相太自信了，不该违规蔑制，独出心裁，将邛成太后丧事从简，更不该三次拒绝王太后口谕，迫使袁庭林表沮丧而归。唉，我耐心劝说，可薛宣硬是不听。俗话说，以细行律己身，不以细行取人。臣谏君严行微事，焉能使得？若是皇上怪罪，看薛宣怎么答吧！不过，我还得要力保薛宣。弄不好，我的结局也好不了。

成帝临上朝之前，赵飞燕已向他悄述了薛宣如何将儿子薛惠官复原职，如何令舍人到御花园昭阳湖索取鲤鱼之事，心里更觉薛宣为官不谨，但此时不是追究这些琐事的时候，他看了看赵飞燕，对方点头，便呼道：

"高阳侯、丞相薛宣！"

"微臣在！"薛宣向前跨了一步，打躬听诏。

"尔等所拟邛成太后事之方案，有无差错？"

成帝面容严肃，声调渐高。

"微臣不敢辩言。"

"讲！"成帝严逼道。

"臣等再三斟酌，绝无太大偏差！"

"御史大夫翟方进！"成帝又呼道。

"微臣在！"翟方进亦跨步向前，躬身道。

"你意如何？"成帝瞥了一眼翟方进。

"学识尚浅，礼仪微通，微臣不敢冒言！"翟方进委婉地回道。

"袁庭林表，你代朕宣读一下薛、翟二位大人所拟方案！"成帝的语调又平和下来。

"遵旨！"袁颖从衣袖内抽出写着字迹的素帛，双手展开念道：

启太后、陛下、皇后：

　　惊悉邛成太后崩逝，深表痛哀！

　　奉旨草拟葬仪方案，其葬礼本应厚葬，但虑国家连年受灾，百姓承受疾苦，又要服役纳税，故不宜遵规循章，薄葬方为民意。即与嫔妃丧事同，松木棺以盛尸，埋至陵园东方，坟高丈余即可。此乃鼎新革故，以求汉室昌盛！

薛宣　翟方进　拟呈

"光禄大夫刘向谏言！"成帝呼令道。

"谢陛下，遵旨！"刘向施拜受命，起身陈述道，"汉承秦制，葬俗难移，厚葬为德，薄葬为鄙。且生前有等级，故'事死如事生'，对任何人的葬礼不能忽视其生前之地位。《礼记》曰：埋葬西方，长老之地；南向北向，西方为尊。若得邛成太后葬于陵园东方，显然是不恭也。况又将邛成太后与嫔妃丧事同，岂能使万民敬仰皇家尊位？所以，依微臣一孔之见，对邛成太后丧事应以厚葬，切忌薄葬，可妨作古之先祖及其皇后规格。"

"刘大人善礼仪！"曲阳侯王根、安阳侯王音、红阳侯王立、平阿侯王谭、高平侯王逢时等人一致赞同刘向之答言。

唯新都侯王莽没有表态。他在没得势之前，不仅谦恭，而且寡言，不愿伤害任何人。

"启陛下、皇后，微臣尚有本奏！"薛宣捧袍屈膝，跪于毡阘上。

"讲！"成帝的一双眼睛又落在薛宣身上。

"虽在厚葬之风下，亦有主张薄葬的。先祖武帝时期的黄老之徒杨玉孙，便是其中之代表。他反对君臣厚葬，主张以布袋盛尸，入地七尺，既葬取布，以身亲土。他死后，儿子遵父之命，乃羸葬。望陛下思之而借鉴！"薛宣盼望成帝能够认识皇家实行薄葬之新规。

大殿内又趋于沉寂。

赵飞燕机警过人，反应很快，不能让成帝处于尴尬。她欠身离开御座，走下踏板，转身面向成帝屈拜道："启陛下，臣妾有本，不知当奏不当奏？"

"皇后有本，当然可奏。"成帝此时亟待赵飞燕协助。

"谢陛下！"赵飞燕抬起头来，奏诉道，"臣妾对皇家以至卿臣葬礼的历史，也略知一二。先王文帝刘恒之窦皇后，幼年家贫如洗，其父钓鱼，坠渊而死。后来窦氏入宫，被立为皇后。且莫说她厚葬之事，就说这位暴亡的皇后之父吧，朝廷亦遣使给以重新安葬，起大坟于观津城之南，高如大山，号曰'窦氏青山'。名将卫青之冢像庐山，霍去病之冢像祁连山。史有记载，现在墓陵，沿礼袭制，岂能毁之？诚望陛下明鉴！"

"薛宣！"成帝叫道。

"微臣听命！"薛宣双膝跪得又酸又痛，额上沁出的一颗颗汗珠滴落在毡阘上。

"朕之谕旨：罢去丞相之职，免为黎民庶人！"

"陛下，应该罢微臣之官，免微臣之职，薛丞相可降职留用，以观后效！"御史大夫翟方进伏地跪拜，真诚奏请道。

"侍御史孙越，取下薛宣七梁冠！"成帝决心已定，不容他人保奏。

"遵旨！"孙越打躬施拜后，走到薛宣跟前，薛宣已主动摘下头上的七梁冠，双手托起，交于孙越。

"朕之谕旨：将御史大夫翟方进……"成帝说到这儿停了下来，双眉紧锁，斗争激烈，思前想后，难以决断。

翟方进主动摘下头上的六梁冠。他神态自若，没有丝毫恐慌。

众人为翟方进捏了一把汗，担心这位精明强干的御史大夫受到严重打击。大家的目光时而观察成帝的神色，时而落在翟方进双手托举的六梁冠上。

"免去御史大夫，贬为执金吾！"

"陛下！"三朝元老、光禄勋琅琊师丹急忙撩袍跪地，苦苦保奏道，"陛下，万万不可一时怒断。翟大人对汉室忠心耿耿，对百姓体恤关怀，他一贯公洁持法，廉明执政，满朝文武无不敬仰之。老臣诚请陛下收回成命，令翟大人仍然履行御史大夫之职！"说罢将头触在毡罽上。

接着，满脸病容的左将军辛庆忌，右将军廉褒，新都侯王莽，庭林表袁颖一齐跪下："请陛下收回成命！"

"散朝！"成帝拒不理睬，拂袖而去。

第二十一章　仿燕遭厄运

　　元延元年，农历己酉年，普天百姓迎来了大好收成。这与汉成帝精心治国、全力治水有着非常密切的关系。九月时节，汉成帝向全国各地下达诏书：各地以各自的风俗，同欢同庆好年盛景。

　　这一天，华玉殿大厅热闹非凡，喜气洋洋，大厅顶端悬挂着十二盏红色灯笼，崭新夺目；九对巨型文杏明柱粉刷一新，红漆耀眼，每根文杏明柱底部放置一盆盛开的鲜花，品种各异，花型不同，色泽鲜艳，芬芳扑鼻。靠近殿门左侧的文杏明柱上悬挂着一个鸟笼子，仍是那对雌雄护花鸟，随着步入殿内舞女们的轻盈脚步，不时地鸣唱"莫损花，莫损花"。

　　今天，成帝和太后王政君并列坐在御座上。郑永和何弘分别站在各自主子的身边，手执羽扇、团扇的宫女们站在御座后边，年近七旬的后宫宫吏、披香博士淖方成和后宫宫长樊嬺下坐在成帝一侧，班婕妤与庭林表袁颖下坐在王太后一侧，他们互相说着笑着。

　　歌舞在欢乐的气氛中开始了。

　　首先，承明殿的内史指挥乐队齐奏。古琴弹起，笙竽相随，箫管吹响，钟鼓横陈，整个大厅荡起了婉转而悠扬的乐曲。

　　伴随乐曲，身着艳丽舞服的赵合德由大厅一角飘然而至，只见她双肩搭曳着一条长长的粉红色彩绸，洒洒脱脱，起起伏伏，如晚霞映照的溪水流泻过来。她身后引出二十余名舞女，轻盈相伴。赵合德在给成帝、太后表演长绸舞，那长绸舞动起来，忽而像环山小溪缠绕腰间，忽而像擎天水柱直喷厅顶，形体优美，舞姿动人，成帝和王太后观后啧啧赞叹，班婕妤、袁颖、樊嬺不住地点头赞许。唯有淖方成看后摇头叹息。

坐在这位老人旁边的樊嬺心里清楚：当年，淖方成受许皇后之命前来华玉殿，也是在这里，给刚刚选入后宫的赵合德观相看命，曾凄然指出："陛下！这是祸水，汉室江山将来怕是要灭亡了！"弄得赵合德像一摊泥似的跪伏在尘，怎么也抬不起头来。这也使皇上气得浑身颤抖，但一想到淖方成是祖父宣帝册封的后宫女职，三朝元老，也只好忍下怒气。可是今天，她老人家还是瞧不起合德昭仪，一旦要让皇上看出其鄙视态度，岂不又要惹出麻烦？樊嬺十分担心，但一下子想不出什么好主意制止她。不得已，她从案几上端起一杯茶，递向淖方成道：

"淖大人，请用茶。"

淖方成似乎没有听到，也没有看到，一双昏花老眼眯缝着，又是一阵摇头，并打了一个长长的唉声。

"淖大人，请用茶。"樊嬺干脆将茶杯递到淖方成手中。

"我在看祸水，不想饮茶水。"淖方成说话的语调并不高，但她"咣"的一声将茶杯放在案几上，唯恐别人听不到。

成帝、王太后、班婕妤、袁颖只顾观看赵合德的长绸舞，没有注意淖方成的声色。

可是，当淖方成说这句话的时候，赵合德舞动长绸恰巧走到这里，听得一清二楚，气得她脱口骂道："老不死的！"

"啊，她说什么？"幸亏淖方成年老耳聋，没有听清，只是回头朝樊嬺问道。

"没说什么！"樊嬺又将茶杯递给了淖方成。

众人没有发觉赵合德、淖方成的冲突，仍在聚精会神地观看赵合德的表演。成帝看了非常高兴，合德自入宫以来，一直是他宠爱的人，但当着母后、班婕妤的面儿不宜表露。王太后看了赵合德的表演，也喜得合不上嘴，不住声地称赞赵合德在阳阿公主处所学歌舞的功底深厚。

赵合德为满足成帝喜庆丰收的心情，艳妆欢舞，尽情表演，但听到淖方成辱骂，顿时想到七年前被这位老臣侮辱的情景，本想大吵大闹一通，但考虑皇上、皇太后在场，只是小声骂了淖方成一句。可是她由于气恼而扫兴，不想再表演下去，转身看了看乐队，乐队已领其意，乐曲渐停。她甩了一下长绸，领着众舞女走下场去。

紧接着，乐曲又起，气氛如常。

只见六名姿色秀丽的歌女，抬着一位仰卧在雕刻龙凤花纹的巨大水晶盘上的苗条女子，款款碎步走入华玉殿大厅，这位女子头上蒙着薄纱，身穿翠交领窄袖衫，外套橘黄色短袖夹褙，肩披一条雪白丝绸帔子；下穿粉红色窄瘦裤，外套前后开胯的藕荷色旋裙，脚蹬一双高头花履。当她缓缓起身时，方慢慢地解下头上薄纱，露出一张如花似玉的秀丽面容。啊！原来是皇后赵飞燕。她的发型乃为"高鬟望仙髻"，梳有十二鬟髻，似花瓣结成一体；插有金簪凤钗，用以束发；配有步摇垂珠，姗姗摇曳；两只翠绿玛瑙耳坠，玲珑剔透；一双玉镯，素色圆雕，美丽异常。赵飞燕立于巨大水晶盘上，旋转起舞，她随着六位歌女移步托盘的快慢而调整自己的舞速。

她也是受成帝之命，为欢庆丰收年景，才放下皇后的尊严，舍弃按秩大妆，穿上多年来未曾穿过的艳丽舞服，重新登盘表演。她虽年已而立，但风姿绰约，不亚于少女之风韵。

成帝一见赵飞燕登盘起舞，姿色动人，他那颗贪恋女色的心又燃烧起来了。自从赵宜主的妹妹赵合德被选入后宫以来，宜主失宠，尽管宜主姿色犹存，风韵未褪，且飞燕之绰号名扬四海，但成帝却对她爱不起来，很少临幸远条宫。为使成帝回心转意，赵宜主费尽脑汁，她协助成帝处理许多政务大事，特别是敢于冒险随君赴河南治理黄河水害之举，不仅赢得天下人的赞誉，而且使成帝爱恋她的情感越来越浓，临幸远条宫的次数与日俱增。今天，他看到赵宜主进殿起舞，喜爱如初，心甜似蜜。

随着动人的乐曲，赵飞燕开始吟歌曼舞。她动情地唱道：

人间正道多沧桑，
秦皇汉武效禹汤。
一统天下民心顺，
太平盛世得安康。

肩抬赵飞燕的六位歌女随声伴唱，嗓音甜美。

十年啦，赵飞燕的歌声依旧，舞姿如往。成帝不由得想起去骊山行宫银玉堂初见赵飞燕的情景……

王太后、班婕妤、袁颖、樊嬺等人亦被赵飞燕的舞蹈和歌声所折服。尤其看到赵飞燕在水晶盘上娴熟的舞蹈表演，忽而以双足交叉飞速行进，忽而以单足支立飞速旋转，只觉得眼花缭乱。她体态轻盈，真如同凌空之飞燕。

王太后等人全神贯注，目不斜视，一边观舞，一边称赞。然而披香博士淖方成喝着茶水，唉声叹气，不一会儿，便昏昏入睡。

中常侍郑永上前给成帝、王太后各斟了一杯茶。

"多年来没有看过宜主的歌舞，今天大饱眼福，大开眼界呀！"王太后喝了一口香茶，喜不胜喜地说，"宜主的体态轻盈过人，具有超凡柔和之美，绰号'飞燕'确实名不虚传。"

"太后所言极是，赵皇后的舞蹈确实惊人。"班婕妤头一次当着众人的面儿发自内心地赞扬赵飞燕，"此柔和之美，盖世无双。"

"皇后表演得太好啦，'飞燕'美称，名副其实，掌上飞舞，有口皆碑呀！"庭林表袁颖无限感慨地说。

后宫宫长樊嬺出于个人的身份，不便多言。但她作为赵飞燕的表姐，听了众人对飞燕的赞颂，心中格外高兴。她满脸笑容，不住地点头称赞。

见众人称赞飞燕皇后，成帝心中当然高兴。他开口说：

"己酉之岁，好年胜景，飞燕、合德主动放下皇后、昭仪之尊，欣然登堂表演，以响应谕诏，与民欢庆，可喜可贺！"

"难得骜儿的一片苦心！迎来社稷江山基业的发展、汉室刘家帝业的巩固，必然受到万民爱戴，百官敬仰，望日后仍加努力，不可懈怠！"王太后对儿子的治国安民及所获丰收年景非常满意，但又觉得不放心，再三叮咛，"特别要注意停止微行，万不可再沉湎酒色呀！"

"母后教诲，骜儿谨记。"成帝面向母亲，态度中肯。

厅内乐曲渐渐停止，赵飞燕表演已经结束，六位歌女抬着她款步而下。

王太后看了今天的歌舞，心里格外高兴，见时辰不早，就准备回长信宫吃午餐。成帝欠身离座，恭送母后。

将近正午的秋阳发出一片白色光芒，透过殿门和落地窗直射华玉殿大厅，照得一根根文杏明柱、一张张案几闪烁刺眼的光辉，那一盆盆鲜花更加艳丽灿烂，一盏盏灯笼的烛光虽然被折射的阳光吞噬，但大红的锦绒灯罩仍然大放异彩。整个大厅处于温馨而又明媚之中。

这时候，只见未央宫一位小宦官快步走入大厅，躬身禀道：

"陛下，淳于大人求见。"

"天将午时，改日再来觐见。"成帝已经走下御座，准备就餐。

"陛下，万万不可，淳于大人是为了给您办一件大好事，您千万别错过机会。"小宦官满脸堆笑地说。

"真是大胆妄为，你的禀报为何如此轻佻？"成帝对小宦官的嬉笑不恭有些烦恼，厉声质问道。

"奴才该死，奴才该死，请陛下治罪！"小宦官急忙跪地，连连叩头。

"到底为了何事，快快讲来。"

"启禀陛下，淳于大人携带二十名美女，正在殿门外等候。"小宦官继而陈述道。

"哦！"成帝听后为之一振，但又不解地问道，"淳于长为何不预先通知后宫宫长？"

"小人不知。淳于大人再三叮嘱我，请求陛下恩准召见。"

"起来。"成帝又对小宦官说道，"日后殿内宫闱举止，一定注意礼仪端正。"

"是。多谢陛下！"小宦官又施一拜，欠身站起。

"郑永，你去看看，问个究竟，再来禀报于朕。"成帝转身对郑永说道。

"遵命！"郑永打躬施礼，同小宦官向殿门外走去。

须臾，郑永疾步转来，朝成帝回禀道：

"启禀陛下，淳于大人谈道，为陛下和后宫选择美女，有两点原因。"

"讲。"

"其一，为了解决陛下至今未立皇嗣之忧；其二，所携二十名美女均是仿学赵皇后飞燕之体态，消瘦轻盈，理应充实后宫。"

"哦！"成帝听了郑永的一番禀述，感到有些稀奇难解，天下少女怎么还有仿学同类之举呢？他心里早已知道，飞燕之称，闻名九州，全国上下，有口皆碑，其绰号"飞燕"之深远影响，主要指的是她的掌上舞，当然，其体态之轻盈，姿色之俏丽，也是赢得声誉的重要因素。现在，美女仿赵飞燕，究竟是怎么回事呢？这是一个谜，作为一国之主的成帝一时难以猜定。他要亲自看个明白，问个究竟，这些美女如何仿学赵飞燕，又为何仿学赵飞燕。

他踱步思考后，转身对中常侍郑永说道："去，快去，请淳于大人携美女觐见！"

"遵命！"郑永躬身施拜，急速转去。

华玉殿大厅呈现一片静谧。成帝突然听到身后传来一阵簪环佩饰的响动声，继而又嗅到一股胭脂香粉味，他没有回头，直奔御座。当他转过身时，只见侍中、定陵侯淳于长带领二十名美女跪伏尘埃，山呼吾皇万岁。成帝挥手说道："平身！"

众美女一齐施拜，谢过成帝，而后欠身分别站在两厢。

淳于长独自一人向前跨了几步，行至御案前又跪伏于地，行礼禀述道：

"启奏陛下，末将淳于长因闻天下少女仿学赵皇后，喜不胜喜，故从万年县临河、潼河一带，搜寻二十名类似飞燕皇后的美女，特意奉献给陛下，以备汉室永嗣不断，承继基业。众多漂亮女子伴随圣上左右，何愁刘室后继无嗣，何虑汉家基业不兴？此乃陛下洪福，天意所赐，诚望陛下笑纳！"

"难得淳于一片苦心，平身！"成帝虽然没有明确表示同意纳收美女，但是心内欢悦，很是感激淳于长。

"多谢陛下！"淳于长叩头施拜站起。他已料到成帝肯定赏其脸面，天子贪色，著称天下，况且登基以来，一直没有子嗣，这是天子天大的憾事。当然他绝非关心汉家基业，这一切乃是人在仕途上攀登的需要。他的如意算盘一直比他人打得精明。

此时，成帝的心绪被仿学赵飞燕的众美女所打乱。他忘记了一国之君的尊严，不由自主地走了过去。他先走到左侧，后走到右侧，对二十名美女逐个审视观看——

美女们面对这位至高无上的男人，羞涩地低下了头。

成帝看到这些未出室的美女头型各异，着装不同。在发型上，有的头梳对称式，但绾结的两大髻所系位置有正有侧、有上有下；有的头梳拧旋式，将头发编成几股，像拧麻花似的把头发盘曲扭转而缠盘在头上，显得灵活生动，又饶有风韵；也有的头梳反绾式，以丝线结扎，分成若干股，翻绾出各种式样，或如惊鸟双翼欲展，或如双刀刀锋斜上，或如百花盛开。不过不管是哪种式样，在反绾的髻下都留一发尾，以示未婚，不必细问，梳这种发型的少女，其家庭经济状况肯定好于他人；还有的头梳结椎式，就是将头发梳拢在前额或脑后，在扎束后绾结成椎，以簪或钗贯住，可盘卷在一椎、二椎至三椎，使之耸竖于头顶或两侧。当年赵合德入宫时曾将头发卷高为椎，称为"新兴髻"，由此可见，这位美女身姿仿学飞燕皇后，可头型却是仿学合德昭仪。在服饰上，有的穿皂衫，交领右衽开襟，窄袖紧身，衫长至腰，两侧开胯，便于行动，充分体现了民间少女的身份；有的穿罗衫，中间交领，开襟系带，微微袒胸；也有的腰系彩色飘带，但露出下衣布裤；还有的穿背子衫，此形制似衫，但已去其全袖，只留肩腋，既有窄紧而短，又有长至膝下，多是直领对襟，多以锦缎制成，并在其领及肩加以缘边，缀绣绒线纹饰，或套在罗衫之外，或束在长裙之内，看上去似有仕女之端庄。总之，头型颇为新颖，服饰也很鲜艳，足见其父母们花了很大本钱，费了许多脑筋，进行了一番精心打扮。

成帝又仔细察看诸位美人的姿容——她们确实与赵飞燕皇后相似。其容貌虽不够绝代佳人，亦可称光艳照人。有的眉清目秀，两腮红嫩；有的眉若远山，粉白透红；有的柳眉杏眼，肌肤光滑；有的双眸含情，朱唇粉腮。这些少女长相虽然不一，体态却相近，即身材苗条，消瘦微微，柔软纤弱，轻盈飘飘，亭亭玉立。

成帝看后，似觉若干个赵飞燕站在眼前，那颗迷恋酒色的心又开始骚动起来。他顿时忆起当年，同飞燕一起屈身进入罗帏锦帐共享洞房花烛之恩爱的美好情景。

"陛下！"淳于长向前移步，双手打躬，朝着两眼发直的成帝连呼数声，"陛下，陛下！"

正在遐想的成帝，根本没有听到呼唤，他的双目仍在美女群中盯来盯去，早已忘记询问这些美女如何仿学赵飞燕、又为何仿学赵飞燕，整个身心全部沉浸在览视美女的快感之中。

"陛下！"淳于长几乎走到成帝身旁，再次拱手呼道。

"哎……哦……"成帝的思绪被淳于长的呼唤声打断，急忙转身应道，"淳于大人……"他感到窘迫难言，只好迈动双足，默默地回到御座上。

淳于长殷勤的目光一直盯着成帝，心想，只要陛下收下这些美女，何愁自己的政治地位不牢？他见成帝坐到御座上，便行至御案前，拱手问道：

"陛下，末将选择仿燕美女之举，不知可否谅恕？"

"淳于大人一片美意，朕岂能怪罪！"成帝对淳于长非常满意，只不过出于君王自尊，不宜表露感激和兴奋之态。他的思绪渐趋平静后，开始询问道："这些少女腰肢纤细，妩媚怡人，但不知她们如何仿循赵飞燕？"

"回禀陛下，据诸位美女父母所言，仿循瘦燕实属个人自愿，或节食忍饥，或绝食不餐。"淳于长说到这里，尚感不周全，似乎没有表达出她们的目的和心态，于是又补充一句，"她们以常人所不能及的毅力，忍受了巨大的痛苦，节食或绝食，是发自内心地对赵皇后的敬仰。"

成帝听后惊叹不已，天下女子千千万万，竟然有人节食或绝食仿循赵飞燕，忍饥挨饿的滋味儿不仅痛苦难熬，而且冒有生命危险，此举亦可标入史册呀！随即他又问道："诸位少女忍饥仿燕，但不知目的何在？"

"末将曾私下询问，美女们默然无语，拒不回答。"

"其父母如何回答？"

"有的父母回答，女儿为了身材苗条，消瘦漂亮；也有的父母直言不讳，说女儿为了近似燕后，将来待机候选入宫。"

"好，好，好！"成帝连声赞同，兴致勃勃。他转身对郑永说道，"郑永，你快去通知樊嬺，命她立即来华玉殿！"

"遵命！"郑永打躬施拜，转身疾步离去。

成帝再次观看站在大厅两厢的美女们，似觉每看一次都有一种新的感觉，尤其听了淳于长的一番话，愈发觉得这些美女散发出耀人眼目的光彩，不禁想起飞燕皇后的影响力、感召力，于是他开口动问：

"诸位姑娘，朕有心将你们召入后宫，不知愿意否？"

二十名少女低头不语，殿内一片寂静。

淳于长见少女们不吭声，便向成帝拱手道：

"陛下，她们都会愿意的，只是因为年少害羞，不愿回答。"

"哦！"成帝点了点头。

这时，后宫宫长樊嬺同中常侍郑永走了进来。樊嬺向陛下行过叩拜大礼，站在一旁，听候谕旨。

"樊嬺，后宫现已招纳多少美女？"成帝问道。

"回禀陛下，后宫现有美女二万四千四百八十八名。"樊嬺屈身答道。

"哦！"成帝一听，顿感后宫美女数目庞大，虽然知道近年来招收了一批又一批美女，但是不清楚招收的具体数目，如果将这么大的数目泄露出去，势必给自己造成不良影响。他沉思后叮嘱道："樊嬺，万万不许向外人泄露。"

"微臣谨记，请陛下放心！"樊嬺已经领会成帝的心思，当即表示从命。

当樊嬺说出后宫现有美女的数目时，厅内的少女们顿即吃了一惊，随即窃窃私语，深感百花争妍，难以独占鳌头，何日才能出头露面，何日才能得皇上宠幸呢？少女们一颗颗滚烫的心，似乎被浇了一瓢瓢凉水，冷却而紧缩。

忽然，一位少女从左侧队列中走了出来，勇敢地行至御案前，屈身跪伏于毡罽上，尚未开口，便落下泪珠，悲痛地哭诉道：

"启禀陛下，民女家中仅有一位老母亲，母女二人相依为命，民女实在不能入宫，请求陛下大开洪恩，将民女放回，民女今生不能报答陛下，来世也要给陛下做牛做马……"

这位少女说罢，不住地给成帝叩头。

成帝听罢少女的哭诉，眉峰紧锁，瞪起双眼，但一言不发。

另一位少女也从左侧队列中走了过来，只见她满脸泪痕，前胸衣襟已经被泪水湿透，足以看出她默默地哭过多时。她眼含泪珠，跪伏于尘，声音颤抖地禀道："陛下，民女家中父母早亡，现只有祖父一人长年患病，卧床不起，诚望陛下大恩大德，允许民女离开皇宫……"

成帝仍然默默无言，但怒容满面，气冲头顶，双目狠狠地瞪了一下淳于长。

淳于长早已站立不安，皇上的愤慨目光犹如采花的蜂蜇了他一下，他痛煞难熬，无所适从，心中万般怨恨这些哭诉求饶的小妞。真是小家之女，不可重用。但又不敢严厉斥责，因为他是以成帝赏美恩赐的欺骗手段，将她们糊弄到皇宫里来的。可是，陛下的怒容怒色，又令他不能听之任之，他赶忙走至跪伏求情的两位少女身旁，以责怨的口吻说道：

"你们也太不知趣了！陛下洪恩，天赐良机，选美入宫，百年不遇，你们岂能留恋小家，不顾国家？"

"启禀陛下，民女临行之前，这位大人口称陛下赏美恩赐，但一直未说选美入宫。"第一位少女当场陈词。

"淳于长！"成帝厉声厉色地呼道。

"末将在。"淳于长撩袍跪地，慌忙掏出一条写有字迹的布帛，双手举至头顶道，"启奏陛下，末将并非无理哄骗少女，现有诸位女子父母画押在此，请陛下过目！"

"呈上！"成帝看了一眼郑永。

"是。"郑永急忙取过奏帛，双手呈于成帝。

成帝接过奏帛，速速看了一遍，而后命令道：

"樊嬺，将殿前少女统统带入后宫！"

"遵旨！"樊嬺屈身施拜，受命照办，回头说道，"众家姑娘随我来！"

站在两厢的少女们看到眼前发生的一切，心中很是矛盾，顾虑重重，但又无可奈何，柔弱的女子怎能抗拒皇权？她们默默地跟随樊嬺，朝殿门口走去。

跪伏于尘的两位少女，一见姐妹们离去，顿时惊恐万状，盼望陛下有个好心肠，大声哭叫起来。

"陛下，我不能去皇宫，请您行行好，我要回家……"

"大胆！"作为皇帝老子的成帝，岂能给民间女子留情面，转身对淳于长喝道，"把她俩送到后宫！"

"末将遵命！"淳于长拱手应声，立即从地上爬起来，一手拖一个少女，快步走出华玉殿。

两位少女的哭喊声撕人肺腑。

这时候，只见一位小宦官急匆匆进入，禀告成帝，光禄大夫刘向求见。成帝知道刘向才识过人，常常为汉室刘氏谏言献策，满朝文武无不敬重，此时心情不悦，本想不予召见，但唯恐冷落刘向，引起非议，所以他还是答应小宦官，允许刘向觐见。

时值正午，成帝尚能召见，刘向深受感动。他疾步走入华玉殿大厅，一手撩袍，一手托书，跪伏于尘，参见成帝，并问候龙体康泰否，而后将自己编撰的《列女传》《新序》《说苑》等三部帛书呈于成帝。

成帝一看光禄大夫刘向为他撰写的三部大作，心中烦恼渐消，脸上露出喜悦，暗暗赞叹刘向的才智和毅力。

素有儒学大才风范的刘向，侃侃而谈，借古喻今道：

"吾皇陛下，微臣认为，国家道德风化教育，应该由内及外，先从圣上身边的人员开始。故摘录《诗经》《书经》所载贤妃、贞妇兴国显家之事迹，以及君王因宠爱嫔妃，造成天下大乱，而使国家灭亡之故事，按次编成《列女传》，共计八篇，并采录传、记、行事，著成《新序》《说苑》，共计五十篇。三部小书撰成，奏呈陛下，劳神阅览，英明赐教！"

成帝重点翻看了每部书所列条目，又注意倾听了刘向的陈述，深知刘向的一片苦心，心中不胜感激，高兴地说道：

"刘爱卿一贯忠于汉室，关心炎刘社稷，费尽脑汁，著书立说，朕由衷感激。此乃千秋大计，必然标入名臣史册，万古流芳！"

"岂敢岂敢！陛下龙口赞肯，微臣刘向没齿难忘，请陛下接受刘向拜谢！"刘向说着双膝跪地，屈身拱手，伏尘叩拜。

"刘爱卿快快请起，坐下交谈。"

"谢陛下赐座。"刘向欠身，一旁落座。他知道陛下一向尊重自己，也知道陛下采纳了自己不少的谏言和建议，但是对陛下某些理政，特别是生活之事，不尽满意。刚才在殿门外，还亲眼看见仿燕少女被淳于长强拉入宫的情景，感到愤慨，于是从自己所著书中引出谏言："微臣所编劣作，只不过陈述了效法或借鉴有关史事，以备陛下修身戒欲，治理国家。炎刘汉室，或盛或衰，或兴或亡，取决于陛下之修养和才智。"

"刘爱卿大作之哲理，朕当细心领会。"

"陛下既然如此谦逊，微臣尚有一事奏请，不知可否？"

"但讲无妨。"

"谢陛下。"刘向起身拱手，继而奏曰，"微臣刚才所闻，陛下正在选召仿循皇后之少女，以充实后宫。此举，岂不是类比夏、商、周三代末主贪恋酒色？"

"区区小事，何劳费神！"成帝生活中追求女色，天下人尽知。他一听刘向无情之奏谏，那根敏感的神经似乎被针刺了一下，当即驳回。

"陛下，殊不知酒色之危害，一害身，二害民，三害国家！"刘向进而劝谏道。

"刘爱卿言重了！"成帝仍未纳谏，拒而不受。

"再者，仿循皇后之举虽然令人同情，但是违反人生常规，民间女子焉能采用绝食而效仿宫之主呢？如《诗经》所言，百姓失德，因小失过。对此少女，如若拒纳，一来可防沉湎于酒色，二来可杜民间之劣习，诚望陛下三思而后行！"刘向谏毕，伏身叩拜，将前额触于毡阘上。

"刘大人太过分了！"成帝那颗治国之心已被仿循赵飞燕的美女们所占据，根本听不进刘向的一番苦谏，反而顿生恶感，愠怒于色，忽地欠身，拂袖而去。

刘向抬起头，一看御座空荡荡的，他的那颗忠诚热忱之心一下子冷却了。他长叹了一声，费了好大力气，支撑起身体，无精打采地朝殿门外走去。

午后，成帝怀着沉闷的心情，回到华玉殿寝宫，和衣躺在松软而又光滑的锦缎棉褥上。生活令他烦恼无聊，沉重劳累。每当遇到美人，他才觉得轻松欢娱。难道说全是好色吗？不，不能这样下结论。至今，皇家刘氏尚无子嗣，我怎能抛开女性，眼睁睁地看着自己断了烟火，看着祖宗留下的基业无人承继呢？饭前，在华玉殿大厅，刘向慷慨激昂，以书谏阻，不可收纳仿燕少女。本想大发一顿脾气，但念刘向出于一片真心，况又意识到自己的确做得过分，当时便强压怒火，忍了下去。近年来，由于微行不止，迷恋女人，曾受侍中、光禄大夫班伯以画谏阻，当时虽然深受触动，日后却又旧病复发。近日来，母后多次规劝自己，万万不可沉湎于酒色，以防误国误民、害人害己。痛改前非，谈何容易！他闭上双目，翻来覆去，怎么也睡不着。

赵飞燕已进入寝宫多时，但是没有打扰成帝。她悄悄地坐在床旁的矮凳上，一双秀眸一直看着不能入睡的成帝，双眉紧皱，满脸烦躁。她知道成帝的心思，常常为了丽人和子嗣而愁烦。她从表姐樊嬺口中得知：天下少女都在仿循自己之体态，定陵侯淳于长出于个人政治目的，投皇上之所好，从万年县临河、潼河一带，挑选二十名仿燕佳人。皇上一见，龙心大悦。赵飞燕对成帝的贪得无厌虽然不悦，但更反感淳于长。她暗暗发誓：迟早有一天要除掉淳于长！

但眼前最主要的是，帮助成帝处理好政务，以赢得成帝的信任，巩固自己的地位。特别是经过千辛万苦自己才挽回了皇上的宠爱，怎能因为那些平凡女人而使自己受冷落呢？

成帝在似睡非睡中忽然嗅到一种胭脂香粉味儿，睁眼一看，赵飞燕安详地坐在床旁，他伸出手，叫了声："飞燕！"

"陛下！"赵飞燕柔声细语地应道，握住了他的手。

成帝想起天下少女都在仿循飞燕，本来是飞燕的骄傲和自豪，可是自己却背着她选召了二十名仿燕美女，心中似觉对不起飞燕，但看了看飞燕，又没有什么异样表现。此时，他不知道该说什么好。

赵飞燕知道成帝的心情，但她不点破，而是若无其事，深情地望着他。

一阵难言的沉默。

赵飞燕抽出玉手，亲自给成帝斟了杯茶。

成帝欠起身，呷了口香茶，带有愧疚地说：

"飞燕，你对朕义重情深，但朕对你……"

"圣上……"赵飞燕截住成帝的话题，拿出手帕给他擦拭额前的汗珠，非常感慨地说，"回忆当年，臣妾和妹妹合德家道中落，身微无位，多蒙圣上体贴恩典，方能入宫，得以今朝荣华显尊。圣上的大恩大德，臣妾永生难忘，焉敢有丝毫怪罪圣上之意？"

成帝为赵飞燕的深明大义所感动，刚才那种烦躁愁闷的情绪顿然消失，双手抚摸她的粉嫩香腮，两眼贪婪地看着她的一双秀眸。

赵飞燕的脸像火烧一样，不好意思地欠起玉体。

赵飞燕亭亭玉立，婀娜轻盈，隆隆双乳，腰如柳枝，美貌非常，容颜气度迥异于千万美女。成帝被飞燕吸引着，一种难以名状的爱恋涌上心头，忽的一下，成帝将飞燕紧紧地抱住……

"咚！咚！咚！"一阵敲门声。

成帝松开双臂，两人稳定了一下情绪，各自坐好。

成帝朝门外喊了声："进来！"

寝宫门开了。中常侍郑永走了进来，面带焦虑地禀道：

"启奏陛下、皇后，左将军府邸舍人前来报丧：辛庆忌将军因病去世，望朝廷及早安排葬礼。"

"啊！辛将军，故去了！"成帝听后两眼呆直，身子一晃，险些惊倒。

"圣上！"赵飞燕急忙上前搀扶住成帝。

"辛将军乃国家御敌虎臣，遭世承平，忠心耿耿。于炎刘汉室，满朝文武无不敬仰，对外凛然，保卫疆土，致使匈奴、西域亲附我汉朝，尊其威望……"成帝忆起左将军辛庆忌的功勋和影响，心如刀绞，泣不成声，"辛将军……猝然而去，栋梁折矣……"

"圣上，切不可过分悲痛，千万要保重身体啊！"赵飞燕亦流下泪滴，恳切地安慰成帝。

"辛将军……"成帝万分悲痛，痛惜难抑。

"圣上，圣上！"赵飞燕拿着香罗手帕，给成帝擦拭泪珠，再三劝慰，"圣上，您不能太伤怀，只要保重龙体，何愁不能培养良才，选育虎臣！"

成帝赞同地点了点头。

"圣上，我们大礼安葬辛将军，也就是了。"赵飞燕替成帝出了个主意，诚恳地提醒道。

"对！只有如此，朕才能了却心愿，对得起辛将军及其家室。"成帝止住泪水，对郑永说道，"郑永，你去传达朕之口谕，请光禄勋琅琊师丹安排辛将军葬礼。"

"是。"郑永应道。

"记住，大礼安葬！"成帝再次叮嘱。

"遵命。"郑永躬身施拜，急忙走出华玉殿寝宫。

七天后，辛庆忌出殡。

灵柩队列漫长流出，如一条白色绸带逶迤向东漫出长安。大约过了两个时辰，他们来到郊外十公里处。这时，站在路旁、等候多时送柩的成帝忍不住地哭泣。成帝两侧站着赵飞燕皇后、赵合德昭仪，两旁还站有文武大臣：

曲阳侯王根、安阳侯王音、红阳侯王立、平阿侯王谭、高平侯王逢时、定陵侯淳于长、新都侯王莽、右将军廉褒、光禄大夫刘向和班伯、京兆尹王骏，还有被贬为执金吾的翟方进。他们虽然不像成帝那样悲痛，但是也像成帝一样穿白色孝服，肃穆相送。

屯骑校尉宫浩率领骑士们守卫在四周，并持兵刀肃然送灵。

尾随辛庆忌灵柩后面的是他生前的一匹白色骏骑，不时地发出"咴儿！咴儿……"的凄凉嘶叫声。人们发现马颈上缠着一条白色孝布，马背上驮着辛庆忌将军曾经使用的战刀和弓弩。这一景象更加令人悲痛。

成帝望着战马，思绪万千，无限伤感，泪如泉涌。

辛庆忌棺柩过后，文武卿臣陆续回京。

但是，京兆尹王骏因负责京都及所辖十二县之行政，未敢先行，同屯骑校尉宫浩留在原地待命。

成帝心情沉重，不愿马上回宫。赵飞燕与赵合德不好规劝，只能陪着成帝待在旷野。

忽然，远方传来了一阵阵悲凉的唢呐声。

成帝展目一看：啊！一排五个棺柩沿着渭河北岸缓缓地往东移去，后边跟着数十名穿戴白色孝服的男男女女，继而传来一片哭声。

成帝、赵飞燕、赵合德等人感到惊奇。

成帝转身对京兆尹王骏道：

"王大人，那是哪村的棺柩？"

"回禀陛下，死者皆属姜寨村。"王骏抱拳施礼道。

"死者很多，不知为什么？"成帝又追问道。

"昨晚戌时，万丰县县令派人来京报告：今年仅姜寨村，因仿循赵皇后就有十名少女绝食而亡。"

"啊！"成帝惊讶了一声。

"该县其他村庄，是否也发生类似现象？"赵飞燕担心而又不安地问道。

"回禀皇后，据万丰县县令近日所报：全县仿循燕后绝食而死之少女达二百余人。"京兆尹王骏转身打躬，据实禀告。

"不知所图，令人费解！"赵飞燕感慨万端，心内惋惜。

"何以费解！"赵合德思考后，插言道，"这些少女，无非是为了仿循姐姐，图个漂亮而已。"

"启奏陛下、皇后，当前，少女仿循赵皇后，风靡全国，绝食而亡者达二万余名！"京兆尹王骏旨在谏阻此风。

"啊！"成帝再次惊讶，无言以对。

"王大人，传我的口谕：仿循绝食之风，必须立即刹住！"赵飞燕严肃地命令道。

"遵命！"京兆尹王骏双手打躬，欣然领命。

第二十二章　三遣段会宗

　　数月来，成帝的烦躁心情早已驱散，日子过得惬意而顺心。白天，他除了上朝理政，就是在华玉殿批阅奏书；晚上，他经常宿在远条宫赵飞燕处，有时临幸后宫某位仿燕美女，但从未遭到赵飞燕的反对。这段时间，他很少临幸赵合德，而赵合德慑于姐姐的威严，很少过来扰闹。

　　成帝喜欢女人并爱好微行，已嗜痴成癖，很难改过。赵飞燕心里清清楚楚，如果要求成帝将女色抛在一旁，专心治理朝纲，那是万万不可能的。如果让其改掉微行射猎，那倒可以勉强接受，她一直在想办法，争取帮助成帝改掉。

　　去年，朝中卿臣联名奏劾富平侯、侍中张放，建议成帝革其职务，逐其离京。王太后又迫令儿子遣命张放还乡就国。成帝不得不挥毫撰旨，将张放由侍中贬为北地都尉，交由翟方进降旨处理。

　　可是，北地都尉张放到任不足一年，就又被成帝征召入宫当了侍中。成帝经常偕张放乘骑微行骊山，游玩射猎。赵飞燕虽然劝阻多次，但是不见成效，只好悄悄走访长信宫，请求王太后再行职权，制止成帝。王太后欣赏赵飞燕的见识，当即致书成帝，责成赵飞燕转交劝止。

　　当天下午，天气微寒。成帝和张放乘骑微行尚未回宫，赵飞燕非常惦挂成帝。她偕姜秋和姜霜，乘辇来至郊外路旁等候成帝。

　　不一会儿，成帝和张放并辔而归。

　　站在辇前的赵飞燕，高兴地迎了过去。她身后跟着姜秋和姜霜，姜秋手中托着成帝那件带有灰褐斑点的淡黄色猞猁皮披风。

成帝和张放一见是赵飞燕，便翻身离鞍。

赵飞燕向成帝屈身施拜，请安问寒，并命姜秋将披风给成帝披在身上。

成帝很是感动，看到站在冷风旷野中的皇后，为给他送衣挡寒，而自己冻得满脸通红，浑身颤抖，尤其赵飞燕那消瘦如柳、弱不禁风的身姿，更令他心疼。张放早就知道赵皇后反感自己，他施礼请安后，跃骑挥鞭而去。

晚风微微习习，但是越刮越凉。夕阳虽是猩红，但是没有暖意。赵飞燕手拉成帝坐在辇上休息避风。姜秋牵过坐骑，姜霜接过马鞭。太仆扬鞭，催促舆马，拉着辇车往京城长安驶去。

随着辇车平稳行进，赵飞燕看到成帝的情绪比较平静，她先是劝慰成帝保重身体，日后最好减少微行，而后将王太后的意见讲了一遍。成帝点头称是，内心不安。说话间，赵飞燕从衣袖中抽出王太后给成帝的布帛书信，请他览视照办。

成帝接过帛书，展开观看——

骛儿：

　　近年来理政治国本有成效，应珍惜并发扬。吾前所道阻止微行一事，汝尚未听之办理，今闻富平侯张放，去而复转，回到京城，不知何故？高堂教子，子不照行，吾焉能缄言默乎！

母后示

元延元年孟冬

待成帝看完后，赵飞燕注意观察成帝的神色，只见他两道浓眉锁起，双目远眺，双唇紧闭，一副惭愧的样子，她诚恳地劝慰道：

"陛下，母后之责怨充满爱心，请不必过于忧惭。俗话说，日省其身，有过改之，无过加勉。况微行并非大过，只要就此打住，将富平侯贬出皇宫，母后必然欣喜，卿臣必然赞颂。"

"只好如此，母命难违。"成帝感慨由衷，决心已下，准备去找母亲当面谢罪。

"陛下英明，天下人必然崇敬！"赵飞燕一见成帝确有改过自新之毅力，心中很是高兴。

"飞燕，宫内可有其他急事？"

"没有。只是朝中大臣都护郭舜前来求见。"

"哦！不知何事？"

"郭大人谈到，驻匈奴汉使派人来报：匈奴搜谐若鞮单于将要到长安朝见天子，但尚未进入边塞，竟病死途中。现由其弟且莫车继位，为车牙若鞮单于。他任命囊知牙斯为左贤王。"赵飞燕边说边掏出一份帛书，委婉地进劝道，"这是郭大人写给陛下的奏书，建议陛下立即修书于车牙若鞮单于，一来表示慰问，二来表示祝贺，促使其心悦诚服，由衷侍奉汉室，从而达到密切两国关系之目的。臣妾素知陛下向来重视两国关系，吾已代陛下答应郭大人的请奏。"

成帝点了点头，从赵飞燕手中接过都护郭舜撰写的奏书，趁着夕阳余晖，仔细阅视一遍。而后抬头看了看赵飞燕，面带愧疚地说道：

"国事外事诸多，朕焉能随意微行！"

赵飞燕为成帝的自责而深受感动。

忽然闻听"嘚嘚嘚……"一阵马蹄声。

成帝、赵飞燕举目一看，只见两匹骏马由京城飞奔而来，一团团尘土翻卷飞扬，弥漫四空，顿时遮住了西沉的夕阳。

转瞬，两匹快骑飞至车辇前。原来是光禄勋琅琊师丹、右将军廉褒。他二人勒缰停奔，翻身下马。

师丹和廉褒向陛下、皇后施礼参拜。坐在辇上的成帝问他二人发生何等急事，他二人气喘吁吁，相继禀述。

右将军廉褒先禀报西北边陲的危机形势，说汉朝边防守将李季，被突然入侵的乌孙王国昆弥翎侯们用乱箭射死，现边陲陷于一片混乱。

而后，光禄勋琅琊师丹根据李季帐前的副将张远禀报，向皇上、皇后分析了乌孙王国的形势，及其小昆弥翎侯们入侵的军事动机。师丹谈到，前不久乌孙王国小昆弥安日被投降乌孙的邻近小国政客杀死，当即各翎侯失去元首，陷于大乱，并怀疑安日被我汉朝人谋杀，故发兵入侵。我边防军士们奋力抵抗，英勇杀敌，已将乌孙王国小昆弥的翎侯们及其番卒千余人驱逐境外。

这时，成帝已经跳下车辇，双目直盯师丹。师丹告诉成帝，西北边陲告急并未解除，小昆弥因无首领，仍处于混乱之中，亟待我汉室派遣强将，一来恢复和稳定乌孙秩序，二来解决我边陲告急之问题，避免战争。

"师大人，廉将军，快上马！"成帝说着，疾步走到姜秋、姜霜面前，拉过缰绳，翻身跨骑，急驰回京。

师丹、廉褒也都各自跨上骏骑，扬鞭催马，紧紧尾随成帝身后，朝京城驰去。赵飞燕让姜秋、姜霜一起登上车辇，又命太仆猛挥鞭，催舆马，快速回京。

当晚，成帝在远条宫同赵飞燕一起吃罢晚餐，马上同中常侍郑永回到华玉殿书房，着手处理几件亟待解决的政务。他秉烛提毫，先给太后回了一封书信，表示认错，中止微行，近期一定命令张放离京。接着，他根据都护郭舜的请奏，又给匈奴车牙若鞮单于撰写了一份书信，对搜谐若鞮单于之病逝表示哀悼，对其弟且莫车之继位表示祝贺。成帝将两份帛书交于郑永，令其分别速转长信宫王太后、都护府郭舜。在郑永临离开华玉殿书房的时候，成帝再三叮嘱，见了母后替他转告，因朝中政务缠身，不能马上来长信宫，待改日入宫，当面谢罪。

郑永走后，成帝独自一人思考着西北边陲的紧急形势，反复琢磨派遣强将的人选。忽然想起左将军辛庆忌，眼下边关告急，多么需要这样的虎臣哪！可谓：国乱想贤卿，战乱思虎臣。辛将军已故，谁还能够担当此重任呢？他想起了右将军廉褒、京兆尹王骏、曲阳侯王根大司马……右将军廉褒虽然能够率军征战，但是从未去过乌孙，更没有搞过外交；京兆尹王骏，曾任过司隶校尉，尽管有管理京城和所辖县区的经验，但对军事和外交不太熟悉；曲阳侯王根，身为外戚，尽管是大司马骠骑将军，但长期在朝，很少离京，从未领兵打过仗。比过来比过去，无有一人胜任。此时，他盼望有一位知心谋臣，给自己推荐一位将军，解燃眉之急。他不由自主地想起了翟方进，此人若是在身边的话，何须我大伤脑筋呢？遗憾的是，翟方进刚刚被贬为执金吾。丞相薛宣亦被免职，朝中无相，难以理政。他，陷入苦闷与彷徨之中……

"吱扭"一声，门被推开了。舍人吕延福蹑手蹑脚走了进来，低声禀道：

"陛下，师大人求见。"

"哦，快请他进来。"成帝眼睛一亮，高兴地应道。

"是。"吕延福转身离开书房。

不一会儿，光禄勋琅琊师丹左手拿着一卷帛书，右手提着一盏灯笼，走进华玉殿书房。他放下帛书和灯笼，向成帝施过君臣大礼，而后禀述道：

"陛下，微臣回府刚刚吃罢晚饭，被赵皇后召入远条宫，命我速到麒麟殿去找管理文帛的值班掾属马司直，提取一位卿臣的任职履历卷宗。"

"但不知哪位卿臣？"

"原金城太守段会宗。"师丹说着将那卷帛书呈于成帝，"这是臣从马司直那里取来的卷宗帛书，请陛下过目。"

成帝接过段会宗的卷宗帛书，在烛光下翻阅。他看到这位年富力强的将军，在边防任职期间立下屡屡战功。其中，记录了河平元年，段会宗担任西域都护之职时，曾经被乌孙王国的军队围困，派驿马赴长安上书，请求成帝征发西域诸国军队，给予救援，但是因原射声校尉、已被剥夺爵位而贬为士卒的陈汤谏阻，成帝并未发兵。可是段会宗率军奋勇杀敌，未出五日，突围获胜。功勋卓著，载入汉史。成帝览视完毕，将卷宗帛书合起，放置案几一角，深感此人确系将帅之才。

"陛下，微臣师丹有罪请恕！"师丹低头拱手道。

"爱卿忠心耿耿，何以为罪？"

"今晚吾到麒麟殿提取卷宗帛书，虽然皇后口谕，但应报告陛下。因为掌管朝中文书档案记录等事，乃是御史大夫之职权，且御史大夫翟方进因邛成太后之葬礼而被贬职……"

"师大人，此举为公，岂能怪罪！"成帝知道师丹的用意，旨在趁机为翟方进鸣不平，所以，他当即截住对方的话。

"多谢陛下宽宏大度！"

"师大人，麒麟殿之事由你暂且代管。"

"那……"师丹欲推辞谢绝。

成帝挥了一下手臂，又一次打断对方的话。

"多谢陛下信任，微臣一定尽职尽责。"师丹再次拱手握拳。他抬起头看见成帝的目光落在那份卷宗上，马上奏荐道，"陛下，鉴于边陲军务紧急，可否派段会宗统领西域驻军，尽快帮助小乌孙选拔首领，以稳定边关形势，请三思定夺！"

"多蒙师大人慧眼识才，以解急人之忧。"

"陛下，段会宗乃赵皇后所荐，微臣听后恍然大悟，亦觉此人是将帅之才，微臣只不过照旨行事、爱贤念旧罢了。"

"哦！飞燕皇后关心我国家大事，不愧为我汉室女中英杰！"成帝十分感激赵飞燕，没想到在这紧急时刻，赵飞燕竟然能够推举出段会宗这样合适的人选，但是不知她是怎样了解到段会宗的。

"陛下所言极是，皇后确系巾帼英才！"

成帝操起七寸毫管，铺好玉帛，写就了一份征召金城太守段会宗的谕诏，交于师丹道："师大人，明早派一名朝使、四名骑士，将朕之谕诏急速下达到金城太守段会宗！"

"遵旨！"师丹双手接过谕诏，告别成帝，又提起那盏灯笼，转身走出华玉殿书房。

中常侍郑永风风火火地返回华玉殿书房，回命于成帝：已将陛下两封御笔亲书，分别转送长信宫与都护府。成帝听后放心点头，只觉得浑身一阵酸疼疲劳，看到几前的蜡烛流下一串串泪滴，变得很短很短。他伸展了一下双臂，欠身说道："郑永，提灯带路，去往远条宫。"

"是。"郑永转身推开房门。

来到赵飞燕的寝宫，赵飞燕亲自给成帝脱下袍服和葛履，扶成帝躺在凤凰象牙床上。成帝为赵飞燕在关键时刻推选出段会宗而赞叹，经询问得知：一年前，赵飞燕通过燕赤凤之口，了解到段会宗其人，两人在青少年时期曾是好友，并一起学过武功。段从军后，一直在边关御敌，功震西域，誉满军营，后任金城太守，方销声匿迹。于是，赵飞燕命人召光禄勋师丹，令其到麒麟殿马司直处取出段会宗的卷宗帛书，转交圣上。

三天后，成帝正在麒麟殿审理相关要臣的卷宗，准备提升部分将卿，光禄勋师丹和马司直在一旁作陪。忽然，中常侍郑永引金城太守段会宗求见。成帝闻讯十分高兴，放下手中卷宗，热情地接待段会宗，并将一份征召段会宗为左曹中郎将、光禄大夫的谕旨交于师丹，当即宣读。

段会宗跪拜接旨，叩谢皇恩。

成帝命段会宗尽快平定边关混乱，恢复乌孙秩序，使各方和睦相处。段会宗一一记下，表示坚决完成使命，请皇上尽管放心。最后，他向成帝再次打躬，告辞而去。

此后，成帝擢升少府许商、光禄勋师丹为光禄大夫，班伯为水衡都尉，并兼侍中，官秩皆是中二千石。从此，成帝每次朝见太后，常常让光禄大夫师丹、许商，及侍中、水衡都尉班伯跟随。遇有国家大事，则派他们向公卿传达皇帝的谕旨。成帝亦逐渐厌倦游宴，又重新学习儒家经书。王太后得知，大为欢喜。

被任命为左曹中郎将、光禄大夫的段会宗，身兼二职，皇命如天。他率军平定边关骚乱，马上带军队越境奔乌孙小昆弥营寨。

段会宗只身穿过持矛挎弓的番卒队列，大步流星进入小昆弥军营帐内。他第一眼看见设在大帐正中案几上的乌孙小昆弥安日灵位，帐篷顶部垂悬着一条条雪白纱绫。他没有顾及站在两侧横眉立目的胡官，连站在灵位旁边的安日的儿子安犁靡、弟弟末振将也没有去理睬，而是严肃沉着，稳步向前，行至案几前不远的地方停了下来，朝着安日灵位，双膝跪下，拱手三拜。

当他站起来时，末振将、安犁靡马上迎了过来，向这位汉朝使节施单膝拜胡礼，他急忙握拳打躬，上前挽扶。

双方礼毕，段会宗代表汉成帝，对小昆弥安日身遭不幸表示深切的哀悼和怀念，安日的弟弟末振将、儿子安犁靡非常感激。末振将还把兄长被投降乌孙的人杀死的过程述说了一遍，从而消除了两国之间的误会。

接着，段会宗又代表成帝，晋封安日的弟弟末振将为乌孙小昆弥。末振将激动不已，跪拜谢恩。

待末振将欠身后，安犁靡率诸位胡官跪在毡上，向这位新首领朝贺施拜。

段会宗仔细端详小昆弥末振将：他头戴暖帽，以皮毛制之；项围狐狸尾，棕白相参；上身穿辫线长袄，衣襟边缘露出白色茸毛；下身宽窄裤，紧裹双腿；足蹬长筒靴，油黑锃亮；腰携箭服，插有数十根雕翎箭。着装虽然威严，但容颜狡诈，且身材矮小，特别是唇边翻卷的两撇八字胡须，似藏有阴险和杀机。段会宗心想，末振将并非合适人选，只不过此人正当中年，况又是安日的胞弟，一旦让他人担当小昆弥，唯恐其不服，所以只好擢任末振将为小昆弥。

完成使命后，段会宗抱拳告辞。

末振将携安犁靡及诸位胡官送出帐外。

段会宗同众军士翻身跨骑，挥鞭磕镫，朝着东方汉朝领土奔去。

首次派遣段会宗出使番邦乌孙，旗开得胜还朝。成帝在未央宫前殿，召集文武百卿，迎接段会宗上朝回奏。当段会宗跪奏后，成帝听了欣喜满怀，走下御座，亲自搀扶。而后，当众称赞段会宗出国功勋，为安邦定国做出贡献。

不久，西北边陲的驿使风驰电掣般赶赴长安。

原来，矮小瘦弱的乌孙小昆弥末振将害怕被勇猛剽悍的乌孙大昆弥雌栗靡吞并，便悄悄派贵族乌日领诈降，乘机刺杀了雌栗靡，使其各翎侯亦陷于大乱，边陲军情又是非常紧急。

成帝马上作出决定：第二次派遣段会宗，前往乌孙解决大昆弥人选的问题，以平息混乱。

段会宗受诏临行之前，来到华玉殿，恰巧赵飞燕也在。他一再请奏陛下，出兵讨伐小昆弥末振将。成帝犹豫不决。赵飞燕认真思索，权衡利弊，觉得汉室发兵不妥，一则乌孙虽是汉朝属国，但小昆弥伤害大昆弥乃是本国内政，汉室不宜用武力干涉，当初汉室既然帮助乌孙选立小昆弥末振将，本来做了一件好事，岂能自我否定；再则小昆弥尚未发兵侵袭我边关，我焉能草率发兵？成帝听赵飞燕的建议，认为很有道理，决定暂不发兵。段会宗点头称是，领命离京。

作为第二次出使乌孙王国的段会宗，已在西域各国享有一定声望。还没等段会宗及军士赶到大昆弥营寨，胡官和千余名番卒已经骑马列队，在远离营寨三十余里处庄重迎接。年轻剽悍的伊秩靡和满脸胡须的翎侯难栖跨骑向前，他俩一手勒缰停奔，一手擎弓施礼。段会宗亦马上抱拳还礼。而后三人并辔驰行，直奔营寨。汉室军士与大昆弥所属胡官、番卒乘骑随后。

段会宗来到大昆弥营寨门外，只见赴西域和亲四十年、年已六旬的解忧公主携众番邦侍女站在门口处，等候迎接汉使。段会宗急忙翻身下马，上前施礼。

众胡官簇拥着段会宗、解忧公主、伊秩靡、难栖等人进入军营大帐。众人落座后，段会宗遵照成帝旨意，宣布雌栗靡的儿子、解忧公主的孙子伊秩靡为大昆弥。解忧公主急忙欠身离座，手拉孙儿伊秩靡，一齐跪拜谢恩。

伊秩靡被汉朝晋封为大昆弥，系乌孙王国首要政事，乃人心所向、政局所需。胡官们欢呼雀跃，并一齐跪拜朝贺这位新首领。

解忧公主激动不已，满面笑容，命侍女们给段会宗备酒备菜，以洗一路风尘，以谢汉室皇恩。

酒席宴上，当解忧公主提议为远道而来的段大人干杯时，段会宗当即谢绝，而是马上站起来，提议将第一杯酒敬给乌孙国原大昆弥雌栗靡的在天之灵。众人听后无不感叹，继而同段会宗将杯中酒洒在地上。

场上气氛肃穆，一时沉默无言。

这时，大昆弥伊秩靡流下悲痛的泪水，开始谈起父亲雌栗靡被小昆弥末振将指使的乌日领诈降谋害的经过，众人顿时泣不成声。翎侯难栖怒不可遏，请求段会宗立即发兵，讨还血债，以雪此仇。

段会宗深表同情。但他皇命在身，不敢应允。不过他开诚布公：此事乃乌孙王国之内政，别国无权干涉，只要自己敢于解决，那就没有什么可忧虑的。

伊秩靡、难栖领会其意，不再提出要求。

段会宗返回京城后，不足三天，被成帝召见。原来是边关驿使又带来紧急军情：大昆弥杀死了末振将，并让安日的儿子安犁靡代替末振将为小昆弥；而末振将的儿子番丘年轻气盛，刚愎自用，不听手下胡官劝阻，竟然率番卒骑士，攻打汉室边关守军，以雪汉朝扶立大昆弥伊秩靡之仇。于是成帝第三次派遣段会宗，前往乌孙解决此政治纠纷。

边关的战火尚未平息，守将张远正在指挥部下和士兵们堆筑土墙，以防番丘率兵再犯。

段会宗率军士们来到前沿阵地。

张远快步迎了过来，向段会宗汇报了几天来敌我交战的情况，我方已三战三捷，将番丘阻挡在边寨之外。番丘发现自己将少兵寡，找小昆弥安犁靡搬兵去了。突然，汉室侦探来报：番丘又一次率兵冲来，敌人离边关仅有三十里路。

张远转身命令部下停止修筑工事，整军跨骑备战。

霎时，号角长鸣，划破宁静的塞外天空。

张远立即率领汉室千余名骑士，列队站在边关防线上。

紧接着，番丘率千余名骑士狂奔而来，一股股马蹄践踏的沙土，如一缕缕混浊的云浪，翻卷四空，遮天蔽日。

段会宗亦跨上战马，站在丘陵高地上观阵，只见番丘乘骑驶出队列，左手持鹰，右手握矛，停奔在汉军对面。张远毫无畏惧之色，双腿猛磕了一下马肚子，跨骑迎上前去。番丘性情暴躁，破口大骂：

"张远小儿听着，汉室扶持大昆弥伊秩靡，杀死我父，罪孽难恕，尔等如若为汉室卖命，必要做我枪下之鬼！"

"逆贼番丘休得无理！"张远强忍怒火，有理有据，"你父亲之所以被大昆弥杀害，皆因你父指使乌日领诈降，阴谋害死大昆弥雌栗靡。咎由自取，为何嫁祸于人？"

"这，今日如不报杀父之仇，非为人也！"番丘无言以对，转移话题，将猎鹰放回，双手持红缨长矛，乘白龙马刺杀过来。

张远早已怒火填膺，双脚磕镫，放开胯下枣红马，双手紧握长柄弯月刀，迎杀向前。

番丘报仇心切，张远奋力搏杀，只听刀矛相击，叮当作响，两匹战马盘旋不止。汉、乌两国骑士开始交战，杀声震天。

汉军骑士骁勇善战，只杀得乌孙王国骑士人仰马翻，死伤大半。

番丘一见抵挡不住，立即掉转马头，边战边退，张远唯恐番丘跑掉，乘骑追杀。汉军骑士紧紧尾随。

正在马上观阵的段会宗心想，穷寇不宜再追，于是高声喊道：

"张将军，快回来！"

段会宗的喊声刚落，只见番丘转身搭弓，"嘣"的一声，一尾雕翎箭射在了张远左臂上。张远忍住剧痛，"噌"的一下拔出雕翎箭，掷于地下，仍欲追赶。这时，段会宗指挥部下鸣金收兵。张远在骑士们的护卫下，策马回营。

汉军将士回到军营后，段会宗马上叫来军医给张远医治箭伤。而后又命令部下休整军队，以防敌人突袭。

当天晚上，段会宗同张远秘密商议智杀番丘的方案。

第二天清晨，旭日刚刚升出，边陲一片寂静。左曹中郎将、光禄大夫段会宗腰间只佩挂一柄宝剑，没有携带弓弩和长矛，骑着一匹乌龙马，率领三十名骑士，人人短刀快骑，直奔番丘军营大帐。

当接近番丘军营大帐的时候，他们发现八名番卒持矛警戒。段会宗挥手，只见八名骑士迅速靠近敌方，他们一对一地将八名番卒擒拿捆绑。

段会宗等人乘骑来到大帐门前，门旁番卒兵士看到汉军来势凶猛，吓得目瞪口呆，谁也不敢上前阻拦，其中一位番卒跑入帐内，通报番丘。

番丘走出帐外，满脸愠怒，厉声指责道：

"汉使段会宗，岂能如此无礼！"

"番丘太子，不必多虑，今日我率领骑士只有三十人，难道还怀疑我们偷袭贵国军营大寨吗？"段会宗说完，翻身下马，把缰绳交于身后的一位骑士。

番丘听后觉得有理，马上缓和语气问道："但不知段大人因何而至？"

"汉、乌两国不宜交战，吾本领受使命前来讲和。"段会宗平静地回答。

"段大人，请！"

"番丘太子，请！"

段会宗与番丘同时步入大帐。

汉军三十名骑士候在帐外。

年轻气盛的番丘，虽然将段会宗让座于军营大帐内，但是哪里瞧得起这位汉使，其态度极为傲慢，案几上摆着酒。他命部下给自己斟了一碗酒，端起来便喝，毫不谦让。

段会宗假装没有看见，只是高谈阔论，言及汉朝与乌孙王国多年来的友好关系，理应和睦相处，不应再动干戈。可是番丘根本听不进，反而提出非理要求：

"段大人，我父亲曾是小昆弥，如今他已被害，大汉王国应该扶我接之。"

"番丘太子，此话太无道理，安日之子安犁靡已在小昆弥继位，吾岂能无端易位？"段会宗拒理驳回。

"啪"的一声，番丘右掌猛击桌案道："段会宗！此事如果不答应，今天你可就走不了啦！"

"何以见得？"段会宗站起身来，十分警惕。

"来人！"番丘大声叫道。

一位胡官急忙跑入帐内。

段会宗"嗖"的一下，拔出那把金光闪闪的宝剑，一个箭步跨到番丘身前，还没等番丘抽刀反抗，"扑哧"一声，将剑刃刺入番丘腹部。只听番丘"嗷"的一声，蜷缩着躯体倒下了。

帐前的番卒们和那位胡官惊得四肢发抖，连滚带爬地朝帐外跑去。

段会宗跃出帐外，牵过快骑，翻身跨鞍，朝着众骑士喊道：

"快上马，撤出此地！"

众骑士一个个搬鞍跨镫，骑上骏马，跟随段会宗驰向辕门外。

三十匹快骑刚出辕门，闻听番邦骑兵由四面八方赶来。霎时，段会宗等人被敌军围困得风雨不透，寸步难行。段会宗定睛一看，原来是乌孙小昆弥安犁靡率领数千骑兵赶来。安犁靡身着胡装盔甲，手持短柄双锤，胯下一匹红鬃快马，威风凛凛，杀气逼人，厉声吼道：

"汉使段会宗，休得逃走，交出番丘太子！"

"安犁靡，请你不要为番丘开脱罪责！"段会宗深知这位年少的小昆弥与番丘太子的血统关系，他俩有同一祖父，得知番丘被杀，绝不会善罢甘休，心想必须以理劝说对方，万万不可以卵击石。

"番丘太子有何罪责？"小昆弥安犁靡心里已知番丘闯下大祸，这是番丘手下的响马报告的。但他故意质问段会宗。

"番丘犯有三大罪状。"

"其一？"

"番丘之父末振将，原本是被我汉室扶立的小昆弥，理应与大昆弥雌栗靡友善团结，以保卫乌孙王国疆土，但末振将指使乌日领诈降谋害了雌栗靡，导致末振将被雌栗靡之子、继位的大昆弥伊秩靡和翎侯难栖杀害。番丘看不到其父的罪大恶极，反而将矛头指向汉室。"

"其二？"

"番丘一意孤行，大动干戈，一连四次犯我边关。"

"其三？"

"这第三条罪状，不仅使我无比愤慨，而且令你也难以容忍。"段会宗使了个激将法，旨在激怒对方。

"讲！"

"刚才我到番丘大帐内，为的是同他讲和，以结束双方交战，但番丘逼我扶他为小昆弥，劝你安犁靡下台。"

"啊，番丘胆敢如此放肆！"安犁靡一下子被激怒了。

"我当然不会应允。番丘恼羞成怒，命令胡官卫士，欲诛杀我等，我当机立断，将番丘刺死！"段会宗终于和盘托出，机警地注意对方的反应。

"段会宗，你太过分了！你身为汉国使臣，杀我乌孙王国太子，难道不怕天下人耻笑吗？"安犁靡强词夺理。

"无论何人，犯罪当诛！"段会宗毫不退让，据理反驳。

"那就休怪我无情了！"安犁靡欲动杀机，挥舞了一下双锤。

"你等今日围杀我，如取汗牛一毛耳。可是大宛国王、郅支单于的人头曾经高高挂在长安街上，吾想你们乌孙也是知道的！"段会宗以汉室征服西域诸国的事实，威胁小昆弥安犁靡。

小昆弥手下人等已经畏服，身旁的胡官们劝其放走段会宗。

安犁靡并未采纳手下人的意见，仍在斥责段会宗："末振将负汉，其子犯汉，诛其子可也，但为何不告诉我，也好让我为他饯别！"

"小昆弥言之差矣，倘若预先告诉你，你会让他逃跑藏匿起来，将犯大罪；如果你为他饯别后，再把他交于我，将会伤害你们的骨肉亲情。所陈之理，故不相告！"作为汉朝使者的段会宗，既维护本国法律，又熟知人情大理。

小昆弥手下的胡官番卒们听到这里，"哇"的一声，号啕大哭起来——

"番丘太子……番丘太子……番丘太子……"

小昆弥安犁靡没有落泪，而是思考着将来，乌孙王国怎样能够不受汉朝大国的欺负。他思忖片刻后，直言不讳道："段大人，汉、乌两国友好，至今已延续数十年之久。如若继续往来，杜绝争斗，让贵国赏赐佳女，与我结配如何？"

"这事并不难，况汉室律条尚有规定，但不知小昆弥需要何等美人？"段会宗没有拒绝，而是爽快地答应下来。

"听说汉朝境内，全国各地少女纷纷仿循赵飞燕皇后，可否请奏皇帝、皇后，为我乌孙赏赐类似赵飞燕之美人即可！"

段会宗思考后，觉得这一要求并不苛刻，国内"瘦燕"少女的确颇多，赏给他一两个没有多大困难，于是说道：

"行！我暂时答应你的要求，不过，我得回去，面君请奏！"

"一言为定，不可戏言！"

"大汉使者，岂能不讲信用？"

小昆弥安犁靡回头朝着番卒骑兵喊了一声："闪开！"

番卒骑兵立即闪出一条道路。

"告辞！"段会宗在马上抱拳说道。

"送行！"小昆弥安犁靡亦在马上还礼说道。

段会宗用手抖了一下缰绳，双足猛磕了一下马镫，乌龙马载他顺着通路驰去。三十名汉朝骑士，挥鞭策马，紧紧跟随。

马蹄过后，一溜儿尘浪如雾般地腾起……

由于阴云遮日，白昼的未央宫前殿，大厅内的一盏盏铜制仙鹤灯架上已经燃起一束束雕龙刻凤的蜡烛，明亮而耀眼的烛光照得硕大明柱更加火红、栗色案几更加锃亮，整个大殿金碧辉煌。按照往常的规矩，君卿聚首在未央宫前殿，不是举行重要的祭典活动，就是成帝对卿臣给予奖赏和晋封。不过，今天上朝的列位将卿尚不知成帝所要议政的内容。

坐在御座上的成帝与赵飞燕，满面喜色，精神焕发。他俩头顶悬挂着的巨幅横匾"流芳千古"四个大字，金光闪烁。待群卿山呼吾皇万岁、平身站起来后，成帝从御案上拿起段会宗写给他的汇报奏书，命站在左侧卿臣队列之首的光禄大夫师丹宣读。

师丹迈步向前，从中常侍郑永手中接过皇上转给的奏书，回身面对诸位将卿宣读——

启奏陛下：

末将段会宗奉旨赴西北边陲平定犯敌，番丘太子四次进扰，均被我将士击败。为根除后患，吾又率领三十名骑士直插敌营，杀死番丘。未料，小昆弥安犁靡带领数千骑兵赶来，将臣等团团围住，经据理舌辩，方善罢甘休。但安犁靡向我汉朝索求仿循燕后之少女，与其婚配。为恢复汉乌两国正常关系，末将则口头应允。但不知当否，请陛下三思定夺！

末将段会宗叩上

师丹读罢段会宗的奏书后，只见站在右侧的曲阳侯、大司马王根，安阳敬侯、车骑将军王音，红阳侯王立，平阿侯王谭，高平侯王逢时，卫尉、侍中、定陵侯淳于长等人窃窃私语，很不服气。右将军廉褒，新都侯、光禄大夫王莽则态度平和，点头称赞。

少顷，伫立在左侧的光禄大夫刘向、许商，侍中、水衡都尉班伯，光禄勋孔光，执金吾翟方进，京兆尹王骏，屯骑校尉宫浩等人，撩袍跪地，齐声奏曰："请陛下晋封段大人！"

"不可不可！"站在队尾的左曹中郎将、光禄大夫段会宗急忙跨步向前，双膝跪倒，伏首请奏道，"末将出使乌孙，一切如愿，乃靠陛下之圣尊、汉室之强大，吾岂能加官晋爵？诚请陛下，不可晋封末将。"

"列位大人言之有理，请陛下册封并奖赏段大人！"师丹亦撩袍跪伏在毡罽上。成帝与赵飞燕看了看请奏的各位卿臣，又看了看面带不满情绪的各位侯爵，两人互相递了个眼神：按原计划执行。成帝正欲开口，只听一个声音打断了他。

"陛下，王根请奏！"曲阳侯、大司马王根内心早已不平，跨步出列，跪伏于尘道，"段大人奉君之命，平定边关混乱，理应受到称赞，但突围之际，私自应婚，不合大国礼法，故不能册封和奖赏。愚臣请陛下三思！"

"王大人之意，乃维护我汉室尊严，末将淳于长亦同意王大人之谏奏，诚请陛下采纳。"定陵侯、卫尉、侍中淳于长跨步伏尘道。

两种意见，两个呼声，使成帝犹豫不决。

"启奏陛下，汉朝与乌孙缔结婚姻已有多年历史，段大人应婚不足为怪。"师丹据理谏奏道。

"且汉室王法已有明文规定，允许汉乌之间相互通婚。"侍中、水衡都尉班伯继而补充道。

成帝没有急于表态。他欠起龙体，默默沉思着。

殿内，一片沉寂。

"陛下！"赵飞燕的呼唤声打破殿内沉寂。

成帝回头一看，赵飞燕亦站起身来，面带微笑地说道：

"圣上，臣妾冒昧多言，请您恕罪！"

"皇后，何必过谦，有话请讲。"

"刘大人曾敬送给您三部书，其中《说苑·政理》篇中有名言所述：将治大者，不治小；成大功者，不小苛。"

"对，对，对！"成帝恍然忆起此句及其含义，"成就大事业者，岂能计较微小事物！"他坚定原来的设想，伸手从案上拿起已经拟好的谕旨，交于光禄大夫师丹道："师大人，宣读。"

"遵旨。"师丹接过谕旨，展开宣读：

谕诏：

左曹中郎将、光禄大夫段会宗，先后三次奉旨出使西域乌孙，圆满完成君命，促使汉乌和好，恢复边关秩序，朕赐会宗爵关内侯，赏黄金百斤。

钦此！

"吾皇万岁、万岁、万万岁！"段会宗朝着成帝三拜九叩首。

"诸位爱卿平身！"成帝伸了一下手臂说道。

"多谢吾皇，陛下英明！"各位将卿施拜欠身。

"飞燕皇后，请你荐出仿循燕后之少女！"成帝貌似慷慨地说道。

"是，臣妾遵命。"赵飞燕屈身一拜，而后转向身旁的中少府王盛说道，"王盛，传本宫口谕，樊嫕带两位姑娘上殿！"

"是。"王盛应声后，步下台阶，高声喊道，"皇后有旨，后宫宫长樊嬷嬷，带两位姑娘上殿！"

人们的目光注视着大殿门口。

须臾，后宫宫长樊嬷嬷携两位少女，款款碎步走上殿来，她们身上落着一层薄薄的雪花，鲜艳的服饰被白色映衬，似仙子由云空而降。

成帝首次看见这两位仿循赵飞燕的少女，一双眼睛格外关注——

两位姑娘年龄都在十六岁上下，服饰打扮一致，她俩身穿交领衫，外套半臂，下着长裙，外饰短裙，腰束大带，佩挂红玉，足踏凤履；其长相几乎相近，腰细如柳，下肢修长，大有弱不禁风之态，面似芙蓉，粉腮朱唇，眉若遥岑，眸似清潭。两人唯一的区别，一个肤色白皙，一个肤色红润，但均富有光泽而又细嫩。

如仙子下凡的两位少女，惹得成帝神驰遐想。他看着看着，似乎悟出赵飞燕的阴损和狡诈。赵飞燕口头上同意他招纳仿燕少女，并有大度包容之态，而在行动上巧施诡计，暗中拆台。她向全国少女下达诏书，立即停止仿循燕后之行动。特别是这次的行为，明明是答应段会宗的请奏，只选一两位相貌一般的少女，怎么能够将这样一对相貌超凡的丽人送给西域乌孙呢？他越想越气，越想越恨。盛怒之下，他没有注意到樊嬷嬷带两位少女施三拜九叩大礼，也没有听见赵飞燕代他宣呼"平身免礼"，更没有注意到群卿在观察他的异常神态，那种贪恋美色而又恼恨赵飞燕的混乱情绪一下子暴露在大庭广众之下。这时，只听赵飞燕传出清脆的声音："何柳、何槐，皇家命你二人出嫁西域大国——乌孙，与小昆弥安犁靡婚配，可否愿意前往？"

"民女一切听从陛下、皇后安排！"同胞姊妹何柳、何槐答话间，流下凄怨和哀愁的泪珠。

何柳、何槐家住黄河岸边，母亲被洪水淹死，父亲何治河为抗洪抢险死于洪涛之中。多亏了赵飞燕皇后将她俩搭救，带回皇宫。她俩吃皇家的饭菜，受后宫的教诲，万万没有料到会有这样的归宿。

侍中、卫尉、定陵侯淳于长已经读出成帝的内心隐言，实在是不情愿将这两位仿燕女子送给西域乌孙。他为了讨好成帝，躬身请奏道：

"启奏陛下、皇后，末将淳于长认为，堂堂汉室大国，疆土广阔，业绩雄伟，岂能将妙龄丽人嫁给西域乌孙，此举乃愧对先王！"

"此话差矣！"赵飞燕当即反驳道，"淳于大人不会不知道吧，汉乌通婚已百载有余，先祖武帝元封六年，一个由数百人组成的庞大皇家使团，护送从宗室中选出的江都王刘建的女儿刘细君充作公主，直达乌孙国都赤谷城，嫁给乌孙国王猎骄靡。细君公主去世后，武帝又派遣楚王刘戊的孙女刘解忧为公主，嫁给乌孙国王岑陬。她们虽远去异国他乡，但对维护汉、乌两国的关系，文化之交流均大有益处。"

"皇后言之有理。"光禄大夫师丹继而陈述道，"乌孙、匈奴乃西域两大国，吾汉家坚持先祖法规，保持友好关系，不仅使乌孙同匈奴抗衡，而且使葱岭以西的大宛、康居、月氏和大夏等国望风归顺。"

"陛下系汉家明君，请陛下英明决断！"赵飞燕走下御座，屈拜请奏道。

"皇后如此高明，朕能不允乎？"成帝冷冷地答道。

"陛下……"赵飞燕若有所失而又凄凄楚楚地呼道。

第二十三章　逼莽揭淳于

　　成帝携赵飞燕走出未央宫前殿，直奔华玉殿。他俩一路上心情沉闷，无言以对。赵飞燕隐隐约约地感到，将仿燕少女何柳、何槐送交乌孙国王，将是她夺宠之路的败笔。郑永、王盛、众宫女和小宦官们，默默地跟在主子身后，没有人敢说敢笑，只听到众人脚踏积雪的声响。

　　未央宫舍人吕延福和几个小宦官已将华玉殿大门外的积雪打扫干净。他又打开挂在厅内明柱上的鸟笼子，给两只护花鸟添上食水。而后，他赶忙走到殿门前迎候成帝和皇后。

　　成帝和赵飞燕步入华玉殿大厅，没有丝毫动静，一切静悄悄的。忽然听到护花鸟的叫声："莫损花！莫损花！"成帝停住脚步，注意观赏笼中奇鸟，脑海中虽然浮现出往日的欢乐景象，但他没有走过去，无心琢磨这对年满十八岁的雌雄护花鸟。因为他听吕延福讲过，雌鸟还从未下过一个蛋，所以他断定这是一双断子绝孙的护花鸟。他打了一个唉声，移步走向御座。赵飞燕看到成帝的表情，心里当然明白。她自怨自艾，内疚不安。所以，也就无心赏听护花鸟的鸣唱了。

　　成帝和赵飞燕刚刚将身体落入御座，就看到一位小宦官带领原北地都尉、侍中张放走进华玉殿大厅。成帝马上意识到：张放一定是为被贬职降官，前来求情的。

　　吕延福一看张放走来，忽然想起敬武公主派人送给皇上的一封信，急忙从袖筒内抽出信帛，呈递给成帝道：

"陛下，这是张侍中的母亲敬武公主写给您的信！"

"好，拿来我看！"成帝当即看信，不禁心头一震，原来是敬武公主患病体衰，急催儿子返回故里，床前侍候。

张放撩袍跪于毡罽上，朝着成帝、赵飞燕施三拜九叩大礼，心中万般委屈地说："陛下，您我交往之深，似如东海，您我友情之重，胜过泰山！您，您，您怎忍心免去我的北地都尉、侍中之官职呢？我，我，我到底犯了，什么过错呀……"

张放说罢，泪珠一串一串地滚落下来。

"张爱卿，快快请起，快快请起。"成帝欠身离开御座，走到张放身旁，伸手搀起他，不无宽慰地说，"张爱卿，朕也是不得已而为之呀，朝中卿臣多次请奏，后宫母后几番责问，朕岂能无动于衷！请你还乡就国，出任天水属国都尉，也是为了你好。朕希望你多多保重，不必太伤感嘛！"

"不，不，我不走，我不离开长安……"

"将来还会回来的！"成帝自知这是在违心地安慰他，张放怎么可能重返朝庭呢？

"陛下，我舍不得离开你呀……"张放一双泪眼望了望成帝，"哇"的一声大哭起来。

这哭声震撼了华玉殿整个大厅。

"朕知道，知道你的心情……"成帝的双眼亦涌出留恋的泪珠。

赵飞燕一双秀眸早已瞥见案几上敬武公主亲手写来的布帛信件，心中一动，伸手提起道："张侍中，你母亲来信了，她正患病，催你立即回到故里，照顾母亲病体！"

"啊！母亲病啦！"张放一惊，停止哭声，急忙走向御案，从赵飞燕手中接过信件，仔细观瞧。

"张爱卿，你可以趁此机会，回家照料一下母亲！"成帝觉得赵飞燕的提醒很有必要，亦重申了一句。

张放将母亲写给成帝的信件放回到案几上，转身向成帝、赵飞燕拜谢辞行，依依不舍地走出华玉殿大厅。

成帝见张放离去，亦觉难舍难分，他忽然想起屈原《九歌》中的诗句，无限伤感地吟诵道："乐莫乐兮新相知，悲莫悲兮生别离。"

太阳从风雪中爬上高天，竭力驱散即将来临的寒冷，把微弱的暖光照进华玉殿大厅，这些火红而灼眼的文杏大柱却像一个个勇敢卫士守护在成帝身旁，确实能够增添几分生机。若不然，华玉殿似乎变成了清冷而沉静的庙宇。

成帝闷坐不语，思绪翩翩。近年来，朝中政事屡屡不顺，后宫琐事每每烦人，撤相贬卿，驱逐张放，微行受指，临幸遭怨，西域骚扰，边关不宁，这一件件令人不快的事情如同一根根经纬交织的硕大蜘蛛网，纠缠得他无法挣脱。

赵飞燕心里非常理解成帝的苦衷。她微微一笑，安慰道："陛下，作为一国之君，统治天下，日理万机，呕心沥血，已无愧于列祖列宗，无愧于百官百姓。几年前，圣上御驾亲临黄河泛区，治水救灾，赈济难民，安抚四海，享誉九州，永垂青史！近年来，精心治国，五谷丰登，万民欢乐，举国歌颂。眼下遇到一些烦恼之事，只要处理得当，无碍大局，无损社稷！"

成帝听了赵飞燕这番劝慰言语，心内顿觉舒畅，于是问道：

"飞燕，你看下一步应该怎么办呢？"

"陛下，朝中不可一日无相。以臣妾愚意，请圣上宣召诸卿上朝，共同商议册相大事。"

"飞燕，你看何人担当丞相为宜？"

"臣妾冒昧陈言，"赵飞燕欠玉体，离御座，走至御案不远的地方，回转身来，面对成帝施拜道，"当朝丞相，仍需选翟方进为宜。翟大人通达政事，享有众望，既忠诚于天子，又忠实于百姓，其才华超过他人，他人不可比拟。"

"不行！不行！"成帝亦欠身离座，不住地摇头，若有所思，"那怎么行呢？翟方进伙同薛宣，草率办理邛成太后丧事，藐视皇家，其由御史大夫刚刚降为执金吾，怎好一下子册升为相呢？"

赵飞燕哑然，被成帝噎得半晌说不出话来。

丞相官缺一年有余。朝中政务大事，成帝委托三朝元老、光禄大夫师丹暂时代管。六旬之多的老臣师丹，虽起早贪黑，尽职尽责，但深感力不从心，况名不正、言不顺，政出无门，断事无人，不论是决定大事，还是处理小事，他都得去请示成帝。师丹实在招架不住了，便去督促成帝，抓紧解决册相之事。

成帝万般无奈，只好登殿议相。

这天上午，成帝携赵飞燕来到未央宫承明殿。陪同他俩一起上朝的有郑永、王盛。然而，最早行至承明殿的大臣是光禄大夫师丹。师丹接受君命，主持今天的朝政。

群臣不约而同地伏尘叩首，山呼万岁。成帝扫视着大殿，看到文武百官参拜请安的情景，心中受到莫大慰藉。他欠起龙体，离开御座，步下阶梯，走向众卿，双足停在师丹的膝前。他一边倾身搀扶师丹，一边说道：

"众卿平身！"

众人齐呼"谢陛下"后，伏地站起。

成帝再次察看群臣，发现少了几位侯爷，正要询问师丹时，师丹向前跨了半步，屈身打躬道："启奏陛下：曲阳侯、大司马王根，安阳侯、车骑将军王音，平阿侯王谭，皆因患病请假，不能按时上朝，而定陵侯、卫尉淳于长告请事假，未能临朝！"

"哦，淳于长因何等要事不能上朝？"成帝面目严肃，质问道。

"愚臣不知。"师丹回禀道。

"启奏陛下！"红阳侯王立撩袍跪地，拱手抱拳道，"古人说，朝之以纲，政之以绩，国之以法，家之以规。朝纲圣明，政绩应显赫；法规齐严，国家方兴旺。身为侍中、定陵侯的淳于长，理应严于律己，维护朝纲，为群卿作出表率，但他无故避朝，实属藐视汉室国法，应严加惩处。愚臣冒昧奏言，伏望陛下采纳！"

成帝频频点头。但他心里暗说，王立既是母后的庶弟，又是朝中五大侯之一，虽然没有实权官衔，可是享誉朝野。特别是王立经常到群卿中散布淳于长的坏话，说淳于长是花花公子，色胆包天，悄娶许皇后之姊、龙雒思侯韩宝之夫人许嬺为妻，并怨恨淳于长在皇上面前弹劾自己。今天，王立竟然在大庭广众之下，公开攻击淳于长，岂不受人耻笑，落个报复他人的骂名？成帝没有表态，默默地站在那里。

师丹对王立的启奏暗暗有些吃惊。满朝文武，何人不晓淳于长是王太后的爱甥，王太后又十分赏识淳于长，当朝天子亦很器重淳于长，且淳于长权倾宫廷，他的脚一跺，四处乱颤！淳于长因事请假未能赴朝，怎么能被严加惩处呢？这，并非什么大事！唉，王立呀，你的胸怀也太狭窄了！

此时，赵飞燕欠起玉体，微笑着说道：

"诸卿臣侯爵皆属陛下臂膀，如有不当和失误之处，陛下自当教诲。不过，今天君臣临朝，有要事商议，定陵侯之事日后再说吧！"

王立听罢赵皇后委婉的一番话，便知惩处淳于长无望，于是说了句"多谢明断"，而后施拜回列。

此时，赵飞燕已经走下御座，向师丹打了个手势，令他开始议政。

师丹转身面向群臣，庄重地说道：

"圣诏：群卿聚议，选拔丞相，各抒己见，畅所欲言！"

众人不语，暗暗思索。

"众爱卿以社稷为重，可直言荐相！"成帝继而启发道。

殿内一片沉寂。

师丹一看，大家仍是一言不发，便撩袍向前，跪于成帝脚下，奏道：

"启奏陛下：依老朽愚见，前不久，御史大夫翟方进因邛成太后葬礼之事而被贬为执金吾，但他本人深感君恩浩荡，毫无怨言，可见其忠君之高贵品德。眼下，朝中丞相官缺，群卿列侯无首，翟方进以经求进，理政公允，对人豁达，忠君爱民，四海皆知。当今选相，非他莫属。方进可否为相，请陛下权衡定夺！"

翟方进待师丹荐言奏毕，急忙伏尘跪拜道：

"启禀陛下：微臣方进不才，实不胜任相国之职。且罪过尚未赎清，焉能担负国家重任？请陛下另择丞相人选，以辅佐陛下，率领群卿，开拓进取，建功立业！诚望陛下，允微臣所奏！"

"陛下，"水衡都尉班伯、光禄大夫刘向和许商齐呼跪地，拱手拜道，"我等同意师大人所荐！"

紧接着，右将军廉褒亦跪在班伯、刘向身旁。

成帝看得清楚，听得真切。唯见高平侯王逢时，新都侯、光禄大夫王莽站在原地，不动声色。不必细问，这两位侯爷肯定对翟方进任相有看法。

成帝刚一转身，赵飞燕立即向伏跪的众卿示意平身，随成帝走向御座。

师丹的推荐，引起成帝一连串的联想和追忆……

青年时期的师丹，曾担任驸马都尉。他是前大司马师高的长子，经常随驾出入，日侍左右，当听到元帝刘奭赞美其子定陶王刘康才艺时，便向前直陈道："陛下尝谓定陶王多才，臣愚以为才具称长，莫如聪敏好学的皇太子刘骜！"

初元二年，元帝册封其少弟刘竟为中山王。刘竟因年幼未能就国赴任，暂留居京都长安，与太子骜同学，双方颇相亲爱。不料中山王刘竟患重病而亡逝，元帝领着太子骜同往吊丧，抚棺流涕，悲不自禁，但见太子骜并无戚容，元帝怒斥道："天下有失去亲人，临丧不哀的事吗？这样的人可以仰承宗庙，为民父母吗？"说着旁顾左右，发现师丹在一旁站立，便质问道，"你常言太子骜多才，今日表现如何？"

师丹急中生智，即免冠叩谢道："臣知陛下失其弟，必然悲哀过甚，故事先告诫太子骜不再同陛下涕泣，免增陛下感伤，影响龙体。臣罪当诛难赦！"元帝被他瞒过，怒气渐渐消平。

元帝寝疾病榻的时候，定陶王刘康与生母傅昭仪朝夕入侍，关怀备至。傅昭仪凭着灵心慧舌，哄动元帝，以企改易太子，让亲生子刘康补充储位。元帝颇为所惑，欲将太子骜易换。师丹听到这一消息后，心中万分焦急。他探得傅昭仪母子不在寝宫，竟然大胆趋入元帝床前，跪伏青蒲上面，不停叩头施拜。青蒲乃青色画地，接近御床，按惯例只有皇后可登青蒲。但是师丹急不暇顾，又自恃为元帝近臣，方敢犯规强谏。

元帝闻听叩头有声，强打精神，睁开双目，仔细观瞧，一看是师丹，惊问何因？师丹涕泣陈词道："太子骜位居嫡长，册立五年之久，天下万民莫不归心称颂，今乃流言四起，传说太子骜不免动摇，如陛下果有此意，满朝公卿必然死争，臣愿先自请死，为群臣而倡！"

元帝素信师丹之言，且知太子骜不应轻易，便喟然长叹道："唉！朕本无此意，常念王皇后勤慎，先王宣帝又素爱其孙，朕怎好有违，罢黜皇太子呢？现在朕病情日甚一日，恐将不久离人世，愿师爱卿等善辅太子骜，毋违朕意！"师丹感伤叹惋而欠身，悄然退出寝门。

又过十几天，元帝驾崩，成帝即位。

成帝登基以来，老臣师丹谨慎为官，积极辅佐，廉洁清正，大公无私，满朝上下无不称赞。上次视察黄河灾情，依法处决都水长丞张泚，师丹虽是张泚任职的推荐人，但对成帝毫无怨言。这次，成帝召集群臣商议选相之事，师丹率先推荐翟方进为相，朝中众卿纷纷跪地支持并响应。况且赵飞燕之举荐与师大人之推荐不谋而合。众愿难违，势在必行！

　　成帝又看了看赵飞燕问道："皇后，你意下如何？"

　　"谢陛下赏脸，臣妾不敢妄言！"赵飞燕屈身施拜。

　　"朕要听听你的意见。"

　　"陛下广开言路，从善如流，臣妾所言，如有不当之处，请陛下教诲！"

　　"但讲无妨。"

　　"依臣妾拙见，师大人所荐应当采纳，翟方进出任丞相较为适宜！"

　　"好！翟方进听宣！"成帝转身说道，"朕命前御史大夫、执金吾翟方进为我朝丞相，并册封高陵侯！"

　　"多谢陛下恩宠，微臣愿肝脑涂地，誓死鼎助陛下！"翟方进说罢，施三拜九叩大礼。

　　"陛下英明！"大家异口同声道。

　　成帝向众人打了个平身的手势。群臣向成帝施拜后欠身站起。

　　接着，光禄大夫师丹宣布了一声："散朝！"

　　数日后，成帝上朝，又召集翟方进、师丹、班伯、刘向、王立、王莽等人，商议御史大夫人选。他特意指出，请翟相国荐举。翟方进遵命提名：散骑诸吏、光禄勋孔光可为御史大夫。成帝听后，感到翟方进确有慧眼明心。

　　孔光字子夏，乃孔子十四世孙。其父孔霸曾师从夏侯胜，选为博士。宣帝刘询时代，孔霸被进任太中大夫，补充太子詹事；到了元帝刘奭时代，孔霸又被册封关内侯，得号褒成君。孔光是孔霸的少子，年未二十则被举为议郎，后升至光禄勋，担任尚书，典领枢机十余年，遵守法度，为人恭谨。所有宫中行事，虽对兄弟妻室，亦不轻谈。

　　其他几位重臣一致赞同翟方进的举荐。

　　随之，成帝采纳了翟方进的意见，当即挥毫下诏，晋升孔光为御史大夫。

　　成帝放下七寸毫管，立即想到患病卧床的几位侯卿。自继位以来，他们虽然依仗外戚母后的权势，为官不够公允，但是对自己还是忠心耿耿、鼎力辅佐。他的眼睛有些湿润了："曲阳侯、大司马王根，安阳侯王音，平阿侯王谭积劳成疾，卧病在床，列位大人谁去看望过？"

"愚臣均已过侯府拜访！"翟方进施拜回禀，但他没有说出几位侯爷病情。

"多谢翟相国良苦用心！"成帝长叹了一声。

在座的其他几位卿臣，没有回声。唯有新都侯王莽常去看望几位患病的侯爷，可是他什么也没说。

成帝向身旁的中常侍郑永吩咐道：

"郑永，你现在去御膳房，传我的话，命御厨们预备几笼各色点心，而后派人送给曲阳侯、安阳侯、平阿侯，以表朕的一点心意！"

"遵旨！"郑永躬身转去。

不久，消息传出：安阳侯王音、平阿侯王谭因病重，医治无效去世。成帝又命丞相翟方进同侍中、光禄大夫班伯和刘向，一起料理两位侯爷的丧事。曲阳侯王根虽然脱离险情，但病体尚未痊愈，仍然卧床不起，几个月来不能上朝。成帝万般无奈，不得不免去王根大司马的职务，但一时无人接替大司马，只有暂从缓议。

一天下午，西坠的秋阳照入远条宫。赵飞燕坐在寝宫几前，正在翻看《左传》。忽然，中少府王盛急匆匆闯入室内，气喘吁吁地说：

"启禀皇后，刚才臣从贺家村探家回来，在御花园门前碰见定陵侯府上的舍人辛元，他是我的少年同窗学友。他告诉我说，淳于长一听大司马王根被皇上免职，便在府内同他的死党密议，研究'三公'人选，自己想要谋取大司马要职。"

赵飞燕听罢王盛的禀述，感到形势严峻。淳于长是王太后的外甥，恃戚霸道，权倾朝野。他自从被成帝册封为定陵侯后，势力一天天扩大，全朝上下无人敢惹。可谓众卿恨，万民怨！如果这次放纵淳于长，将来大有可能羽翼丰满，伺机反扑，篡夺皇位。绝不能养虎酿患，助纣为虐。她放下手中《左传》，刚要命王盛去皇上处举报，又一思忖，觉得不妥。她略一沉吟，计上心来，对王盛低语道：

"你马上去往新都侯府，直接向王莽揭发淳于长。王莽是王氏大家族的内侄，他也早就怨恨淳于长了。通过王莽的口，去皇上、皇太后处揭发，力量比我们大得多！这叫假手于人，坐享其利。快去呀！"

"遵命！"

"一定要守口如瓶，不准向他人泄露！"

"奴才谨记，请皇后放心！"王盛领命后，转身走出寝宫。

赵飞燕又拿起《左传》翻看，只听寝宫大门"吱扭"一声，姜秋、姜霜闪了进来。

姜秋屈身拜道："启禀皇后，昭台宫的凌玉前来求见！"

"凌玉？她来干什么？"

"奴婢不知。但她说有要事求见皇后！"

赵飞燕一听，着实不解。凌玉原是许皇后的贴身宫女，后来许皇后制造巫蛊案件，凌玉反戈一击，向她的表哥、未央宫舍人吕延福告发，使得主子的阴谋全盘败露。成帝出于对许皇后的关怀，先把许皇后的贴身宫女凌洁、凌冰、凌霜等打发到乡下，却将凌玉提拔为昭台宫女看守，仍然留在许皇后身边。至今，也有七八年没有见到凌玉了，不知她变成什么样了，特别是现在，许皇后的消息一点也不清楚。她想到这里，决心见一见凌玉，于是对姜秋、姜霜说道：

"你们俩快去，叫凌玉快进来，我准备单独见她。"

"遵命。"姜秋、姜霜同时屈拜，转身离去。

少顷，凌玉走进寝宫，朝赵飞燕跪拜叩头。赵飞燕叫凌玉快快站起，特意询问许皇后的情况。凌玉逐一回答。凌玉心里明白，许皇后同赵飞燕的关系早已经是水火不相容，不论赵飞燕的语气多么和蔼，问候多么周到，只不过是逢场作戏罢了。

"凌玉，你不在昭台宫尽职，跑到远条宫干什么来了？"赵飞燕扭转话题，将脸一沉，严肃地质问道。

"启禀赵皇后，奴才不敢失职。"凌玉又赶忙跪下，如实回奏，"今天有要事，必须向赵皇后禀告！"

"好吧，讲！"

"定陵侯淳于长同许嬒经常往来于昭台宫，嘴上答应给许皇后谋取一个左皇后职务，但根本没有什么行动，倒是骗走许皇后的大量金银财宝，就连许皇后的母亲从老家送来的财物，也被淳于长全部诈取。此后，多次嘲笑许皇后不自量力、异想天开；对许皇后嬉笑怒骂，百般嘲弄。不管怎么说，许皇后曾是皇上前妻，受到这般羞辱，实在忍无可忍，故让奴才来远条宫，禀知赵皇后，给予裁决。"凌玉一口气将淳于长及许嬒的卑鄙行为全部揭出。

"凌玉，你讲的这些话可否属实？"赵飞燕听后又追问了一句。

"奴才所言，句句实情，如有半句谎话，情愿受诛！"

赵飞燕觉得事情严重，非同小可。这件事若是被皇上知道了，轻则贬官，重则处死。其罪并不亚于背地谋划"三公"的诡计。不过，等这件事处理完了再启奏皇上不迟。

赵飞燕转身一看，凌玉还在那里。感到凌玉对其主子的态度已经好转，还算是比较忠诚，不必细问，凌玉对当年举报许皇后巫蛊作案肯定早有惭悔之意。不知为啥，她对凌玉开始产生好感，语调和蔼地说了声：

"凌玉，你先回去，淳于长之事，暂不要向他人讲！"

"多谢赵皇后！"凌玉施拜欠身，告辞而去。

王盛与凌玉两人的回奏，使得赵飞燕对淳于长大大失望。这位权倾朝野的定陵侯，令后宫诸妃见了惧怕，令朝中文武视之忌恨，本想靠他壮大自己的权威，但以眼下的处境，若再与其来往不断，允其胡作非为，势必将灾祸引到自己的头上。

赵飞燕越想越觉得问题严重，理应立即去报告成帝，但又一想，淳于长非同一般卿臣，身为定陵侯，肩负卫尉要职，实为后宫贵戚，如果一下子扳不倒，那么大有可能惹麻烦。原来的主意不能改变。淳于长妄想谋取大司马之职，直接关系到王莽的仕途前程，王莽怎么能袖手旁观呢？干脆，稳坐钓鱼台，任凭风浪来！

她坐在几前，伸手又拿起《左传》，静心默读起来。忽然，寝宫门外传来脚步声。

赵飞燕举目一看，原来是王盛急匆匆地走了进来。她立即询问道：

"王盛，你见到新都侯了吗？"

"遵照您的旨意，我如实向新都侯禀报了！"

"怎么样，他听了有什么反应？"赵飞燕焦急地催问道。

"他当即挥毫记下，并说举报淳于长罪状非常及时，但需要与皇后磋商计议。"

"啊，他要和我商量？"赵飞燕放下《左传》，站起身来。

"启皇后，新都侯王莽正在远条宫门外等候，待召求见！"王盛躬身施拜道。

"噢……"赵飞燕听后，踱步思索。王莽虽然年轻，但颇有心计。他一定是动了心，觉得此事非同小可，前来远条宫探听虚实。赵飞燕权衡着对策，转身说道："王盛，你去回话，有请新都侯王大人。我到前厅等候！"

"是！"王盛应声后，转身往外走。

"回来！"赵飞燕叫住王盛，又向他叙述了凌玉控诉淳于长奚落许皇后的罪状，并叮嘱王盛待机再向王莽举报。

赵飞燕离开寝宫，奔向前厅。姜秋、姜霜也跟了过来。赵飞燕令她俩去备香茶，自己坐在前厅座上等候。

新都侯、光禄大夫王莽随王盛步入前厅。他向赵飞燕施拜大礼。赵飞燕面带微笑，示意免礼，并请他落座叙话。

王莽谦恭拘谨，彬彬有礼。何况他首次来远条宫，作为一个侯爵，私自入宫求见后宫之主，举止焉敢懈怠？他走到座位前，转过身来，但未落座。姜秋、姜霜给他端来香茶，放在几上。王莽看后，点头称谢赵皇后，但并未端杯，而是恭敬地说道：

"皇后，愚臣贸然进宫，多请恕罪！"

"哎，王大人光临本宫，此乃我赵宜主洪福，岂能怪罪！"

"多谢皇后！"王莽双手拱拳道，"愚臣今日是有要事启奏，盼望皇后赐教！"

"王大人何必过谦，有话但讲无妨。"赵飞燕心里早知王莽来意，但故意未说破，还是想先听听他的意见。

王莽对后宫的赵飞燕早有耳闻。她为人处事狡诈心细，诡秘多端，后宫诸妃对其无不提防，就连朝中众多卿臣对其也都倍加警惕。所以，对于王盛举报淳于长谋取"三公"之一大司马要职的罪状，更应谨慎从事，尤其需要向这位居三宫六院之首的皇后请奏，以免将来惹得陛下不满，无人做主。于是，他将王盛举报淳于长之事向赵飞燕重复了一遍，并以试探和请教的口吻说道："皇后，您位比陛下，身为后宫之主，誉满天下，对淳于长应当如何处置？诚请皇后指点！"

"王大人，您看，淳于长之罪，让我评论是非，那样合适吗？"赵飞燕早有心理准备，一下子将球踢了过去。

"这……"王莽顿感语塞，一时不知如何回答。

"您身为新都侯，几乎每天都接触朝中重卿，如何处理此事，当然比我这位皇后方便得多。"赵飞燕又紧逼一步，使得王莽无法摆脱。但赵飞燕说得合乎情理，只字未提皇上和皇后之上的王太后，不仅是王莽的姑母，而且是王莽最得力的靠山。这，无疑可免得王莽生疑生厌。

"皇后所言极是。"王莽听了赵飞燕的一席话，虽然觉得她是在推诿，但实在无法推托，只好默认服从。不过，他想了又想，认为还是得听听这位皇后对淳于长罪过的明确态度。欲惩淳于长，奏请赵皇后即便达不到假托皇命的目的，但是了解三宫六院之首的态度，还是十分必要的。因为他心里早就揣摩过，淳于长起初受许皇后之命，曾带领长定宫卫士赶赴三姑堂，劫持赵飞燕；然而赵飞燕多次劝说陛下，陛下才宽恕了淳于长，从而使得淳于长反戈一击，甩掉许皇后，投靠赵飞燕，并助她登上皇后宝座，当然，整个过程有着赵飞燕对淳于长的大度包容，可是也不能排除赵飞燕对淳于长的感恩戴德。况且，淳于长又是王太后的外甥，人们更是传说，淳于长是王太后的心头肉。要想将这样的人物打倒，谈何容易！他决心先入为主，试探皇后，一是表诚心，二是示立场。

王莽离开座位，面向御座，躬身施拜，恭维奏请道："启皇后，愚臣认为，定陵侯淳于长密谋朝中'三公'要职，实乃政治野心，大逆不道，对君不忠，对国不义。在下所奏不知妥否，诚望皇后赐教！"

赵飞燕听了王莽这番谏言，觉得不能再兜圈子，于是坦诚答道：

"王大人谏言得当，出以公心，切中要害。本宫为我大汉炎刘有此忠卿良将，深感欣慰。如《左传》所述，'君子之言，信而有征'。本宫对王大人所奏谏言，岂能熟视无睹！"

"皇后过誉，愚臣王莽实不敢当。"王莽听了赵飞燕的一番鼓励言语，心中不禁高兴。但一想到大司马要职空缺，不知赵飞燕皇后心中是否已有盘算？皇后的意向关系到皇上的册封人选，最好还是了解一下她的动机。他思索再三，婉转说道："淳于长趁大司马王根老将军病危之机，欲密谋篡之，妄图架空皇上，凌驾群臣，鱼肉百姓，对淳于长万万不可纵容，对大司马要职亦需谨慎择选，不知皇后意下如何？"

赵飞燕闻听王莽所述，一下子猜测到他想任大司马的心态，于是顺水推舟道："王大人谏言，字字含有千钧之力，确实具有治国执政之道。前人已有教导，'国家必有文武，官治必有赏罚'。王大人若不失时机，说不定将会被朝廷重用。"

"岂敢！岂敢！王莽不才，只是向皇后请教！"王莽听得出，赵飞燕已经识破他的动机，吓得他打了一个寒战，急忙辞让道，"愚臣无才无德，怎敢妄想受到朝廷重用，只是盼望能在现职岗位上有微薄贡献，就心满意足了。"

"哎，王大人谦恭世人皆知，智谋无人可比，官职升迁岂不是理所当然的吗！"

"皇后，愚臣不敢当！"王莽心神不安，无所适从。

"王大人年轻有为，报国心重。何人不知，何人不晓！好学向上之才气，处事为人之风范，俭朴持家之品格，皇亲国戚之关系，一切具备，青云可上！"赵飞燕一连串的赞语，含有玄机。

王莽的额头上沁出一颗颗汗珠，一时不知如何回答才好。他忽然想起管子的一句名言："多言而不当，不如其寡也。"他只是不住地摇头，默默地站在御案前。

赵飞燕已观察到王莽举止不安，心态不宁，便又将了一军：

"王大人前程似锦，这就看你怎么办了！"

王莽撩袍跪地，不知所措，额头上的汗珠一滴一滴地滚落在毡罽上，随口喊道："皇后！"

等他抬起头时，赵飞燕已走出去了。

第二十四章　施以静待哗

大雪过后，到了冬至。

这一天的白昼时间最短。可是坐在远条宫寝宫内的赵飞燕却觉得时光过得特别慢。好不容易熬到点灯时，可就算熬到夜深人静，又有什么用呢？成帝再也不会临幸远条宫了，即使能来，也是坐坐而已。她满腹忧愁。眼下，她顾不得考虑淳于长的事，反正已将举报淳于长的重担压在新都侯王莽的肩上，至于如何向成帝和皇太后禀报，那就不必再担心了，此时，她仍然忧虑自己的政治前途。进宫十余载，腹内仍未孕。成帝不但移宠于合德，还不时地到后宫其他嫔妃处过夜。

唉！她长叹了一声，难道自己的命运就如此不佳吗？

不祥的征兆已经出现。特别是近日来，成帝同她这位皇后似乎断绝了来往。有时她去昭阳舍合德那里，碰上了成帝，虽然主动而热情地请安，但成帝面带忧郁，少言寡语，心中似有大事。她和妹妹故意对成帝说些开心话，可他只是摇头叹气，什么也不说。唉！皇嗣未立，已成为成帝的心病，任何人也劝不进他心里。

此刻，她多么盼望成帝来到身旁啊！她感到孤独、痛苦，追思着同成帝的深情和依恋，她的眼眶内涌出泪花。

赵飞燕撩开锦缎帏帐，站起身来，在寝宫内踱来踱去。她一双泪眼无精打采，透过泪光，扫视室内陈设，在此居住虽然已过八个春秋，布置仍然华丽，但温馨的床留不下半点柔情，只有无限伤感。她心事重重，无法摆脱，突然发现放置在矮脚长方桌几上的那架古琴，便走了过去，伸手掀开覆盖其上的长条红绸布，露出的一根根琴弦松弛得像风化山石的裂缝，粗细不等，长短不齐。她细心地调试琴弦，而后坐在几前，一手弹拨，一手抚琴，音调渐渐响起。

为了调整内心烦乱的思绪，赵飞燕弹了一首古琴曲——《高山流水》。赵飞燕每逢弹奏此曲，立即感受到俞伯牙、钟子期二人那种互为知己的真情实感。今天，她的琴音仍然悦耳动听，音调忽而高亢、挺拔、刚毅如高山巍峨，忽而清晰、微颤、悠扬似流水潺潺。双手不停，琴音不止。她像在动情的夜里寻找自己和成帝的影子，排遣寂寥的夜晚。

忽然，"吱扭"一声，寝宫的门被人推开了，闪进了姜秋。

赵飞燕并没有理睬姜秋，而是继续弹奏，如同涓涓细流的琴音仍在室内盘旋，一直弹罢此曲，琴音方止。

这时，姜秋屈身禀道："启禀皇后，定陵侯淳于长求见！"

"哦，知道啦！"赵飞燕心想，淳于长肯定闻到风声，料到自己的下场好不了，所以急忙来到远条宫，找她这位皇后求情来啦。哼！没那么容易。"告诉淳于长侯爷，就说皇后有请，在前厅等候。"

"是。"姜秋应声转去。

赵飞燕携中少府王盛、宫女姜霜来到前厅。她落座片刻，只见姜秋带淳于长步行至厅前。淳于长行过大礼，站在一旁，赵飞燕没有给他赐座，这是她多年来第一次对这位侍中、定陵侯的冷遇。淳于长心里当然明白，后宫已经传出闲话，指责他不应该霸占许嬺，更不应该经常出没昭台宫，骗取许皇后诸多财物。但皇后的冷遇，于他并没有什么特别的感受。

寒暄之后，淳于长从怀中掏出一个红绸布包儿，躬身向前递于赵飞燕道："皇后，末将今日入宫，特向您敬呈微小宝物，诚望笑纳。"

赵飞燕打开红绸布包儿，露出两件闪烁着光辉的青铜器，一件是青铜小刀，上面刻着龙凤花纹；一件是青铜手炉，上面刻有兽面花纹。她自从少年时期被选入骊山行宫以来，特别是被成帝召入皇宫后，对古代的青铜器物了解越来越多。

这两件青铜器无疑可算作稀世珍宝了，但赵飞燕马上意识到，淳于长呈送的青铜器物，十有八九来自许皇后之手。因为只有许皇后这样的人物，才能拥有这样的宝物。她轻笑一声，将红绸包儿还给了淳于长，冷冷地说：

"这个，我不需要，还是留着你用吧！"

"皇后……"淳于长面带窘迫，一时难以作答。他的两只手不住地揉搓红绸布包儿。

双方陷入沉默。赵飞燕不愿意挑起新的话题，打心底已经清楚了对方的一切，对方对自己的辅助不会再有什么实际意义了。淳于长心里还有一事，必能激起赵飞燕的愤怒。但他想过，赵飞燕心机过人，即使告诉她，她当面也不会动声色的。干脆，去找赵合德，此事可能奏效。于是淳于长向赵飞燕皇后躬身施拜告辞，怏怏不乐地离去。

过了不久，正在寝宫内翻看《孟子》的赵飞燕，只听得一阵急促的脚步声，她睁眼一看，原来是妹妹合德随王盛走了进来。

"姐姐，你还蒙在鼓里，陛下已经下诏了，赶紧想个办法吧！"

"发生了什么事？合德！"

"刚才淳于长到昭阳舍，他告诉我说，陛下因皇嗣久而未立，欲召中山王刘兴、定陶王刘欣来朝，考核并选拔太子。如果太子一立，那么你、我二人就意味着彻底失势啦！"赵合德心急火燎，将淳于长相告之事和盘托出。

"啪"的一声，赵飞燕将手中的书猛地摔在案几上。赵合德的一番话如当头一棒，将她砸得两眼直冒金星。但是她故作镇静，欠身离座，默默地站在几前。

"姐姐，你快拿个主意呀！"赵合德几乎是张开喉咙，喊出了这句话。

"慌什么！"赵飞燕厉声厉色地制止赵合德。她镇定下来，伫立许久，默默无言。但是她的内心思绪如翻江倒海，久久难以平静。她最担心的事情果然发生了。皇嗣一立，后宫的权力就会立即转移。"母以子贵"绝不是一句空话。身居后宫的姊妹俩，由于缺乏生育能力，也就没有资格享受贡献皇嗣的崇高待遇，其皇后、昭仪的宝座势必受到威胁，她再也坐不下去了，本来想同妹妹一起去找皇上辩理，但她一是知道妹妹的性情，焦急而外露，容易将事情办坏；二是知道皇上的心情，欲选皇嗣的心思由来已久，只靠舌辩或温情是难以打动他的心的。她看了看焦虑不安而又无所适从的妹妹，催促道：

"合德，你先回宫吧，待我想想再说！"

"还想什么呀？皇上近期就要面见刘兴、刘欣。"

赵飞燕没再吭声，但她心里反复琢磨着对策。

赵合德一看姐姐处于沉思之中，不想再问，悄悄离开远条宫，返回昭阳舍去了。

这天下午，赵飞燕仍然待在远条宫内，并未急于去见成帝。她从大局分析，既然选立皇嗣乃汉室社稷大事，任何人难以动摇成帝的心，何必去干那些枉费心机的事呢？最好能够想出个委婉而切实的办法，实现推迟确立太子之时间的目的。

她仰卧在象牙床上，再度陷入沉思中。

忽然，姜秋带未央宫的中常侍郑永走了进来。

郑永怀有满腹心事，急忙参拜赵飞燕皇后。

赵飞燕已经看出郑永的窘迫神情，料到十有八九是来传达皇上欲选皇嗣的口谕，但她故作没有看见对方，一面询问皇上的龙体可安，一面命姜秋给郑永赐座递茶。

的确，郑永是来传达成帝口谕的。但是，没有让他当着皇后的面说出欲选皇嗣的事。

临行前，成帝向他下达任务：命召赵飞燕皇后速来华玉殿，商议拟选皇嗣之事。他看得出，成帝的表情虽然焦躁不安，态度却坚定不移。因为已经同王太后、翟方进等有关重臣秘密磋商了半个月之久，终于获得支持，并且派人通知中山王刘兴、定陶王刘欣近日来朝面试。这件事非同小可，尚不知赵飞燕皇后能否吃得消、挺得住。他心想，主子负责主子的重任，奴才只干奴才的公务，何必想那么多呢！他因公务在身，没有落座饮茶，而是向赵飞燕传达了成帝的口谕：

"启禀皇后，皇上请您立即到华玉殿商议要事！"

"遵旨！"赵飞燕微倾玉体，神情自若，马上命姜秋、姜霜随她一起动身，同郑永奔往华玉殿。

成帝正在华玉殿等待。他见赵飞燕穿戴整齐，飘然而至，心内感到平静。

赵飞燕向成帝施过礼仪，安详地坐在御座旁边，谦和恭谨道：

"陛下，您将臣妾召入华玉殿，不知有何赐教？"

"飞燕，你猜一猜朕欲谈何事？"成帝故意试探道。

"陛下乃一国之君，胸怀天下大事，臣妾怎能猜得到呢？"赵飞燕故意装作不知。

成帝沉吟片刻，心想：待朕提出拟选皇嗣之事，再察看你的颜色。如果执意反对，即可免去皇后之职。成帝不再兜圈子，开门见山道：

"朕明确地告诉皇后，鉴于汉室基业需后来人承继，故拟选皇嗣。"

"此乃天经地义，望陛下龙口定夺。"赵飞燕沉着镇静，若无其事般地脱口应答。

成帝一看赵飞燕如此通情达理，于是继续说道：

"朕欲拟中山王刘兴、定陶王刘欣为皇嗣竞选者，不知皇后意下如何？"

"陛下一双龙目，光华敏锐，焉有不当之理！"赵飞燕极其冷静。她静静地坐在那里，面色似乎没有什么变化。

赵飞燕的态度，成帝感到出乎意料。她不仅使成帝排除怀疑，而且使成帝不安起来。皇帝另选皇嗣，对于一位不能生育的皇后来说，可算是难以接受的一件大事。然而，赵飞燕却这般大度容人，实在令成帝感叹折服。他不禁由衷地称赞道："飞燕胸襟开阔似海，德高贤淑罕见。作为后宫之主，居然能够同意拟选他人之子册立为皇嗣，此风范应该标入我汉家青史。"

"陛下如此过誉，臣妾实不敢当。"赵飞燕急忙欠身离座，面向成帝屈身施拜道，"多谢陛下厚爱与赐教！皇家顺天选皇嗣，阴阳和而万物得，臣妾理应支持陛下的英明决策，此乃百年大计、千年大计！"赵飞燕自知已经博得成帝的青睐和信任，尽管心里苦涩，但嘴上讲的全是大礼大仪。无论如何，不能让成帝看出半点破绽。

成帝一看赵飞燕百依百顺，进而说道：

"朕已派人通知中山王刘兴、定陶王刘欣后天上午来承明殿。飞燕，请你这位皇后同朕一起面试挑选，不知可愿前往？"

"请陛下放心，臣妾一定按时赴朝！"

"朕执政以来，还是首次面试册选太子，如何实施，请皇后拿个主意！"成帝说话的语气和蔼而恳切，"皇嗣人选如何，关系着汉家社稷。"

"好！陛下所言极是，臣妾遵旨照办。"赵飞燕欠身蹑步，沉思片刻，然后对成帝道，"既然是选拔太子，那就得从严要求。首先是举止礼仪，第二是处事应变，第三是学识和运用，第四是治国和治家。从这四个方面测试，便可足观太子的全貌。当然，陛下还可以根据每个人的临场情况，及时提问有关考题。"

"好！好！多谢皇后一片良苦用心。"成帝深感赵飞燕有才有识，与自己所思不谋而合。他心情爽悦，马上命郑永道，"快，快去备酒来，朕与飞燕皇后开怀畅饮！"

"是！"郑永应声答道，快步奔向膳房。

转眼工夫，郑永端来美酒。

姜秋、姜霜疾步向前，先后给成帝、皇后斟满酒樽。

成帝端起酒樽，高兴地说道："皇后，预祝我们册选太子成功，干杯！"

"好！多谢圣上！"赵飞燕说着端起酒杯。她主动向成帝碰杯，而后和他一饮而尽。

关于中山王刘兴、定陶王刘欣的身世，尚需从汉元帝说起。汉元帝刘奭因病驾崩，三十七岁的皇后王政君开始当皇太后，她的儿子刘骜继任西汉王朝第十二任皇帝。所有封为亲王的皇兄皇弟，都被遣送到他们的封国。刘兴与刘骜是同父异母兄弟。刘兴的封国在信都（今河北冀县），不久改封到中山（今河北定州市）。刘奭在位时，刘兴的母亲冯媛同傅婕妤一起被晋升为昭仪，其品级仅次于皇后。中山王刘兴回到封国，他的母亲冯昭仪跟着前往，称"中山太后"。刘康与刘骜也是同父异母的兄弟，刘康乃傅昭仪所生，刘康的封国在定陶（今山东定陶县），这里还是刘邦的宠妃戚姬的故乡。他的母亲傅昭仪也跟着前往，称"定陶太后"。十年后，刘康病殁，正妻张氏没有生育，唯妾丁姬生子名欣，所以儿子刘欣继任定陶王。傅昭仪对自己的孙子刘欣不只是倍加宠爱，而且是严加教诲，以盼东山再起。

这天，风和日暖，九冬含春。空中没有寒风，也没有一片云，地上没有积雪。这种绝好的天气，在长安的冬季里还是首次遇到。

中山王刘兴、定陶王刘欣分别接到皇诏，立刻启程。冯昭仪、傅昭仪和丁姬亦随同来京。因两位亲王入朝，都有可能被选立为太子，所以他俩属从如云、骤马成群。

正在宣明殿等待的成帝，听到中常侍郑永的禀报后，立即宣刘兴、刘欣觐见。刘兴、刘欣接旨进殿，刘兴称成帝刘骜为皇兄，刘欣称成帝刘骜为皇伯。两位亲王施过君臣大礼，站在一旁。成帝离开御座，主动走过来，与三十岁的中山王刘兴、十七岁的定陶王刘欣拥抱在一起，他们叙骨肉之情，道离别之苦，不禁热泪涌出，浸湿袍服。

此时天将中午。成帝命长信宫少府何弘将冯昭仪、傅昭仪、丁姬等人引到王太后处，休息用餐，然后向两位亲王招呼道：

"刘兴、刘欣，咱们叔侄三人一块儿用餐。"

刘兴、刘欣应声后，跟随成帝进入餐房。

成帝设午宴款待中山王刘兴、定陶王刘欣，气氛融融，谦谦让让。就餐时，年龄尚小的刘欣，却能谨谨慎慎，规规矩矩，有先有后，有尊有让。而已到而立之年的刘兴，却旁若无人，想吃即吃，想饮即饮，他没有弄清楚"皇帝赐宴"跟普通的筵席有所不同，尤其是他面临的不仅是一顿御饭，而且还是一场考试。不管怎么说，这顿午餐还是非常丰盛的，大家边饮边说也是很尽兴。少顷，成帝和刘欣酒足饭饱，他俩把杯盏、碗筷放至桌上，各拿手帕擦拭一下嘴巴，而后坐在那里等候刘兴。刘兴似乎感到肚子仍然很空，只顾继续猛吃，根本没有注意到成帝、定陶王已经餐毕。刘兴好容易吃罢，起身告辞的时候，突然发现袜带松了，又在那里慢慢地把它结扎住。这些，成帝一一看在眼里。

午后，冬日高悬，天气微寒。未央宫的承明殿内，明亮而整洁，温馨而肃穆。汉成帝和赵飞燕分别坐在御座上，身后分别站着郑永和王盛，手拿团扇的宫女们也都站在各自的位置上。这次考选太子，成帝已向高陵侯、丞相翟方进，御史大夫孔光，光禄大夫师丹等重臣打了招呼，并邀请他们参加。但是，他们以考选太子是陛下家事为借口，婉言谢绝。成帝没有太勉强，便按原计划，携赵飞燕来承明殿，一起考选太子。

中山王刘兴、定陶王刘欣向成帝、皇后施三拜九叩大礼，并山呼万岁。之后，他俩得到成帝、皇后的恩准，分别站在大殿两厢。

成帝向赵飞燕递了个开始的眼色，赵飞燕点了点头。成帝首先从礼仪入手，提问考试。他先问中山王刘兴，带了哪些主要随从人员，刘兴回答只带了太傅一人；后问定陶王刘欣，带了哪些主要随从人员，刘欣回答带了太傅、国相、中尉等人。成帝立即宣召两位亲王的随从人员进殿。待随从人员上殿，向皇上、皇后施大礼后，成帝又命他们下殿等待亲王。成帝心想，两位亲王各自所带的随从与他们回答的数目是一致的，但是这两位亲王的政治地位是一样的，为什么所带主要随从却不相同呢？他提问道：

"刘欣，为什么把太傅、国相、中尉这些人员，都作为随从带来呢？"

刘欣听后，双手抱拳，躬身施拜曰："愚侄不才，岂敢妄谈，望陛下宽容！"

"但讲无妨！"

"启禀陛下、皇后，愚侄年仅十七，先父因病早亡，我虽继任定陶王，但全是祖母、母亲和太傅教诲，怎敢妄谈礼法？但我对《礼记》略知一二，其中'礼器'记载：'礼，人以多为贵者。诸侯七介七牢，大夫五介五牢。天子之席五重，诸侯之席三重，大夫再重。'可见，此以多为贵也。"刘欣说到这里，稍微停顿了一下，继续陈述道，"当然，谈到礼并非什么都以多为贵。礼，乃是国家法规所定。我汉室之法令规定：凡亲王入朝见帝，可以由封国中官秩享受二千石以上俸禄的卿臣陪同，愚侄所带太傅、国相、中尉等随从，秩皆二千石，故令其作为随从同来。同时，以便对封国的任何问题，随时协助愚臣向陛下提出报告。"

成帝边听边点头，心中不住地称赞这位年少的皇侄。赵飞燕虽然对册选太子不感兴趣，但仍强打精神在那里听。

"刘兴！"成帝转身呼道。

"在。愚臣恭遵陛下。"中山王刘兴急忙向前跨出半步，打躬施礼，他没有敢造次，再呼皇兄。

"你来回答，今日进京，为什么只带太傅一位主要随从？"成帝面色严峻，单刀直入。

刘兴着实紧张，顿觉语塞，呆了半天什么也回答不出来，只顾低头，搓手捻袖。

"好啦好啦，请圣上往下进行。"赵飞燕伸手拽了一下成帝的袍袖，旨在替中山王刘兴解围。

成帝心里明白赵飞燕的用意，但对刘兴不悦，内心暗怨：三十岁的成人却抵不上十七岁的少年郎。他只好又面向这位年少的定陶王问道：

"刘欣，平日所习何经？"

"回禀陛下！"刘欣快步上前施礼，谦逊地回答道，"吾粗学《诗经》，微诵数行。"

"《诗经》分成几部分，共有多少篇？"

"回陛下：《诗经》分为'国风''小雅''大雅''颂'等部分。共有三百零五篇。"

"飞燕皇后，你来提问。"成帝深知皇后的才思，便有意让赵飞燕出题考问。

"谢陛下高抬！"赵飞燕出于对舞蹈的爱好，便从《诗经》中"国风"部分挑选了一首关于记录跳舞的诗曰，"刘欣，你可会背诵《简兮》？"

"皇后请听！"刘欣打躬作揖诵道，"简兮简兮，方将万舞。日之方中，在前上处。硕人俣俣，公庭万舞。有力如虎，执辔如组……"

"停！"赵飞燕打断刘欣的背诵，进一步考问道，"你来讲讲这八行诗的含意。"

"多雄壮，多威武，他要领头跳'万舞'。丽日当头艳阳天，那人站在最前显眼处。个子颀长好身材，公庭跳起'万舞'来。浑身是劲如猛虎，手揽一组缰绳好气派。"

"好！好！"赵飞燕连声称赞。

"刘欣，《天作》篇为《诗经》中哪一部分？"成帝继而问道。

"回陛下：《天作》乃'周颂'部分所载。"

"述诵与朕听。"

"天作高山，大王荒之。彼作矣，文王康之。彼徂矣，岐有夷之行。子孙保之。"刘欣答诵如流。

中山王刘兴听后，目瞪口呆，心内像揣着小兔子似的，怦怦直跳，担心自己学识疏浅，不足盘问。

"你再将此诗译出。"成帝又让刘欣解释诗意。

"遵旨。"刘欣打躬译道，"上天生成这岐山，大王创业道路艰。大王惨淡经营它，文王继承周人安。万民归心到岐山，岐山虽高路平坦。子子孙孙保万年。"

"你可习读《论语》？"成帝又问道。

"粗读数篇。"刘欣应答道。

"《论语》中对《诗经》如何概括评价？"

"子曰：'《诗》三百，一言以蔽之，曰：思无邪。'"

"定陶王刘欣，年少好学，可喜可贺，望继续发奋攻读，待来日报效国家！"成帝肯定了刘欣的才识，结束了对他的考核。

刘欣急忙跪于地上，向成帝、赵飞燕施三拜九叩大礼，山呼万岁，感谢皇上、皇后的教诲器重之恩。

成帝、赵飞燕打了个手势，令刘欣平身。

赵飞燕听罢刘欣的答诵，心中感受到几分慰藉，尽管篇目诵解不算太多，但是见微知著，觉得这位皇侄学识非凡，举止不俗，料到他十有八九是皇嗣人选。但不知为什么，她内心深处涌出一股酸楚的感觉，对成帝的做法还是难以理解，甚至难以容忍，至于对刘欣的才华，哪里还有心思赞赏？悲、痛、忧、怨一齐袭来。然而，她马上意识到，自己在这种场合稍有失态，就可能惹怒成帝。她当即梳理了一下自己那纷繁的思绪，以平静而灼烫的目光望向中山王刘兴，先入为主地提醒道："刘兴，你准备得怎么样？轮到你啦！"

"启陛下、皇后，愚臣候教！"刘兴向前移步，打躬抱拳道。

"好，请皇后出题，刘兴回答。"成帝根本没有发现赵飞燕刚才的情绪变化，他对赵飞燕无比地器重和由衷地信任。

"谢圣上！"赵飞燕欠身离座，屈身施拜，然后转身问道，"你平日所习何书？"

"曾习《尚书》。"刘兴答道。

"《尚书》分成哪几部分呢？"

刘兴回答不出。

"仔细想想，不必着急。"赵飞燕显得平和而有耐心。

等了片刻，刘兴还是没有答出。

成帝有些不耐烦，面容露出焦急和气愤。赵飞燕看在眼里，心想不宜再等，便主动替刘兴回答："《尚书》分为'虞书''夏书''商书''周书'等四部分，刘兴，日后习读时可要记住。"

"感谢皇后，愚臣谨记。"刘兴躬身施礼。

"接下来，请你背诵这四部分的每部分之首篇。"赵飞燕欠玉体，离御座，走至刘兴身旁，一双秀眸透出逼问的锐光，"'虞书'的首篇是《尧典》，开始诵读！"

刘兴本来就背诵不了，加上赵飞燕偏偏走出御座，站在身旁，精神就更紧张了。

"'夏书'的首篇是《禹贡》，开始诵读！"

"……"

"'商书'的首篇是《汤誓》，开始诵读！"

"……"

"'周书'的首篇是《泰誓》，开始诵读！"赵飞燕像发射连珠炮似的，一个接一个地提问。刘兴仍然不能背诵。

"你既然一概不能背出，能否说明一下《泰誓》三篇产生的背景？"赵飞燕降低了考核的标准，又一次询问刘兴。刘兴低头不语，照样不能回答。

"好吧，我告诉你。"赵飞燕边说边走回御座，回转身体说，"周武王讨伐殷商。他率雄师驻扎在黄河孟津渡。各路诸侯率领他们的军队前来会合。周武王大规模巡阅出征的六军。此间，周武王撰作了《泰誓》三篇，以向全军将士发出宣战誓言和作战动员令。"

刘兴实感尴尬，心中仿佛坠上一块铸铅，沉重而绞痛，暗暗怨恨自己没有听从母亲的教诲，视玩耍如命，沉沦不前。他低下头去，羞愧得无地自容。

赵飞燕对刘兴的语塞无知倒不觉得气愤，相反感到恰合其意。心想：非赵氏所生的其他任何皇亲皇嗣，越是愚笨越是无才越合吾意，越是淘汰越是无能越合天意。她洋洋不睬地坐在那里。

成帝对语塞无才的刘兴极为不满，脸上的肌肉不时地抽搐，心里不仅怨恨中山王刘兴懈怠而荒废，而且怨恨那位以身阻挡野熊旨在保护元帝刘奭而赫赫朝野的冯昭仪，教子无方，放任自流，似乎觉得刘兴给皇家带来了耻辱。成帝看了看赵飞燕那副无所谓的样子，越发感到窝火和气恼，他想给皇家挽回面子，于是面向定陶王刘欣道：

"刘欣，你教一下刘兴，背诵《尚书》中'虞书'之首篇《尧典》。"

"遵旨。"刘欣先是向成帝双手打躬，而后面对叔叔刘兴背诵道，"昔在帝尧，聪明文思，光宅天下。将逊于位，让于虞舜，作《尧典》。曰若稽古帝尧，曰放勋，钦、明、文、思、安安，允恭克让，光被四表，格于上下……"

"停。"成帝挥手打断刘欣的诵读，不无讽刺地说，"中山王，你跟着小侄，背诵这一小段文章。"

"遵旨。"刘兴向成帝施礼打躬，表面上接受成帝的旨意，但心里七上八下，根本没有底数，战战兢兢地背诵道，"昔在帝尧，聪明文思……光宅……光宅……光宅天下……"往下，他什么也背不出来了。这时，只见他面红过耳，举措不安，额前沁出一颗颗汗珠。

成帝那颗心几乎痉挛，气得浑身颤抖，心中暗暗骂道：白痴，废物！本想大发一顿脾气，突然，感到一只手拽了一下自己的袍服，抬头一看，赵飞燕已经离开御座，正向他屈身施拜：

"启奏陛下，两位亲王受考已毕，可否允许他们下殿回寓馆休息？"

成帝沉思了一下，挥了挥手臂说：

"中山王刘兴、定陶王刘欣，你们下殿去吧！"

"谢陛下、皇后！"刘兴、刘欣叔侄二人叩头施拜，欠身离去。

成帝与赵飞燕坐在御座上，久久不语。赵飞燕知道成帝的心思，刘兴的无才无识，使得这位当朝天子大为扫兴，毫无疑问，刘欣是子嗣的当然确立者。为了消除成帝的气愤和苦恼，她便先开口：

"圣上，泾渭已明，何必烦恼呢？"

"唉！不争气的东西。"成帝的慨叹声中，包含对那位同父异母兄弟、中山王刘兴的怨懑。

突然，一位小宦官急匆匆地走进殿来，躬身禀道：

"启禀陛下，昭阳舍赵昭仪、定陵侯淳于长求见！"

"哦？"他俩为何一起前来？成帝有些不解，略一沉吟说道：

"宣赵昭仪、定陵侯进殿！"

"陛下有旨：宣赵昭仪、定陵侯进殿！"小宦官转身，面对殿门宣道。

"领旨！"赵合德、淳于长一边回话一边步入承明殿大厅，当走至御案前，两人向陛下、皇后施三拜九叩大礼，并口呼万岁。

"赵昭仪，你离开昭阳舍，前来承明殿，不知道有何等要事启奏？"成帝没有给这位昭仪赐座，直截了当地询问道。

"陛下，今日在我汉室议政的大殿上，臣妾有句心里话，不知该问不该问？"赵合德没有看到姐姐赵飞燕阻挡她说话的手势，一双秀眸只顾注视成帝。

"昭仪所言，朕岂能阻拦！"

"好！谢陛下！"赵合德屈身施拜后，碎步走向御案前，娇嗔地问道，"陛下，你可要说句公道话，自从臣妾被你召入皇宫以来，臣妾与你朝夕相伴，侍上侍下，恩爱之情是否还深？赤诚之意是否很坚？"

赵飞燕听罢妹妹的一席问话，又羞又气。大殿之上怎么能扯这些话？她的一双眸子透出怨恨之光，那张脸红一阵白一阵，着实为身为昭仪的妹妹感到耻辱。

"合德，朕从未忘却过你呀！"成帝说着，不由得忆起往日在昭阳舍温柔乡的情景。他无限感慨，但苦于在这样的场所无法表达。

"那好，既然这么说，你为何背着我，私下里选拔皇嗣？"赵合德说着，迈步登上台阶，走至成帝对面。

"这……"成帝被合德的问话噎了回去，一时不知如何回答才好。

"陛下……"赵合德"哇"的一声，号啕大哭起来，撒泼耍娇地扑在成帝的怀里，一双手不停地摇晃着成帝，苦苦哀求道，"陛下，我们姊妹深得陛下洪恩，深受陛下宠爱，我们一定报效汉室皇家！陛下，你怎能……这样心急？你要相信我，我还年轻……"

忽然，"啪"的一声，赵飞燕用手猛击御案，厉声吼道："合德，你怎么能这样……"

赵合德一下子惊呆了。她停止了哭声，但仍在抽泣，她慢慢地站起身，退到一旁，透过泪眼，先是看到成帝气得脸色煞白，一双眼睛直瞪瞪地盯住大殿一角，一句话也说不出来，后又看到姐姐已经离开御座，步下台阶，站在地上，脸朝殿外望去，其面部表情如何，赵合德想象得出来，一定是恼怒夹杂着怨恨。她最后将目光移向伫立在那里的定陵侯淳于长，并摇头暗示他上前搭话讲情。

淳于长把刚才发生的一切都看在眼里。他在后宫担任卫尉多年，担负着太后、皇后、昭仪及其他嫔妃们的安全护卫任务，对成帝内心的苦闷和忧虑了解得一清二楚，皇嗣不立，社稷难保；对赵皇后、赵昭仪各自的心态揣摩得更是清楚，自己无能产子，又不甘心选立他人子嗣。姊妹俩的矛盾暴露在承明殿上，但她们的利益是一致的，只不过一个是工于心计，善施伎俩，以守为攻，一个是性情急，好撒泼，心肠狠。成帝当然喜欢赵飞燕那样的人了，有心计而又大度容人，但是赵飞燕的姿色已经弱于赵合德的魅力，成帝往往屈服于赵合德。

　　淳于长想到这里，胆子大了起来，还是应该站在赵氏姐妹的立场上，寻找理由，加以辩护，即使皇上不采纳我的意见，也能使皇上与赵氏姊妹一起卷入矛盾纠葛之中，到那时皇上也就顾不上查处我淳于长了。他整理了一下衣冠，迈步向前，打躬施礼道：“启奏陛下、皇后……”

　　“淳于卫尉，你为何今日上殿？”成帝疑虑重重，不满意地打断他的启奏，冷冷地问道。

　　“启奏陛下：末将今日上殿参见陛下、皇后，为的是向您直谏陈疏，建议陛下，可否停止选立皇嗣？理由有三！”

　　“其一？”成帝质问道。

　　“陛下正当盛年，完全有能力解决自己的子嗣大事！”

　　“其二！”

　　“赵皇后、赵昭仪均在绽花芳龄，岂无产子机遇？”

　　“其三？”

　　“他人之嗣绝对不如个人之嗣，古往今来，历朝历代，多数君王都是将江山龙位传于自己的后代，请陛下三思而行！”淳于长奏毕，屈膝跪地上，双手打躬，谦卑三拜，并低头额触尘埃。

　　成帝越听越气，用手指着赵合德、淳于长，愤愤难平，怒火中烧，咆哮道：“出去！你们都给我出去！”说罢，拂袖而去。

第二十五章　借机设圈套

大年三十的凌晨，京都长安被一片皑皑白雪镶嵌着。飞奔的雪花洗涤了大地，照亮了乾坤。

未央宫及其所属楼台殿阁显得更加肃穆壮观。

各家侯府的府邸院落一片宁静，仍然处于沉睡状态。唯有曲阳侯、大司马王根的府门已经打开，门前大路、台阶的雪地上呈现出两行步入府邸的脚印。这是侍中、骑都尉、光禄大夫王莽和大司马府舍人朴巨龙，为卧病在床的王根购买中药回府所踏出的脚印。

王莽同朴巨龙步入耳房。朴巨龙从怀中掏出两服中药，交于正在房内灶前等候的丫鬟，令其立即点火熬煎。王莽按照药房先生的嘱托，再次向丫鬟千叮咛万嘱咐，万万不可出现半点差错。同时，命令朴巨龙守候在耳房，等待丫鬟熬好中药后，送于曲阳侯、大司马王根服用。王莽说毕，离开耳房，只身奔往王根的住室。

数日来，王莽一直守护在曲阳侯、大司马王根病榻前。王莽对待二伯父王根的感情非常深厚，如同对待大伯父王凤一样。当年，大伯父王凤病危，王莽朝夕侍上侍下，关怀疾症，常常和衣而卧，药必先尝，弄得蓬头垢面，顾不上洗漱。如今他看护王根，也是非常周到，体贴入微，几乎日日夜夜不离王根府邸。他心里清楚，王根在朝中的政治地位极为显尊，是成帝得力而忠诚的辅政大臣。但王根由于身体虚弱，久病在床，不得不多次请辞，成帝无奈，只好免去王根之大司马职务。尽管如此，王根一旦病愈，仍会被皇上起用，再操重权。作为晚辈的王莽，虽然也是新都侯爵位，但是仍然谦恭谨慎。所以，在王根患病期间，王莽从未懈怠，忠心不二。曲阳侯府上上下下，男男女女，一致赞颂王莽是孝仪可嘉的人杰。

王莽进到王根病榻前，见王根斜身靠卧，其夫人正在伏床喂水。王莽上前向二伯父、二伯母请安，并从二伯母手中接过兰花瓷碗，代她喂水。王莽讲述了刚才同舍人朴巨龙抓买中草药的情况，王根和夫人再三感谢。王莽连日不得休息，一面侍候王根，一面调查淳于长的罪状，准备先向王根揭发。这时，王根问道："贤侄，近日朝中、后宫可否稳定？"

"大局尚稳，国泰民安，只是……"王莽说到这里，故意停了下来。

"哦？发生了什么事？"王根一听王莽半吞半咽，两臂撑着病体，抬头急问。

王莽一看举报淳于长的机会已到，马上接着陈述：

"只是一位外戚朝臣目无尊长，藐视国法，暗地篡权，跃跃欲试。"

"谁？"王根警觉地问道。

"此人乃是姑妈王太后的外甥，伯父大人对他更为熟悉。"王莽的一双眼睛露出诡秘之光，但并未说出其姓名。

"定陵侯淳于长？"王根一下子猜出此人。

"对，淳于长。"

"快讲！"王根抓住王莽的手，催促道。

"伯父大人，愚侄如若和盘托出，请您万万不可生气。"王莽首先用话去挑拨和激怒对方，"淳于长看见你身居大司马要职，早已忌恨在心，但一直对你阳奉阴违，隐而未发。可是最近发现你久病在床，不能上朝，你又主动向皇上提出辞去骠骑将军职务，故而他常常带有喜色，自恃皇上外戚，且又位居九卿，其官位仅次于您，狂妄至极，自言必可代任。同时，他私下走访串联，开始封官拜爵，秘密内定丞相、大司马、御史大夫等重要将臣人选，其野心可想而知。"王莽说到这里，停顿下来，注意观察王根的表情。

王根听到此处，气得浑身颤抖，心血上涌，那张焦黄的脸一会儿青一会儿白，脱口骂道：

"淳于长，王八羔子……痴心妄想……"

"伯父大人，你不能气坏身体。"王莽拿着手帕，给王根擦拭额前汗珠，不住地安慰，"你只管放心，只要莽侄在朝，绝不能让淳于长得逞！"

"老爷，老爷，千万要保重啊！"夫人一直在病榻旁看护着，她看见丈夫怒气难忍的样子，心中非常惦挂和焦急，不住地劝慰道，"你在病中，怎么能不顾身体，而这般动怒呢？"

王根满腔怒火岂能一下子熄灭？他面对王莽厉声质问道：

"淳于长竟然做如此恶事，你为何不及早告诉我？"

"未知将军意，故不敢贸然禀告。"王莽急忙欠身，向王根抱拳打躬道，"请伯父大人息怒，多多谅恕愚侄！"

"还等什么，快去禀报皇太后！"王根怒极，大声催促道。

"是，愚侄遵命！"王莽双手打躬施拜，转身离开王根住室。

此时，天空露出淡白色，雪花已经停飞，东方没有了任何浮云，只有启明星还在不停地闪烁。忽然，大街小巷传来一阵阵爆竹声，打破了晨曦的宁静。长安城开始笼罩在大年三十的节日气氛之中。

汉宫前车水马龙，人来人往，如同闹市一般。三公九卿、文武百官更是忙碌不已，他们是要给成帝贺年，成帝也兴致勃勃地来到华玉殿接受侯爵、公卿的朝贺。

王莽走出司马府门，脚踏积雪，穿街过巷，快步直奔长信宫。刚才面向曲阳侯、大司马王根的一番禀报，着实令王莽心惊胆战。王根的责怨声"你为何不及早告诉我"仍在他的耳畔萦绕。如果不是回答准确，岂不落下埋怨？狡猾的赵飞燕闪在一旁，回避斗争锋芒，看来不是没有道理呀！现在满朝文武、后宫上下，何人不知淳于长是皇太后的外甥？其受宠和信赖之程度，他人是无法比拟的。要想在皇太后处扳倒淳于长，谈何容易！王莽越思越想越感到，赵飞燕这着棋确实高明。

王莽来到长信宫。长信宫少府何弘告诉他，王太后不在寝宫内休息，而是在汉宫书源翻史读经。王莽提出，有要事面见王太后，何弘不敢怠慢，立即将他带到汉宫书源。

王莽进入一看，姑母王太后坐在御座上，两侧坐着班婕妤、庭林表袁颖，还有淳于长，心想，怎么这般不凑巧啊！他相继向班婕妤施大礼参拜，王太后一看侄儿来见，心中格外高兴，挥手命何弘赐座。王莽未有落座，仍然站在一旁，他向何弘递了个眼神。何弘心领神会，转身走向御座，屈身耳语王太后，王太后微点额首，于是说道："我这里有事，各位请回吧！"

"遵旨。"班婕好、袁颖、淳于长向王太后施礼告辞。淳于长趁伏首施拜之机，不住地窥视王莽的面部表情，他发现王莽双目圆睁，眉峰直立，厚厚的嘴唇虽然紧闭，但短须却在不住地颤动，两腮的肌肉棱角突出，一副严峻冰冷的面孔。他心内暗暗猜测：王莽此次进入长信宫，并私自求见皇太后，大有可能说我淳于长的坏话。他额前尽管渗出汗珠，但身体却接连打了几个寒战。难道说，贵倾后宫、权震朝野的定陵侯淳于长的末日真的来临了吗？他同班婕好、袁颖离开汉宫书源，立刻回到定陵侯府邸，琢磨对策去了。

王莽一见众人离去，迈步走向御座，面朝王太后行大礼，直言举报道："启禀太后，微臣王莽向您揭发定陵侯淳于长之罪状。"

"啊，长儿！"王太后闻之一惊。

"对，就是淳于长这个乱臣贼子。"

"莽儿，不要过早下结论嘛！"王太后听了王莽对淳于长的辱骂，心中有些不满。

"姑母大人所言极是，愚侄万万不敢。"王莽上前，双手打躬道，"但淳于长罪证确凿，愚侄奉曲阳侯、大司马王大人之命，岂敢不来禀报！"

"讲！"

"只因大司马王将军久病在床，不能上朝辅政，皇上鉴于王将军再三请辞，方免去其骠骑将军职务，所以给淳于长造成谋划篡权之机。他秘密串联，结党营私，现已定出丞相、大司马、御史大夫等重要将臣名单，专等王将军故去，便立即动手胁迫皇上谕准。"

"果有此事？"王太后站起身来，一把抓住王莽的手腕，半信半疑地问道。

"愚侄身为朝廷命官，又是太后的家侄，怎能无视国法，随意炮制，陷害他人！"王莽为了排除姑母的怀疑，又说道，"太后，请不必多疑，愚侄所举报淳于长之罪状，是出于其定陵侯府舍人辛元之口，不妨请侍御史、御史大夫，乃至丞相调查核实，再作判断不迟！"

王太后听了王莽一番叙述，意识到淳于长的问题确实严重，怎么也没有想到，自己的外甥竟会如此胆大妄为！他已过不惑之年，而且爵位不低，不应奢望太高，何况满朝文武无不怨恨他恃外戚、压群卿、霸许嬺，多亏骜儿看在我的面上，给予淳于长支持和谅解，若不然，他早已滚蛋了。难道他就不思悔改，做出于理不容的事？她离开御座，步入毡罽，踱来踱去，停了好大工夫，才开口道："莽儿，你刚才所言，姑妈全部知晓，但念在长儿的生母乃是我的胞妹上，无论如何，给长儿一个悔过自新的机会。"

"姑妈所言极是。"王莽躬身回道。他早已料到，王太后将会千方百计地庇护淳于长，于是话锋一转："不过，请姑妈三思，如果在此罪上谅恕淳于长，那么再有重罪，可否还能谅恕？"

王太后听王莽之陈述，感到异样难解，她迈动双足，回到御座上，一字一顿地问道："淳于长如有其他重罪，望莽儿如实奏来。"

"启奏皇太后陛下，请允许愚侄继而上奏。"王莽迈步上前，屈身打躬道，"淳于长自入朝以来，连续被封官加爵，担任卫尉，执掌后宫护卫大权，后又被封为定陵侯。身为侍中，毫不谨慎，势倾朝野，权震公卿，可谓不可一世。皇恩浩荡，理应报效。但本人忘乎所以，胡作非为，先是霸占许皇后之姊、已故龙雒侯韩宝之妻许嬺，这已经引起众人非议与唾骂，但他并未收敛，后又同许嬺多次去昭台宫，戏耍废后许氏，以使她复出当'左皇后'为诱饵，骗取大量资财和宝物。此乃非礼非仪、贪占腐化。如不制裁，岂不乱了朝纲？愚侄上奏其词，句句属实。如有半点谎情，愚侄任凭太后陛下发落！"

王太后闻听王莽又一番揭发，顿觉淳于长罪大恶极，难以饶恕，气得脸色发青，浑身颤抖，"啪"的一声，掌击御案，霍地站起，怒火难抑地骂道：

"淳于长，你个败类，你给皇上外戚丢尽了脸！"

"姑妈，姑妈，您千万要保重啊！"王莽快步走向御座，用手搀扶王太后，不住地安慰道，"我汉室国法规定，侯爵大夫犯法，与庶民同罪。淳于长无视国法，与其他外戚无关，只要我们秉公执法，朝中卿臣不但不会怪罪我们，还会拥戴我们。您老人家何必动这么大的肝火呢！"

"莽儿，你不要管我。"王太后气喘吁吁地命令道，"快，快，快去报皇上处理！"

王莽向王太后打躬作揖道："遵旨！"

"要写成布帛奏书，速速呈递于皇上！"王太后挥手补充道。

"愚侄谨记，立即办理！"王莽又施一礼，抬头看了看王太后，而后转身离开汉宫书源，疾步走出长信宫。

王莽回到新都侯府，看见母亲王渠和妻子正在同舍人王谦、丫鬟等人筹备大年三十的午餐。他和母亲打了个招呼，急匆匆地回到自己的书房，打开文房四宝，铺展一条白色布帛，开始起草举报淳于长的奏书。龙飞凤舞，挥毫而就。

他收起布帛奏书，正准备去找成帝，只见舍人王谦走了进来，打躬禀报，定陵侯淳于长求见。王莽听后为之一震，哦，他怎么来了？！马上意识到，在长信宫太后处遇见淳于长，自己的意图，大有可能被这位侍中察觉，他一定是前来探听风声的。本来不想接见他，但又一想，事情正在进行中，成败未卜，虽然闯过了太后这一关，但是对皇上的态度还不清楚，何况多年来，皇上一直器重他。所以，在事情未下定论之前，对他仍要以礼相待。于是说道："王谦，请定陵侯到前厅会话。"

"遵命！"王谦打躬施拜，转身离去。

淳于长坐在候客厅里，等待舍人王谦传呼。他第一次到新都侯府。进入府邸，看见院内小路积雪已被打扫干净，露出铺垫的普通青砖，紧靠二门内设置一座独立的亭榭，红色油漆木柱和雕花木质飞脊的色彩已经脱落，斑斑驳驳。就是这客厅内的陈设，也只有两几四椅，北侧正面墙上悬挂着两幅画，虽然室内清扫一新，但是陈设极为简陋。他去过大将军、阳平侯王凤，成都侯王商，红阳侯王立，曲阳侯王根，安阳侯王音等五大侯府邸，其庭院不仅宽阔无比，各种建筑也别具一格，室内设施更为豪华。即便与他定陵侯府邸相比，王莽之厅院和宅室，也远为逊色。看来，人皆称赞这位新都侯生活俭朴，确实名不虚传。不过，像王莽这样的非凡人物，干吗如此寒酸、苦度人生呢？淳于长对王莽不甚理解了。

他今天顾不得过一个安安稳稳的大年，专程到新都侯府拜见王莽，主要是为了解决岌岌可危的仕途问题。最近，他听许嬿说，昭台宫的女看守凌玉去过远条宫赵飞燕那里，毫无疑问，这是许皇后唆使的。不过，许皇后已是落架凤凰，即使凌玉说出他的所作所为，赵飞燕也不会为一个废后撑腰，对昭台宫那里的事情可暂不考虑。但是，本府舍人辛元，以去后宫找他为名，在御花园门前同远条宫中少府王盛偷偷交谈，鬼鬼祟祟。随即，他去远条宫送礼，发现赵飞燕一反常态，冷若冰霜。他去汉宫书源时，本想私下找王太后探听虚实，但不凑巧，班婕妤、袁颖正同王太后忆史谈诗，并见王莽心事重重，入见太后。他从汉宫书源回府后，又见新都侯舍人王谦慌慌张张地从辛元的房中走出。

这一连串的征兆，引起了他的怀疑。他不得不立即防范，动手对付。刚才，他命家丁严刑拷打辛元，辛元疼痛难熬，如实招认，揭发他密谋"三公"之事。他已经将辛元关锁在冷房里，视案情发展再作处理。事情已经败露，如若矢口否认，那是万万不可能的了。于是，他想来想去，决定采取"移花接木、嫁祸于人"之计。

临来之前，他去过丞相、高陵侯府邸，悄悄去见翟方进。八年前，翟方进在任御史大夫时，曾经同赵飞燕皇后，多次在皇上那里鼎力举荐他，使他终被皇上册封为定陵侯。恩深似海，焉能忘却？因此他同翟方进往来频繁，结成好友。双方之间，无话不谈，故敢于向翟方进谎说：原太中大夫谷永曾从其故里来到定陵侯府，助其出谋划策，趁大司马王根患病之机，应动手策选"三公"。但翟方进为人谨慎谦和，绝不愿引火烧身。翟方进再三劝他作罢，好在无人揭发，且谷永已被皇上贬为庶人。他虽然发现许多蛛丝马迹，但苦于没有确凿证据，无法说出隐情，只好默默离开相府。

他想到王谦是王莽门下舍人，说不定王谦会将辛元的话转告王莽。王莽长期在王根病榻前精心侍奉，难免插手此事。因而，他只好亲临新都侯府。只有向王莽嫁祸于人，诚恳求助，大事才能化小，灾难才能躲过。

少顷，王谦走进来，打躬施礼道：

"淳于将军，新都侯王大人请您到前厅会话。"

"好！烦你禀报。"淳于长起身挥手道，"王谦，前面带路。"

王谦引淳于长至前厅，见过新都侯王莽，而后悄然离去。

王莽亲自给这位定陵侯斟了一杯茶，并仔细观察对方的神情，只见淳于长连连点头致谢，神态极不自然。王莽假装视而不见，故意热情寒暄，询问新春年节准备情况，祝福全家老少妇孺康泰。王莽早已猜测出淳于长的心事，胸中有数，尽管淳于长是首次登门，他也只是以礼相待，不过问其他任何事情。

淳于长步入前厅，看见王莽起身迎接时，只是搭手抱拳说道："末将淳于长向新都侯王大人请安！"至于问候家室、祝贺新春之类的拜年话，早已忘得一干二净。尤其看见王莽的威严仪表，想起自己的恶劣往事，心里怦怦乱跳。他虽然体魄高大，可是此时比起王莽的中等微胖身材，似乎还矮了半截儿。淳于长有口难言，不知怎样答话才好，现在倒害怕王莽启齿问询，初登侯府有何贵干，好歹王莽礼貌待人，没有让他难堪。

二人对坐，沉入静默状态。过了好大会儿，谁也没说一句话。只见舍人王谦进来，给他们换了一壶茶，转身悄然离去。

淳于长如坐针毡，几次欲言又止。有生以来，第一次感到锋利的口舌忽然迟钝起来。王莽用锐利的目光扫视淳于长，淳于长顿觉腹背受刺。王莽心想，来者不是善主，淳于长诡计多端，一定是打好主意，准备强词巧辩。于是耐着性子，又一次给淳于长斟茶。

淳于长有点坐不住了。他心一横，决定先挑起话题。

他笑了笑说：

"大年三十，淳于长到府上打扰王大人，真是让我心感不安哪！"

"哎，淳于将军从未到过我家，这次来到陋室，使我家蓬荜生辉啊！"王莽顺着淳于长的话题，也说了一句套话。

室内气氛开始活跃起来。

"请问王大人，您最近是否听人传说我淳于长的坏话？"

"哦？"王莽一听，故意惊愕了一下。

"这种人别有用心，造谣中伤，说我企图代任大司马、曲阳侯王根之要职。"

"我怎么从未听说过呢？"王莽假装不知。

淳于长料到王莽会这么回答，因为这件事直接关系到王莽同王根的关系，否认总比知道主动得多。但为了求助于王莽，只好继续说道：

"前不久，正值大司马王根病情严重之际，原太中大夫谷永从故里悄来我府，再三劝我谋划'三公'，并代任大司马王根之要职。当时被我制止，我焉能做出对不起皇上、对不起大将军的事呢？可是，万万没想到，不知府内哪位用人趁送水端茶之机，听了只言片语，竟然夸大其词，以讹传讹，旨在陷害我。"

王莽一声不吭，认真听了淳于长一席谎言。凭着多年为官、就任光禄大夫的经验，立刻感觉到，淳于长做贼心虚，十有八九想采取"移花接木、嫁祸于人"的毒计。他站起身来，走至窗前，回忆起谷永。

谷永，原为太中大夫，承担掌论议、撰谏书之重托，为人正直，忠实朝廷，当年以常人所不能及的胆识上奏帛书，谏阻成帝违道纵欲，轻身妄行，故而被成帝缉捕，然其命大，闻讯潜逃，并得到成帝宽恕，落得个贬职为庶民的下场。如今，谷永为何又飞蛾扑火呢？再说谷永同王根向来没有恩怨，在那份奏帛上还写道，王根命他具疏切谏，力求除旧更新，振兴社稷。将此罪状嫁祸于谷永，其用心险恶阴毒，其手段拙劣可鄙。他转过身来，面向淳于长，态度郑重而又和缓地问道："淳于将军，此事可曾向他人讲过？"

"从未向他人透露。"淳于长明白王莽在朝中举足轻重，无论如何，要让王莽信任他。他装出动情的样子，信赖而又恳切地说，"王大人，我只有依靠您啦，请您多多照应。"

"淳于将军，不必多虑，只要信得过我王莽，有什么要求尽管说。"王莽嘴上这么说，可心里不是这么想。罪证如山，岂能饶恕？

"这件事既然有人传出，难免通过各种渠道反映到王将军乃至皇上那里。王大人权威至上，我请求您帮我澄清是非，以还事情的本来面目，末将没齿难忘，愿终生效犬马之劳！"淳于长欠身屈体，打躬作揖道。

王莽思索片刻，装作关心对方的样子，打了一个唉声，接着说道：

"世间人心莫测，不可不提防。事到如今，我倒有个主意，不知淳于将军可否考虑？"

"请王大人赐教。"

"我本人力量有限，更谈不上权威，淳于将军在朝中威望确实很高，皇上对您一直信任和器重，你应该先入为主。"

"但不知怎样'先入为主'呢？"淳于长移步向前，倾耳细听，对王莽充满了信任。

"淳于将军，你可以将刚才向我陈述的一席话，特别是把谷永悄来侯府，以致密谋'三公'之计的情节，撰写在奏书上，一式两份，分别呈报于皇上和王将军，方可澄清是非，将你自己摆脱出来。"

"好，就依王大人之言，回去我就撰写。"淳于长欣然接受王莽的建议，但他没有想到，这是王莽设的圈套。

"记住，淳于将军，你要亲自呈递。"王莽又叮咛了一句。

"请王大人放心！"淳于长决定按照王莽的嘱咐行事。临别之前，他连连拱手致谢。

送走了淳于长，王莽马上派舍人王谦去找未央宫舍人吕延福，打听成帝当天晚上的活动安排。很快王谦回禀：今夜，皇上准备同赵皇后、赵昭仪，在未央前殿举行驱鬼逐疫祭仪。因而发出口谕，不接待任何人。王莽听后，琢磨入见成帝的办法。

时间过得真快，大年三十的除夕夜到了。王莽写了一式两份奏帛，其内容是揭发淳于长的罪状。吃过除夕夜的团圆饭后，他先将其中一份奏帛呈交于二伯父、大将军王根，并陈述了白天淳于长找他的情况，提醒二伯父做好思想准备，注意审查淳于长呈交来的那份"嫁祸于人"的奏书。

王莽前脚离开曲阳侯府，淳于长后脚步入府邸。躺卧在病榻上的王根，一听淳于长来见，霍地坐起身来，他打起精神，穿好衣服，由舍人朴巨龙搀扶，至前厅等候。定陵侯淳于长参拜了曲阳侯王根。王根强压怒火，以礼待客。淳于长看到王根身体渐愈，心中不是滋味，只是一般地问候，没有询问病情。很显然，他怕王根生疑。

淳于长将写就的一份奏书递给了王根。王根对淳于长的狡猾奸诈和虚情假意本已看得清清楚楚，看过奏书，更加意识到淳于长的卑鄙和恶毒。他本想怒斥对方，但他想起侄儿王莽的嘱托，忍了又忍。

王莽只身来到未央宫前殿的端门外，看见未央宫的百余名卫士警卫着大殿，这里灯火辉煌，映红了半边夜空。王莽站在一个角落，举目观望：四外的一座座宫殿、台榭、楼阁、堂观，错落别致地环绕前殿，气势磅礴，雄伟壮丽。皇家呀，多么令人尊崇！他那权力的欲火立刻在胸膛内激烈地燃烧起来。他渴望至尊，渴望荣升，渴望快步走上仕途阶梯，登入权力至高无上的殿堂。

这时，大殿内响起一阵阵动人心魄的乐鼓声，继而又传出人们的吼叫声。呵，这是在未央宫前殿举行规模盛大、仪式隆重的驱鬼逐疫祭仪。这种仪式源于原始巫舞，后来成为民间的习俗，自西周至春秋战国，一直盛行不衰。到了汉代，进入宫廷，并选定在除夕，以击鼓驱疫疠之鬼，谓之"逐除"，亦曰"傩"。参加祭仪者，乃是选中黄门子弟十岁以上、十二岁以下的一百二十人为"侲子"，穿着黑红色衣裤，手持兆鼗。又有驱疫避邪之神的主舞者，称之为"方相氏"，其头戴面具，面具上饰有四只金黄色的眼睛，身披熊皮，手持戈矛和盾牌，带领由黄门子弟扮演的十二兽，舞傩逐疫，一边舞动，一边呼叫，以示驱鬼捉鬼、逐疫防疫。一百二十个"侲子"在仪式中伴舞助威，声势浩大，惊天动地。

他们反复表演三遍后，手持火炬，送疫走出端门。端门外，站有千名卫士，见他们走来，一位指挥者高喊"出发"，卫士们即刻行动，伴随他们护送火炬出宫。这是第一批护送队伍。还有第二批护送队伍，即司马门外五营骑士千人，待这些人到后，亦随送火炬掷于洛水中，方表示将恶鬼投于水底，使其不得再行妖作怪。

王莽急于见到成帝，无心观赏这一热闹非凡的场面。正在琢磨如何先进入端门时，忽然发现卫士队伍旁边站着屯骑校尉宫浩，他快步走了过去，向宫浩说明情况。宫浩深知王莽在朝中的地位及其同成帝、皇太后的关系，挥手示意，请王莽进入端门。王莽打躬致谢，转身入端门，奔前殿。

他来到未央前殿大门外，仍见数十名卫士警卫着大殿，还有几名小宦官站在门前廊下。他快步走向一位小宦官，说有要事求见皇上，这位小宦官听后转去。少顷，中常侍郑永同这位小宦官走出殿门。郑永告诉他，皇上正同皇后、昭仪一起参加驱鬼逐疫祭仪，今夜不能召见。王莽已有思想准备，立刻说出有皇太后口谕，需马上求见陛下，禀报要事，再三恳求并拜托郑永回殿请示。郑永让王莽暂且在殿门前等候，转身朝殿内走去。

过了片刻，郑永转来，引王莽步入未央宫前殿。王莽入殿一看，啊！百束烛光一片通红，整个大厅亮如白昼。案几上三个香炉内的香火还在燃烧，一盘盘的供果仍然摆在香炉旁，御座上仅坐着成帝，赵飞燕皇后和赵合德昭仪已经离去，看来驱鬼逐疫祭仪刚刚完毕。王莽拜见成帝后，把当天上午向王太后揭发淳于长罪状之事讲述了一遍。

成帝吃了一惊，半信半疑地问道："此事当真？"

"此属重大案情，微臣焉能谎报？"

成帝走下御座，不住地叹息。因为淳于长是他的表弟，是母后的外甥，同他的关系一直密切。他多么不愿意淳于长出事啊！他走到王莽身旁，又问了一句："事关重大，可有证据？"

"微臣已初步调查，证据确凿。"王莽说着从锦袍内掏出一条白色绢布奏书，双手呈上，"现有奏书在此，淳于长犯罪过程及旁证人员均已记录在内，请陛下过目。"

成帝接过王莽撰写的奏书，转身回到御座上，在烛光下急速阅览了一遍，只见他气得呼呼喘息，龙袍抖颤，浓眉立起，双目圆瞪，怒声怒气地叫道：

"淳于长，胆大包天，竟敢如此放荡！"

"陛下，何必动怒！淳于长既然目无国法，藐视天子，陛下应派人立案侦查，弄清其犯罪事实，即可捉拿归案，按罪判处。"王莽抓住时机，敦促成帝。

"就依贤弟。"成帝当然也很信任王莽，因为王莽也是他的表弟，是母后的家侄，况王莽自从任光禄大夫、被册封为新都侯以来，忠于皇室，谨慎为官，谦虚待人，勤俭持家，宫廷内外有口皆碑。随即，他命郑永备好文房四宝，手持七寸毫管，在烛光下书写谕诏。他刚写完，只见一位小宦官从殿门外走了进来，经询问，才知道淳于长求见。他转向王莽问道：

"淳于长怎么也在除夕夜求见朕？"

"这个人阴险狡诈，可能听到风声，前来面见陛下。"王莽已知底细，虽未和盘托出，但亦点出要害。

"哦！"成帝听后转向小宦官说道，"除夕夜晚，概不召见。"

小宦官应声离去。

"郑永！"成帝拿起谕诏呼道。

"微臣在。"郑永疾步上前。

"郑永，今晚你持朕之谕诏，通知御史大夫孔光、侍御史孙越，明日上午来华玉殿，吾有要事召见二位！"成帝起身命令道。

王莽非常敬仰和感激成帝。一国之君，以社稷为重，除夕之夜，受理奏书；大年初一，召见卿臣，难能可贵呀！

在除夕的夜晚，他怀着兴奋的心情，向成帝三拜九叩，以表贺年之意，而后告辞离殿，朝新都侯府走去。

正月初五，成帝宣召文武卿臣到宣明殿议政。这是成帝刘骜自登基以来，第一次破例的行动。以往，他都是给予朝中各级官员以宽松的时间过年，时过正月十五灯节，方安排上朝议政、理政。

正月初一那天，成帝在华玉殿密召御史大夫孔光、侍御史孙越，依据新都侯、光禄大夫王莽的举报奏书，研究处理淳于长之事。孔光、孙越深知成帝的心意，两人一致提出，只给淳于长降职处分，尚可留朝使用。成帝欣然同意。后来，中常侍郑永又递来淳于长的奏书，成帝阅后将信将疑，只好责成孔光、孙越去找原太中大夫谷永调查核实。

遵照成帝的旨令，孔光、孙越亲自赴凉州查证谷永。谷永曾为凉州刺史，自上次以为宫内有人支持，便趁天变之机恳切地劝谏成帝，被贬为民。现在，谷永苟且偷生于凉州，并长年患病卧床不起。他怎么能去长安找淳于长，密议谋划"三公"人选呢？显而易见，淳于长为逃脱罪责而嫁祸于谷永。正月初四下午，孔、孙二人把找到谷永调查核实的结果报告成帝，成帝大怒，立即决定：正月初五上朝议政，宣布免去淳于长职务。

这天上午，宣明殿的气氛严肃而紧张。成帝与赵飞燕并坐在御座上，他俩身旁分别站着郑永与王盛。今天的朝务仍由高陵侯、丞相翟方进主持，他是昨天晚上才知道今天所要议政的内容。当时，成帝向他通报了淳于长密谋"三公"之罪状，他大吃一惊。多年来淳于长与他往来不断，交情甚密，他也想借助淳于长这位侍中在宫内的特殊关系，不断增强威信，巩固相国地位，这下子可都砸啦，皇上怎么看呢？诸位卿臣又怎么看呢？大年三十那天，淳于长还曾找过他，谈到密谋"三公"是原太中大夫谷永唆使，如今真相大白，纯属嫁祸于人！唉！他在暗暗谴责自己，硬着头皮主持今天的朝务。

翟方进扫视了一下殿内大厅——

负责处理此案的御史大夫孔光、侍御史孙越站在队列前边，正在等待召唤。光禄大夫师丹，红阳侯王立，高平侯王逢时，右将军廉褒，光禄大夫、侍中班伯，光禄大夫刘向，光禄大夫许商，侍中、骑都尉、光禄大夫王莽等朝中文武卿臣位列两厢，目视前方御座上的成帝与赵飞燕。

侍中、卫尉、定陵侯淳于长垂头丧气地站在队尾。

今天，除患病的大司马、曲阳侯王根未能临朝外，其余主要卿臣全到了。

"翟大人，开始议政吧！"成帝发现翟方进心事重重，便催促道。

"遵旨。"翟方进应声打躬，转向群卿道，"列位大人，今奉陛下谕诏，特在正月初五上殿议政，有一要案亟待处理。"翟方进说到这里，注意观察淳于长的表情，他不愿意说出好友的名字，但又不得已而为之，那种心情是多么矛盾哪！

众人屏住呼吸，静静地听着。

淳于长落为被告的地位，那颗心"怦怦"地乱跳，往常的侍中、侯爵的尊严一扫而尽。但他偷偷看到骑都尉、新都侯王莽洋洋不睬、幸灾乐祸的样子时，心中暗暗骂道："汉家江山基业迟早要被你篡夺！"

接着，翟方进说道；"奉陛下谕旨，由御史大夫孔光宣布卫尉、定陵侯淳于长犯罪之案情！"

众人听后为之惊讶，大殿内肃静无音。

孔光向御案前走了几步，转身掏出布帛谏书念道：

启奏陛下、皇后并诸位公卿：

因朝中有人举报卫尉、定陵侯淳于长密谋篡权之罪，御史台诸监察奉旨核查获知——淳于长趁曲阳侯、大司马王根患病并被免去骠骑将军之机，私下串联，密谋"三公"，欲待时机成熟，夺取大司马要职。查证结果，罪证属实。淳于长罪责实乃政治野心，辜负皇恩，弃舍民望，违背天意，大逆不道。望众卿审议，请陛下裁决。

御史大夫孔光、侍御史孙越
绥和二年正月初四谨呈

孔光读罢，转身朝成帝、赵飞燕深深一拜，随后将奏书递于翟方进，翟方进又将帛书转放至御案上。孔光心里清楚，此次立案侦查淳于长，没有涉及他戏耍许皇后之事，主要是为了维护成帝的名誉，也是给他留了一条后路。

"诸位大人听罢，可畅所欲言。"翟方进离开御案后，转向众人说道。

殿内窃窃私语，尚无人搭言。人们在揣摩成帝的心思，更重要的是顾虑淳于长同成帝、太后的亲情关系，所以还没人敢于率先表态。

"众卿勿要私下议论，有话请讲在当面。"成帝盼望大家发言，以防误决遭怨，当然主要是担心母后的埋怨。

殿内一片寂静。

成帝双眉紧皱，面色严峻，看得出他为众人的默默无言而焦躁。

翟方进虽然面色平和，但心里焦虑，多么希望尽快有人发言，打破这冷落的场面。他向新都侯王莽递了个眼色，示意带头表态。王莽摇了摇头，站在原地没有动身。

成帝回头见赵飞燕默默地坐在那里，面容安详，若无其事。成帝临朝之前，曾问过赵飞燕对于淳于长的处理意见，赵飞燕以"此案关系重大，且又为陛下外戚"为借口，婉言回避了。今日上朝，作为后宫之主，对此岂能没有明确态度呢！于是，成帝问道：

"飞燕皇后，您听了御史大夫对于此案的调查审理情况，应如何处之呢？"

"呈蒙陛下抬爱，臣妾理应从命，但陛下与众卿在此议政，臣妾不便率先表态，然大家依据汉律，必能作出妥善结论。"赵飞燕仍未表态。

站在队列中的红阳侯王立，听了御史大夫孔光宣读淳于长罪状的奏书，心中感到非常解气，当年若不是淳于长在大将军王凤面前弹劾自己，大司马的职务怎么能落在王根头上呢？多年来，自己只有一个徒有其名的侯爵头衔，至今没有任何实职和实权。天遂人愿，你淳于长也有今天，苍天的报应啊！他怒气冲冲地走出队列，面向御案前打躬奏曰：

"启奏陛下、皇后，据御史查证，淳于长妄图篡权，触犯王法，且长年恃外戚，压群卿，权倾朝野，万民愤慨，然今日罪恶滔天，岂能饶恕？依愚臣拙见，应处其以极刑！"

成帝虽然愿意公卿表态，但是红阳侯王立的启奏令他非常反感，心想：王立同淳于长是死对头，抓住机会便在大庭广众下弹劾对方，这样就难以公正了。他听过王立的谏言，面部几乎没有什么表情。

此时，骑都尉、新都侯王莽挺身而出，抱拳奏道：

"启奏陛下、皇后，红阳侯王大人所言过之，鉴于淳于长初犯此罪，况又未造成恶果。愚臣建议：应罢免其卫尉官职，将他遣送回封国。"

"陛下，臣妾亦感新都侯王大人言之有理，治其罪，不治其人。"赵飞燕了解成帝的心思，不能对淳于长处理过激，在此保护一下淳于长，也是对其当年推荐她当皇后之恩的报答，并可借此机会赢得群卿的信任，故顺水推舟道。

"列位大人，可有异议？"翟方进面对众人问道。

"吾等同意，请陛下裁决！"众人屈身打躬道。

"好！"翟方进亦感此决适宜，转身请示成帝道，"众卿谏言议毕，意见基本一致，诚请陛下下达谕旨！"

"淳于长！"成帝起身，严厉呼道。

"末将在。"淳于长急急忙忙向前跨了数步，撩袍跪于毡屭上，叩拜听从发落。

成帝又气又恼，但念淳于长是母后的亲属，不宜治罪过重，亦觉群卿谏言既合国法，又合情理，随之说道：

"定陵侯淳于长密谋'三公'，违犯汉律，现免去卫尉及定陵侯之职，保留侯爵待遇，但不准居住在京城长安，十日内遣送本人及全家老少妇孺，回到封邑河南定陵。"

"谢陛下……"淳于长不住地叩头哀号。